빌 브 라 이 슨
발칙한 영국산책 2

빌 브라이슨

욕쟁이 꽃할배의 더 까칠해진 시골마을 여행기 빌 브라이슨 지음 · 박여진 옮김

발칙한 영국산책 2

21세기북스

제임스, 로지, 다프네에게
환영합니다.

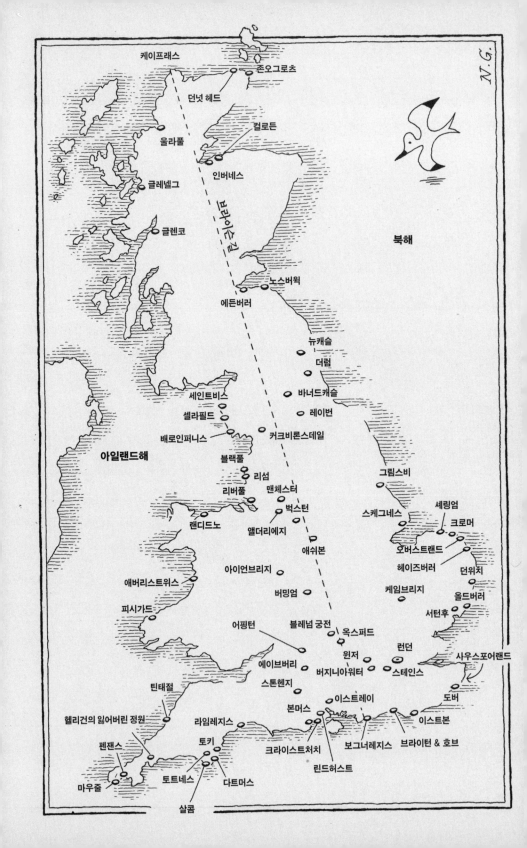

I

나이 들면 젊은 시절에는 미처 몰랐던 것들까지 다양하게 알게 된다. 심지어 몸을 다치는 새로운 방법마저 배운다. 얼마 전 프랑스를 여행하다가 자동 주차 차단기에 머리를 정통으로 맞은 일이 있다. 아마 지금보다 더 민첩했던 젊은 시절의 나였다 한들 그 상황을 모면하지는 못했을 테지만 말이다.

자동 주차 차단기에 머리를 부딪치는 방법은 두 가지다. 첫 번째는 쉽고 확실한 방법으로, 주차 차단기 아래에 서 있다가 차단기가 내려오는 타이밍에 맞춰 자진해서 머리를 가져다 대는 것이다. 두 번째는 자칫 영구적인 지능 하락을 불러올 수도 있는 방법으로, 방금 차단기가 올라간 것을 보고서도 멍하니 그 사실을 망각하고는 입을 앙다문 채 그 아래에 서서 어디로 갈지 생각하다가 쾅 하고 떨어지는 철침 달린 쇠망치처럼 육중한 차단기를 머리로 받으면서 정신을 놓는 것이다. 두 번째가 내가 새로 배운 방법이다.

이제 와서 말이지만 차단기는 정말 위협적이었다. 그것은 마치 공사장의 철골 지지대가 쓰러지듯 세차게 떨어졌고 내 머리에 쾅 하고 부딪치는 바람에 끝까지 내려오지 못해서 다시 제자리로 올라가지 못했다. 이 두개골 외상 사건이 벌어진 장소는 프랑스 에트르타 리조트의 탁 트인 주차장이었다. 나는 아내와 함께 도빌에서 그리 멀지 않은 노르망디 해변의 어느 리조트에 며칠 간 머물고 있었다. 사건이 벌어질 당시 나는 혼자서 주차장 건너편에 있는 절벽 꼭대기로 가는 길을 찾아가다가 차단기로 막힌 길목에 이르렀다. 차단기는 키를 접어 아래로 지나가기에는 너무 낮았고 뛰어넘기에는 너무 높았다. 어떻게 할까 잠깐 머뭇거리는 동안 차 한 대가 왔다. 운전자가 주차권을 뽑자 차단기가 위로 올라갔고, 차는 유유히 통과했다. 그리고 그 순간에 나는 한 걸음 앞으로 내딛으면서 어디로 가야 할지에 대해서 머리를 굴렸다. 올라간 차단기가 다시 내려오리라는 생각은 전혀 하지도 못한 채.

　내 평생 그토록 정통으로 호되게 맞은 적은 처음이었다. 졸지에 나는 프랑스에 머무는 인류 중 최고로 덜떨어지고 나사 풀린 인간이 됐다. 다리는 저절로 풀려 꺾였고 양팔이 주체의 의지를 벗어나 제멋대로 허공을 휘적대는 통에 내 팔에 내 얼굴을 맞을 지경이었다. 이후 몇 분 동안 나는 본의 아니게 게 걸음을 걸었다. 마침 지나가던 어느 마음씨 착한 여성이 나를 벤치까지 이끌어줬고 손에 네모난 초콜릿 하나를 꼭 쥐어줬다(다음 날 아침에 보니 그때까지도 나는 손에 그 초콜릿을 움켜쥐고 있었다). 벤치에 앉아 있는데 또 다른 자동차 한 대가 차단기를 통과하자 차단기가 철컹하고 큰 소리를 내며 다시 내려왔다. 저토록 폭력적인 물건에 머리를 강타당하고도 살아남은 것이 기적처럼 느껴졌다. 하지만 편집증 기질도 조금 있고 툭하면 혼자 신파극을 쓰는 나는 사실은 내가 심각하고도 영구적인 뇌 손상을 입었는데 아직 증상이 나타나지 않았다고 점점 확신하게 됐다. 머릿속에서 출혈이 일어나 마치 욕조에 물이 받아지듯 피가 두개골 안쪽부터 서서히 채우다가 넘치는 순간 눈동자가 흰자위를 보이며 뒤로 넘어가겠지. 나는 시시한 신음 소리를 내며 푹 쓰러져 다시는 일어나지 못하겠지.

곧 죽는다는 생각이 가져오는 긍정적인 측면도 있다. 바로 얼마 남지 않은 생을 한없이 감사하며 살게 된다는 점이다. 나는 머리를 부딪친 이후 사흘 동안 경건한 마음으로 도빌을 둘러보며 단정함과 풍요로움을 간직한 곳곳에 마음의 인사를 전했다. 끝없이 해변을 걷기도 했고 그저 앉아서 넘실거리는 파도와 푸른 하늘을 하염없이 바라보기도 했다. 도빌은 아주 작은 마을이다. 쓰러지기에 좋은 마을이다. 이보다 못한 곳들도 얼마든지 있다.

어느 날 오후 바닷가에서 아내와 나란히 영국 해협을 바라보다가 문득 아내에게 이렇게 물었다.

"프랑스의 어느 마을이든 영국을 정면으로 마주 보고 있으면 기분 나쁘고 짜증 날 것 같은데, 도빌은 참 풍요롭고 아름답기만 해. 왜 그럴까?"

"몰라."

아내가 소설책을 읽으며 대꾸했다. 아내는 내가 곧 죽는다는 사실을 인정하지 않고 있었다.

"우리 바로 앞에 마주 보이는 저기는 어디지?"

"몰라."

아내가 대꾸하며 소설책 책장을 넘겼다.

"웨이머스(Weymouth)인가?"

"몰라."

"아니, 호브(Hove)인가?"

"도대체 '몰라'라는 말 중 어느 부분이 이해가 안 되는 거야?"

나는 아내의 스마트폰을 봤다(분실 우려가 있다는 이유로 내게는 스마트폰이 허락되지 않는다). 나는 스마트폰 지도가 그다지 정확하지 않다고 생각하는 편이다. 잉글랜드 남서부에 위치한 우스터셔(Worcestershire) 같은 지역을 검색하면 미국의 미시간이나 캘리포니아로 가라고 우기는 경우가 많기 때문이다. 그런데 아내의 스마트폰으로 검색을 해보니 화면에 보그너레지스(Bognor Regis)라는 지명이 나타났다.

당시에는 몰랐지만 나중에 생각해보니 그것은 거의 예언이었다.

II

내가 처음 영국에 온 것은 내 삶의 또 다른 막이 끝나던 시절, 아직 한창 젊었던 때였다. 그때 나는 스무 살이었다.

짧았지만 강렬했던 그 시절, 주목할 만한 세상의 많은 것들이 대부분 영국의 문화였던 때가 있었다. 비틀즈(Beatles), 제임스 본드(James Bond), 패션 디자이너 메리 퀀트(Mary Quant)와 그녀가 창시한 미니스커트, 모델 트위기(Twiggy)와 그녀를 성공적인 모델로 만든 저스틴 드 빌네브(Justin de Villeneuve), 세기의 연인이었던 배우 리처드 버턴(Richard Burton)과 엘리자베스 테일러(Elizabeth Taylor), 마거릿(Margaret) 공주의 사랑 이야기, 롤링 스톤스(Rolling Stones), 킨크스(Kinks), 칼라가 달리지 않은 재킷, 〈어벤저스(The Avengers)〉나 〈프리즈너(The Prisoner)〉와 같은 텔레비전 드라마들과, 존 르 카레(John le Carré)나 렌 데이턴(Len Deighton) 같은 작가들의 탐정 소설, 가수 마리안느 페이스풀(Marianne Faithfull)과 더스티 스프링필드(Dusty Springfield), 미국 아이오와 주에는 잘 알려지지 않은 배우 데이비드 헤밍스(David Hemmings)나 테렌스 스탬프(Terence Stamp) 등이 나오는 기발한 영화들, 미국에서는 전혀 알지 못했던 극작가 해럴드 핀터(Harold Pinter), 건축가 피터 쿡(Peter Cook)과 배우 더들리 무어(Dudley Moore), 시사 풍자 프로

빌 브라이슨 발칙한 영국산책 2

그램 〈댓 워즈 더 위크 댓 워즈(That Was the Week That Was, 그때 그런 일이)〉, 사실상 거의 모든 소문이 사실로 밝혀진 프로퓨모(Profumo) 사건(1960년대 초에 영국의 국방 장관이었던 존 프로퓨모가 무용수 크리스틴 킬러와 불륜 관계라는 소문이 퍼지자 소문을 부인했으나 사실이라는 증거들이 쌓이면서 결국 사임했고, 당시 총리였던 해럴드 맥밀런 역시 이 스캔들로 실각했다. 섹스와 러시아 첩보원, 국방 장관이 얽혀 영국 보수당 내각이 실각하는 원인을 제공한 사건이었다 – 옮긴이) 등이 모두 영국의 문화였다.

지금이야 그렇지 않지만 당시만 해도 〈뉴요커〉나 〈에스콰이어〉 같은 잡지의 광고 지면은 거의 영국산 제품 광고 일색이었다. 보드카 길비(Gilbey)와 진 탱커레이(Tanqueray), 해리스(Harris)의 트위드 옷들과 BOAC 항공사, 아쿠아스큐텀(Aquascutum) 정장들, 바이엘라(Viyella) 스커트와 킨스(Keens)의 펠트 모자, 알란파인(Alan Paine) 스웨터, 닥스(Daks) 바지, 모리스개러지(Morris Garages)와 오스틴힐리(Austin Healey)의 스포츠카, 수백 가지의 스카치위스키 등으로 잡지 광고 면이 꽉 찼다. 고상하고 수준 높은 삶을 원한다면 영국 제품으로 삶을 채우라는 광고가 당연하게 받아들여졌다. 물론 그 모든 것들이 다 공감을 얻은 것은 아니었지만 아무튼 그때는 그랬다. 그 시절 인기 있던 면도 크림 중에는 이름이 '펍(Pub)'인 면도 크림도 있었다. 펍이라는 이름이 도대체 어떤 느낌을 불러일으키는지 도무지 모르겠다. 영국에서 40년간 술을 마셨지만 얼굴을 부비고 싶은 술집은 단 한 곳도 없었다.

영국은 상당히 주목받는 나라였고 나도 영국에 대해 꽤 잘 안다고 생각했지만 영국에 오자마자 내 생각이 틀렸음을 깨달았다. 심지어 내 모국어인 영어조차 영국에서는 제대로 통하지 않는 일이 허다했다. 영국에서 처음 며칠 동안은 '깃(collar)'과 '색상(colour)', '카키(khaki)'와 '자동차 열쇠(car key)', '문자(letters)'와 '상추(lettuce)', '침대(bed)'와 '벌거벗은(bared)', '업보(karma)'와 '더 고요한(calmer)' 등을 구분하지 못했다.

머리를 자르려고 옥스퍼드에 있는 남녀 공용 미용실에 갔을 때 일이다. 미용실에 들어서자 체격이 크고 다소 험악하게 생긴 원장이 의자로 나를 안내하더니 싹싹하게 말을 건넸다.

"오늘은 벳(vet, 수의사)이 머리를 잘라줄 거예요."

나는 화들짝 놀라 되물었다.

"그러니까, 아픈 동물을 치료하는 사람 말인가요?"

"아뇨. 미용사 이름이 이벳(Yvette)이에요."

원장은 살면서 이렇게 골치 아픈 멍청이는 처음 본다는 듯한 표정으로 내 얼굴을 흘끗 봤다.

한번은 술집에서 어떤 샌드위치를 파는지 물어본 적이 있다. 그러자 종업원은 "햄과 치즈 샌드위치요" 하고 대답했다.

"아, 그걸로 주세요."

"그거라니 어떤 거요?"라고 종업원이 되물었다.

"햄과 치즈 샌드위치요."

대답하는 내 목소리는 자신감이 한풀 꺾여 있었다.

"아뇨, 햄 샌드위치랑 치즈 샌드위치가 있다고요."

"두 가지가 다 들어 있는 샌드위치는 없나요?"

"없습니다."

나는 흠칫 놀랐다. 그러고는 종업원에게 나지막한 목소리로 은밀하게 물었다.

"왜죠? 너무 맛있어서 그런가요?"

종업원은 아무 말 없이 나를 빤히 쳐다봤다.

"그럼 치즈 샌드위치로 할게요."

나는 깊이 뉘우치며 샌드위치를 주문했다.

주문한 샌드위치에 들어 있던 치즈는 무지막지하게 잘게 조각나 있었다. 내 평생 그토록 처참한 몰골을 한 유제품은 처음이었다. 샌드위치에는 브랜스턴이라고 하는 피클이 들어 있었는데, 당시 그 피클을 알지 못했던 내 눈에는 마치 꽉 막힌 오물통에 손을 넣으면 만져지는 그 끈적거리는 물질처럼 보였다.

시험 삼아 샌드위치를 아주 조금 먹어봤더니 다행히도 맛은 괜찮았다. 그리고 완전히 낯설게만 느껴졌던 영국이라는 나라가 어떤 면에서는 꽤 멋진 나라라는 생각이 서서히 들기 시작했다. 그리고 이 느낌은 한 번도 사라지지 않았다.

영국에서 내 삶을 그래프로 그리면 종 모양 곡선이 나온다. 좌측 끝 맨 아래는 '거의 아무것도 모르는 상태'이고 위로 올라갈수록 맨 꼭대기에 있는 '꽤 잘 아는 상태'에 가까워진다. 꼭짓점에 도달한 나는 영원히 그 상태에 머물 수 있을 줄 알았다. 하지만 최근 들어 다시 반대편의 무지와 당황의 나락으로 곤두박질치기 시작하면서 내가 여전히 전혀 알지 못하는 나라에 살고 있음을 깨달았다. 영국에는 내가 이름을 알지 못하는 유명 인사들이나 얼굴조차 구분하지 못하는 배우들, BFF, TMI, TOWIE 등과 같이 뜻을 유추할 수 없어서 일일이 설명을 들어야 하는 약어들, 나와는 다른 현실 세계에 살고 있는 듯 보이는 사람들로 넘쳐난다.

이 낯선 세상에서 나는 늘 쩔쩔맨다. 얼마 전 우리 집에 온 손님 면전에서 문을 닫아버린 적도 있다. 도대체 그 사람과 무엇을 해야 할지 감을 잡을 수 없었기 때문이다. 그 사람은 검침원이었다. 처음에는 나도 그를 반갑게 맞았다. 에드워드 히스(Edward Heath)가 영국 총리였던 시절(1970~1974년 - 옮긴이) 이후 우리 집에 처음 온 검침원이었기 때문이다. 나는 기쁜 마음으로 그를 집 안으로 맞이했고 심지어 계량기를 정확히 읽는 데 도움이 되라고 사다리까지 가져다줬다. 하지만 검침을 마치고 우리 집을 떠난 그가 1분 만에 되돌아왔을 때 나는 그와 돈독한 관계를 맺었던 것을 후회했다.

"죄송합니다만, 남자 화장실에 있는 계량기도 좀 봐야겠습니다."

다시 돌아온 그가 말했다.

"죄송합니다만, 뭐라고요?"

"서류에는 남자 화장실에도 계량기가 있다고 돼 있네요."

"여긴 남자 화장실은 없어요. 보시다시피 가정집이거든요."

"서류에는 학교라고 돼 있는데요?"

"그렇지 않습니다. 여긴 가정집입니다. 방금 들어와서 보셨잖아요. 어디 학생들이 바글바글한 교실이 있던가요?"

그는 잠시 골똘히 생각하더니 이렇게 말했다.

"죄송하지만, 제가 좀 둘러봐도 되겠습니까?"

"죄송하지만, 뭐라고요?"

"잠시면 됩니다. 5분도 걸리지 않을 겁니다."

"설마 내 집에 살면서 내가 이제까지 미처 발견하지 못한 남자 화장실을 당신이 찾을 수 있다고 생각하시는 건 아니겠죠?"

"그거야 모르죠."

그가 해맑게 웃으며 대답했다.

"문 닫겠습니다. 뭘 어떻게 해야 할지 모르겠군요."

나는 문을 닫았다. 숲길을 걸어 나가면서 그가 푸념하는 소리가 들려왔다.

"지금 제가 중요한 약속이 있어서요."

나도 숲에 대고 외쳤다. 사실이었다. 당시 나는 매우 중요한 약속이 있었고 공교롭게도 그 약속은 이 책과도 관련이 있는 일이었다.

14

나는 영국 시민권 시험을 보기 위해 막 이스트레이(Eastleigh)로 가려던 참이었다. 현대 영국의 생활 방식에 완전히 다시 얼떨떨해진 그때 영국이라는 나라를 제대로 이해하고 있는지를 증명하는 시험을 치러야 하다니, 참으로 얄궂은 상황이 아닐 수 없었다.

III

오래 전부터, 영국 시민권자가 되는 데는 두 가지 방법이 존재했다. 첫 번째는 더 까다롭지만 역설적이게도 다른 방법보다 훨씬 일반적으로 통용되는 방법으로, 영국 여성의 자궁으로 들어가는 길을 찾아 아홉 달을 기다리는 것이다. 또 다른 방법은 몇 가지 서류를 작성하고 맹세를 하는 것이다. 하지만 2005년부터 규정이 바뀌어 두 번째 방법으로 하려면 추가로 영어 능력 시험과 상식 시험을 통과해야 한다.

영어가 모국어인 내게 영어 능력 시험은 별 문제가 되지 않았지만 상식 시험은 얘기가 달랐다. 상식 시험은 정말 어려웠다. 영국에 대해 제아무리 잘 안다고 자부하는 사람도 영국 시민권 획득을 위한 상식 시험을 통과하기 위해 알아야 할 것들은 아마 모를 것이다. 가령 이 시험에 통과하려면 세이크 딘 마호메트(Sake Dean Mahomet)가 누구인지 알아야 한다(그는 영국에 최초로 샴푸를 들여온 사람이다. 정말이다). 또한 1944년 영국 교육법의 또 다른 이름은 무엇이었는지 알아야 한다(정답은 '버틀러 법'이다). 귀족 작위를 가지고 살되 자기 자신만 평생 귀족 지위를 누리고 자식에게는 세습하지 못하는 '일대 귀족 작위'가 언제 탄생했는지(1958년), 여성과 아동의 최대 노동 시간이 10시간으로 줄어든 해는 언제인지(1847년) 등도 알아야 한다. 젠슨 버턴

(Jenson Button)이 누구인지도 알아야 한다(딱히 알아야 하는 이유는 모르겠다). 영연방에 가담했던 주들은 어디인지, 크림 전쟁에서 영국의 적국들이 어떤 나라들이었는지, 자신이 시크교도, 무슬림, 힌두, 크리스천이라고 주장하는 사람들은 각각 몇 퍼센트인지, 빅 벤(Big Ben)의 진짜 이름은 무엇인지(정답은 엘리자베스 타워다) 등을 알지 못하면 영국 시민권자가 되지 못한다. 심지어 사실이 아닌 사실들도 몇 가지 알아야 한다. 가령 '영국 본토에서 서로 가장 멀리 떨어져 있는 두 지점은 어디인가?'를 묻는 질문에는 사실이 아니더라도 '랜즈엔드와 존오그로츠'라고 대답해야 한다. 정말 어렵기 짝이 없는 시험이다.

나는 이 시험을 준비하기 위해 '시험대비완벽 지침서 전집'을 구매했다. 전집은 표지가 반들반들한 《영국에서의 생활: 새로운 거주지를 위한 지침》과 두 권의 보조 책 《공식 학습 지침서》와 《공식 실전 질문과 답》으로 구성돼 있었다. 보조 책인 《공식 학습 지침서》는 《영국에서의 생활》의 활용법을 다룬 책으로 메인 책과 페이지를 똑같이 구성해서 설명하고 있다. 두 번째 보조 책인 《공식 실전 질문과 대답》에는 17번 동안 치러졌던 실전 시험 문제가 수록돼 있다. 나는 학습 지침서를 읽기 전에 실전 문제들을 몇 개 풀어보다가 내 실력이 얼마나 형편없는지 깨닫고는 완전히 겁에 질려버렸다. '웨일스에서 하원의원들을 무어라 부르는가?'라고 묻는 질문에 '주로 개러스(Gareth)나 다피드(Dafydd)'라는 대답을 적어선 안 된다(개러스와 다피드는 웨일스의 대표적인 남자 성(姓)이다. 참고로 웨일스에서는 하원의원들을 'Members of Parliament'라고 부르지 않고 'Members of the Welsh Assembly'라고 표현하며 이것이 문제의 요지다 – 옮긴이).

학습 지침서는 재미있었다. 적당한 두께에, 이따금 여백도 있었지만 중요한 내용들이 제대로 잘 배치돼 있었다. 책에 서술된 영국은 정정당당함을 사랑하고, 예술과 문학을 아끼며, 반듯한 예절을 중시하고, 특히 증기로 가동되는 모든 것들에 대해서는 다른 국가들의 칭송을 한 몸에 받는 매우 창의적인 국가다. 책에 의하면 일반적으로 영국 국민들은 정원 가꾸기와 산책을 즐기고, 구운 소고기를 먹으며, 일요일에는 요크셔푸딩(밀가루, 달걀, 우유를 섞은 반죽을 구워 만든 영국식 푸딩 – 옮긴이)을 먹는다. 단, 스코틀랜드 인은 어쩌면 양의 내장으로 만든 요리인 해기스를 더 즐겨 먹는지도 모르겠다. 바닷가에서 휴가를 즐기고, 아동 교통안전 규칙을 준수하며, 참을성 있게 줄을 잘 서고, 분별력 있게 투표를 하며, 경찰을 존중하고, 영국 여왕을 존경하며, 매사에 중용을 지킨다. 이따금 선술집에 가서 질 좋은 영국산 맥주 한두 잔 마시기도 하고 당구나 스키틀스(볼링 핀처럼 생긴 스키틀을 9개 세워놓고 공을 굴려 쓰러트리는 경기 – 옮긴이)를 즐긴다(이 책을 보고 있자면 책을 쓴 사람이 영국에 대해 좀 더 공부를 해야겠다는 생각이 들기도 한다).

책을 읽다 보면 영국인들의 신경을 거스르지 않으려고 지나치게 조심하다 보니 실제로는 설명만 장황할 뿐 아무 내용도 없을 때도 더러 있다. 가령 현대 음악에 대해 이 책에서 언급한 내용을 보면 '영국 전역에서 다양하고 많은 음악 발생지와 행사가 열린다'라는 문구가 있다. 대단한 통찰력에 대해서는 고맙게 생각한다(범생이처럼 굴긴 싫지만, 발생지는 어디에서 열리지 않는다. 그냥 발생지는 발생지다). 때로는 랜즈엔드와 존오그로츠가 가장 멀리 떨어진 두 지점이라고 단정 지은 부분처럼 완전히 틀린 곳도 있고, 미심쩍은 내용도 있다. 아주 약간의 시간만 들이면 영화배우 앤서니 홉킨스(Anthony Hopkins)가 미국 시민권을 취득해 캘리포니아에 거주 중이라는 사실을 확인할 수 있을 텐데도 책에서는 그를 잉글랜드 사람이라고 못 박으며 자랑스레 소개하고 있다. 심지어 이름 철자를 잘못 쓰기까지 했다. 책에서는 웨스트민스터 사원에서 문학인들이 영면한 곳을 '시인의 자리(Poet's Corner)'라고 부르는데 아마도 그 시절에는 시인이 딱 한 명뿐이었다고 믿는 모양이다. 제대로 표기를 하려면 복수형으로 표기를 해야 한다.

나는 보통 이런 문제에는 지나치게 참견하지 않으려고 노력하는 편이지만, 만약 이 시험이 시험을 치르는 사람들에게 영어와 영국에 대한 지식을 요구하는 시험이라면 그 시험을 주관하는 측은 충분히 그만한 역량이 있는지를 먼저 입증해야 한다고 생각한다.

어쨌든 한 달 동안 열심히 공부를 하다 보니 어느덧 시험 당일이었다. 정해진 시간과 장소에 출석하라는 통지를 받고 우리 집에서 가장 가까운 시험 장소인 햄프셔 주 이스트레이에 있는 웨식스 하우스(Wessex House)로 갔다. 이스트레이는 사우샘프턴의 위성 도시로, 흡사 제2차 세계대전 때 대대적인 폭탄 공격까지는 아니라도 어쨌든 꽤 심각한 공격을 받은 듯한 모습이다. 이 도시는 묘하게도 기억에 남는 곳이다. 지독히 추하지는 않지만 그렇다고 썩 매력적이지도 않다. 비참하게 가난하지는 않지만 대단히 부유하지도 않다. 죽은 도시 같지는 않지만 그렇다고 활기찬 도시도 아니다. 유리 차양이 드리운 세인스버리 마트의 외벽과 바로 붙어 있는 버스 정류장은 누가 봐도 비둘기들에게 용변 보기 좋은 보송보송한 공간을 제공해주고 있다.

이스트레이는 영국의 여러 마을들이 그러하듯 인근에 공장이며 작업장 등이 많았고 마을의 모든 경제적인 에너지를 커피를 만들고 마시는 데 쏟아붓고 있었다. 마을에는 딱 두 가지 유형의 상점이 있었다. 텅 빈 상점들, 그리고 커피숍. 텅 빈 상점들 앞에 걸린 안내문에 의하면 그들은 업종을 커피숍으로 바꾸고 있는 중이었다. 그리고 손님들 수준을 고려해볼 때 다수의 커피숍들은 곧 텅 빈 상점으로 돌아갈 것이다. 내가 경제학자는 아니지만 추측건대 바로 이것이 경제의 선순환이 아닌가 싶다. 이따금 드물게 모험심이 강한 기업인 몇몇이 천냥마트나 마권 판매소 등을 열기도 하고 사용하지 않는 땅에 자선 단체들이 들어오는 경우도 더러 있지만, 전반적으로 이스트레이는 커피 한 잔을 마시기 좋은 곳이거나 앉아서 비둘기가 배설하는 장면을 구경하기 좋은 마을처럼 느껴진다. 나도 지역 경제에 도움이 되고자 커피 한 잔을 마시며 길 건너편 비둘기가 배설하는 광경을 지켜보다가, 이윽고 시민권 시험을 치르러 웨식스 하우스로 갔다.

그날 아침 시민권 시험을 치를 사람은 나를 포함해 총 5명이었다. 우리는 책상이 빼곡한 교실로 안내받았다. 책상마다 컴퓨터 모니터와 마우스가 놓여 있었고, 마우스 아래에는 평범한 마우스 패드가 깔려 있었다. 자리에 앉으니 다른 사람의 모니터는 전혀 보이지 않았다. 자리가 정돈되자 마우스가 제대로 작동되는지 확인하기 위한 연습 문제 4개가 주어졌다. 연습 문제는 참가자들의 사기를 북돋아주는 차원의 문제였기에 매우 쉬웠다.

맨체스터 유나이티드는

(1) 정당이다

(2) 댄스장의 밴드다

(3) 영국 축구팀이다

5명 중 4명은 이 문제에 답을 하는 데 약 15초가 걸렸는데, 한 사람은 이보다 오래 걸렸다. 조금 통통한 중년 여성이었는데 달콤하고 끈적거리는 사탕을 아주 많이 먹는 중동의 어느 나라에서 온 것 같은 느낌이 들었다. 여성이 제대로 하고 있는지 확인하기 위해 감독관이 두 차례나 그 자리를 오갔다. 그 여성이 답을 작성하는 동안 나는 하릴없이 책상 서랍을 열어봤다. 서랍은 잠겨 있지 않았지만 텅 비어 있었다. 그 다음에는 컴퓨터 모니터에 이리저리 마우스 커서를 움직이며 뭔가 재미있는 것이 있는지 살펴봤다. 없었다.

그 여성이 다 마쳤다고 말하자 감독관이 확인하러 왔다. 감독관은 몸을 숙여 여성의 모니터를 확인하더니 흠칫 놀라며 말했다.

"전부 틀리셨네요."

여성은 그것이 잘한 것인지 아닌지 확신이 없다는 듯 맑은 미소를 지어 보였다.

"다시 해보시겠어요? 다시 해보셔도 괜찮아요."

감독관은 그녀를 독려했다.

그녀는 연습 문제를 한 문제 한 문제 풀 때마다 도통 모르겠다는 표정을 지었지만 씩씩하게 답을 클릭했다. 아무튼 그렇게 연습 문제 풀이 시간이 끝나고 본격적인 시험이 시작됐다.

첫 번째 질문은 '여러분은 이스트레이를 봤다. 정말 영국인이 되고 싶은가?'라는 것이었다. 그 다음 질문들은 기억나지 않는다. 책상 위에는 아무것도 올려놓을 수 없었기에 낙서를 할 공책이나 이를 톡톡 두드릴 연필도 가져갈 수 없었다. 시험은 객관식으로 모두 24문항이었는데, 문제를 다 푸는 데는 3분밖에 걸리지 않았다. 답을 아는 문제도 있었고 모르는 문제도 있었다. 감독관에게 가서 시험을 다 마쳤다고 말하고는 컴퓨터가 내 답안지를 채점하는 시간 동안 기다렸다. 채점 시간이 내가 시험을 치른 시간보다 길었다. 이윽고 결과가 나왔다. 감독관은 미소를 지어 보이며 시험에 통과했다고 말해줬는데 몇 점을 받았는지는 알려주지 않았다. 컴퓨터가 오직 합격과 불합격만 알려줬기 때문이다.

"시험 결과를 출력해줄게요."

결과 출력 역시 한 세월 걸렸다. 내심 시드니 하버브리지에 올라가거나 영국에서 가장 고급을 지향하는 마트 체인점인 웨이트로즈(Waitrose)의 요리 강좌를 수료하면 주는 것 같은 그럴듯한 담황색 두루마리 인증서를 기대했는데, 정작 받아든 것은 내가 현대 영국에서 생활하기에 지적으로 적합한 사람임을 확인한다는 문구가 흐릿하게 인쇄된 평범한 종이였다.

중동에서 온 듯한 그 여인을 언뜻 보니 키보드 주위를 정신없이 두리번거리고 있었다. 나는 그 여인이 감독관에게 지어 보였던 그 맑고 환한 미소를 지으며 홀가분한 마음으로 시험장을 나섰다. 가슴이 약간 설레기까지 했다. 햇살은 눈부시게 빛나고 있었고 길 건너 버스 정류장에는 점퍼를 입은 두 남성이 캔 맥주를 건배하며 해장술을 즐기고 있었다. 비둘기 한 마리가 담배꽁초를 쪼아 먹더니 찔끔, 똥을 누었다. 현대 영국의 삶은 꽤나 괜찮을 것 같았다.

IV

시험을 치르고 나서 며칠 뒤에 출판사 담당자를 만났다. 다정하고 인정 많은 래리 핀레이(Larry Finlay)와 내 다음 책에 대해 의논하면서 점심 식사를 함께했다. 래리는 내가 메이미 아이젠하워(Mamie Eisenhower, 아이젠하워 대통령의 부인 - 옮긴이)의 자서전이나 캐나다를 주제로 한, 터무니없고 상업성이 떨어지는 책을 제안할 것이라는 불안감에 사로잡혀 살다 보니 항상 나보다 선수를 치며 제안하곤 한다.

"그런데, 선생님이 《빌 브라이슨 발칙한 영국산책》을 발간하신 지 어느덧 20년이나 됐더라고요."

"정말요?"

아무 노력을 기울이지 않아도 세월이 그렇게 차곡차곡 쌓인다는 사실이 정말 놀라웠다.

"속편을 쓰실 생각은 없으신가요?"

래리는 가벼운 어조로 물었지만 눈동자 속 홍채가 있어야 할 자리에 파운드화 부호가 반짝이고 있었다.

나는 잠시 생각해봤다.

"사실, 시기가 적절하긴 하네요. 아시겠지만 엊그제 영국 시민권을 취득했거든요."

래리의 눈동자에서 빛나던 파운드화 부호가 더 반짝이며 빛을 내더니 살며시 흔들리기 시작했다.

"선생님, 미국 시민권을 포기하셨다고요?"

"아뇨. 가지고 있죠. 영국 시민권과 미국 시민권을 둘 다 가지고 있을 겁니다."

그러자 래리가 갑자기 앞서 나가기 시작했다. 그의 머릿속에서 마케팅 계획이 착착 세워지고 지나치게 크지 않은 아담한 크기의 지하철 홍보 포스터가 그려지고 있었다.

"새로운 조국을 탐사하실 수도 있겠네요."

"예전에 갔던 곳에 가서 똑같은 이야기만 쓰기는 싫고요."

"그럼 다른 장소로 가세요."

래리도 수긍했다. 그는 아무도 가보지 않았음직한 장소들을 검색하더니 이렇게 말했다.

"가령 보그너레지스 같은 곳이요."

나는 흥미롭게 래리를 바라봤다.

"이번 주에만 보그너레지스라는 지명을 두 번째 듣네요."

"어떤 계시가 아닐까요?"

그날 오후 집에 돌아온 나는 어디 한번 보기나 하자는 심산으로 오래돼서 너덜너덜해진 영국 지도책 《AA 컴플리트 아틀라스 오브 브리튼(AA Complete Atlas of Britain)》을 꺼냈다(얼마나 오래된 책인지 오래전에 완공된 런던 외곽 순환 도로 M25도로가 완공을 열망하는 점선으로 표시돼 있었다). 다른 것들을 다 떠나서 일단 영국에서 직선거리로 가장 먼 거리에 있는 지역들이 어디인지 궁금했다. 학습서에 나와 있는 대로 랜즈엔드에서 존오그로츠는 분명 아니었다(학습서에 나와 있는 내용을 그대로 공개하자면 다음과 같다. '영국 본토에서 가장 긴 거리는 스코틀랜드 북쪽 해안에 있는 존오그로츠에서 잉글랜드 남서쪽에 위치한 랜즈엔드다. 이 거리는 1,400킬로미터다'). 일단 영국 본토 대륙에서 최북단에 있는 지역은 존오그로츠가 아니라 던넷헤드(Dunnet Head)다. 던넷헤드는 존오그로츠에서 서쪽으로 12킬로미터 떨어져 있으며 같은 해안을 따라서 존오그로츠보다 더 멀리 떨어져 있는 지역들이 최소한 여섯 군데는 있다. 하지만 진짜 문제는 랜즈엔드에서 존오그로츠까지 가는 길이 계속 지그재그라는 사실이다. 만약 지그재그 거리를 최장거리로 인정한다면 영국 어느 지역에서건 원하는 방향으로 마구 왔다 갔다 하면서 최장거리를 무한대로 길게 할 수 있을 것이다. 나는 바다를 건너지 않고 영국을 직선거리로 가장 길게 여행할 수 있는 지점을 알고 싶었다. 지도책을 펼쳐놓고 자로 재보니 놀랍게도 자는 마치 휜 컴퍼스 바늘처럼 존오그로츠와 랜즈엔드에 비스듬히 걸쳐졌다. 자로 재어본 결과 영국을 가장 길게 잇는 직선거리 가장 위쪽 지점은 지도상 북쪽 왼편에 있는 스코틀랜드의 케이프래스(Cape Wrath)였다. 그리고 아래쪽 지점은 정말 재미있게도 보그너레지스였다.

래리가 옳았다. 이건 계시다.

아주 짧은 시간 동안 나는 내가 새로 발견한 경로를 따라(이 길의 이름이 브라이슨 길로 알려졌으면 좋겠다. 내가 그 경로를 발견했으니까!) 영국을 여행할 수 있는지 생각해봤다. 하지만 그런 생각을 하자마자 그것이 현실적이지도 바람직하지도 않다는 사실을 깨닫게 됐다. 정말 그 경로대로 여행을 하려면 무수히 많은 가정집이며 개인 정원을 침범하고, 길조차 나 있지 않은 들판을 가로질러 걸어야 하며, 강물을 헤엄쳐야 하기 때문이다. 그야말로 미친 짓이 아닐 수 없다.

게다가 최대한 비슷하게 경로를 따라 여행을 한다면 메이클즈필드나 울버햄프턴 같은 도시의 교외 거주지 길을 따라가야 하는데, 그곳에 그런 여행을 감수할 만한 가치가 있다고 보이지는 않았다. 하지만 브라이슨 길을 일종의 이정표 삼아 여행을 할 수는 있겠다는 생각이 들었다. 나는 브라이슨 길의 양 끝에서 시작하고 마치는 여행을 하기로 결심했다. 그리고 가는 길에 들를 수 있고, 들러야 한다는 사실이 기억나면 브라이슨 경로에 있는 지점에 편하게 들르되 지나치게 독실하게 그 경로를 추종하도록 나 자신을 짓누르지는 않기로 했다. 브라이슨 길은 내게 '테르미누스 에드 쾜(terminus ad quem) 즉 도달점이 될 것이다. 그 길을 따라가되 가급적 전에 여행하며 방문했던 곳들은 피할 것이다. 길모퉁이에 서서 마지막으로 왔을 때보다 얼마나 더 나빠졌는지 투덜거리는 것은 대단히 위험한 행위이기 때문이다. 그래서 나는 아무런 편견 없이 새로운 시각으로 여행지를 보기 위해 한 번도 가보지 않은 곳을 여행하리라 마음먹었다.

특히 케이프래스가 아주 마음에 들었다. 케이프래스에 대해서는 거의 알지 못했다. 기껏해야 그곳에 이동 주택 야영지가 있을지도 모른다는 사실 정도만 알고 있었다. 어쩐지 그 곳은 거칠고 사나운 파도가 일어 여행자가 진지하게 목적지로 삼기에는 범접하기 어려운 곳일지도 모른다는 생각이 들었다. 사람들이 내게 어디에서 묵을지 물어보면 지그시 북쪽 지평선을 바라보며 결연한 표정으로 이렇게 말하리라.

"별일이 없으면, 케이프래스겠지요."

그러면 듣는 이들은 나지막이 감탄의 탄성을 내뱉으며 이렇게 말하겠지.

"와, 정말 긴 여정이네요."

나는 엄숙하게 고개를 끄덕이며 덧붙여 말할 것이다.

"그곳에 화장실이나 있을는지."

하지만 그 머나먼 곳에 도달하려면 1천 수백 킬로미터 떨어진 곳에서부터 역사 깊은 마을들과 아름다운 시골길들을 거쳐야 하고, 먼저 보그너에 있는 영국의 유명한 해안에도 들러야 한다.

차례 :

1

빌어먹을
보그너!

보그너에 처음 발을 내딛기 전, 지명 철자를 제외하고 내가 보그너레지스에 대해 아는 것이라고는 과거 어느 불확실한 시점에 어느 영국 군주가 임종 자리에서 마지막으로 내뱉은 말이 '빌어먹을 보그너!'였다는 사실뿐이었다. 그 군주가 누구였는지, 왜 생의 마지막 순간에 아담한 영국 해안 도시에 악담을 퍼부었는지는 정확히 알지 못했다.

알고 보니 그 군주는 조지 5세 국왕이었고 중증의 폐병을 앓고 있었는데 왕실 주치의였던 도슨 경(Lord Dawson of Penn)이 신선한 바닷바람을 쐬면 병에 도움이 될 것이라고 권유해서 1929년, 국왕은 보그너로 요양을 갔다고 한다.

왕실 주치의였던 도슨 특유의 성격을 감안할 때 그는 환경을 바꾸는 것 외에는 딱히 좋은 치료법이 없다고 판단했는지도 모른다. 사실 도슨은 당대에 그에 대한 노래까지 있을 정도로 유명한 인물이었다. 노래 가사는 다음과 같다.

도슨 경은
사람들을 많이 죽였다네.
우리가 이 노래를 부르는 이유는
신께서 왕을 구해주시길 바라기 때문이지.

조지 5세가 보그너를 휴양지로 택한 것은 그곳에 딱히 애정이 있어서가 아니라 그의 부유한 친구 아서 뒤 크로스(Arthur du Cros)경이 보그너에 크레이그웨일 하우스(Craigweil House)라는 이름의 대저택을 사용하도록 해줬기 때문이다. 사람들 말에 의하면 크레이그웨일은 지독히도 흉측하고 불길한 기운이 감도는 곳이었으며 왕도 그곳을 전혀 좋아하지 않았다고 한다. 하지만 바닷가 공기는 조지 5세의 건강에 큰 도움이 됐고 몇 달 만에 다시 런던으로 돌아올 수 있을 정도로 몸이 회복됐다. 그때 조지 5세가 보그너에 조금이라도 좋은 추억을 안고서 그곳을 떠났다면 나중에 그런 말은 입에 담지 않았을 것이다.

그로부터 6년 뒤 병이 재발해 다시 병상에 눕게 됐는데, 도슨은 이번에도 보그너에서 좀 쉬다 오면 충분히 회복할 수 있다며 확신에 찬 어조로 말했다. 그러자 조지 5세가 "빌어먹을 보그너!"라는 말을 남기고는 숨을 거두었다고 한다. 이 이야기는 늘 소설 같은 이야기라고 묵살당하곤 하지만, 조지 5세의 전기 작가 중 한 명인 케네스 로즈(Kenneth Rose)가 이야기 속 국왕의 성격이 실제 성격과 매우 흡사하다며 이 이야기가 사실일 수 있다는 견해를 내놓았다.

잠시나마 왕이 머물렀다는 이유로 보그너에서는 지명에 왕의 통치 구역을 의미하는 레지스(Regis)라는 명칭을 사용할 수 있도록 해달라고 청원했고, 1929년 이 청원이 받아들여졌다. 흥미롭게도 1929년은 보그너가 가장 번영했던 시기이자 끝도 없는 쇠락의 길로 접어들기 시작한 바로 그해였다. 연안의 다른 도시들과 마찬가지로 보그너 역시 옛날에는 잘살던 도시였다. 한때 잘 차려입은 행복한 표정의 사람들이 마음 편히 주말을 보내기 위해 보그너로 모여들곤 했다. 시내에는 왕립 극장도 있었고, 영국 남부 지방에서 가장 근사한 무도회장으로 손꼽히던 웅장한 건물도 있었으며, 이름이 요양소(Kursaal)만 아니었다면 훨씬 더 좋은 곳으로 평가받았을 시설도 있었다. 이곳에서 치료받은 이는 아무도 없었지만 이 시설의 후원자들은 상주 오케스트라 음악에 맞춰 롤러스케이트도 타고 커다란 야자수 아래서 식사도 즐길 수 있었다. 지금은 모두 아득한 옛날이야기일 뿐이다.

보그너에는 간신히 형태만 남아 있는 부두도 있다. 한때 길이가 300미터가 넘었던 이 부두는 여러 소유주들을 거치면서 길이가 점점 짧아졌고, 잇따른 화재와 폭풍 피해를 입으면서 지금은 채 100미터도 되지 않아 바다에 닿지 못하는 부두가 됐다. 보그너에서 해마다 버드맨 대회가 열리던 시절도 있었다. 버드맨 대회는 직접 만든 신기한 장치들을 이용해 부두에서 하늘로 날아오르는 대회로, 참가자들은 양쪽에 로켓을 동여맨 자전거나 이와 비슷한 장치들을 사용해 부두에서 허공으로 날아올랐다. 사람들은 거의 다 아주 짧은 거리를 우스꽝스럽게 비행하고는 물속으로 첨벙 빠져서 관중에게 큰 즐거움을 안겨줬다. 하지만 부두가 짧아지면서 참가자들은 물이 아닌 모래와 자갈 위로 처박혔고 재미보다는 경각심을 일깨워주는 대회가 되고 말았다. 결국 이 대회는 2014년에 폐지됐고, 지금은 해안을 따라 몇 십 미터 떨어진 곳에 있는 워딩(Worthing)에서 부두도 물에 닿아 있고 상금도 많은, 훨씬 더 큰 규모로 열리고 있다.

보그너가 장기간 침체에 빠져 계속해서 내리막길을 걷게 되자 도시를 살리려는 노력의 일환으로 2005년 아룬지방자치구의회에서 마을에 5억 파운드 투자 유치를 목표로 하는 '보그너레지스 재건을 위한 특수 업무 팀'을 꾸렸다. 하지만 그 정도 규모의 투자를 해줄 곳이 없다는 사실이 점점 확실해지자 목표는 1억 파운드로 대폭 줄었고 그 다음에는 2,500만 파운드로 줄었다. 하지만 이조차도 터무니없이 큰 야망으로 판명됐다. 결국 자치구의회는 보다 현실적인 금액인 0파운드를 목표로 삼았다. 의회는 이 목표가 이미 달성됐음을 깨닫고 목표를 달성했다며 특수 업무 팀을 해산시켰다. 내가 알기로 보그너를 위해 일하는 모든 관료들은 마치 생명 유지 장치에 의존해 살아가는 환자처럼 그저 현상 유지만 하고 있다.

하지만 보그너에도 좋은 곳들이 있다. 긴 해변을 따라 콘크리트로 된 산책로가 구부러져 있고, 대단히 번화하진 않지만 오밀조밀하고 아담한 중심가도 있다. 검색창에 '보그너에서 할 일'을 검색해보면 가장 먼저 호담 공원이 검색된다. 그 다음 매력적인 제안으로 스쿠터를 파는 오토바이 상점이 검색된다.

해안 산책길을 따라 걷다 보니 나 말고도 꽤 많은 사람들이 햇살을 만끽하며 느긋하게 산책을 즐기고 있었다. 모두들 곧 사랑스러운 여름날을 맞게 될 것이다. 오전 10시 30분밖에 되지 않았지만 보아하니 영국의 전형적인 여름날처럼 푹푹 찌는 날이 될 것 같았다. 원래는 슬슬 서쪽으로 걷다가 국왕이 요양을 했던 크레이그웨일에 갈 계획이었다. 하지만 크레이그웨일이 1939년에 허물어졌으며 현재 다른 주택이 들어오면서 그 터조차 사라졌다는 사실을 알게 되면서 계획이 무산됐다. 그래서 나는 동쪽 산책로를 따라 펠팜(Felpham) 쪽으로 가기로 했다. 별다른 이유는 없었다. 산책을 하는 사람들이 모두 펠팜 쪽으로 가기에 그쪽에 뭐가 있나 해서 따라간 것뿐이다.

해변을 기준으로 한쪽으로는 햇살이 눈부시게 부서지는 바다가 있었고 또 다른 한쪽으로는 근사한 현대식 주택들이 펼쳐졌다. 집집마다 산책하는 사람들로부터 사생활을 보호하기 위해 담장을 높게 쌓아두고 있었다. 하지만 썩 효율적인 문제 해결 방법은 아니었던 것 같다. 주위를 산책하는 사람들이 집 안을 엿보지 못하게 하려고 담벼락을 높게 올린 탓에 집주인이 바다를 감상하려면 위층의 발코니로 올라가야 했는데, 그렇게 되면 오가는 행인들의 시선에 노출될 수밖에 없기 때문이다. 산책로에서는 위층 발코니에 있는 집주인들이 아주 잘 보였다. 피부가 햇볕에 그을었는지 하얀지, 시원한 음료를 먹는지 따뜻한 차를 마시는지, 〈텔레그래프〉를 읽는지 다른 신문을 읽는지 등등 일거수일투족이 훤히 보였다. 발코니에 나온 사람들은 짐짓 이러한 시선이 신경 쓰이지 않는 척 행동했지만 신경 쓰지 않는 척하는 모습조차 훤히 잘 보였으며 오히려 호기심만 자극할 뿐이었다. 그들은 발코니에 있는 자신들의 모습이 행인들에게 전혀 보이지 않는 듯 행동했고 한술 더 떠 아래에서 자신들을 올려다보고 있는 우리들의 존재도 전혀 알아채지 못한 척 행동해야 했다. '척'해야 할 것들이 너무 많았다.

나는 시험 삼아 발코니에 나와 있는 사람들과 눈을 맞춰보기로 했다. 나는 마치 '안녕하세요! 당신이 아주 잘 보이네요!' 하고 말하기라도 하듯 눈이 마주친 이들에게 미소를 지어 보였지만 그들은 황급히 시선을 피하거나 나를 전혀 보지 못한 척, 수평선 저 멀리 떨어져 있는 프랑스의 디에프나 도빌이 있으리라 짐작되는 곳에 정신이 팔린 척했다. 이럴 때면 영국인으로 산다는 것이 꽤나 피곤하겠다는 생각이 들곤 한다. 아무튼 산책로를 걷는 사람들은 더 높은 곳으로 굳이 올라가지 않아도 실컷 바다를 감상할 수 있으며, 아무도 우리를 보고 있지 않다는 듯 행동하지 않아도 되니 그들보다 사정이 훨씬 나은 듯했다. 무엇보다도 우리는 해가 저물면 차를 타고 보그너레지스가 아닌 다른 곳에 있는 집으로 갈 수 있었다.

나는 보그너에 들렀다가 해안 도로를 따라 브라이턴에 가기로 했다. 브라이턴에 간다고 생각하니 가슴이 설렜다. 이렇게 길게 뻗은 해안을 따라가본 적이 없었기에 한껏 기대가 부풀었다. 나는 버스 시간표를 출력하며 내 계획을 실현해줄 최고의 버스로 12시 19분 버스를 택했다. 하지만 느긋하게 걸어가다가 불현듯 시간이 몇 분 남지 않았음을 깨닫고 허둥지둥 버스 정류장으로 뛰어 들어갔을 때는 매연을 내뿜으며 이미 떠난 버스의 뒷모습을 씁쓸하게 지켜봐야 했다. 알고 보니 내 손목시계가 맞지 않았다. 배터리가 다 닳은 것 같았다. 다음 버스가 출발할 때까지는 30분가량 남았기에 시간도 보낼 겸 금은방으로 들어갔다. 활기라고는 전혀 없어 보이는 금은방 주인은 시계 배터리를 교체하는 데 30파운드 정도 든다고 말해줬다.

"하지만, 그건 거의 이 시계 가격인데요."

나는 가격에 화들짝 놀라 말했다.

"그래서 이 시계가 늦게 가는 거일 수도 있겠구려."

주인은 심드렁한 표정으로 당당하게 시계를 내게 다시 돌려줬다. 나는 그가 뭔가 더 할 말은 없는지, 이 시계가 내 손목에서 제대로 흘러가도록 도와줄 관심이 희미하게라도 있지는 않은지, 그 과정에서 장사를 잘 해나갈 수 있게 되지는 않을지 기대하며 기다렸다. 하지만 그런 일은 일어나지 않았다.

"그럼, 전 이제 가보려고요. 아주 바빠 보이시네요."

나는 혹시 그가 내 타고난 유쾌함을 높이 사지 않을까 기대하며 쾌활하게 인사를 했지만 그런 일은 없었다.

다음 버스가 오기까지 남은 시간은 20분 남짓이었는데 슬슬 배가 고파왔다. 나는 후딱 끼니를 때울 요량으로 맥도널드에 들어갔다. 하지만 좀 더 신중했어야 했다. 나는 맥도널드에 개인적으로 안 좋은 기억이 있다. 몇 해 전, 대가족 모임이 있던 날에 가족들과 함께 이동을 하던 중이었다. 자동차 뒷좌석에서 손주들이 정신없이 소리를 질러대는 통에 건강하지 않은 음식에라도 도움을 받아볼까 해서 맥도널드 앞에 차를 세웠다. 주문은 내 몫이었다. 당시 10명 정도의 가족들이 차 두 대에 나눠 타고 있었는데, 나는 일일이 가족 구성원 한 사람 한 사람에게 주문 내역을 물어 낡은 종이봉투 뒷면에 받아 적었다. 그리고 매장에 주문을 하러 갔다.

내 차례가 됐을 때 나는 젊은 종업원에게 단호하게 말했다.

"일단, 빅맥 5개하고요, 쿼터파운드 치즈 버거 4개, 초콜릿 밀크셰이크 2개…."

여기까지 말했는데 가족 중 한 사람이 들어오더니 한 아이가 빅맥 대신 치킨 너겟으로 마음을 바꿨다고 전했다.

나는 다시 주문을 읊었다.

"죄송합니다. 빅맥 4개, 쿼터파운드 치즈 버거 4개, 초콜릿 밀크셰이크 2개…."

여기까지 말하는데 이번에는 손주 한 명이 와서는 초콜릿 밀크셰이크가 아니라 딸기 밀크셰이크를 먹겠다고 말했다.

"알겠다."

나는 아이에게 말하고는 다시 젊은 종업원에게 주문했다.

"빅맥 4개하고요, 쿼터파인드 치즈 버거 4개 그리고 초콜릿 밀크셰이크 1개, 딸기 밀크셰이크 1개, 치킨 너겟 3개…."

그러고 난 뒤에도 가족들은 급하게 들어와서 점점 길고 복잡해지게끔 주문 내역을 바꿔댔다.

"이게 뭐죠?"

주문서를 받아든 내가 물었다.

"주문하신 내역입니다."

종업원이 대답하며 내 주문 내역을 읊어줬다. 주문 내역은 다음과 같았다.

"빅맥 34개하고요, 쿼터파운드 치즈 버거 20개, 초콜릿 밀크셰이크 12개…."

알고 보니 종업원은 내가 주문을 다시 할 때마다 기존의 주문 내역을 없애지 않고 계속 더해서 주문을 받은 것이다.

"난 쿼터파운드 치즈 버거 20개를 달라고 한 적이 없소. 쿼터파운드 치즈 버거 4개를 달라고 다섯 번이나 말하지 않았나요."

"그게 그 얘기죠."

"같은 말이 아니잖아요. 이렇게 답답해서야 원."

그러자 내 뒤에서 기다리던 두 사람이 젊은 종업원 편을 들었다.

"지금 그걸 다 달라고 주문하셨잖아요."

한 손님이 말했다.

결국 지배인이 와서 주문서를 봤다.

"여기에 쿼터파운드 치즈 버거 20개라고 돼 있는데요, 손님."

그는 마치 그 주문서가 내 지문이 묻은 총이라도 되는 양 말했다.

"주문서에는 그렇게 나와 있겠지요. 하지만 내가 주문한 건 그게 아니란 말이요."

손주들 중에 큰 녀석이 상황을 파악하러 내 쪽으로 왔다. 나는 손주에게 자초지종을 설명했고 이제 이 문제를 슬기롭게 해결할 책임은 손주에게로 넘어갔다. 결국 손주는 전부 사라고 판결을 내렸다. 내 잘못이라는 것이다.

"하나같이 이렇게 멍청하다니 믿을 수가 없군."

나는 주위에 있던 약 16명의 사람들을 향해 말했다. 그들 중에는 이제 막 가게에 들어온 이들도 있었는데 그들조차 이미 내게 적대적이었다. 결국 아내가 와서 내 팔을 잡아끌었다. 예전에 아내가 정신 질환 환자가 소란을 피울 때 꼭 지금처럼 병실로 데리고 가는 모습을 본 적이 있다. 아내는 지배인과 종업원, 관중들에게 우호적인 태도를 보이며 상황을 정리했고 내게 다시는 혼자서 맥도널드 근처에 얼씬도 하지 말라고, 꼭 갈 일이 있으면 누군가의 감시하에 가라고 경고했다.

그때 그 소동 이후 맥도널드는 처음이었다. 나는 최대한 점잖게 행동하려 했지만 맥도널드는 내게 너무 어려웠다. 일단 나는 치킨 샌드위치와 다이어트 코크 하나를 주문했다.

"감자튀김도 함께 드릴까요?"

젊은 남자 종업원이 물었다.

나는 잠시 망설이다가 고통스러웠지만 참을성 있게 말했다.

"아뇨. 그래서 처음부터 감자튀김을 주문하지 않은 겁니다."

"그냥 드실지 여쭤본 거예요."

종업원이 대꾸했다.

"내가 감자튀김을 먹고 싶을 때는 보통 '감자튀김도 주세요'라고 말하죠. 그게 내가 사용하는 시스템입니다."

"그냥 드실지 여쭤본 거예요."

그가 아까 했던 말을 반복했다.

"내가 또 뭘 원하지 않는지 알고 싶어요? 아주 긴데 들어볼래요? 사실 나는 내가 주문한 딱 두 가지를 빼면 아무것도 주문하고 싶지 않아요."

"그냥 드실지 여쭤본 거예요."

그는 또 했던 말을 되풀이했다. 하지만 이번에는 쟁반에 내가 주문한 치킨 샌드위치와 다이어트 코크를 내놓으며 더 어두운 목소리로 대답했다. 그리고는 진정성이라고는 조금도 느껴지지 않는 말투로 안녕히 가시라고 인사를 했다.

아무래도 내게 맥도널드는 아직 무리인 듯싶었다.

보그너레지스에서 리틀햄프턴을 경유해 브라이턴으로 가는 버스의 이름은 '연안정기버스 700'이었다. 미끈한 몸체에 세련된 외관, 터보 엔진이라도 달려 있을 법한 이름이었다. 에어컨이 잘 나오는 쾌적한 2층에, 고급스러운 벨벳 의자에 앉아 눈부신 바다와 스쳐 지나가는 시골 풍경을 유유자적 감상하는 내 모습이 그려졌다. 직사광선을 막기 위해 연한 색의 필름을 덧입힌 창문을 응시하다가 나는 옆에 앉은 사람에게 이렇게 목소리를 깔면서 말을 붙여볼지도 모른다.

"이 푸른색은 창문에 입힌 필름 색일까요, 아니면 리틀햄프턴이 이토록 푸른 걸까요?"

하지만 털털거리며 도착한 버스에는 내가 상상했던 그 무엇도 없었다. 비좁은 단층 버스에는 딱딱한 금속 테두리가 둘러져 있고 플라스틱 의자가 놓여 있었다. 마치 죄수들과 함께 어디론가 호송될 때 탈 법한 그런 차였다. 유일하게 좋은 점은 탑승료가 저렴하다는 점이었다. 호브까지 가는 데 4.4파운드였는데, 그 정도 액수면 전날 밤 런던에서 마신 맥주 한 잔 값이었다.

그래도 평소 가고 싶던 리틀햄프턴이며 고링바이시, 앵머링, 워딩, 쇼어햄 등과 같은 매력적인 휴양 도시들을 여행한다고 생각하니 가슴이 설렜다. 나는 레이디버드(Ladybird) 출판사에서 나오는 책들에서나 나올 법한 1950년대 풍의 복닥복닥한 찻집들과 경쾌한 줄무늬 차양을 드리우고 바람개비며 비치볼 등을 파는 상점들, 그리고 푸짐한 아이스크림을 손에 든 사람들과 번화한 거리 등 행복한 마을의 모습을 그렸다. 하지만 1시간이 넘도록 바닷가는커녕 어촌 비슷한 마을도 보이지 않았다. 중앙 분리대가 있는 고속도로를 달리는 동안 지저분한 교외 도시만 끝도 없이 펼쳐졌고, 차창을 스치는 풍경이라고는 현대 영국 생활이라는 표현과 딱 어울리는 대형 마켓과 주유소, 자동차 판매점, 기타 이 시대의 온갖 볼품없는 모든 필수 용품점들뿐이었다.

지루함을 달래려고 이전 승객이 옆 좌석 뒷주머니에 버리고 간 잡지를 집어 들었다. 잡지에는 '자기 안녕!', '좋아!', '지금이야!', '이제 어떻게 하지!', '아직 아니야' 등과 같은 문구들이 이상하리만치 강조돼 있었으며 내 눈에는 지극히 날씬하게만 보이는 여성 유명 인사들이 최근 급격하게 체중이 불었다는 기사뿐이었다. 잡지에 나온 사람들 중 아는 사람은 한 명도 없었지만 그들의 사생활 이야기는 매우 흥미로웠다. 내 마음을 가장 사로잡은 기사는 무능한 애인에게 보복하기 위해 질 성형 비용으로 7,500파운드를 청구했다는 내용의 기사였다. 바로 이런 것을 두고 보복이라고 하는 것이다. 하지만 질 성형으로 무엇을 얻을 수 있는 걸까? 와이파이? 사우나? 유감스럽게도 기사에는 이 부분이 명확히 나와 있지 않았다.

나는 잡지에 푹 빠졌다. 나도 모르게 작은 뇌를 공통분모로 하는 유명 인사들의 흥청망청한 생활상과 보나마나 후회할 인간관계를 맺는 그들의 생활 방식 이야기를 정신없이 읽고 있었다. 한참 읽다 보니 한 기사 제목이 눈길을 사로잡았다. "명예에 눈이 멀어 아기를 죽이지 마!"라는 제목의 기사였는데, 읽어보니 영국 모델 케이티 프라이스(Katie Price)(개인적으로 이 모델은 모델 조던(Jordan)과 매우 닮았다고 생각한다)가 최근 뜨고 있는 모델 조시(Josie)에게 건네는 충고였다. 솔직히 말하자면 프라이스의 글솜씨는 별로였다. '내 말 잘 들어 조시. 넌 정말 역겨워. 가슴 좀 크고 낙태 한 번 했다고 해서 네가 유명해지진 않아!' 이성적으로나 정서적으로 이 부분은 프라이스의 의견에 동의하긴 하지만 기사 내용은 프라이스의 말보다는 조시의 생활을 보여주는 데 더 집중하고 있는 듯했다.

사진으로 본 조시는 파티장에서 사용하는 풍선만 한 가슴과 바다에 기름 유막을 가두려고 둥둥 띄워놓는 방책 같은 입술을 한 젊은 여성이었다. 기사에는 조시가 '두 달 이내에 그녀의 세 번째 아들을 낳을 것 같다'는 예측도 나와 있었다. 기사를 보니 '에식스에 사는 누군가의 생식 활동에 이토록 지대한 관심들을 가지고 공감하는구나' 하는 생각이 들었다. 기사는 한 걸음 더 나아가 조시가 평소 딸을 바랐는데 또 아들을 임신한 데 크게 실망해서 그 불만의 표시로 다시 흡연과 음주를 하고 있다는 내용도 덧붙였다. 게다가 조시는 아기를 낙태할 생각이 있다는 이야기를 공공연하게 했고 이에 프라이스가 목소리 높여 이를 비판하고 나서게 된 것이다. 기사에는 조시가 출판사 두 군데와 책 출간 계약을 논의하고 있다는 내용도 나와 있었다. 만약 내 책을 출판하는 출판사가 그 두 곳 중 한 곳이라면 나는 그 출판사에 불을 지를지도 모른다.

꼰대처럼 말하기는 싫지만 도대체 이들이 이토록 유명세를 타는 이유가 뭘까? 이들의 어떤 점이 전 세계 많은 이들의 마음을 사로잡는 걸까? 어쩌면 우리는 그들의 재능, 지성, 매력, 장점 등은 다 배제하고 있는지도 모른다. 그렇다면 무엇이 남는가? 아름다운 발? 신선하고 싱그러운 숨결? 무슨 말을 해야 할지 모르겠다. 해부학적으로 보면 인간처럼 보이지 않는 모델들도 많다. 이름들도 리리(Ri-Ri), 털리사(Tulisa), 나야(Naya), 케이 페즈(K-Pez), 클라미디아(Chlamydia), 토스 알(Toss-R), 모론(Mo-Ron) 등과 같이 우주 저 멀리 떨어진 곳에서 온 것 같은 이름투성이다. 그래서인지 잡지를 읽는 내내 나의 머릿속에서는 마치 1950년대 B급 영화 예고편의 한 장면 같은 목소리가 계속 들렸다.

'얼간이 행성에서 그들이 왔다.'

어디에서 왔건 간에 지금 그들은 무리 지어 살고 있다. 마침 이런 내 생각을 실제 보여주기라도 하듯 리틀햄프턴을 지나자 배기팬츠를 입은 한 젊은이가 심드렁한 표정으로 구부정하게 버스에 올라타더니 내 대각선 앞에 앉았다. 그가 쓴 야구 모자는 제 머리보다 몇 치수는 더 커 보였는데 귀에 걸쳐져 있어서 그나마 눈을 덮지는 않았다. 모자챙은 다리미로 누른 듯 평평했으며 앞에는 반짝이는 홀로그램이 부착된 가격표가 붙어 있었다. 모자 정면에는 대문자로 'OBEY(복종하라)'라는 문구가 적혀 있었다. 이어폰은 요란한 음파를 그의 텅 빈 두개골로 보내고 있었다. 그의 두개골 속 공간은 아득하게 멀리 떨어진 별과 별 사이만큼이나 공허할 것이다. 그 공허한 두개골 속을 한참 여행하다 보면 건조한 티끌 하나를 만나게 되는데 그것이 그의 뇌다. 그의 뇌는 분명 힉스 입자만큼 작을 것이다. 만약 영국 남부에서 그런 모자를 쓰고 구부정한 자세를 한 젊은 남자들을 모두 한곳에 모아 아이큐 검사를 해도 여느 얼간이 한 명의 지능에도 미치지 못할 것이다.

나는 두 번째 잡지인 〈입닥쳐(Shut the Fuck Up)!〉를 집어 들었다. 이 잡지에는 케이티 프라이스가 현명한 조언을 할 만한 입장은 아니라는 요지의 기사가 실려 있었다. 이 사실도 이미 짐작은 하고 있었다. 이 잡지는 독자들에게 모델 프라이스 양의 화려하고도 드넓은 연애 세계를 구경시켜 줬다. 잡지에 의하면 프라이스는 세 번의 결혼과 두 번의 파혼을 했고, 여러 명의 자녀들을 뒀으며, 진실했지만 짧았던 일곱 번의 연애를 했는데 이는 모두 최근에 일어난 일들로 그간 방대하고 정신없던 연애사 중 빙산의 일각이라고 했다. 프라이스는 그간의 인간관계에 대단히 불만이 많으며 지속적인 인간관계를 유지한 적은 없었다고 한다. 프라이스가 결혼한 키에런(Kieran)이라는 사람은 앞머리를 특이하게 세우는 것이 그가 가진 최고의 재능인 듯 보였다. 결혼한 지 얼마되지 않아 키에런은 케이티의 대저택으로 들어왔고, 케이티는 자신의 가장 친한 친구와 키에런이 바람을 피웠다는 사실을 알게 됐다. 그리고 이것으로는 충분하지 않다는 듯, 프라이스의 세상에서는 이 일 정도는 지나치게 약소하다는 듯, 프라이스의 또 다른 친구도 키에런의 성능을 시험했다는 사실 또한 알게 됐다. 당연히 프라이스는 노발대발했다. 아마 여기서도 질 성형 청구 소송이 있지 않을까 싶다.

페이지를 넘기자 훈훈한 외모의 샘(Sam)과 조이(Joey) 커플 이야기가 나왔다. 내 머리로는 도무지 이들의 재능이 무엇인지 파악하기 어려웠다. 누구라도 이들의 재능을 발견해준다면 무척 흥미로울 것이다. 에식스에서 '더할 나위 없이 완벽한 성'을 알아보고 있다고 하니 돈이 아주 많은 사람들임에 분명했다. 여기까지 기사를 읽다가 나도 모르게 고개를 툭 하고 떨구었다가 다시 잡지를 내려놓고 교외 풍경이 펼쳐지고 있는 창밖을 바라봤다.

하지만 차츰 나도 모르게 꾸벅꾸벅 고개를 떨어뜨리는 횟수가 늘어났고 이내 스르륵 깊은 잠에 빠져들었다.

잠에서 깨 보니 낯선 곳이었다. 버스는 어느 마을 공원 앞에서 멈춰 섰다. 커다란 직사각형 모양의 푸른 공원은 사람들로 붐비고 있었다. 공원의 3면은 작은 호텔들과 콘도 건물들로 경계가 지어져 있었고 탁 트인 앞쪽으로는 바다가 있었다. 대단히 매혹적인 풍경이었다. 공원에는 아주 잘 꾸며진 보행자 도로가 있었다. 언젠가 호브가 아주 매력적인 곳이라는 이야기를 들은 적이 있는데 아마 이곳이 호브 같았다. 나는 허둥지둥 버스에서 내려 내가 있는 곳이 어디인지 단서를 찾기 위해 주위를 둘러봤다. 나는 절대로 다른 사람에게 "실례합니다. 여기가 어디죠?"라고 묻지 않는다. 내가 있는 곳이 어디인지 정보를 얻기 위해 이리저리 헤맨 결과 이곳이 '워딩'이라는 사실을 알았다.

나는 워릭스트리트에서 차 한 잔을 사고 바닷가를 향해 걸었다. 바닷가는 충격적일 정도로 못생긴 주차 건물이 점령하고 있었다. 이쯤 되면 행정 공무원들이 도대체 무슨 생각으로 도시를 계획하는지 궁금해진다.

'이봐, 좋은 생각이 있어. 바닷가에 근사한 호텔이나 콘도 대신 거대하고 창문도 없는 주차 건물을 짓는 거야. 그러면 사람들이 바닷가로 몰려들 거야.'

뭐 이렇게 생각하는 걸까? 나는 브라이턴까지 남은 거리를 걸어갈까도 생각했지만 흐릿한 안개 속으로 까마득히 보이는 브라이턴은 너무 멀었다. 믿음직한 영국국립지리원 지도에 따르면 12킬로미터 이상 떨어져 있었는데 당시 날씨나 내 상태로 걷기에는 무리였다.

결국 나는 다시 버스에 탔다. 아까와 다른 버스지만 모양은 완전히 똑같은 버스를 타고 다시 여행을 재개했다. 순조롭게 출발한 것도 잠시, 얼마 가지 않아 해안 도로를 따라서 기나긴 쓰레기 행렬, 건축업체들, 자동차 수리소, 마침내는 거대한 발전소까지 온갖 지저분한 건물들이 쇼어햄까지 이어지는 꼴불견을 볼 수 있었다. 게다가 도로 공사를 하는 통에 차가 막혀 내가 탄 버스가 도로 한복판에 갇혔다. 나는 또 다시 잠이 들었다.

일어나니 호브였다. 정확히 내가 바라던 곳이었으며 늘 그렇듯 허둥지둥 버스에서 내렸다. 얼마 전 우연히 조지 에베레스트(George Everest)라는 사람에 관한 글을 읽은 적이 있다. 에베레스트 산은 그의 이름을 따온 것이고 현재 그가 호브에 있는 세인트앤드루성당(The Church of St Andrew)의 부속 묘지에 안장돼 있다는 이야기를 읽었던지라 그의 묘지에 가보고 싶었다. 나는 어떤 이유로 에베레스트 산에 그의 이름을 따서 붙였는지 궁금증이 가시질 않았다. 사실 그의 이름을 따서 붙이면 안 되는 거였다. 일단 그는 에베레스트 산을 본 적조차 없었다. 인도에 살 때나 다른 나라에 살 때에도 그의 삶에 있어서 산은 거의 아무 의미도 없었다.

에베레스트는 1790년 그리니치 아니면 웨일스에서 태어났다. 변호사의 아들로 태어난 그는 말로와 울위치에서 사관학교를 다녔고 이후 극동 지역에 가서 측량사가 됐다. 1817년 그는 대삼각 측량 사업의 측량 국장 자격으로 인도 남부에 있는 하이데라바드로 가게 됐다. 대삼각 측량 사업은 인도 대륙 남쪽부터 북쪽 히말라야 산맥까지 남북으로 이르는 경선의 호(弧)를 계산하는 사업으로 이를 토대로 지구의 호를 알아내기 위한 사업이었다. 또한 에베레스트의 동료이자 희한하게도 알려진 바가 없는 윌리엄 램턴(William Lambton)이 평생 매달린 사업이기도 하다. 램턴에 관해서는 뭐 하나 제대로 알려진 것이 없다.

〈옥스퍼드 인명사전(Oxford Dictionary of National Biography)〉에 따르면 램턴은 1753년에서 1769년 사이에 태어났다고 알려져 있는데 참으로 광범위한 출생 연도가 아닐 수 없다. 그가 자란 곳도 알려지지 않았으며, 어린 시절이나 교육 배경도 거의 알려지지 않았다. 정확하게 알려진 것이라고는 그가 1781년 군에 입대했으며 새로운 미국의 국경을 측량하기 위해 캐나다로 갔다가 다시 인도로 발령이 났다는 사실뿐이다. 그는 1823년 인도 북부에서 홀연 죽음을 맞기 전까지 약 20년가량을 오직 일에만 몰두했다. 정확히 언제, 어디에서, 무엇 때문에 죽었는지는 알려지지 않았다. 대삼각 측량 사업은 거의 조지 에베레스트가 완수했다. 이는 대단히 중요한 업무였지만 히말라야 인근에 살 때에는 아무 성과도 보지 못했다.

조지 에베레스트의 노년 사진들을 보면 새하얗게 샌 머리카락과 수염이 온통 그의 얼굴을 덥수룩하게 덮고 있는 우울한 모습이다. 인도에서의 삶은 그와 잘 맞지 않았다. 그는 인도에서 20년 정도를 보냈는데, 걸핏하면 티푸스와 설사병, 옐라푸럼(Yellowpurum)이라고 하는 열병 등의 질병에 시달렸다. 그래서 병가를 내고 고향에서 보낸 시간이 꽤 길었다. 그가 영국에 아예 들어온 것은 1843년의 일로, 산의 이름이 지어지기 한참 전이었다. 에베레스트 산은 아시아의 산 중에서 영국인의 이름이 붙은 유일한 산이다. 영국의 지도 제작자들은 원래 토착 지명을 사용하는 데 있어서 꽤 양심적인 편인데, 당시 에베레스트 산은 상당히 여러 개의 이름으로 불리고 있었다. 데오둔가, 데바둔가, 바이라바탄, 브하이라블랑거, 그날탐탄글라, 초모랑마 등의 이름 외에도 더 많은 이름들이 에베레스트를 지칭하는 이름이었고 지도 제작자들은 그중 어느 하나를 고를 수 없었다. 영국인들은 그 산을 주로 '15번 봉우리'라고 불렀다. 당시에는 그 산이 지구에서 가장 높은 산이라는 사실을 아무도 몰랐기에 어떻게 부르든 아무도 상관하지 않았다. 그래서 누군가 지도에 '에베레스트'라고 명명을 해도 대수롭지 않게 여겨졌던 것이다. 대삼각 측량 사업이 거의 끝나갈 무렵에는 조사가 상당 부분 잘못됐음이 밝혀졌고, 램턴과 에베레스트는 살아생전 이 일에 평생을 바친 보람도 느껴보지 못한 채 세상을 떠났다.

그런데 조지 에베레스트의 발음은 오늘날 대부분 사람들이 발음하는 것처럼 '에브-에-레스트'가 아니라 '에브-리스트'로 2음절이다. 따라서 그 산은 이름만 잘못 붙여진 것이 아니라 발음조차 잘못됐다. 에베레스트는 76세의 나이에 런던 하이드파크에 묻혔다가 다시 호브로 옮겨졌다. 왜 그랬는지는 아무도 모른다. 그가 호브와 어떤 관계가 있는지 아니면 서식스에 어떤 연고가 있는지는 아무것도 알려진 바 없다. 내 관심을 끄는 것은 전 세계에서 가장 유명한 산의 이름이 그 산과 아무 상관없는 사람의 이름으로 불리고 있으며 발음조차 틀리게 불리고 있다는 점이다. 정말 놀랍지 않은가!

세인트앤드루성당은 매우 인상적이었다. 웅장하고, 회색이었으며, 어둡고 네모난 탑이 있는 건축물이었다. 입구에는 '세인트앤드루성당은 여러분을 환영합니다'라는 문구가 적힌 커다란 간판이 걸려 있었는데 정작 사제 이름이나 미사 시간, 사무실 전화번호 등이 있어야 할 곳에는 아무것도 적혀 있지 않았다. 성당 부속 묘지에는 세 무리의 부랑자들이 자리를 차지하고 앉아 술을 마시며 햇살을 즐기고 있었다. 나와 가장 가까이 있던 무리의 두 남자가 격렬하게 토론을 하고 있었는데 주제가 뭔지는 도통 알아들을 수 없었다. 묘비 주위를 돌아보면서 살펴보니 대부분 비문들이 비바람에 풍화된 탓에 거의 읽을 수가 없었다. 에베레스트의 묘지도 호브의 소금기 짙은 공기에 150년 동안 노출된 탓에 판독 가능한 글자가 거의 없었다. 그때 격렬하게 토론하던 두 남자 중 한 명이 벌떡 일어나더니 담벼락에 오줌을 눴다. 그러더니 돌연 내게 관심을 보이며 적대적인 태도로 뭘 보고 있냐며 소리를 질렀다.

나는 조지 에베레스트라는 사람의 무덤을 찾고 있다고 대답했다. 그러자 그는 놀랍게도 돌연 교양 있는 말투로 "아, 그건 저쪽에 있어요" 하고 말하면서 고갯짓으로 내 앞에서 몇 걸음 떨어지지 않은 곳에 있는 비석을 가리켰다. 그러고는 이렇게 물었다.

"에베레스트 산이 그 사람 이름을 딴 거라지요. 그런데 그 사람은 그 산을 실제로 한 번도 본 적이 없다는 거 아슈?"

"그런 글을 읽은 적 있습니다."

"멍청한 자식."

그는 누구에게 하는 말인지 모를 말을 거칠게 내뱉고는 만족스러운 듯 용변을 마치고 바지춤을 추슬렀다.

그렇게 영국 여행 첫 밤이 저물고 있었다. 부디 남은 날들은 오늘보다 좋아야 할 텐데.

2

세븐시스터즈

한 번도 만난 적 없는 한 여인이 있다. 그 여인은 내게 정기적으로 메일을 보내 뇌졸중 자가 진단법을 알려준다.

'손가락이 따끔거리는 느낌이 있다면 뇌졸중일 수 있습니다. 즉시 병원에 가보세요.'

주로 이런 문구가 들어 있는 경고문은 무수히 많은 이탤릭체와 뜬금없는 대문자들로 구성돼 있는데 아마도 이 문제의 심각성을 강조하기 위한 방편인 듯싶다. 이런 문구도 있다.

'만약 여러 층으로 된 주차장에 주차를 했는데 어디에 주차를 했는지 기억

이 나지 않는다면 뇌졸중일 수 있습니다. 지금 당장 응급실로 가세요.'

신기한 점은 메시지에서 말하는 증상들이 내 경우와 딱 들어맞는다는 사실이다. 그들이 보내는 수백 가지의 증상들이 내 상황과 완전히 똑같다. 며칠 전에 받은 내용은 다음과 같다.

- 평소보다 귀지가 더 많이 나온다고 생각되면
- 갑자기 재채기가 나온다면
- 지난 6개월 중 아무 때라도 술을 마신 적이 있다면
- 매년 같은 날 생일을 지낸다면
- 뇌졸중에 관한 글을 읽고 뇌졸중이 두려워졌다면

이러한 증상들이 있거나, 여기에 언급되지 않은 다른 증상들이 있다면 즉시 의사를 찾아가십시오. 오리알만한 색전증이 당신의 대뇌피질을 향해 가고 있을지도 모릅니다!!

이 경고들을 종합해보면 뇌졸중의 가장 뚜렷한 전조 증상은 뇌졸중에 걸리기 바로 직전에 무슨 일을 하고 있었든 간에 당신이 하고 있던 바로 그 일이다. 최근에 이 경고 메일 계정은 증상을 알아차리지 못한 사람들의 이야기까지 덧붙여 보내고 있다. 보통 이런 식이다.

도린의 남편 해럴드는 샤워를 마친 후 귀가 붉어졌다고 생각했지만 대수롭지 않게 여겼다. 하지만 그것은 그들의 바람이었을 뿐, 얼마 지나지 않아 도린은 47세였던 남편이 시리얼 그릇에 얼굴을 처박고 있는 것을 발견했다. 뇌졸중이 온 것이다! 해럴드는 병원으로 달려갔지만 결정적인 몇 분을 허비했고, 지금은 식물인간이 돼서 오후 내내 멍하니 텔레비전만 보고 있다. 이런 일은 당신에게도 일어날 수 있다!

사실 나는 내 몸에 이상이 있는지를 확인하기 위해 일일이 증상들을 메모할 필요가 없다. 그저 거울 앞에 서서 고개를 뒤로 젖혀 콧구멍을 들여다보기만 하면 된다. 거창할 것도 없는 일이다. 그저 작고 어두운 2개의 구멍을 들여다보기만 하면 된다. 그렇게 그 구멍들을 들여다보노라면 내 안의 열대 우림 지대와 마주하게 된다. 내 콧구멍은 섬유 같은 물질들로 가득 차 있다. 털이라고 부르기조차 민망한 그것은 차라리 현관 매트를 만들 때 쓰는 두껍고 거친 코코넛 열매껍질에 더 가깝다. 실제로 현관 매트에서 조심스럽게 섬유를 몇 가닥 뽑아 보면 내 콧속의 그것과 전혀 다르지 않은 형태의 털들을 볼 수 있다. 그리고 코털 40퍼센트와 다른 털 40퍼센트, 그리고 귀털 20퍼센트를 추출해 잘 섞어주기만 하면 여러분도 내가 될 수 있다.

도대체 왜 나이가 들면 귀털과 코털이 갑자기 기운을 뿜내며 원기 왕성하게 자라는지 모르겠다. 이건 마치 잔인하고도 끔찍한 신의 장난처럼 느껴진다.

"이보게, 빌. 안 좋은 소식이 있는데 지금부터 자네는 거의 금욕적인 삶을 살아야 할 걸세. 몸의 기능들을 하나씩 잃어갈 것이고 섹스는 월식 때나 한 번씩 하게 될 걸세. 하지만 좋은 소식도 있다네. 자넨 코털을 땋을 수 있게 될 거야."

나이가 들면서 기능이 월등히 향상되는 것이 또 하나 있다. 바로 발톱이다. 왜 그런지는 나도 모르겠다. 지금 내 발톱은 강철보다 단단하다. 발톱을 자르려치면 불꽃이 튈 지경이다. 만약 적이 나타나면 내 발을 공격하도록 유도해서 발톱을 갑옷처럼 사용할 수도 있다.

뭐니 뭐니 해도 늙어서 가장 끔찍한 점은 남은 미래가 내리막뿐이라는 사실을 깨닫게 되는 것이다. 지금 이 좋지 않은 몸 상태가 다음 주 또는 그 다음 주의 나에 비하면 거의 최상의 상태일 것이다. 얼마 전에는 내 나이가 조기 치매에 해당하는 나이를 훌쩍 넘었음을 깨닫고는 적잖이 당황했었다. 이제는 치매에 걸린다 해도 그럴 만한 나이가 된 것이다. 보통 내 나이에서 앞날에 기대할 수 있는 것은 각종 질병, 검버섯, 대머리, 노쇠함, 칠칠치 못한 방광, 머리와 손등에 아내에게 나무 주걱으로 맞아서 생긴 듯한(늘 그럴 가능성은 있다) 보라색 반점들, 세상 모든 사람들이 모기만 한 목소리로 이야기한다는 확신 등이다. 그나마 이것들은 최상의 시나리오다. 모든 것들이 아주 순조롭게 흘러갔을 때나 가능한 이야기다. 최상의 상황 정반대편 끝에는 소변 줄, 양옆에 난간이 세워진 침대, 내 혈액이 들고 나는 플라스틱 줄, 간병인, 누군가 나를 들어 화장실에 앉혀줘야 하는 상황, 지금이 무슨 계절인지를 애써 추측해야 하는 상황 등이 있다.

뇌졸중 경고문들이 쌓이면서 슬슬 겁이 나기 시작한 나는 뇌졸중에 대해 좀 더 알아봤다. 뇌졸중을 피하는 방법은 기본적으로 두 가지였다. 하나는 다른 질병으로 먼저 죽는 것이다. 또 다른 하나는 운동을 하는 것이다. 나는 생존에 더 관심이 있기에 내 인생에 약간의 산책을 도입하기로 결심했다. 그리고 그렇게 실행했다. 보그너에서 호브까지 간 다음 날 동쪽으로 씩씩거리며 걷다 보니 어느새 24킬로미터가량을 걸었다. 가는 길에 가파른 언덕을 올라 산들바람이 부는 헤븐브라우(Haven Brow) 능선이 꼭대기까지 올랐다. 서식스 해안과 세븐시스터즈(Seven Sisters)로 알려진 서부 해안 절벽 능선에서 첫 등성이였다.

세븐시스터즈는 영국에서도 손꼽히는 도보 길이다(이 책 표지에 나와 있는 절벽 능선이 바로 세븐시스터즈인데 크기 또한 웅장하다). 헤븐브라우 정상에서 보는 전망은 그야말로 장관이다. 희미한 안개 사이로 완만한 언덕들이 눈앞에 끝도 없이 펼쳐지는데 바다를 마주 보고 있는 이 언덕들 끝자락은 돌연 깎아지른 흰색의 수직 절벽이다. 햇살 좋은 날 세븐시스터즈는 푸르른 초원과 흰 절벽, 깊고 푸른 바다, 바다색과 아름답게 어우러진 하늘 등 단순하고도 눈부신 풍광을 자아낸다.

단언컨대 영국 시골처럼 독특하고도 아름다운 곳은 없다. 정말, 결단코, 절대 없다. 이 세상 어디에도 영국의 시골보다 더 집약적으로 땅을 활용하고, 더 많이 파내고, 더 많이 농사를 짓고, 더 많이 채석을 하며, 더 많은 도시와 시끄러운 공장들로 뒤덮이고, 더 많은 철도와 고속도로를 깔고도 이토록 드넓고 사랑스러운 공간이 확고하게 남아 있는 곳은 없다. 역사상 가장 다행스러운 사건이다. 경이로운 자연의 관점에서 볼 때 영국은 대단할 것 없는 나라다. 알프스 산도, 거대한 협곡도, 웅장한 골짜기나 천둥 같은 폭포수도 없다. 어떻게 보면 영국은 꽤 소박한 규모다. 오늘날의 영국을 일군 이들은 자연에 대한 지극히 미미한 이해와 어마어마한 시간 그리고 개발에 대한 굳센 의지를 가지고 최고의 공원 같은 풍경, 가장 질서 정연한 도시, 가장 보기 좋은 시골 마을, 가장 활기찬 해변 휴양 도시, 가장 우아한 가정, 가장 몽환적인 첨탑, 웅장한 대성당, 이곳저곳에 산재한 성, 아름다운 장식의 수도원, 푸른 숲, 구불구불한 길, 점점이 흩어져 풀을 뜯는 양들, 투박한 울타리, 정성껏 손질하고 놀라울 정도로 아름답게 꾸민 12만 8,814제곱킬로미터의 세상을 조금의 미적 감각도 없이 거듭 더해 가꾸고 또 가꾸어 마침내 종종 완벽한 결과를 냈을 것이다. 참으로 대단한 성취가 아닐 수 없다.

영국의 길들은 또 얼마나 걷기 즐거운가. 잉글랜드와 웨일스에 있는 작은 길들을 모두 합하면 21만 킬로미터에 달하며, 매 2.5제곱킬로미터의 공간마다 약 3.5킬로미터 길이의 길이 있다. 영국에 사는 사람들은 이것이 얼마나 독특한지 알지 못할 것이다. 만약 내 고향인 미국 중서부에 사는 사람에게 주말에 슬슬 농지나 산책하려 한다고 말하면 아마 나를 미친 사람 보듯 할 것이다. 미국 중서부에서는 농지를 산책할 수 없다. 농지마다 뾰족한 침이 달린 철조망이 둘러져 있기 때문이다. 담장을 넘는 데 도움이 될 만한 디딤돌도, 좁은 문도, 길을 알려줄 나무로 된 이정표도 없다. 그곳에서 유일하게 마주치는 것은 자기 콩밭에서 어정쩡하게 어슬렁거리는 웬 녀석의 정체를 궁금해하며 엽총을 들고 나온 농부뿐일 것이다.

내가 영국에서 가장 즐거워하고 감탄하는 것이 하나 있다면 바로 탁 트인 드넓은 들판을 걷고 활보하는 기쁨이다. 나는 윈체스터에서 이스트본 방향으로 수백 킬로미터에 걸쳐 있는 해안을 따라 석회암이 펼쳐진 사우스다운스웨이(South Downs Way)를 걸었다. 몇 년 동안 무수히 많은 길들을 걸었지만 개인적으로 이 길을 가장 좋아한다. 왼쪽으로는 푸른색과 황금색이 어우러진 언덕들이 봉긋하게 솟아 있고 오른쪽으로는 푸른 바다가 눈부시게 반짝이며 펼쳐져 있다. 그리고 눈이 시리도록 새하얀 절벽 능선이 이 두 곳을 가로지르고 있다. 용기 있는 사람이라면 절벽 끝까지 올라가 내려다보는 것도 좋다. 약 60미터 아래로 바위투성이 바다가 보일 것이다. 하지만 벼랑 끝까지 가는 사람은 거의 없다. 심장이 멎을 정도로 조마조마한 모험일 뿐만 아니라 대단히 위험하기 때문이다. 절벽 끝은 부서지기 쉬운 무른 암석이어서 충분히 거리를 두고 조심해야 한다. 까불거리며 달리던 개들도 그 낭떠러지에서는 슬금슬금 뒷걸음질을 친다. 해안을 따라 죽 이어진 이 절벽 길 옆 푸른 초원에는 양들이 점점이 흩어져 풀을 뜯고 있는데, 때로는 길 폭이 수백 미터로 광활하게 넓어지기도 해서 제아무리 덜렁대는 사람이라 해도, 예컨대 주차 차단기가 근처에 있으면 마음을 놓을 수 없는 그런 사람이라 해도 무념무상으로 안전하고 즐거이 걸을 수 있다.

사우스다운스웨이는 아름다울 뿐만 아니라 점점 발전하고 있기도 하다. 세븐시스터즈의 시작점에서 이스트본(Eastbourne)까지의 길 중간쯤에 위치한 버링갭(Birling Gap)에는 아주 흉측한 몰골의 카페가 있었다. 그런데 내셔널트러스트(National Trust, 영국, 웨일스, 북아일랜드에서 역사적 가치가 있거나 풍경

이 아름다운 곳을 소유·관리하며 일반인에게 개방하는 일을 하는 민간단체 – 옮긴이)
에서 그곳을 고급 의류 브랜드인 바버의 카탈로그에서 갓 튀어나온 듯한, 멋
쟁이들을 위한 낙원으로 공들여 바꿔놓았다. 현재 그곳에는 깨끗하게 정돈
된 나무 식탁들이 놓여 있고 아름다운 바다 전망을 보유한 카페테리아, 청결
한 휴게실, 그럴듯한 철제 상자에 담겨 있기만 하다면 생강 과자 여섯 조각에
10파운드 정도쯤은 비싸지 않다고 여길 관광객들을 위한 기념품 가게, 작지
만 흥미로운 박물관 등이 들어서 있다. 나는 우선 박물관에 들러 그곳의 지적
인 수준을 가늠해보기로 했다. 박물관에서는 1년에 평균적으로 약 1미터가
량 바다에 침식되고 있는 서식스 연안의 지질학적 특징에 관해 방대한 자료를
보여주고 있었는데, 사실 버링갭 전체 해안은 그 두 배에 가까운 비율로 침식
되고 있다. 예전에 내셔널트러스트 카페 맞은편으로 보이는 벼랑 꼭대기에는
테라스가 딸린 집들이 모여 있었는데, 침식된 절벽의 붕괴와 함께 사라져버리
고 지금은 겨우 네 채만 남아 있다. 그중 네 번째 집도 조만간 바닷속으로 들어
가 용궁으로 불릴 날이 머지 않을 것으로 보였다.

세븐시스터즈의 일곱 봉우리들 이름은 각각 헤븐브라우(Haven Brow), 숏
브라우(Short Brow), 러프브라우(Rough Brow), 브라스포인트(Brass Point),
플랫힐(Flat Hill), 베일리스힐(Bailey's Hill), 웬트힐(Went Hill)인데 흥미롭게도
벨타우트(Belle Tout)와 비치헤드(Beachy Head)는 포함되지 않는다. 그래도
벨타우트와 비치헤드는 이 길게 뻗은 해안에서 가장 눈에 띄는 봉우리인데,
이 말인즉슨 내가 7개의 봉우리가 아닌 9개의 봉우리를 오르고 있다는 의미
다. 이토록 몸이 피곤한 것도 당연했다. 일단 나는 내셔널트러스트 카페에서
두툼한 샌드위치와 유기농 탄산음료로 배를 든든히 채웠다. 그러고 나서 다
시 길고도 고독한 산행에 나섰다.

길을 따라 걷다 보니 오래지 않아 구릉 저편으로 압도적인 풍경이 펼쳐졌

다. 아마 거의 모든 이들이 그 풍경을 보면서 '내가 전에 이곳에 왔던 적이 있었나?' 하고 생각해볼 만큼 익숙하게 느낄 것이다. 그도 그럴 것이 제2차 세계 대전 당시 프랭크 뉴볼드(Frank Newbould)라고 하는 예술가가 이 풍경을 포스터로 그려 영원성을 부여했기 때문이다. 그림에는 양치는 소년이 양 떼를 이끌고 언덕을 지나는 광경이 그려져 있다. 중간 부분에는 아름다운 농가 주택이 한 채 있고, 맞은편 저 멀리로 보이는 언덕 꼭대기에는 전통 양식으로 지어진 벨타우트(Belle Tout) 등대가 있다. 바다는 그 언덕 너머로 아득히 가느다란 선으로만 보인다. 포스터에는 '조국을 위해 지금 싸웁시다'라는 문구가 적혀 있다. 나는 이 포스터를 볼 때마다 1939년도에 목숨을 걸 만한 가치가 있는 일을 장려하기 위해서 왜 이런 시골을 선택해 그렸는지 늘 궁금했다. 뉴볼드는 작품에서 몇 가지는 다소 자유롭게 표현했다. 먼저 언덕의 경사를 실제보다 조금 더 가파르게 그렸고 농장은 깔끔하게 묘사했으며, 길을 약간 변형해서 그렸다. 하지만 없는 풍경을 지어냈다는 느낌은 들지 않을 정도로 전체적으로 크게 바꾸지는 않았다. 뉴볼드가 이 광활한 풍경을 그린 지 70년이 더 지났지만 영국인들에게 이 그림은 하나의 상징과도 같으며 그때나 지금이나 한결같이 아름답다.

　이런 시골 마을을 대수롭지 않게 여기는 안일한 태도와 언제까지나 그 모습 그대로일 것이라고 생각하는 건방진 사고방식은 영국의 시골 마을에 가장 큰 위협이다. 역설적이고 안타깝게도 영국 풍경을 가장 아름답고 영국답게 만드는 거의 모든 것들은 오늘날 더 이상 큰 쓸모가 없다고 여겨지는 것들이다. 산울타리, 시골 마을의 성당, 돌로 지은 창고, 야생화가 하늘거리고 새들이 지저귀는 길섶, 바람 부는 언덕을 한가로이 거니는 양 떼, 마을의 작은 가게들과 우체국 그 외에도 수많은 것들이 경제성이라는 명목 아래 사라지고 있다. 정책 결정자들 역시 오로지 경제적 관점에서만 그것들을 판단하는 데 익숙하다.

영국 GDP에서 농업이 차지하는 비중은 0.7퍼센트에 불과해서 내일 당장 모든 농사를 그만둔다 해도 영국 경제는 눈에 띌 만한 타격을 입지 않을 것이다. 그리고 지금까지 영국 정부는 위기에 처한 아름다움을 보존하기 위한 아무런 조치도 취하지 않고 있다. 도대체 무슨 근거에서인지 사람들은 영국의 시골 마을들이 무한히 자급자족적이고, 늘 그곳에 있을 것이며, 아무런 노력 없이도 우아함과 아름다움이 날로 더해갈 것이라는 뚱딴지 같고 맹목적이며 어리석은 생각들을 한다. 그런 기대는 하지 말길 바란다.

벨타우트 등대는 하마터면 살아남지 못할 뻔했다. 이 등대는 1900년대 초반 등대 역할을 멈추고 그냥 방치됐다. 제2차 세계대전 당시에는 캐나다 군이 등대를 공격 목표로 삼았지만 천만다행으로 파괴시키지 못했다. 전쟁 이후 다시 제 역할을 하다가 20세기 후반 해안선 절벽이 침식되면서 바다로 수몰될 위기에 처했을 때, 어느 선량한 사람이 등대를 매입해 절벽 낭떠러지로부터 안전한 거리까지 떨어진 곳으로 옮겨 왔다. 침식 작용으로 무너지는 절벽 끝이 스멀스멀 다가오기 전까지 일단 몇 십 년간 등대는 안전할 것이다.

벨타우트 등대가 있는 능선이 거의 바다 수위와 같아지게 되고 나면 비치헤드 정상 쪽 침식이 진행될 것이다. 비치헤드는 드넓은 풀밭으로, 그곳을 걸으면 마치 골프장 잔디밭을 거니는 기분을 느낄 수 있다. 그리고 꼭대기까지 올라가면 하얀 절벽 아래 바다에 붉은색과 흰색 줄무늬가 선명하게 대비를 이루는, 그 유명한 비치헤드 등대가 선사하는 아름다운 광경이 펼쳐진다.

평평한 언덕 꼭대기에는 커다란 대피소가 있는데 이곳에 여러 대의 버스가 정차하면 학생들이 쏟아져 나와 마치 전통 의식을 치르듯 주위에 쓰레기를 흩뿌리기 시작한다. 전국 각지에서 온 학생들은 과자와 초콜릿의 감미로움에 감사의 표시라도 하듯 아무런 제지도 받지 않고 바스락거리는 과자 봉지와 초콜릿 바 포장지를 가시 금작화며 고사리 덤불 속에 뿌린다. 그나마 세븐시스터즈를 걸으며 쓰레기를 봤던 곳은 이곳이 유일해서 정말 다행스럽다.

비치헤드 정상에 오르면 마치 공원처럼 드넓은 들판이 펼쳐지며 오래된 휴양 도시 이스트본으로 내려가는 다양한 길을 만나게 된다. 황금빛 모래사장과 파도가 밀려드는 아름다운 바다를 마주한 이스트본의 풍광 역시 대단히 아름답다. 그 근사한 풍광 한복판에 정신 사납게 버티고 서 있는 사우스 클리프 타워라는 고층 콘도만 없다면 말이다. 그렇게 전망을 망치는 건물은 애당초 건설 허가를 받지 못했어야 한다. 이 세상은 존재하지 말았어야 할 똥덩어리 같은 것들로 가득하다. 에릭 피클스(Eric Pickles, 영국 보수당 정치인–옮긴이)를 생각해보라.

하지만 그 흉측한 건물을 제외한 나머지 이스트본은 대체로 훌륭했다. 산책로는 잘 조성돼 있고 길 한편으로 대저택들과 깔끔한 호텔들이 들어서 있다. 다른 한쪽으로는 넓은 해변이 있으며 길과 해변 모두 고풍스러운 부두를 향해 있다. 이 부두는 얼마 남지 않은 매우 고풍스러운 부두 중 하나다. 내가 그 부두에 들르고서 얼마 지나지 않아 화재로 부두가 크게 손실됐다는 소식을 들었다. 영국 해안에 있는 부두는 어쩌면 그렇게 하나같이 가연성이 뛰어난지 정말 놀랄 정도다. 화재 원인은 밝혀지지 않았다. 하지만 언론 보도에 따르면 근사한 모습으로 재건될 것이라고 한다. 반드시 그렇게 되길 간절히 바란다. 그런 부두가 사라지는 모습을 본다는 것은 또 다른 비극이 될 테니까.

이스트본의 매력은 아늑하고도 예스러운 분위기다. 게다가 이스트본에는 내가 항상 들르곤 하는, 가장 카페다운 카페 파보로소(Favo'loso)도 있다. 파보로소는 참 멋진 곳이다. 실내는 1957년의 분위기를 그대로 간직하고 있다. 안에 들어서면 마치 클리프 리처드의 영화 〈여름날의 밀크셰이크〉나 〈아이스크림 휴일〉 같은 영화의 한 장면 속으로 들어간 기분이다. 내부는 티끌 하나 없이 청결하며 구석구석 윤이 나고 반짝반짝 빛난다. 복고적인 분위기가 가게를 감싸고 있다. 음식도 훌륭하고 종업원들은 친절하고 효율적으로 일하며 가격은 합리적이다. 더 이상 무얼 바라겠는가? 파보로소는 남쪽 해안 전체에서뿐 아니라 이스트서식스를 통틀어 내가 가장 좋아하는 곳이다. 이 여행길에 오르기 이틀 전, 나는 '파보로소 카페' 주소를 확인하기 위해 구글에 검색을 해봤다. 그러자 어김없이 여행 정보 사이트인 트립어드바이저(TripAdvisor)가 같이 검색됐는데 트립어드바이저에서 대부분의 사람들이 파보로소 카페에 대해 좋지 않은 평을 남긴 것을 보고 깜짝 놀랐다. 어느 여행객은 최근 파보로소에 다녀온 소감을 '완쥰 실망'이라고 썼다. 이 시점에서 한마디 하겠다. 맞춤법도 제대로 쓸 줄 모르는 멍청이라면 어떤 경우에도 공공 게시판에 글을 올리지 말길 바란다.

고객 평들을 죽 훑어보니 파보로소가 고집스레 지키고 있는 분위기에 대해 대부분 호의적이지 않았다. 사실 호의적이지 않은 것을 넘어서 사람들은 파보로소의 장식을 구닥다리라고 혹평하면서 실내를 새롭게 꾸며야 한다고 말하고 있었다. 절망감이 들었다. 우리는 옛것과 전통의 가치를 인정하지 않는 세상에 살고 있으며, 맞춤법조차 제대로 지키지 않는 사람들이 무엇을 남기고 지킬 것인지를 결정하는 일에 관여하는 세상에 살고 있다. 그건 옳지 않다.

트립어드바이저의 댓글 식으로 말하자면 '심이 걱정슬업다.'

3

도버

한 가지 질문이 있다. 생각보다 대답하기 어려울지도 모르겠다. 영국은 큰 나라인가 작은 나라인가?

어떤 면에서 보자면 영국은 분명 작은 나라다. 유럽 북서쪽 끝자락의 차디 찬 바닷물에 떠 있는 작은 땅덩어리다. 지구 전체에서 영국이 차지하는 면적 은 고작 0.0174069퍼센트다(이것이 아주 정확한 수치는 아닐 수도 있다는 점 을 밝혀두어야겠다. 이는 몇 해 전 내 아들이 내가 읽고 있던 신문 기사를 토 대로 계산해 준 것이다. 당시 아들은 열세 살이었지만 버튼이 200개가 넘게 있는 계산기를 가지고 있었으며, 자신만만해 보였다).

하지만 다른 측면에서 보자면 영국은 명백히 큰 나라다. 놀랍게도 영국은 지구 전체에서 열세 번째로 큰 땅덩어리며 이 순위 목록에는 호주, 남극 대륙, 아메리카 대륙, 유라시아 – 아프리카 대륙 등 4개 대륙도 포함돼 있다(고지식 하고 상상력 없는 지질학자들은 이들 대륙을 각각 하나의 땅덩어리로 분류한다). 지구에서 영국보다 큰 섬은 그린란드, 뉴기니, 보르네오, 마다가스카르, 배핀, 수마트라, 혼슈, 밴쿠버 등 8개 뿐이다. 섬나라들 중 인구로 따져보면 영 국은 인도네시아와 일본 그리고 필리핀 다음을 잇는 네 번째로 큰 섬이다. 부로 따지면 두 번째다. 제대로 된 음악, 오래된 석조 건물, 스튜의 다양성, 날씨를 핑계로 하는 직장 결근 사유 등으로 따지면 단연 압도적으로 1위다. 하지만 영국 맨 위에서 가장 아래까지 총거리는 겨우 1,126킬로미터이며 가로 폭이 상당히 좁아서 이 나라에 사는 사람 그 누구도 가로로 113킬로미터 이상은 갈 수 없다.

나열한 모든 점을 종합해 볼 때 영국은 한 국가로서는 딱 알맞은 크기라고 생각한다. 아늑하고 포용적인 느낌을 주기에 적당할 만큼 작고, 활기차고 독립적인 문화를 유지할 만큼 충분히 크다. 내일 다른 모든 나라들이 사라진다 해도 영국은 유일하게 남을 것이며, 여전히 훌륭한 책과 좋은 극장, 스탠드업 코미디, 훌륭한 대학교들, 유능한 외과 의사 등도 남을 것이다(게다가 잉글랜드는 매번 월드컵에서 승리할 것이고 스코틀랜드는 항상 본선 출전권을 따낼 것이다). 이는 다른 나라에서는 일어날 수 없는 일이다. 가령 캐나다가 유일하게 살아남은 국가라고 해보자. 세상은 더 착하고 예의 바른 곳이 되겠지만 아이스하키가 지나치게 만연할 것이다. 호주가 살아남는다면 어떨까? 끝내주는 바비큐와 서핑을 즐길 수는 있겠지만 음악에 있어서는 카일리 미노그(Kylie Minogue)를 줄곧 들어야 할 것이다.

재미있게도 내가 영국이라는 나라의 크기가 딱 알맞다고 생각하게 된 계기는 '암소의 공격'이라고 하는, 대단히 드문 주제의 토론 때문이었다. 토론 내용은 사람들이 암소에게 충분히 주의를 기울여야 함에도 불구하고 그러지 못한다는 것이 골자였다. 내가 처음으로 소의 공격이라는 말을 들은 것은 몇 해 전 도보 전문 잡지사의 기자와 함께 사우스다운스웨이를 걷고 있을 때였다. 당시 나는 '영국 농어촌 마을 지키기 운동'에 막 합류했었고 그 기자는 시골길을 주제로 나와 인터뷰를 하고 있었다. 우리는 브라이턴 인근에 있는 데빌스다이크 주변 들판을 가로질러 걷고 있었는데 갑자기 기자가 들판에 황소가 한 마리 있다며 조심해야겠다고 말했다.

"농담이시겠죠."

내 목소리는 그리 크지 않았지만 확신에 차 있었다. 약 15미터 정도 떨어진 곳에서는 커다랗고 네모난 소고기 한 덩어리가 우리를 애처로운 눈길로 바라보고 있었다.

"그냥 평범하게 걸으세요. 그렇지 않으면 공연히 저 녀석의 주의를 끌게 될 거예요."

기자가 잔뜩 긴장한 목소리로 속삭였다.

"하지만 우린 지금 국유지 인도를 걷고 있다고요."

나는 기자의 말에 반박했다. 얼른 그 자리에서 달아나야 한다는 생각보다는 뭔가 공평하지 못하다는 생각에서였다.

"농장 주인은 인도 가까이에 저렇게 황소를 두면 안 되지요."

나는 이 상황에 대한 기자의 입장을 듣기 위해 그를 바라봤다. 하지만 내 눈에 들어온 것은 족히 60미터는 떨어져서 꽁지가 빠져라 달아나고 있는 그의 뒷모습이었다. 나는 씩씩하게 그를 뒤쫓으면서 흘끔흘끔 뒤를 돌아보았지만 황소는 제자리에서 꿈쩍도 않고 서 있었다.

충분히 안전하다고 느낄 만한 거리까지 오고서야 나는 사람 다니는 길목에 저렇게 황소를 방치하는 것은 불법 아니냐며 투덜거렸다.

"그렇긴 하지요. 하지만 황소를 젖소가 아닌 육우와 함께 두는 경우에는 공공장소에 인접한 들판에 두어도 불법이 아닙니다."

기자의 대답은 당혹스러웠다.

"어째서 젖소는 안 되고 육우는 되는 거죠?"

"그건 모르죠. 하지만 정말 위험한 녀석은 암소들이에요. 황소보다 암소에 의해 죽은 사람들이 훨씬 더 많거든요."

의혹에 차서 세상의 모든 것이 혼란스러운 상태보다 더한 것을 콕 짚어 뭐라 표현할지는 모르겠지만 당시 내 기분이 딱 그 단계에 이르렀다. 지난 세월, 나는 암소란 동물은 닭보다 몸집만 조금 더 크다 뿐이지 언제든 막대기 같은 것으로 위협하면 충분히 겁을 줄 수 있는 동물이라는 믿음을 품고서 아무렇지도 않게 암소 떼가 있는 들판을 씩씩하게 잘도 걸어 다녔는데, 그 신앙을 빼앗기고 있는 중이었다.

"농담이시겠죠."

나는 다시 말했다.

"안타깝게도 그렇지 않답니다. 암소는 '대단히' 공격적입니다."

기자는 마치 직접 그런 일을 겪은 사람처럼 엄중하게 대답했다.

다음 날 나는 그 문제에 대해서 더 자세히 알아봤다. 여러분은 그러지 말길 바란다. 일단 인터넷으로 정보를 더 찾았다. 기자의 말이 옳았다. 영국에서 길을 걷던 사람들이 암소의 공격으로 죽는 일은 늘 일어나고 있었다. 2009년에는 8주 동안 4명의 사람들이 소에게 짓밟혀 치명상을 입었다. 이 불행한 사고를 당한 이들 중 한 명은 요크셔에 있는 페나인웨이에서 개와 함께 산책을 하고 있던 수의사였다. 이 여성은 동물을 잘 이해하고 좋아하는 사람이었으며, 직업상 소를 치료한 경험도 있었을 것이다. 그런데도 소들은 그녀를 짓밟았다. 더 최근에는 은퇴한 대학교수 마이크 포터(Mike Porter)가 성난 소 떼에게 밟혀 죽었다. 사건이 일어난 장소는 윌트셔에 있는 케닛에이번 운하 인근의 들판으로, 언젠가 나도 가본 적이 있는 곳이다. 〈데일리텔레그래프〉 기사에 의하면 목격자는 숨을 헐떡이며 '소 떼가 그를 죽이려고 하는 것 같았다'는 증언을 했다고 한다. 바로 이 소 떼가 지난 5년간 4명의 보행자에게 치명상을 입혔던 소들이었다.

이쯤 되면 독자 여러분은 도대체 공격하는 소들이 영국이 적절한 크기의 나라라는 사실과 무슨 상관인지 궁금해졌을 것이다. 참고 내 말을 더 들어주길 바란다. 몇 주 뒤에 나는 미국 콜로라도 주의 베일로에서 직장을 다니는 아들 샘을 만나러 갔다. 당시 나는 〈덴버포스트〉지 기사에서 덱스터 루이스(Dexter Lewis)라는 남성이 페로스라고 하는 이름의 술집이 문을 닫기 직전에 들어가 바텐더와 손님 넷을 무참하게 살해한 후 강도 짓을 한 죄로 유죄를 선고받았다는 내용의 기사를 읽었다. 만약 이 일이 영국에서 일어났더라면 이 기사는 다음 날 아침 신문 머리기사를 장식할 것이다. 하지만 미국 덴버에서 벌어진 이 소름 끼치는 범죄 행위는 콜로라도 바깥 멤피스나 디트로이트에서는 기삿거리조차 되지 않는다. 자기 지역에서 벌어지는 범죄들만 다루기에도 지면이 모자라기 때문이다. 심지어 이 사건은 〈덴버포스트〉에서조차 크게 다뤄지지 않았다.

여기서 문득 중요한 것은 안 좋은 일들이 얼마나 자주 일어나느냐가 아니라 얼마나 자주 기사화되는 것이냐 하는 점이라는 생각이 들었다. 물론 이 두 가지는 전혀 다른 문제다. 미국에서는 대단히 예외적인 상황이 아니라면 소 한 마리가 국가적인 뉴스가 되는 일은 없을 것이다. 가령 미국 전 부통령 딕 체니(Dick Cheney)가 소 떼에게 짓밟혀 죽었다면 (어디까지나 가정이다) 당연히 국가적인 뉴스가 될 것이다. 하지만 인디애나 주 소돔(Sodom)에서 개와 산책

중이던 어떤 남성이 그런 변을 당했다면 소돔 밖에 사는 사람들이 그 소식을 들을 일은 거의 없다. 소가 사람을 밟는 일이 전 국가적으로 만연한데도 뉴스에서 이를 명백한 현상으로 충분히 다루지 않는다면 아무도 그 사실을 모를 것이다. 하지만 영국에서라면 이야기가 다르다. 영국에서는 단 한 마리의 소가 어느 지역에서든지 보행자를 밟는 사고가 일어나면 거의 뉴스 헤드라인 감이다. 요크셔에서 사망한 수의사의 이야기는 〈데일리스타〉를 제외한 영국의 모든 신문에서 기사화됐다. 〈데일리스타〉에만 그 기사가 나가지 않은 이유는 그 신문을 구독하는 독자들이 '수의사(veterinarian)'라는 단어의 철자를 모르기 때문이 아닐까 추측해본다.

나는 소 떼가 사람을 공격할 때마다 그 소식이 매체를 통해 도처에 알려지는 국가에 사는 것이 좋다. 영국이 아늑하다는 말은 바로 그런 의미다. 국가가 '아늑하다'는 느낌을 준다는 건 꽤 근사한 일이다. 다만 이 말을 반대로 해석해 보자면 영국인들이 절대 일어나지 않을 일도 지독히 무서워한다는 의미도 된다. 소 떼가 사람을 공격하는 일은 실제로 매우 드물다. 그렇기 때문에 뉴스가 되는 것이다. 하지만 일정 간격을 두고 소 떼가 사람을 공격한다는 기사를 몇 번씩 접하다 보면 그 일이 매우 흔하게 벌어지고 있다고 느끼게 된다.

나는 시험 삼아 몇몇 영국인 친구에게 이렇게 물어봤다.

"만약 너희들이 소 떼가 있는 들판을 걷고 있는데 그 소들이 너희를 공격할 확률이 얼마나 된다고 생각해?"

그러자 친구들은 즉각 열띤 반응을 보이며 "실제로 놀라운 확률이야. 신문에서 그런 기사를 읽은 적이 있는데, 네가 생각하는 것보다 훨씬 자주 일어나고 있어" 같은 대답들을 했다.

만약 이 질문을 미국인에게 하면 아마 이렇게 반문할 것이다. "내가 왜 소 떼가 있는 들판에 있는 건데?"

이 문제는 적절한 때 다시 다루도록 하겠다. 먼저 도버(Dover)를 여행해 보자.

앞부분에서 기존의 《빌 브라이슨 발칙한 영국산책》에 나왔던 장소들은 되도록 피하겠다고 말했다. 하지만 도버에 가까이 가게 되자 도버를 다시 한 번 가봐야겠다는 생각이 들었다. 나는 도버에 대한 애정이 각별하다. 구구절절 다 설명할 순 없지만 그나마 정확히 표현하자면 애정이 아니라 지속적인 관심 같은 것인지도 모른다. 내가 처음 발을 디딘 영국 땅이 도버이고 가장 먼저 온 곳이다 보니 가장 오랫동안 알아와서 그런 마음이 드는지도 모른다. 나는 영국에서 첫 48시간을 도버에서 보냈고 도버가 꽤 마음에 들었다. 당시 나는 영국에 대해서는 전혀 알지 못했고 도버는 물론 그리 나쁘지 않은 곳이었다. 마을에는 극장과 술집, 식당들이 있었고 시내는 붐볐다. 항구는 늘 분주했고 사람과 물류가 쉴 새 없이 드나들었다. 하지만 도버를 찾을 때마다 도시의 상태가 눈에 띌 정도로 나빠졌다. 처음 보았던 왁자지껄하고 활기찬 작은 마을이 그리워 찾아가면 귀신이라도 나올 듯한 을씨년스럽고 쇠퇴한 분위기만이 나를 맞아주곤 했다.

《빌 브라이슨 발칙한 영국산책》에서 나는 도버에 밤늦게 도착해 게스트 하우스에 방을 잡지 못하고 어느 고급스러운 호텔 창문 앞에서 나오는 완전히 동떨어진 세계에서 우아하게 저녁 식사를 즐기는 사람들의 모습을 애처롭게 바라보았던 적이 있노라는 이야기를 했었다. 그 호텔 이름이 처칠(Churchill)이었다. 7~8년 전 나는 칼레에서 배를 타고 도버에 도착해서 충동적으로 처칠에서 점심을 먹기로 했었다. 예전에 왔을 때는 엄두도 내지 못했던 고급스러운 문화를 내 자신에게 대접해주고 싶었기 때문이다. 한데 그것은 꽤나 기이한 경험이었다. 처칠 호텔은 고급스러운 분위기를 유지하려고 노력하고 있었지만 희망 사항에 가까웠다. 일단 나는 호텔 식당으로 갔다. 메뉴판은 가죽 표지로 된 두툼한 메뉴판이 아니라 리틀 셰프 체인점에서나 볼 법한 얇은 메뉴판이었으며 그나마 철자도 엉망이었다. 나는 시저 샐러드를 주문했다. 그런데 샐러드가 나왔는데 먹을 도구가 없었다.

웨이터는 내가 쩔쩔매는 모습을 보며 이렇게 물었다.

"포크를 드릴까요?"

"그래요, 부탁합니다. 이건 샐러드잖소."

"개인 포크를 안 가져오신지 몰랐어요."

웨이터는 마치 포크가 없는 것이 전적으로 내 잘못이기라도 한 듯 짜증 섞인 목소리로 대답하더니 포크를 테이블 위에 탁 하고 내려놓았다.

샐러드는 잘게 썬 닭고기가 둥둥 떠다니는 상추 수프에 가까웠다. 조금이나마 위안이 되어준 것은 내가 앞으로 얼마나 오래 살든, 앞으로 맛없는 샐러드들을 얼마나 많이 먹게 되든 간에 최소한 이보다는 더 나은 샐러드를 먹게 되리라는 자명한 사실이었다. 내 평생 이보다 더 끔찍한 샐러드는 다시 맛보지 못하리라. 이 샐러드가 아닌 다른 샐러드만으로도 내 삶은 더 나아지리라. 이 일을 겪고 난 후 나는 다시는 처칠 호텔을 가는 모험을 감행하지 않으리라 다짐했다. 그런데 지금 나는 마치 마조히스트처럼 자석에 이끌리듯 다시 그 호텔을 향하고 있다. 지난번 들렀을 때보다는 조금 더 나아졌기를 바라는 희망 아닌 희망을 품은 채 말이다. 아아, 하지만 애석하게도 처칠 호텔은 문을 닫고 말았다. 도버에 마지막으로 남아 있던 우아함의 흔적이 사라진 것이다. 작은 개 한 마리를 데리고 길을 가던 남자가 내게 처칠 호텔은 5년 전에 문을 닫았으며 지금 그 자리에는 다른 호텔이 들어섰다고 말해줬다. 길모퉁이를 돌아서니 그의 말대로 오래된 호텔의 중심부에 도버 마리나 호텔이 들어서 있었다. 호텔은 무서우리만치 조용해 보였다. 요즘 도버에는 주로 그런 무거운 적막함이 감돌고 있다.

시간이 도버만 남겨둔 채 훌쩍 앞서가버린 것 같다. 유럽과 채널 터널을 오가는 저가 비행기들이 여객선 사업을 서서히 죽이고 있었다. 호버크라프트(에어쿠션 선이라고도 하며 압축 공기를 이용한 선박의 일종 - 옮긴이)는 2000년도에 운항을 중단했고, 구식 여객선을 타고 다니는 승객 수는 10년 동안 아주 약간 늘어났지만 그럼에도 여러 운송 수단 중 3위로 떨어졌다. 사양 사업들이 늘어나면서 도시는 큰 타격을 입었지만 도버의 쇠락에 가장 결정적인 공을 세우고 있는 것은 도버 시 자체가 아닌가 하는 생각이 들었다. 내가 도버를 방문하고 얼마 지나지 않아 의회에서는 바닷가에 매우 불편해 보이는 벤치들을 새로 설치했다. 한 지역 신문 기자가 왜 이렇게 불편한 의자를 갖다 놓았냐고 묻자 어느 의원이 모두를 어리둥절하게 만드는 대답을 했다. '만약 의자가 편하면 신사 숙녀 분들이 그 의자에서 지나치게 축 늘어져 있을 것이다.' 어쩌면 저 대답 속에 도버가 죽어가는 이유를 이해하기 위해 알아야 할 전부가 들어 있는지도 모르겠다.

나는 오래된 사우스포어랜드(South Foreland) 등대로 향했다. 등대는 몇 해 전 퇴역하고 지금은 내셔널트러스트가 관리하고 있다. 오랜 세월 이 등대는 영국에서 가장 높이 빛나던 등대였다. 높게 지어져서가 아니라 매우 높은 절벽 꼭대기에 있었기 때문이다. 다른 등대들에 비하면 이 등대는 오히려 땅딸막한 편이다. 사우스포랜드는 한때 역사적으로 중요한 일들이 있던 곳이지만 지금은 잊힌 도시다. 1858년에 토머스 에디슨(Thomas Edison)이 전구를 발명한 시점에서 얼마 지나지 않았을 때 전 세계에서 최초로 사용할 수 있는 전기가 들어온 곳이 바로 이곳 사우스포어랜드다. 사우스포어랜드에 들어온 전기는 아크등이었다. 아크등은 거의 알려지지 않은 또 한 명의 젊은이, 프레더릭 헤일 홈스(Frederick Hale Holmes)의 발명품이다. 홈스의 등은 가정에서 사용하기에는 지나치게 밝았지만 등대에서 사용하기에는 그만이었다. 나중에 장비가 다루기 까다롭고 비싸서 성가시다는 이유로 결국 사용이 중지되긴 했지만, 그래도 10여 년간 이 등대는 지구상에서 실제로 작동하는 전구를 볼 수 있는 유일한 곳이었다. 약 25년 후, 굴리엘모 마르코니(Guglielmo Marconi)가 최초로 이곳에서 국제 무선 통신을 송신해 프랑스 볼로뉴 인근의 위메르에서 수신에 성공함으로써 사우스포어랜드는 다시 한 번 역사를 쓰게 된다.

내가 프레더릭 헤일 홈스와 사우스포어랜드라는 인명과 지명을 처음 접한 것은 5년 전 다른 책을 쓰면서 자료 조사를 하던 중으로, 그때도 이곳에 방문했었다. 나는 서너 명의 사람들과 함께 내셔널트러스트 소속의 열성적인 자원봉사자를 둘러싸고 있었다. 그 자원봉사자는 홈스나 마르코니에 대해서는 잘 알지 못했지만 등대의 기계적 작동 원리에 대해서만큼은 가히 지식의 보고였다. 그는 등대가 한 크랭크에 110번을 돌면서 2시간 30분 동안 빛을 회전시키며, 빛이 한 바퀴 완전히 회전하는 데는 40초가 걸린다고 설명했다. 또한 160킬로미터 이내에는 같은 빛을 내는 등대를 중복해서 두지 않는다고도 했다.

"세상에나."

우리는 감탄했다.

그 자원봉사자는 우리에게 배터리 저장고며 톱니, 그리고 그 비슷한 것들을 보여줬다. 그리고 등대에서 발사하는 빛은 100만 촉광이라고 말해줬다. 나는 기계 장치가 대단히 인상적이어서 사진을 찍었다.

그러자 그는 파파라치를 막는 경호원처럼 손을 번쩍 추켜올리며 말했다.

"사진 촬영은 금지돼 있습니다."

"왜 안 되는 거죠?"

"내셔널트러스트의 정책입니다."

나는 몹시 당황했다.

"하지만 이건 등대잖소. 바이외 태피스트리(Bayeux Tapestry, 11세기에 프랑스 바이외 지방에 있는 노트르담대성당을 장식하기 위해 제작된 것으로 추정되는 직물로 프랑스의 국보 ─ 옮긴이)가 아니라고요."

"트러스트의 정책입니다."

그가 했던 말을 반복했다. 하지만 이번에는 본사의 정책이기만 하다면 얼음 송곳으로 아내의 눈이라도 찌를 듯 단호한 기세였다.

나는 그에게 바로 이런 점 때문에, 이런 성가신 보호 정책 때문에 내가 내셔널트러스트에 실망하는 거라고 말하려다가 그 순간 아내가 내 옆구리를 쿡쿡 찌르며 바깥으로 데리고 나가 시원한 바닷바람과 풍경으로 마음을 달래주는 모습이 상상돼서 그냥 입을 다물기로 했다. 아내가 너무도 오랜 세월을 내 옆구리를 찌르며 나를 멍청하기 짝이 없는 행정 관료들로부터 (그들 중 대다수가 내셔널트러스트 직원이라는 점은 반드시 밝혀두고 싶다) 떼어놓았기에 이제는 아내가 옆에 없어도 자동으로 참는 지경에 이르렀다. 거의 파블로프식 조건 반사 수준에 이른 것이다.

바깥으로 나와 청명한 공기를 쐬고 나니 기분이 한결 나아졌다. 33킬로미터 떨어진 곳에 있는 프랑스가 손에 잡힐 듯 놀라울 정도로 선명하게 보였다. 프랑스 칼레에 있는 사람들에게 손을 흔들어도 될 정도였다. 내 주위에 있던 나이 든 영국인 관광객 중 대다수는 그곳이 가까이 있다는 사실이 조금도 기쁘지 않은 듯 프랑스 해안을 무섭게 노려봤다. 마치 프랑스 바다가 은밀하게 영국 바다로 다가와 슬금슬금 영국의 바닷물을 훔쳐 가고 있기라도 한 것처럼 잔뜩 경계하는 눈빛이었다.

하지만 5년 뒤 다시 찾은 등대는 닫혀 있었다. 모든 상황을 고려할 때 차라리 다행인지도 모른다. 그래서 나는 그냥 그 자리에 서서 경치를 감상했다. 그리고 기쁘게도 프랑스는 지난번 내가 왔을 때와 정확히 똑같은 위치에 있는 듯 보였다.

언덕 위에서 보니 위험하기 짝이 없는 굿윈샌즈(Goodwin Sands)가 멀리 보였다. 믿을 수 없을 정도로 고요한 풍광이지만 이곳은 지구상에서 가장 치명적인 바다로, 여기저기 난파선들이 가장 많은 곳이다. 이곳에서 1,000척 이상의 배들이 좌초했다. 최악의 사고는 1703년 11월 27일에 있었던 난파 사고였다. 전에 없던 거대한 폭풍이 몰아치면서 50여 척의 배를 모래톱 위로 올려버렸고 배들은 모래사장 위에서 기우뚱거리다가 넘어져 산산조각이 났다. 이 사고로 2,000명이 넘는 사람들이 목숨을 잃었다. 그날 하룻밤 새 영국은 해군 병력의 20퍼센트를 잃었다.

데번(Devon)의 명물, 에디스톤 등대의 디자이너이자 건축가인 헨리 윈스탠리(Henry Winstanley)는 폭풍우가 몰아치던 그 밤에 자신이 만든 등대가 서 있는 해변에 있었다. 그는 오래전부터 거대한 폭풍이 몰아치는 순간에 자신이 만든 건축물 속에 있고 싶다는 이야기를 공공연히 하곤 했다. 그는 그 바람을 이뤘지만 그 등대가 난공불락의 건축물일 것이라는 믿음은 깨져버렸다. 등대는 바람과 파도에 휩쓸려 내려갔고, 윈스탠리와 그곳에 있던 다른 5명의 사람들 모두 죽었다.

어쩐지 무거운 마음으로 그 이야기를 떠올리며 런던으로 향했다.

4
—

런던

GREEN PARK

요즘 런던 지하철에 대한 풀리지 않는 미스터리는 순환 열차들이 도대체 어떻게 됐나 하는 점이다. 예전에는 몇 분마다 한 대씩 오던 열차를 요즘은 한 세월을 기다려야 한다. 이야기는 어느 날 아침으로 거슬러 올라간다. 그날 나를 포함해 많은 이들이 글로스터로드 역 승강장에서 아무런 안내 방송도 듣지 못한 채 25분을 기다렸다.

"한때 이곳에 열차들이 다녔던 시절이 기억나네요."

내가 옆에 있는 남자에게 밝은 목소리로 말했다.

"지금은 열차가 안 다니나요?"

남자가 화들짝 놀라며 물었다. 미국인인 그는 런던과 영국식 유머를 전혀 이해하지 못하고 있었다.

나는 "그냥, 농담한 겁니다" 하고 친절하게 대답하고는 승강장에 서 있는 군중을 가리켰다.

"정말 열차가 안 다닌다면 이 사람들이 전부 여기 이렇게 서 있진 않겠지요."

"하지만 우리 모두 이렇게 여기 있는데, 열차는 오지 않잖아요."

나는 딱히 대꾸할 말이 생각나지 않아 그냥 아무 말도 하지 않고 멍하니 허공만 바라봤다. 나도 한때는 지하철에서 〈메트로〉 신문을 읽곤 했다. 멍하니 허공을 응시하는 것이 신문을 읽는 것과 같은 수준의 보상을 줄 뿐더러 손가락에 새까만 잉크 자국도 남기지 않는다는 사실을 깨닫기 전까지는 말이다.

"피커딜리 선을 타려면 어디에서 타야 하죠?"

한참 있다가 그 남자가 물었다.

"아, 피커딜리 선 열차는 지금은 여기에 정차하지 않아요."

그는 내 말이 아까 같은 빈정거림인지 아닌지 궁금하다는 듯 내 얼굴을 면밀히 살폈다.

"승강기 교체 작업을 한다는군요. 그래서 6개월 동안은 이 정거장에 피커딜리 선 열차들이 정차하지 않는다고 들었어요."

"승강기를 교체하는 데 6개월이나 걸린다고요?"

그는 놀라움을 감추지 못했다.

"네. 두 대를 교체한다는군요."

나는 편견 없이 덤덤하게 대답했다. 그는 지도를 들여다봤다. 나는 그에게 도움을 주기 위해 덧붙여 말했다.

"순환선이 순환하지 않는다는 사실도 참고하시길 바라요."

그는 정말 흥미롭다는 표정으로 나를 쳐다봤다.

"한때 순환선 열차들은 무한히 순환을 했었지요. 하지만 지금은 모든 열차들이 에지웨어로드에서 멈추기 때문에 다들 그곳에서 내려서 다른 열차로 갈아타야해요."

"왜요?"

"그건 아무도 모르죠."

그가 물었고 내가 대답했다.

"정말 터무니없는 나라네요."

"정말 그렇죠."

이어진 그의 말에 나는 기쁜 마음으로 동의했다.

바로 그때 열차 한 대가 들어왔고 모두 열차를 타려고 앞쪽으로 나왔다.

"그럼, 즐거운 여행 되시길 바랍니다."

나는 새 친구에게 인사를 건넸다. 그러나 그는 고맙다는 말도, 잘 가라는 인사도 없이 홀쩍 열차에 타버렸다. 나는 그가 길을 잃어버리기를 진심으로 바랐다.

나는 런던 지하철을 좋아한다. 순환선 열차 문제를 제외하면 거의 모든 점들이 훌륭하다. 요즘 사람들은 예전에 영국 지하철이 얼마나 열악했었는지 잊어버리곤 한다. 내가 처음 영국에 왔을 때만해도 지하철은 지저분했고, 형편없이 운영되고 있었으며 안전사고도 잦았다. 캠던타운, 스톡웰, 투팅벡 같은 몇몇 역들은 밤에 다니기에는 매우 위험하기까지 했다. 지하철 이용객은 1950년대 초반부터 50퍼센트가 감소해 1982년까지 매년 5억 명 미만의 사람들이 런던의 지하철을 이용했다. 1987년에는 킹스크로스 역 화재로 31명의 사람들이 사망하는 사고가 일어났다. 누군가 나무로 된 에스컬레이터 아래 꺼지지 않은 담배꽁초를 버린 것이 화재의 원인으로 지목됐다. 방만한 지하철 운영이 얼마나 끔찍한 참극을 야기할 수 있는지를 보여준 사건이었다.

자, 그럼 런던의 지하철을 한번 둘러보자. 먼저 승강장은 런던을 통틀어 가장 깨끗한 장소다. 서비스는 따뜻하고 믿음직스럽다. 내가 알기로 직원들은 정말 도움이 되며 정중하다. 연간 지하철 이용 승객 수는 12억 명으로 어마어마하게 증가했는데 이는 지상으로 다니는 영국의 기차 승객들을 다 합한 것보다도 많다. 〈타임아웃〉 잡지는 영국 지하철을 두고 늘 60만 명 이상의 사람들이 북적대는, 노르웨이 오슬로의 인구보다도 더 많은 사람들이 있는 재미난 공간이라고 했다(노르웨이 오슬로의 인구는 약 50만 명이다 – 옮긴이). 〈이브닝스탠다드〉에서는 런던 지하철 평균 속도가 불과 시속 33킬로미터로 빠르지 않지만(단 리스 역과 워털루 사이 구간에서만큼은 로켓처럼 달린다) 매우 활기찬 분위기며 그토록 엄청난 수의 승객들을 그토록 거대하고 낡은 시스템으로 거의 고장 없이 운송하는 것은 실로 대단한 성과라고 추켜세웠다.

하지만 이는 어디까지나 런던의 지하철 이야기며 런던은 이야기가 다르다. 런던은 아주 훌륭한 일을 많이 하고도 좀처럼 인정을 받지 못하는 도시다. 여기서 그 부분에 대해 이야기해보도록 하겠다. 먼저, 나는 런던이 전 세계 모든 도시들을 통틀어 최고의 도시라고 생각한다. 물론 런던에는 뉴욕처럼 짜릿하고 흥겨운 활력도 없고, 시드니의 하버브리지 같은 다리나 멋진 모래사장도 없으며, 파리처럼 넓은 가로수 길도 없다는 사실을 잘 알고 있다. 하지만 런던에는 도시를 더욱 근사하게 만드는 거의 모든 것들이 다 있다. 한 가지 예만 들어보자면 푸른 녹지가 그렇다. 아무도 그 사실을 깨닫지 못하고 있지만 사실 런던은 지구상에서 가장 덜 붐비는 대도시 중 하나다. 뉴욕에는 1만 제곱미터당 93명, 파리에는 83명이 살고 있지만 런던은 43명이 살고 있다. 만일 런던이 파리 수준으로 조밀하다면 런던의 인구는 약 3,500만 명이 될 것이다. 런던에는 142개의 공원과 600개가 넘는 광장이 있다. 런던의 약 40퍼센트에 달하는 면적이 녹지다. 도시의 온갖 소음과 번잡함이 느껴지다가도 모퉁이만 돌면 새소리를 들을 수 있다. 정말 완벽하지 않은가.

런던은 분명 세계에서 가장 큰 도시 중 하나다. 면적이나 인구로 봐서 그렇다는 게 아니라 도시의 밀도와 복합성, 그리고 역사적 깊이의 관점에서 보았을 때 그렇다는 의미다. 런던은 수평으로만 넓은 도시가 아니라 수직적인 역사의 깊이도 상당한 도시다. 런던에는 휘황찬란한 역사들이 서로 뒤섞인 채 남아 있다.

심지어 도시도 하나가 아니라 둘이다. 웨스트민스터(Westminster)와 시티오브런던(City of London). 게다가 거의 무한대에 가까울 정도로 무수히 많은 마을, 자치 시, 지구, 구, 교구들이 있으며 지도에 예스럽고 매력적인 이름으로 남아 있는 지역들도 많다. 가령 파슨스그린(Parsons Green, 초록 사제들), 세븐다이얼스(Seven Dials, 7개의 눈금판), 스위스코타지(Swiss Cottage, 스위스식 별장), 바킹(Barking, 짖는), 투팅벡(Tooting Bec, 나팔소리 울리는 Bec), 초크팜(Chalk Farm, 분필 농장), 갈릭테이던보이스(Gallic Theydon Bois, 프랑스식 테이던 숲) 등이 모두 그러한 곳이다. 그중 가장 유명한 곳은 웨스트앤드(West End. 서쪽 끝), 블룸즈버리(Bloomsbury, 꽃마을), 화이트채플(Whitechapel, 하얀 성당), 메이페어(Mayfair, 5월의 장터) 등으로 이런 곳은 공식적으로 존재하지도 않고 법적으로 경계가 나뉘어 있지도 않다. 그냥 그렇게 존재할 뿐이다.

런던은 정치적으로 32개의 자치구들과 시티오브런던이 느슨하게 연합된 도시이며 도시로써의 의무는 런던 광역시와 런던 의회, 73개의 의회 선거구, 624개의 구에서 나누어 맡는다. 간단히 말하자면 더럽게 복잡하다는 의미다. 이 모든 것을 총괄하는 사람은 런던 시장 보리스 존슨(Boris Johnson, 2008 ~2016년 5월까지 런던 시장 역임-옮긴이)이다. 영 신통치 못하고, 머리 모양은 궁극의 무질서인 그 사람 말이다. 하지만 용케도 런던은 잘 돌아간다. 정말 대단한 도시다.

　내게 마음껏 사용할 수 있는 2주일이 주어졌다. 두 딸이 용케 (각기 다른 건물에서) 동시에 임신을 했고 거의 같은 시기에 런던의 각기 다른 병원에서 출산을 할 예정이었기에, 딸들의 출산에 대비해 런던 인근에 있으라는 엄명이 내려졌기 때문이다. 내가 딱히 무슨 일을 할 수 있을지도 잘 모르겠다. 기껏해야 물이나 끓이겠지. 근처에 있기는 하겠지만 보나마나 아무짝에도 도움이 되지 못할 텐데. 뭐 그래도 혹시 모르니까. 아무튼 내게 원하는 대로 마음껏 보낼 수 있는 2주가 생겼다. 운전도 못할 정도로 술에 취하거나 딸들의 거처에서 지나치게 멀리 떨어지지만 않는다면 말이다.
　나는 충동적으로 킹스턴 서쪽 홀랜드파크로드에 있는 빅토리아 시대의 화가, 프레더릭 레이턴(Frederic Leighton)이 살던 집인 레이턴 하우스에 가보기로 했다. 레이턴이라는 화가에 대해서는 전혀 알지 못했지만 그것이 그의 잘못인지 내 잘못인지는 잘 모르겠다. 알고 보니 레이턴은 당대에 가장 유명한 화가였다. 그 정도일 줄이야 누가 생각이나 했겠는가? 이전에 몇 번 레이턴 하우스 앞을 지나친 적이 있었는데 꽤 관심이 가는 집이기는 했다. 매우 큰 집인데다가 마치 이 집과 이 집에 살던 사람 정도는 알아야 한다고 강조하기라도 하듯 엄숙한 무게감이 감돌았기 때문이다. 그래서 나는 '언젠가는 가 봐야 할 곳(이지만 가지 않을 곳)' 목록에 그 집을 올려두었다. 이 목록에 오른 일들을 해치우는 경우는 매우 드물어서 그곳에 간다는 생각을 해낸 내 자신이 무척 대견하게 느껴졌다. 게다가 비까지 부슬부슬 내리는 게 박물관 가기 딱 좋은 날이었다.
　나는 레이턴 하우스가 금방 좋아졌다. 10파운드인 입장료를 나 같은 연장자에게 6파운드에 할인해줘서만은 아니다. 집은 웅장하며 음울했는데 어딘지 모르게 좀 이상한 구석도 있었다. 가령 이 큰 집에 침실이 하나뿐이었다. 실내 장식은 주지사의 서재와 뉴올리언스의 매음굴을 묘하게 합쳐놓은 듯한 분위기였다. 집안은 아라비아 풍의 타일과 실크 벽지, 알록달록한 도자기와 언제 봐도 반가운, 가슴을 드러낸 젊은 여인들의 모습이 담긴 예술 작품들로 가득했다.

레이턴은 오늘날 엄청나게 유명한 화가는 아니다. 대부분 그의 작품들이 인도의 구자라트(Gujarat)라든가 미국 조지아 주 디케이터에 있는 아그네스스콧칼리지(Agnes Scott College) 등과 같이 특이한 장소에 남겨져 있기 때문이기도 하고, 그의 화풍이 현대적 취향으로 보면 다소 과장돼 보이기 때문이기도 하다. 그의 그림에는 팔을 위로 뻗고 뭔가를 애원하는 표정을 한 사람들이 자주 등장하는 편이고, 제목도 '그리고 바다는 품고 있던 죽음을 포기했다'라거나 '페가수스를 타고 안드로메다를 구하기 위해 달리는 페르세우스' 등과 같은 것들이 많다.

하지만 레이턴은 당대에는 매우 높이 평가되던 예술가였다. 1878년 그는 영국 왕립 미술원 원장으로 선출됐고, 1896년에는 올해를 빛낸 인물 명단에 예술가로서는 처음으로 그 이름을 올리기도 했다. 하지만 그는 이 특권을 오래 누리지 못했다. 명예롭게 이름을 올린 지 한 달도 채 되지 않아 죽었기 때문이다. 죽고 나서 그는 국보 자격으로 위풍당당하게 세인트폴대성당에 안장됐다. 시대의 흐름에 최소한 50년 정도 뒤쳐져 있기를 갈망하는 〈옥스퍼드 인명사전〉에서는 동시대의 다른 예술가들에게는 보통 1,000단어 정도를 할애한 데 비해 레이턴에게는 8,200단어를 할애하고 있다.

레이턴은 레이턴 하우스에서 30년간 혼자 살았으며 그의 성적 취향은 늘 호사가들의 관심거리였다. 수십 년간 엄격하게 금욕 생활을 했던 그는 이스트엔드 출신의 젊고 아름다운 여성 아다 풀렌((Ada Pullen), 이후 그녀는 무슨 이유 때문인지 이름을 도로시 딘(Dorothy Dene)으로 바꾸었다)을 만나고 는 활기찬 삶에 흔들렸던 것 같다. 레이턴은 그녀를 말쑥하게 새 단장 시켜주고, 근사한 옷을 사주고, 학교 교육도 시켜줬으며, 다양한 세련된 문화도 접하게 해주면서 상류 사회로 인도했다. 이쯤 되면 당연히 헨리 히긴스(Henry Higgins) 교수와 일라이자 둘리틀(Eliza Doolittle)의 이야기가 떠오를 것이다(버나드 쇼의 희곡《피그말리온(Pygmalion)》에서 결혼을 부정하고 학문에만 골몰하는 헨리 히긴스 교수가 거리에서 꽃을 파는 일라이자 둘리틀을 교육시켜 상류층 여성의 교양을 갖추게 할 수 있다는 내기를 하고 그것을 성공시킨다는 내용 - 옮긴이). 조지 바너드 쇼(George Bernard Shaw)는 희곡《피그말리온》에서 레이턴과 아다 풀렌의 관계를 모델로 삼았다고 말한 바 있다. 레이턴이 풀렌과 성관계를 가졌는지 아니었는지는 모르겠지만 그는 옷을 입지 않은 그녀의 모습을 즐겨 그렸으며, 레이턴 하우스는 그 사실을 열렬히 증명하고 있었다.

레이턴이 사망한 직후 그의 재산은 곧장 경매로 넘어갔으며 그가 살던 집은 주인이 여러 차례 바뀌었다가, 전쟁 통에는 독일의 폭탄 공격으로 폭삭 무너졌었다. 그래서 사실상 볼 만한 가치를 거의 상실했지만 이후 몇십 년 동안 조금씩 복원 작업이 이뤄졌고 마침내 오늘날에는 예전 모습을 볼 수 있게 됐다. 복원도 썩 훌륭한 수준으로 잘됐다. 그의 작품이 내 취향과 꼭 맞는다고는 말할 수 없지만 그래도 즐거운 시간이었다. 감상을 마치고 나오니 날이 개어 햇살이 빛나고 있었다. 비가 말끔하게 청소를 한 런던의 거리는 눈부시게 아름다웠다.

2주 동안 나는 매일매일 평생 단 한 번도 해보지 않았거나 적어도 몇 년 동안은 하지 않던 일들을 충동적으로 해나갔다. 한가로이 배터시 공원을 거닐기도 했고, 강가를 따라 걸으며 테이트 모던 박물관에 가기도 했다. 어떤 날은 프림로즈힐에 올라 경치를 감상했다. 핌리코를 어슬렁거리기도 하고 빈센트 광장 근처의 쥐라기 공원인 영국 의회도 구경했다. 국립 초상화 미술관(National Portrait Gallery)에도 가고 트래펄가 광장 옆에 있는 세인트마틴인더필즈성당 지하 예배당에서 차도 마셨다. 법학 회관을 거닐기도 하고 영국왕립외과의협회 박물관에도 들렀다. 그냥 지나가는 길에 있기에 들른 것이다. 하나같이 근사했으니 여러분도 꼭 가보길 바란다.

하루는 친구 아오사프 아프잘(Aosaf Afzal)과 점심을 먹기 위해 사우스올(Southall)에 갔다. 이 근처에서 나고 자란 아프잘이 마을을 구경시켜줬다. 사우스올은 영국 내에서 가장 큰 아시아 도시다. 심지어 이곳에는 아주 오래 전부터 '글라스 정션(Glass Junction)'이라는 이름의 펀자브(Punjab, 인도와 파키스탄에 걸친 지역-옮긴이) 스타일 술집도 있었다. 이 술집에서는 영국 파운드와 인도 루피 모두 사용할 수 있었는데, 2012년에 문을 닫았다. '대다수 아시아인들에겐 술집에 가는 문화가 별로 없기 때문'이라고 아프잘이 설명했다. 사우스올은 영국의 그 어떤 도시보다도 활기차고 다채로웠다. 상점들은 물건을 천장까지 높이 쌓아 올려놓았으며 길거리 좌판 상점들은 양동이, 대걸레, 인도 여성이 입는 사리, 각종 그릇, 빗자루, 사탕 등 온갖 다양한 물건들을 팔고 있었다.

재밌게도 상점들마다 이 터무니없이 광범위한 품목들을 정확히 똑같이 갖춰서 팔고 있었다. 대체로 대부분 상점들이 장사가 아주 잘되는 듯 보였다. 하지만 이 활기차 보이는 모습 이면에는 심각한 빈곤이 있다. 비단 사우스올뿐 아니라 내 친구가 태어난 이후 줄곧 살고 있는 하운슬로도 마찬가지였다. 하운슬로는 치즈윅 같은 부유한 동네들도 더러 포함된, 규모가 큰 자치구이지만 영국에서 두 번째로 급속하게 쇠락하고 있는 지역이다. 아프잘이 상황을 정확하게 표현했다.

"하운슬로의 인구는 5만이지만 서점이나 극장이 하나도 없어."

"그런데 넌 왜 여기에 살아?"

내 물음에 아프잘이 진지하게 대답했다.

"고향이니까. 여기에서 태어났고 가족들도 모두 여기에 있으니까. 난 이 마을이 좋아."

이야기를 나누다 보니 내가 생각하는 런던과 내 친구가 생각하는 런던은 놀라울 정도로 달랐다. 덕분에 나도 런던에 대해 다시 생각해보게 됐다. 런던은 하나의 도시가 아니다. 런던은 수백만 개의 작은 지역들의 합이다.

이 행복한 2주일 동안 나는 가끔 쓸모 있는 일도 했다. 하루는 켄싱턴 중심가를 걷다가 문득 아내가 심부름을 시킨 것이 생각나 막스앤스펜서(Marks and Spencer)에 들렀다. 안에 들어가니 새 단장을 해서 지난번 들렀을 때와는 완전히 달라져 있었다. 중앙에 있던 에스컬레이터는 계단으로 바뀌어 있었다. 참으로 이상하지 않은가? 도대체 왜 에스컬레이터를 계단으로 바꾼단 말인가? 하지만 이 정도는 아무것도 아니었다. 지하로 내려가니 충격적이게도 식당이 없어졌다. 지하를 샅샅이 뒤졌지만 온통 세일 중인 옷뿐이었다.

나는 티셔츠를 착착 접고 있는 젊은 점원에게 식당은 어디 있는지 물었다.

"식당은 없는데요."

그는 내 쪽은 쳐다보지도 않고 대답했다.

"식당을 없앴나요?"

내가 화들짝 놀라 물었다.

"원래 없었어요."

분명히 말하겠는데, 나는 애당초 그 젊은이가 마음에 들지 않았다. 처음부터 그에게서는 어쩐지 무례할 것 같은 분위기가 풍겼다. 게다가 머리에 젤을

떡칠하고 있었다. 내 부모님은 내게 머리에 젤을 많이 발랐다는 이유로 사람을 미워하면 안 된다고 가르치셨지만, 솔직히 사람을 미워할 구실로 그보다 더 좋은 것이 어디 있겠는가.

"그럴 리가요. 여기에 식당이 있었어요."

"원래 없었어요. 여기에는 어디에도 식당 같은 건 없습니다."

그가 퉁명스럽게 대꾸했다.

"이렇게 말해서 정말 죄송하지만, 당신 정말 멍청이구려."

나는 냉정하게 객관적으로 따지기 시작했다.

"내가 1970년대부터 여기에 드나들었는데, 지하에 늘, 언제나, 항상 식당이 있었어요. 이 나라에 있는 모든 막스앤스펜서 매장에는 전부 다 식당이 있지요."

그러자 그는 처음으로 고개를 들어 나를 바라보며 아주 흥미롭다는 표정을 지었다.

"여긴 막스앤스펜서가 아닌데요."

그러고는 이렇게 말할 수 있어 정말 기쁘다는 듯 덧붙였다.

"여긴 H&M입니다만."

나는 새로운 정보에 적응하기 위해 한동안 그의 얼굴을 멍하니 바라봤다.

"막스앤스펜서는 옆 건물입니다."

그가 말했다.

한 15초 정도 정적이 흘렀을 것이다.

"그렇다고 해도 당신은 멍청이요."

나는 이렇게 나지막이 중얼거리곤 발걸음을 돌렸지만, 역부족이었다는 것을 나도 안다.

그 일 이후 내가 외부인들과 지나치게 접촉을 하지 않고 살았다는 생각이 들어 다시 산책에 나섰다. 하루는 유스턴로드와 토트넘코트로드 사이 지름 길을 걷다가 우연히 피츠로이(Fitzroy) 광장에 가게 됐다. 피츠로이 광장은 넓고 탁 트인 곳으로 광장 주위를 크림색 집들이 둘러서 있었는데, 하나같이 유명한 사람이 살았음을 표시하는 파란색 명판이 걸려 있었다. 오랜 세월 이곳 피츠로이 광장은 여러 유명 인사들의 고향이었다. 조지 버나드 쇼, 버지니아 울프(Virginia Woolf), 제임스 맥닐 휘슬러(James McNeill Whistler), 던컨 그랜트(Duncan Grant), 로저 프라이(Roger Fry), 포드 매독스 브라운(Ford Madox Brown), 아우구스트 빌헬름 폰 호프만(August Wilhelm von Hofmann) 등이 모두 이곳에 살았다.

호프만은 독일의 유기 화학자로 화학자들의 전기를 썼던 작가이자 오르토 톨루이딘 이성체와 트리페닐 유도체로 혁신적인 뭔가를 해낸 사람이다. 그가 한 일이 여러분이나 나와는 별 상관이 없어 보이지만 지금 이 페이지를 읽고 있는 화학자들은 오르가슴을 느낄 것이다. 광장 한 모퉁이에는 인도 YMCA 가 있었다. 오직 인도인만을 위한 YMCA라니, 정말 멋지지 않은가! 맞은편에는 그곳에 살았던 베네수엘라의 혁명가 프란시스코 미란다(Francisco de Miranda)의 동상이 있다. 훗날 그의 집에 살게 된 사람은 판타지 소설로 사랑받았던 작가이자 신흥 종교 사이언톨로지의 창시자인 론 허버드(L. Ron Hubbard)였던 것 같다. 정말 대단한 도시다.

피츠로이 광장 바로 뒤편에는 한적하고 별 특색 없어 보이는 클리블랜드스트리트(Cleveland Street)가 있다. 처음 거리 이름을 듣고는 무척 귀에 익다는 생각이 들었지만 왜 그런지는 알지 못했다. 그러다가 나중에 이정표를 보고서야 이 이름이 익숙한 이유가 떠올랐다. 클리블랜드스트리트는 19세기 큰 스캔들로 떠들썩했던 곳이었다. 1889년 여름, 한 경찰관이 우편배달부 소년의 호주머니에서 의심스러울 정도로 큰돈을 발견하게 됐다. 소년은 자신이 클리블랜드스트리트 19번지에 있는 동성애 매춘 업소에서 매춘을 해서 돈을 벌었음을 고백했다. 경찰관은 지목된 매춘 업소를 조사해 그곳에 공작의 아들 등 귀족 가문의 남자들이 드나든다는 사실을 알게 됐다. 하지만 이 사건을 더욱 흥미진진하게 만든 것은 소문이었다. 이곳에 대한 소문이 사람들 입을 타고 널리 퍼지기 시작했고, 모든 신문마다 동성애 매춘을 한 지체 높은 이들이 누구인지 넌지시 암시를 줬는데, 클리블랜드 매춘 업소를 정기적으로 드나들던 사람 중에는 웨일스 왕자의 아들이자 왕위 계승 서열 2위였던 앨버트 빅터(Albert Victor) 왕자도 있었다. 훗날 이 앨버트 왕자는 (증거는 미약하지만) 1888년 영국 이스트런던 지역인 화이트채플에서 최소 5명의 매춘부를 극악무도한 방식으로 잇따라 살해한 연쇄살인마 잭 더 리퍼(Jack the Ripper)일지도 모른다는 설까지 생기면서 왕가 자손으로서는 최악의 소문에 휘말리게 됐다. 아무튼 소문이 퍼지자 앨버트 왕자는 제국으로 보내져 오랜 기간 머물다가, 다시 돌아와서는 자의였는지 타의였는지는 모르나 바로 빅토리아 메리(Victoria Mary of Teck) 공주와 약혼했다.

하지만 불과 한 달 뒤에 이 불행한 왕자는 폐렴에 걸려 죽었고, 덕분에 주위의 많은 사람들이 마음을 놓을 수 있게 됐다. 그런데 놀랍게도, 나는 정말 이 부분에서 깜짝 놀랐는데, 빅토리아 메리 공주는 그의 동생, 즉 시동생이 될 뻔했던 조지(George) 왕자와 결혼했고 훗날 조지는 조지 5세로 즉위해 왕이 됐는데, 그가 바로 우리의 오랜 친구, "빌어먹을 보그너!"라고 말하고 죽은 그 사람이다. 어쩌면 영국 왕실 사람들이 이따금 정서가 불안정한 것도 이런 내력이 일부 영향을 미치지는 않았나 생각하게 된다.

내가 런던을 세계 최고의 도시로 꼽는 이유는 동성애 매춘 스캔들이 있었다거나, 버지니아 울프와 론 허버드가 바로 근처에 살았다거나 하는 이유 때문만은 아니다. 런던은 길모퉁이마다 다른 도시에서는 절대 없는 풍부한 역사와 온갖 은밀한 비밀들이 구석구석 배어있는 도시다. 게다가 술집과 나무도 많고 사랑스럽다고 느낄 만한 구석도 꽤 많다. 아마 이보다 더 나은 곳은 없을 것이다.

임신한 내 두 딸들은 각각 퍼트니 그리고 햄프턴 궁전 옆에 있는 템스디턴에 살고 있는데, 이 두 곳은 약 16킬로미터 떨어져 있다. 생각해보니 공원을 관통해서 가면 두 집 사이를 걸어서 오갈 수 있을 것 같아 시도해보기로 했다. 런던의 서쪽은 탁 트인 곳이 아주 많으며 드물게 잘 관리되고 있는 지역이다. 퍼트니히스(Putnet Heath)와 윔블던커먼(Wimbledon Common) 사이에는 약 5.7 제곱킬로미터에 달하는 거대한 녹지가 조성돼 있다. 리치몬드 공원은 10제곱킬로미터, 부시 공원은 4.5제곱킬로미터, 햄프턴 궁전 공원은 3제곱킬로미터, 햄커먼은 0.4제곱킬로미터, 왕립 식물원은 1.2제곱킬로미터의 넓이다. 위에서 내려다보면 런던의 서쪽은 도시라기보다는 건물들이 드문드문 서 있는 숲처럼 보인다.

나는 퍼트니히스와 윔블던커먼에는 가본 적이 없었다. 두 곳은 이어져 있었는데, 대단히 아름다웠다. 두 곳 모두 런던의 여느 공원처럼 깔끔한 공원이 아니라 정돈되지 않은 야생에 가까운 공원이었고 그런 점들이 내 마음을 더욱 사로잡았다. 그렇게 몇 시간이나 히스 숲을 걷다 보니 영국국립지리원 지도를 봐도 내가 어디쯤 있는 건지 전혀 파악할 수가 없었다. 숲으로 걸어 들어갈수록 점점 고립되는 기분이었다.

그러다가 문득 30분 전부터 사람이 한 명도 보이지 않았다는 사실을 깨달았다. 자동차 소리도 들리지 않았고, 어느 쪽으로 가야 다시 문명 세계로 나갈 수 있는지 전혀 감히 잡히질 않았다. 그렇게 한참을 헤매고 나서야 어쩐지 낯이 익은 길로 접어들었는데, 그 길에서 드와이트 아이젠하워(Dwight D. Eisenhower)가 제2차 세계대전 당시 살던 집을 봤던 기억이 어렴풋이 떠올랐다. 그때도 지금 걷고 있는 길을 걷다가 우연히 그 집을 발견했었다. 예전에 도서관에서 전쟁 당시 아이젠하워가 살던 집에 관한 글을 읽은 적이 있다. 아이젠하워는 대저택인 숀 하우스(Syon House)나 클리브덴(Cliveden) 같은 근사한 집에서 살 수도 있었지만 윔블던커먼 끝자락에 있는 텔레그래프 코티지(Telegraph Cottage)라는 집에 하인도 두지 않고 혼자 단출하게 살았다. 그 집에는 주차장 진입로가 길게 있었는데 차단기 옆에는 병사 한 명만이 지키고 있었다고 한다. 그 조촐한 시설이 연합군 최고 사령관을 보호하는 안전장치였다. 마음만 먹으면 독일 암살단이 윔블던커먼으로 낙하산을 타고 침입하여 침대에서 누워 있는 그를 죽일 수도 있었을 것이다. 그렇게 생각하니 굉장히 멋진 일이라는 생각이 들었다. 독일 암살단이 그렇게 할 수도 있었다는 사실이 아니라 그러지 않았다는 사실이 말이다.

독일군은 아이젠하워를 암살할 기회를 활용하지 않았지만, 어쩌면 그를 더 쉽게 괴롭힐 수 있었는지도 모른다. 아이젠하워의 작은 별장 맞은편 울타리에 모형 대공포를 세워두기만 해도 아이젠하워는 충분히 괴로워했을 테니 말이다. 당시에는 독일 정찰병을 속여 그들이 엉뚱한 곳에 폭탄을 낭비하도록 유도하려고 런던 도처에 모형 총기를 세워두었었다. 독일 공군 루푸트바페(Luftwaffe)가 같은 방식의 묘책을 간과한 게 아이젠하워에게는 천만다행이었다.

완전히 길을 잃은 내 모습을 마음속으로 가만히 상상해보길 바란다. 럭비 클럽 운동장을 여기저기 헤집고 다니고, 아이젠하워 별장 터를 정처 없이 헤매고 다니며 퍽도 즐거워했을 내 모습을 말이다. 심지어 아이젠하워의 별장은 이제 더 이상 그곳에 있지도 않다. 몇 년 전 화재로 소실됐고 현재 그 자리에는 다른 집들이 들어서 있다. 그래도 산책은 충분히 즐거웠고 독일군도 찾지 못한 아이젠하워의 은신처도 찾았으니 매우 만족한다.

물론 런던이 다 완벽하진 않다. 약 20년 전 아내와 나는 사우스캔싱턴에 작은 아파트를 샀다. 당시에는 미친 짓처럼 보였지만 20년이 지난 지금은 마치 우리 부부가 무슨 투자의 귀재처럼 느껴질 정도로 집값이 올랐다. 하지만 주변 사정은 나빠졌다. 하수구 도랑마다 늘 쓰레기들이 표류하고 있다. 여우들이 끌어다 놓은 쓰레기도 있지만, 뇌가 없거나 자긍심이 없는 사람들, 그리고 처벌 따위 두렵지 않은 사람들이 버린 쓰레기가 대부분이다. 몇 년 동안 일꾼들이 한 번에 하얀 페인트를 한 통씩 써가며 조용히 거리를 칠했던 적도 있었다. 가장 경악스럽고 당황스러운 것은 앞뜰이다. 이곳 사람들은 이상하리만치 자동차를 거실에 최대한 바짝 붙여놓으려고 기를 쓴다. 그리고 그 목적을 달성하기 위해 작은 앞마당을 없애고, 그 공간을 자동차 주차와 바퀴 달린 쓰레기통을 두는 공간으로 사용한다. 나는 어째서 그렇게 하도록 허용하는지 도무지 이해할 수 없다. 그렇게 되면 거리 전체의 풍경이 볼품없이 될 것이 빤한데도 말이다. 우리 집에서 멀지 않은 곳에 헐링엄가든스트리트가 있는데 그곳은 이름을 헐링엄 쓰레기장으로 바꿔야 한다. 그곳에 사는 주민들 대다수가 자기 집 앞에서 아름다운 자취를 없애버렸기 때문이다. 자기가 사는 동네에 대한 미적 의무감의 결여는 어쩌면 내가 영국에 살면서 겪어야 하는 가장 슬픈 변화인지도 모른다.

하지만 더 큰 맥락에서 보자면 런던은 어마어마하게 발전했다. 일단 20여 년 전에 비해 스카이라인이 한층 더 재미있어졌다. 런던은 고층 빌딩이 어마어마하게 많지는 않지만 드문드문 넓게 분포해 있다. 고층 건물들이 여느 도시에서처럼 서로 경쟁하듯 들어선 것이 아니라 마치 거대한 조각상처럼 감탄스러울 정도로 고립된 분위기를 물씬 풍기며 홀로 서 있다. 대단히 멋진 솜씨다. 이제 사람들은 전망이라곤 전혀 없던 퍼트너브리지나 캔싱턴가든에 있는 원형 연못, 클래펌 정션(Clapham Junction) 12번 승강장 등에서 인상적인 풍경을 감상할 수 있게 됐다. 드문드문 흩뿌려진 스카이라인은 덤으로 경제적 번영도 가져다줬다. 런던 중심부의 새로운 마천루는 가뜩이나 붐비는 거리와 지하철역을 더욱 거대하고 복잡하게 만들긴 했지만 서더크(Southwark)나 램버스(Lambeth), 나인엘름스(Nine Elms) 같은 곳에 들어선 거대한 새 건물들은 지역 전체를 들썩이게 만드는 막대한 경제 효과를 발휘하면서 술집, 식당 등에 대한 수요를 창출했고 그곳을 여행하기에도 살기에도 더욱 좋은 장소로 만들었다.

꼼꼼하게 계획된 것은 없다. 이렇게 스카이라인이 듬성듬성 들어선 것은 그저 고층 건물들이 보호돼야 할 풍경에 악영향을 미쳐서는 안 된다는 내용을 골자로 하는 도시개발계획법령인 '런던 계획'의 부산물이다. 보호돼야 할 풍경 중에는 햄스테드히스에 있는 오크 나무 한 그루도 포함돼 있다(나무 한 그루인들 어떤가). 그 나무에서부터 세인트폴대성당이나 국회의사당이 있는 구간의 경관은 그 무엇도 방해할 수 없다. 도심에서 몇 킬로미터 떨어진 곳에 있는 리치먼드 공원의 경관도 마찬가지다. 너무 멀리 있어서 심지어 영국 도심에서는 그 공원이 보이지도 않는데도 말이다. 이렇게 보호되는 경관들 때문에 런던의 고층 건물들은 널찍이 간격을 두고 떨어져 있어야 해서 도시가 대단히 복잡하다. 행복한 우연이다. 그리고 이러한 모습이 바로 런던 그 자체다. 바야흐로 행복한 우연의 시대인 것이다.

가장 특이한 점은 이 경관들이 하마터면 대부분 소실될 뻔했다는 사실이다. 1950년대, 영국은 근대화에 대한 강박 관념에 사로잡혀 있었고 그 일환으로 독일군 폭격이 닿지 않은 곳들을 허물고 강철과 콘크리트로 덮어버렸다.

그렇게 1950년대를 보내고 맞은 60년대의 원대한 계획들은 런던을 불도저로 밀어버리고 큼직한 단위로 나누어 재건설하는 것이었다. 피커딜리서커스, 코벤트가든, 옥스퍼드스트리트, 스트랜드, 화이트홀, 소호의 상당 부분 등이 모두 재개발 대상지로 선정됐다. 슬론 광장은 쇼핑센터와 26층짜리 고층 아파트촌으로 대체되기로 했다. 〈타임스〉 전 편집자인 사이먼 젠킨스(Simon Jenkins)의 표현을 빌자면, 웨스트민스터성당에서부터 트래펄가 광장에 이르는 지역에는 '콘크리트와 유리 널빤지로 지은 영국식 스탈린그라드' 정부 청사가 세워지기로 예정됐다. 640킬로미터에 달하는 새 고속도로들이 런던을 휩쓸고, 토트넘코트로드와 스트랜드스트리트를 포함해 기존에 있던 1,600킬로미터가량의 도로들은 중앙 분리대가 있는 고속도로로 확장돼 런던의 중심부를 관통할 예정이었다. 붐비는 도로를 횡단해야 하는 보행자들은 지하도로 또는 철이나 콘크리트로 만든 육교 위로 다니도록 했다. 그런 런던을 걷는다는 것은 마치 기차역에서 서서 끝도 없이 변하는 승강장을 보는 기분이었을 것이다.

지금 보면 다 미친 짓처럼 보이지만 당시에는 그렇지 않았다. 영국에서 가장 영향력 있는 도시 설계자인 콜린 버커넌(Colin Buchanan)은 수십 세기 동안 축적된 어지러운 풍경을 완전히 없애버리고 콘크리트와 철로 만든 빛나는 새 도시를 세워 '영국 시민의 자긍심을 한껏 고취시키고 경제적 어려움을 겪는 시민들의 기운을 북돋아 경제 부흥에 도움을 줄 것'이라고 약속했다. 잭 코튼(Jack Cotton)이라는 개발업자가 피커딜리서커스 대부분을 없애고 그곳에 트랜지스터 라디오와 목수의 연장통 사이 중간물처럼 생긴 52미터 높이의 타워를 건설하겠다는 제안을 했을 때, 웨스트민스터 개발부서의 비밀회의에서는 이 제안을 즉각 수용했다. 코튼의 지휘하에, 에로스 동상은 새 보행자 도로로 옮겨지고 사람들을 쌩쌩 달리는 차량들로부터 안전하게 격리하기 위해 인도와 육교를 통합하는 체계를 만들기 위한 계획이 수립됐다.

1973년, 내가 처음 영국에 자리를 잡았던 그해에 전반적인 계획들이 거의 밝혀졌다. 이것이 바로 '대런던개발계획(Greater London Development Plan)'

이다. 이 계획은 이전의 모든 제안들을 포괄하며 도시를 마치 연못의 물결처럼 감싸는 네 겹의 외곽 순환 도로 M1, M3, M4, M23을 순차적으로 건설한다는 계획까지 포함된, 상당히 많은 공을 들인 대규모 계획이었다. 대부분 고가로 세워지는 고속도로들은 햄머스미스, 풀럼, 첼시, 얼스코트, 배터시, 반스, 치스윅, 클래펌, 램버스, 이즐링턴, 캠던타운, 햄스테드, 벨사이즈파크, 해크니, 뎃퍼드, 윔블던, 블랙히스, 그리니치 등 거의 모든 곳을 구석구석 관통하는 도로였다. 수만 명의 사람들이 집으로 가다가 길을 잃을 지경이었다. 많은 이들이 이런 계획이 실현되기까지 기다릴 수 없었다. 〈일러스트레이티드런던뉴스〉의 어느 기고가는 사람들이 '붐비는 도로와 가까워지는 것을 즐기고 있다'고 주장했으며 버밍엄에 국수 가닥처럼 복잡하게 얽힌 분기점은 차량들이 속도를 내며 신나게 달리는, 활력과 다채로움이 더해진 장소가 될 것이라고도 했다. 또한 그는 도로가의 일시 정차 가능 구역에서 피크닉을 즐기는 영국인의 성향을 단순히 미친 짓이라고 보기보다는, '소음과 분주함'에 각별한 애정이 있는 것으로 해석하기도 했다.

대런던개발계획에 소요될 경비는 2억 파운드로 영국 역사상 공공사업 투자로는 가장 큰 액수였다. 그리고 바로 그 점이 구세주가 됐다. 영국은 그만한 경비를 감당할 형편이 못됐다. 결국 이 꿈같은 계획들은 실현 불가능한 야망에 그치며 실현되지 못했다.

물론 이 원대한 계획이 실현되는 광경을 생전에 보게 된 사람이 없어서 천만다행이다. 하지만 이 계획들 가운데 나머지 계획들과 달리 실제 시도해볼 가치가 있었던 것이 하나 있었다. 이른바 '모토피아(Motopia)'라고 하는 계획으로 바로 다음 장에서 소개하도록 하겠다.

5

모토피아

나는 워털루에서 여러 정거장을 거쳐 레이스버리(Wraysbury)까지 가는 오전 8시 28분 지하철을 탔다. 아침 출근길이었지만 반대편 열차만 잔뜩 붐볐을 뿐 내가 탄 열차는 텅텅 비다시피 했다. 원래 영국의 지하철 실내 인테리어는 무기력하고 우울하며 무감각한 통근 분위기와 잘 어울리는, 무겁고 음침한 분위기였다. 하지만 요즘 지하철은 온통 밝은 오렌지와 빨간색이다. 마치 어린이 놀이터에 있는 놀이기구처럼 짜증이 날 정도로 화려하다. 지하철을 탈 때면 장난감 운전대와 짤랑짤랑 울리는 방울이라도 가지고 타야 할 것만 같다.

레이스버리 역에 내리니 사람이라고는 나 한 명뿐이어서 귀신이 나오는 으스스한 무인역에 홀로 버려진 기분이었다. 역에서 마을은 약 1.6킬로미터 남짓 떨어져 있었지만 다행히 길은 걷기 좋게 그늘이 드리워 있었다. 레이스버리는 기이하고 단절된 도시다. 이 도시는 템스 강변에 있으며 반대편에는 러니미드(Runnymede)가 있고 일직선으로 몇 킬로미터 떨어진 곳에 윈저 성(Windsor Castle)이 있다. 하지만 접근성 때문에 윈저 성은 케이스네스에 포함돼 있다. 레이스버리를 외부 세계로부터 고립시키는 장치들은 터무니없을 정도로 많아서 헛웃음이 나올 지경이다. 두 개의 도로(M4, M25), 철도 하나, 오래된 자갈 채취장, 다리가 없는 길게 뻗은 템스 강, 거의 웬만한 야산 높이의 둑이 있는 거대한 3개의 저수지, 수 킬로미터에 걸쳐 철통 같이 둘러진 울타리, 그리고 침투가 불가능하게 만드는 궁극의 장치인 거대한 히드로 공항과 공항 부대시설 등이 모두 레이스버리를 둘러싸고 있다. 레이스버리로 가는 길 주변에는 조명 공장, 시멘트 작업장, 펌프장, 기타 육중한 화물 트럭들과 '접근 금지' 표지판이 내걸린 작업장이 가득하다. 지나가다 우연히 레이스버리에 들르는 사람은 없으며 목적을 가지고 갈 사람도 그다지 많지 않을 것 같다. 하지만 어떤 이유로든 이 길을 가게 된 사람들은 뿌연 흙먼지 속을 걷다 매력적이고 고요한, 적어도 히드로 공항에서 여행을 시작하고 마치는 사람들이 타고 있는 비행기가 150미터 상공에 나타나기 전까지는 고요한 오아시스 같은 마을을 불쑥 만나게 된다.

비행기 소음에 적응할 수 있는 사람들에게 레이스버리는 사랑스럽고 온화한 마을이다. 마을 중앙에는 성당이 있고 드넓은 크리켓 구장이 있으며, 괜찮은 술집을 비롯해서 유용한 가게들이 꽤 많이 있다. 마을을 둘러싼 자갈 채석장에는 유원지용 호수를 만들기 위해 물을 채웠는데 지금은 요트 클럽과 윈드서핑 클럽들이 자리를 잡고 있다. 클럽들은 규모가 크고 아름다우며, 호수가 잘 내다보이는 곳에 위치하고 있다. 내 아내는 템스 강 바로 건너편에 있는 에그햄(Egham)에서 자랐다. 아내가 자란 곳에서 강 건너편의 풍경으로 바라본 레이스버리는 나무들이 마치 지붕처럼 마을을 덮고 있었다. 수천 번도 더 보았던 풍경이지만 그곳에 가야 할 이유가 생긴 적이 없었기에 단 한 번도 가지 않았던 마을이다.

"당신도 좋아할 거야."

아내는 장담했다. 장인어른이 레이스버리 출신이었기에 아내도 그 마을을 잘 알고 있었다. 장인어른은 마을에서부터 우거진 숲길을 300~400미터 가량 따라 들어가면 맨 끝자락에 나오는 조용한 터의 낡은 시골집에서 과부인 어머니, 그리고 누이와 함께 살았다고 했다. 조그맣고 어두운 그 집에는 전기도 수도도 없었고 화장실은 정원 아래 은밀히 있었다. 장인어른은 토요일 저녁이면 저녁 식사를 위해 만든 지 오래된 빵을 사러 스테인스까지 왕복 11킬로미터 거리를 걸어 다녔던 이야기를 해주곤 했다. 당시 형편으로는 오래된 맛없는 빵만 사먹을 수 있었기 때문이다. 장인어른의 이야기는 전혀 다른 세상 이야기처럼 들렸다.

아내는 내게 그 시골집이 어디 있는지 알려줬다. 그리고 나는 말로만 듣던 그 집으로 가고 있었다. 아니, 정확히 말하자면 한때 그 집이 있던 터로 가고 있었다. 사실 그 집은 1943년 독일군 폭격으로 산산조각 나서 사라진 지 오래다. 레이스버리는 표적으로 삼을 만한 것이 아무것도 없어서 폭탄 투하병이 방향을 잃고 폭탄을 잘못 투하했거나 아니면 본국에 가기 전에 폭탄을 다 써버리려고 아무 곳에나 투하한 것인지도 모른다. 아무튼 그가 투하한 폭탄은 완벽하게 장인어른의 집을 향해 날아갔고 집의 흔적조차 없애버렸다. 다행히도 당시 집에 아무도 없어서 다친 사람은 없었다. 하지만 장인어른 가족은 모든 것을 잃고 살 집을 새로 지어야 했다. 하루아침에 처지가 변한 장인어른은 상황이 달랐다면 만나지 못했을지도 모르는 한 여자를 만났고 결실을 맺어 결혼을 하고 두 자녀를 낳았으며, 그 두 자녀 중 한 명이 자라 나와 결혼을 했다. 그러니 내 아이들과 손주들 그리고 이후에 태어날 자손들은 물론 내 인생 역시 옛날 옛적 어느 여름날 저녁에 레이스버리에 무작위로 떨어진 독일군 폭탄의 직접적인 결과인 셈이다. 어쩌면 우리 모두의 삶이란 일어날 성싶지 않은 동시다발적 우연들이 기나긴 사슬처럼 엮여 생긴 결과리라. 오래전에 사라진 시골집터에 서서 만약 그 폭탄이 독일군이 목표로 삼았던 딱 그 지점에 떨어졌거나 아니면 100미터 옆에 떨어졌다면 내 아내는 존재하지 않았을 것이고 나 역시 지금 레이스버리에 와 있지 않았을 것이라고 생각하니 이상한 기분이 들었다. 더 생각해보면 전쟁에서 영국 해협 양쪽으로 떨어진 모든 폭탄들이 이런 식으로 다른 이들의 삶도 바꾸어놓지 않았을까?

그렇게 깊은 상념에 하염없이 잠겨 있던 나는 발걸음을 옮겨 잊힌 도시, 모토피아로 향했다. 만약 모토피아가 세워졌더라면 모두가 레이스버리라는 마을을 알았을 것이다. 모토피아는 모든 자동차를 없앤다는 기발하고도 독특한 개념에 기반을 두고 제안된 공동체였다. 이 도시는 도시 계획과는 아무런 상관이 없는 제프리 젤리코(Geoffrey Jellicoe)라는 사람의 꿈이었다. 젤리코는 조경사였다. 그의 직업을 생각하면 그가 자동차를 왜 그렇게 하찮은 품목으로 여겼는지 수긍이 간다. 그런데 본질적으로 자동차가 없는 마을로 계획된 도시의 이름치고는 자동차들의 낙원을 연상시키는 모토피아라는 이름이 매우 이상하다는 점을 왜 아무도 주목하지 않았나 모르겠다. 아무튼 젤리코가 내놓은 획기적인 아이디어는 마을 도로들을 지붕 위 5층으로 올리는 것이었다. 모토피아는 원래 푸른색과 녹색의 천국 같은 호수와 목초지 한복판에 격자 모양으로 된 하나의 거대한 건물을 짓는 것이 목표였다. 그리고 오래된 자갈 채취장을 이용해 호수들을 만들고자 했다. 당시만 해도 이는 꽤나 참신한 생각이었다. 젤리코는 철저히 시대의 흐름과 동떨어진 두 가지 야심찬 아이디어를 갖고 있었다. 하나는 오래된 산업 시설의 새로운 용도를 찾는 것이었고 또 다른 하나는 일상의 풍경에서 자동차를 없애는 것이었다. 당시에는 아무도 그의 생각을 좋아하지 않았다.

모토피아는 3만 명의 주민을 위한 주택, 사무실, 연극 상영관, 도서관, 극장, 학교, 쇼핑몰 등의 시설을 모두 제공하기로 계획했다. 젤리코는 사람들이 걷거나 택시 보트를 타고 호수와 운하를 이동하는 모습을 상상했다. 그는 지붕 위 도로를 '하늘의 고속도로'라고 불렀는데 이 표현은 다소 어울리지 않는다. 모토피아 마을을 가장 멀리 가로지른다 해도 기껏해야 10블록 정도고 30~40미터마다 둘러가는 길들이 있어서 고속도로처럼 속도를 낼 구간이 거의 없기 때문이다. 하지만 하늘 고속도로에 대한 그의 생각은 진심이었다. 이 전체적인 구상은 꽤 진지하게 받아들여져서 그 적당한 장소로 레이스버리가 선택됐고 세부적인 계획들이 만들어졌다. 다소 비현실적이긴 하지만 만들어졌다면 정말 근사했을 것이다. 이런 마을은 분명 시도해볼 가치가 있다. 전 세계 사람들이 그 실험적인 마을을 보기 위해 몰려들었을 것이고, 나 역시도 호기심에 보러 왔을 것이다.

모토피아의 적임지로 제안된 많은 장소들이 지금은 M25도로 아래에 있으며, 1967년에 만들어진 거대한 레이스버리 저수지는 개발되지 않은 채로 마을 동쪽의 스테인스무어(Stains Moor)에 그대로 남아 있다. 산책길은 뜻밖에도 매우 좋았다. 산책로 내내 녹색이 우거진 길이 펼쳐졌고 길옆으로는 손질이 잘 된 집들과 활기를 되찾은 광대한 자갈 채석장이 있었다. 그 건너편으로는 드문드문 보트며 소형 요트들이 보였다. 귀청이 찢어질 듯한 굉음이 나는 M25도로 아래를 지나 한참을 걷자 철로 된 문이 나왔는데 문에는 스펠손(Spelthorne)자치구 의회에서 만든 안내문이 걸려 있었다. 진흙투성이 길을 따라 스테인스무어로 가도록 안내하는 글이 적혀 있었다. 길은 철도 위 다리까지 이어졌고 거기서부터는 스테인스무어의 붐비는 도로 아래로 난 지하도를 걸어야 했다.

썩 기대되는 길은 아니었기에 다시 되돌아가려고 하는데 지하도 벽에 그려진 그림들이 눈을 사로잡았다. 나는 지하도로 들어가 그림들을 찬찬히 살펴봤다. 우아한 화풍의 그림은 아니었다. 주로 그 지역에서 발견되는 동물들을 그린 그림으로, 알려지지 않은 이 땅에 열정을 품은 어느 재능 있는 화가가 애정을 기울여 그린 작품들이었다. 지하도 끝까지 걸어가서 밖으로 나오니 놀라운 풍경이 펼쳐졌다.

푸른색과 황금색이 어우러진 시골 마을, 나무가 있고 물이 흐르는 목초지, 야트막한 푸른 언덕으로 향하는 길이 눈앞에 펼쳐진 것이다(그 언덕들은 저수지를 감싸고 있는 둑이었다). 마치 누군가 A30도로와 M25도로 사이에 아름다운 시골 경관으로 이름난 서퍽(Suffolk)에서 최고의 구간 40미터쯤을 가져다 놓은 것만 같은 풍경이었다. 바로 눈앞에서 콜른 강이 습지의 연못처럼 드넓게 펼쳐졌다. 왜가리 한 마리가 안절부절 못하더니 느리게 날개를 퍼덕이며 먼 곳으로 날아갔다. 저 멀리 히드로 공항을 이륙하는 비행기들이 몇 대보였고 낮게 우르릉거리는 비행 소음이 들려왔다. 자동차 굉음은 바람에 쏴 흔들리는 풀잎의 소리에 묻혀 견딜 만한 정도로 줄어들었다. 어쩌면 모토피아의 심장부가 됐을지도 모를 곳에 서서 문득 행정부가 이 알려지지 않은 황무지를 희생해 그런 마을을 세웠더라면 진심으로 안타까웠으리라는 생각이 들었다. 비록 몇 백 미터 남짓한 시골이지만 2만 여명의 스테인스 주민들에게 이곳은 단순한 시골 그 이상의 공간일 것이다. 연못 옆 안내판에는 이 땅이 1,000년 동안 변하지 않은 곳이며 130여 종의 새들과 300종의 식물들이 서식하고 있는 곳이라고 적혀 있었다.

그때 몸에 문신이 약 1,000개쯤 있는, 험상궂은 개 한 마리를 데리고 산책 중인 남자가 내 앞에 나타났다. 그는 다소 험악한 인상과는 달리 살갑게 인사를 건넸다.

"정말 근사한 곳이네요."

내가 말했다.

"그렇죠. 이곳에 뭔가를 건설한다는 건 정말 부끄러운 짓이에요."

"그렇게 한다고 합디까?"

나는 화들짝 놀라 물었다.

"여기에 차도를 깐다더군요."

"여기에다가요?"

그나마 인접한 곳이라고 인정할 수 있는 곳은 히드로 공항뿐이었는데 공항은 이곳에서 수 킬로미터는 떨어진 듯 보였다.

그 남자는 고개를 끄덕이며 이렇게 말했다.

"다음번에 이곳에 오시면 거대한 여객기들을 요리조리 피하셔야 할지도 몰라요."

그는 이렇게 말하고는 자신의 말에 몹시 흡족해했다.

나중에 히드로 공항 계획안을 보니 그의 말이 옳았다. 스테인스무어는 히드로 공항의 세 번째 활주로를 위한 남서쪽 후보지로 소개되고 있었다. 그 계획안대로라면 스테인스무어는 완전히 사라질 것이다. 새로 깔린 활주로는 히드로 공항을 남쪽으로 1.6킬로미터, 서쪽으로 1.6킬로미터 넓혀줄 것이고 공항은 레이스버리 바로 옆까지 넓어질 것이다. 내가 보았던 그 아름답던 집들과 그 집들 곁으로 흐르던 호수 역시 사라질 것이다. 레이스버리 저수지도 절반만 남을 것이다. 레이스버리에 살던 주민들은 모자가 벗겨질 정도로 낮게 뜨고 내리는 비행기와 활주로에 지나치게 가까운 곳에 살게 될 것이다. 소음

역시 견딜 수 없는 수준이 될 것이다. 스테인스무어는 더 이상 존재하지 않게 될 것이다.

스테인스 우회 도로와 M25도로 끝에 사람이 살지 않는 이곳은 보행자들을 위한 세상은 아니다. 이곳은 운전자들을 위한 땅이며 어마어마하게 많은 타이어들과 낡은 매트리스, 철거되고 버려진 주방 부품들을 처리하는 사람들의 사업장이다. 물웅덩이와 폐기물더미 한복판에서 헤매던 나는 뜻밖에 보행자 도로 이정표를 발견했다. 이정표에는 템스 강을 건너는 다리를 지나 에 그햄으로 가는 길이라고 돼 있었다. 이 길 바로 8미터 위로 M25도로가 지나가고 있었고 길은 그 도로와 나란히 이어졌다. 그런데 생각 외로 평화롭고 아름다운 길이었다. 머리 위로 자동차 소리가 들리긴 했지만 이상하게도 소음은 상당히 멀게 느껴졌다. 길은 온통 녹색이고 주변은 고요했으며 숲을 관통하는 작은 터널도 하나 있었다. 나비들이 야생 부들레아 줄기 사이로 날아올랐고 햇살 사이로 작은 곤충들이 활기차게 날아다녔다.

800미터쯤 오르막길을 오르자 오른편으로 구름다리가 불쑥 나타났다. 구름다리는 강을 가로지르고 있었으며 허리 높이까지 오는 난간으로 인도와 차도가 구분돼 있었다. 나는 그 다리 위 인도로 걸으면서 무척이나 묘한 경험이라는 생각을 했다. 내 왼쪽으로는 유럽에서 가장 혼잡한 도로인 10차선 도로를 자동차들이 굉음을 내며 쌩쌩 달리고 있었고 오른쪽으로는 한여름의 완벽한 순간을 품은 템스 강이 그림처럼 펼쳐지며 매혹적인 광경을 선사하고 있었기 때문이다. 100미터 남짓 떨어진 곳에 수문과 예쁜 둑이 보였다. 수문 안쪽으로는 모터보트 한 척이 보였고 보트 주인들은 밧줄과 크랭크를 매만지고 있었다. 그 옆으로는 호텔이 서 있었는데 테라스에서 햇살을 만끽하며 점심을 먹고 있는 사람들이 보였다. 강 반대편으로는 보트들이 정박해 있었고 아름다운 작은 집들도 보였다. 만약 엽서가 주르륵 걸려 있는 진열대에서 한 장의 엽서를 골라야 한다면 단연 이 풍경을 뽑을 만큼 아름다웠다. 하지만 대조적이게도 내 뒤로는 겉옷이 펄럭이며 뒤집어질 정도로 가까운 곳에서 끊임없이 비행기들이 날고 있었다. 나는 두 세계 사이에 서 있었다. 서로의 존재를 철저히 무시하고서 나란히 존재하고 있는 두 세계 사이에 있자니 무척이나 초현실적인 느낌이 들었다.

이 다리를 걸어서 건넌 사람은 어쩌면 한 명도 없는 듯했다. 내 앞에는 아예 인도의 흔적을 없애려고 작정한 듯 지나치게 무성하게 자란 수풀이 길을 막고 있었다. 이름 모를 꽃들이 하늘거렸고 데이지가 바람에 살랑거렸다. 나는 수풀을 헤치며 걸었다. 주위에는 보라색과 노란색 야생화들이 지천이었는데 그중에서도 연한 푸른색 야생화가 가장 많았다. 말 그대로 콘크리트 위의 정원이었다. 이는 영국의 가장 특이한 단면일 것이다. 자연의 풍광이 마치 정원과도 같다. 꽃들은 이 세상에서 가장 어울리지 않는 장소인 철로 변과 거친 잡석들만 뒹구는 황무지에 만발해 있었다. 심지어는 버려진 창고나 낡은 고가 도로 가장자리에서 자라는 꽃들도 있다. 만약 내일 당장 영국에 있는 모든 인간들이 사라진다 해도 여전히 꽃들은 피어 있을 것이다. 이러한 모습은 자연의 방대하고 야생적인 면모를 볼 수 있는 미국과는 완전히 대조적이다. 미국에서 내가 태어난 곳을 찾으려면 잡초들을 제거할 화염 방사기가 필요할 정도다. 이곳에서는 야생이 불과 몇 킬로미터 남짓한 길로 불쑥 사랑스러운 자태를 드러내고 있다. 이렇게 만나게 되는 야생에는 진정 마음을 움직이는 아름다움이 있다.

비탈길 맨 아래까지 내려온 나는 이 작은 야생에서 벗어나 템스 강 건너편으로 갔다. 그곳에는 내가 가장 좋아하는 풍경 중에 하나이자 서리(Surrey) 주에서 가장 탁월하게 아름다운 곳, 푸른 풀들이 자라 황폐함과는 거리가 먼 러니미드(Runnymede) 평원과 녹색 병처럼 아름답고 푸른 쿠퍼스힐(Cooper's

Hill)이 있다. 나는 이곳을 몇 년 전부터 알고 있었지만 지금 오는 길을 통해 간 적도 없었고 평원을 걸어서 통과한 적도 없었다. 러니미드를 걷는다고 생각하 니 가슴이 설렜다. 러니미드는 광활한 대평원으로 지금은 내셔널트러스트에 서 관리하고 있지만, 그 아름다움은 이루 말로 다 표현할 수 없을 정도다. 특 히 오늘처럼 맑은 날이면 그 아름다움이 더욱 빛난다. 쿠퍼스힐 꼭대기는 잘 알려지지 않은 훌륭한 성지 중 한 곳이다. 이곳에는 제2차 세계대전 때 사망 했지만 따로 묘에 안장되지 못한 2만 456명의 비행사의 이름이 하나하나 새 겨진 공군 기념비가 있다. 기념비는 평온하고 아름다우며 감동적이지만 다른 사람들에게 반드시 가 보라고 강력하게 권하기는 조금 망설여진다. 길고 가파 른 언덕 꼭대기에, 지금 내가 있는 곳에서도 아주 멀리 떨어진 곳에 있기 때문 이다.

나는 공군 기념비 대신 러니미드 평원을 가로질러 마그나카르타(Magna Carta) 기념비로 향했다. 마그나카르타 기념비는 사방이 개방된 원형 건축물 로 1957년에 미국법률가협회에서 세웠다. 이는 법률가들이 행한 유일하게 좋 은 일로 기억되고 있다. 이 기념비는 당연히 근처 어딘가에 있는 마그나카르 타(1215년 영국 존 왕의 실정을 견디지 못한 귀족들이 시민들의 지지를 얻어 작성한 문 서. 원래는 귀족의 권리를 옹호하는 문서였으나 의미상 왕권과 의회의 대립에서 왕에 대 항해 국민의 권리를 옹호하기 위한 최초의 문서로 이용됐으며, 영국 헌정뿐 아니라 국민 의 자유를 옹호하는 근대 헌법의 토대가 됐다-옮긴이)의 정신을 기리고 있다. 다만 마그나카르타가 어디에 있는지는 아무도 모른다. 아주 오래전 일이기 때문이 다. 그곳에 다른 방문객이 올 가능성은 별로 없어 보였기에 나는 홀로 기념비 를 실컷 감상했다.

마그나카르타 기념비에서 조금 떨어진 곳에 마그나카르타보다 더 흥미로운 JFK 기념비가 있었다. 이 기념비는 존 F. 케네디 대통령이 암살된 직후 세워졌으며 다소 경사가 급한 숲길을 따라 올라가면 나온다. 나는 그곳에서 뜻밖에도 아주 반가운 사실을 발견했다. 그 기념비를 설계한 사람이 다름 아닌, 우리의 오랜 친구 제프리 젤리코였던 것이다.

젤리코는 기념비를 세울 만한 충분한 예산도, 시간도 없었다. 케네디가 갑작스레 죽은 뒤 바로 기념비를 제작해야 했던 그는 갖고 있던 것들과 쉽게 구할 수 있던 것들을 최대한 활용했다. 길에는 6만여 개의 자잘한 화강암 조각들이 깔려 있고 중앙은 계단식으로 돼 있는데, 그 길은 구불구불 아름답게 언덕 위까지 이어져 있다. 꼭대기에는 거대한 화강암덩어리가 서 있는데 화강암 이곳저곳에는 금이 간 흔적과 그 금들을 손 본 흔적들이 뚜렷하게 남아 있었다. 화강암덩어리에는 케네디의 취임사 일부가 적혀 있었다. 그 옆에는 벤치 하나가 있고 산사나무 한 그루가 서 있었다. 주위에는 아무도 없었다. 마치 내가 몇 년 만에 이 기념비를 찾은 유일한 사람이 아닐까 하는 생각마저 들 정도였다.

언덕 아래쪽에서 통통한 젊은 여성 2명을 만났는데 그 여성들은 관목이 무성하게 우거진 비탈길을 뚫어져라 응시하고 있었다. 마치 그 비탈 숲에 곰이라도 있다고 생각하는 모양이었다. 두 여성 모두 카키색 반바지와 카키색 티셔츠, 카키색 운동화 차림이었다. 등에는 배낭을 메고 있었다.

"기념비에 다녀오시는 길인가요?"

두 명 중 한 명이 내게 물었다.

'아뇨. 풀숲에서 똥 누고 오는 길인데요.'

이렇게 말하고 싶었지만 물론 입 밖에는 내지 않았다.

"네. 거기서 옵니다."

말투가 미국인 같아서 나도 최대한 미국인 같은 말투로 대답했다.

"꽤 말쑥합니다."

중학교 때 이후 '말쑥'이라는 단어를 사용한 건 처음이었는데 의외로 뿌듯했다.

"여기서 먼가요?"

"별로 안 멀어요. 계단도 있고요."

그러자 한 여성의 얼굴에 살짝 당황하는 기색이 비쳤다.

"계단이 얼마나 많죠?"

"글쎄요, 한 50∼60개 정도요?"

그들은 서로 마주 보더니 회의를 시작했다. 회의를 마치고 한 명은 근처에 있는 찻집으로 돌아가기로 했다. 또 다른 한명은 조금 더 용감했다. 그녀는 기념비까지 가기로 하고 언덕을 오르기 시작했다. 그 여성은 몇 계단 오르더니 윔블던 시합에서 중요한 득점 기회를 앞두고 서브를 넣는 여성 테니스 선수가 내지르는 듯한 신음 소리를 냈다. 그렇게 몇 차례 그 신음 소리를 내던 그 여성은 뒤돌아서 친구에게 작별을 고했고 나와는 이미 마음속으로 작별을 했는지 한마디 인사도 없었다. 그녀는 올라야 할 150미터가량 되는 숲길에 완전히 주눅 든 듯 보였고 어디 의자에 편히 앉아 가볍게 목을 축일 여유도 없어 보였다. 나는 그녀에게 가벼운 음료 한 잔이 별것 아닌 것처럼 보여도 체온을 유지하는 데 도움이 된다는 사실을 별로 말해주고 싶지 않았다.

말이 난 김에 덧붙이자면 러니미드에도 살아남지 못할 뻔했던 것이 있다. 1918년 계획들 중에는 초원을 집들로 덮어버리자는 계획도 포함돼 있었기 때문이다. 미국에서 재산을 일군 영국인 어번 브로턴(Urban Broughton)이 초원을 살리기 위해 개발업자로부터 대지를 매입했고, 그의 사후에 그의 미국인 부인이 그 땅을 영국에 기부했다. 어느 미국인 여성의 너그러운 마음씨 덕분에 오늘날 이 오염되지 않은 자연이 역사적인 모습을 그대로 간직하며 남아 있게 된 것이다.

나는 뿌듯한 애국심을 느끼며, 배낭을 고쳐 메고 윈저(Windsor)로 향했다.

6

윈저 그레이트
파크

1971년, 영국 보건부에서 미국의 고등 교육 기관들로 포스터를 보냈다. 그리고 그 포스터는 전혀 일어날 성싶지 않은 사건들을 잇따라 일어나게 하는 작은 도화선이 됐다. 포스터에는 이런 문구가 적혀 있었다.

'영국에서 신경 정신과 간호사 훈련을 받고 싶지 않으십니까?'

그 질문에 대한 내 대답은 '절대 아니요'였기에 나는 그 포스터에 별로 신경을 쓰지 않았다. 생각해보면 대부분 사람들이 나처럼 별 관심이 없었을 것이고 포스터를 영수증과 함께 아무 곳에나 버렸을 것이다. 하지만 누군가가 그 포스터를 디모인 출신의 내 두 친구 엘스베스 버프 월턴(Elsbeth Buff Walton)

101

과 리아 테저스트롬(Rhea Tegerstrom)이 거주하는 아이오와대학교 기숙사 게시판에 붙여놓았고 내 두 친구들은 그것을 보고 정말 유별나고 특이하게 도 포스터 문구에 응하기로 결심했다. 몇 주 후 친구들은 하늘색 제복과 학생 간호사들이 쓰는 딱딱한 흰색 모자를 자랑스레 착용하고는 집에서 4,800킬로미터 떨어진 곳에 있는 홀러웨이 요양소로 갔다. 홀러웨이 요양소는 서리의 버지니아워터(Virginia Water)에 자리 잡고 있었다.

내 인생의 많은 부분이 다른 사람들이 행한 결정적 행동의 결과이긴 하지만 아무리 그래도 바다를 건넌 버프와 리아의 대담한 행보만큼 내 인생을 완전히 송두리째 바꾼 사건은 없었다. 만약 두 친구가 아니었다면 내가 영국에 정착할 일도 없었을 것이고 아내를 만나지도 못했을 것이며 이 책의 제목도 아마 '피오리아에서 보낸 40년' 같은 게 됐을 것이다. 부디 두 친구들에게 축복이 있기를.

이듬해 여름 끝자락에 유럽 어딘가에서 히치하이킹을 하는 그들의 모습을 보았을 때 나는 버프와 리아의 행복하고 별난 삶의 궤도에 이끌려 들어갔다. 원래대로라면 나는 내가 살던 디모인으로 돌아와야 했다. 하지만 윈저 그레이트 파크(Windsor Great Park) 동쪽 끝자락에 있는 잉글필드그린(Englefield Green)에 위치한 발리 모우 술집에서 유난히 흥겨운 저녁을 보내던 중에 친구들은 나도 병원에서 일자리를 구하는 게 어떠냐고 제안했다. 친구들은 정신병원에는 늘 인력이 부족하다며 나를 부추겼다. 그리하여 그 다음 날 나는 충동적으로 입사 지원을 했고 놀랍게도 즉시 채용됐다. 마치 군에 입대하는 기분이었다. 나는 지하에 있는 창고로 가서 짙은 회색 옷 두 벌, 가느다란 검정색 넥타이 하나, 흰 셔츠 두 벌, 말쑥하게 개어 놓은 흰 연구실 가운 세 벌, 이불과 베개 커버 몇 개, 열쇠 꾸러미 한 다발 그리고 그 밖에 다른 품목들을 앞이 보이지 않을 정도로 양팔에 수북이 받아들었다. 남자 직원들 4명이 공동으로 사용하는 방이 내게 배당됐고 업무 관련 사항은 터크 워드(Tuke Ward)에게 보고하라는 지시가 내려졌다. 얼떨결에 나는 국민건강보험공단의 직원이자, 영국 거주민이며, 일종의 어른이자 정규직을 가진 외국인이 됐다. 불과 24시간 전까지만 해도 내가 이 네 가지 신분을 가지게 되리라고는 생각지도 못했었다. 그로부터 오래지 않아 나는 신시아(Cynthia)라는 이름의 쾌활하고 매력적인 학생 간호사를 만나 나도 모르게 그녀에게 그리고 영국에 푹 빠졌다. 그리고 40년이 지난 지금도 나는 그 둘과 함께 있다.

그렇게 그곳은 내 영국 삶의 일부가 됐다. 지난 몇 년 동안 그곳에 가지 않던 나는 시간을 내서 하루 종일 내 예전 삶 속을 걷고 싶었다. 눈부신 여름날 아침, 정말이지 영국답지 않은 날씨에 나는 묵고 있던 윈저의 호텔에서 나와 여전히 조용한 마을의 거리들을 지나쳐 넓고 쭉 뻗은, 롱워크(Long Walk) 길을 따라 걷기 시작했다. 길은 윈저 그레이트 파크로부터 내 과거 속 세상까지 이어져 있었다.

윈저 그레이트 파크는 옛 윈저 숲의 남아 있는 부분으로 일부는 왕실 소유다. 마치 동화 속 요정이 살 법한 이 매혹적인 작은 땅은, 시간을 잊은 듯 나무들이 사시사철 감싸고 있고 농부들이 거주하는 그림 같은 농가들이 한적하게 서 있으며, 자동차 한 대 없는 아름다운 길이 구불구불 펼쳐진다. 이 길은 일반인의 통행이 제한되며 특별한 업무가 있는 사람만 다닐 수 있다. 공원에는 호수와, 폴로 경기용 넓은 잔디, 드문드문 세워진 조각상들과 장식물들, 방목을 해서 기르는 사슴들이 있으며 가끔 높은 담벼락이 나오기도 하는데 그 담장 너머에는 영국 여왕이 어린 시절 살았던 로열 로지(Royal Lodge) 등과 같은 왕실의 별장이 있다. 공원은 약 102제곱킬로미터 크기로 런던의 가장자리에서 도시에 활기를 북돋아주고 있지만, 이 공원을 찾는 사람은 매우 적은 편이고 거대한 숲속으로 성큼성큼 뛰어드는 이들은 거의 없다.

롱워크는 스노힐(Snow Hill) 정상을 향하는 완만한 경사로에서 끝나는데 스노힐 정상에는 말을 탄 조지 3세의 거대한 동상과 윈저 성과 주위 모든 마을들이 한눈에 내려다보이는 전망이 있다. 헨리 8세가 두 번째 아내인 앤 불린(Anne Boleyn) 왕비의 사형 집행을 알리는 런던 탑의 대포 소리를 듣기 위해 이곳까지 올라왔었다고 한다. 하늘만 빼면 모든 것이 완벽했다. 바로 머리 위로 비행기들이 동쪽으로 8킬로미터가량 떨어진 히드로 공항에 착륙하기 위해 땅에 그림자를 드리우며 비행하고 있었다. 비행기들은 아래쪽에 있는 일련번호까지 읽을 수 있을 정도로 낮게 날았으며 소음도 상당했다. 윈저와 항로가 정확히 일치하고 있어서 소음은 레이스버리보다 훨씬 더 심했다. 만약 히드로 공항에서 세 번째 활주로를 만든다면 런던 서쪽에 사는 사람들의 삶이 어떻게 되겠는가. 이미 히드로 공항을 드나드는 비행기들은 매년 50만대에 달한다. 세 번째 활주로가 들어서면 그 수는 74만대로 늘어날 것이다. 도대체 얼마나 늘어나야 충분하다는 결정을 내릴 참인가?

나는 이미 충분하다고 생각한다. 런던에서 뉴욕이나 파리, 멜버른 등으로 가는 비행기를 예약했던 적이 있는 사람이라면 잠시만 떠올려보길 바란다. 고를 비행기가 상당히 많지 않았던가? 비행기, 출발 시간, 다시 돌아올 때 시간 등 선택할 수 있는 여지가 충분히 많다. 거기서 선택의 폭이 50퍼센트 더 늘어나야 한다고 생각하는가? 만약 히드로 공항이 노선을 확대하지 않으면 다른 유럽 항공사들이 히드로 공항의 사업을 침해할 것이라는 주장도 있다. 찰스드골 공항의 연간 승객 수는 히드로 공항보다 1,000만 명이 적은데도 활주로가 2개인 히드로 공항과 비교했을 때 활주로가 4개나 된다는 점도 거론된다. 암스테르담 공항은 2천만 명이나 적은데 활주로는 6개다. 이런 사실을 근거를 들면서 만약 히드로 공항이 활주로를 증설하지 않으면 경쟁에서 뒤쳐질 것이라고 주장한다. 여기서 나는 의문이 하나 생긴다. 이미 뒤쳐지지 않았던가?

활주로가 더 생기면 현실적으로 어떤 일들이 벌어질지 말해주겠다. 일단 더 많은 비행기들이 이륙하고 착륙하겠지만 더 작은 비행기들이 다닐 것이다. 실제로 미국도 그랬다. 미국에는 매일 시카고와 덴버, 세인트루이스, 미니애폴리스 등을 오가는 4~5대의 비행기가 있었는데 모두 일반 크기의 비행기들이었다. 지금은 열 몇 대 또는 그 이상의 비행기들이 다니는데 좌석이 30개뿐이고 무릎도 얼굴에 바짝 붙이고 가야 할 정도로 작은 지역 비행기들이 다니고 있다. 선택의 폭은 넓어졌지만 서비스는 더 열악해졌다. 게다가 저가 항공들은 결항이 잦아서 다음 비행기를 타야 하는 경우도 많다.

그리고 히드로 공항이 왜 그곳에 세워졌는지 아는가? 전쟁 이후 알프레드 크리츨리(Alfred Critchley)라는 사람에게 런던에 새로운 공항 부지를 물색하는 업무가 주어졌다. 캐나다 출신 사업가였던 그는 그레이하운드 개 경주를 열어 돈을 벌고 그 돈을 시멘트 사업에 크게 투자한 인물이었다. 그는 소규모 시멘트 제조업자들을 모두 통합해 '블루서클'로 알려진 거대 기업을 세웠고 그 과정에서 어마어마한 부를 축적하게 된다. 전쟁 기간 동안 크리츨리는 비행 조종사 훈련 프로그램을 만드는 일을 돕게 됐는데, 항공 사업에 대해서는 별로 아는 게 없고 시멘트 쏟아붓는 사업에만 능통했던 그에게 전쟁 후 크로이든(Croydon)에 있는 오래된 공항을 대체할 새 공항을 어디에 지을지 결정하는 임무가 주어졌던 것이다. 나는 늘 히드로가 하층토의 다공성이랄지 지하수면의 깊이 등과 같은 중요하고도 실질적인 이유로 공항으로 선택됐을 거라 생각했었다. 하지만 사실 크리츨리가 히드로를 선택한 이유는 단지 그곳이 서닝데일에 있는 자신의 집과 런던에 있는 자신의 회사 딱 중간에 위치해 있기 때문이었다.

크리츨리는 1963년, 그러니까 히드로가 지금과 같은 거대한 규모의 공항이 되기 전에 죽었다. 그러니 그가 내린 결정이 지금 세상에 얼마나 막대한 영향을 미치고 있는지 알 턱이 없다. 그가 마지막으로 보았던 히드로 공항은 여전히 즐겁고 재미난 장소였다. 언젠가 뷰마스터로 초창기 히드로 공항의 모습을 본 적이 있다. 3개의 디스크 필름으로 본 당시의 풍경은 믿을 수 없을 만큼 놀라웠다. 필름 속 히드로 공항에는 16대의 비행기가 있었고, 옷을 잘 차려입은 십수 명의 승객들이 있었다. 관제탑을 통제하는 사람은 근사한 콧수염을 가진 남성 한 명만 보였다. 여객 터미널은 반질반질하고, 현대적이었으며, 실용적이게도 텅 비어 있었다. 탑승 수속을 밟고 있는 모든 이들의 표정은 그야말로 행복해 보였다. 비행기에 탑승한 이들은 더욱 행복한 표정이었다. 여승무원들은 커다란 쟁반에 음식을 날라줄 뿐 아니라 의자 옆에서 차분한 미소를 지으며 승객이 식사하는 모습을 지켜보고 있었다.

이 얼마나 아름다운 세상이란 말인가, 이 얼마나 지금과는 동떨어진 세상이란 말인가. 한때 비행기에서 제공되는 음식에 가슴 설레고, 여승무원이 그런 승객의 모습을 흐뭇하게 바라보던 때가 있었다는 사실을, 비행기에 탄다는 것이 가장 좋은 옷을 골라 입어야 할 만큼 드문 일이었다는 사실을 어찌 믿을 수 있을까? 나는 모든 것이 그랬던 시절에 자랐다. 텔레비전을 보며 저녁을 먹는 경험 또는 텔레비전 그 자체, 쇼핑몰, 슈퍼마켓, 고속도로, 에어컨, 차를 타고 들어가서 관람하는 자동차 극장, 3D 영화, 트랜지스터 라디오, 뒤뜰에서 먹는 바비큐, 항공 여행 등 모든 것이 다 완전히 새로운 경험이었고 가슴 짜릿하게 설레던 것들이었다. 지금 우리가 살고 있는 세상에서는 새롭고 놀라운 것들에 질식해 죽지 않는 것이 용할 따름이다.

언젠가 아버지가 가전제품 하나를 사가지고 오셨던 적이 있었다. 그 기계는 전원을 연결하면 엄청나게 시끄러운 소리를 내면서 네모난 얼음을 깎아 수북한 얼음산을 만들었다. 그 광경을 지켜보는 것만으로도 신이 났다. 정말 바보 같았지만 지독히도 행복했다.

나는 느긋하고 즐겁게 공원 산책로를 천천히 걷다가 비숍의 문(Bishop's Gate)이라 불리는 출구로 빠져나와서 잉글필드그린으로 통하는 골목길로 접어들었다. 길에는 나무가 우거져 있었고 가장자리로 집들이 늘어서 있었다. 아름답고 드넓게 펼쳐진 녹색 평원 때문에 마을 이름도 잉글필드그린이다. 마을은 약 1만 2,000~1만 4,000제곱미터 정도 크기로 보였으며 길 가장자리에는 커다란 집들이 있었다. 마을 남쪽 끝에 발리 모우라는 이름의 술집이 있었는데, 내 기억 속 모습보다 더 작아 보였지만 여전히 근사했다. 거의 40년 만에 오는 술집이라고 생각하니 온몸에 전율이 일었다. 이른 시간이어서 문을 열지는 않았지만 창문 너머로 가게 안을 들여다보니 반갑게도 크게 달라지지 않은 모습이었다.

녹색 평원을 가로질러 산등성이가 굽이치는 곳에 커다란 집 한 채가 있었는데, 언젠가 버프의 남자친구 벤이 그 집이 연작 추리 소설《세인트(Saint) 시리즈》의 작가 레슬리 차터리스(Leslie Charteris)의 집이었다고 말해준 적이 있었다. 당시 나는 그 사실에 깊이 감명을 받았다. 우리가 아이오와 주에 살 때에는 근방에 유명한 사람이 없어서인지 유명 인사가 살던 집을 본 적이 없었기 때문이다.

내가 레슬리 차터리스의 팬이라고는 말할 수 없고 그에 대해 아는 것도 없었지만, 우리 어머니는 매달 슈퍼마켓에서 25센트를 주고《세인트 시리즈》가 연재되는 잡지를 사서 열심히 읽으며 내게도 읽어보라고 수차례 권하곤 하셨다. 레슬리는 유명한 작가일 뿐만 아니라 흥미를 끄는 잡지 그 자체였다. 예전에 나는 그가 살던 집 앞을 지나갈 때마다 혹시나 좀처럼 모습을 드러내지 않기로 유명한 차터리스를 볼 수 있지 않을까 하는 마음에 공연히 그 집 앞에서 뭉그적거렸지만 한 번도 보지 못했다. 나는 그가 그의 소설 속 주인공 사이먼 템플러처럼 온화한 영국 남자일 거라고 생각했다. 나중에 알게 된 바에 따르면 그는 절반은 중국계이며 1909년 싱가포르에 있는 레슬리인이라는 곳에서 태어났다고 한다. 그러니 설령 그를 봤다 하더라도 나는 그를 차터리스 전담 약초 전문의나 뭐 그런 비슷한 사람일 거라고 생각했을 것이다. 당시로서는 내가 그를 알아볼 방법도 없었거니와 고집불통의 은둔자였던 그도 쉽게 모습을 드러내지 않았을 것이다. 그는 로저 무어(Roger Moore)를 스타로 만들어 준 텔레비전 시리즈 〈세인트〉 덕분에 명성이 높아졌지만 상당히 오랜 기간 책 쓰기를 포기하고 대필 작가에게 글을 맡겼다(이러한 관행은 여러분의 생각보다 훨씬 더 일반적으로 행해진다. 이 이야기는 작가 앤디 맥냅(Andy McNab)이 했던 말이다).

녹색 평원을 제외하면 잉글필드그린 마을은 전혀 예쁘지 않았으며 이제는 예쁘게 보이려는 노력조차 하지 않는 듯하다. 한때 이 마을에는 은행이며 푸줏간, 채소 가게 등이 있었지만 대부분 없어지고 지금 그 자리에는 커피숍과 작은 레스토랑들이 들어섰으며 사유지 바깥쪽으로는 바퀴 달린 쓰레기통들이 무수히 많다. 그 사유지 안에서 무슨 일이 벌어지고 있는지는 알 수 없으나 분명 그들은 굉장히 많은 쓰레기를 만들어내고 있었다.

마을 뒤편에는 에그햄힐 꼭대기를 지나는 혼잡한 A30도로가 있는데 그 도로를 따라가면 런던대학교에 속한 로열홀러웨이칼리지(Royal Holloway College) 교정이 나온다. 이 칼리지는 원래 런던의 맨 가장자리에 있는 높은 언덕에 지어진, 일종의 영국식 베르사유라고 할 커다란 하나의 건물에서 시작했으며 토마스 홀러웨이(Thomas Holloway)라고 하는 제약업자가 박애주의 정신으로 남긴 선물이었다. 홀러웨이칼리지는 19세기에 세워졌으며 당대 전 세계에서 가장 웅장한 건물 중 하나로 오늘날까지도 여전히 그 첫인상은 깜짝 놀랄 정도로 웅장하다. 전면의 길이는 약 150미터며 둘레는 약 530미터다. 건물에는 858개의 방과 2개의 널찍한 교정이 있다. 베르사유 궁전이 왕을 위해 만들어진 궁전이라고 하면 홀러웨이칼리지는 더욱 우아하게도 여자 대학교로 지어졌다. 당시만 해도 여자 대학교는 지극히 드물었다. 토마스 홀러웨이와 그의 아내 제인이 무슨 이유로 재산의 상당 부분을 여성을 위한 대학을 세우는 데 할애했는지는 알려지지 않았으며, 왜 그들이 버지니아워터 마을에서 4킬로미터가량 떨어진 곳에 있는 (부유한 미친 사람들을 위한 시설이자) 칼리지 부속 건물인 홀러웨이 요양소에 투자하기로 했는지도 전혀 알려지지 않았다.

홀러웨이칼리지와 홀러웨이 요양소는 둘 다 윌리엄 헨리 크로스랜드(William Henry Crossland)라는 건축가가 지었는데, 그는 이상하게도 이 두 개의 어마어마한 건축물을 만든 뒤에 직업적 무력감에 빠져들었던 모양이다. 그는 이후 22년을 더 살았지만 아무 건축물도 짓지 않았다. 그 대신 자기보다 열여덟 살이나 어린 여배우 엘리자 루스 햇(Eliza Ruth Hatt)과 사귀었고 그녀와 함께 두 번째 가정을 일구었지만, 첫 번째 가정에 대한 애착도 버리지 않았다. 그는 어떤 때는 본처 그리고 딸과 함께 원래 자신의 집에서 보냈고 또 어떤 때는 햇과 그녀와의 사이에서 낳은 아이들과 함께 보내기도 했다. 이 두 집 살림은 그를 육체적으로 물질적으로 고갈시켰으며 마침내는 아내와 정부 두 사람의 인내심마저 고갈시켜, 크로스랜드는 1908년 런던의 싸구려 하숙집에서 홀로 쓸쓸히 죽음을 맞았다.

뭔가 확실한 교훈을 주는 이야기다.

나는 베이크햄 길을 따라 버지니아워터를 한가로이 걸었다. 베이크햄 길은 종잡을 수 없는 변덕으로 길 절반 정도의 이름이 칼로힐(Callow Hill)로 바뀌어 있었다. 길은 예전보다 더 붐볐으며 가장자리에 쓰레기도 훨씬 더 많아졌다. 하지만 여전히 나무가 울창한 기분 좋은 길이었다. 길을 걸을 때 우리가 얼마나 많은 정보를 흡수하는지 그리고 그렇게 흡수된 정보가 얼마나 오랫동안 뚜렷하게 남는지 정말 놀랍다. 길을 걷다 보니 거의 모든 것들이 다 기억났다. 굽은 차도, 집 지붕의 경사, 문 앞에서 문을 두드리는 사람 등 거의 모든 것이 떠올랐다. 수십 년 동안 기억 아래 묻혀 있던 것들이 어느 순간 너무도 선명하게 떠오르는 것은 대단히 특별한 일이다. 내가 그날 아침에 먹었던 식사 메뉴나 지난 2주 동안에 적어도 1시간 이상 만났던 사람의 이름조차 기억하지 못하는 사람임을 감안하면 더욱 그렇다.

한참 만에 크라이스트처치로드에 이르자 버지니아워터로 향하는 길이 곧게 쭉 펼쳐졌다. 예전에 이 길은 가장 사랑스러운 길이었다. 한때 이곳 1.6킬로미터 남짓한 길 양쪽 가장자리에는 짙은 색의 깔끔한 집들이 제각각 개성 있는 공예품처럼 흩어져 있었다. 각 집마다 책을 엎어놓은 듯한 지붕과 현관, 올망졸망 솟아오른 굴뚝 꼭대기 통풍관 등이 보기 좋게 어우러져 무성한 관목과 장미 넝쿨 속 자신들만의 파라다이스에 자리 잡고 있었다. 1937년 판 〈하우스뷰티플〉 잡지의 한 페이지 속으로 들어간 듯한 느낌을 주는 집들이었다. 그 집들이 지금은 거의 다 사라지고 없었고 이제는 그 자리를 '러시아 갱스터'라고 부르면 딱 어울릴 법한 크고 화려한 집들이 대체하고 있었다.

마을 중심가도 많이 달라졌다. 내 기억 속 사랑스러운 모습들은 거의 모두 사라졌다. 세상에서 가장 사랑스럽고 끔찍한 식당인 튜터 로즈마저 사라진 지 오래였다. 튜터 로즈의 모든 음식은 검은색이거나 거무튀튀한 갈색이었고 오직 완두콩만이 창백한 회색이었다. 아무도 그곳을 그리워하지 않는다 해도 나는 그곳이 그립다. 생선 장수며 여행사, 채소 장수들도 모두 없어졌다. 정확히 그들 중 누구였는지는 기억나지 않는데, 그들 중 한 명은 영국 왕실의 퀸 마더(영국의 왕족이자 엘리자베스 2세 여왕의 어머니였던 엘리자베스 보우스라이언을 일컫는 말 – 옮긴이)에게 물품을 조달하는 허가증을 가지고 있어서 나는 그 사람이 매우 대단하다고 생각하곤 했다. 그 마을의 유일한 은행이었던 바클리 은행도 바로 얼마 전에 영원히 문을 닫았다. 은행 문 앞에는 은행 업무가 필요한 사람은 인근 처시(Chertsey)로 가라는 안내문이 붙어 있었다. 무엇보다도 사라져서 안타까운 곳은 작가이자 영화배우이며 영화감독이었던 브라이언 포브스(Bryan Forbes)가 운영하던 서점이다. 정말 완벽한 서점이었다. 나는 그 서점에서 모든 책들을 다 읽기라도 할 기세로 몇 시간이고 책을 읽으며 시간을 보내곤 했다. 아이오와 출신의 풋내기였던 나는 어쩌다가 브라이언 포브스를 직접 보기라도 할 때면 가슴이 벅차오르고 감격스러웠다. 한 번은 그가 프랭크 뮤어(Frank Muir)와 이야기하는 모습을 본 적이 있는데 그땐 어찌나 흥분되던지 하마터면 기절할 뻔했다.

그 서점은 내 사나이 인생에서 가장 빛나던 순간이 깃든 장소이기도 하다. 하루는 그 서점에서 책을 뒤적이고 있는데 요양소 환자 한 명이 들어왔다. 그의 이름을 아서(Arthur)라고 해두겠다. 아서는 중년의 나이에 상당히 잘생긴 외모였다. 요양소의 많은 환자들과 마찬가지로 그 역시 특권 계층 출신이었다. 1940년대 후반까지만 하더라도 그 요양 병원은 사립이었다. 게다가 옷차림도 시골의 상류 계급풍으로 꽤 그럴듯했다. 겉모습만 봐서는 그가 미친 남자임을 전혀 알아챌 수 없었을 것이다. 하지만 그에게는 기이한 버릇이 하나 있었고 그 버릇 때문에 그는 영원히 시설에서 지내게 됐다. 그는 낯선 이가 말을 거는 것을 절대 견디지 못했다. 만약 누군가 그저 미소를 지으며 '안녕하세요'라고 인사말이라도 건네면 아서는 거품을 물고 폭발적으로 격노해서 깜짝 놀랄 정도로 원초적인 욕설을 퍼부으며 소란을 일으켰다. 마을 사람들은 그런 아서의 병을 잘 알고 있기에 누구도 그의 일상을 방해하지 않았다. 하지만 기어이 사건이 터졌다. 그날 서점에는 친절하기 그지없는 젊은 신참 여직원이 있었고, 아서의 별난 습성을 알 턱이 없는 그 여직원은 아서에게 친절하게 무슨 책을 찾고 있는지를 물었다.

아서는 분노보다는 놀라움에 가까운 표정으로 그 여직원을 돌아봤다. 지난 몇 년 동안 공공장소에서 그에게 말을 건넨 사람은 단 한 명도 없었기 때문이었다.

"감히, 네가 나한테 말을 걸어? 이 더러운 잡년이!"

그가 새된 소리를 지르며 그녀에게 경고를 날렸다.

"내 근처에는 얼씬도 하지 마, 이 종기 같은, 사지를 붙들어 매도 시원찮을 사탄의 딸아!"

그런 말만 하지 않는다면 아서는 매우 평범한 사람이다. 그때 그 여직원의 표정은 마치 공포 영화에서 샤워 커튼이 확 젖혀지며 칼이 불쑥 들어왔을 때 여주인공이 보여주는 극도의 공포에 질린 얼굴이었다.

나는 그에게 다가가 단호한 말투로 말했다.

"아서, 그 책 내려놓고 당장 나가."

단호하게 말하는 것, 그것만이 유일하게 아서에게 통하는 방법이었다. 아서는 고분고분하게 책을 책장에 꽂아두고는 조용히 서점 밖으로 나갔다.

그 젊은 여성은 가슴 깊숙한 곳에서 우러나온 놀라움과 감탄의 표정을 지으며 나를 바라봤다.

"감사합니다."

그녀가 참았던 숨을 뱉으며 말했다.

나는 그녀에게 영화에서 보았던 게리 쿠퍼(Gary Cooper)의 의기양양하고도 다소 수줍은 듯한 미소를 지어 보이며 말했다.

"도움이 돼서 다행이군요."

만약 그때 내가 카우보이 모자라도 쓰고 있었다면 모자챙에 손가락을 갖다 댔을 것이다.

그때 아서가 문을 열고 고개를 빠끔히 내밀더니 말했다.

"오늘 저녁에 저 푸딩 먹어도 돼요?"

그 목소리에는 걱정이 한가득 배어 있었다.

"아직 결정 안했어. 네가 어떻게 행동하는지 보고 결정하지."

나는 한층 더 엄격하게 말했다. 그리고 문을 닫고 나가는 아서를 다시 불러세웠다.

"그리고 아서, 앞으로 이 숙녀분께 다시는 못되게 굴지 마. 알겠어?"

그는 비통하다는 듯 뭐라고 중얼중얼 하더니 슬그머니 도망쳤다. 나는 그 여성에게 다시 한 번 게리 쿠퍼의 미소를 지어 보였다. 그녀의 얼굴은 이미 나에 대한 노골적인 숭배로 가득했다. 재미있는 사건이었다. 이따금 인생은 우리 앞에 한 번에 모든 것을 바꿀만한 힘을 지닌 이런 순간들을 툭툭 던지곤 한다. 상황이 조금만 달랐더라면 이 우연한 만남이 어떻게 흘러갔을지 모를 일이다. 하지만 안타깝게도 그녀는 120센티미터 남짓한 키에 공처럼 둥근 체형이었기에 나는 그저 그녀와 악수를 나누고 좋은 하루 되라는 인사말만 남긴 채 그곳을 나왔다.

버지니아워터는 거부들이 사는 마을이다. 사유 도로 주변으로 대저택이 줄줄이 늘어서 있는 가운데 고급 골프장인 웬트워스 골프장이 저택들 주위를 둘러싸고 있다. 하지만 마을 가장자리에는 좀 더 겸손한 집들도 있다. 이 겸손한 집들 중에 전쟁 전의 벽돌이 절반쯤 섞인 집이 하나 있는데, 바로 아내와 내가 몇 년간 행복한 시절을 보냈던 집이다. 아이들은 아직 어렸고 나는 〈더 타임스〉 기자로 근무했던 시절 우리 가족은 그 집에서 살았었다. 우리가 살던 곳은 트럼프그린(Trumps Green)이라는 곳이었는데, 많이 달라지지 않은 그곳을 지나가자니 감개가 무량했다. 오래된 도로에는 예전보다 훨씬 더 많은 차들이 지나다니고 있었지만 그 점만 제외하면 거의 변하지 않았다. 집 모퉁이를 돌면 우리 가족에게 거의 모든 생필품을 공급해주던 상점들이 있었다. 정육점, 우체국, 신문 판매소, 작은 식료품점들, 그리고 세상에서 가장 경이로운 곳이자 철물류 물건들이 가장 잘 비축돼 있으며 친절하기 그지없는 주인이 있던 철물점도 그곳에 있었다. 철물점 주인의 이름은 몰리(Morley)였다.

나는 몰리의 가게를 사랑했다. 아마 그 누구도 그의 가게에서는 실망할 일이 없을 것이다. 아마씨 오일, 2인치짜리 석공 못, 석탄 통, 작은 통에 든 금속 광택제 등 그의 가게에는 필요한 물건이 그 무엇이든 다 있었다. 내 장담하건대 여러분이 그에게 "날카로운 금속이 붙어 있는 철선 110미터하고 닻, 채찍 달린 야한 옷 사이즈 8로 주세요"라고 말하고는 새 모이통과 비료 자루들 사이를 몇 분 어슬렁거리고 나면 그는 당신 앞에 그 물건들을 내놓을 것이다.

몰리는 늘 쾌활하고 낙천적이었다. 사업은 늘 '그냥저냥, 나쁘지 않은' 정도였다. 나에게 몰리는 이 세상에서 사라져가는 것들 중 마지막 남은 보루 같은 존재였다. 그런 차에 '몰리 철물점' 간판이 걸린 그 철물점 창가에 여전히 각종 공구들이며 요긴한 물건들이 빼곡하게 진열돼 있는 모습을 보고 얼마나 기뻤는지 모른다. 마침내 문명이 몰락하고, 죽은 자들이 일어나서 다시 걸어다니고, 북해 바다가 영국 해안을 덮친다 해도 몰리는 여전히 그곳에서 좀약이며 파리채, 각종 씨앗, 아연 도금을 한 외바퀴 손수레를 팔고 있으리라. 영국이라는 나라가 파도 깊숙한 곳 아래로 가라앉아도 몰리는 가게에 있는 가장 높은 사다리에 올라서 있다가 가장 마지막에 가라앉을 사람이다.

나는 그를 향한 간절한 그리움에 가게 문을 열었다. 몰리는 늘 나를 기억하곤 했다. 아마 나뿐 아니라 오래된 단골들은 모두 기억할 것이다. 그런데 계산대에는 웬 낯선 남자가 서 있었다. 몰리가 그곳에 없던 적은 단 한 번도 없었다. 맹세컨대, 밤 12시에 찾아가도 컴컴한 어둠 속 계산대 뒤에 서서 문을 열

시간을 기다리며 서 있는 몰리를 발견할 수 있을 것이다.

"오늘 몰리 씨는 쉬는 날인가요?"

내가 물었다.

"아, 몰리 씨는 떠나가셨습니다."

그 남자는 차분하고 엄숙한 목소리로 말했다.

"떠나가셨다니요?"

"유감스럽게도 돌아가셨습니다. 중증 심장 마비였지요. 한 4년쯤 됐을 겁니다."

한동안 말문이 콱 막혔다.

"가여운 양반."

마침내 입을 열었지만 사실은 내 자신을 생각하고 있었다. 그와 나는 거의 비슷한 나이였다.

"거참, 안됐네요."

"그렇죠."

"아, 어떻게 이런 일이. 가여운 양반."

"그렇죠."

다른 말은 떠오르질 않았다. 그러고 보니 몰리에게 가족이 있었는지, 그가 어디에 살았는지 아무것도 알지 못했다. 하지만 그땐 딱히 알 만한 사이도 아니었다. 물건을 사다 말고 "안녕하세요, 몰리 씨. 좀약 한 봉지 주세요. 그건 그렇고 몰리 씨, 행복하고 원만한 관계를 맺고 계신가요? 이성 관계는 어때요?" 하고 물어볼 수도 없었으니 말이다.

철물점 밖 어디에도 내가 알던 그는 없었다. 나는 그저 고맙다는 인사를 하고 우울한 마음으로 그곳을 떠났다.

철물점에서 나와 천천히 마을을 향했다. 오래된 요양소 경계에는 버지니아 파크(Virginia Park)라는 복합 시설의 근사한 입구가 있었다. 요양소는 1980년에 문을 닫았고 건물은 아파트로 바뀌어 있었다. 정원이며 크리켓 운동장이 있던 넓은 터는 고급스러운 집들이 탄탄하게 들어서 있었다. 안내 책자에는 89만 5,000파운드면 '대저택을 재건해 지은 최고급의 웅장한 타운하우스'를 살 수 있다고 적혀 있었다. 글쎄, 이 부분에 대해서는 명확하게 짚고 넘어가야겠다. 그 집은 재건된 대저택이 전혀 아니다. 그 건물은 한때 장렬하게 실성한 사람들이 가득했던, 영국에서 가장 좋은 집안 출신 사람들도 더러 있던 요양소 건물이었을 뿐이다. 침상에 머리를 누이면 방 한구석에서 보인턴 부인(Lady Boynton, 화가 프랜시스 코테스(Francis Cotes)가 그린 초상화-옮긴이)이 지그시 응시하고 있을지도 모른다.

하지만 전성기 시절 이곳은 정말 근사한 요양소였다. 이곳처럼 아름답고 이곳처럼 길을 잃기 딱 좋으며 이곳처럼 복잡한 곳은 만나기 힘들 것이다. 이 건물은 윌리엄 헨리 크로스랜드가 토마스 홀러웨이를 위해 지은 위대한 두 건축물 중 하나다. 개인적으로는 홀러웨이 요양소가 훨씬 더 아름답다. 요양소 정면은 매우 웅장하지만 웅장한 정면과 달리 중앙의 아름다운 탑이나 책을 엎어놓은 것 같은 지붕은 위압적이기보다는 친근한 느낌을 준다. 그곳에 온 지 얼마 되지 않았을 때, 6월의 어느 저녁 무렵에 높은 건물에서 창밖을 내다보다가 문득 창밖 풍경이 내 평생 봐온 중에 가장 아름다운 풍경이라는 생각을 했던 기억이 난다. 당시 창밖에서는 홀러웨이 요양소 직원들과 다른 병원 직원들이 크리켓 시합을 벌이고 있었는데 멀리서 본 풍경은 느리고 우아했다. 저녁 어스름에 긴 그림자가 잔디에 드리웠고 정원은 살뜰하게 관리되고 있었다. 오합지졸 환자 부대였지만 낫과 괭이, 정원용 가위로 무장한 든든한 환자 부대가 엉망진창인 대열로 채소를 기르는 텃밭 뒤쪽에서부터 행진을 하고 있었다. 그 순간만큼은 영국이 진심으로 완벽한 나라로 보였다.

모든 것들이 사라진 지금, 나는 두렵다. 요양소가 문을 닫았을 때 환자들은 처시에 있는 종합병원 안의 새로운 병동으로 옮겨졌다. 처음에는 환자들이 늘 그렇게 해왔던 것처럼 자유롭게 돌아다닐 수 있었다. 하지만 그나마도 곧 금지됐다. 익숙했던 모든 것들을 강탈당한 환자들은 가서는 안 될 장소를 가고, 대기실에서 기다리고 있는 사람들에게 컬런이 있냐고, 동성애를 하겠냐고 물어보기도 하고, 그들을 썩은 매춘부라고 부르기도 하고, 기타 현대의 세련되고 효율적인 종합병원과는 양립할 수 없는 행동들을 해서 사람들을 불안하게 만들었기 때문이다. 그래서 그들은 갇히게 됐고 대부분의 환자들이 영구적으로 무감각한 상태로 빠져들어 더 이상 그 누구도 신나게 떠들거나 씩씩하게 돌아다니지 않게 됐다.

하지만 환자들에게 자유가 허용됐던 시절은 정말 좋았다. 지금 되돌아보면, 내가 영국에 처음 막 왔을 때만해도 영국에 완벽함에 가까운 무언가가 있었다고 생각했다. 하지만 재미있게도 당시 영국은 정말 끔찍한 상태였다. 당시 영국은 위기를 넘기면 또 다른 위기가 생겨 힘겨운 시절을 보내고 있었다. 그 시절 영국은 '유럽의 환자'로 불리곤 했다. 역사상 그 어느 때보다도 가난했다. 하지만 그 시절 영국에는 로터리며 도서관, 우체국, 마을과 시골 병원 이곳저곳에 화단들이 있었고, 집이 필요한 사람들을 위한 공영 임대 주택도 있었다. 영국은 매우 아늑한 나라였으며 병원에 직원들이 쉴 수 있도록 크리켓 경기장을 마련하고, 빅토리아 시대의 궁전에 정신 질환 환자들이 살 수 있도록 해주던, 매우 깨인 나라였다. 그때는 그렇게 할 수 있었는데 지금은 왜 안 될까? 누군가는 설명해줄 수 있어야 한다. 도대체 왜 영국은 부유해질수록 스스로 더 가난하다고 생각하는 건지.

홀러웨이 요양소에 있던 장기 입원 환자들은 중증으로 미쳤기에 장기 입원을 할 수밖에 없었지만 제도화된 틀 안에서 매일 마을에도 다니고, 사탕이나 신문을 사기도 하고, 튜더 로즈 커피숍에서 차 한 잔을 마실 수도 있었다. 외부인이 보기에는 이 광경이 기이하게 보일지도 모르지만 마을에는 일상생활을 하는 정상적인 주민들만 있었던 것이 아니라 아무도 없는 텅 빈 곳에서 허공과 기운차게 대화를 나누거나, 마을 빵집 뒤편에서 담벼락에 코를 박고 서 있기도 하고, 여기저기를 기웃기웃 어슬렁대던, 정신이 온전치 못한 사람들도 함께 있었다. 여름날 해질 무렵 병원 직원들이 크리켓 경기를 즐기고, 정신 질환 환자들이 어슬렁거리며 어울려도 쌀쌀맞게 비판하거나 경고를 하지 않는 그런 사회보다 더 문명화된 사회는 없다. 그 시절 영국은 더할 나위 없이 아름다웠다. 정말 그랬다.

그 영국이 내가 찾아온 나라다. 다시 한 번 그곳에 있을 수 있다면.

7

린드허스트

I

나는 1년에 두 번 오래된 친구인 다니엘 와일즈(Daniel Wiles), 앤드루 옴(Andrew Orme)과 함께 도보 여행을 떠나는데 가끔 캘리포니아에 사는 친구 존 플린(John Flinn)이 합류하기도 한다. 바로 올해가 그랬다. 우리는 오파의 방벽(Offa's Dyke)과 리지웨이(Ridgeway)를 걸어, 피크디스트릭트(Peak District)와 요크셔데일스를 정처 없이 지나쳐, 바다로 흐르는 (실제로는 울위치로 흐르는) 템스 강을 따라 가다가, 도싯(Dorset)에서 가장 높은 봉우리 꼭대기에 기어 올라가는 등 여러 험난한 여정과 모험을 함께 했다. 한번은 템스 강변에서 성난 백조에게 쫓겨 도망을 가기도 했다. 누구라도 그 상황에서는 달아날 수밖에 없었을 것이다. 내 말을 믿어주길 바란다. 그랬다 하더라도 우리의 여행은 이곳저곳에서 아주 조금 투덜거렸을 뿐, 대체로 대담하고 꿋꿋했으며 소 떼 앞에서 장렬했다.

올해는 이런저런 이유로 친구들과 함께 다닐 시간이 3일밖에 되지 않았다. 그래서 우리는 뉴포레스트(New Forest)의 중심부인 린드허스트(Lyndhurst)에 있는 호텔에서 만나기로 했다. 나로서는 무척이나 기쁜 일이었다. 예전에 나는 뉴포레스트 변두리에 있는 크라이스트처치(Christchurch)에서 2년간 살았었는데 당시 본머스(Bournemouth)에서 일을 마친 후 무수히 많은 토요일을 뉴포레스트를 누비며 즐겁게 보냈기 때문이다. 뉴포레스트는 정말 아름다운 곳이다. 만약 영국에 처음 온 사람이라면 뉴포레스트가 새로운(new) 곳도 아닐뿐더러 일반적인 숲(forest)은 더더욱 아니라는 사실을 알아야 할 것이다. 뉴포레스트는 노르만이 영국을 정복한 이후 지금까지 새로웠던 적이 거의 없으며 땅 대부분이 나무가 우거지거나 탁 트인 황야 지대로 흔히들 생각하는 숲과는 전혀 다른 모습이다. '숲(Forest)'이라는 말은 본래 사냥을 하는 곳을 의미한다. 나무가 있을 수도 있지만 반드시 있어야 하는 것은 아니다. 한때 훌륭했던 셔우드 숲, 찬우드 숲, 셰익스피어의 희극에 등장하는 아덴 숲 등 거의 모든 영국의 숲들이 지금은 거의 사라졌거나 그 면적이 훨씬 줄어들었다. 오직 뉴포레스트만이 옛날 크기를 유지하고 있다.

옛날부터 뉴포레스트는 야생 조랑말로 유명하다. 말들이 좋아하는 풀을 뜯으며 어슬렁거리는 풍경은 마치 한 폭의 그림 같다. 그런데 요즘에는 이 풍경보다는 비공식적인 수도인 린드허스트 주변의 교통 혼잡으로 더욱 유명세를 떨치고 있다. 영국 각지에서 사람들이 린드허스트의 유명한 교통 정체를 체험

하러 오며 종종 의도치 않고 왔다가 교통 지옥을 체험하기도 한다. 영국의 모든 마을을 통틀어 이토록 압도적으로 많은 자동차들이 복잡하게 도로를 점령하고 있음에도 그토록 오랜 기간 조금의 개선 의지조차 보이지 않는 곳은 린드허스트 한 곳뿐인지도 모른다. 평일 여름 낮에도 린드허스트의 시내 중심가에는 오직 단 한 대의 신호등으로 유지되는 T자형 삼거리에 1만 4,000대의 자동차들이 깔때기 모양으로 몰려 있다.

불행하게도 영국 정부에서는 이 문제를 해결할 권위자로 전 세계 모든 사람들을 다 제쳐두고 고속도로 기술자들을 선택했다. 내 경험상 도로 문제를 포함해 그 어떤 문제든지 간에 문제를 해결하는 데 있어서 가장 선택하지 말아야 하는 이들이 바로 고속도로 기술자들이다. 그들은 일단 그 어떤 교통 정체도 절대 해결될 수 없다는 원칙을 전제로 하며 이 원칙은 매우 광범위하게 적용되곤 한다. 몇 년 전 그들은 린드허스트에 놀라울 정도로 길을 빙빙 돌아가야 하는 일방통행 체제를 도입했다. 아마도 그 체제는 한때 평화로웠던 주거단지 구역에 자동차들이 최대한 많이 꽉꽉 들어차도록 설계된 것이 아닐까 싶다. 이 체제를 따르면 일단 초행자들은 필연적으로 길을 잘못 들 수밖에 없으며, 일단 길을 한번 잘못 들어서면 누구나 같은 곳을 두 바퀴는 맴돌아야 한다. '이런, 한 바퀴 돌았는데도 여전히 엉뚱한 길로 왔네' 하고 깨달으며 한 번, '다시 한 번 더 돌아야 제대로 찾겠군' 하며 또 한 번, 이렇게 두 번은 돌아야 하는 체제인 것이다. 나도 그랬다. 린드허스트에 하루에 1만 4,000대의 차량들이 몰리지 않을지는 몰라도, 그곳을 돌고 또 도는 차들은 족히 수천 대는 된다.

지리를 잘 아는 사람들은 린드허스트에 도착하기 직전에 핸들을 틀어 우회로를 이용하곤 한다. 그렇게 하면 목적지에 더 빨리 도착할 수 있고 과도한 교통 혼잡도 피할 수 있기 때문이다. 이번에는 나도 그 방법을 택했다. 그런데 파이크스힐에서 에머리다운까지 끝 차선을 타고 신나게 달리고 있는데 느닷없이 사악한 기운의 고속도로 기술자들이 도로를 막고는 그 뒤로 좁은 1차선 길을 내서 지도와 나침반만으로 목적지를 찾아야 하는 오리엔티어링 구간을 몇 군데 만들어 참가자들을 좌절시키더니 기어이 그 도로마저 린드허스트 못지않은 끔찍한 교통정체 구간으로 만들어버렸다. 얼간이들이 하는 일은 늘 이런 식이다. 모든 곳을 원래 문제를 야기한 지역만큼 나쁘게 만들기 위해 온갖 노력을 기울이지 않는가. 결국 나는 하이스트리트에 있는 숙소까지 불과 2.4킬로미터를 가기 위해 1시간 15분을 허비해야 했다.

함께 여행을 하기로 한 친구들도 여기저기서 나와 비슷한 상황을 겪었다. 거의 1시 가까이 돼서야 가까스로 약속 장소에 모이게 된 우리는 모두 굶주려 있어 일단 만사 제쳐두고 식당부터 찾기로 했다. 린드허스트 외곽에는 스완 그린(Swan Green)이라고 불리는 아름다운 마을이 있다. 마을 이름처럼 볏짚으로 만든 지붕을 인 집들 너머로 푸른 초원이 펼쳐져 있다. 말랑말랑 부드러운 우유 사탕 포장지에 흔히 있을 법한 풍경이다. 반대편에는 숙소를 겸한 선술집이 있었다. 우리는 고된 운전 끝에 뭔가 먹을 수 있다는 생각에 반갑게 그 술집에 들어갔다. 가격을 꼼꼼하게 확인한 우리는 바로 가서 주문을 했다.

"아, 지금은 식사 주문이 되지 않습니다."

바에 있던 젊은 종업원이 말했다. 그리고 "주방이 정신없이 바빠서요"라는 설명을 덧붙였다. 우리는 주위를 둘러보았지만 그렇게까지 바빠 보이지는 않았다.

"그러면 언제쯤 식사 주문이 가능할까요?"

우리의 물음에 그는 고요하기 그지없는 식당 안을 보며 이렇게 말했다.

"글쎄요. 정확한 시간을 말씀드리기는 어렵지만 대략 45분 정도 걸리지 않을까 싶네요."

그의 대답을 듣고 나니 더 혼란스러웠다. 스완 술집은 이름은 술집이지만 칠판에 스페셜 메뉴들이 빼곡하게 적혀 있고 식탁에는 버젓이 포크와 나이프까지 있는, 레스토랑에 가까운 술집이었기 때문이다.

"죄송하지만 잘 이해가 가질 않는데요. 최절정 관광 성수기에, 그것도 일요일 오후에 점심 식사를 하러 몇 명 온 것이 그렇게 갑작스러운 일인가요?"

"오늘이 일요일이라 직원이 모자라서 그렇습니다."

"하지만 일요일은 식당에서 가장 바쁜 날이 아니던가요?"

그러자 그는 단호하게 고개를 저었다.

"맞습니다. 하지만 일요일은 모두가 쉬는 날이 아니던가요?"

그러더니 그는 이런 일이 처음이 아닌 듯 다시 한 번 이렇게 힘주어 말했다.

"아시다시피 오늘은 일요일이잖아요."

언제부터였는지 앤드루가 팔꿈치로 나를 슬쩍슬쩍 찌르고 있었다. 언젠가 내 아내가 내게 그렇게 하는 걸 본 모양이다. 우리는 다시 린드허스트로 나와 점심 식사가 제공되는 카페를 찾았다. 다행히 그 카페는 우리가 점심을 먹으러 들어가도 느닷없이 주방이 공황에 빠지지 않았다. 점심을 먹고 재충전을 한 우리는 울창하게 그늘이 드리운 숲과 햇볕이 작렬하는 황야를 가로지르는 건강한 도보 여행을 시작했다.

걷는다는 건 정말 즐거운 일이다. 온갖 근심들, 모든 무력감, 신이 빌 브라이슨 인생의 고속도로에 흩뿌려놓은 모든 터무니없는 멍청이들이 홀연히 멀어지면서 더는 성가시게 하지 않는다. 그리하여 세상은 고요하고 따뜻하며 선한 곳이 된다. 게다가 오래된 친구들과 함께라면 그 즐거움은 수백 배 커진다. 린드허스트는 사람들로 늘 붐비는데 특히 외곽에 있는 볼턴스벤치(Bolton's Bench)는 유독 사람들이 북적인다. 주목이 선사하는 아름다운 경관 때문이

123

기도 하지만 근처에 주차장이 있다는 이유도 크게 한몫한다. 언젠가 평균적으로 미국인들이 자동차를 타지 않고 가장 멀리 걷는 거리가 약 180미터 정도라는 글을 읽은 적이 있는데, 요즘 영국인들도 그렇게 되지 않을까 걱정스럽다. 다른 점이 있다면 영국인들은 차로 돌아오는 길에 쓰레기를 버리고 문신을 한다는 점만 다를 뿐이다.

어쨌든 우리는 볼턴스벤치 너머에 있는 울창한 숲으로 갔다. 숲에 들어서자마자 거대한 숲이 우리를 에워싸며, 늘 그래왔던 대로 우리를 맞아줬다. 걷기 좋은 날이었다. 햇살은 눈부셨고 공기는 따스했다. 목초지에서 무수히 많은 조랑말들이 풀을 뜯고 있었다. 야생화들이 햇살이 닿은 자리와 길섶에 무더기로 피어 바람결에 하늘거리고 있었다. 자연사 전문가인 앤드루는 '숙녀의 욕창', '수두 걸린 노랑', '나를 간질이면 이를 어쩌지', '재채기 침방울', '늙은이의 농담' 등과 같은 야생화 이름을 하나하나 알려줬다. 필기구를 가져가지 않았던지라 이 이름들이 정확하지 않을 수도 있으나 어쨌든 주로 이런 류의 이름들이었다.

자, 이제 내 친구들을 소개하겠다.

다니엘 와일스는 은퇴한 다큐멘터리 제작자다. 우리는 20년 전 〈사우스 뱅크 쇼〉라는 프로그램을 함께 만들며 만났고 이후 줄곧 친구로 지내고 있다. 그는 오후의 낮잠과 아이스크림을 좋아한다.

앤드루 옴은 다니엘의 오랜 친구다. 정말 아주 오래된 친구다. 두 사람은 작고, 여리고, 깡마르고, 겁 많았던 아이였을 때 기숙 학교에서 처음 만난 이후 줄곧 친구로 지내고 있다. 그들은 그 시절 이야기를 무척 많이 한다. 앤드루는 우리 중 가장 똑똑하다. 그는 옥스퍼드대학교를 다녔고, 그런 그는 늘 우리의 자랑거리다. 그래서 우리는 그에게 지도를 맡기고 모든 중요한 결정을 내리도록 한다.

존 플린은 오랜 세월 일간지 〈샌프란시스코클로니클〉에서 여행 담당 기자로 일하다가 현재는 은퇴했다. 그는 지금까지도 여행기를 많이 쓰고 있으며 수시로 영국 이곳저곳을 여행하고 있어서 우리와 꽤 자주 함께 여행을 즐기곤 한다. 그는 야구를 사랑하고 나와 마찬가지로 우리의 기억 속에서 영원히 40년 전 그 모습 그대로인 모델 셰릴 티그스(Cheryl Tiegs)를 열렬히 사모한다.

　우리는 반년마다 만나 도보 여행을 함께 하는 때를 제외하고는 그 중간에 따로 만나지 않는다. 그래서 만나면 늘 서로 소식을 전하고 듣기에 바쁘다. 다니엘과 앤드루는 걸으며 한참을 공립 학교 문제를 이야기했다. 아마도 채찍과 찐 푸딩 이야기가 아니었을까 싶다. 두 사람은 그런 이야기를 몇 시간이고 할 수 있다. 존과 나는 야구와 미국 정치 이야기를 하곤 한다. 존은 캘리포니아 출신답게 늘 특이한 사람들에 관한 재미난 일화를 많이 알고 있었다. 이번에는 그의 집에서 그리 멀지 않은 곳에 살던 한 남자에 관한 이야기를 들려줬다. 그 남자는 개 목줄을 하지 않았다는 이유로 공원 관리인이 쏜 테이저 총(작은 쇠 화살을 쏘아 전기 충격을 주는 무기─옮긴이)에 치명적으로 맞았다고 한다.

　"개 목줄을 하지 않았다고 테이저 총에 맞았단 말이야?"

　나는 깜짝 놀라 되물었다. 캘리포니아 이야기는 이렇듯 늘 들어도 들어도 납득이 가지 않는 일들이 많다.

　"치명상을 입힐 의도는 아니었지. 관리인은 그 남성이 현장을 도망치지 못하도록 경고 차원에서 테이저를 쏜 건데 하필 그 남자가 심장 질환을 앓고 있어서 거의 죽을 뻔 했다더군."

　"캘리포니아 주에서는 공원에서 일반인에게 테이저 총을 쏘는 게 흔한 일이야?"

　"공공장소에서 개 목줄을 하고 다니라는 규범이 있는데 그게 꽤 엄격히 지켜지더군."

"무장한 채 단속을 한단 말이지?"

"글쎄, 보통은 사람에게 테이저를 쏘진 않는데 그 경우에는 그 공원 관리인이 그 남자에게 신원을 확인할 테니 기다리라고 말했대."

"공원 관리인이 검문을 할 수 있단 말인가?"

"물론이지. 하지만 어떤 이유에서인지 그 과정에서 시간이 좀 지체됐고, 기다리다 지친 남자가 그 관리인에게 이렇게 말했대. '이봐요. 얼른 조사를 하든가 아님 그냥 보내주던가 하쇼.' 그런데 그 관리인은 검문도 안하고 보내주지도 않았다더군. 그렇게 몇 분이 더 지나자 그 남자가 '이건 시간 낭비요. 난 할 일이 있단 말요. 그리고 공원 관리인 당신이 나를 이렇게 붙잡아둘 권리는 없다고 생각합니다. 그러니 난 가겠습니다'라고 말하고는 그 자리를 떠나려 했다더군."

"그래서 테이저 총을 쐈단 말이야?"

"응. 양어깨뼈 사이인가 아무튼 그 부위를 쐈나 봐."

우리는 이 사건에 대해 한참을 생각했다. 그러고는 셰릴 티그스 이야기를 했다.

늦게 출발한 탓에 그리 많이 가지는 못했고 약 5킬로미터 남짓을 걸어 브로큰허스트 근처에 있는 발머라운(Balmer Lown)에 도착했다. 늦은 오후치고는 햇살이 꽤 강렬했다. 우리는 잠시 멈춰서 주위를 감상했다. 그러고는 걸음을 되돌려 린드허스트로 되돌아갔다. 미약한 시작이었으나 창대한 끝이었다.

호텔로 돌아온 나는 샤워를 하고 침대에 걸터앉아 친구들과 술 한 잔 할 시간을 기다리며 텔레비전을 봤다. 보다 보니 BBC에서 약물 치료를 받는 사람이 아니고서야 도무지 볼 마음이 생기지 않는 프로그램을 보여주기 시작한지 얼마나 많은 날들이 흘렀던가 하는 생각이 들었다. 볼 만한 프로그램이 있는지 이리저리 채널을 검색하다가 마이클 포틸로(Michael Portillo)가 핑크색 셔츠를 입고 잉글랜드 북부 지방으로 향하는 기차에 앉아 낡은 안내 책자를 쥐고 있는 장면이 나오는 프로그램을 마지못해 골랐다(《Great British Railway Journeys》라는 제목의 영국 기차여행 다큐멘터리—옮긴이). 그는 이따금 기차에서 내려 약 40초가량을 그 지역 역사가에게 예전에는 그곳에 있었지만 현재는 존재하지 않는 그 무엇에 관한 이야기를 듣곤 했다.

그러다가 이따금 "그럼, 이곳이 랭커셔에서 가장 큰 인공 물레방아가 있던 곳이군요?" 하고 말하곤 했다.

"그렇습니다. 1만 4,000명의 소녀들이 이곳에서 청춘을 바쳐 일했었지요."

"저런, 그런데 지금은 대형마트 아스다가 그 자리에 있네요."

"그렇습니다."

"저런, 많이 변했네요. 그럼 저는 나막신을 만들던 곳이 있던 곳을 보러 올덤으로 가보겠습니다. 그럼 안녕!"

정말 이 프로그램이 최선의 선택이었다.

저녁 친구들과의 술자리에서 나는 조금 전 보았던 그 프로그램 이야기를 꺼냈다. 그러자 다니엘이 "난 마이클 포틸로 맘에 들어"하고 말했다. 단 다니엘은 모든 사람을 마음에 들어 한다. 다니엘은 그 프로그램 시청자보다 그 프로그램을 만드는 위성 방송사 직원 수가 더 많다는 사실도 알려줬다.

잠시 후 나는 세상이 온통 '얼간이 투성'이라는 주제를 꺼냈다. 그러자 친구들은 그 문제가 단순히 나이가 들면 생기는 문제라고 했다. 나이를 먹으면 먹을수록 세상이 다른 사람들에게 속한 것처럼 보인다는 것이다. 알고 보니 다니엘은 이 문제를 나보다 훨씬 더 심하게 겪고 있었다. 그는 예전 방식으로 되돌려놓아야 한다고 생각하는 것들 목록을 가지고 있었다. 그 목록 내용이 일일이 기억나진 않지만 그중 몇 가지는 분명하게 기억난다. 영국이 EU를 탈퇴

할 것, 금 본위 제도로 돌아갈 것, 치즈윅 상공으로 비행기 운항을 금지할 것, 대영제국을 부활시키고, 집집마다 우유 배달을 해주던 것을 부활시키고, 이민을 금지시킬 것 등이었다.

"나도 이민자인데."

내가 말했다. 그러자 다니엘은 단호하게 고개를 끄덕이며 허락을 해줬다.

"자넨 있어도 괜찮아. 하지만 영원히 보호 관찰 대상임을 명심해야 할 거야."

나는 다니엘에게 내가 보호 관찰 대상 그 이상의 존재라고는 절대 생각하지 않겠다는 사실을 재차 확인시켜줬다.

그 밖에 우리가 나눈 대화는 주로 술에 관한 것과 저마다 안고 있는 이런저런 질병 이야기들이었다. 내 질병은 세세한 것들을 기억하지 못하는 기억력 감퇴였다.

II

몇 년 전 나는 비틀즈 멤버였던 링고 스타(Ringo Starr)와 6개월 정도 이웃이 었던 적이 있었다. 하지만 당시에는 그 사실을 까맣게 몰랐었다. 아내와 내가 서닝데일에 있는 오래된 농가 주택을 옮겨 다니며 살던 당시 링고 스타의 이 웃집에 살았던 기간은 상대적으로 짧았다. 여기서 '이웃'이라는 말의 정의는 우리 집 뒷마당 울타리 바깥이 그의 부동산이었다는 의미다. 우리 집 울타리 너머 수백 미터에 달하는 푸른 언덕 저편에 그의 집이 있었고, 주위가 온통 나무로 둘러싸여 내부가 전혀 보이지 않았지만 어쨌든 나는 엄밀한 의미로 그의 이웃이었다. 알고 보니 링고는 보다 전통적 의미의 이웃이자 그 지역 주 민인 더기(Dougie)에게 그 땅을 구매했다. 더기는 내게 이렇게 말했다.

"아직도 링고 스타를 보지 못했다니, 정말 의외인걸. 넥스 해드 술집에 가면 자주 볼 수 있지. 꽤 괜찮은 녀석이야."

나는 집에 가서 아내에게 말했다.

"우리 집 옆에 그 언덕 위 큰 집에 누가 살게?"

"링고 스타."

아내가 바로 대답했다.

"알고 있었어?"

"당연하지. 집 근처에서 자주 보는걸 뭐. 얼마 전에는 철물점에서 그 사람 바로 뒤에 서 있기도 했어. 링고 스타가 망치를 사던데. 정말 멋지더라. 나한테 '안녕하세요' 하고 인사도 했는걸."

"링고 스타가 당신한테 인사를 했다고? 비틀즈가 당신한테?"

"지금은 비틀즈가 아니지."

물론 나는 아내의 이 말은 무시했다.

"비틀즈의 그 링고 스타가 우리 동네 철물점에서 망치를 사고 당신한테 '안녕하세요' 하고 인사를 했는데도 내게 아무 말도 하지 않았던 거야?"

"그냥 망치인데 뭐."

아내가 대꾸했다. 영국인은 늘 이런 식이다. 영국인들은 누구나 이런 식의 일화를 가지고 있다. 솔직히 말하자면 모두가 이보다 더한 일화들을 가지고 있다. 친구들과 내가 어떻게 하다가 비틀즈를 주제로 대화를 하게 됐는지는 정확히 기억나지 않지만 다음 날 우리는 울창한 숲길을 산책했고, 나는 내가 겪은 링고 스타 이야기를 꺼냈다. 그러자 친구들은 내가 그의 이웃이었다는 사실에 감탄하며 고개를 끄덕였다. 듣고 있던 다니엘은 예의상 잠시 침묵한 뒤 이렇게 말했다.

"대학교 시절 나는 존 레논과 오후를 함께 보낸 적이 있어."

그의 입에서 막 나온 그 말은 내가 했던 말보다 1,000배는 더 크게 승리의 나팔이 울릴 것이라는 사실을 예고했다.

"정말, 어떻게?"

내가 물었다.

"존 레논을 인터뷰했거든. 아마 그 인터뷰는 지금 '잃어버린 인터뷰'로 알려졌을 거야."

정정한다. 나보다 1만 배는 더 우월한 이야기다.

"네가 존 레논의 그 '잃어버린 인터뷰'를 진행한 사람이라고?"

"아마도."

"어떻게?"

"1968년이었지. 비틀즈가 막 〈서전트 페퍼(Sergeant Pepper)〉 앨범을 발매했을 때였어. 당시 나는 킬대학교에 다니고 있었는데, 모리스 힌들(Maurice Hindle)이라는 학생과 같이 존 레논에게 학생 잡지에 실을 인터뷰를 해줄 수 있냐고 편지를 보냈지. 물론 인터뷰는커녕 답장조차 기대하지 않았어. 그런데 뜻밖에도 그가 '물론이지. 웨이브리지에 있는 우리 집으로 와' 하고 답장을 보내온 거야. 그래서 모리스랑 같이 기차를 타고 웨이브리지로 갔더니 존 레논이 기차역으로 마중 나와 우리를 태워주더군."

"존 레논이 웨이브리지 역으로 마중 나와 너를 차에 태워줬다고?"

"응. 미니(Mini)였어. 모든 것이 비현실적인 느낌이었지. 그렇게 우리는 세인트조지스힐(St George's Hill)에 있는 그의 저택에서 오후를 함께 보냈어. 실제로 본 존 레논은 지극히 평범하면서도 정말 멋진 사람이었어. 우리보다 나이도 그렇게 많지 않았고. 아마 그는 평범한 대화가 그리웠던 건 아닐까 싶어. 집은 엉망진창이었지. 존 레논과 신시아가 막 결별한 직후라 그릇들도 제대로 설거지가 되지 않은 채 그냥 쌓여 있었고 정돈된 게 하나도 없었어. 마침 차를 한 잔 마시기로 했는데 깨끗한 컵이 하나도 없는 거야. 그래서 찻잔을 몇 개 씻어야 했어. 그때 문득 이런 생각이 들더군.

'와, 내가 존 레논과 함께 주방 싱크대에 서서 컵을 씻고 있네.'

곧 인터뷰를 시작했어. 나는 녹음기를 켜고 인터뷰를 시작했고 그동안 모리스가 사진을 찍었지. 그렇게 인터뷰를 마치고 우리는 다시 학교생활로 돌아왔는데, 모리스가 느닷없이 영화를 만들겠다는 거야. 돈을 벌어야겠다면서 말이야. 그런데 결국 폭삭 망했어. 내 삶의 가장 눈부셨던 날들 중 하루도 그렇게 사라져버렸지. 당시 나는 모리스를 죽여버려야겠다고 생각했어."

이 대목에서 우리는 그의 말을 깊이 공감하고 있음을 내비쳤다. 다니엘은 계속 말을 이었다.

"레논은 다시는 그런 인터뷰를 하지 않았지. 그 인터뷰가 '잃어버린 인터뷰'로 알려지게 된 거야. 사실 그 인터뷰는 잃어버리지 않았어. 내가 줄곧 녹음 테이프를 보관하고 있었거든. 40년 후 우리는 그 테이프를 소더비 경매에 내놨고 2만 3,750파운드에 낙찰됐어. 하드락카페에서 그 테이프를 낙찰받았지."

"와…"

우리는 입을 다물지 못했다.

이제는 내가 레슬리 차터리스 이야기를 아무리 재치 있게 해봤자 아무도 감명받지 않을 것이 뻔했다.

"빌, 자네의 링고 스타도 꽤 근사한 사람이지."

다니엘이 나를 보며 너그러이 말했다.

이번에는 존 플린이 자신이 맨해튼에 살던 열네 살 때 셰릴 티그스를 직접 본 이야기를 했다. 어느 아파트 건물에서 나오는 셰릴 티그스를 보고 몇 블록이나 뒤따라갔지만 그녀가 다른 건물로 들어가버렸다는 것이다. 셰릴 티그스는 다니엘과 앤드루에게는 아무 의미도 없기에 그들은 학교 체벌과 아침에 찬물 샤워하기 등을 주제로 대화를 시작했다. 하지만 물론 나는 셰릴 티그스 이야기에 귀가 쫑긋해져서 존 옆에 딱 붙어서 그가 셰릴을 뒤쫓아가다 씩씩하게 그녀를 20~30미터 앞질러 가서는 다시 휙 발걸음을 되돌려 그녀의 얼굴을 마주 보며 걸었다는 이야기를 몇 시간 동안이나 하고 또 하게 했다. 존은 4블록을 가는 동안 그렇게 앞질러 갔다가 다시 되돌아오기를 11번을 했다고 했다. 하지만 그렇게 하는 동안 그녀에게 전혀 관심이 없는 척 무심한 분위기를 풍겼기에 그녀도 전혀 눈치채지 못했을 것이라고 했다. 나는 그 이야기가 마음에 들었다. 그렇게 아침의 숲길 산책 시간이 즐겁게 흘러가고 있었다.

그날 우리의 목적지는 숲 북쪽의 공터에 자리 잡은 마을 민스테드였다. 앤드루가 이 산책로가 걷기 좋다는 글을 어디에선가 읽었다고 했는데 과연 그랬다. 아무것도 없이 오로지 숲길만이 길게 뻗어 있었고 마을에는 아담한 성당도 있었다. 게다가 성당 마당에는《셜록 홈스 시리즈》의 작가 코난 도일 (Arthur Conan Doyle)의 묘가 있었다.

100년 전 코난 도일을 뉴포레스트로 오게 한 건 심령술이었다. 당시에는 이상할 정도로 심령술이 인기 있었다. 코난 도일뿐 아니라 미래의 수상 아서 밸푸어(Arthur Balfour), 박물학자 알프레드 러셀 월리스(Alfred Russel Wallace), 철학자 윌리엄 제임스(William James), 저명한 화학자 윌리엄 크룩스(Sir William Crookes) 등도 모두 심령술의 열렬한 추종자였다. 1910년까지 영국에는 심령술사에게 지나치게 의지하는 사람들이 하도 많다 보니 아예 심령술사들로 구성된 정치 정당을 만드는 사안까지 진지하게 고려되기도 했다. 하지만 그중에서도 코난 도일은 특히 심령술에 열심이었다. 그는 심령술에 관련된 책을 20여 권 썼으며, 국제심령학자회의(International Spiritualist Congress)에서 회장직을 맡기도 했다. 또한 런던 웨스트민스터대성당 인근에 심령학 전문 서점과 박물관을 열기도 했다(그 서점과 박물관이 있던 건물은 제2차 세계대전 당시 폭격으로 무너졌다. 아마 그가 그런 상황을 내다보았을 것이라고 생각하는 사람도 있을 것이다).

문제는 심령술의 대단히 융통성 있고 관대한 기준으로 봐도 초자연적인 것에 대한 도일의 신념이 지나쳤다는 점이다. 그는 요정과 숲의 정령이 실제로 존재한다고 믿었고 이를 주장하는 책《요정들의 도래(The Coming of the Fairies)》를 썼다. 도일은 교령회(산 사람이 죽은 이와의 교류를 시도하는 모임 - 옮긴이)를 통해 오래전 메소포타미아 사람이었던 페니아스(Pheneas)라는 혼령과 교류했고 페니아스가 자신에게 삶의 지침을 알려주고 앞으로 닥칠 재앙을 미리 경고해준다고 주장했다. 그는 저서《페니아스 가라사대(Pheneas Speaks)》를 통해 1927년에 홍수와 지진으로 세상이 멸망할 것이며 지구의 대륙들 중 한 대륙이 바다 밑으로 가라앉을 거라고 예언했다. 막상 멸망의 날이 아무 일 없이 지나가자 도일은 페니아스가 메소포타미아에서 사용하던 달력대로 계산을 해서 연도를 착각했지만 그가 예언한 재앙들이 언젠가는 분명 일어날 거라고 했다.

도일은 페니아스의 조언대로 민스테드 인근에 집을 마련하고서 카메라를 손에 들고 숲으로 가서 조용히 앉아 요정들이 나타나기를 기다리며 하루하루를 보냈다. 그러나 요정은 나타나지 않았다. 대신에 그는 저녁에 열리는 교령회에서 영국에서 가장 유명한 망자들과 접속을 했다고 주장했다. 그가 접속했다고 주장한 망자는 찰스 디킨스(Charles Dickens)와 조지프 콘래드(Joseph Conrad)로, 이 두 망자는 도일에게 그들이 죽기 전 마치지 못한 소설을 완성해달라고 요청했다 한다. 그와 세 번째로 접속한 망자는 당시 사망한 지 얼마 되지 않았던 코믹 소설 작가 제롬 K(Jerome K)으로, 평생 도일을 조롱했던 제롬이 이렇게 말했다고 한다.

"도일에게 내가 잘못했다고 말해주오."

도일은 이 모든 것을 자신의 신념을 자명하게 입증해주는 증거라고 믿었다. 놀랍게도 그는 이 모든 와중에도 그 유명한 《셜록 홈스 시리즈》를 계속 발표했다. 그가 발표한 소설들은 하나같이 철두철미하게 이성적 사고에 기반을 두고 있다. 그로써는 홈스에게 심령술을 소환해 모든 사건을 해결하도록 하고 싶은 유혹을 뿌리치는 게 대단히 힘든 일이었을 것이다.

1930년 도일은 사망했고 (원래 심령술사는 사망하지 않는다. 단지 보기에만 죽은 것으로 보일 뿐) 서식스의 크로보로(Crowborough)에 있는 자신의 집 정원에 묻혔다. 그의 아내 역시 죽은 후 그의 곁에 나란히 묻혔지만 1955년에 그 집이 팔렸고, 새 집주인은 자신의 집 마당에 유골이 묻혀 있는 것을 달가워하지 않았다. 그리하여 도일과 그의 아내 시신은 집 마당에서 발굴돼 민스테드에 있는 올세인트성당(All Saints) 마당에 다시 안치됐다. 묘를 이장하는 문제에 대해 반대하는 의견도 없지 않았다. 이 두 심령술사들은 죽음을 완강히 거부했기에 진정한 기독교인이 아니라는 의견이 있었기 때문이다. 오늘날에도 도일은 반세기가 넘도록 민스테드에 있는 성당 마당에 묻혀 있으며 어떤 말썽도 일으키지 않고 있다.

올세인트는 근사한 성당이다. 여러 층으로 된 근사한 설교단과 특이하게도 '신도실'이라고 불리는 방이 하나 있다. 이 방은 원래 작은 응접실로 사용되던 곳이어서 예전 주인이 사용하던 가구와 벽난로가 그대로 있는데 덕분에 인근 말우드 캐슬(Malwood Castle)의 소유주들은 이곳에서 집처럼 편안하게 설교를 들을 수 있다. 우리는 그 방을 구석구석 감탄하며 살펴본 후 점심을 먹으러 근처에 있는 트러스티 서번트 펍에 갔다. 오래된 펍이었는데 인위적으로 현대적인 분위기를 만든 것 같아서 약간 짜증이 났다. 마치 호텔 바에 책 몇 권을

두고는 그곳을 도서관이라고 부르는 격이랄까? 가격은 입이 떡 벌어지게 비
쌌다. 치킨에 페스토 소스와 모차렐라 치즈가 들어간 버거가 12.75파운드였
고 콩피(육류에서 나오는 기름에 고기가 거의 녹을 때까지 서서히 조리한 후 지방에 담
궈 상하지 않도록 봉인한 프랑스식 요리 – 옮긴이) 오리 고기와 대황 피클, 레드커런
트 요리는 16.25파운드였다. 몇몇 음식은 먹고 나면 접시도 가져가야 할 것 같
은 가격이었다. 하지만 식당 안 사람들은 대부분 행복하게 음식을 먹고 있었
다. 나는 몹시도 속이 쓰렸지만 8.5파운드짜리 치즈와 빵을 주문했다.

　점심을 마친 후 우리는 루퍼스 스톤(Rufus Stone)을 보러 갔다. 민스테드에
서 4킬로미터가 훌쩍 넘는 곳에 위치한 루퍼스 스톤은 예전에 루퍼스 왕, 정
확하게는 윌리엄 1세의 아들 윌리엄 2세가 1,100년 여름에 겪은 불행한 일을
기리기 위해 세운 비석이다. 당시 루퍼스는 친구들과 함께 사냥을 하던 중 월
터 티렐(Walter Tyrrell) 경이 쏜 화살에 가슴을 맞아 그 자리에서 죽었다. 루퍼
스 왕의 죽음은 대단히 애석해할 만한 사건은 아니었다. 그는 키가 작고 뚱뚱
했으며, 볼품없게 쭉 뻗은 금발에 얼굴색은 유난히도 붉었다(그의 별명인 루
퍼스도 안색이 붉음을 의미하는 'ruddy'에서 유래했다). 성품은 매우 불손했
고, 방탕했으며, 나약했다. 결혼은 하지 않았으며 후손을 만드는 일도 극도
로 피했던 것으로 보인다. 왕을 죽인 티렐은 나무를 맞고 튀어나온 화살에 왕
이 맞은 것이라며 불의의 사고라 진술했지만 그 말을 믿는 이는 아무도 없었
다. 티렐은 자신의 입지가 위태로워질지도 모른다는 생각에 프랑스로 도망갔
는데, 들리는 이야기에 의하면 뒤쫓아오던 사람들을 혼란스럽게 하려고 말의
다리에 신발을 신겨서 반대 방향으로 달리게 했다고 한다.

　루퍼스 스톤은 평범하게 생긴 검은색 기념탑으로 약 1.2미터의 높이에 3면
에 비문이 적혀 있다. 정말로 이 탑이 있는 지점이 윌리엄 2세가 화살을 맞아
사망한 지점인지 아니면 단지 가까운 지점인지는 알 수 없었다. 윌리엄이 이

곳에서 남쪽으로 수십 킬로미터 떨어진 볼리외 지역에서 사망했다고 주장하는 사람들도 있다. 아주 오래전 일이긴 하지만 영국의 왕이 그토록 비참하게 사망한 것을 기념한다는 사실이 어쩐지 재미있게 느껴졌다.

흔히들 도보 여행은 글로 읽는 것보다 실제로 해보는 것이 훨씬 더 재미있다고들 말한다. 그러니 나도 우리 도보 여행 셋째 날이 말도 못하게 좋았고 커프넬스(Cuffnells)의 상속 부동산이 과거 어떤 문학과 관련이 있다는 이야기를 우리가 즐겁게 나누었다는 것을 구구절절 적어 독자 여러분의 인내심을 바닥나게 하는 일은 하지 않으려고 한다.

커프넬스는 한때 앨리스 리들(Alice Liddell)의 집이었다. 《이상한 나라의 앨리스》에 나오는 앨리스의 실제 모델로 더 잘 알려진 그 앨리스 말이다. 나는 앨리스가 어린 시절 옥스퍼드에서 살았으며 말더듬이 수학자 찰스 럿위지 도지슨(Charles L. Dodgson, 루이스 캐럴(Lewis Carroll)이라는 이름으로 더 잘 알려져 있다–옮긴이)이 이 앨리스를 불건전한 마음으로 바라봤고 앨리스를 즐겁게 해주기 위해 훗날 《거울 나라의 앨리스》와 다른 모든 책들을 썼다는 사실을 잘 알고 있었다. 하지만 실제 앨리스는 그 뒤에 어떻게 됐는지 늘 궁금했다. 답을 말하자면, 앨리스는 아름다운 여인으로 성장했고 뉴포레스트에서 불행한 삶을 살았다고 한다.

그녀의 삶이 불행하지 않았을 수도 있다. 젊은 시절 앨리스는 빅토리아 여왕의 막내아들 알바니 공작 레오폴드(Leopold)의 열렬한 구애를 받았다. 앨리스는 아름답고 똑똑한 여성으로 그녀의 유전자가 왕가에 투입된다 해도 전혀 해가 될 것이 없었다. 하지만 여왕은 앨리스가 평민이라는 이유로 결혼을 반대했고 이에 레오폴드는 자손을 남기기 위해 다른 혼처를 찾아야 했다. 그리고 앨리스는 온화하고 평범한 레지널드 하그리브스(Reginald Hargreaves)

라는 사람과 결혼했다.

레지널드는 성인이 되자 커프넬스를 상속받았는데, 커프넬스는 린드허스트 외곽으로 800미터가량 뻗어 있는 대지가 딸린 웅장한 저택이었다. 12개의 침실과, 거대한 그림, 거실들, 30미터에 달하는 오렌지 재배 온실 등을 갖춘 커프넬스는 그 지역에서 가장 아름다운 저택으로 손꼽힌다. 그곳에서 레지널드와 앨리스는 조용하고 무료한 삶을 살다가 점점 재정 상태가 궁핍해졌다. 레지널드는 사업 수완이 뛰어난 사람은 아니어서 적자가 날 때마다 부동산을 야금야금 팔아서 적자를 메꾸곤 했고 오래지 않아 그의 부동산은 얼마 남지 않게 됐다. 이 부부에게는 3명의 아들이 있었다. 그중 둘은 제1차 세계대전에서 죽고 셋째 아들은 런던에서 방탕하게 살았다. 1926년 레지널드가 갑작스럽게 죽자 앨리스는 홀로 무너져가는 집에서 불행하게 살았다. 그녀는 점차 성질 고약한 은둔자가 돼갔으며 하인들에게도 심술궂게 횡포를 부렸다. 1934년, 그녀는 82세의 나이로 세상을 떠났다. 허물어져 가던 커프넬스는 얼마 지나지 않아 완전히 무너졌다. 지금은 커프넬스가 있던 자리에 숲이 있다. 숲만 보고는 그 자리에 한때 근사한 집이 있었다는 사실이 전혀 짐작되지 않는다.

다음 날 아침 우리는 헤어졌지만 숲에서의 우리의 모험에 관한 후기가 있다. 린드허스트에서 우리가 머물렀던 호텔은 크라운 메이너 하우스 호텔로 모두가 이 호텔에 만족했다. 대단히 친절하거나 엄청나게 화려하지도 않고 매우 인기 높은 호텔도 아니었지만 기품이 있었다. 하지만 우리가 그 호텔에 간지 얼마 되지 않아 앤드루는 우리 모두에게 〈사우던데일리에코어브사우샘프턴〉에 실린 재미난 기사 한 토막을 보내줬다. 그 호텔의 위생 관념에 관한 기사로 내용은 다음과 같다.

햄프셔 호텔은 쥐들이 득실거리는 곳에서 음식을 하고도 손님에게 숙박비로 2만 파운드 이상을 요구한다. 린드허스트에 있는 크라운 메이너 하우스 호텔은 햄프셔 호텔보다 2배는 더 비쌌다. 조사단은 이 호텔 주방에서 쥐의 흔적을 발견했다. 이 호텔은 사우샘프턴 치안 법원에서 식품 위생법을 다섯 항목 위반했다는 사실을 인정했다. 그중 2개는 식품의 제조·조리 분배 과정에서의 위반 사항, 그리고 음식이 만들어지는 장소에서 '지속적으로 쥐가 들끓었다'는 사실의 적발로 확인됐다.

"아무래도 말린 후추 열매가 맛이 좀 이상했던 것 같아."

나는 짐짓 명랑하게 빈정거렸지만, 솔직히 기사를 읽고 몹시 놀랐다. 내가 그렇게 놀란 건 두 가지 이유 때문이다. 우선은 그 호텔이 지저분한 면모를 그토록 감쪽같이 속이고 있었다는 사실을 알게 되니 분한 마음이 생겨서고, 그 다음은 이런 소식을 일간지 신문 기사로 읽을 수 있다는 사실 때문이다. 예전에 나도 〈사우던데일리에코〉의 자매 일간지에서 2년간 일을 했었지만 당시만해도 우리 신문에서 불결한 호텔이나 식당 기사를 다룬다는 건 상상도 하지 못했다. 더러운 호텔이나 식당이 없어서가 아니라 그런 사실들이 워낙 비밀스러웠기 때문이다.

당시 영국은 모든 것이 비밀이었다. 말 그대로 모든 것이 말이다. 사람들은 비밀스럽게 살았다. 그들은 커다란 산울타리 뒤 은밀한 곳에서 집 내부가 보이지 않도록 창문에 레이스 커튼을 드리우고 살았다. 정부가 하는 거의 모든 일도 비밀이었다. 심지어는 그 누구도 아무것도 알 수 없도록 하는 법인 공무비밀법(Official Secrets Act)도 있었다. 생각해보면 참 유별났던 것 같다. 당시 영국에서 국가 기밀로 여겨져서 기밀 사항으로 분류됐던 사안들 중에는 식품 속 화학 첨가제 함량, 저체온증인 노인의 비율, 담배에 함유된 일산화탄소의 양, 핵 발전소 인근 주민 중 백혈병에 걸린 주민의 비율, 정확한 교통사고 통계 자료, 도로 확장 계획 등이 있었다. 사실 공무 비밀법 제2조에 따르면 '정부의 모든 정보는 정부가 비밀이 아니라고 공표하기 전까지는 비밀이다'라는 조항이 있다.

때론 이런 조치들이 우스워질 때도 있다. 냉전 기간 동안 영국은 탄두를 운반하기 위한 로켓 제작 프로그램을 보유하고 있었는데 때때로 제작된 로켓을 실험할 필요가 있었다. 이는 국가의 일급 기밀 프로그램이었다. 심지어 이 프로그램에는 '블랙 나이트(Black Knight)'라고 하는 근사한 비밀 암호명도 있었다. 문제는 영국이라는 나라가 작다보니 이 비밀 실험을 할 만한 거대한 사막 같은 곳이 없었다는 점이다. 사실 영국 그 어디에도 비밀 실험을 진행할 만한 곳은 없다. 결국 여러 가지 이유로 유명한 명승지이자 관광지로 인기가 높은 와이트 섬(Isle of Wight)의 니들스가 로켓을 실험할 최적의 장소로 선택됐다. 니들스는 영국 본토에서도 매우 또렷하게 보인다. 당연히 수십 킬로미터 밖에서도 로켓을 발사하는 광경을 보고 소리를 들을 수 있다. 한 친구는 내게 사우던햄프셔 바닷가에 있는 모든 마을에서 불꽃과 연기를 볼 수 있었다고 말해 줬다. 심지어 수천 명이 로켓 발사 광경을 보았음에도 불구하고 그 실험은 공식적으로 비밀이었다. 신문에서도 일체 그 소식을 다루지 않았고, 어떤 기관에서도 그 실험에 대해 언급하지 않았다.

이보다 더한 비밀도 있다. 바로 런던에 있는 우체국 타워에 관한 비밀이다. 15년 동안 그 건물은 유럽에서 가장 높은 건물이었다. 우체국 타워는 위풍당당한 런던의 스카이라인이었다. 헌데 그 타워가 위성 통신에 사용된다는 이유로 그 존재 자체가 비밀이었다. 그래서 영국국립지리원에서 발행하는 지도에 표시되지 못하고 있다가 1995년이 돼서야 비로소 표시가 된 사례도 있다.

그랬던 영국이 식품규범청 조사 결과를 낱낱이 대중에게 알린다니 재미있는 일이 아닐 수 없다. 여러분도 언제든지 영국의 레스토랑 순위와 식품 담당자를 확인할 수 있다. 나도 그 자료를 정신없이 보다 보니 몇 시간이 훌쩍 가버렸다. 한 번이라도 갔던 식당들을 모두 찾아보았더니 좋아하던 식당 두 곳이 다시는 가고 싶은 마음이 들지 않을 정도로 위생 상태가 나빴다. 그 두 곳의 레스토랑에서 더 이상 내 모습을 볼 수 없는 것도 이런 이유 때문이다. 한 가지 놀라운 점은 조사가 아주 최근의 결과가 아니라 대부분 3년 전의 조사 결과라는 사실이다. 식품 조사에 할당된 지역 예산이 삭감됐기 때문이다. 우리가 살고 있는 이 수상한 시대에는 동네 레스토랑이 주민들을 독살하지 못하도록 경계 태세를 갖추는 것보다 납세자의 돈을 절약해주는 것이 훨씬 더 중요한가보다.

나는 법원이 크라운 메이너 하우스 호텔에 내린 판결문을 읽으며 깊게 감동한 나머지 생전 하지 않던 짓을 했다. 트립어드바이저 사이트에 계정과 비밀번호를 만들고 리뷰를 쓴 것이다. 정식 리뷰는 아니었지만 사용자들에게 그 호텔 주방에 쥐가 있다는 사실을 알리는 글을 올리고 해당 신문 기사 링크를 걸었다. 만약 내가 그 호텔을 예약할까 생각 중인데 누군가가 그 호텔 주방에 쥐가 있었다는 사실을 알려준다면 주의를 환기시켜준 그 익명의 누군가에게 매우 감사할 것 같았다. 며칠 후 트립어드바이저에서 내게 e메일이 왔다.

당사는 귀하의 리뷰가 당사의 지침과 맞지 않아 게시하지 않기로 했음을 알려드립니다…. 우리는 특정 시설이나 서비스를 직접 경험한 내용이 구체적으로 기술된 리뷰만 인정합니다. 직접 경험이 구체적으로 기술되지 않은 일반적인 내용은 게시되지 않습니다. 간접 정보나 소문(증명되지 않은 정보, 사실과 다른 정보나 다른 사람의 의견 또는 다른 사람의 경험을 인용한 글)은 게시하지 않습니다.

그렇다. 호텔과 레스토랑에 내려진 유죄 판결, 정부가 매긴 위생 상태 등급, 기타 간접 정보는 웹사이트에 게재할 수 없단다. 트립어드바이저는 크라운 메이너 하우스 호텔을 품질과 청결도 두 가지 면에서 모두 높은 점수를 줬으며 트립어드바이저 측에서 그 호텔에 최근 갔었다는 징표는 어디에도 없었다.

이 시점에서 잠시 생각해보자. 여러분이 술에 취해 늦은 밤 케밥 가게에 들렀다고 생각해보자. 그리고 그곳에서 육즙이 줄줄 나오는 싱싱한 고기가 듬뿍 든 케밥을 먹었다고 해보자. 가게는 몇 년 동안 청소를 하지 않은 듯 지저분하고 종업원도 최소 몇 년간은 씻지 않은 듯 보였지만 술김에 게걸스럽게 케밥을 먹었다고 해보자. 술이 다 깨고 생각해도 약간 비위가 상하는 정도였다고 해보자. 그러나 그 케밥 집에는 부당하게 이익을 본 대가로 1만 6,000파운드의 벌금도 4,000파운드의 손해배상액도 부과될 일은 없다. 어쩌면 평생 살면서 추천 점수 0점을 받을 정도로 불결한 식당이나 두 번이나 영업 정지를 당했던 식당에 한 번도 가지 않은 사람도 있을지도 모른다.

하지만 아마 그런 사람도 트립어드바이저의 직접 경험을 토대로 한 추천 평은 읽을 것이다.

8
—

본머스

잉글랜드는 참 복잡한 곳이다. 잉글랜드에는 5개 주가 있는데 역사, 행정, 경계선에 따라 모두 다르게 나뉜다. 우선 서리, 도싯, 햄프셔 등과 같이 역사적으로 나뉘는 주가 있다. 여기에 해당하는 주는 대부분 그대로 있지만 몇몇 주는 더 작은 단위로 나뉜 곳도 있고 아예 사라져서 오늘날에는 부분적으로 유적만 남았거나 그나마도 없어지고 좋았던 추억으로만 남은 곳도 있다. 헌팅던셔(Huntingdonshire)는 40년 전에 캐임브리지셔(Cambridgeshire)로 흡수됐지만 그곳 사람들은 여전히 자신들이 헌팅던셔에 살고 있다고 말한다. 미들섹스(Middlesex)는 1965년 이후 아직 주가 아니지만 미들섹스 주립 크리켓회와 미들섹스주립대학교가 있다.

그다음에는 행정 구역으로 나뉜 주가 있는데 기본적으로 주 의회에서 인정하는 경계선으로 구분된다. 행정상의 주는 비누 거품처럼 생겼다가 사라지곤 한다. 험버사이드(Humberside)는 1974년도에 만들어졌다가 1996년에 해체됐다. 이와는 반대로 러틀랜드(Rutland)는 1974년도에 사라졌다가 1996년도에 되살아났다.

세 번째 주는 우편 체계상의 주로, 경계가 달라지기도 한다. 예를 들어 우체국 지도상 체셔(Cheshire)의 경계는 역사 지도에서의 경계와 다르며 행정 지도와도 다르다.

우편 체계상의 주가 공식적인 주가 된 이후 각 주마다 주지사(또는 공식적인 멍청이)가 있어서 왕가의 방문이나 옆에 칼을 차고 어깨에 견장을 단 누군가가 필요한 큰 행사를 관장한다. 하지만 스스로를 대접하는 주지사와 마찬가지로 공식적인 주가 왜 필요한 건지는 아무도 모른다.

그리고 드디어 대망의 콘월(Cornwall)이 있다. 콘월은 주가 아니라 영국 영지다. 영국 영지를 구분하는 일은 매우 민감한 사안이다. 그러니 예민한 영지라고 불러도 좋다.

여기까지는 단지 잉글랜드 주에만 해당되는 이야기이다. 웨일스나 스코틀랜드의 주는 완전히 다르다. 이렇다 보니 당연하게도 종종 혼란이 야기된다. 내가 〈더 타임스〉의 비즈니스 뉴스 부서에서 일을 할 때 우리는 편집 기자의 책상에서 이런 질문으로 시작되는 대화를 자주 나누곤 했다.

"헐(Hull)이 어디야?"

"북쪽."

누군가 확신에 차서 대답한다.

"아니, 헐이 무슨 주에 있냐고."

"아, 더노(Dunno)에 있지."

"이스트요크셔(East Yorkshire)에 있는 거 아냐?"

이때 누군가 끼어든다.

"이스트요크셔는 없어."

네 번째 사람이 대화에 합류한다.

"정말?"

"확실하지는 않아. 그럴지도 모른다는 거지."

이때 다섯 번째 사람이 불쑥 끼어든다.

"상관없어. 설령 이스트요크셔가 있다고 해도 헐은 이스트요크셔에 없으니까. 헐은 링컨셔에 있어."

"솔직히 난 험버사이드(Humberside)에 있는 줄 알았어. 아니면 클리블랜드나."

여섯 번째 사람이 합류한다.

"클리블랜드도 북쪽에 있어."

"정말? 언제 그렇게 됐대?"

"몰라. 클리블랜드가 주인지 행정 단위인지도 확실하지 않아."

이런 식의 대화가 4시간가량 이어지다가 으레 누군가가 굳이 주를 밝히지 않고 '헐'만 표기하는 것으로 결정을 내리면서 대화는 끝난다.

내가 아는 것은 이 나라 한쪽 귀퉁이 어딘가에 본머스가 있고 바로 그 옆에 보다 작은 크라이스트처치가 있다는 사실이다. 내가 이 두 지역을 잘 아는 이유는 한 곳에서는 직장을 다녔고 또 다른 한 곳에서는 살았기 때문이다. 1974년까지 본머스와 크라이스트처치는 햄프셔에 속해 있었다. 그런데 잉글랜드의 주 경계가 다시 정해지면서 본머스와 크라이스트처치는 도싯으로 편입됐다. 그렇게 된 이유는 누군가가 햄프셔에 인구가 너무 많으니 두 지역을 인구가 적은 도싯에 넣자는 아이디어를 냈기 때문이다. 하지만 이 소식이 모두에게 속속들이 알려지지는 않아서 심지어 1980년대까지도 〈더 타임스〉신문 기사에 '햄프셔 주의 본머스'라고 기재되곤 했다. 그런 일이 일어났을 때 나는 국내 뉴스 부서의 편집 기자 책상으로 슬며시 가서 편집부 차장에게 기사에 '햄프셔 주의 본머스'로 돼 있다고 지적해줬다. 그러자 그가 이렇게 말했다.

"그래서?"

"그게, 본머스는 햄프셔 주에 있지 않아."

나는 공손하게 대답했다.

"이제 본머스가 햄프셔에 있다는 걸 곧 알게 되겠지."

그는 퉁명스레 대꾸하더니 다시 하던 일을 계속했다.

"그렇지 않아. 도싯에 있어. 내가 본머스에 있는 신문사에서 2년 동안 일했거든. 당시 그곳에서 일을 하려면 우리 회사가 어디에 있는지 정도는 알아야했지."

국내 뉴스 편집 기자는 비즈니스 뉴스 편집 기자의 말을 별로 존중하지 않는 편이다. 그리고 나 역시 그런 태도가 썩 달갑지는 않다. 우리는 영화 〈피구의 제왕〉에 나오는 빈스 본의 피구 팀 구성원 같은 관계다.

"우리가 알아볼게."

차장이 내게 말했다.

"알아볼 필요 없어. 내 말이 사실이니까."

"그래. 알아보겠다고."

당시 내가 사용했던 단어가 어떤 단어였는지 정확히 기억나진 않지만, 조심스레 반추하자면 '항문'이라는 단어가 포함된 말을 했던 것 같다.

내가 그 자리에서 돌아서서 가는데 내 뒤통수에 대고 그 차장이 "예민한 새끼 같으니" 하고 말했던 게 생각난다.

"쟤 미국인이야."

옆에 있던 그의 동료가 진지하게 지적해주는 말도 들렸다.

다음 날 최종 교정을 보는데 여전히 '햄프셔 주의 본머스'라고 표기돼 있었다. 국내 뉴스 부서 사람들은 대체로 아주 재수가 없는 인간들이었고 재수 없지 않은 사람은 한두 명에 불과했다.

어쨌든 크라이스트처치는 의심할 나위 없이 도싯에 있다. 그리고 린드허스트에서 40분이면 갈 수 있기에, 나는 그렇게 했다.

나는 늘 크라이스트처치에 집착하는 편이다. 아내와 결혼을 하고 내가 본머스에 있는 에코 신문사의 〈이브닝에코〉에서 처음으로 어엿한 직장 생활을 하게 됐을 때 우리는 퓨어웰에 있는 피시 앤 칩스 가게 위층의 한 아파트에 세들어 살았었다. 그러다가 버턴이라고 하는 더 외딴 마을에 단층집을 샀다. 집 벽에는 하얀 페인트가 예쁘게 칠해져 있었고, 작은 정원과 앞마당에는 커다란 너도밤나무가 있는, 그야말로 완벽한 첫 집이었다. 우리는 그 집에서 수십 년을 살았던 은발의 다정한 부부에게서 그 집을 구입했는데 그 부부는 부디 정원을 잘 가꾸어달라며 신신당부했다. 우리는 꼭 그렇게 하겠노라고 약속하고서 2년 동안 정말 열심히 정원을 가꾸다가 그곳을 떠났다.

몇 년 동안 그 집을 보지 못했기에 지금 보면 예전보다 작아 보일지 어떨지, 내가 기억하는 모습 그대로 아름다운 모습일지 궁금했다. 하지만 막상 그곳에 간 나는 그 집을 알아보지 못했다. 오래된 도로를 두 차례나 왕복했지만 찾을 수가 없었다. 그러다가 그나마 비슷해 보이는 집 앞에 가까스로 주차를 했다. 유일하게 알아볼 수 있는 것은 너도밤나무뿐, 모든 것이 완전히 바뀌어 있었다.

나는 그 집 앞에 서서 내가 제대로 찾은 건지 확인하기 위해 주소를 확인했다. 집은 제대로 찾았다. 하지만 우리가 소소한 일에 아옹다옹하며 살던 집의 모습은 흔적조차 남아 있지 않았다. 집 앞 정원은 아예 없어져 아스팔트로 덮여 있었다. 그 집에서 가장 눈에 띄는 물건은 바퀴 달린 쓰레기통과 죽은 식물이 심겨진 토분뿐이었다. 간이 온실 역할을 하던 유리로 된 작은 현관 입구는 아예 없앴는데 딱히 그럴 이유도 없어 보였다. 한때 그 집의 중심이었던, 활처럼 볼록 나와 있던 내닫이창도 없어지고 그 자리에 직사각형 알루미늄 창틀을 한 이중창이 들어서 있었다.

그 길가에 있는 다른 집들도 주차장은 넓히고 관리는 덜 하는 취향들이 획일적으로 반영돼서 거의 비슷한 모습이었다. 아름답던 정원과 그 정원을 살뜰하게 매만지고 가꾸던 그 시절 나의 손길들도 모두 사라졌다. 이제 이곳의 집들은 다시는 그 시절의 모습으로 되돌아가지 않을 것이며 한때 우리를 기쁘게 해줬던 것들도 다시는 눈길을 받지 못할 것이다. 이제 사람들은 그런 것들에 더 이상 기뻐하지 않기 때문이다.

나는 혹여 더 끔찍한 모습을 마주치게 되지는 않을까 노심초사하며 크라이스트처치 쪽으로 계속 걸었다. 다행히 크라이스트처치는 꽤 괜찮아 보였다. 아름다운 것들은 대부분 남고 흉측한 것들은 많이 사라졌다. 특히 커다랗고 푸르딩딩한 가스탱크가 한자리 차지하고 있던 준공업 지대가 사라졌다. 가스탱크가 있던 자리에는 세련된 콘도며 말쑥한 퇴직자 전용 아파트들이 들어서 있었는데 순전히 개인적으로 생각해보자면 콘도 이름으로 '배를 묶는 밧줄'이나 '바다가 보이는 초원' 같은 해양의 느낌을 풍기는 이름이 '가스탱크' 또는 '우리 시골집 아래 뭐가 묻혀 있는지 누가 알겠어' 같은 이름보다는 훨씬 낭만적이고 상업적으로도 잘 어울릴 거라는 생각이 들었다.

하이스트리트는 한눈에 보기에도 많이 달라져 있었다. 스타일도, 크기도, 건축 자재도 모두 제각각 다른 건물들이 뒤죽박죽 섞여 있었지만 전체적으로 편안하고 일관된 분위기였다. 건물들은 예전과 변함이 없었지만 용도는 완전히 달라져 있었다. 불과 몇 년 사이에 영국의 시내 중심가에서 정말 놀라울 정도로 다양한 종류의 상점들이 사라졌다. 정육점, 채소 가게, 생선 장수, 철물상, 전파사, 보일러나 가스 벽난로를 팔던 상점, 전기 제품을 팔던 상점, 주택 금융 조합, 여행사, 개인이 운영하는 서점 그리고 라디오 대여점, 육군 및 해군 용품점, 프리맨, 하디&윌스, 울윌스, 딜런스 앤 오카타 서점, 룬 폴리, 돌치, 리차드 가게, 비티 장난감 가게, 네토, 존 멘치스, 럼벨로우스 등 한때 유명했던, 되는대로 이름 붙였던 무수히 많은 상점들이 지금은 모두 사라지고 없다. 그 상점들에서 무얼 팔았는지 일일이 다 알지는 못하지만 대부분이 사라진 지금, 나는 그 가게들이 조금 그립다. 내가 크라이스트처치에 살던 당시 특이하게도 길모퉁이에 법정에서 사용되던 가구들을 전시해놓고 팔던 곳도 있었는데, 이미 없어진 지 오래다. 나도 그곳에는 한 번도 간 적이 없지만 딱히 그곳에 일부러 갈 사람도 없어 보였다. 그래서 없어진 건 아닐는지.

법원 옆에 있던 우체국도 없어졌다. 아마 모든 사람들이 시내 중심가에 있던 우체국이 사라져서 아쉬워할 것이다. 나 역시도 우체국이 사라져서 몹시 아쉬운 사람 중 하나다. 단 내가 그 우체국에 갈 일이 없다는 사실이 전제됐을 때만 그렇다. 30분 이상을 기다려야 하는 우체국의 기나긴 대기 줄 앞을 위풍당당하게 지나칠 때보다 더 유쾌한 일은 없었다. 한창 전성기 때 영국 우체국에서 무려 231가지의 업무를 볼 수 있었다는 사실을 알고 있는가? 텔레비전 시청료 납부, 연금 및 가족 수당 수령, 자동차세 납부, 예금 계좌에서 돈을 인출하거나 저축하기, 할증금이 붙은 채권 구매, 소포 보내기 등 오만 가지 일을 할 수 있었다. 그 일들을 처리하기 위해 해야 할 일이라고는 그저 머리가 하얗게 세고, 귀가 잘 안 들리게 되고, 작은 동전 지갑에서 20펜스짜리 동전 하나 찾는 데 1시간씩 걸리는 사람이 되기만 하면 된다.

상점들은 옛 모습 하나 없이 변했지만 그래도 크라이스트처치의 중심가는 바삐 돌아가고 있었다. 내가 살던 시절에 촌스러운 메카(Mecca) 빙고 게임장이 있던 오래된 리젠트 극장 건물은 자치구 의장과 비영리단체가 공동으로 운영하면서 새로 단장했다. 지금은 최신 영화와 고전 영화도 상영하고 연극도 공연되고 있었으며, 각종 좌담회도 개최하고, 로열오페라하우스와 로열셰익스피어 컴퍼니 같은 곳에서 보내오는 위성 방송 등을 보여주는 등 상당히 다양하고 많은 프로그램들을 운영하고 있었다. 매우 좋아 보였다. 크라이스트처치 안에 있는 식당들은 예전보다 훨씬 나아졌고, 술집들도 훨씬 더 깨끗해졌으며, 슈퍼마켓에는 이국적인 상품들이 빼곡하게 들어차 있었다. 크라이스트처치는 이제 새로운 커뮤니티의 본보기가 돼 있었다.

나는 우선 크라이스트처치의 소수도원(Priory)을 둘러봤다. 영국에서 가장 큰 교구 성당이 아닌가 생각이 될 정도로 규모가 컸으며 매우 아름다웠다. 수도원을 둘러본 후 부둣가에 갔다가 한때 아내와 함께 살았던 아파트에 들렀다. 반갑게도 피시 앤 칩스는 여전히 그곳에 있었다. 습도가 높은 항구 주변으로 인적이 드문 길을 따라 머드퍼드(Mudeford) 마을로 걷노라니 바다 건너 웅장한 회색 소수도원의 모습이 꿈처럼 아련하게 한참을 따라왔다. 이토록 사랑스러운 풍경을 보고 있노라면 영국만큼 살고 싶은 나라도 없다는 생각이 들곤 한다.

나는 머드퍼드 해변에 있는 근사한 카페에서 점심을 먹고 차로 돌아와 약 8킬로미터를 달려 본머스로 돌아왔다. 내가 《빌 브라이슨 발칙한 영국산책》을 쓰고 있을 때는 본머스에 있는 파빌리온 호텔에 묵었는데 그 호텔은 2005년에 문을 닫았다. 이 사실을 알기까지 번거로운 시간을 들여야 했다. 구글에 '파빌리온 호텔, 본머스'라고 검색하자 호텔 예약을 대행해주는 업체 17군데에서 모두 솔깃할 만한 좋은 가격에 그 호텔을 예약해주겠노라며 매우 믿음직한 제안을 해왔기 때문이다. 그런데 첫 번째 업체는 알고 보니 캘리포니아 아발론에 있는 파빌리온 호텔이었다.

늘 그렇듯 나는 인터넷 검색 결과에 깜짝 놀랐다. 어떻게 이토록 유용하면서 동시에 멍청할 수 있을까? 구글 세상 어딘가에 사는 누군가는 파빌리온 호텔이기만 하다면 전 세계 어느 곳에 있는 파빌리온이건 상관없다고 생각한 걸까? 그래서 내가 본머스에 있는 파빌리온이나 캘리포니아에 있는 파빌리온이나 별 상관하지 않을 거라고 생각한 걸까? 물론 이런 검색 결과가 알고리즘에 의해 작동된다는 사실은 잘 알고 있지만 그 알고리즘은 누군가가 제공하는 기준에 의해 돌아간다. 문득 이런 점이 바로 인터넷의 속성이라는 생각이 들었다. 인터넷은 이성이나 감정 없이 단지 디지털 정보가 축적된 곳이다. 달리 말하면 IT 인간인 셈이다.

다시 본론으로 돌아가, 아무튼 17개 업체에서 내가 그들 업체의 페이지를 클릭하기만 하면 더 이상 존재하지도 않는 호텔을 예약해주겠노라고 약속했다. 검색 결과에는 트립어드바이저도 있었으며 본머스에 있는 파빌리온 호텔이 별점 5점 만점에 4.7점을 받은 것으로 나와 있었다. '지금 파빌리온 호텔을 저렴한 가격으로 예약하세요!'라는 호들갑스러운 영어 문구가 쓰여 있기에 궁금함을 참지 못하고 클릭해서 들어갔더니 당연히 트립어드바이저 홈페이지에 파빌리온 호텔이 없었다. 애당초 존재하지도 않는 호텔이 있을 리 만무했다. 내가 인터넷에 머리끝까지 화가 치미는 것도 바로 이런 점이다. 인터넷의 상업 광고들은 그 내용 중 어느 한 부분이라도 정확하고 진짜이며 신뢰할 수 있어야 한다는 사실을 조금도 염두에 두지 않는다. 언제부터 그런 것들이 아무렇지도 않게 용인된 것일까?

다행히 본머스에는 다른 호텔들이 많았고 내 대신 아내가 이스트클리프에 있는 아담한 호텔을 예약해줬다. 호텔에 도착한 나는 문 옆에 가지런히 손질되어 있는 화분을 감탄하며 바라보다가 화분에 가방을 떨어뜨렸다. 그래서 서둘러서 짐을 내려놓고 호텔을 빠져나왔다. 일단 마을이 몹시 궁금했다. 마침 호텔 옆에는 버스 정류장이 있었다. 예전에 내가 이곳에서 직장에 다닐 때 매일 아침 내렸던 버스 정류장이었다. 나는 그때 기억을 되살려 버스 정류장에서부터 예전 직장까지의 그 출근길을 걸어가보기로 했다. 내가 얼마만큼 기억할 수 있는지도 궁금했다.

그 시절 나는 직장 생활을 좋아했다. 한창 젊었고 신혼이었으며 첫 직장이었기 때문일 것이다. 영국의 해변은 그때도 무척 아름다웠다. 본머스는 남쪽 해변 휴양 도시 중에서도 단연 여왕이었다. 당시 남들이 어쩌다 휴양을 하러 오는 곳에서 일상을 보내고 있다는 점이 무척 행운이라고 생각했었다. 나는 매일 아침 크라이스트처치에서 출발해 턱톤, 사우스본, 보스콤을 경유해서 가는 노란색 2층 버스를 탔다. 버스를 타면 늘 2층 맨 앞자리에 앉아서 마치 소풍 가는 날 한껏 달뜬 일곱 살 어린애처럼 부푼 마음으로 차창 밖 풍경을 감상하곤 했다. 그러고는 바다가 보이는 언덕 위에서 내려 마을을 가로질러 몇 백 미터가량을 걸어가곤 했다. 언덕 몇 개를 더 오르내리며 가다 보면 리치몬드힐에 아르 데코 풍의 커다란 건물이 나왔다. 에코(Echo) 신문사였다. 나는 매일 도시의 아침을 깨우는 수백 명의 출근하는 사람들 중 하나였고 그 책임감을 즐겼다.

그러던 어느 날 나무로 둘러싸인 공터를 가로질러 세인트피터성당 뒤쪽에 있는 언덕의 내리막길을 지나는 지름길을 발견했다. 하루는 그 지름길에서 신발 끈을 고쳐 매려고 잠시 걸음을 멈추었는데 그 자리에 메리 셸리(Mary Shelley)의 무덤이 있었다. 메리 셸리는 《프랑켄슈타인》의 저자이자 시인 퍼시 비시 셸리(Percy Bysshe Shelley)의 부인이다. 나는 그녀의 무덤이 그곳에 있다는 사실을 전혀 모르고 있었다. 나뿐 아니라 그곳에 그 무덤이 있다는 사실을 아는 사람은 거의 없었다. 메리 셸리는 본머스에 고작 딱 한 번, 그곳에 살고 있는 아들을 만나러 온 적이 있었다. 하지만 그녀는 본머스에서 부모님과 함께 묻히고 싶다는 입장을 아들에게 밝혔다. 그녀의 부모님은 작가인 윌리엄 고드윈(William Godwin)과 유명한 페미니스트 메리 울스턴크래프트 고드윈(Mary Wollstonecraft Godwin)으로 이미 세상을 떠난 지 오래였다. 그녀의 부모님도 본머스와 전혀 인연이 없는 사람들이라는 점을 생각하면 참으로 기이한 요구였다. 어쨌든 메리의 아들은 어머니의 뜻을 받들어 런던에 있는 메리 부모님의 유해를 본머스로 이장해 메리 옆에 안치했다. 그런데 누군가가 그녀의 남편인 (물이 철썩이는 소리와 매우 유사한 이름을 가진 유일한 시인인) 퍼시 비시도 본머스에 안치했다. 퍼시 비시는 메리가 죽기 거의 30년 전 이탈리아 연안에 빠져 익사했었다. 그도 살아서는 본머스에 온 적이 없었다. 아무튼 그렇게 해서 본머스에서 가장 유명하고 가장 방문객이 많을 것으로 추정되는 4개의 무덤이 생겨났다. 4명 모두 본머스와는 아무 상관도 없고 심지어 그중 3명은 본머스에 와본 적도 없는 이들인데 말이다.

나는 몇 년 동안 이 이야기를 나만의 은밀한 비밀처럼 간직하고 있었다. 심지어 본머스 사람들조차 그 무덤에 얽힌 이야기를 모르고 있었다. 그런데 세월이 흘러 다시 그 무덤에 가보니 흥미롭게도 무덤 앞에 꽃다발 두 개가 놓여 있었다. 누군가 그녀를 추모하고 있음이 분명했다. 하지만 일부 방문객들은 어이없게도 꽃다발이 아닌 빈 봉지를 버리고 가기도 했고 또 어떤 이들은 두켓(Duckett)이라는 남자의 무덤에 다 마신 칼스버그 맥주 깡통을 버리고 가기도 했다. 비석을 보니 두켓이라는 사람은 1980년대에 세상을 떠난 사람이었다.

묘지 건너편으로 예전에 수입용품 상점이 있던 자리에 지금은 대형 식당 체인점 웨더스푼이 들어와 있었는데 재미있게도 식당 이름이 '메리 셸리'였다. 그야말로 메리의 재발견이었다. 예전에 길모퉁이에 포르테라는 이름의 카페가 있었는데 그곳의 커피 기계 소리는 마치 제트기가 이륙할 때 나는 소리와 맞먹었다. 그리고 커피 맛은 제트기 엔진 연료에 우유를 탄 맛이었다. 나는 매일 아침 그 카페에 들러 커피 한 잔을 마시면서 신문을 읽었다. 영국이라는 나라의 생활상과 최신 동향을 열심히 파악하기 위한 나름의 필사적인 노력이었다. 그러다가 어렴풋이 초조해지는 기분이 들면 다시 직장으로 발걸음을 옮기곤 했다.

지금은 1970년대 〈본머스이브닝에코〉의 편집 기자라는 직업이 저널리스트로서의 영향력이 막강한 만큼 스트레스가 많다는 사실이 당연하게 생각되지만 당시 나는 일 자체만으로도 무척이나 스트레스를 받았다. 문제는 내가 영국에서 저널리스트로서 일하기 위해 알아야 할 많은 것들에 대해 전혀 알지 못하고 있었고, 나의 고용주가 내 무지를 알아차리고 나를 다시 아이오와로 보내지는 않을까 하는 두려움에 늘 주눅이 들어 있었다는 점이다. 나를 고용한다는 것은 대단한 호의였다. 당시 나는 영국의 영어 철자, 발음, 문법, 속담 등에 대한 최소한의 지식만 가지고 간신히 일을 하는 수준이었고 이 나라의 역사나 정치, 문화 등 광대한 분야에 대해서는 전혀 알지 못했다.

한 번은 신문협회의 기사 한 토막을 교정하는데 기사 내용을 전혀 파악할 수 없었다. 정확히 말하자면 부분적으로는 이해가 갔는데 그것이 오히려 나를 혼란스럽게 만들었다. 기사는 콘월 서쪽 해안의 해산물 재고량이 감소하고 있다는 내용이거나 그 비슷한 내용이었다. 온통 쌍패류와 연체동물 같은 단어들이 잔뜩 있었기 때문이다. 그런데 기사를 읽던 중 전혀 맥락에 맞지 않게 웬 유명한 기차역 이름이 여러 군데에서 언급됐다. 나는 그것이 단순한 실수인지 아니면 내가 이해하지 못하는 신문협회의 별난 기사 작성 방식인지 판단이 서질 않았다. 어떻게 해야 할지 막막했던 나는 기사를 읽고 또 읽었다. 2 ~3단락까지는 이해가 갔는데 느닷없이 문제의 기차역이 언급되는 바람에 글은 미궁에 빠졌다.

그렇게 책상에 불안한 마음으로 무기력하게 앉아 있던 중, 잡무를 보던 직원이 내 책상을 지나가며 책상에 종이 한 장을 떨어뜨렸고 순간 모든 문제가 해결됐다. 그 직원이 떨어뜨린 종이에는 교정지로 이렇게 쓰여 있었다.

'콘월 어업 기사에서 크루 역(Crewe station)이라고 된 부분은 갑각류 (crustacean)로 정정할 것.'

그때 문득 이런 생각이 들었다.

'아, 나는 앞으로도 이 나라에 대해 절대 완전히 알 수는 없겠구나.'

그리고 그 예감은 적중했다. 나는 영국이라는 나라를 완전히 이해하지 못하고 있다. 운 좋게도 당시 함께 일했던 사람들은 모두 다정했고 인내심이 있었으며 나를 많이 챙겨줬다. 그중 잭 스트레이트와 마틴 블래니 두 사람은 안타깝게도 2015년에 몇 주 차이로 세상을 떠났다. 이 지면에 이 두 사람의 이름을 언급하는 이유는 그들을 애도하기 위해서다.

한때 내가 아침마다 커피를 즐겼던 그 카페를 다시 가보았지만 카페는 온데간데없었다. 심지어 1950년대 그 카페가 있던 아케이드 전체가 아예 통째로 없었다. 리치몬드힐 쪽으로 성큼성큼 걸어가서 보니 약간은 낡은 듯 보이는 오래 전 에코 신문사 건물이 보였다.

에코 신문사는 몇 년 전 아무도 저녁에 신문을 보고 싶어 하지 않는다는 사실을 드디어 깨닫고는 회사 이름에서 '이브닝'을 빼긴 했지만 요즘 시대에는 신문 자체를 보려는 사람들이 거의 없다는 사실에는 속수무책 손을 쓰지 못하고 있다. 내가 근무하던 시절 에코 신문의 발행 부수는 대략 6만 5,000부가량이었는데 당시에도 그 정도 발행 부수가 회사를 탄탄히 지탱해줄 만한 부수는 아니었다. 그런데 지금은 2만 부 이하로 발행하고 있다. 최근 6개월 사이에 발행 부수가 21퍼센트나 하락했다. 예전에는 에코 신문사가 건물 전체를 사용했으나 지금은 아래층에 잉크 바라는 술집과 프린트 룸이라는 이름의 식당이 들어와 있었고 내가 들렀을 때에 두 곳 모두 '보수 중'이라는 간판을 내걸고 휴업 중이었다. 하지만 어쨌든 에코는 여전히 그 자리에 있었다. 2008년 영국에서는 150개의 지역 신문사가 문을 닫았는데 그중에는 〈서리헤럴드〉나 〈리딩포스트〉 같은 유명한 신문사도 포함돼 있다. 암담한 현실이다. 지역 신문이 없다면 그 지역 식당 주방에서 누군가 쥐를 발견했다는 사실을 누가 알려주겠는가?

본머스에서 예전 같지 않은 곳은 에코만이 아니었다. 평일 오후에 찾은 마을은 으스스할 정도로 적막했다. 내가 직장을 다니던 시절 본머스의 거리는 어디나 붐볐다. 눈을 감고 회상해보니, 늘 햇살이 눈부셨고 한여름에도 정장 차림의 남자와 여자들이 거리를 가득 메우고 있었다. 하지만 지금은 마치 일요일처럼 고요하다. 예전에 본머스에는 쇼핑센터가 2개 있었는데 재미있게도 그 사이에 플레져가든(Pleasure Gardens)이라고 하는 길고도 아름다운 공원이 있었다. 야외 음악당과 꽃밭이 있고 작은 개울물이 흐르는 공원이었다. 두 쇼핑센터 사이에 이런 공원이 있는 것은 꽤 괜찮았다. 가령 딩글 백화점에서 건너편에 있는 해비타트나 브리티시 홈 스토어 같은 인테리어 전문 상점을 갈 때 중간에 잠시 푸른 잎이 무성한 쉼터에서 쉬어가기에 아주 좋았다. 하지만 이 생각에는 세대 차이가 있는 것 같다. 요즘 사람들은 한곳에서 모든 일을 빨리 해결하고 싶어 하지 중간에 나무니 잔디 같은 것이 거치적거리는 걸 달가워하지 않는다. 그래서인지 공원은 방치되어 있는 것 같았다.

몇 년 전만 해도 사람들은 올드크라이스트처치로드를 걸어 다니곤 했다.

구불구불한 길을 따라 상점들이 활기차게 영업 중에 있었고 길가에는 화단이며 긴 의자들이 군데군데 있었으며 인도에는 벽돌이 올망졸망 깔려 있었다. 하지만 몇 해 전 배수관을 새로 설치한다며 벽돌들을 모두 들어 올리더니 바닥을 다시 공사하고 그 자리에 아스팔트를 깔아버렸다. 덕분에 그 길은 검정색 폐기물이 볼품없이 길고 네모나게 이어진 길이 돼버렸다. 이것이 검소한 영국인의 문제다. 보수를 아예 하지 않거나, 하더라도 정말 아무렇게나 되는 대로 해버린다. 특정 공간의 상황이 점점 악화되다 어느 시점부터는 완전히 황폐하고 우울한 공간이 돼버린다. 바로 이곳 본머스가 그렇다. 안타깝게도 대다수 지방 의회 의원들은 자신들이 아무도 모르게 조용히 예산을 삭감할 수 있으며, 설령 누군가 그 사실을 눈치채더라도 아무도 신경 쓰지 않을 거라고 생각한다. 더 안타까운 점은 의원들이 옳을지도 모른다는 사실이다.

거듭 말하지만, 그렇지 않다. 본머스의 관광객 수는 최근 몇 년 사이에 급감하고 있다. 2000년도에 560만 명이었던 국내 관광객 수는 2011년에 330만 명으로 줄었으며, 호텔에 투숙하는 관광객 수는 같은 시기에 2,300만 명에서 1,140만 명으로 줄었다. 내가 일하던 시절 본머스에는 자부심과 고상한 즐길 거리들이 있었다. 훌륭한 극장이며 세련된 상점, 레스토랑, 명성이 높은 신포니에타 오케스트라, 그 외에도 다양하고도 품위 있는 문화들이 있었지만 지금은 대부분이 사라졌다. 신포니에타 오케스트라는 1999년에 해체됐다. 윈터 가든은 2002년에 없어졌다. 피어 극장은 최근까지 있다가 문을 닫았다. 2002년 그 자리에 커다란 아이맥스 극장이 문을 열었지만 이내 심각한 재정난을 겪다가 3년 후 문을 닫았다. 2013년 지방 의회는 그 건물을 허무는 데만 750만 파운드를 사용했다. 그 자리에 가보니 땅에 커다란 구멍만 덩그러니 나 있었다.

하지만 그래도 바다는 여전히 그 자리에 있었다. 본머스의 자랑거리인 11킬로미터에 달하는 황금빛 해변이 해안 절벽을 따라 펼쳐져 있고 해변의 오두막들이 드문드문 있으며 이곳저곳에 소협곡이라고 불리는 가파른 숲 골짜기가 톱니처럼 펼쳐져 있다. 그리고 여전히 언덕 위에는 근사한 집들이 있다. 나는 캔퍼드클리프를 따라 약 6.4킬로미터 뻗어 있는 산책로를 걷기로 했다. 오래된 집들과 브랭섬(Branksome) 소협곡 꼭대기 호화로운 집들이 있는 곳까지 갔다가 다시 절벽 꼭대기를 따라 돌아오는 경로였다.

마침 수영하기보다 걷기에 좋은 날이었다. 적당히 선선하고 흐렸다. 여전히 해변에는 사람들이 꽤 많았다. 속내야 모르겠지만 겉으로 보기에는 즐거워 보이는 이들도 많고 두터운 구름이 드리워 잔뜩 흐린 날씨에도 불구하고 집요하게 일광욕을 즐기는 이들도 몇 명 있었다. 실제로 수영을 하는 사람은 얼마 되지 않았고 그나마 물속에 있는 사람들은 대부분 파도타기를 하고 있었다.

아내와 내가 데이트를 하던 시절, 하루는 아내가 나를 브라이턴 해변에 데리고 간 적이 있었다. 그때 나는 처음으로 영국의 물놀이 문화를 접했다. 꽤 따뜻한 날이었던 것으로 기억한다. 해변에 있는 내내 햇살이 쏟아지고 있었다. 많은 사람들이 해변에 있었는데 몇몇 사람들이 꽥꽥 소리를 질러댔다. 그저 노는 것이려니 생각했지만 지금 돌이켜 생각하면 그것은 고통에 찬 비명이었다. 당시 나는 순진하게도 티셔츠를 벗고 전속력으로 달려 물속으로 첨벙 뛰어들었다. 그리고 물에 뛰어드는 순간, 마치 액체 질소에 빠진 기분이 되었다. 내 인생에서 유일하게 마치 영화 필름을 거꾸로 돌린 것 같은 장면이 연출됐다. 물속으로 뛰어들자마자 차가움에 화들짝 놀란 나는 화면을 거꾸로 돌리듯 바로 튕겨져 나온 것이다. 그날 이후로는 다시는 영국의 바다에 들어가지 않는다.

그날 이후 나는 영국인들이 재미있게 즐기는 듯 보인다는 이유로 그들이 정말 재미있어하고 있다고 절대 섣불리 가정하지 않는다. 그리고 나의 이러한 가정은 거의 대부분 들어맞았다.

다시 그날, 그 아름답고 젊은 영국 여인은, 내가 평생의 행복과 건강을 영원히 위탁하리라 마음먹은 그 여인은 나를 해산물을 파는 포장마차로 데려가 소라 한 접시를 사줬다. 이 별미를 아직 한 번도 맛보지 못한 사람이라면, 낡은 골프공 하나를 주워서 껍질을 벗긴 후 그 속에 있는 것을 먹으면 똑같은 맛을 느낄 수 있다. 소라는 아무 맛도 나지 않으며 영원히 사라지지 않는 불멸의 그 무엇이다. 아마 내 재킷 주머니 어딘가에 아직도 그것이 있지 않을까 싶다.

캔퍼드클리프를 따라 걷다 보면 어느 순간 본머스를 벗어나 바로 옆에 있는 풀(Poole)로 접어들게 된다. 나는 캔퍼드클리프를 완벽한 곳이라고 생각했다. 이상하리만치 술집이 없다는 것만 빼면 말이다. 하지만 바다 위 나무가 우거진 절벽을 따라 아기자기한 주택가가 들어서 있다. 사랑스러운 작은 도서관과 바람직해 보이는 마을 중심가를 지금도 볼 수 있어서 매우 기뻤다. 가쁜 숨을 몰아쉬며 해변에서 마을까지 가파른 언덕길을 올라가서 보니 30여 년 전과 많이 달라지지 않은 모습이었다. 하지만 이곳 역시 마을 중심가의 상점들은 많이 사라졌고 그 광경은 적잖이 당혹스러웠다. 청과물 상점, 정육점, 서점, 철물점, 찻집 등 좋은 마을에 으레 있어야 할 모든 것들이 사라졌다. 오래전 마을에 그런 것들이 있었을 때 나는 캔퍼드클리프에 있는 커다란 집에 살면서 매일매일 이 상점가로 심부름을 나와 슬슬 구경하고 다니면 얼마나 즐거울까 하는 상상을 하곤 했다. 하지만 지금은 상점들이 있던 자리에 대부분 부동산 중개업소들이 들어서 있었다. 이제 캔퍼드클리프에서 가장 쉽게 할 수 있는 일은 땅을 사는 일뿐인 듯싶다. 하지만 만약 이미 캔퍼드클리프에 살고 있다면 또는 그저 이곳에서 차 한 잔 마시고 싶다면 부동산 매입은 가장 하지 말아야 할 일일 것이다.

잠시 쉬어가기 위해 그곳에서 내가 찾은 유일한 곳은 '커피 살롱'이라고 간판이 걸린 소박한 찻집이었다. 차도 아주 맛있었고 서비스도 친절했으며 두루두루 괜찮은 찻집이었지만, 그래도 뭔가 아쉬움이 있었다. 아무리 좋게 생각하려 해도 이것이 오래전 내가 가장 즐거워하던 일은 아니라는 생각이 자꾸들고 있을 때 휴대폰 벨이 울렸다.

내 휴대폰은 좀처럼 벨이 울리지 않는다. 누구에게서 온 전화인지 도무지 감을 잡을 수 없었다. 온 주머니를 다 뒤져도 휴대폰이 나오지 않아 배낭을 샅샅이 뒤져보니 오래된 소라고둥 아래서 휴대폰이 나왔다. 부재중 전화가 15번이 와 있었다. 아내였다. 아내 목소리는 행복에 잠겨 있었다.

"손녀딸 태어났어. 집에 와."

9
—

셀본

　런던 교외 지역인 햄프셔에 있는 노아힐 동쪽 비탈길에 서면 흠잡을 데 없
는 풍경이 한눈에 들어온다. 시야가 닿는 곳마다 과수원이며 들판 그리고 짙
푸른 숲이 펼쳐진다. 나무들 사이로 군데군데 주택 지붕들과 성당 첨탑이 보
인다. 시간이 멈춘 듯 광활한 들판에 고요하고도 아름답게 펼쳐진 이런 풍경
은 영국에서 어렵지 않게 볼 수 있는 광경이다. 이렇게 아름다운 풍경을 보여
주는 서리힐스와 런던은 그리 멀지 않다. 서리힐스에서 자동차를 타고 한 시
간 남짓만 달리면 피커딜리서커스나 트라팔가 광장에 갈 수 있다. 내게 런던
처럼 거대하고 정신없는 도시에서 조금만 집 밖으로 나서면 이렇게 사방에 아

름다운 풍경을 볼 수 있다는 사실은 기적처럼 느껴진다. 이토록 사치스러울 정도로 아름답고 웅장한 풍경이 남아 있는 것은 도시 그린벨트 덕분이다. 그린벨트는 도시의 자연을 보호하기 위한 녹지대로, 런던과 영국의 몇몇 마을과 도시를 숲과 농장으로 빙 둘러싸고 도시의 확산을 단호하게 저지하고 있다. 그린벨트의 개념은 1947년 도시농촌계획법에 명시돼 있으며 내가 생각하기에는 이 개념이야말로 지금까지 나왔던 모든 개념들 중에 가장 똑똑하고, 가장 통찰력 있으며, 전율을 느낄 정도로 성공한 토지 관리 정책이다.

그리고 지금은 대다수 사람들이 이것을 없애고 싶어 한다.

한 예로 잡지 〈이코노미스트〉만 하더라도 그린벨트가 성장의 장애물이므로 없애버려야 한다는 주장을 수년째 해오고 있다. 어느 이코노미스트 기자는 런던 인근의 한 치매 요양 시설에서 이런 글을 썼다.

'그린벨트는 대도시의 발전을 가로막고 있으며 최소한 그 기능을 크게 약화시키고 있다. 그린벨트는 인간에게 행복을 주지 못하는 시간만 늘어나게 할 뿐이다.'

과연 그럴까? 쓸데없이 학력만 높아서 잘난 척하는 이 멍청한 양반아, 그린벨트는 내게 어마어마한 행복을 줬다고. 어쩌면 내가 충격적일 정도로 도시가 확산되는 나라에서 온 사람이라 그린벨트에 대한 입장이 다른 사람과 다를 수도 있다. 요즘 가끔 아내와 차를 타고 미국 덴버 국제공항에서 고지대에 위치한 콜로라도 로키스(Colorado Rockies) 야구팀 홈구장을 지나 아들 샘이 있는 베일로 가곤 한다. 그때마다 나는 미국인의 생활 방식에 필요한 것들을 공급하기 위해 얼마나 많은 것들이 필요한지를 절감하곤 한다. 쇼핑몰, 유통센터, 저장 창고, 주유소, 멀티플렉스 극장, 헬스장, 치아 미백 전문 치과, 모텔, 자동차 판매업체, 수백만 종류의 음식점들, 저 멀리 떨어진 산 전망을 확보하려고 안간힘을 쓰며 수 킬로미터에 걸쳐 끝도 없이 늘어선 교외 주택들 등은 언제 봐도 숨 가쁘게 놀랍다.

런던에서 출발해 40~50킬로미터를 여행하다 보면 윈저 그레이트 파크나 에핑포레스트, 박스힐을 만나게 된다. 하지만 미국 덴버에서 40~50킬로미터를 여행해도 덴버를 더 많이 보게 될 뿐이다. 영국에도 미국과 같은 시설들이 모두 있겠지만 솔직히 그 모든 것들이 도대체 어디 있는 건지 잘 모르겠다. 내가 아는 것이라곤 그러한 것들이 모든 도시를 빙 둘러싼 농장이나 들판에는 없다는 사실이다. 이것이 영예로운 일이 아니라면 무엇이 영예로운 일인지 모르겠다. 영국 시골에서 셈을 하는 방법은 단순하고도 매력적이다. 영국의 국토 면적은 대략 24만 3,610제곱킬로미터이며, 인구는 약 6,300만 명이다. 일인당 약 0.004제곱킬로미터의 면적을 차지하고 있는 셈이다. 슈퍼마켓을 짓기 위해 0.04제곱킬로미터의 녹지를 없앤다면 10명의 사람들이 있을 수 있는 녹지를 없애는 셈이다. 시골을 개발하면 개발할수록 사람들에게 더욱더 좁은 공간에서 살도록 강요하는 것이다. 성장을 제한하는 것은 님비(nimby, Not In My BackYard, 내 집 뒷마당에는 안 된다는 말의 줄임말로, 공공이익에는 부합하지만 개인의 이익에 맞지 않는 것에 반대하는 지역 이기주의 현상 – 옮긴이)가 아니라 상식이다.

그린벨트의 철폐를 주장하는 것이 오직 이코노미스트뿐이라면 내 절망감도 그럭저럭 견딜 수 있으련만, 최근에는 〈가디언〉도 매달 그린벨트가 주택 건설을 막는 일종의 엘리트주의적 음모라고 주장하며 그린벨트 철폐를 지지하고 나섰다. 런던정치경제대학(LSE)의 폴 체셔(Paul Cheshire) 교수는 〈가디언〉을 통해 다음과 같이 말했다. '실제로 그린벨트는 영국의 차별적인 건축 규제로, 런던 교외의 주들에 지저분한 도시를 그대로 두는 것과 같다고 했다. 이 부분은 명확하게 밝혀야겠다. 나도 살면서 헤아릴 수 없이 허튼소리를 많이 하고 살았지만 체셔 교수에게는 도무지 당해낼 재간이 없다.

그 똑똑한 교수 양반은 기사에서 도시 계획 컨설턴트인 콜린 와일스(Colin Wiles)의 '그린벨트에 건물을 지어야 하는 여섯 가지 이유'를 인용했다. 이 책이 정책을 토론하자는 책은 아니니 그가 그린벨트를 파괴하고자 하는 이유들을 조목조목 반박하지는 않겠지만 최소한 두 가지 의견만큼은 정말 터무니없이 잘못된 것이고, 그런 생각이 사회적 통념이 돼가고 있기에 도저히 그 부분만큼은 그냥 지나칠 수가 없다.

우선 그린벨트에 대해 흔히들 생각하는 가장 크고 위험한 오해는 '그린벨트가 전혀 특별한 곳이 아니며 대부분 관목만 무성한 쓸모없는 땅'이라는 것이다. 어떻게 생각할지는 여러분의 몫이다. '영국의 농촌살리기운동(Campaign to Protect Rural England, CPRE)'의 연구에 의하면 영국에 있는 그린벨트에는 3만 킬로미터에 달하는 오솔길과 2,200제곱킬로미터의 숲, 2,500제곱킬로미터에 달하는 최고 품질의 농지, 890제곱킬로미터의 국립 자연보호지 특별 과학 대상지가 있다고 한다. 내가 보기에는 충분히 보존할 가치가 있다. 그린벨트 부지 중 그 어느 곳이라도 쓸모없는 땅이라면 그것은 그 위에 무엇을 짓지 않아서가 아니라, 땅 주인이 땅을 개발했거나 누군가 개발할 사람에게 팔았기 때문이다. 땅 주인에게 형편없이 관리한 땅을 현금화하도록 허락하는 것은 그 땅을 훨씬 더 형편없는 곳으로 만드는 가장 빠른 길이다.

그린벨트에 관한 또 다른 오해는 그린벨트가 효율적이지 않으며, 그린벨트 때문에 사람들은 살 만한 집을 짓기 위해 도시에서 아주 멀리 떨어진 곳까지 가야 한다는 것이다. 콜린 와일스는 이러한 의견을 뒷받침할 만한 그 어떤 증거도 제시하지 않고 있으며 단지 많은 사람들이 런던 외곽에서 살고 있다고만 말하고 있다. 만약 그의 의견이 조금이라도 설득력을 얻으려면 그는 어째서 그린벨트가 아예 존재하지조차 않는 미국 사람들이 100년에 걸쳐 도시에서 점점 더 먼 곳으로 떠나고 있는지부터 설명해야 할 것이다. 그들을 도심 밖으로 내몰고 있는 것은 집값이 아니다. 사람들이 변두리로 가는 이유는 사실은 영국이 이미 가지고 있는 것, 바로 자연과 함께 하는 전원 마을을 찾아서 가는 것이다.

또 다른 주장도 있다. 그린벨트의 드넓은 땅 때문에 마켓들이 멀리 떨어져 있다는 의견이다. 이 말은 옳다. 그리고 바로 그것이 그린벨트의 개념이다. 하지만 그린벨트는 아무것도 없는 땅이 아니다. 그린벨트는 야생 동식물의 보금자리이자, 어마어마한 산소를 내뿜고, 탄소와 오염된 공기를 빨아들이고, 식량을 길러내고, 자전거를 탈 수 있는 길과 산책로를 내주고, 우아하고 평온한 풍경을 만들어주는 공간이다. 이미 그린벨트는 어마어마한 압박에 시달리고 있다. 지난 10년간 그린벨트에 5만여 채의 집이 세워졌다. 산림보호단체 우드랜드트러스트(Woodland Trust)에 의하면 같은 기간 동안 서식스 한 곳만 해도 개발이라는 명분하에 열세 곳의 원시림을 잃었다. 우리는 더 많은 것을 잃어도 된다고 아우성칠 게 아니라, 이러한 상실을 끔찍하게 생각해야 한다.

사우스이스트잉글랜드는 이미 네덜란드만큼이나 인구가 조밀해졌다. 하지만 그린벨트 덕분에 꽤 넓은 지역이 여전히 푸르고 매력적이며 마치 시간이 멈춘 듯한 공간으로 남을 수 있었다. 그리고 대다수 영국인들이 아끼는 장소가 됐다. 그런 공간을 없애버려야 할 이유는 절대 없다. 가장 보수적인 통계 자료에 의하면 영국 땅은 이미 충분히 개발됐다. 버려진 산업 부지에는 평균 밀도대로 계산하면 100만 가구를 수용할 수 있다고 한다. 콜린 와일즈는 기사에서 이 산업 부지에 집을 짓는다는 가능성은 아예 언급조차 하지 않는다. 어째서일까?

단순히 사람들을 현혹하기 위해서다. 동시에 〈가디언〉에 실린 와일즈의 기사를 보면 기사 제목이 "왜 서리에는 주거용 땅보다 골프장용 땅이 더 많은가?"이다. 이는 앞서 언급한 폴 체셔 교수의 연구를 근거로 하고 있으며 서리에 있는 주택 부지는 서리 전체 지역에서 2.5퍼센트를 차지하는데 이는 골프 장보다도 적은 면적이라고 주장하고 있다. 핵심은 영국의 땅이 얼마나 무모할 정도로 잘못 사용되고 있는가를 보여주는 것이다. 하지만 BBC 방송사의 라디오 포(Radio4)의 은혜롭고도 비길 데 없는 사실 점검 프로그램 〈모어 오아레스(More or Less)〉는 이 사실을 보다 깊숙하게 파고들어 체셔 교수가 자료를 계산할 때 다소 선별적인 방식을 취했음을 밝혀냈다. 그는 말 그대로 집 자체의 면적만을 계산했으며 집에 딸린 정원이나 집 주변의 부지는 전혀 계산에 넣지 않았다. 그러니 만약 서리 지역의 모든 집들이 조금의 틈도 없이 오직 건물만 다닥다닥 붙어 있다면 골프장 면적보다 차지하는 면적이 적을 것이다.

하지만 그 보고서에서 함축하는 의미는 그것이 아니었으며, 〈가디언〉이나 다른 간행물이 계산 방식의 의도적 허점을 알고서 인용한 것도 아닐 것이다. 정원을 넣고 계산하면 서리의 주택이 전체 면적에서 차지하는 비중은 14퍼센트로, 영국 전체의 평균치보다도 3배가 넓다. 즉 서리 지역의 주택 면적은 전혀 비정상적이지 않으며 땅이 부도덕하게 잘못 사용되고 있다는 주장을 뒷받침할만한 근거 또한 전혀 없다. 하지만 지금도 인터넷에서 체셔 교수의 부정확한 설명이 광범위하게 퍼져 있는 것을 찾아볼 수 있다. 이 이야기를 이렇게 온화하게 말해야 하다니 유감이다.

자, 속 시끄러운 불평은 이만 하고, 여전히 우리가 즐길 수 있는 이 나라의 아름다운 시골길로 산책을 떠나보도록 하자. 새로 손녀딸이 태어난 덕분에 (사랑하는 로지야, 정말 고맙다!) 내게는 며칠 동안 혹시 누군가가 나를 요긴하게 이용할 때를 대비해서 집 근처에서 대기하라는 지령이 떨어졌다. 그래서 나는 집에서 가까운 지역들을 산책하기로 했다. 먼저 내가 사는 곳에서 가장 유명한 작가 길버트 화이트(Gilbert White)와 제인 오스틴(Jane Austen)이 살던 집으로 문학 산책을 가보기로 했다. 그렇게 해서 앞서 말한 것처럼 지금 내가 노아힐에 서서 아름다운 풍광을 마음껏 감상하고 있는 것이다. 그곳에 서서 나는 땀으로 샤워를 하지 않은 사람들은 이 풍경을 볼 수 없도록 해준 신에게 감사했다.

노아힐에서 1.5 킬로미터가량 떨어진 곳이 셀본이다. 술집 두 개와 우체국하나, 멋진 상점들이 있는 아담한 마을이다. 시내 중심가 한복판에 셀본이 낳은 가장 유명한 인물, 길버트 화이트의 집이 있었다. 길버트 화이트를 두고 사람들은 딱 두 부류로 나뉜다. 그를 아주 잘 알거나 아예 모르거나. 내가 추측하기로는 자신을 첫 번째 부류라고 생각하는 사람들 대부분이 사실은 두 번째 부류가 아닐까 싶다. 길버트는 시골 마을의 목사였다. 1720년 셀본에서 태어났고 73년 뒤 셀본에서 세상을 떠났으며 식물을 가꾸고 계절이 바뀌는 것을 지켜본 것 외에는 딱히 대단한 일을 한 것은 없다. 그는 조용하게 살았으며, 결혼은 하지 않았다. 그는 워낙 세상 물정을 몰랐던지라 서식스다운스(Sussex Downs)를 그저 '거대한 산들'이라고 생각했다. 그는 거의 평생 동안 일기와 편지를 썼는데 이것이 대단한 책 《셀본의 박물학과 고대 유물들(The Natural History and Antiquities of Selborne)》의 토대가 됐다. 작가 리처드 마비(Richard Mabey)는 이 책을 두고 '영어로 된 책 중 자연의 위대함을 깨닫게 해주는 가장 완벽한 책'이라고 말했다.

《셀본의 박물학과 고대 유물들》은 길버트 화이트가 거의 평생에 걸쳐 쓴 책이다. 이 책은 1788년 화이트가 68세 되던 해 발간됐고, 책이 나온 지 고작 5년 만에 그는 생을 마감했다. 이 책은 다른 박물학자에게 쓴 편지 형식으로 돼 있다. 내용은 무질서하고 예측할 수 없는 자연을 묘사하고 있는데 그 영향력은 어마어마했다. 영국의 시인이자 평론가인 사무엘 테일러 콜리지(Samuel Taylor Coleridge), 낭만주의 풍경화가 존 컨스터블(John Constable), 작가 버지니아 울프 등은 그에게 크나큰 찬사를 보냈다. 찰스 다윈은 그의 책을 읽고 영감을 받아 박물학자가 됐다고 말했다. 이 책은 220년 동안 단 한 번도 절판되지 않고 꾸준히 발행되고 있으며 영국에서 네 번째로 많이 출간된 책이다.

화이트의 집은 지금은 웨이크스(Wakes)라고 불리며 박물관으로 운영되고 있다. 그런데 특이하게도 그 박물관에는 화이트와는 아무런 친분도 없었고 셀본이나 심지어 햄프셔에 아무 연고도 없던 탐험가 프랭크(Frank)와 로렌스 오츠(Lawrence Oates)에 대한 자료도 함께 소개되고 있다. 이유는 단순하다. 1955년에 오츠 가문의 부유한 일원이었던 로버트 워싱턴 오츠(Robert Washington Oates)가 조카 로렌스와 삼촌 프랭크를 기리기 위해 돈을 주고 그 집을 구매했기에 그곳에서 소개되고 있는 것뿐이다.

별 기대 없이 들어간 박물관은 놀랍게도 굉장히 훌륭했다. 박물관 대부분은 길버트 화이트에게 할애되고 있었으며 아래층 거실에는 마치 살아 있는 것만 같은 길버트 화이트의 실물 크기 모형이 있었다. 그의 체구는 생각 외로 매우 왜소했다. 키는 150미터 남짓이었고 몸무게도 45킬로그램 정도밖에 돼 보이지 않았다. 모형만 보고 판단한다면 그는 개방적이고 붙임성이 좋은 사람처럼 보였다.

모형 옆에 있는 유리 진열장에는 《셀본의 박물학과 고대 유물들》 육필 원고가 보관돼 있었고 그 옆으로 재출간본이 각 쇄별로 쌓여 있었는데 언뜻 보기에도 수백 권은 돼 보였다. 설명에 의하면 화이트의 원고는 그가 기르던 스패니얼종 개가죽으로 감싸져 있다고 한다. 그 개가 마침 적절한 시점에 죽어서 가죽을 사용할 수 있었던 건지 아니면 특별한 희생을 한 건지 궁금했지만 그 부분까지는 설명돼 있지 않았다.

화이트는 살아 있을 때 대부분의 시간을 집에서 보냈고 각 방들은 그가 살았던 때와 비슷하게 보존돼 있었다. 아늑한 연구실로 들어가니 책상 위에 깃

펜과 양가죽으로 만든 양피지, 안경 몇 개가 놓여 있었다. 마치 길버트 화이트가 조금 전에 막 자리를 비운 듯 느껴졌다. 집 맨 끝 부분은 오츠 가의 영역이어서 그들 취향대로 꾸며져 있었다. 조금 터무니없긴 했지만 사실 꽤 재미있었다. 두 명의 오츠 가문 인물 중 프랭크 오츠는 당연히 덜 중요한 인물이었다. 그는 1840년부터 1875년까지 짧은 생을 질병과 싸우며 살았다. 그는 호기심에 아프리카와 아메리카 대륙을 탐험했다. 새로운 공기를 마시고 새로운 땅을 탐험하기 위한 시도였지만 결국 그는 열병에 걸려 아프리카 잠베지 강 인근에서 죽고 말았다.

그의 친척인 로렌스 오츠 선장은 프랭크보다 더 짧은 생을 살았지만 그의 삶은 더욱 인상적이었다. 로렌스 오츠는 남극 탐험가 로버트 팰컨 스콧(Robert Falcon Scott)의 불운했던 남극 탐험대 중 한 명이었다. 로버트 팰컨 스콧과 4명의 탐험대는 1910년, 악전고투하며 남극점에 도달했지만 그곳에는 이미 노르웨이의 깃발이 꽂혀 있었다. 그들보다 앞서 노르웨이의 탐험가 로알드 아문센(Roald Amundsen)이 그곳에 도달했기 때문이다. 극도의 실망감에 정신적으로 몹시 피폐했진 데다가 몸도 지칠 대로 지쳐 있던 스콧과 탐험대는 돌아오는 길에 악천후를 만나면서 하루 이동 거리가 많이 짧아지게 됐다. 곧 식량도 바닥나고 몸 상태도 비참할 정도로 나빠졌다. 탐험 일지에는 그들이 동상에 걸렸던 상황이 묘사돼 있는데 몹시도 끔찍하다. 특히 오츠는 끝까지 다른 대원들을 살리고자 했던 희생정신이 유명한 일화로 남아 있다. 그는 발에 동상이 걸려 더 걸을 수 없다고 판단되자 다른 대원들에게 방해가 되지 않기 위해 바람에 펄럭거리는 텐트로 들어와 이렇게 말했다고 한다.

'잠시 밖에 좀 다녀오겠습니다. 아마 시간이 좀 걸릴지도 모르겠습니다.'

그리고 그는 눈보라 속으로 사라졌다. 탐험 대장 스콧은 그의 행동을 두고 '영국 신사다운 행동'이었다고 일기에 썼다. 분명 그날 그는 정장을 입었을 것이다. 그날은 오츠의 서른두 번째 생일이었다. 그의 시신은 발견되지 않았다. 스콧과 다른 대원들도 식량 보급소를 지척에 두고 있었지만 화이트아웃(눈이 많이 내린 뒤 눈(目) 표면에 가스나 안개가 생겨 주위 모든 것이 하얗게 보이는 현상 – 옮긴이)으로 전원 사망하고 말았다. 훗날 오츠의 후손들은 스콧의 편을 들어주지 않고 탐험 대장으로써 준비를 소홀히 했던 스콧을 비난했다.

하지만 내 마음을 가장 사로잡은 사람은 길버트 화이트도, 오츠도 아닌 스콧 탐험대의 공식 사진가였던 허버트 조지 폰팅(Herbert George Ponting)이었다. 성공한 사진가였던 폰팅은 1910년대 누구라도 그러하듯 영화 제작 기술에 대해서는 전혀 몰랐지만 수차례 시도와 실패를 거듭하면서 남극의 베이스캠프에서 원대한 탐험을 앞두고 스콧과 대원들이 훈련하는 장면을 훌륭한 자료 화면으로 찍어서 남겼다.

폰팅은 몇 년 동안 노력을 기울인 끝에 이 자료 화면을 바탕으로 영화〈남위 90도(Ninety Degrees South)〉를 만들었다. 박물관 2층에 있는 텔레비전에서 이 10분짜리 짧은 동영상을 쉴 새 없이 틀어주고 있어 나는 가벼운 호기심에 의자에 앉았다가 정신없이 그 영상에 푹 빠졌다. 글로만 읽었던 사람들이 화면에서 살아 움직이고 있었다. 화면 속 그들은 손을 흔들고 웃고 이동하고 있었으며, 움직임은 부자연스러웠지만 활기차게 훈련을 하는 모습이 고스란히 담겨 있었다. 그 어디에서도 자신들이 곧 죽을 운명이라는 사실을 알아챈 기색은 없었다. 폰팅은 필름을 자르고 다시 잘라가며 세상에 보여줄 수 있는 수준이 될 때까지 작업을 계속 했지만, 세상은 이 필름에 관심을 보이지 않았다. 흥행에 실패한 것이다. 정신과 재정 상태 모두 피폐해진 폰팅은 극빈자 처지로 세상을 떠났다. 이 지구상에서 폰팅을 기억해주는 곳은 오직 길버트 박물관 한 곳뿐인 것 같았다.

셸본을 벗어나는 길에 그레이셔스(Gracious)스트리트를 지나게 됐다. 그레이셔스스트리트는 이름만 예쁜 것이 아니라 초가지붕을 인 아담한 집들이 늘어서 있는 마을 풍경도 무척 예뻤다. 마을 길을 따라 걷다가 가파른 언덕을 힘겹게 오르고 나니 탁 트인 농장과 광활한 초지가 펼쳐졌다. 하지만 슬프게도 전선들로 이어진 송전탑들이 늘어서 있어서 전경을 가로막고 있었다. 나는 아직도 〈이코노미스트〉에서 오린 기사를 가지고 있다. 조금 전 내가 이코노미스트에 대해 험담을 했다는 사실은 잘 알고 있다. 하지만 이 기사는 다르다. 전 영국 총리 대처(Margaret Thatcher)가 전력 분배를 민영화했을 때, 전력 회사들이 전체 매출액의 0.5퍼센트만 지출하면 일 년에 1,600킬로미터 길이의 전선을 충분히 매립할 수 있었다는 사실을 다시금 생각해볼 필요가 있다. 만약 영국 정부가 그 때 전선을 매립했더라면 이 전선들은 지금 땅속에 묻혀 있었을 것이다.

하지만 이미 다른 장에서 영국의 풍경을 망치는 짓거리들에 대해 실컷 험담을 늘어놓았으니, 언덕 아래에 있는 유쾌한 마을 파링던(Farringdon)으로 얼른 눈을 돌려보도록 하자. 파링던에 대단한 것이 있지는 않았지만 길을 잃고 이리저리 헤맨 탓에 생각보다 마을을 더 많이, 더 천천히 둘러보게 됐다. 다행히도 이 말은 내가 우연히 아주 비범한 건축물을 발견했다는 의미다. 나중에 알고 보니 그 건물은 '메시(Massey)의 아방궁'이라고 불리고 있었다. 웅장하고 화려한 벽돌 건물로 대단히 매력적이었지만 그 용도는 뚜렷하게 드러나 있지 않았다. 어떤 구도에서 보면 화려한 가정집 같아 보이기도 했다가 또 다른 구도에서 보면 오래된 제분소나 펌프장 같은 산업용 건물처럼 보이기도 했다.

마침 두 여인이 개와 함께 산책을 하고 있기에 그 여인들에게 물어보았는데 그들도 잘 알지는 못했다. 그래서 나는 건물을 좀 더 살펴보기로 했고 찬찬히 관찰하던 중 그곳이 그 마을에 살던 부유한 괴짜 성직자 토마스 해킷 매시

(Thomas Hackett Massey)가 지은 건물이라는 사실을 알게 됐다. 매시는 파링던에 1857년부터 1919년까지 62년간 살았던 사람이다. 이 건물은 원래 마을 회관 겸 간호학교로 사용할 목적으로 지었다가 이후에 되는 대로 조금씩 건물을 늘려 지었다. 매시에 관해 또 다른 특이한 점은 그가 은둔자였다는 사실이다. 그가 성직자였다는 점을 감안하면 매우 이례적이다. 그는 성당에 가림막을 설치해서 신도들이 그의 설교를 들을 수는 있지만 얼굴은 보지 못하도록 했다고 한다.

개를 데리고 산책하던 여성들은 그 아방궁에 대해 잘 알지는 못했지만 초턴(Chawton)으로 가는 길은 잘 알고 있어서 나를 마을 초입까지 데려다주고 주택 단지와 숲으로 가는 길도 알려줬다. 그곳에서 우리는 기분 좋게 손을 흔들며 인사했고 나는 가던 길을 계속 갔다.

그렇게 얼마쯤 걸었을까. 비좁고 정신없는 고속도로가 나오더니 오래돼서 사용되지 않는 철로로 이어졌다. 예전에 미온밸리(Meon Valley) 철도가 있던 곳으로, 노스햄프셔의 큰 시장이 있는 마을 알톤과 남쪽의 고스포트를 잇는 철로였다. 하지만 알톤과 고스포트 사이를 오가는 승객이 많지 않아 철로가 수익을 내지 못하게 되자 1955년 운행 중지 결정이 내려졌다. 철로가 지어진 지 고작 반세기만의 일이었다. 철로 아래로는 예쁜 벽돌 다리들이 있었는데 지금은 수풀이 무성하게 우거져 마치 자연의 일부가 된 듯한 모습이었다. 일반인들의 눈에는 잘 띄지 않고 오직 열차 기관사나 철도 수리공들에게만 잘 보이는 근사한 색의 벽돌들이 다른 벽돌과 대비를 이루며 다리를 장식하고 있었다. 이 특별한 장식을 만들려고 빅토리아 시대의 노동자들이 들였을 노고를 생각하니 그 장식이 더욱 대단하게 느껴졌다.

미온밸리 철로는 눈에 띄지 않은 덕분에 특별했던 영광의 순간을 함께 할 수 있었다. 제2차 세계대전 중 연합군 사령관인 윈스턴 처칠(Winston

Churchill)과 드와이트 아이젠하워, 남아프리카 연방의 얀 스뮈츠(Jan Smuts), 캐나다의 윌리엄 라이언 맥켄지 킹(William Lyon Mackenzie King)이 이 철로의 바로 남쪽, 지금 내가 서있는 국립 철도(Royal Train)에서 만나서 노르망디 상륙 작전의 최종적인 세부 계획을 논의한 것이다. 미온 철로가 회담 장소로 선정된 이유는 워낙 눈에 띄지 않아서 안전했기 때문이다. 나도 이곳이 눈에 띄지 않는다는 점이 매우 마음에 든다. 이 지역의 홍보 문구를 이렇게 만드는 건 어떨까? '이스트햄프셔에 오신 것을 환영합니다. 우리는 눈에 띄지 않아 안전합니다.'

지도를 보니 지금 걷고 있는 산책로에는 내가 생각했던 것보다 훨씬 더 많은 역사 정보가 있었다. '성 스위던(St Swithun)의 길'이라고 불리는 이 길은 윈체스터에서 노스다운스를 가로질러 캔터베리까지 이르는 필그림스웨이(Pilgrim's Way)의 일부 구간이다. 최소한 1,000년 동안 이 길은 보행자들에게는 M4 고속도로 같은 길이었다. 어쩌면 내가 지금 걷고 있는 이 길을 성 스위던도 걸었을지도 모른다.

성 스위던이 누군지 잘 몰랐던 나는 집으로 돌아와 자료를 조사해봤다. 그는 850년 경 윈체스터의 주교였다. 어느 날 그는 우연히 바구니 속 달걀이 깨져 어쩔 줄 몰라 하던 한 여인을 만났다. 스위던 주교는 성스러운 손길로 그 깨진 달걀들을 다시 원래대로 복구시켜줬다. 내 장담하건대, 뛰어난 눈속임이었을 것이다. 하지만 나는 스위던 주교가 깨진 달걀을 원래대로 돌려놓은 점보다는 캔터베리에서 윈체스터까지 200킬로미터가 넘는 길을 걸어갔다는 점을 더욱 존경한다. 중세 시대를 살던 사람들에겐 아무렇지 않았던 일상일지라도 내겐 무척이나 존경스러운 일이다. 아무튼 사람들은 점차 성 스위던을 열렬히 숭배하게 됐다. 영국 전역에 있는 대성당들에서 그의 유해를 모시려는 경쟁이 치열해졌다. 결국 그의 머리는 캔터베리로, 팔은 피터버러 성당으로,

나머지 신체 부위는 여기저기 사방으로 흩어지게 됐다. 깨진 달걀은 하나로 붙였던 그인데, 정작 자신의 몸은 조각조각 흩어지게 됐다니 참으로 아이러니한 일이 아닐 수 없다.

971년에는 남아 있는 성 스위던의 뼈를 발굴해 다시 윈체스터대성당으로 옮겼는데 때마침 거대한 폭풍이 일었다. 그의 유해를 이장한 날이 7월 15일이었는데 이후 그날은 성 스위던의 축일이 됐고 그의 축일에 비가 내리면 이후 40일간 비가 온다는 믿음이 전해지면서 다음과 같은 시가 전해지게 됐다.

성 스위던의 축일에 비가 내리면
40일간 계속 비가 내릴 것이고
성 스위던의 축일에 날씨가 좋으면
40일간 비가 내리지 아니하리라.

초턴 역시 아담하고 아름다운 마을이었다. 이쪽 세상은 옛 흔적들로 가득했다. 길가는 한적했고 마을은 겉으로 보기엔 제인 오스틴이 살던 때와 별반 달라지지 않은 것 같은 모습이었다. 한때 제인 오스틴이 어머니, 언니와 함께 살던 작은 집은 부드러운 색의 벽돌로 지어졌으며 길가에 있었다. 실내는 단출했다. 가구도 몇 점 되지 않았고 마루도 휑했으며 난로도 비어 있어서 어딘지 모르게 쓸쓸한 분위기가 감돌았다. 탁자 위와 벽난로 위 선반에는 흔히 있을 법한 작은 장식품들이나 개인 소지품들이 거의 없었다. 아마 자잘한 물건을 두면 도둑을 맞기 때문인 듯싶었다. 그래서인지 유명인의 집들 대부분 벽과 창문은 근사하지만 그곳에 살았던 사람의 개인적인 삶의 흔적은 별로 보이지 않는다. 뭐, 대단한 불만은 아니고 그냥 그렇다는 이야기다. 그게 유명인의 집을 보존하는 방식일 것이다.

제인 오스틴은 이 집에서 1809년부터 1817년까지 8년을 살았고 대부분 글을 쓰며 시간을 보냈다. 《엠마》, 《설득》, 《맨스필드 파크》를 모두 이곳에서 썼고, 《센스 앤 센서빌러티》, 《오만과 편견》, 《노생거 사원》 등도 이곳에서 구상하고 준비했다. 제인 오스틴의 집에서 가장 중요해 보이는 물건은 책 한 권 없는 작고 둥근 책상이었다. 그때 일본인 관광객 한 무리가 들어왔다. 그들은 낮은 목소리로 예의 바르게 소곤거렸다. 공공장소에서 목소리를 낮추는 일은 일본인들이 유독 잘하지 않나 싶다. 아무도 그 소곤거리는 소리보다 큰 소리를 내지 않았으며 이따금 모음으로 이루어진 소리를 내면서 깜짝 놀란 듯 소곤거렸다. 일본인들은 아무리 복잡하고 어려운 대화라도 단 하나의 소리로 다 소통할 수 있다. 그 소리는 마치 누군가 조용하게 오르가슴을 느끼려고 시도할 때 내는 소리와 놀라울 정도로 비슷한데 그들은 그 소리 하나로 놀라움, 열광, 진심 어린 찬사, 못마땅한 거부 의사 등 인간의 모든 감정을 다 표현한다. 나는 그들의 대화에 매혹돼서 그들이 들어가는 방마다 다 따라 들어갔고 그렇게 다니다보니 어느 새인가 나도 그들의 일원이 돼 있었다. 그러다가 문득 나를 향한 그들의 불편한 시선이 느껴져서 정중하게 고개를 숙이고는 오래된 벽난로에 마음을 빼앗긴 듯, 큰 기쁨을 표현하는 낮은 신음 소리를 내며 벽난로 쪽으로 갔다.

1817년 여름, 제인 오스틴은 이 집을 떠나 25킬로미터가량 떨어진 윈체스터로 갔고 그곳에서 세상을 떠났다. 당시 그녀의 나이는 고작 41세였으며 왜 죽었는지는 밝혀지지 않았다. 에디슨 병(콩팥 위에 있는 내분비샘인 부신이 망가지면서 부신 피질 호르몬이 부족해지는 질환-옮긴이)이나 호키진 림프종(림프계에 악성 종양이 발생하는 질병-옮긴이) 또는 발진 티푸스일 수도 있고 비소중독이었을 가능성도 있다. 그 당시 비소는 벽지를 제조하거나 옷감을 염색할 때 흔하게 사용됐으므로 꽤 개연성 있는 추측이다. 그 당시 여성들이 유독 매사에 따분해하고 몸이 약했던 것도 집안에서 지나치게 많은 시간을 보내면서 비소가 내뿜는 유독한 공기에 서서히 중독됐기 때문인지도 모른다는 의견도 있다. 어떤 이유에서인지는 모르지만 제인 오스틴은 1817년, 성 스위던의 축일에서 3일 후에 영면에 들었다.

밖을 나와서 보니 참 기쁘게도, 어쩌면 그렇게 기쁜 일은 아닐지도 모르겠으나, 하늘이 시커멓게 돼 있었고 이제 나는 빗속에 12킬로미터를 걸어가야 했다.

II

내셔널트러스트는 정말 훌륭한 단체다. 이 부분은 의심할 여지가 없다. 내셔널트러스트는 160채의 역사적인 집들, 4만 곳의 고고학적 의미가 있는 장소들, 1,250킬로미터에 달하는 해안과 2,500제곱킬로미터 면적의 시골을 보호하고 있다. 게다가 59개의 마을을 소유하고 운영하기까지 하고 있다. 내셔널트러스트가 존재하기에 세상은 의심할 나위 없이 더 나은 곳이 됐다. 여기에서 나는 한 가지 의문이 생긴다. 그런데 도대체 왜 그 단체는 그렇게 짜증나는 걸까?

내가 이 사실을 언급하는 것은 다음에 들를 곳이 내셔널트러스트 소유의 옛 마을이자 거대한 돌들이 있는 마을 '에이브버리(Avebury)'기 때문이다. 이 마을은 훌륭하게 관리되고 있는 동시에 분통 터지게 관리되고 있는 곳이기도 하다. 에이브버리는 우체국과 상점, 아담한 작은 집들, 영주의 저택, 초가지붕을 하고 있는 술집 등이 있는 아주 매력적인 마을이다. 마을은 전통적인 옛 마을 그대로다. 다만 여느 전통적인 마을과 다른 점이 있다면 마을 곳곳에 서 있

175

는 거대한 사각형 돌들이다. 어떤 돌들은 대단히 육중하고 거대해서 이곳까지 옮기는 데만도 상상을 초월하는 노동력이 들었을 것이다. 이 거석 중 가장 큰 것은 무게가 100톤이나 나간다.

에이브버리의 돌들은 스톤헨지(Stonehenge) 유적지에 그림처럼 모여 있는 돌들처럼 매끈하지 않고 가장자리가 거칠어서 더 원시적이고 험악한 분위기를 자아낸다. 에이브버리에 가면 이 거석들의 아름다움도 아름다움이지만 일단 그 크기에 숨이 멎을 듯한 감동을 받게 된다. 돌들은 원형으로 둘러서 있으며 이 원이 차지하는 면적만 해도 약 13만 3,000제곱미터인데, 이 원은 훨씬 더 큰 행렬의 일부일 뿐이다. 바로 옆에는 부분적으로 남은 두 개의 원형 돌, 거대한 둑과 도랑, 종교적 의미가 있는 통로, 엄청나게 많은 흙무덤들이 있다. 하지만 에이브버리는 한때 존재했던 과거의 그림자일 뿐이다. 오늘날 에이브버리에는 76개의 거석들이 남아 있지만 예전에는 600개가 넘는 거석들이 있었다. 얼마 남아 있진 않지만 그래도 이곳의 원형 돌은 유럽에서 가장 큰 규모로 스톤헨지의 원형 돌 크기의 14배다.

에이브버리는 크고 복잡하며 마을이 유적지 한복판에 있어서 사람들의 참을성을 실험하곤 한다. 그리고 내셔널트러스트는 이 문제에서 거의 도움이 되질 않는다. 안내판도 없고 현재 위치를 파악할 수 있는 지도도 없으며 유적지에 대한 해설은 당연히 없다. 지금 보고 있는 것이 무엇인지 알고 싶다면 안내 책자를 사야 한다. 방향 표지판이 가리키는 곳은 온통 상점, 박물관, 카페 등 돈을 쓸 곳뿐이다. 주차를 하고 입장을 할 때 유적지 안내 지도라도 준다면 참으로 좋으련만 그런 것은 내셔널트러스트의 방식이 아니다. 그들은 아주 사소한 것에도 일일이 비용을 청구하기를 좋아한다. 어쩌면 자원봉사자가 화장실에서 휴지 한 장당 비용을 청구할 날이 그리 머지않았는지도 모른다.

에이브버리에 도착한 지 몇 분 만에 나는 주차비로 7파운드, 영주 대저택과 정원 관람비 10파운드, 작은 박물관 입장료 4.9파운드를 지불했지만 여전히 돌이 있는 곳으로 가는 길을 찾지 못했다. 결국 나는 기념품 가게에 가서 9.99파운드를 주고 크고 근사한 지도 하나를 샀다. 즉 이 말은 내가 에이브버리에서 차 한 잔도 마시지 못한 채 31.89파운드를 썼다는 의미다. 그래서 나는 차를 마시러 가서(2.5파운드를 내고) 찻집에서 찬찬히 지도를 들여다봤다. 지도를 보며 슬슬 짜증이 북받쳐 올라 빠르게 돌이 있는 곳으로 가서 주위를 둘러봤다. 그러자 갑자기 모든 것들이 다 괜찮게 느껴졌다. 에이브러리는 온 마음을 빼앗길 정도로 근사하고 매력적인 곳이었다.

　오늘날 에이브버리가 이렇게 있을 수 있는 건 전적으로 알렉산더 케일러(Alexander Keiller)라고 하는 어느 특별한 남자 덕분이다. 케일러는 1889년, 마멀레이드를 물고 태어났다. 물론 말이 그렇다는 이야기다. 케일러의 가족은 던디(Dundee)에서 유명한 케일러 마멀레이드를 만들었는데 그의 부모가 젊은 나이에 세상을 떠나면서 케일러는 아주 부유한 고아가 됐다. 성인이 된 케일러는 마멀레이드 사업을 삼촌에게 넘기고 온 열정을 스포츠카와 스키, 깜짝 놀랄 정도로 열정적인 섹스 그리고 몇몇 터무니없는 사업을 하는 데 쏟아부었다. 일례로 그는 '비행기 자동차'라고 하는 사업에 투자를 했는데 비행기 자동차는 후미에 비행기 프로펠러를 달아 추진력을 얻는 자동차였다. 이 사업에는 딱 한 가지 문제가 있었는데 자동차 뒤에 달린 프로펠러가 의도치 않게 지나가는 행인을 살라미 소시지처럼 조각내버릴 수 있다는 점이었다. 결국 이 사업은 망했다. 그 다음 케일러는 의자를 젖히면 침대가 되는 자동차 사업에 투자했다. 하지만 불행하게도 그가 이 사업을 시작하기 전에 이미 대부분 자동차 의자들은 뒤로 젖혀지는 기능이 있었다.

　케일러가 바보 같은 사업에 돈을 갖다 버리지 않을 때에는 주로 '다양한 범주의 섹스를 탐닉'하는 데 몰두했다. 이 표현은 〈영국인명사전〉에 나온 표현을 그대로 옮긴 것이다. 그의 전기 작가 린다 머리(Lynda J. Murray)에 의하면 케일러는 안토니아 화이트(Antonia White)라고 하는 여성을 아무것도 입지 않고 오직 레인코트만 걸치고 빨래 바구니 속으로 들어가게 한 후 바구니 틈에 우산을 넣어 몸을 쿡쿡 찔러서 그 젊은 여성을 매우 당혹스럽게 만든 적이 있다고 한다. 케일러가 이 놀이를 하면서 얼마나 즐거워했는지 그리고 화이트가 정말로 그가 시키는 대로 했는지 여부는 머리의 전기에 나와 있지 않아서 알 수가 없다. 케일러는 마음이 맞는 남자들과 함께 클럽에 가서 기꺼이 여러 명의 남자와 돌아가며 섹스를 할 매춘부를 구해 섹스를 한 후 다 함께 모여 앉아 위스키를 마시며 서로의 경험을 비교하며 이야기를 나누었다고 한다. 이러한 변태적인 성향에도 불구하고 (또는 그런 성향 때문에) 케일러는 항상 정부를 두었고 네 번의 결혼을 했다.

1924년, 서른다섯 살의 나이에 에이브러리에 처음 가게 된 케일러는 그곳에서 곧바로 새로운 사명을 느꼈다. 당시만 해도 에이브러리는 그다지 유명한 곳이 아니었으며, 오늘날처럼 깨끗하게 관리가 돼 있지도 않았다. 전기 작가 머레이의 글에 의하면 그곳의 돌들은 상태가 좋지 않았다.

> '돼지우리처럼 뒤죽박죽 있었고, 물결무늬의 건축물들이 버려져 있었으며, 시골집들은 부서져 있었고, 오래된 차고가 망가진 채 널브러져 있었다. 에이브러리 전역에 걸쳐 관목이며 나무들이 지나치게 무성하게 자라 있었고 원형의 돌들은 아무렇게나 세워진 건물 때문에 볼품없이 가려져 있었다.'

아마 상당수의 돌들은 고꾸라져 있었고 그나마 서 있는 돌들도 이전에 건물을 짓는 재료로 사용하느라 깨져 있었던 것 같다.

케일러는 에이브러리 영주의 저택을 구입하고 그 지역에 투자를 하기 시작했다. 그러고는 그 지역의 유적을 발굴하고 복원하기 위한 원대한 계획을 세우고 그 일에 엄청난 에너지를 쏟아부었다. 마을 주민들은 대체로 그를 좋아하지 않았다. 그가 유적 발굴에 방해가 된다며 시골집과 헛간들을 허물었고, 자신의 정부를 살게 하려고 시골집에 사는 노인들을 쫓아냈기 때문이다. 하지만 그가 투자한 고고학 작업은 세계적인 수준이었으며 오늘날의 에이브버리를 있게 한 업적이라는 사실에는 딱히 토를 달 수 없다. 케일러는 1943년까지 유적 발굴 사업에 거의 20년 가까이를 쏟아부었고, 건강이 악화되자 이곳을 내셔널트러스트에 매각했다. 그로부터 10년 후 그는 죽었고 지금은 그를 기억하는 이가 거의 없다.

나는 영주의 저택을 몹시 보고 싶었다. 그곳에는 케일러의 개인 소장품들과 고고학적인 보물들이 가득하리라고 생각했기 때문이다. 하지만 아니었다. 내셔널트러스트에서 저지른 가장 저급한 행위는 그 저택을 지금은 이름도 기억나지 않는 BBC 프로그램을 위한 세트장으로 사용하도록 허가한 것이다. 그 프로그램의 기획은 각 방마다 다른 시대 풍으로 꾸며서 그 집이 지나온 역사를 반영하도록 하는 것이었다. 기획안만 들으면 그럴싸한 기획처럼 들린다. 문제는 그 계획을 실행에 옮긴 이들이 그저 돈벌이에 급급했던 어느 디자이너와 직원들이었다는 점이다. 한 번이라도 텔레비전 스튜디오에 직접 가본 적이 있는 사람이라면 세트장의 허술함에 놀랄 것이다. 화면에서는 완벽하게 멀쩡해보이는 소도구들이며 가구들도 가까이서 보면 다 가짜다. 한번은 영국의 퀴즈 프로그램인 〈유니버시티 챌린지(University Challenge)〉세트장에 갔던 적이 있다. 앞에서 보기에는 그럴듯해 보였다. 하지만 뒤에는 합판들과 그 합판을 이어 붙인 강력 접착테이프가 덕지덕지 붙어 있었다.

영주의 대저택 각 방은 마치 20분 만에 뚝딱 만든 듯 보였다. 어느 작은 방 한 칸에만 케일러가 살았던 흔적을 재현해 놓았는데 그나마도 왜 그가 에이브버리에 왔는지, 에이브버리에서 무슨 일을 했는지에 대해서는 전혀 언급이 없었다. 다른 방에도 역시 밖에 있는 유적들에 대해 일체의 정보를 주지 않았다.

내셔널트러스트에서 함께 운영하는 잘 지은 박물관도 실망스럽기는 마찬가지였다. 에이브버리는 세계문화유산으로 지정된 곳이다. 입이 떡 벌어질 정도로 멋진 곳이지만 박물관은 이 유적지에 대한 열정을 반영하기보다는 그저 주어진 의무만 이행하듯이 딱딱하고 밋밋했다. 박물관에서는 최초로 에이브버리에 정착한 사람들에 대해 거의 아무것도 지식을 제공하지 않았다. 그들의 언어와 문화와 신념은 무엇이었는지, 무엇을 하고 놀았으며 어디 출신인지, 심지어 어떤 옷을 입었는지조차 알 수 없었다. 그들의 정체는 미스터리였다. 하지만 그들에게도 야망이 있었고 유럽에 거대한 돌로 원형 구조물을 세울 정도로 건축 기술도 빼어났다. 하지만 이러한 것들에 대한 궁금증은 방문객들이 스스로 알아서 해결해야 한다.

이런 점들은 셀 수 없이 많다. 요즘 정말 놀라울 정도로 에이브버리의 인기가 많아져서 오전 11시에도 관광객들로 몹시 붐빈다. 한 사람씩만 지나갈 수 있는 좁은 회전문을 통과하기 위해 줄을 서야 했고 카페에 차를 마시려는 사람들도 길게 줄을 서 있어서 미리 차를 마셨다는 사실에 크게 안도해야 했다.

에이브버리에서 1.6킬로미터 정도만 가면 에이브버리 만큼이나 놀랍고 어떤 면에서는 더욱 인상적인 마을 '실버리힐(Silbury Hill)'이 있다. 이곳은 내셔널트러스트 소유가 아니다. 따라서 내셔널 측에서는 에이브버리를 찾은 관광객들에게 굳이 이곳을 찾아가도록 안내해주지 않는다. 이토록 아름다운 곳이 널리 알려지지 않았다는 사실이 조금 안타깝다. 실버리힐에는 약 40미터쯤 되는, 건물로 치면 10층 정도 높이에 해당되는 인공 언덕 구조물이 있는데 이 구조물은 일일이 다 손으로 만든 것이다. 이는 전 세계에서 가장 높은 선사시대 인공 언덕이다. 이러한 형태의 언덕은 세상 그 어디에도 없다. 언덕은 풀로 뒤덮여 있으며 원뿔 형태다. 이 유적은 충격적일 정도로 아름답고 완벽하다. 마땅히 세계적으로 널리 알려져야 할 만한 곳이다.

실버리힐은 에이브버리에서 들판 몇 개만 지나면 나온다. 걸어가는 길은 매우 즐거우나 사람들이 많이 다니지 않아 길이 잘 닦여 있지 않고 잡초와 관목이 지나치게 무성하게 자라 있다. 나도 쐐기풀과 가시덤불에 숱하게 많이 찔려야 했다. 가는 도중 사람은 단 한 명도 만나지 못했다. 실버리힐에 있는 언덕은 올라갈 수 없지만 마음껏 감상할 수는 있다. 워낙 아름다워서 그곳에서 거의 하루 종일을 보내도 괜찮을 정도다. 실버리 힐에 있는 언덕 구조물을 지으려면 상상을 초월하는 노동력이 필요했을 텐데 왜 지었는지는 아직 알려지지 않았다. 고분처럼 생겼지만 무덤은 아니다. 내부에는 아무것도 없다. 안에는 오직 흙과 돌만이 거대한 푸딩 모양의 언덕 형태를 따라 공들여 쌓여 있다. 분명한 것은 까마득히 먼 어느 옛날에, 알려지지 않은 이유로 사람들이 그 자리에 없었던 언덕을 만들기로 했다는 사실이다. 언덕 내부의 흙이며 돌들이 어디에서 왔는지조차 미스터리로 남아 있다. 근처에 높이 40미터의 언덕을 쌓는 데 필요한 흙과 돌을 조달하기 위해 파냈을 구덩이는 어디에도 보이지 않는다. 완벽하게 평온한 풍경이지만 무슨 이유로, 어떻게 사람들이 이 많은 흙과 돌을 가져와 작은 산 높이의 언덕을 만들었는지는 알 수 없다. 참으로 기이한 일이다.

하지만 이것이 전부가 아니다. 배낭을 좌우로 흔들어가며 뒤뚱뒤뚱 날쌔게 혼잡한 고속도로를 건너 약 400미터 정도 비탈진 경사로를 오르면 거대한 돌무지무덤, 웨스트케닛롱배로(West Kennet Long Barrow)가 나온다. 이 역시도 모두 나 혼자 알아서 찾아야 했다. 언덕 꼭대기에서 보는 전망은 대단히 근사했다. 가장 눈길을 사로잡는 것은 단연 장엄하고도 균형이 잡힌 실버리힐이다. 적당히 멀리 떨어져서 보니 반짝이는 햇살 아래로 수백 대의 자동차들이 내셔널트러스트 주차장에 주차돼 있었고 미처 주차장에 들어가지 못한 차들도 꾸역꾸역 밀려들고 있었다. 사방으로 낮은 언덕들과 목초지가 아름답게 펼쳐져 있었다.

그 고분이 처음 보자마자 소름이 끼칠 정도로 멋있는 것은 아니다. 그저 풀이 덮인 긴 흙 둔덕이 주위 풍경과 잘 어우러져 언뜻 보면 그냥 자연 언덕 같다. 하지만 좀더 자세히 들여다보던 나는 입구를 발견했다. 육중한 바위 뒤에 절반쯤 가려진 입구를 발견하고는 그 안으로 기어들어 가봤다. 안으로 들어가자 압도적인 광경에 말문이 막혔다. 내부에는 거대한 돌들이 쌓여 있었는데 에이브버리에서처럼 많은 돌들이 차곡차곡 쌓여 벽과 천정을 이루고 있었다. 이 무덤은 길이가 90미터가량이었다. 이루 말로 다 할 수 없는 노력이 깃들었을 것이다. 무덤은 대략 5,500년 전에 만들어졌지만 내가 알기로는 그곳에 묻힌 사람들은 50명 미만이며 약 25년의 기간 안에 모두 묻혔다. 시신들은 나이와 성별대로 가지런히 놓여 있었다. 그 이상은 아무도 알 수 없을 것이다.

나는 이곳에 올라왔다는 사실이 몹시 기뻤다. 고분 꼭대기에 다시 올라가서 천천히 주위를 둘러봤다. 모든 풍경을 오롯이 혼자 누리니 마치 정복자가 된 기분이었다.

"게다가 오늘 여기서 시간을 보내면서 단 한 푼도 쓰지 않았다고."

나는 양손을 엉덩이에 걸치고서 자랑스레 말했다.

10

라임레지스

어느 날 런던 도서관에서 발견한 두 권의 책이 내 인생을 바꿔 놓았다. 인생 전체까지는 아니라 하더라도 내 삶에서 영국 고속도로와 관련된 부분 정도는 바꿔 놓았다고 할 수 있다.

먼저 첫 번째 책은 《도로 위원회 보고서(Report of the Departmental Committee on Roads)》다. 1944년 출간된 이 얇은 책자는 영국왕립출판사의 간행물로 도로 번호 문제와 전쟁 후 도로 번호가 어떻게 개선돼야 하는지에 관한 문제를 다루고 있다. 영국을 제외한 나머지 모든 연합군 국가들이 디데이를 대비해 훈련을 하고 있는 동안 영국국회의사당 의회위원회는 '어쩌면 그렇게까지 시급한 문제는 아닐 수도 있는' 전쟁 후 영국의 도로 번호 문제에 집중하고 있었다고 생각해보라. 정말 흥미롭지 않은가? 인근에 떨어진 독일군의 폭탄 때문에 머리에 하얗게 내려앉은 석고 가루를 뒤집어 쓴 사람들이 지하 벙커 원형 탁자에 옹기종기 둘러앉아 있는 가운데 의장이 이런 말을 하는 장면을 상상해보라.

"자, 다음은 B3601 도로를 옴짝달싹 도로와 움찔움찔 도로 사이의 간선도로 지위로 격상시켜야 할지 말지를 논의하도록 합시다. 누가 먼저 발언하시겠습니까?"

책꽂이에 꽂혀 있는 위원회 보고서 옆에는 앤드루 에머슨(Andrew Emmerson)과 피터 밴크로프트(Peter Bancroft)의 공저이자 보다 최근에 나온 《A, B, C 그리고 M: 밝혀진 도로 번호》가 있었다. 이 책은 세부적인 내용들을 철저하게 다루고 있었다. 내가 '철저하게'라는 표현까지 동원한 이유는 이 책이 영국의 도로 번호의 역사와 방법론에 대해 정말 드물 정도로 꼼꼼하게 다루었기 때문이다.

나는 영국 도로에 번호를 매기는 체계가 존재한다는 사실에 매우 놀랐다. 하지만 이내 이것이 영국의 체계임을 새삼 상기했다. 이 체계가 영국 체계라는 의미는 세상 그 어느 곳의 체계와도 다르다는 의미다. 영국 체계의 첫 번째 원칙은 반드시 체계적으로 보여야 한다는 것이다. 진심으로 그것이 핵심이다. 바로 이 점이 영국의 체계를 덜 특이한 사람들이 만든 체계와 구별되게 만든다. 영국의 도로 체계는 이렇게 돌아간다. 먼저 런던에서 뻗어 나온 A도로들에 의해 전국이 여섯 구역으로 나뉜다. 그래서 제일 먼저 런던에서 에든버러 구간인 A1을 시작으로 시계 방향으로 A2(런던에서 도버), A3(런던에서 포츠머스) 순서로 A6(런던에서 칼라일)까지로 나뉜다. 이 6개의 도로는 영국을 부채꼴 모양으로 나눈다. 영국이라는 나라를 엉망진창으로 만들어진 피자라고 생각하면 된다. 기본적으로 각 부채꼴 안에 속한 모든 도로에는 동일한 앞자리 숫자가 매겨진다. 따라서 A11도로와 B1065도로는 모두 1이라고 하는 부채꼴 안에 들어있고 (즉 A1과 A2사이) 반면에 A30과 A327과 B3006은 모두 부채꼴 3 안에 들어가 있다. 그러므로 이론적으로는 만약 당신이 막 혼수상태에서 깨어나서 지금 자신이 어디 있는지 모르겠다면 현재 위치한 곳의 도로 번호만 알면 된다. 그 도로 번호가 1로 시작한다면 당신은 런던에서 에든버러 사이 어디쯤에 있는 것이다. 그리고 동쪽으로 가면 A1이고 서쪽으로 가면 A2이므로 그에 맞춰 인생을 다시 설계하면 된다.

에머슨과 밴크로프트 같은 사람들이 이 도로 체계에 매혹된 이유는 이 체계가 실제로는 그렇게 돌아가지 않기 때문이다. 절대 그렇게 운영될 수 없다. 바로 이 점이 이 체계의 백미다. 모든 도로들이 영국을 가로질러 가려면 각 도로가 속한 구역을 벗어나야 한다. 이를테면 A38도로는 규칙대로 부채꼴 구역 3에서 시작하긴 하는데 데본에서 노팅엄셔로 가려면 4, 5, 6번 부채꼴을 침범한다. A41도로는 실제로는 4번이 아닌 5번 부채꼴에서 시작해서 5번 부채꼴에서 끝난다. 그럼에도 불구하고 A41도로라고 불리는 이유는, 글쎄, 나도 모르겠다. 내가 이 체계를 만든 것은 아니니까. 아무도 알 수 없을 것이다. 어쨌든 추측해보자면 이 도로 이름이 A41인 이유는 설령 다른 구역을 침범한다 해도 반시계 방향이 아닌 시계 방향으로 이동하기만 한다면 원래 번호를 유지하기 때문이 아닐까 싶다. 물론 이 역시 예외이긴 하지만 말이다.

영국 체계의 별나고도 흥미로운 구석은 또 있다. 그리고 내가 이 장에서 '체계'라는 단어를 사용할 때에는 매번 보이지 않는 따옴표를 붙여 강조하고 있다고 생각해주길 바란다. 어쨌든 영국 도로 체계의 기이한 점은 대다수 도로들이 이어져 있지 않다는 것이다. 윈체스터에서 시작해 옥스퍼드까지 이어져 있는 A34도로는 중간에 완전히 사라졌다가 버밍엄에 있는 언덕길에서 약

9.6킬로미터 구간에 걸쳐 다시 나타난다. 튜크스베리에서 코벤트리 사이의 도로인 A46 도로도 사정은 비슷하다. 도로가 죽 이어지다가 코벤트리에서 돌연 생의 의지를 포기한다(아마 코벤트리에서는 우리 모두가 그 도로와 같은 심정일 것이다). 그러다가 레스터에서 아무렇지도 않다는 듯 불쑥 튀어나와 링컨까지 이어진다(어쩌면 링컨 너머까지 이어져 있는지도 모르겠다. 이 길이 어디까지 이어지는지 찾아나선 이는 아직까지 없었다). 에머슨과 뱅크로포트의 믿음직한 책에는 이러한 불연속 구간들을 찾는 일을 '무해한 오락거리'라고 말한다. 나 역시 그렇게 생각한다.

뿐만 아니라 그들은 "불연속 구간을 찾는 매력적인 탐색 작업은 M1 고속도로의 3번 교차로처럼 누락된 교차로 번호들을 찾는 과정"이라고도 말한다. 그렇다. 그동안 우리는 얼마나 무수히 많은 시간을 '이 망할 놈의 교차로는 도대체 어디 있는 거야!' 하며 궁금해 했던가? 그 대답을 추측해보자면 A1 도로로 이어지는 도로는 아예 건설조차 되지 않았는지도 모른다. 어쩌면 그곳에는 알코올이 필요한 사람들이나 재미 삼아 섹스를 하는 사람들이 있을지도 모른다.

영국의 모든 체계가 다 이런 식이다. 영어만 봐도 그렇다. 영어의 철자, 문법, 구두법 등의 규칙들도 도로 체계와 별반 다르지 않다. 영국 사람이 아니고서야 누가 '에잇(eight)'과 '아일랜드(island)'처럼 발음학적으로 전혀 뜬금없는 철자의 발음을 알겠는가? '커널(colonel)'처럼 철자에는 분명 'r'이 없는데도 발음할 때에는 마치 'r'이 있는 것처럼 발음해야 하는 단어도 있다. 영국 헌법은 어떤가? 여러분도 아시다시피 영국 헌법은 '헌법'이라고 명시된 법이 단 한 장도 없다. 영국의 헌법은 서랍과 캐비닛 또는 클리브스의 앤(1515~1557) 시대에 열쇠를 잃어버린 오래된 상자 등등 말도 안 되는 곳에 흩어져 있다. 영국 헌법에 무슨 내용이 있는지 아는 사람은 아무도 없다. 영국 헌법은 개념으로만 존재할 뿐 실제로 존재하지 않기 때문이다(영국의 헌법은 법전이 따로 있는 성문 헌법이 아니고 헌법적 규범이 주로 관습법과 헌법적 관습률로 돼 있다 – 옮긴이). 화폐 사정도 다르지 않다. 옛 동전인 2실링짜리 백동화와 2실링 6펜스짜리 화폐, 3펜스짜리 동전 등을 보면 그 시절 1실링을 4명의 조카들에게 2펜스 반 페니씩 나누어 주어야 했던 사람들은 어떻게 살았을까 싶다.

흔히들 영국인은 외국인을 혼란스럽게 만들고 거기서 즐거움을 느낀다고들 말하지만 이는 사실이 아니다. 영국인은 외국인에게 눈곱만큼도 관심이 없다. 그들은 스스로 혼란스럽기 위해 그런 일들을 벌인다. 도대체 왜 그러는지는 나도 모른다. 영국인들이 내게 그 이유를 말해준 적이 없기 때문이다. 그렇다고 영국인들과 이 문제에 대해 이야기를 나눌 상황도 못 된다. 영국인들은 으레 자신들이 그렇다는 사실을 부인하기 때문이다. 만약 여러분이 영국 사람에게 영국의 체계 중 이상하거나 불합리한 점을 이야기한다면, 가령 무게나 단위 등의 이야기를 꺼내면 영국인들은 그 즉시 아리송한 표정을 지으며 이렇게 말할 것이다.

"무슨 말을 하시는 건지 도통 모르겠네요."

그러면 당신은 이렇게 조목조목 따질 것이다.

"하지만 부셸(곡물 량 단위로 약 36리터 – 옮긴이)이나 퍼킨(약 41리터 – 옮긴이), 킬더킨(16~18갤런 – 옮긴이)처럼 무의미한 단위들이 너무 많잖아요. 말이 안 되지 않나요?"

그러면 영국인들은 코웃음을 치며 이렇게 대답한다.

"물론 말이 되지요. 반 퍼킨은 한 주전자고, 반 주전자는 한 모금이고, 반 모금은 닭 모이만큼인데 도대체 여기서 논리적이지 않은 구석이 어디 있단 말이요?"

정말 이 부분만큼은 영국인들과 진심으로 말이 통하질 않는다. 그러므로 나는 왜 대다수 영국인들이 시트콤 〈미란다(Miranda)〉를 보는지 또는 왜 잼이 케이크를 맛있게 만들어준다고 생각하는지 알지 못하며 이와 같은 이유로 왜 그들이 그렇게 이상한 체계를 고수하는지 알지 못한다.

그렇긴 해도 영국에서 몇 년 살다 보니 이런 비체계성에도 특별한 장점이 있다는 사실을 깨닫게 됐다. 예컨대 비체계성은 영국과 스위스를 확실히 구분해주며 그 가치는 헤아릴 수 없이 귀하다. 또한 비체계성은 제아무리 단순한 삶이라 해도 어려움과 불확실성이 존재한다고 믿게 해줘 삶을 풍요롭고 예측 불가능하게 만들어준다.

런던 주변 도로들과 파리 주변 도로들을 한번 비교해보라. 파리는 행정 구역인 구(arrondissement) 단위로 나뉘어 있다. 각 구들은 중앙에서 시계 방향으로 차례로 번호가 붙어 있다. 파리 지도를 10분만 들여다보면 파리의 구 개념이 영구적으로 뇌에 각인된다. 런던은 자체 조직한 우편 구역을 사용한다. 런던도 중심부는 W1옆에 W2가 있고, WC1 옆에는 WC2가 있으며 꽤나 논리적이다. 하지만 중심부를 벗어나는 순간 모든 것이 다 끝장이다. 런던 중심부에서 벗어난 외곽 지역은 우체국 방식으로 분류한 이름에 알파벳순으로 번호가 매겨져 있다. 즉 이 말은, SW6와 SW18이 나란히 있다는 의미이다. N15는 N4와 N22와 이웃이다. SE2는 SE1에서 19킬로미터가량 떨어져 있다 (SE1에서 동쪽으로 가면 SE16, SE8, SE10, SE7, SE18 순으로 나오고 SE28 귀퉁이도 나온다).

현실적으로 이 모든 점을 감안할 때 런던의 배치를 이해하는 유일한 방법은 그것을 몇 년 동안 공부하는 수밖에 없다. 공부를 다 마치지 않은 상태에서 섣불리 SE1에서 E4로 이동하려 든다면 어딘지 모를 곳에서 길을 잃게 될 수도 있다. 런던에는 남의 집 문간이나 철교 아래 사는 사람들이 있다. 왜냐하면 그들은 E4를 찾지 못했기 때문이다. 그들은 모두 E4가 동쪽(East)의 약자이고 당연히 런던의 동쪽에 있을 것이라 믿는 실수를 저질렀다. 지도를 공부한 사람이라면 모두 알겠지만 E4는 북쪽 지역에 있다. 사실 E4는 런던의 우편 구역상 최북단에 위치해 있다. 물론 그것이 그 지역이 E4라고 불리는 이유다.

그리고 이 모든 것에는 치명적인 단점이 있다. 누군가는 자칫 선을 넘어 영국의 도로 번호나 런던의 우편 구역 또는 거의 모든 것에 지나치게 관심을 가지게 될지도 모른다. 그렇게 되면 다음 수순은 영국 사회의 일원이 되고, 분기별로 정부 소식지를 받아 보고 심지어 버스 여행을 가기 위해 돈을 지불하는 단계로 넘어가게 된다. 이 단계가 되면 필히 의학적 도움을 받아야 한다.

어쨌든 영국의 체계를 완전히 이해하는 척하지는 못하겠다. 하지만 우리의 이야기가 시작되던 어느 화창한 봄날, 나는 햄프셔에서 도싯을 관통하는 서쪽 길을 견뎠노라고. 그 길은 B3006과 A31, A354를 지나지만 호클리비아덕트(Hockley Viaduct)와 올리버스배터리(Oliver's Battery)사이의 A3090도로에 흥미로운 불연속 구간이 있었노라고. 주유소에서 롬지(Romsey)와 블랜드퍼드포럼(Blandford Forum) 구간의 최적 코스를 물어본 후 늦은 아침이 돼서야 라임레지스(Lyme Regis)에 도착했노라고 말해줄 수 있다.

나는 라임레지스에 각별한 애정이 있다. 특히 오래 전 아내와 내가 젊고 가난했던 시절 라임레지스에 왔을 때 큰 사치를 부려 묵었던 그 호텔에 대한 애정은 각별하다. 작고 아담한 그 호텔은 차가운 바다가 한눈에 내다보이는 절벽 꼭대기에 위치해 있다. 내 생각으로 그 호텔은 예전에 개인 저택이 아니었나 싶다. 아마 그 시절에는 훨씬 더 근사했을 것이다. 우리 부부에게 그 호텔은 우아함의 극치였다. 호텔 안에 오래된 바도 있었고 저녁 식사 테이블에 앉아 있으면 음식을 나르는 근사한 수레로 식사와 음료를 날라줬다. 매일 저녁 이 근사한 수레가 소중한 음식을 잔뜩 싣고 덜컹거리는 소리를 낼 때마다 저녁 식탁에 앉은 사람들이 간절한 눈빛으로 고개를 쭉 빼고 이 수레를 쳐다보곤 했다. 정말이다. 호텔은 어느 성미 급하고 칠칠치 못한 남자가 운영하고 있었는데 그는 오랜 세월 호텔 기반을 다지느라 기나긴 싸움을 했는지 늘 피곤해 보였다. 한 번은 작은 바에서 맥주 1파인트를 주문하자 그가 맥주 통 꼭지를 쥐고 그 아래 맥주잔을 가져다 댄 채 10분 동안 기침을 해댔다. 그 바람에 맥주잔에 연신 침이 튀고 맥주가 이리저리 흘렀다. 그렇게 해서 그가 내게 내민 맥주의 약 4분의 3은 따뜻한 면도용 거품 같은 거품으로 채워져 있었다. "맥주 통을 바꿔야겠군" 하고 그는 마치 내가 술을 마시기에는 부적절한 사람이며 문밖으로 나가서 그 자리에 없는 사람인 양 혼잣말로 투덜거렸다. 이후 우리는 그 바에서 다시는 그를 보지 못했다.

라임레지스에는 멋진 마을이 남아 있다. 마을에는 브로드스트리트(Broad Street)라고 불리는 언덕길이 있는데 이 길은 라임베이(Lyme Bay)에서부터 숲이 무성하게 우거진 언덕까지 이어져 있다. 예전에는 빅토리아 시대의 대저택들만 전용으로 사용하던 길이었는데 지금은 여러 지자체들이 주차장으로 사용하고 있었다. 좁은 도로를 차로 운전하며 지나가다가 뙤약볕 아래 차를 세워두고 자잘한 기념품도 살 겸 마을 주위를 슬슬 걸어 다니는 사람들, 이 사람들을 붙잡기 위해 라임 시는 갖은 노력을 다한 것 같다. 한동안 영국의 기념품 상점에서 가장 중요한 물건은 'Keep Calm and Carry On(제2차 세계대전 당시 영국 정부가 국민의 사기를 북돋기 위해 만들었던 포스터 문구. 한동안 역사 속에 묻혀 있다가 2000년도, 우연한 기회에 중고 서점을 운영하는 부부가 중고책 더미에서 원본 포스터를 발견해 걸어 놓으면서 세상에 알려져 널리 인기를 얻게 됐다 – 옮긴이)' 문구가 들어간 머그잔과 행주, 기타 주방 용품들이었다. 하지만 지금은 '건강하게 살고, 많이 사랑하고, 자주 웃어라' 내지는 '이 주방은 사랑으로 양념을 하는 곳입니다' 또는 '인생이란 폭풍우가 지나가기를 기다리는 것이 아니라 그 빗속에서 춤추는 법을 배우는 것이다' 등과 같은 문구가 적힌 나무판자가 그 자리를 차지하고 있다.

라임 레지스의 모든 선물 가게 유리창마다 이런 문구들이 몇 개씩 걸려 있다. 그 문구들을 볼 때마다 나는 그 위에 다음과 같이 적힌 스티커를 붙여 놓고 싶다는 생각이 든다.

'주의: 이 문구들은 식욕이상 항진증을 유발할 수 있습니다.'

하지만 한편으로는 수요가 있으니 시장도 있다는 생각도 든다. 라임레지스를 둘러보며 문득 모든 쇼핑 품목에서 초연해졌다고 생각하니 기분이 좋아졌다. 늙어서 생기는 큰 기쁨 중 하나는, 앞으로 필요한 거의 모든 것들을 이미 다 가지고 있다는 사실을 깨닫는 것이다. 전구나 배터리, 음식 등과 같이 소모되거나 썩어서 없어질 생필품들을 제외하면 나는 필요한 거의 모든 것을 이미 충분히 가지고 있다. 가구며 책, 장식용 그릇들, 무릎 덮개, 가족이나 애완동물에 대한 감정을 표현하는 문구가 적힌 쿠션, 뜨거운 물병 커버, 클립, 고무줄, 쓰고 남은 페인트 통, 메마른 붓들, 다양한 종류의 전선줄과 상상이 되지 않는 용도이긴 하지만 이론적으로 언젠가는 매우 편리하게 사용될지도 몰라 갖고 있는 정체불명의 작은 금속 물체 등이 부족할 일은 없다. 다른 사람의 비용으로 오랫동안 여행을 다닌 덕분에 비누며 작은 병에 든 샴푸, 향기 좋은 로션, 반짇고리, 구두닦이용 장갑 등도 평생 쓰고 남을 만큼 있다. 샤워 캡은 1,100개도 넘게 있어서 이제 필요한 것은 그것들을 사용할 명분뿐이다. 경제적으로도 어쩌나 탄탄하게 준비를 잘해놓았는지 더 이상 존재하지 않는 화폐들까지 다 가지고 있다.

특히 옷 종류는 아주 잘 갖춰놓았다. 이제 나는 더 이상 새 옷을 사지 않고, 있던 옷들을 닳도록 다 입고 싶은 그런 나이가 됐다. 나는 옷을 입다가 그 옷들이 충분히 제 역할을 다 했다고 생각돼서 마침내 버릴 때 진정한 만족감을 느낀다. 아마 특정 연령대 남자들 중에 내 말에 고개를 끄덕이는 이들이 상당히 많으리라 생각한다. 하지만 이것이 늘 쉬운 일은 아니다. 내게는 거의 20년 가까이 닳도록 입었던 엘엘빈(L.L.Bean)이라는 브랜드의 셔츠가 하나 있다. 나는 그 셔츠를 한 달에 24번 정도 입는다. 자동차를 세차할 때도 그 셔츠를 사용한다. 바비큐 쇠꼬챙이를 닦을 때에도 사용한다. 난 그 셔츠를 증오한다. 나는 내가 그 셔츠를 샀던 그날을 온 마음을 다해 증오한다. 하지만 나는 그 옷이 나를 죽이기 전에 내가 먼저 입어서 닳게 만들고야 말 것이다.

노년의 삶에 대한 단상으로 살짝 우쭐해진 나는 라임레지스를 산책하면서 상점 유리창을 바라보며 이런 생각을 했다.

'아니야. 개 담요나 감상적인 문구가 적힌 나무판자 따위는 필요 없어. 제임스 패터슨(James Patterson, 미국에서 가장 많은 베스트셀러 기록을 지닌 인기 작가 - 옮긴이)의 추천사와 그의 도움이 슬쩍 들어갔을 법한 신작 스릴러물도, 라임레지스에서 파는 그 무엇도 내겐 필요하지 않아. 어쨌든 제안해줘서 고맙다.'

걷다가 세련된 식당에서 커피 한 잔을 마셨고 다시 코브(Cobb) 해변을 따라 나 있는 해안 산책길을 걸었다. 존 파울즈(John Fowles)의 소설 《프랑스 중위의 여자》 때문에 유명세를 타게 된 커다란 곡선형의 방파제와 해안을 따라 펼쳐진 풍경이 장관인 산책로였다.

나는 완벽한 곡선형으로 길게 뻗은 해안 산책로를 따라 몇 시간이고 걸었다. 내가 처음 도싯 주에 왔을 때만해도 이곳을 지칭하는 이름은 없었으며 그저 도싯 해변으로 불렸다. 하지만 지금은 '세계문화유산 쥐라기코스트(Jurassic Coast)'라는 이름이 붙어 있다. 이런 이름이 붙어 있으면 훨씬 더 근사하게 느껴진다. 그런데 참으로 아이러니하게도 영국은 데본기(Devonian), 캄브리아기(Cambrian), 실루리아기(Silurian), 오르도비스기(Ordovician) 등

전 세계의 가장 중요한 지질학 명칭들을 다 만들고도 딱 하나 '쥐라기' 만은 프랑스의 쥐라산맥(Jura Mountains)에 이름을 내주어 영국식 이름을 붙이지 못했다. 실제로는 영국의 도싯 해변이 쥐라기 시대 지질이 가장 훌륭하게 남아 있는 곳인데도 말이다.

라임레지스에서 서쪽에 있는 시턴(Seaton)으로 가는 길은 위로도 아래로도 절벽뿐인 아슬아슬한 낭떠러지 길이다. 각 구간 끝에는 다음 11킬로미터 구간을 가리켜 '바다나 육지 또는 공중으로 접근할 수 없는 길이니 구조가 필요한 상황이 발생해도 공중에서 구조를 할 수 없음'이라고 적어 놓은 커다란 경고문이 있었다. 경고문 덕분에 산책이 더욱 위험하고 아슬아슬하게 느껴졌다. 정말 그 구간이 구조 접근이 되지 않는 곳인지는 모르겠다. 2014년 초, 절벽 앞면 상당 부분이 무너지면서 길도 함께 붕괴된 적이 있었는데 천만다행으로 당시 그곳을 지나는 사람은 없었다. 그 이후 그 구간을 지나려면 낭떠러지 길이 아닌 육지 쪽 길로 돌아가야 한다. 원래의 낭떠러지 길은 이제 다시는 재건되지 않을 것이다.

도싯의 불안정한 벼랑들은 몇 년 동안 많은 이들의 목숨을 앗아갔고 경제적으로도 큰 손실을 입혔다. 1810년 벼랑에서 넘어져 다시는 일어나지 못한 리처드 애닝(Richard Anning)의 참사는 악명 높은 참사들 중 하나다. 지금은 애닝을 기억하는 이가 없지만 그의 딸 메리는 사람들의 기억 속에 남아 있다. 아버지가 사고로 세상을 떠났을 때 메리의 나이는 고작 열 살이었다. 메리의 집안은 몹시도 가난했다. 그래서 아버지가 죽자 그녀는 곧장 바다에서 직접 화석을 발굴해서 파는 일을 시작했다. 그녀는 발음 유희 어구인 '쉬 셀스 시 셀스 바이 더 시쇼어(She sells seashells by the seashore, 해석하자면 '그녀는 바닷가에서 조개를 주워 판다'이지만 우리나라의 '간장공장 공장장은…'처럼 발음을 소재로 한 농담 어구다 – 옮긴이)'의 그녀가 되었다.

메리 애닝이 화석 발굴에 애착이 있었다고 말하는 것은 지나치게 완곡한 표현이다. 30년이 넘도록 화석을 발굴한 그녀는 익룡의 화석을 발견한 최초의 영국인이고, 플레시오사우르스와 이크티오사우르스의 화석을 완전하게 모두 발굴한 사람이다. 이 화석들은 핸드백에 가지고 다닐 만한 크기가 아니다. 이크티오사우르스는 길이만 5미터가 넘는다. 이 화석을 온전히 발굴하려면 수년에 걸쳐 세심하고도 끈기 있게 노력을 기울여야 한다. 메리가 플레시오사우르스 화석을 발굴하는 데만 해도 꼬박 10년이 걸렸다. 메리는 화석을 최대한 온전하게 발굴하는 기술이 있었을 뿐 아니라 이를 명확하게 묘사하는 글솜씨와 수준급의 그림 솜씨까지 겸비해 신망을 한 몸에 받았고, 유명한 지질학자들이나 자연 역사학자들과도 두터운 교류를 쌓았다. 하지만 이 작업이 워낙 오랜 시간이 걸리는 데다 역사적으로 중요한 발굴도 어쩌다 한 번 드물게 일어나는 일이다 보니 아주 가난하지는 않아도 늘 경제적으로 쪼들려야 했다. 그녀가 살았던 집에는 현재 지역 박물관이 자리하고 있는데 작지만 아주 완벽한 곳이다. 라임레지스에 갈 일이 있다면 꼭 가 보길 바란다.

말이 난 김에 애닝에 얽힌 특별한 점을 하나 더 이야기해볼까 한다. 그녀를 둘러싼 모든 일들 중 우연이 아닌 일이 없긴 하지만, 우연하게도 그녀는 가까이하기에는 지독히도 불운한 사람이었다. 아버지가 벼랑에서 떨어져 사망한 것도 모자라 그녀의 동생 중 한 명은 집에 불이 나서 죽었고 다른 세 자매는 모두 벼락을 맞아 죽었다. 자매들과 함께 앉아 있던 메리만 기적적으로 살아남았다.

나는 박물관에 기꺼이 더 머물고 싶었지만 가야 할 길이 한참 남았기에 길을 나섰다. 예약해둔 숙소가 있는 데본의 토트네스(Totnes)까지는 96킬로미터나 남아 있었다. 한여름에 이 지역을 여행해본 사람이라면 알겠지만 웨스트컨트리(West Country)에서 96킬로미터는 정말 머나먼 여정이다. 게다가 나는 중간에 꼭 들르고 싶은 곳이 한 군데 더 있었다. 바로 토키(Torquay)였다.

II

영국인은 참으로 독창적인 인종이다. 이 부분만큼은 의심의 여지가 없다. 영국인이 이 세계의 문명에 이바지한 정도는 북해에서 영국이라는 작은 섬 하나가 차지하는 비중보다 훨씬 크다. 몇 년 전 일본의 국제무역산업부에서 국가의 발명을 주제로 연구를 진행했는데, 전 세계의 '중요한 발명품'의 55퍼센트가 영국에서 나왔다는 결과가 나왔다. 미국은 22퍼센트, 일본은 6퍼센트였다. 실로 엄청난 비중이다. 하지만 그 발명품으로 돈을 버는 것은 또 다른 문제다. 지금은 잊힌 영국의 물리학자이자 토키에 살았던 올리버 헤비사이드 (Oliver Heaviside)는 그 좋은 예를 보여준다.

헤비사이드는 1850년 런던에서 태어났지만 토키에서 생을 마감했다. 토키에는 데본 해안으로 알려진 남쪽의 아름다운 만에 '영국의 리비에라(프랑스의 유명한 해안으로, 피한지를 주로 일컫는다 – 옮긴이)'로 불리는 아름다운 휴양지가 조성돼 있다. 토키는 아름다운 옛 마을이다. 마을에는 산책로와 우아한 건물들이 들어서 있고 항구에는 근사한 보트들이 그림처럼 정박해 있으며 마을 뒤로는 분홍색과 크림색 별장들이 들어앉은 산이 도시 전체를 감싸고 있다. 헤비사이드가 그곳에서 살다가 죽었다는 사실에 나는 몹시도 흥미를 느꼈다.

헤비사이드는 키가 작고 성미가 고약했으며, 귀가 어두웠다. 고약한 성미와 어두운 귀는 그의 조급한 성격을 더 증폭시켰을 것이다. 현재 전해지는 그의 사진이 믿을 만한 자료라면, 불타는 듯 붉은 머리에 붉은 수염을 한 그의 모습

195

은 영락없이 미친 사람이다. 특이한 외모 탓에 동네 아이들은 툭하면 그의 뒤를 졸졸 쫓아다니며 돌을 던지곤 했다. 하지만 그는 아무도 들어본 적 없는, 영국의 가장 위대한 발명가다.

그는 철저히 독학을 했다. 젊은 시절 그는 몇 년 동안 전신국에서 일을 했지만 스물네 살에 그만둔 이후에는 다시는 다른 직업을 구하지 않았다. 그는 직장을 구하지 않고 데본으로 이사를 와서 홀로 전자기 연구에만 몰두했다. 그는 토키에서 음반 가게를 운영하던 형의 가게 위층에 살면서 그곳에서 몇 차례 대단히 중요한 성과를 이뤄냈다. 그 시절 사람들은 라디오 무선 신호가 어째서 우주 공간으로 흩어지지 않고 지구의 둥근 면을 따라 전파되는지 그 수수께끼를 풀지 못했었다. 심지어 발명가이자 무선 전신 회사를 창립했던 굴리엘모 마르코니조차도 라디오 전파가 어떻게 지평선 너머에 있는 배에까지 도달하는지 설명하지 못했다. 헤비사이드는 대기층에 이온화된 입자들로 이루어진 전리층이 존재해서 라디오 주파를 다시 땅으로 반사하기 때문에 전파를 멀리까지 보낼 수 있다고 추론했다. 훗날 이 층은 헤비사이드 층으로 알려지게 됐다.

하지만 헤비사이드가 현대인의 삶에 가장 크게 영향을 미친 부분은 전화기 신호를 증폭시키고 거기에서 발생하는 왜곡 현상을 없애는 방법을 찾은 것이다. 이 두 가지는 오랜 세월 불가능하다고 여겨졌었다. 그러니 그의 발명이 현대의 삶에 미친 영향이 과장됐다고 말할 수는 없다. 그의 발명 덕분에 실시간으로 장거리 소통이 가능해졌으며 그리하여 세상이 바뀌게 됐으니 말이다.

헤비사이드의 집은 로워워베리로드(Lower Warberry Road)에 있다. 이 도로는 아담하고 쾌적한 주거 단지 내에 있으며 해안이 내려다보이는 언덕 꼭대기까지 이어져 있다. 그 길을 따라 큰 저택들도 더러 있는데, 대부분 대저택들은 아파트나 요양소로 바뀌었다. 뭐니 뭐니 해도 가장 비참한 최후를 맞이한 곳은 토베이(Torbay) 언덕 위에 있는 어느 오래된 저택이다. 헤비사이드가 살던 그 집은 크림색 건물로 높은 담장으로 가려져 있었다. 그가 죽고 나서 그 집은 몇 년간 호텔로 운영되다가 점차 노후됐다. 그리고 2009년에 불법 점거자의 소행으로 추정되는 화재로 크게 망가졌다. 건물 벽에 헤비사이드를 기리는 푸른색 문패가 걸려 있음직도 하건만 그 어디에도 문패는 보이지 않았다. 이곳을 찾는 사람들이 썩 많지는 않은 듯했다.

헤비사이드는 특이하게도 자신의 발명품에 특허를 신청하지 않았다. 특허는 그의 발명과는 아무 상관없는 AT&T에서 받았고 AT&T는 장거리 전화 분야에서 경쟁자 없는 선두 주자로 나서면서 세계에서 가장 큰 통신업체가 됐다. 헤비사이드는 억만장자가 됐어야 마땅하지만 죽기 몇 년 전까지도 토키에 있는 방 한 칸짜리 아파트에서 등에 아이들이 던지는 사탕을 맞아가며 분노와 빈곤 속에 살다가 세상을 떠났다.

영국은 정말 귀중한 가치가 있는 발명이나 발견을 많이 했지만 그것들을 현금화하는 데는 지독히도 불운했다. 영국에서 발명되었거나, 발견되었거나, 개발된 것 중 영국에 금전적 이익을 가져다준 것은 거의 없다. 이 목록에는 컴퓨터, 레이더, 내시경, 줌 렌즈, 홀로그래피, 체외 수정, 동물 복제, 자기부상열차, 비아그라 등도 포함된다. 기껏해야 제트 엔진과 항생제 정도만이 영국에 금전적 이익을 안겨주는 발명품이라 할 수 있다. 얼마 전 맨체스터 대학교 교수인 다니엘 데이비스(Daniel M. Davis)가 쓴《호환성 유전자(The Compatibility Gene)》를 읽은 적이 있는데 그 책에서 다니엘 교수는 두 명의 의학 연구원인 영국의 데릭 브레워턴(Derrick Brewerton)과 미국의 폴 테라사키(Paul Terasaki)가 똑같이 1970년대에 유전자를 이해하는 획기적이고 중요한 발견을 했다는 점을 주목했다. 테라사키는 자신의 발견이 상업적 이용 가치가 있음을 깨닫고 회사를 차려 큰 부자가 됐고 5,000만 달러라고 하는 거액의 기부도 했다. 반면 브레워턴은 관절염에 관한 책을 쓰고 자신이 살던 남부 해안의 어느 '마을에서 동네 해변 살리기 위원회' 회장직을 맡았다. 도대체 왜 이렇게 납득할 수 없는 일이 벌어지는 것인지 누군가 내게 설명을 좀 해줬으면 좋겠다.

이 가파른 언덕길에 살았던 유명 인사는 헤비사이드 말고 또 있다. 코미디 언 피터 쿡(Peter Cook)도 미들워베리로드 가까운 곳에서 태어났다. 그가 태 어난 집의 이름은 쉬어브리지(Shearbridge)였는데 지금은 킨브레(Kinbrae)로 불리고 있다. 나는 그 집에 가 보기로 했다. 두 갈래 길이 나란히 나 있었고 방 향이 계속 같은 것으로 미루어봐서 두 길 모두 그 집으로 가는 길이 분명했지 만 사이가 그리 좋아 보이지는 않았다. 나란히 난 길들 중 그 어느 한 곳도 이 어지지 않았기 때문이다. 나는 꽤 한참을 걷고서야 킨브레로 가는 길을 찾았 다. 알고 보니 킨브레는 꽤 큰 집이었지만 아파트로 분할되어 있어서 그렇게 매력적이지는 않았다. 나는 한참을 서서 그 집을 바라봤다. 머릿속에 아무 생 각도 하지 않고 멍하니 보다가 여전히 아무 생각 없이 다시 그 예쁜 언덕길을 내려가 마을로 갔다.

토키에 도착하니 오후 3시가 조금 넘었기에 차나 한 잔 마시고 슬슬 마을 을 구경하기로 했다. 지독히도 긴 하루였다. 토키는 이상하리만치 고요했다. 일단 꽤 괜찮아 보이는 카페를 골라 들어가려고 하는데 문에 웬 남자가 불쑥 나를 막아서며 말했다.

"죄송합니다. 문 닫았습니다."

"아, 몇 시에 문을 닫으시나요?"

"5시요."

"아, 지금 몇 시죠?"

그는 마치 내가 좀 모자란 사람이라도 된다는 듯한 눈길로 보며 대꾸했다.

"5시요."

"그렇군요."

나는 그에게 내 시계를 보여주며 말했다.

"배터리가 다 닳았네요."

그러자 그는 상점 하나를 가리켰다.

"아마 저기는 5시 30분까지 할 거요. 거기서 아마 시계 배터리도 팔 거요."

나는 그에게 고맙다고 말하고 그 가게로 갔다. 모퉁이에 위치한 가게에 들어서자 쉰 살쯤 돼 보이는 한 남자가 최소한 12시간 동안 근육 하나도 까딱하지 않은 듯 무기력한 모습으로 앉아 있었다. 나는 그에게 시계를 건네고는 배터리가 다 닳은 것 같다고 말했다.

그러자 그는 한 30초가량 내 시계를 들여다보더니 다시 내게 돌려주며 단호하게 말했다.

"우린 이런 거 취급 안 해요."

"뭐를 취급 안하신다고요? 시계 말씀이신가요?"

"몬데인(Mondaine) 시계요(스위스 브랜드의 시계 – 옮긴이). 우린 몬데인 시계는 취급 안 해요."

"죄송합니다만 그럼 어디로 가면 되는지 알 수 있을까요?"

그러자 그는 어깨를 으쓱하며 말했다.

"존스한테 가보시던가."

실제로 그는 다른 이름을 말했지만 이 지면에서는 일종의 가명을 사용한 것을 밝혀두는 바다. 나는 그를 구슬려서 가까스로 그곳으로 가는 거리 이름을 알아냈고 그는 고개를 한 번 까딱하며 그 길과 가까운 곳으로 짐작되는 어딘가를 가리켰다.

"감사합니다."

인사를 하고 나서다가 말고 나도 모르게 몸을 계산대로 기울여 두 손가락으로 그의 두 눈을 예리하게 찔렀다. 물론 정말 그렇게 하지는 않았다. 그저 상상만 했을 뿐. 하지만 상상만으로도 기분이 나아졌다.

나는 서둘러 존스 가게로 갔다. 조금 전 만났던 시계방 주인처럼 퍽도 사람 좋은 사람을 또 찾아야 한다고 생각하자 어쩐지 절박한 기분이 들었다.

나는 그에게 문제를 설명하고 시계를 건넸다. 그는 내 시계를 흘끗 들여다보더니 다시 되돌려주며 말했다.

"안 되겠네요."

"왜죠?"

"지금 우리 가게에 시계 배터리가 없어요. 미안합니다."

그가 미안하다고 말하긴 했지만 정말 미안해하는 것 같지는 않았다. 나는 어쨌든 고맙다고 말하고 가게를 나섰다. 이제 토키에서 뭔가 하기에는 완전히 늦은 시간이었다. 나는 차로 돌아와서 차를 몰고 토트네스로 향했다. 나는 토키를 꽤 좋아하는 편이고 언젠가는 이곳에 다시 올지도 모른다. 하지만 지금은 그럴 기분이 아니다. 시계 배터리에 있어서 만큼은 정말 지랄맞은 곳이다.

11

데번

때론 최초라는 점이 득이 되지 않을 때도 있다. 영국은 철도를 발명했을 뿐 아니라 그 어느 나라보다도 열정적으로 철도 여행을 포용했다. 그리고 결국 필요 이상으로 지나치게 풍부한 수용력을 갖추게 됐다. 영국에는 어디에나 철로가 있다. 와이트 섬은 면적이 235제곱킬로미터 남짓인데, 8개 철도 회사들이 각각 운영하는 철로가 89킬로미터가 넘는다.

1948년, 철도가 국유화되기 전까지 철도는 낡고 볼품없는 시설로 막대한 적자를 보고 있었다. 철도는 토마스 쿡(Thomas Cook) 여행사와 어느 영화사에서 운영하고 있었는데 이들 회사는 기차와 기차역, 수리소뿐 아니라 호텔 54개, 말 7,000필, 여러 대의 버스, 몇몇 운하와 부두 등도 소유하고 있었다. 기업에서 워낙 다양한 사업을 느슨하게 운영하다 보니 새로운 사업체에 얼마나 많은 사람들이 고용돼 있는지 아무도 몰랐다. 대략 어림잡아 63만 2,000명에서 64만 9,000명 정도 됐을 것이다.

1961년까지 상황이 악화되자 해럴드 맥밀런(Harold Macmillan) 수상은 교통부 장관 어니스트 마플스(Ernest Marples)에게 사업체를 분류할 것을 지시했다. 마플스는 논쟁을 좋아하는 사람이었다. 건설회사 리지웨이&파트너스(Ridgeway & Partners)의 공동 설립자였던 마플스는 정부에서 직책을 맡기 전에 이미 정부가 수주하는 도로 사업을 맡아 돈을 벌었다. 교통부 장관이 자신의 사업체를 갖고 있으며 더구나 자신의 회사에 이익을 가져다줄 수 있는 정부 사업을 주관하는 것은 부정부패가 생길 소지가 있다는 점을 야당 의원들이 지적하고 나서면서 그는 자신이 가진 지분을 매각해야 한다는 압박을 받게 됐다. 그는 지분을 판 가격 그대로 훗날 다시 사들일 수 있다는 조건을 걸고서 지분을 사업 파트너들에게 팔려 했지만 이 역시 윤리적이지 못하다는 반발에 부딪쳤다. 그러자 마플스는 보다 수월한 방법을 떠올렸는데, 그것은 지분을 아내가 비밀리에 운영하는 회사에 매각하는 것이었다.

마플스는 철도 합병 사업을 주관할 담당자로 리처드 비칭(Richard Beeching)을 지목하고 그에게 2만 4,000파운드의 연봉을 지급했다. 이는 당시 장관이 받는 연봉의 두 배에 달하는 큰 액수였다. 뚱뚱한 체형에 지네 모양의 콧수염, 신경질적인 외모와 벗겨진 머리 위로 몇 가닥 머리카락을 빗어 넘긴 비칭은 해당 분야에는 전혀 경험이 없었다. 물리학자였던 그는 화학 회사 ICI의 기술 이사였으며 철로에 대해 아는 것이라고는 평균 이용객 수 정도가 전부였다. 그런 그가 정부 철도 사업의 관리자가 됐으니 당연히 세심한 관리를 기대하긴 어려웠다. 그는 연구팀을 임명했고 연구팀은 상황이 생각보다 훨씬 더 좋지 않음을 알려왔다. 일부 철로들은 아예 수익이 없었다. 스코틀랜드에 있는 인버게리 철로와 포트오거스터스 철로의 경우 하루 평균 수송하는 승객이 고작 6명에 불과했다. 웨일스의 란지녹에서 모흐난트를 잇는 구간의 하루 평균 수익은 1파운드 미만이었다. 모든 상황을 종합해볼 때, 영국 철도의 절반 정도가 전체 수익의 96퍼센트를 내고 있었고 나머지 절반이 4퍼센트의 수익을 내고 있는 실정이었다. 명백한 해결책은 비효율적인 철도를 없애는 것이다. 1963년 3월, 비칭은 〈영국의 철도 현황(The Shaping of British Railways)〉이라는 제목의 두툼한 문서를 만들었다. 이것이 오늘날 〈비칭 보고서(The Beeching Report)〉로 알려진 그 문건이다. 이 문서에서 그는 전체 철도의 삼분의 일에 해당하는 2,636곳의 철도를 폐쇄하고 200개의 분기선과 약 8,000킬로미터에 달하는 철로를 없애겠다고 했다.

만약 비칭이 제대로 운영되지 않는 철도에만 국한해서 사업을 했더라면 그의 이름 뒤에 영원히 비난이 따라다니지는 않았을 것이다. 하지만 철도 재건에 대한 열정이 폭발한 나머지 그는 몇몇 중요한 철도 역사의 문도 닫겠다고 했다. 그가 문을 닫겠다고 밝힌 역에는 인버네스, 킹스린, 켄터베리, 스트랫퍼드어폰에이번, 헤리퍼드, 솔즈베리, 치체스터, 블랙번, 번리 등을 포함해 수많은 역들이 있었고 이 방침이 밝혀지자마자 즉각 거센 분노와 반발이 일었다.

사실 앞에 언급한 역들 중 문을 닫은 곳은 없었다. 실제로 비칭이 없애거나 중단하겠다고 밝힌 철도 중에서 운행이 중단된 곳은 거의 없다. 1964년 노동당이 집권을 하게 되면서 자체 국유 철도 계획안을 발표했다. 새로운 수상인 해럴드 윌슨(Harold Wilson)은 유명한 역은 남겨두기로 했지만 비칭이 전혀 언급하지 않았던 역 1,400곳을 추가해 문을 닫기로 했다. 이러한 조치는 웨스트컨트리의 몇몇 마을에 청천벽력이었다. 라임레지스, 패드스토우, 시턴, 일프라콤, 브릭섬(Brixham)과 그 밖에 다수의 마을들이 졸지에 기차역을 잃어버렸다. 몇몇 휴양지들은 다시는 회복될 수 없을 거라는 기사도 있었다. 한때 대서양 해안 특급 열차(Atlantic Coast Express)가 있었더랬다. 지금도 그런 것이 있다면 정말 근사하지 않겠는가? 현재 서쪽 지방에서 가장 빠른 기차로 패딩턴(Paddington)에서 펜잰스(Penzance)까지 450킬로미터 구간을 가려면 5시간 30분이 걸린다. 평균 시속 80킬로미터 정도인 셈이다. 나도 그 열차를 몇 번 탔었는데 스치는 풍경을 보다가 사후 경직이 온 듯 온 몸이 뻣뻣하게 굳곤 했다.

어쨌든 임무를 마친 비칭은 다시 ICI로 돌아갔고 없애야 할 철도들을 정리한 공로로 귀족 작위를 받았다. 비칭이 없어진 모든 철도역에 전적으로 책임을 가진 것은 아니지만 그렇다고 해서 영웅도 아니다. 그가 없애자고 제안한 철도 중 약 삼분의 일 정도는 근시안적으로 판단한 것이거나 없앴다면 후회했을 역들이었다. 또한 비칭은 몇몇 철로들의 이용객 수가 적은 것처럼 보이게 하려고 의도적으로 비수기의 통계 자료를 이용했다. 지금은 연간 약 100만 명의 승객들이 그 철도를 이용하는 것으로 밝혀지면서 그의 문서가 신뢰할 만한 것이 아니며 심지어 정직하지조차 않다는 사실까지 드러나게 됐다.

어니스트 마플스 역시 비슷한 시기에 귀족 작위를 받았지만 얼마 가지 않아 탈세 혐의로 체포될 위기에 처하자 다른 나라로 달아났다. 그는 다시는 영국에 돌아오지 못한 채 1978년 프랑스에서 죽었으며 죽는 날까지 밉살맞고 머릿기름 번들거리는 토리 당원이 될 기미는 조금도 보이지 않았다.

비칭과 마플스, 윌슨과 다른 양반들 덕분에 데번에서 콘월까지 가는 나의 여행은 기차로 하지 못하게 됐다. 이젠 뭔가 깨닫기도 지긋지긋하지만 나는 그 구간을 버스로도 가지 못한다는 사실을 깨달았다. 참으로 어처구니없이 열악한 교통이었다. 토트네스에서 살콤(Salcombe)까지 30킬로미터를 가려면 토트네스에서 브릭섬까지 갔다가 다시 브릭섬에서 다트머스(Dartmouth)로, 다트머스에서 토크로스(Torcross)로, 토크로스에서 살콤으로 가야 하며 반대로 갈 경우에도 이렇게 가야 한다. 게다가 버스마저 드문드문 다녀서 이 구간을 한 바퀴 다 돌려면 장장 며칠이 걸린다.

결국 직접 운전을 하는 방법 외에는 달리 선택의 여지가 없었다. 그리고 그렇게 가는 데는 영겁의 세월이 걸렸다. 도로들은 모두 매우 좁았으며 앞길이 전혀 보이지 않게 구불구불했고 대단히 험했다. 마을 어귀마다 차들이 갑자기 줄지어 정차해 있으면 앞 도로가 너무 좁아 차량 두 대가 동시에 지나갈 수 없어서 반대편에서 오는 차들이 모두 지나갈 때까지 기다려야 한다는 의미였다. 그런데 놀랍게도 모든 운전자들이 이 상황을 수더분하게 받아들이고 있었고 어느 누구 하나 성질을 내거나 끼어들지 않았다. 바로 이런 점이 영국인의 최대 장점이다. 영국 어디를 가도 남도 나와 같을 것이라는 전제하에 내가 필요로 하는 것은 남도 필요로 할 것이라고 생각하는 사람들이 늘 있다.

나는 한자리에 멈춰선 채 내게 기다려줘서 고맙다고 표현하는 자동차들을 28대까지 셌다. 그들은 한결같이 성실하게 손을 흔들어줬지만 내 차와 시골집 사이의 비좁은 도로를 간신히 빠져나가야 했기에 미처 감사하다는 말까지 할 겨를은 없었다. 그들은 자의든 타의든 간에 어쨌든 느릿느릿 내 반대 방향으로 지나갔다. 그리고 마침내 맞은편 차 한 대가 자동차 라이트를 번쩍였다. 진입하라는 신호였다. 어쩌다보니 내가 자동차들의 선두에 있었다. 최소한 20대는 족히 넘는 차들이 나를 의지해 길을 트고 방해물들을 요리조리 피해가며 비좁은 길을 통과하고 있었다. 그렇게 가다 보니 이제 내가 이 길의 책임자라는 생각에 은근히 기분이 좋아졌다. 이제 와 자랑스레 말하자면 내 인솔 아래 단 한 대도 낙오하지 않고 무사히 살콤까지 갈 수 있었다.

살콤은 요트로 유명한 곳이다. 그림 같이 아름다운 푸른 언덕이 펼쳐져 있고 그 언덕에서는 말도 안 되게 예쁜 만이 내려다보인다. 내가 이전에 살콤에 왔던 것이 벌써 20년 전이다. 그때는 차를 운전해 항구 근처에 주차를 할 수 있었지만 지금은 다 먼 옛날이야기다. 지금은 언덕 꼭대기에 주차 후 대중교통으로 환승할 수 있는 환승 주차장이 약 1.5킬로미터 설치돼 있어 꼭 이곳에 주차를 해야 한다. 그런 다음 이곳을 지나 조금만 더 가면 마을 중심가로 갈 수 있다. 멀리 떨어져서 보니 환승 주차장에 차들이 길게 늘어서 주차가 돼 있었는데 대피소 옆에 딱 한 군데 빈자리가 보였다. 나는 그 자리를 차지하기 위해 기습적이고 용감무쌍한 작전을 세워 실행에 옮겼다. 6~8대의 자동차들이 나의 책략에 감탄하며 경의의 표시로 경적을 울리고 헤드라이트를 번쩍거려줬다.

언덕 능선을 따라 내려오다 보니 가파르게 굽은 길을 지나 바다의 기운을 물씬 풍기는 시골집들이 보였다. 깔끔했지만 대부분 별장인 듯 생활의 냄새는 느껴지지 않았다. 어디선가 읽은 바에 의하면 여름에는 살콤의 인구가 2만 명에서 20만 명으로 10배나 증가한다고 한다. 이는 여름 한 계절에만 일어나는 현상이다. 하지만 사람들로 인산인해를 이룰 때에도 이곳은 아름답다. 항구에는 삼각돛을 단 보트들이 마치 정당 모임이라도 하듯 유리처럼 맑은 물 위를 유영한다. 공기 중에는 바닷가 마을 특유의 비릿한 냄새가 섞여 있다. 갈매기들은 끼룩끼룩 울며 머리 위를 빙빙 맴돌다가 지붕이나 인도에 허연 용변 폭탄을 투척한다. 갈매기들이 뭘 먹는지는 알 수 없으나 어쨌든 규칙적인 배변 활동에 매우 좋은 식사임이 분명했다.

살콤은 깔끔하고 부유하며 쾌적한 도시였다. 이곳 사람들은 누구나 케네디 일가가 살았던 하이니스포트(Hyannisport)의 케네디가 사람처럼 옷을 입었다. 나도 배낭에서 점퍼를 주섬주섬 꺼내 목에 칭칭 감았다. 사람들의 시선을 피하기 위한 방편이었다. 사람들은 하나같이 활기차고 건강해 보였으며 그들 주위로 물보라가 튀었다. 그들은 이동을 할 때 절대 걷지 않았으며 모두 껑충 껑충 뛰었다.

살콤의 중심가는 포어스트리트(Fore Street)다. 〈데일리텔레그래프〉에서는 포어스트리트를 영국에서 여섯 번째로 세련된 거리로 꼽았다. 그 신문사에서 어떤 기준으로 평가했는지는 모르겠다. 하지만 〈텔레그래프〉이기에 과학적 근거나 진지한 성찰 없이 충분히 그런 평가를 할 수 있다는 생각이 들었다. 당연한 사실이지만 살콤 시내에는 고급 상점들이 즐비했다. 카스 코우트 델리라는 가게에서 파는 오늘의 특선 요리는 브리 치즈와 유기농 사과 주스를 곁들인 아스파라거스 타르트였는데 그 메뉴를 보니 몹시 반갑고도 마음이 푹 놓였다. 아, 사과 주스가 유기농이 아니라는 이유로 그 얼마나 많은 브리 치즈와 아스파라거스 타르트를 거절해 왔던가. 돌이켜보니 내 인생에서 영국 음식은 이상하고 맛없는 음식에서 또 다시 이상하고 맛없는 음식으로 끝도 없이 전락했으며 그중 15년 정도는 남의 눈을 의식하지 않는 즐거운 맛을 추구하며 살아야 했다. 나를 낡아빠진 사고방식의 야만인이라 불러도 좋다. 하지만 소스를 곁들인 감자 칩과 그런 부류의 음식들이 국민 식단이었던 시절이 나는 훨씬 더 좋다. 내가 젊었던 시절에는 모든 식당에서 손질한 새우로 식사를 시작해 버찌와 크림을 켜켜이 얹은 초코 케이크로 마무리했었다. 그 시절 우리는 모두 지금보다 훨씬 더 흡족했다. 정말이다.

살콤은 어디를 가나 사람들이 많았다. 잠시 앉아 커피를 한 잔 하거나 유기농 타르트를 먹을 만한 장소가 좀처럼 눈에 띄지 않았다. 결국 나는 왔던 길을 되돌아가 언덕 꼭대기까지 가서 그 길을 따라 킹스브리지까지 가기로 했다. 약 1.5킬로미터쯤 되는 좁은 길이 내게 손짓을 하고 있었다. 길은 우측으로 굽어 근사한 시골 마을을 관통했다가 마치 피오르처럼 생긴 킹스브리지 강어귀를 향해 이어져 있었다. 언덕 꼭대기 전망 좋은 곳에서 보니 강어귀가 한눈에 들어왔다. 가느다란 강줄기가 중간쯤에서 여러 지류로 갈라져 뻗어나가고 있었다. 차에 지도를 두고 오는 바람에 작은 길들이 어디로 나 있는지 확인할 수는 없었지만 다음 마을까지 천천히 걷다 보면 점심을 할 만한 오래되고 좋은 펍을 찾을 수 있을 것 같았다.

그렇게 5킬로미터쯤 걸었는데 길 양옆에 둘러진 두툼한 울타리 외에는 아무것도 보이지 않았다. 굽은 길을 돌아서 내려가는데 당황스럽게도 거대한 농장용 차 한 대가 내 앞에서 떡하니 길을 가로막으며 나타났다. 그 육중한 기계가 길을 완전히 다 차지하고 있어서 옆으로 비켜서도 차와 울타리에 끼어 온몸이 다 긁힐 것 같았다. 비켜설 곳도 없었고 잠시 피해 있을 출입문이나 공간도 전혀 없는 상황이었다. 결국 뒤돌아서 내가 출발했던 언덕 꼭대기까지 다시 씩씩하게 올라가는 수밖에 없었다. 그 와중에 내 걸음 속도에 맞춰 위협적으로 바짝 뒤를 쫓아오는 그 차가 연신 신경 쓰였다. 혹여 차에 깔리기라도 하면 씹다 버린 껌처럼 납작하게 눌릴 테니까. 나는 시시때때로 뒤돌아보며 운전자에게 가는 길에 방해가 돼서 미안하다는, 전혀 마음에도 없는 사과의 몸짓을 해 보였고 최대한 빨리 가겠노라는 몸짓도 해 보였다. 하지만 운전자의 험상궂게 굳은 표정에서는 나에 대한 최소한의 온정이나 측은지심이 느껴지질 않았다. 내가 더 빨리 갈수록 그는 내게 맞춰 더욱 속도를 냈다. 가까스로 언덕 꼭대기에 올라서서 가쁜 숨을 몰아쉬는 내게 그는 고맙다는 단 한마디 인사도 없이 쌩하니 가버렸다.

"고맙긴요, 괜찮아요. 이 멍청한 촌뜨기 놈아!"

나는 외쳤다. 하지만 들었다 해도 그가 열 받았을 것 같지는 않았다. 나 역시 뭘 크게 바라지는 않는다. 그저 먼 훗날 그가 오늘 이 일을 회상하며 미안해하면 그뿐, 아니면 그가 끔찍한 병에 걸려 확 죽어버리는 것뿐이다.

차로 되돌아와 차를 몰고 8킬로미터 남짓 갔지만 토크로스로 가는 길은 더욱 느렸다. 토크로스는 스타트베이(Start Bay)가 내다보이는 긴 해변에 위치한 마을이다. 토크로스에서 북쪽으로는 스랩턴샌즈(Slapton Sands)라고 불리는 모래 언덕이 드넓게 펼쳐져 있다. 이곳은 노르망디 해변과 매우 비슷하게 생겨서 1944년 봄, 디데이를 위한 예행연습 장소로 사용되기도 했다. 극비리에 3만 명의 미군 부대원들이 상륙정에 타고 상륙 훈련을 하려고 이곳으로 왔다. 하지만 당시 9척의 독일군 어뢰선이 이 극비 훈련을 알아채고 물밑으로 상륙정들과 함께 이동하다가 상륙 직전에 아무런 방해도 받지 않고 수면 위로 모습을 드러냈고 일대는 쑥대밭이 됐다. 독일군 잠수함이 아무 방해도 받지 않고 무사히 이동할 수 있었던 걸 보면 연합군 측에서는 그 훈련에 적절한 조치를 충분히 생각하지 않았던 것 같다.

당시 그 아수라장을 목격했던 사람 중에는 아이젠하워도 있었다. 당시 얼마나 많은 사상자가 나왔는지는 아무도 모른다. 대략 650~950명가량이 사망한 것으로 추정될 뿐이다. 토크로스에 있는 안내판에는 미국 병사와 선원 749명이 사망했다고 나와 있었다. 정확히 몇 명이 사망했는지는 몰라도 한 달 뒤 유타 해변 급습 작전에서 사망한 병사 수보다는 훨씬 더 많았다(사상자 수도 오마하 해변 상륙 때보다 더 많았다). 미국의 압도적인 완패였지만 이 사실을 아는 이들은 많지 않다. 한편으로는 사기 진작 차원에서, 또 다른 한편으로는 상륙 작전 준비 과정을 둘러싼 비밀 유지 차원에서 이 참상이 알려지지 않았기 때문이다. 가장 특이한 점은 독일군의 행보다. 독일군은 우연히 셰르부르 반도에서 바다를 건너고 있는 어마어마한 수의 상륙정과 병사들을 발견하고도 프랑스 북부 지역 침략이 임박했음을 알아차리지 못했다.

나는 이곳에서 드디어 마을로 들어갔다. 커다란 언덕 위에 위치한 토크로스 마을로 올라가는 길은 꽤나 고생스러웠지만 해안이 한눈에 내려다보이는,

전망 시원한 언덕 마을은 고생해서 올라간 보람이 있었다. 너른 들판에는 소똥이 점점이 흩뿌려져 있었는데 희한하게도 소는 한 마리도 없었다. 소가 없어서 다행이었다. 마을에서는 웅장한 스타트베이가 한눈에 보였다. 모르긴 몰라도 스타트베이는 영국에서 가장 아름다운 절경 중 하나다. 남쪽의 스타트포인트에는 예쁜 흰색 등대가 서 있었다. 북쪽의 스토크플레밍에는 높은 탑이 보였는데 일단 나는 그 탑을 성당 첨탑이라고 생각하기로 했다. 이 절묘하고도 아름다운 풍경 속에 드넓은 들판과 마을과 농가, 구불구불한 길들이 기막히게 완벽한 조화를 이루고 있었다.

바로 그때, 소 떼 한 무리가 언덕 위로 출몰했다. 소 떼들은 나를 향해 오고 있었는데 아마도 나를 지켜보기로 작정한 듯싶었다. 소들은 전혀 공격적이지 않았으며 오히려 둔했다. 녀석들은 모두 나와 함께 있고 싶어 했다. 하지만 내 근처로 와서는 움찔움찔 놀라곤 했고 이 말은 자칫 소들이 극심한 공황에 빠져 나를 짓밟아 뭉갤 수도 있으며 그들이 어디에나 남겨놓은 번들거리는 덩어리마냥 나를 만들 수도 있다는 의미였다. 나는 소들을 공황에 빠트리고 싶지 않았기에 지극히 절제되고 차분한 분위기를 유지한 채 그들이 나를 입구까지 무사히 호위하도록 내버려두었다. 그리고 다시 언덕을 내려와 모래 언덕길을 걸었다. 발목이 모래에 푹푹 빠졌지만 그래도 최소한 소들에게서는 벗어났으니 이게 어디인가.

그렇게 걷다 보니 차 한 잔이 간절해졌다. 나는 차를 몰고 역사적인 마을인 다트머스로 향했다. 다트머스는 고즈넉한 다트 강과 해군사관학교가 있는 고장으로 유명하다. 다트머스 외곽 길가에는 조명이 달린 간판이 있었다. 간판에는 마을 주위에 차를 세워두고 주차 환승 시스템을 이용해야 한다고 나와 있었지만 나는 그 안내문이 거짓말인지 아닌지 확인도 할 겸 계속 차를 몰았다. 거짓말이 아니었다. 다트머스는 매우 혼잡했고 주차가 불가능했다. 결국 나는 일방통행 길을 빙 둘러서 가파른 언덕길을 올라 지독히도 멀리 돌아서 주차 환승 주차장에 주차를 했다. 처음부터 이곳에 주차를 했다면 이렇게 먼 길을 돌아올 필요가 없었을 것이다. 주차 요금은 5파운드로 터무니없이 비쌌 다. 내가 원하는 건 고작 차 한 잔인데 이렇게 비싼 주차비를 내고 나니 이 마 을의 경제 체제가 영 마음에 들지 않았다. 하지만 오후 2시 이후에는 주차 요 금이 3파운드라는 안내문을 보자 다소 마음이 누그러졌다. 주차를 한 후 버 스를 타고 마을로 들어가 이곳저곳을 돌아다녔다. 마을에는 정말 수만 명의 사람들이 바글거리고 있었는데 대부분 내 나이 또래였고 어느 정도 사회 경 제적 지위가 있어 보였다. 문득 나의 미래가 보이는 듯했다. 다트머스 같은 마 을을 슬슬 관광하고, 상점과 찻집들을 들르고, 붐비고 값비싸며 불편한 주차 환승 체계에 투덜거리는 한 노인이.

예전에 다트머스에는 사랑스러운 상점들이 무척 많았었다. 그리고 나는 이 사실을 20년 전에 인정했어야 한다. 지금은 작고 붐비는 카페와 바보 같은 문 구들이 적힌 나무판자들을 파는 선물 가게들만 즐비했다. 영국의 작가 A. A. 밀른(A. A. Milne)의 아들 크리스토퍼 밀른(Christopher Milne)이 운영하던 개 인 서점, 하버 서점(Harbour Books)도 2011년 문을 닫고 없었다. 하지만 다행 스럽게도 비영리 단체에서 운영하는 다트머스 커뮤니티 서점이 그 자리를 대 신하고 있었다. 규모가 작고 마을 뒷길에 위치하고 있었지만 그나마 활기찬 분위기였다. 이곳 다트머스 주민들이 이곳을 애용해줬으면 하는 간절한 마음 이 들었다. 서점에 들어가 그곳 지배인인 안드레아 손더스(Andrea Saunders) 와 이야기를 나눠보니 다행히도 서점은 꽤 잘 운영된다고 했다. 하지만 내게 다트머스에서 쓸 수 있는 100파운드짜리 상품권이 생긴다 해도 이 서점 외에 는 딱히 쓸 만한 곳이 없어 아주 애를 먹을 것 같았다. 굳이 사용하자면 불쏘 시개로 사용하는 수밖에.

차 한 잔을 마시고 부둣가로 가서 보니 다트 강어귀가 한 눈에 들어왔다. 부둣가는 다트머스 마을 중심가보다 한결 더 쾌적하고 아름다웠다. 그러고 보니 불현듯 누군가 이곳에서 시간을 보내곤 한다고 말했던 것이 생각났다. 그 사람이 왜 그런 말을 했는지 충분히 이해가 갔다. 그렇게 부둣가를 감상하고 있는데 내 옆으로 열세 살 쯤 돼 보이는 건방진 꼬마 하나가 버스 정류장에 앉아 튀김 한 봉지를 먹고 있었다. 몇 분 후 다시 그 자리에 가 보니 그 꼬마는 간데 없고 튀김 봉지만 덩그러니 버려져 있었다. 불과 세 발자국 떨어진 곳에 휴지통이 있었다. 처음 보는 광경은 아니었지만 입맛이 썼다. 누군들 영국에서 이 문제를 해결하려면 무수히 많은 안락사가 이뤄져야 할 것 같다는 생각이나 하는 뿔난 노인이고 싶겠는가.

데번 남쪽에 있는 동안 토트네스에서 이틀을 머물렀는데 매우 흡족했다. 토트네스는 깔끔하게 잘 관리되고 있었고 예전 다트머스처럼 재미나고 다양한 상점들도 많았다. 어떻게 보면 내게 개인적으로 필요한 것들이나 신시대 문물의 결정체라고 할 만한 것들은 거의 없었지만 훌륭한 미술관이며 고풍스러운 상점들은 많았다. 나는 오전에 시험 삼아 상점 네 곳에 들러봤다. 한 곳에서는 내 또래로 보이는 여자 주인이 친절하게 아침 인사를 건넸고, 또 다른 곳에서는 주인이 말 없이 고개를 끄덕이며 미소를 지어 보였다. 대단히 친절하지는 않았지만 호들갑스럽지도 않았다. 마지막 두 곳은 아예 내 존재를 무시했다.

영국에서 흔히 볼 수 있는 상점 주인의 완전히 무관심한 태도와 미국의 숨통이 막힐 것 같은 관심 중 어느 것이 더 나쁜지 도무지 판단이 서질 않는다. 정말 무척이나 어려운 판단이다. 최근 뉴욕에 있으면서 아베다 상점에 간 적이 있었다. 아내가 아베다 샴푸를 좋아해서(아내는 적정 가격보다 비싼 것이면 무엇이든 좋아한다) 깜짝 선물을 해주고 싶었기 때문이다.

"어서 오세요. 무슨 제품 찾으시는지 도와드릴까요?"

젊은 직원이 친절하게 맞아줬다.

"아, 괜찮습니다. 그냥 둘러보는 겁니다."

내가 말했다.

"선생님 pH가 어떻게 되세요?"

"모르겠는데요. 소변 검사기를 안 가지고 와서요."

나는 직원에게 친절하게 웃어 보이며 대꾸했다. 하지만 그 직원은 내 농담을 알아차리지 못했다.

"새로운 기능이 추가된 저희 샴푸 사용해보셨나요?"

그 직원은 내게 묻더니 둥근 녹색 병에 든 샴푸를 내 얼굴에 들이밀었다. 내가 좋은 생각이라고 말해주길 바라는 눈치였다.

"이 제품은 100퍼센트 식물성 계면활성제를 사용했고 향도 아주 좋은데다가 머리가 깨끗하게 씻긴답니다."

"고맙소만 제가 둘러보겠습니다."

나는 다시 말했다. 진심으로 나는 가격만 확인하고 싶었다. 나는 넉넉한 사람이다. 나를 아주 잘 아는 사람만 아니라면 대체로 이 말에 공감할 것이다. 하지만 샴푸에 얼마를 지출할지에는 나름대로 정해진 기준이 있다. 그 샴푸를 쓸 사람이 내게 아이들을 선사해준 사람이라 할지라도 말이다.

몸을 숙여 아래 진열장에 있는 샴푸를 집어 드는데 나를 머리끝부터 발끝까지 샅샅이 훑는 판매원의 시선이 느껴졌다.

"탈모 샴푸는 사용해보셨나요?"

직원이 물었다.

나는 일어섰다.

"제발, 부탁이요. 그냥 조용히 혼자 둘러보고 싶소. 제발, 그렇게 좀 해도 되겠소?"

"물론이지요."

판매 직원은 대답하더니 휙 등을 돌렸다. 그렇게 등을 돌린 지 채 백분의 일 초도 되지 않아 그녀가 다시 돌아보며 말했다.

"선생님께 탈모 샴푸를 권해드리고 싶네요."

그렇다. 이것은 판매 투렛 증후군(신경 장애로 인해 자신도 모르게 몸을 움직이거나 같은 말을 반복하는 증상 – 옮긴이)이다. 자신도 모르게 아무도 요구하지 않는 충고를 불쑥불쑥 내뱉고야 마는 병에 걸린 것이다. 그녀의 탓이 아니다. 내가 만지고 눈길을 주는 것에 그녀는 기어이 조언을 할 수밖에 없다. 결국 나는 그 상점을 나와버렸다. 좋게 생각하자면 그 직원 덕분에 28.5달러를 아낄 수 있었다.

그러니 영국 상점 주인들의 완벽한 무관심은 거의 내 아내와 비슷한 경지로 전혀 나를 성가시게 하지 않는다. 그래도 '안녕하세요'라고 말하면 죽기라도 하는 것인지 진심으로 궁금해질 때가 있다. 영국의 상점 주인들이 손님을 얼마나 증오하는지 똑똑히 보여주는 침묵으로만 일관하지 않는다면 그들의 사업이 번창하는 데 도움이 되지 않을까 하는 생각을 조심스레 해볼 때도 있다. 하지만 한편으로는 아내의 지적대로 그들이 나를 따스하게 대하건 무관심하게 대하건 상관없이 나는 여전히 아무것도 사지 않을 것이다. 나는 모든 물건의 가격이 지나치게 비싸며 내게 필요한 것은 이미 충분히 다 가지고 있다고 생각하는 사람이기 때문이다.

토트네스에서 출발한 나는 언덕과 황야, 조랑말과 돌다리가 놓인 실개천을 지나 다트무어(Dartmoor)로 향했다. 나는 고전으로 꼽히는 H. V. 모턴(H. V.

Morton)의 《영국을 찾아서(In Search of England)》를 막 읽고 난 뒤였다. 이 책을 읽지 않은 사람들은 이 책을 통속적인 책이라고 생각할 수도 있다. 이 책은 1927년에 나왔으며 모턴이 자동차를 타고 32킬로미터마다 길가에 서 있는 작업복 차림의 시골 사람들에게 길을 물어가며 영국을 여행한 이야기다. 그는 마을에 들를 때마다 특이한 사투리를 사용하는 사람을 만나 그들이 뭐라고 말하는지 하나도 알아듣지 못한 채 대화를 나누었다.

다트무어에 간 모턴은 다트무어의 작은 마을 와이드콤인더무어(Widecombe—in—the—Moor)에 들러 회색 지팡이를 짚고 있는 한 노인에게 와이드콤 마을에서는 정말로 엉클 톰 코블리(Uncle Tom Cobley)가 등장하는 오래된 민요 〈와이드콤 페어(Widecombe Fair)〉를 부르는지 물어봤다(한 남자가 친구에게 당나귀를 빌려 여러 친구들과 함께 와이드콤을 여행했다는 내용의 영국 민요가 있는데 여기에 여러 친구들의 명단이 길게 등장한다. 특히 맨 마지막에 나오는 엉클 톰 코블리는 '이사람 저사람 모두'를 의미하는 관용 표현으로 사용되게 됐다ᆞ옮긴이).

"아, 불러 부리지. 워쩔 때는 애국가 부르기 전이다가 부른당께. 암. 불러 부러."

《영국을 찾아서》를 읽다 보면 영국이라는 나라가 매우 쾌활하고, 친절하며, 재미난 억양을 사용하는 사람들이 많은 나라처럼 느껴진다. 그런데 터무니없이 아이러니하게도 그 책은 영국이라는 나라의 본질을 설명하는 데 자주 인용되곤 한다. 더욱 아이러니한 점은 모턴이 고집불통 국수주의자들이 충분히 없다는 이유로 영국에 흥미를 잃었다는 사실이다. 그는 1947년 남아프리카공화국으로 가서 그곳에서 32년을 살다가 세상을 떠났다. 다행히도 남아프리카공화국에서는 소리를 지르며 대화를 나눌 사람들이 있었다. 그 책에서 유일하게 기억나는 부분은 그가 와이드콤인더무어를 대단히 예쁜 마을로 언급했던 부분이었다. 나는 그가 칭찬했던 것들이 얼마만큼 남았는지 궁금했다. 그리고 다행스럽게도 와이드콤인더무어는 아름다운 마을이었다. 바위투성이 언덕들 가운데 높은 첨탑이 있는 근사한 성당과 푸른 초원, 술집과 상점들이 자리 잡고 있었다. 나는 성당 마당에서 마주친 노인에게 아침 인사를 건넸지만 그 노인은 '부른당께' 같은 구수한 사투리는커녕 시골 노인 특유의 소박하고 재미있는 인사 따위는 전혀 건네지 않았다.

나는 차로 언덕을 올라가 산책하는 사람들을 위한 주차장으로 추정되는 곳에 차를 주차하고는 내 믿음직스러운 지팡이와 지도를 챙겨 걷기 시작했다. 눈부신 아침이었다. 언덕 이곳저곳에 양 떼와 야생 조랑말, 바위산이라고 불리는 화강암들이 흩어져 있었다. 다트무어의 연간 강우량은 약 2,000밀리미터로 영국에서 가장 축축한 지역에 속한다. 이 말인즉슨 정말 엄청나게 비가 많이 온다는 의미다. 이곳은 배수 장치가 열악해서 '깃털 침대'에 늘 물이 고이곤 한다. 깃털 침대는 이 지역 말로 모기떼가 뒤덮고 있는 물웅덩이를 가리킨다. 이 물웅덩이는 겉으로 보기에는 웅덩이처럼 보이지 않아서 외지인들이 웅덩이에 발을 디뎠다가 꼬로록 소리를 내며 흔적도 없이 사라지는 일이 왕왕 있다고 한다. 이 이야기가 썩 신뢰가 가진 않았지만 그래도 혹시나 하는 마음에 나는 안전한 길로만 다녔다.

나는 무슨 일이 있어도 지도상에서 내가 어디에 있는지 놓치지 않는다. 그런데 와이드콤은 지명조차 지도에서 찾을 수 없었다. 설상가상 세찬 바람이 불면서 계속 지도가 내 쪽으로 접혔다(이후 나는 차에 돌아가서야 지도가 양쪽으로 인쇄돼 있고, 내가 잘못된 면을 보고 있다는 사실을 깨닫게 됐다). 내가 정확히 어디 있는지도 모른 채 세상 꼭대기를 걷는 기분은 나름 굉장히 근사했다. 그리고 마침내 삼각점에 도달했다. 삼각점은 보통 어느 지역의 정상에 도달했음을 알려주는 지표이기에 그곳에 도달하는 일은 언제나 즐겁다. 혹시 모르는 독자가 있을까봐 노파심에 말하는데, 삼각점에서 '삼각'이라는 말은

'삼각형'이라는 말이고 '삼각점'은 꼭대기가 놋쇠로 돼 있는 콘크리트 기둥으로, 정확한 지도를 만들기 위해 만들어진 측량 기준점이다. 모든 삼각점은 (멀리 떨어져 있긴 하지만) 다른 두 개의 점이 있고 각 점은 삼각점의 꼭짓점이 된다. 이 삼각점들이 어떻게 영국의 지도를 이루는 기초가 되는지는 모르겠고 궁금하지도 않아 제발 그 원리를 내게 설명하려는 사람이 없었으면 싶지만, 아무튼 어떤 원리에서인지 이 삼각점은 지도를 만드는 데 매우 중요한 역할을 한다. 미국 정치인 세라 페일린(Sarah Palin)은 자기 아들 이름을 삼각점을 의미하는 '트리그(Trig)'로 지었다. 그가 자신의 이름이 콘크리트 기둥을 딴 것인지 과연 알는지.

영국은 1932~1962년에 삼각 측량을 전면적으로 다시 실시했으며 지금 영국 언덕의 모든 삼각점들은 이때 생긴 것이다. 물론 요즘은 측량을 모두 위성으로 하면서 삼각점이 필요치 않게 됐다. 따라서 많은 삼각점들이 사라지거나 소홀히 방치되거나 아니면 아예 제거되고 있는데 어쩐지 나는 이것이 좀 서글프다.

영국 어딘가에는 삼각점 모임이 있을 것이다. 나는 그들이 이 책을 보고 내게 찾아와 매년 열리는 삼각점 클럽 모임에 참석해달라고 요청하는 모습을 상상하곤 한다. 내친김에 미리 말해두겠다. 나는 삼각점에 향수를 느끼지만, 매년 모임에 참석할 만큼은 아니다.

12

콘월

I

이따금 군이 누군가에게 설명하거나 해명하지 않고 그저 마음껏 싫어해도 되는 것 열두 가지 정도는 누구에게나 허용돼야 한다고 생각한다. 나는 그것들을 '무조건 싫은 것들'이라고 부른다.

내가 무조건 싫어하는 것들 목록은 다음과 같다.

　　1. 연어 색 바지와 그 바지를 입은 사람들

2. '어마무시한(stonking)'이라는 표현을 쓰는 사람들

3. 찔끔찔끔 나오는 코스 요리

4. 아이에게 타르퀸 또는 타르퀴니우스(Tarquin, 로마 제5대 왕)라는 이름을 지어준 부모

5. 듣고 또 듣고 또 듣다가 다른 누군가가 와서 같이 듣다가 그래도 결국 다 듣지 못할, 끝도 없이 긴 자동 응답 메시지 맨 마지막에 가서야 퍽도 빨리 전화번호를 알려주는 사람들

6. 초대(invitation)와 초대하다(invite)를 혼용하는 것

7. BBC 방송사의 레드버튼(BBC에서 제공하는 양방향 서비스로 리모컨에 있는 빨간 버튼을 누르면 추가영상이나 다른 BBC 채널, 문자 등을 사용하고 볼 수 있는 서비스 - 옮긴이)

8. 대부분의 책 비평가들. 특히 미국의 비주류 학파인 더글라스 브링클리(Douglas Brinkley)와 관찰력과 관대함이라고는 양성자 크기만 한데도 여전히 공감할 구석이 있는 비평가들

9. 회갈색이나 청록색처럼 이도 저도 아닌 색 이름

10. 마이크로폰의 줄임말인 'mike'를 'mic'으로 표기하는 것(자전거도 다 표기하기 귀찮을 텐데 아예 'bike' 대신 'bic'이라고 표기하는 게 어떨는지)

11. 홀딱 반하게 귀여운 순간의 매릴 스트립(Meryl Streep)

12. 누군가에게 전화를 하거나 연락을 할 것이라는 의미로 '접해볼게'라고 말하는 것

13. 뜨거운지 아닌지 알려줄 빨간 불이 장착돼 있지 않은 주전자

14. 라디오4의 오후 방송

15. 해리 레드냅(Harry Redknapp, 전 잉글랜드 프로 축구팀 감독 - 옮긴이)

목록이 열두 가지가 넘는다는 사실은 나도 잘 안다. 하지만 이 목록은 내가

창안한 목록이니 임의대로 보너스 항목을 몇 가지 추가했다. 한여름에 잉글랜드의 웨스트컨트리(West Country)를 운전해서 지나간 경험이 있는 사람이라면 이 경험을 '무조건 싫은 것' 목록에 넣고 싶을지도 모른다. 하지만 이 경험은 목록의 조건을 충족시키지 못한다. 그것은 무조건적인 혐오가 아니라 지극히 합리적이고도 타당한 혐오이기 때문이다.

마찬가지 이유로 영국의 내무부 장관 테레사 메이(Theresa May)나 셔츠 안에 스카프를 역삼각형 모양으로 드러나게 하는 사람도 '무조건 싫은 목록'에 추가할 수 없다. 이 목록에 오르려면 다른 사람의 동의가 필요하지 않은 사항들이어야 한다. 한여름에 웨스트컨트리를 운전하는 것이 끔찍한 악몽이라는 사실에는 모두 동의할 것이다. 서쪽으로 가는 유일한 길인 타마 다리(Tamar Bridge)를 건너는 데 1시간 이상이 걸렸다. 도대체 이 다리를 지을 때는 무슨 생각이었을까? 타마 다리는 전국 각지에 고속도로 건설이 한창이던 1961년도에도 존재했다. 하지만 타마 다리의 폭이 여느 도로 폭보다 넓다는 이유로 경비도 아낄 겸 이곳에는 고속도로를 만들지 않고 그냥 두었다. 정말 이해가 가질 않는다.

플리머스를 넘어서면 차량들이 쌩하니 속도를 내며 달리다가 원형 로터리를 몇 백 미터 앞두고 속도가 확 더뎌진다. 원형 로터리까지 모든 차들이 10분에 60센티미터 정도 느릿느릿 전진하다가 로터리를 지나면 다시 쌩하니 속도를 내며 다음 로터리가 나오는 약 3킬로미터 구간을 달린다. 그러다가 다시 로터리가 나오고 이 과정은 무한히 반복된다.

나는 콘월까지 가다 서다를 반복하다가 루, 폴페로, 포웨이 쪽으로 방향을 틀었다. 원래는 이곳들을 들러 둘러볼 생각이었지만 바다로 가는 모든 도로들이 바다에서 끝나는 막다른 길이었고 뒤에 자전거며 카약을 매달고 하염없이 도로에 늘어서 있는 카라반 차량들을 보니 목표 지점까지 최소 1시간은 걸릴 듯했다. 목표한 곳에 도착한다 해도 주차할 자리도 없을 것 같았다. 그래서 세인트오스텔을 막 지나자마자 미치도록 지루한 마음에 충동적으로 핸들을 꺾어 메바기시로 향했다.

어떤 일을 하자마자 즉시 후회하게 되리라는 사실을 알게 되는 것보다 더 즉시 후회되는 일은 없다. 메바기시로 가는 길은 심하게 배배 꼬여 있었고, 비좁았으며, 아예 차들이 꿈쩍도 하지 않는 구간이 수시로 등장했다. 한 세월 걸려 간신히 메바기시 외곽에 다다르자 널찍한 주차장이 나왔다. 주차장에 들어가려는 차들이 길게 늘어서 있었다. 나는 주차 관리자에게 그냥 이 자리에서 차를 돌려 나가도 괜찮겠냐고 물었고 그는 당연히 괜찮다고 대답했다. 그런데 정말 놀랍고 반갑게도 그는 나를 알아봤다. 이런 일은 정말 흔하지 않다. 주변의 다른 작가들에게 이런 일이 흔한지 한번 물어보라. 어쨌든 그의 이름은 매튜 페이시(Matthew Facey)였고, 주차장 관리 요원이 아니라 주차장 주인이었다. 그 주차장은 그의 가족이 몇 년간 대대로 운영해온 곳으로 그는 바쁜 여름 성수기에만 주차장에서 일을 돕고 있었다. 그의 관심 분야는 사진이었다. 나중에 그의 웹사이트를 방문해서 보니 그는 훌륭한 사진가였다. 아무튼 우리는 즐겁게 이야기를 나누었고 그는 내게 비수기에 꼭 다시 방문해달라고 했다. 나는 그러겠다고 약속했다.

차를 돌려 오늘 밤 묵을 펜잰스의 주도로인 A390도로로 돌아가는 길에 '헬리건의 잃어버린 정원(The Lost Gardens of Heligan)' 이정표가 눈에 들어왔다. 그리고 충동적으로 불쑥 가장자리 차선으로 차선을 바꾸어 계획에도 없던 곳을 향했다. 도로 위에는 자전거 타는 사람 두 명과 카라반 자동차 한 대뿐이었다. 이전에 한 번도 들어본 적이 없는 곳이었지만 도대체 누가 왜 정원을 잃어버렸는지 궁금했다. 알고 보니 헬리건의 잃어버린 정원은 팀 스미트(Tim Smit)라고 하는 네덜란드 사람이 만들었다. 팀 스미트는 영국에 수년 동안 머물면서 '에덴 프로젝트(Eden Project, 1993년 영국 정부가 복권단사업의 일환으로 추진한 건축 프로젝트 중 하나로 콘월에서 더 이상 사용되지 않는 고령토 웅덩이를 생태 실험실로 만드는 프로젝트였다 - 옮긴이)를 담당했던 사람이다. 에덴 프로젝트는 세인트오스텔 북쪽에서 수십 킬로미터 떨어진 곳에서 진행됐다.

바다가 내려다보이는 높은 언덕에 위치한 헬리건은 한때 22명의 정원사가 딸린 매우 아름다운 정원이었다. 하지만 점차 쇠락하면서 마침내 잡초만 무성하게 핀 채 버려진 땅이 됐다. 스미트와 그의 사업 파트너 존 넬슨(John Nelson)이 1990년에 왔을 때만 해도 헬리건은 70년 동안 사람의 손길이 닿지 않은 상태였다. 스미트와 넬슨은 이곳을 재건하기로 했다. 이 일은 대단히 기념비적인 사업이었다. 70년 동안 버려졌던 헬리건 정원은 그 형태조차 알아볼 수 없을 정도로 망가져 있었다. 4킬로미터에 달하는 숲길도 아예 흔적도 없이 사라졌고 온실도 무너져 주저앉아 있었다. 벽으로 둘러싸인 정원에는 가시덤불이 가슴 높이까지 자라 있었다. 재건에 앞서 750그루가 넘는 나무들을 베어버려야만 일을 시작할 수 있었다. 불가능한 일처럼 보였지만 더럼대학교의 고고학자였던 스미트는 고고학자 특유의 집념을 발휘해 프로젝트에 착수했다. 몇 년간의 힘겨운 노력의 결과, 정원은 재건됐고 예전처럼 화려하고 사람들로 붐비는 공간으로 탈바꿈했다.

이 정원을 재건하는 데 막대한 비용이 소요됐으며 그중 대부분은 산림을 조성하는 데 투자됐다. 몇 시간 동안이나 차를 몬 끝에 헬리건 정원에 발을 디디게 되니 정말이지 감개무량했다. 숲길은 수 킬로미터는 돼 보였다. 처음에는 정원에 숲과 고사리만 있는 줄 알았는데 잘 손질된 정원을 걷다 보니 지천에 아름다운 꽃들이 널려 있었고 나비들이 꽃밭 위에서 춤을 추고 있었다. 저 멀리 눈부시게 푸른 바다가 하늘과 어우러져 있었다. 참으로 예쁜 곳이었다. 나는 잠시 카페에 앉아 차 한 잔과 정통 영국식으로 세심하게 맛을 낸 건조한 케이크 한 조각을 먹었다. 한 조각 더 먹고 싶다는 생각이 들 정도는 아니었지만 그럭저럭 만족스러웠다. 차와 케이크를 먹고 나니 옛 영광을 되찾은 헬리건의 정원처럼 나도 한껏 재충전이 되는 기분이었다.

몇 년 동안 해마다 봄이면 나는 런던에서부터 기차를 타고 와서 펜잔스에서 하룻밤을 묵곤 한다. 다음 날 실리 제도(Scilly Isles)에서 열리는 트레스코 마라톤 대회에 참가하기 위해서다. 마라톤 경주는 낭포성섬유증트러스트(Cystic Fibrosis Trust) 재단에서 개최하며 나는 이 경주에 일종의 치어리더 자격으로 참가한다. 두말 할 필요도 없이 나는 마라톤은 하지 않는다. 그저 주위를 어슬렁거리다가 이따금 응원을 한답시고 가장 힘든 구간을 달리는 선수들의 정신을 산만하게 하는 게 내가 하는 일이다.

트레스코 마라톤은 내 평생 겪은 일들 중 가장 근사한 일에 속한다. 이 대회는 런던 마라톤과 같은 시기에 열리며 실리 섬에 있는 호텔 소유주인 멋진 남자, 피트 힝스턴(Pete Hingston) 덕분에 존속하고 있다. 힝스턴에게는 낭포성섬유증(염소 수송을 담당하는 유전자 이상으로 신체 여러 기관에 문제가 생기는 질병 - 옮긴이)을 앓고 있는 어여쁜 딸 제이드(Jade)가 있다. 그는 늘 런던 마라톤 대회에 참가하고 싶어 했지만 대회 시기가 호텔 성수기와 맞물리면서 도통 짬을 내지 못했다. 그래서 아내 피오나(Fiona)와 함께 트레스코에서 마라톤 경주를 시작했고 이 경주가 급속하게 확산됐다.

트레스코는 워낙 작은 마을이어서 수용할 수 있는 인원에 한계가 있다 보니 참가 선수를 100명으로 제한했다. 하지만 규모가 작다 보니 오히려 돈독하고 친밀한 분위기가 조성됐다. 트레스코 마라톤은 전 세계 마라톤 대회를 섭렵하고 다니는 사람들 사이에서 가장 참가하기 어려운 대회로 손꼽힌다. 코스 또한 매우 힘들기로 정평이 나있다. 섬의 크기가 작기 때문에 섬 둘레를 8바퀴 뛰어야 하는데 그러려면 기나긴 오르막 구간을 8차례나 달려야 한다. 일반적인 마라톤에서 언덕길을 8번이나 오르는 경우는 흔하지 않다.

또한 대회 참가자들 대부분 낭포성 섬유증에 개인적인 사연이 있는 이들이다. 그러다 보니 그 병을 앓고 있는 형제자매나 부모 또는 자녀를 위해 달리는 이들이 많다. 간혹 마라톤 주자 본인이 낭포성 섬유증을 앓는 경우도 있다. 아무리 오래 살면서 많은 일을 겪는다 해도 낭포성 섬유증 환자가 마라톤을 하는 광경보다 더 숭고하고 감동적인 장면은 보기 힘들다. 이는 내가 본 가장 위대한 장면이었다. 하루 일정이 끝나면 마라톤 경주에 참가했던 피트는 호텔로 돌아와 저녁 식사 준비를 한다.

트레스코로 가는 길의 유일한 단점은 트레스코로 가는 길로 가야 한다는 점이다. 이전에는 두 가지 방법이 있었다. 하나는 여객선을 타는 방법이다. 내가 처음 이곳에 왔을 때도 이 방법으로 왔었다. 지금에야 말하지만 그 여객선을 타는 일은 참으로 기묘한 경험이었다.

여객선을 이용하는 승객들은 별로 많지 않은데 일단 승선한 승객들은 전원 아래쪽 선실로 내려가서 드러눕는다. 그리고 대부분 사람들이 마치 숨어버리듯 코트로 얼굴을 덮는다. 배가 출항을 하면 스낵바는 문을 닫는다. 처음 보는 이에게 이 모든 광경은 참으로 기이하다. 그러다가 망망대해가 나오면 승객들은 다소 이상할 정도로 절제된 태도로 멀미를 한다. 나는 숙련된 일등 항해사가 아니다. 살면서 배를 탄 적은 몇 번 되지 않으며 그중에는 남아메리카의 비글 해협을 통과한 경험도 포함된다. 비글 해협은 수심이 깊지 않아 보트에서 트램펄린 위에서 뛰듯 출렁거리지 않아도 된다. 그런데 트레스코로 가는 여객선은 달랐다. 정말 단언컨대 살면서 이토록 고요한 멀미 광경은 처음이었다. 요란하지는 않았지만 느리고 점증적이었으며 묘하게 동요됐다. (나중에 알게 된 사실인데) 문제는 실리 항구가 있는 세인트메리 인근 해역은 수심이 매우 얕아서 배 밑바닥이 완전히 평평해야 했다. 즉 이 말은 배가 마치 물 위에 뜬 코르크처럼 아무리 수면이 잔잔한 날에도 심하게 요동을 칠 수밖에 없다는 의미다. 날이라도 험할라치면 배 천정에 구토를 하는 경이로운 경험까지도 하게 된다고 한다.

트레스코에서 만난 어떤 사람이(이름은 밝히지 않기로 그에게 맹세했다) 들려준 이야기에 의하면 어느 해 겨울, 그는 펜잰스에서 바다를 건너 배가 영국 해협과 아일랜드 해, 북대서양 해류가 모두 한곳에서 만나는 랜즈엔드(Land's End)에 당도했는데 그곳에 소용돌이가 거세게 이는 바람에 배가 더 이상 항해를 할 수 없었다고 한다. 그래서 배는 약 2시간 정도를 그 자리에서 거센 파도를 따라 출렁거리며 오도 가도 못하고 갇혀 있다가 잦아든 바람 덕인지 바뀐 해류 덕인지는 모르겠으나 아무튼 그곳을 벗어나 남은 40킬로미터를 무사히 항해했다고 한다. 하지만 세인트메리에 도착하자 이번에는 항구 근처에 파도가 너무 거세 도저히 배를 댈 수 없었다고 한다.

"선장이 한 번만 더 시도해보고 정박에 실패하면 다시 펜잰스로 돌아가야 한다고 방송을 해왔습니다. 그 소용돌이를 다시 뚫고 가더라도 말이죠. 맹세컨대 눈곱만큼도 과장하지 않고 나는 구명조끼를 부여잡고 바다로 뛰어내려 항구까지 헤엄쳐 갈 각오를 하고 진지하고 뛰어내릴 때를 고민하고 있었죠. 정말 최악의 상황이었어요. 하지만 천만다행으로 파도가 몇 분 동안 잠잠해져서 배를 부두에 정박할 수 있었어요. 아마 앞으로 평생을 살아도 20명의 사람들이 그렇게 쏜살같이 빠르게 배에서 내려 달려가는 광경은 절대 보지 못할 겁니다."

이 섬에 가는 또 다른 유일한 방법은 대형 헬리콥터를 타는 것이다. 하지만 실리 섬으로 가는 헬기들의 사고 이력이 완전무결하지는 않기에 나는 이 방법은 그다지 선호하지 않는다. 1983년 브리티시에어웨이스(British Airways)에서 실리 섬으로 가는 헬기를 운영했을 때 실리 행 헬리콥터가 기상 악화로 추락한 적이 있었다. 당시 20명의 탑승객이 사망했다. 나도 몇 번 그 헬리콥터를 탔었고 늘 괜찮았었다. 하지만 사고가 난 헬리콥터는 마치 임페리얼 전쟁 박물관(Imperial War Museum)에나 진열되면 어울릴 정도로 처참하게 망가져 있었다. 이 헬리콥터는 수지 타산이 맞지 않아 2012년 운행을 중단했다. 펜잰스에 있던 헬기 착륙장에는 현재 대형마트 세인스버리가 들어와 있다. 요즘 실리 섬을 가려면 요동치는 배를 타거나 용기를 내서 엑서터, 뉴키, 랜즈앤드 등에서 출발하는 경비행기를 타야 한다.

2010년, 10년간 위풍당당하게 지속됐던 트레스코 마라톤 경주는 후원자가 후원을 중지하면서 경제적인 이유로 중단됐다. 그리하여 트레스코 마라톤 경주는 이제 역사 속에 남게 됐다. 여기에는 의문의 여지가 없다. 우리는 절망의 시대에 살고 있다.

나는 펜잰스로 다시 가는 일이 몹시 반가웠다. 예전에 묵었던 호텔은 재단장 준비를 하느라 문을 닫아서 아내가 대신 마을 외곽의 다른 아담한 호텔을 예약해줬다. 호텔에 짐을 풀고 저녁을 먹기 전 산책도 할 겸 또 마지막으로 들렀을 때 이후 펜잰스가 어떻게 변했는지 구경도 할 겸 거리로 나왔다.

펜잰스는 정말 근사한 곳이어야 한다. 이곳에는 빼어난 경치를 자랑하는 섬 속의 성, 세인트미카엘즈마운트(St Michael's Mount)가 있다. 아마 영국에서 가장 로맨틱한 장소가 아닐까 싶다. 길게 난 소담한 산책로와 상상력을 발휘해 약간의 그림만 보태면 더욱 사랑스러울 항구와 한두 개의 다이너마이트가 있는 곳이다. 세인트미카엘로 가는 길은 좁고 매력적이다. 테라스가 딸린 성은 매우 환대하는 느낌을 주며 그곳에서 근사한 경관도 감상할 수 있다. 아침에 눈을 뜨자마자 가장 먼저 하는 일이 침실 창문 밖의 아름다운 풍경을 바라보며 오늘의 바다색을 감상하는 일이라면 정말 더할 나위 없는 삶이리라.

펜잰스는 뭐 하나 좋지 않은 것이 없다. 하지만 슬프게도 이곳도 점점 쇠락하고 있다. 나는 마을을 구경하다가 지난번에 보았던 상점들 대다수가 없어진 광경에 매우 충격을 받았다. 스타 술집 둘레에도 폐업을 알리는 판자가 둘러져 있었다. 버터라는 이름의 레스토랑도 없어졌다. 몇몇 상점들은 텅 빈채 방치돼 있었다. 런던 술집이라는 펍은 여전히 영업 중이었지만 장사가 썩잘 되는 것 같지는 않았다. 술집 입구에는 가슴 아픈 문구가 쓰여 있었다.

'이곳은 공중화장실이 아니라 공공장소입니다.'

술집 운영자가 이 문제에 입각해 어떤 조치를 취했다는 점은 반가웠지만 그렇다고 해서 그 술집 문을 선뜻 열고 들어가게 할 만큼 감동적인 문구라고는 말하기 힘들다. 별로 놀라운 일은 아니지만 한때 내가 자주 갔던 갠지스 인디언 레스토랑 역시 없어졌다. 넘어지면 코 닿을 곳에 있던 레스토랑은 아니었지만 어쨌든 속상했다. 보통 이 식당의 손님은 주로 나 한 명뿐이었다. 하지만 서비스만큼은 늘 최고였다.

갠지스 레스토랑 건너편에는 터번 모양의 장식 매듭을 의미하는 이름을 가진 턱스 헤드(Turk's Head)라는 술집이 있었다. 창문으로 들여다보니 토요일밤 손님들로 가게 안이 북적이고 있었다. 사람이 많아서 다른 술집을 찾으러 다시 걷다 보니 '제독 벤보(Admiral Benbow)'라는 술집도 있었는데 이 술집은 턱스 헤드보다 더 붐볐다. 술 한 잔 먹으려다 늙겠다 싶은 마음에 돌아서 나오려는데 기쁘게도 문 옆쪽 작은 테이블 하나가 비어 있는 것이 눈에 띄어 잽싸게 자리에 앉았다. 마침 종업원이 지나가기에 식사를 주문했더니 상냥하게 주문을 받아줬다. 그는 주문을 받으며 식사가 다소 늦게 나올 거라고 말해줬다. 결론부터 말하자면 그날 저녁 그 종업원이 매 40분에 한번 꼴로 내 식탁에 뭔가를 가져다주며 나를 잊지 않았음을 확인시켜줬다. 종업원은 주로 소금, 후추 그라인더, 종이 냅킨에 둘둘 만 포크와 나이프 등 식사를 하는 데 필요할 만한 뭔가를 야금야금 가져다주다가 한 번은 얇게 썬 식전 빵과 버터를 가져다줬는데 나는 마치 개구리가 파리를 날름 삼키듯 게걸스럽게 한입에 빵을 꿀꺽 먹었다. 약 8시 40분경 스프가 나왔다. 따뜻하고 맛있는 스프였다. 그리고 한참 뒤에 드디어 내가 주문한 피시 앤 칩스가 나왔다. 식사가 나오기 전 나는 기다리면서 타르타르소스 한 접시와 버터 한 조각 그리고 여러 잔의 맥주를 추가했다. 그때 나는 알게 됐다. 충분한 양의 술을 마시면 저녁은 큰 의미가 없다는 사실을.

10시 경에 종업원이 내게 푸딩을 먹겠냐고 물었다. 나는 푸딩이 간절히 먹고 싶었지만 종업원과 나는 내가 그 푸딩을 즐거이 맛볼 수 있을 정도로 오래 살 수 있을지에 강한 의구심을 품고 단념하기로 합의하고는, 그저 맥주나 한 잔 더 마시기로 하고 계산서를 달라고 했다. 꽤 근사한 저녁이었다. 하긴 혼자서 맥주를 7~8잔 마셨는데 어찌 좋은 저녁이 아니겠는가?

술을 먹고 나와 2킬로미터 이상을 한참 걸어 내가 묵는 호텔이 아닌 엉뚱한 곳에 가서 그 건물 주위를 30분이나 빙빙 돌며 도대체 왜 내가 묵는 호텔 건물 주위에 갑자기 나무판자들이 빙 둘러져 있는지, 왜 내 열쇠가 맞는 문이 하나도 없는지 의아해하다가 한참만에야 내가 술에 취했다는 사실을 깨달았다. 그 이후 상황은 잘 기억나지 않는다. 다음 날 일어나보니 나는 내가 묵는 호텔 침대에 누워 있었다. 옷은 어제 입었던 옷 그대로였고 신발은 한 짝뿐이었다. 그리고 나는 누군가 나무 위에서 툭 떨어뜨린 듯한 자세로 누워 있었다. 기억을 더듬어보니 어디에선가 떨어지는 느낌이 들기도 했던 것 같다.

이 세상에 당신을 싫어하는 사람이 얼마나 많은지 아는가? 그중 대부분은 당신을 한 번도 만난 적 없는데도 진심으로 당신을 싫어한다. 마이크로소프트 소프트웨어를 만든 사람은 모두 당신을 미워하며 여행사 익스피디아(Expedia)에서 전화를 받는 대부분 사람들 역시 당신을 싫어한다. 트립어드바이저에서 일하는 사람들 역시 바보 천치가 아닌 이상 당신을 증오할 것이다. 호텔업계에 종사하는 거의 대부분 사람들이 당신을 혐오하며, 항공사 직원들도 예외는 아니다. 브리티시텔레콤(British Telecom) 직원이라면 누구나 당신을 싫어할 것이고 심지어 당신이 태어나기 전에 죽은 사람도 당신을 미워한다. 인도에서 근무하는 무수히 많은 브리티시텔레콤 보조 직원들 역시 당신을 증오한다.

하지만 그 누구도, 정말 그 누구도, 영국 버스 정류장을 만든 사람들만큼 당신을 증오하지는 않는다. 왜인지는 모르겠으나 영국의 버스 정류장을 만든 이들은 하루하루를 온 마음을 모아 간절하게 그 정류장을 이용하는 사람이 단 일초라도 편안하지 않기를 전심전력으로 바란다. 그래서 그들이 여러분에게 줄 수 있는 모든 것은 빨간색 딱딱한 플라스틱 널빤지뿐이다. 각도가 어찌나 절묘하게 불편한지 조금이라도 경계를 늦추고 슬쩍 기대는 자세라도 취했다가는 매끄러운 코팅 프라이팬에서 달걀 프라이가 미끄러지듯 여지없이 미끄러지고 만다.

내가 이 이야기를 꺼내는 이유는 술을 마신 다음 날 아침 일어나 식사를 마치고 바닷가에 산책을 나갔다가 새로 만든 버스 정류장 앞을 지나가면서 보니 정류장 안에 플라스틱 널빤지 의자조차 없이 그저 기둥 하나만 옆으로 길게 덩그러니 놓여 있었기 때문이다. 기둥은 번쩍이는 재질로 돼 있었고 무슨 지지대 기둥 같은 모양이었으며 다리가 3개 달려 있었다. 나는 단순히 호기심에 그 막대 기둥에 앉아봤다. 앉기에는 정말로 아팠다. 도대체 누가 왜 이렇게 만들었는지는 아무도 모른다. 모양도 매우 흉측했다. 예전의 버스 정류장은 경사진 지붕에 나무로 된 긴 의자가 있어서 마치 오두막 같은 분위기였다. 하지만 지금은 광고 게시판들이 덕지덕지 붙은, 바람이 통과하는 터널처럼 생겼다.

이 시점에서 나는 문득 궁금해진다. 왜 이런 것들이 이토록 형편없이 끔찍하게 돼야만 하는가? 한때 영국에는 유쾌하고 재치 있는 일상 용품들에 대한 본능적인 정서가 있었다. 영국처럼 유대감과 따스함이 느껴지는 것들을 궁리하고 만들어낸 나라가 또 있을까? 검은색 택시, 2층 버스, 술집 간판, 빅토리아 시대의 가로등, 빨간 우체통과 빨간 공중전화 부스, 터무니없이 실용성이 떨어지지만 매력적인 디자인의 경찰관 모자 등 영국 특유의 분위기가 느껴지는 것들이 참 많았다. 이것들이 대단히 효율적이거나 합리적이지는 않다. 바람이라도 부는 날이면 철로 된 공중전화 부스 문을 열기 위해 거의 초인적인 힘을 발휘해 필사적으로 노력해야 한다. 하지만 이런 것들은 영국에서의 삶의 질을 높여줬고 영국을 다른 나라들과 다르게 만들었다. 그런데 지금은 그런 것들이 거의 사라지고 있다. 심지어 런던의 검은색 택시도 이제 문을 열려면 택시 운전기사에게 소리를 질러야만 하는 자동문이 장착된 메르세데스사의 벤에게 그 자리를 양보했다. 경찰복도 지하철 수리공과 구분이 가질 않는 노란색으로 바뀌었다. 우리를 둘러싼 것들이 조금씩 더 거지같이 변해가고 있다. 글쎄, 난 별로 마음에 들지 않는다.

나는 어촌 마을로 유명한 마우줄(Mousehole)로 향했다. 마을 이름은 쥐구멍을 의미하는 마우스홀이지만 발음은 '마우줄(mowz-ull)'이다. 이 지명의 유래는 확실치 않으나 오래된 콘월의 언어로 추정된다. 마우줄은 펜잰스에서 해안 도로를 따라 약 5킬로미터쯤 떨어져 있다. 쾌청하고 고요한 일요일 아침이었다. 마운트베이 저편으로 바다가 고요하게 반짝이고 있었다. 나는 뉴린과 마우줄 중간 어디쯤에 위치한 오래된 '펜리 구조선 기지(Penlee Lifeboat Station)'로 가다가 중간에 갑자기 차를 멈췄다. 이곳이 아주 유명하다는 사실은 알고 있었는데 왜 유명한지가 도무지 떠오르질 않았기 때문이다. 다행히 계류장 안내문에 내 기억의 공백을 채워줄 상세한 정보가 빼곡히 적혀 있었다. 30년 전 매우 훌륭한 일을 했지만 비극적인 영웅이었던 사람에 관한 내용이었다.

1981년 12월 19일 저녁, 유니온 스타(Union Star)라는 이름의 소형 화물선이 네덜란드에서 아일랜드로 첫 항해에 나섰다가 콘월 해안에서 거센 풍랑을 만났다. 종일 험한 날씨가 이어지다가 초저녁에 폭풍의 위력은 풍력 12까지 올라갔다. 당시 그 지역 일대에 불어닥친 가장 거센 폭풍우였다. 유니온 스타에는 선장과 선원 5명, 선장의 부인과 10대인 두 딸들이 타고 있었다. 선장 가족은 아일랜드에서 크리스마스를 보내기 위해 배에 탑승한 거였다. 마침내 최악의 상황이 벌어졌다. 엔진이 망가지면서 배가 정처 없이 표류하기 시작한 것이다. 마우줄의 어느 술집에서 무전으로 '메이데이' 구조 요청을 접한 펜리 구조선 선장 트리벨리언 리처드(Trevelyan Richards)는 7명의 마을 사람들을 구조선에 태우고 출항했다. 거센 폭풍우를 뚫고 바다로 나간 펜리 구조선은 천신만고 끝에 망가진 배를 발견한다. 구조선은 가까스로 표류선 옆에 배를 대고 배에 타고 있던 4명을 우선 구조했다. 이것만 해도 실로 대단한 일이었다. 당시 파도가 무려 15미터 높이까지 일었다고 한다.

구조선 선장 리처드는 4명을 구조해 해안으로 가고 있으며 다시 나머지 사람들을 구하러 가겠다고 무전을 보냈다. 그리고 이것이 그가 보낸 마지막 메시지였다. 추측하기로는 파도가 두 배를 모두 덮쳤으리라 짐작된다. 정확히 어떤 상황이었는지는 알 수 없으나 어쨌든 그날 폭우는 16명의 생명을 앗아갔다. 펜리 계류장은 폐쇄됐지만 숭고한 정신을 영원히 기리기 위해 그날 밤 그 모습 그대로 남아 있다.

내 머릿속에서는 내내 영국국립구조선기관(Royal National Lifeboat Institution)이 얼마나 대단한 곳인가 하는 생각이 끊이지 않았다. 생각해보라. 풍랑을 만난 배가 구조를 요청하면 교사, 배관공, 술집을 운영하는 술집 주인 등 8명의 평범한 사람들이 하던 일을 모두 내팽개치고 바다로 출항한다. 아무리 날씨가 사납다 해도 아무도 이의를 제기하지 않으며, 기꺼이 낯모르는 타인을 구하기 위해 자신들의 목숨을 위험한 바다에 맡긴다. 이보다 더 용감하고 숭고한 일이 또 있을까? RNLI는 자원봉사자들로 운영되는 기관으로 전적으로 기부금으로 유지된다고 한다. 이 기관은 영국 해안에 233개의 구조선 기지를 운영하고 있으며 하루에 평균 22건의 구조 요청을 받는다. 그리고 매년 평균 350명의 목숨을 구한다. 이따금 영국이 이 세상에서 가장 멋진 나라라는 생각이 들 때가 있다. 진심으로 가장 좋은 곳이라는 생각이 말이다. 이 기관 역시 그런 생각이 들게 하는 것 중 하나다.

이 모든 역사적 배경 때문에 나는 마우줄이 더 좋아졌다. 그곳이 어떤 곳이든 상관없이 아름다운 마을이라는 생각이 들었다. 마우줄로 가는 길은 비좁았고 정말 미친 듯이 배배 꼬여 있었다. 대부분의 길이 차도치고는 지나치게 좁았다. 몇몇 차선은 도로라기보다는 차라리 계단에 더 가까웠다. 마을에 도착하자 마을 어귀 작은 방파제가 눈에 들어왔다. 썰물이 빠져나간 자리 해초와 진흙 위에 배들이 비스듬히 정박돼 있었다. 바다 뒤로 아침 햇살이 영롱하게 반짝였다. 저 멀리 세인트미카엘즈마운트가 돌로 된 범선처럼 희미하게 빛났다. 항구 주위를 둘러보니 가장 이상적인 모습의 술집 쉽 인(Ship Inn)이 눈에 들어왔다. 바로 펜리 구조선 참사가 있던 날 그 구조선에 탔던 남자들이 있던 술집이었다. 술집 앞 벽면에는 이 술집의 전 주인 찰스 그린하프(Charles Greenhaugh)를 기리는 명패가 붙어 있었다. 찰스 역시 그날 밤 배에 타고는 돌아오지 못한 8명의 마우줄 주민 중 한 명이었다. 이른 일요일 아침이어서인지 마을은 조용했고 상점들은 모두 문을 닫았다. 딱히 갈 곳도 없는지라 나는 그저 마을 경치를 감상하며 느릿느릿 걸었다. 그렇게 꽤 한참을 깊은 생각에 잠겨 걷다 보니 어느새 펜잰스였다.

펜잰스에서 나는 내 차 옆에 서서 지도를 들여다봤다. 그러다가 아직 한 번도 가보지 못한 곳, 아니 아무리 생각해봐도 최소한 40년 동안 가보지 않았던 곳에 시선이 꽂혔다. 틴태절(Tintagel)이었다.

그렇게 해서 다음 행선지가 정해졌다. 왜 그곳으로 정했는지는 나도 모르겠다. 그곳에서 특히 좋았다거나 인상 깊었던 기억도 없다. 심지어 처음에는 그곳이 마음에 들지 않았다. 하지만 어쩐지 그곳을 다시 한 번 더 가봐야 한다는 압박감이 들었다. 어쩌면 40년 동안 그곳을 한 번도 가지 않았다는 바로 그 사실에 나도 모르게 이끌린 것인지도 모르겠다. 틴태절을 다시 간다는 사실에는 그다지 크게 흥미를 느끼지 않았지만 그저 다시 찾은 그곳은 어떤 느낌일지가 무척 궁금했다.

틴태절을 잘 모르는 사람을 위해 말하자면, 일단 틴태절에는 버려진 성이 있다. 아서 왕의 전설이 전해지는 그 성은 뉴키와 버드 사이에 위치한 콘월의 쓸쓸한 해변에 우뚝 솟아 있다. 콘월 북쪽으로 가는 주도로인 A39도로에서 불과 12~13킬로미터 정도 거리지만, 틴태절로 가는 도로는 마치 미로와도 같아서 실제 걸리는 시간보다 체감 시간이 훨씬 더 길다. 처음 틴태절에 갔을 때 나는 카멜퍼드에서부터 걸어갔는데 그때는 걷다가 차가 지나가면 옆으로 비켜서야 할 정도로 도로가 좁았다는 사실을 모르고 있었다. 다행히 지나가는 차들은 많지 않았다. 또한 그때는 가는 길이 지도에 표시돼 있는 거리보다 훨씬 더 멀고 복잡하다는 사실도 잘 몰랐다. 그렇게 걷다가 이정표도 없는 교차로에 서서 길이 헷갈려서 지도를 펼쳐 들고 길을 찾고 있었는데 아주 낡고 오래돼 보이는 차 한 대가 내 옆으로 서더니 창문을 내렸다.

"틴태절로 가세요?"

차에 있던 여성이 고상한 목소리로 물었다.

몸을 숙여 차 안을 들여다보니 조수석에 또 다른 여성이 있었다.

"그런데요. 왜 그러시죠?"

내가 물었다.

"타세요. 태워드릴게요."

나는 차 뒷좌석에 탔다. 뒷좌석은 이미 짐 가방이며 이런저런 짐들로 차 지붕까지 꽉 차 있어서 그 틈을 간신히 비집고 들어가 앉아야 했다. 앉고 나니 다리에 귀가 닿을 지경이었다. 자리에 앉자 차는 붕 하는 굉음을 내며 출발했다. 살면서 실제로 관성의 법칙을 체감한 몇 안 되는 순간이었다. 그 차가 어떤 차였는지는 기억나지 않지만 운전을 하던 여성은 자신이 스털링 모스(Stirling Moss, 영국 출신의 전설적인 카 레이서 – 옮긴이)라도 되는 양 차를 몰았고 길은 뉘르브르크링(Nürburgring, 독일의 Eifel 고원에 있는 자동차 경주용 도로로 세계적으로 어려운 코스로 유명하다 – 옮긴이)처럼 험했다.

그 여성은 자그마한 키에 거의 원형에 가까운 체형을 하고 있었다. 조수석에 타고 있던 여성은 운전자와 나이는 비슷해 보였는데 조금 더 크고 말랐다. 당시 그들을 보면서 최악의 옷차림으로 참가하는 가장무도회에 가면 단연 돋보이겠다고 생각했던 기억이 난다. 그런데 운전자가 내게 질문을 퍼부으며 호구조사를 시작했다. 직업은 뭔지, 어디어디 살았었는지 꼬치꼬치 묻던 그녀는 유독 내가 영국이라는 나라의 좋은 점과 싫은 점이 무어라고 생각하는지 알고 싶어 했다. 나는 영국의 모든 점이 다 마음에 든다며 지극히 외교적인 대답을 했다.

"그래도 뭔가 싫어하는 게 있을 텐데요."

그녀는 집요했다.

나는 이것이 이기지 못할 게임임을 단박에 알아차리고 단호히 말했다.

"아뇨. 없어요. 전 영국의 모든 것이 다 좋아요."

"분명 있을 거예요. 뭔가 싫어할 만한 것이."

운전자도 지지 않고 고집을 부렸다.

"좀 더 생각해보세요."

조수석에 있던 여성도 거들고 나섰다.

"글쎄요, 베이컨에 열광하는 편은 아니에요."

내가 말했다.

"아, 우리나라 베이컨을 싫어하시는구나."

둥근 여성이 룸미러로 나를 흘끗 보며 말했다. 룸미러에 비친 그녀의 눈썹은 거의 천정까지 치켜 올라가 있었다.

"그래, 우리나라 베이컨이 어디가 어떻게 맘에 안 드는데요?"

"그냥 다른 거죠. 미국 베이컨은 좀 더 바삭해요."

"아하, 그러니까 미국 베이컨이 더 낫다고 생각하시는 거네요? 그렇죠?"

"그렇기보다는 그냥, 익숙해진 것 같아요."

"내가 선트 르웨이에 있을 때 말이지, 그들이 핫케이크라고 부르는 뭔가를 먹은 적이 있어. 세상에 말이나 되니? 아침부터 케이크가 웬 말이니?"

조수석에 있던 여성이 불쑥 끼어들며 말했다.

"그건 진짜 케이크가 아닌데요."

내가 지적했다.

"케이크 맞아요. 이름이 핫케이크였다니까요. 제가 똑똑히 기억해요."

마른 여자가 말했다. 둥글고 작은 여자가 물었다.

"그래, 맛이 어땠어?"

"글쎄, 그게 그냥 우리나라 팬케이크 같았어."

"맞아요. 팬케이크예요. 그냥 이름만 다른 거죠."

내가 대꾸했다. 하지만 그 마른 여자는 내 말은 전혀 듣지 않았다.

"근데 그걸 아침으로 먹는다고?"

"응. 그것도 매일."

"말도 안 돼!"

"정말 특이했던 건 말이야, 미국 사람들은 피자 파이라고 하는 음식도 먹더라고."

"아침에?"

"아니, 점심하고 저녁에. 그런데 그게 전혀 파이가 아니야. 그냥 토마토소스랑 치즈를 얹은 빵이야."

"으웩, 맛없겠다."

"응. 맛없어. 정말 맛없지."

마른 여자가 맞장구 쳤다.

"댁도 피자 파이 드세요?"

둥근 여자가 비난하듯 내게 물었다.

나는 가끔 먹는다고 실토했다.

"그럼 영국 베이컨보다 피자 파이를 더 좋아하시나요?"

정말 대답하기 곤란한 질문이었다. 그래서 나는 말을 하듯 입술만 움직였을 뿐 실제 아무 말도 하지 않았다.

"거참, 이상하네요. 피자 파이는 좋아하면서 영국 베이컨은 싫어하신다니. 정말 이상하지 않니, 친구야?"

둥글고 작은 여자가 마른 여자에게 물었다.

"정말 이상해. 그런데 솔직히 말하자면 미국 사람들은 주로 다 이상해."

마른 여자가 맞장구쳤다.

둥근 여자가 룸미러로 나를 흘끗 보며 물었다.

"그리고 안 좋아하시는 거 또 뭐가 있어요?"

나는 최대한 외교적인 입장을 고수하려고 노력했지만 어느새 내 바람이나 현명한 판단과는 거리가 먼 대답을 나도 모르게 하고 있었다.

"흠, 소시지도 그렇게까지 막 좋아하지는 않아요."

"영국 소시지요? 영국 소시지를 안 좋아하신다고요?"

"미국 소시지를 더 좋아합니다만."

나는 또 다시 묵살당하기 시작했다.

"미국에서 소시지도 먹어봤니, 친구야?"

둥근 여자가 친구에게 물었다.

"응. 내가 먹은 음식 중에 제일 이상했어. 소시지들이 하나같이 작고 맵더라고."

"으으… 어째 맛이 없을 것 같은데."

"맛없어."

마른 여자가 단호하게 대꾸했다. 둥근 여자가 다시 룸미러로 나를 보며 날카롭게 말했다.

"이 나라에서 굶어 죽지 않으시길 바랄게요. 보이하니 영국 거는 죄다 싫어하시는 것 같은데."

사실 거의 맞는 말이었다. 하지만 나는 이렇게 대답했다.

237

"아뇨. 저는 모든 걸 다 좋아합니다."

그리고 한 5분쯤 있다가 나는 이렇게 덧붙였다.

"선트 르웨이가 아니고요, 세인트 루이스(Saint Lewis)예요."

이 말이 끝나자 차 안에는 정적이 흘렀다. 나는 국경을 초월한 우정 실험이 끝났음을 직감했다. 우리는 틴태절 주차장에서 헤어졌다. 마르고 키 큰 여자가 내게 했던 마지막 말은 이랬다.

"가장 특이한 건 말이죠. 형편없는 매너예요. 그렇게 생각하지 않으세요?"

나는 그때 그곳에 주차를 하고 가파른 길을 오르기 시작했다. 그런데 틴태절 마을이 어떻게 생겼었는지 전혀 기억나지 않았다. 그리고 이내 그 이유를 알게 됐다. 그곳은 외길이 끝도 없이 길게 이어져 있고 그 길을 따라 양옆에 잡다한 물건들을 파는 상점들이 늘어서 있는, 어지간해서는 기억하기 어려운 마을이었다. 마을은 관광객들로 북적였고 카페며 찻집들 모두 손님들로 꽉 차 있었다.

그런데 이번에는 차를 세우고 마을에 들어서서 아무리 생각해봐도 성이 어디에 있었는지 도통 기억이 나질 않았다. 알고 보니 당연한 일이었다. 애당초 기억할 성이 없었던 것이다. 이름만 성일 뿐 바람이 횡하니 부는 잔디 위에 부서진 성벽 몇 조각만 바위 위에 덩그러니 있었던 것이다. 틴태절 성의 역사는 확실하지 않다. 12세기경 영국의 연대기 작가 몬머스 가문의 제프리(Geoffrey of Monmouth)가 쓴 책《영국 왕들의 역사(History of the Kings of Britain)》에 문헌 기록이 남아 있다.

제프리의 책에 의하면 영국의 왕 우서 펜드래곤(Uther Pendragon)이 콘월 공작(Duke of Cornwall)의 아름다운 아내에게 홀딱 반했다고 한다. 이에 극심한 불안을 느낀 콘월 공작은 먼 곳으로 전쟁을 나가면서 아내를 돌로 된 요새 틴태절 성에 가뒀다. 우서는 단념하지 않고 교활한 마법사 멀린(Merlin)에게 부탁해 자신의 외모를 듀크 공작과 똑같이 만들고 공작 행세를 해서 틴태절 성으로 들어갔다. 성에 들어간 그는 아무 의심도 하지 않는(또는 아무 불평도 하지 않는) 공작의 아내를 꾀어 잠자리를 함께 해서 콘월 공작을 조롱거리로 만들었다. 아름다운 공작 부인은 나중에 자신이 임신을 했다는 사실을 알게 된다. 이 아이가 바로 아서 왕이다.

이 이야기의 여러 가지 문제는 어떤 일이 벌어지고 나서 600년 후에 그 일에 대해서 쓰다 보니 쓰는 사람 마음대로 이야기를 구성할 수 있다는 점이다. 만약 아서 왕이 존재했다면 그는 역사에 등장하는 몇몇 인물 중 한 명일 수 있으며 그중 콘월 가문과 연관이 있는 사람일 것이다. 아서 왕의 궁궐이 있었다고 전해지는 캐멀롯(Camelot)은 어쩌면 이스트앵글리아의 반대쪽에 있던 마을일 수도 있다. 카멜롯이라는 지명이 영국 에식스에 있는 콜체스터(Colchester)의 로마식 표기인 카물로두눔(Camulodunum)에서 온 명칭이라는 말도 설득력을 얻고 있다. 아서 왕, 우서, 멀린, 그리고 기타 모든 이들에 대해 확실한 점은 그들 모두 틴태절 성을 보지 못했다는 사실이다. 그때는 이 성이 세워지기 전이었기 때문이다.

나는 경건한 마음으로 주위를 둘러보고 안내문도 꼼꼼히 읽은 후 (역사적인 근거는 없지만) 멀린 동굴(Merlin's Cave)이라 불리는 자연 동굴을 보기 위해 바닷가로 내려갔다가 다시 절벽 꼭대기까지 터벅터벅 걸어 돌아왔다. 다시 마을로 돌아와서 보니 여전히 사람들로 붐볐다. 그 많은 사람들 중 성으로 가는 사람은 거의 없었고 향기가 나는 초를 파는 상점에서 초 냄새를 맡거나 타로 카드 점을 보느라 바빠 보였다.

내가 처음 이곳에 왔던 날, 나는 성을 둘러보고는 나를 차로 태워준 친구들이 나를 가엾이 여겨 어딘가 유명한 마을까지 나를 다시 태워주기를 간절히 바라며 주차장으로 돌아갔었다. 하지만 내 바람이 무색하게 그들이 주차를 했던 자리는 비어 있었다. 결국 나는 마을을 벗어나 왔던 길을 다시 터덜터덜 걸어갔다. 그리고 그때는 미처 알지 못했다. 이미 땅거미가 어둑어둑 내려앉는 시간에 유일하게 사람이 사는 마을에서 수 킬로미터 벗어나 걷는다는 것이 얼마나 무모한 짓인지 말이다. 지금 돌이켜보면 무슨 생각으로 그랬는지 모르겠다. 아무튼 얼마 가지 않아 몹시 배가 고팠고 추워졌으며 설상가상 길까지 잃어버렸다. 그러다가 외딴 농가를 발견하고는 그리로 갔다. 노파심에 강조하는데, 이 이야기는 완전 실화다. 가까이 가서 보니 문 앞에 '조식, 숙박 가능'이라고 적혀 있었다. 문 앞에 서자 안에서 다투는 소리가 들려왔다. 벨을 누르자 잠시 후 문이 열리더니 호리호리하게 마른 여자가 나타났다. 그녀는 한마디도 하지 않고 무표정한 얼굴로 나를 노려보며 이렇게 말했다.

"뭐요?"

"오늘 밤 묵을 방 있나요?"

"방?"

내 물음에 그 여자는 화들짝 놀라며 되물었다. 그녀는 문 앞에 '조식, 숙박 가능'이라고 내건 간판이 있다는 사실을 잊은 듯 잠시 멍한 표정을 짓더니 이내 기억이 났는지 얼른 대답을 했다.

"파운드(pound)인데요."

이런 식의 대답은 늘 헷갈린다. 숙박비 단위로 파운드를 말하는 건지 아니면 동물 우리를 의미하는 파운드인지 구분이 가질 않는다. 나는 그녀가 숙소의 형태를 말한다고 생각했다.

"개나 양들이 있는 그 파운드를 말씀하시는 건가요?"

나는 실망감에 머뭇거리며 물었다.

"아뇨. 숙박비가 1파운드라고요."

"아, 괜찮습니다."

집 주인은 내게 1층 집 뒤편에 있는 방을 보여줬다. 방은 추웠고 스파르타 시대의 방처럼 단출했다. 좁다란 침대와 침대 옆에 놓인 사물함, 가슴 높이까지 오는 서랍장과 찬물만 나오는 싱크대가 전부였다. 하지만 꽤 깨끗했다.

"식사도 가능한가요?"

내가 물었다.

"아뇨."

"아…."

"뭔가 좀 해드릴 수는 있어요. 별로 비싸지 않아요."

"아, 잘됐네요."

굶어 죽기 일보 직전이었기에 여주인의 말이 더없이 반가웠다.

"1파운드 더 내셔야 해요."

"네. 좋습니다."

"여기서 기다리세요. 다 되면 가져다드릴게요."

주인은 방을 나갔다. 그런데 주인이 방을 나가자마자 가까운 다른 방에서 분노에 찬 고함 소리가 들렸다. 이제 나는 그들의 싸움 한복판에 있게 됐다. 30분이 넘도록 문이며 서랍장을 쾅쾅 닫는 소리와 격노한 고함 소리가 끊이지 않았다. 잠시 후 뭔가 둔탁한 물건, 아마도 토스터 같은 물건이 벽에 부딪혀 부서지는 소리가 들렸다. 그러더니 돌연 모든 소리가 멈췄다. 잠시 후 내 방문이 열리더니 여인이 쟁반을 내밀었다. 정말 훌륭한 음식이었다. 쟁반에는 두툼한 케이크 한 조각과 맥주 한 캔이 담겨 있었다.

"다 드시면 쟁반은 문밖에 두세요."

주인은 이 말을 남기고 다시 나갔고 잠시 후 싸움이 다시 시작됐다. 이전보다 훨씬 더 격렬하고 분노에 찬 고성이 오갔다. 나는 조용히 숨을 죽이고 케이크를 먹었다. 식사를 하면서도 내내 느닷없이 방문이 확 열리면서 한 2미터쯤 되는 거구의 남자가 멜빵바지를 입고 한 손에는 도끼를 휘두르고 서서 씩씩대는 건 아닐까 하는 생각이 들었다. 하지만 그런 일은 일어나지 않았다. 한 번은 여자의 날카로운 소리가 들렸다.

"그거 내려놔!"

그 다음은 뭐 뻔한 전개다. "어디서 감히" 그러고는 "어디 해보시지, 이 나쁜 새끼야!" 또 다시 우당탕 싸우는 소리가 들리더니 이번에는 의자가 넘어지는 소리가 들렸다. 그리고 나서 한동안 잠잠하더니 더 격렬한 큰소리가 오가고는 물건들이 마구 내던져지는 소리가 들렸다. 끼어들어 말려야 할지 아니면 창문으로 달아나야 할지 판단이 서질 않았다. 나는 이러지도 저러지도 못한 채 그냥 침대에 걸터앉아 케이크를 먹었다. 정말 맛있었다.

딱히 할 일도 없고 해서 8시경에 침대에 누워 어둠 속에 울리는 싸움 소리를 들었다. 약 1시간 정도 지나자 소리는 위층으로 올라갔다. 위층으로 올라간 싸움은 11시까지 계속 되다가 마침내 잠잠해졌다. 고요해진 집에서 우리는 모두 잠이 들었다.

다음 날 아침 호리호리한 주인이 정말 맛있고 훌륭한 아침 식사를 쟁반에 담아 가져다줬다.

"다 드시고 바로 나가주세요. 제가 지금 나갈 건데 당신이 저 인간하고 단 둘이 이 집에 있길 원치 않거든요."

그녀는 식사 쟁반을 가슴 높이의 서랍장에 올려놓고 내게 2파운드를 받고는 집을 나갔다. 몇 분 후 주차장에서 자동차가 빠져나가는 소리가 들렸다.

나는 아침 식사를 17초 만에 허겁지겁 해치우고서 짐을 챙겨 이 집에 도착한 뒤 처음으로 방 밖으로 나왔다. 복도에 한 남자가 서서 거울을 보며 넥타이를 매고 있었다. 그는 무표정하게 나를 흘끗 보더니 다시 넥타이를 맸다.

나는 문을 열고는 씩씩하게 걸어 나와 뒤도 돌아보지 않고 6.4킬로미터가량 떨어진 보스 캐슬까지 단숨에 걸어갔다. 그리고 아무 곳에나 가기 위해 그곳에서 첫차를 탔다. 그때가 1972년도였다. 그때 이후 펜잰스에 몇 번 온 것을 제외하고는 콘월에 다시는 오지 않았다.

13
—

스톤헨지

《빌 브라이슨 발칙한 영국산책》에서 나는 스톤헨지(Stonehenge)를 공정한 시선으로 바라보지 않았다. 하지만 그 시절 스톤헨지는 정말 그랬다. 그 당시 자동차 주차장과 방문자 센터는 편리하긴 했지만 거슬릴 정도로 거석들과 지나치게 가까이 있었다. 그것도 혼잡한 A344 주 간선 도로 바로 옆이었다. 방문자 센터는 퍽이나 따뜻하고 어여쁜 이동식 가건물이었다. 전시품들은 궁색했으며 간이식당은 불결했다. 전반적으로 모든 것들이 영국이라는 나라의 품격을 떨어뜨렸다.

그랬던 스톤헨지가 확 달라졌다. 일단 사려 깊게도 스톤헨지 옆에 있는 언덕 뒤로 깔끔하게 새로 지은 건물이 있는데 이곳이 방문자 센터다. 유리로 된 매력적인 외관에 널찍한 전시장, 상세한 정보는 물론 최첨단 설비까지 갖췄다. 예전 자동차 주차장과 방문자 센터, 그리고 구 A344도로는 사라지고 그 위에 푸른 잔디가 깔려 있었다. 참으로 만족스러운 발전이다. 한때 스톤헨지의 남쪽 외곽에 있는 혼잡한 A303도로에 터널을 뚫으려는 계획도 있었다. 그렇게 하면 스톤헨지가 더욱 조용하고 고즈넉한 장소가 되리라는 생각에서였다. 한때 스톤헨지는 그런 곳이었을 테니까. 하지만 이 계획은 지출이 너무 크다는 이유로 실현되지 못했다. 그래도 최근 더 나아진 스톤헨지는 불과 몇 년 전의 모습보다 천 배는 더 나아 보였다.

이 새로운 모습에 모두가 다 행복해하는 것은 아니다. 다수의 미국인 관광객들에게 스톤헨지는 그저 런던에서 출발해 윈저캐슬, 배스, 스트랫퍼드어폰에이번(Stratford-upon-Avon)을 경유해 회오리바람처럼 휙 둘러보는 관광 코스 중 한 곳일 뿐이다. 한때 스톤헨지는 그러한 관광객들을 위한 체험 관광지였다. 관광객들은 거석들을 구경하고, 선물 가게를 들른 후, 나초나 피자가 없다는 사실을 깨닫고 실망해서 뭔가 더 자극적인 음식을 찾기 전까지 퍼지를 사서 먹고, 화장실에 들렀다가 뭔가 대단히 웃겨 보이는 체험을 하려는지 우비를 챙겨 입고는 차에 올라타서 그곳을 떠난다. 이 모든 과정이 10분 안에 이뤄진다. 그런데 지금은 새로 지은 방문자 센터가 거석에서 1.6킬로미터 이상 떨어져 있어서 차로 이동을 해야 하고 그러다 보니 영국 남부에서 느긋하게 여가를 보낼 시간을 보다 많이 축내게 됐다.

나는 스톤헨지에 도착하자마자 뭐에 홀리듯 비싼 입장료를 냈다. 14.9파운드나 하는 입장료를 내자니 나도 모르게 탄식이 나왔다. 새로운 전시장은 훌륭했다. 유적지의 시설물들 중에 최고였다. 전시장을 만드는 일은 불가능에 가까울 정도로 어렵다. 전시장은 지식, 관심 분야, 언어 등이 천차만별인 사람들을 만족시켜야 하고, 뒤에 들어오는 새로운 입장객을 수용하려면 먼저 입장한 사람들이 우물쭈물하며 정체돼 있지 않고 꾸준히 이동하도록 동선을 짜야 한다. 이곳 전시관은 이러한 점들을 다 감안하고도 무척 훌륭했다.

우리가 알고 있는 스톤헨지 관련 지식들은 놀랍게도 대부분 최근에 밝혀졌다. 나는 이제까지 스톤헨지가 기원전 1400년경에 만들어진 줄 알았다. 하지만 새로 밝혀진 사실에 의하면 이보다 1,000년 정도 더 일찍 만들어졌다고 한다. 심지어 스톤헨지 주변의 토목 작업은 그보다도 더 오래됐다고 한다. 길이가 3킬로미터가 넘는 거대한 달걀 모양의 수로는 스톤헨지보다 수백 년 전에 만들어졌으며 다른 무덤들, 그리고 뛰어난 기술로 만든 도로 등이 만들어진 시기도 모두 스톤헨지보다 수백 년 앞섰다. 아주 오래전 누군가 이곳에 거대한 돌들을 세우기 전에, 뭔가가 이곳으로 사람들을 이끌었다. 사람들은 각기 다른 대륙에서 왔다. 유럽 대륙에서 온 사람들도 있었고 스코틀랜드의 하일랜드에서 온 사람들도 있었다. 하지만 정확히 무엇 때문에 그들이 이곳으로 왔는지는 아마 영원히 풀리지 않는 수수께끼일 것이다.

물론 거대한 원형 돌들보다 더 풀리지 않는 수수께끼는 없다. 오늘날 우리가 보는 스톤헨지는 두 종류다. 하나는 거대하고 단단한 사암이 우뚝 서 있는 것이고 또 다른 하나는 청석으로 원형을 이루고 있는 보다 작은 돌들이다. 대사암은 약 32킬로미터 떨어진 고원 지대인 말버러다운스(Marlborough Downs)에서 가져왔다. 먼 거리는 아니지만 3만 6,000킬로그램이 넘는 돌덩이를 32킬로미터가량 끌고 간다면 과연 '가깝다'는 말이 적당한지 잘 모르겠다. 오늘날에는 17개의 거석들이 있지만 한때 이곳에는 30개의 거석들이 있었다. 대사암 보다 크기는 작지만 그 수가 80개에 이르는 청석은 290킬로미터쯤 떨어진 웨일스의 서쪽 지역, 프레셀리힐스에서 가져왔다. 정말로 믿기지 않는 일이다. 어떻게 영국의 저지대에 사는 사람들이 멀리 떨어진 웨일스의 산꼭대기에 이 특별한 돌들이 있다는 사실을 알았을까? 아마도 그들은 이 돌을 신성하게 여겼을 것이다. 그런데 만약 그랬다면 어째서 그들은 웨일스의 사당에 이 돌을 세우지 않고 왜 어마어마한 시간과 노력을 들여 이 돌들을 솔즈베리 평원까지 운반해 온 것일까? 오늘날 우리가 보는 거대한 원형 돌을 완성하기 위해 청석들을 운반해 온 것은 아니다. 현재 알려진 바로는 청석들은 거대한 원형 거석이 세워지기 500여 년 전에 이미 이곳으로 운반돼 왔다고 한다. 이 새로운 사실은 2009년에야 비로소 밝혀졌다. 스톤헨지를 둘러싼 모든 것들이 알면 알수록 더욱 경이롭고 불가사의하다.

내가 처음 스톤헨지에 온 것은 1970년대 초반이었다. 당시만 해도 사람들은 거석들 주위를 돌아다니면서 돌을 만지거나 돌에 기대기도 했고 심지어 그 위에 앉기도 했다. 그때는 부끄럽게도 이러한 행위들이 허용됐다. 하지만 문화유산 보존에 대한 개념이 생기면서 그러한 행위가 금지됐고 사람들은 돌에서 일정 거리 떨어져서 탐방을 해야 했다. 새로 지은 방문자 센터에서는 이 문제를 해결하기 위해 대사암 하나, 청석 하나 이렇게 두 개의 거석 모형을 원래 크기와 똑같이 세워 두었다. 덕분에 관광객들은 실제 돌을 보기 전에 모형 돌을 관찰하고 체험해볼 수 있게 됐고 이러한 방법은 대단히 유용했다. 대사암은 이름대로 일종의 사암이지만 화강암보다 단단하다. 방문자 센터 바깥 한쪽에 둥근 나무들이 있다. 당시 이런 나무들을 이용해 거대한 돌을 운반했을 것이라는 추정을 보여주려고 갖다놓은 것이다. 실로 대단히 뛰어난 발상이다. 둥근 나무들 위에 돌을 실어 나르면 짧은 시간에 어마어마하게 크고 무거운 물체를 나를 수 있기 때문이다.

스톤헨지를 탐방하는 사람들은 대부분 랜드 트레인(land train)이라고 불리는 이동 수단을 타고 방문자 센터에서 출발해 한 바퀴 돈다. 하지만 몇몇 똑똑한 사람들은 걷는 방법을 택한다. 땅으로 다니는 열차보다는 도보가 훨씬 더 탁월한 선택이다. 평원을 걸으면서 광활한 솔즈베리 평원을 가까이서 느낄 수 있기 때문이다. 방문자 센터에서 약 800미터쯤 걷다 보면 길고 낮게 드리운 구릉 꼭대기 나무들 사이로 처음으로 돌이 보이기 시작한다.

첫눈에는 돌들이 의외로 소박하고 심지어 귀엽게 보이기도 한다. 대성당이나 거대한 다른 구조물에 익숙해졌기 때문이다. 하지만 조금만 생각을 해보면 이 원형 돌들이 멀리 떨어진 곳에서 보더라도 일찌기 그 정도 규모의 것을 한 번도 본 적이 없던 사람들에게 어떤 경외감을 불러일으켰을지 짐작할 수 있다. 또한 조금도 생각하는 수고를 들이지 않아도 거석의 아름다움과 완벽한 위엄에 말문이 막혀 넋을 잃게 된다. 스톤헨지를 보다 보면 이것이 인간이 창조한 모든 것들 중 가장 아름답고 특별한 것이라는 생각이 든다. 게다가 이러한 형태의 원형 거석이 이전에는 전혀 존재하지 않았던 점을 생각하면 그저 경이로운 생각이 든다. 이 거대한 돌을 세우는 데 들어간 상상조차 되지 않는 노력과 기술만 감탄스러운 것이 아니라 그 모습 자체도 압도적이다.

어떤 말로도 표현하기 힘들다. 도대체 어떻게 이런 것을 만들었을까? 누가 어떻게 이런 것을 만들 생각을 했을까? 어떻게 수백 명의 사람들을 이 어마어마한 노동에 참여해달라고 설득했으며, 어떻게 딱 맞는 거대한 돌들을 찾았으며, 어떻게 운반했으며, 어떻게 이토록 완벽한 형태로, 완벽하게 딱 맞는 자리에 갖다놓았을까? 이 세상 그 어디에도 없는 형태로 이렇게 돌들을 조화롭게 모아놓겠다는 구상은 누가 했을까? 모든 답들은 그저 풀리지 않는 신비로 남아 있다. 그리고 이 모든 위업은 철이 존재하지 않았던, 가장 날카로운 도구라고 해봤자 부싯돌이나 사슴뿔이 전부였던 시대에 살았던 사람들이 이룬 것이다.

이 거대한 돌들이 이곳에 세워진 이유는 아무리 추측을 해봐도 대답하기 쉽지 않다. 이곳은 특별히 눈에 띄는 장소가 아니다. 큰 강이 흐르지도 않고 장엄하게 솟은 지형도 아니다. 스톤헨지를 세우는 데 필요한 재료들은 멀리 떨어진 곳에 흩어져 있었다. 보다 수월하게 재료를 조달할 다른 장소도 얼마든지 있었을 것이다. 하지만 어떤 이유에서인지 몇 명인지도 모를 사람들이 상상조차 되지 않는 어마어마한 노동력과 지혜를 모아 그때까지 인류가 만든 것 중에 가장 완벽한 구조물을 만들었다. 이 과정이 얼마나 험난했을지 생각하면 말문이 막힐 지경이다. 이 구조물을 세운 사람들은 경사진 지면도 그대로 수용했다. 하지만 경사진 땅에 각기 다른 높이의 돌들을 정확하게 똑바로 세워야만 상인방 돌(건축물에서 입구 위에 수평으로 가로질러 놓는 석재로 구조물 윗부분의 무게를 지탱하는 뼈대 역할을 한다–옮긴이)이 사방으로 완벽하게 수평이 될 수 있다. 돌들은 식탁 위에 도미노를 놓듯 평평한 땅 위에 그냥 세운 것이 아니라 땅속에 묻는 방식으로 세워졌다. 흔들림을 방지하기 위해 2.5미터 깊이로 묻은 돌들도 있다. 누군가는 이 돌들이 4,500년 후에도 굳건히 서 있기를 바랐을 것이다. 상인방 돌 모서리는 부드러운 곡선으로 돼 있어서 원형 구조물의 완벽한 모자 역할을 한다. 실로 세심하고 치밀하게 설계된 구조물이다.

이렇게 정성을 들이고도 스톤헨지는 기껏해야 수십 년 정도 사용되고 버려진 것으로 보인다. 무슨 이유로 사람들이 스톤헨지를 외면하고 떠났는지는 가장 풀리지 않는 수수께끼이다.

이 모든 것들이 내 마음에 묵직하게 남았다. 길고 야트막한 구릉을 터벅터벅 걸어 되돌아가는 내내 만약 스톤헨지를 만든 이들에게 불도저와 자재를 나를 커다란 트럭과 설계에 도움을 줄 컴퓨터가 있었다면 과연 그들이 무엇을 만들었을지 생각해봤다. 만약 오늘날 우리가 사용하는 도구들을 전부 가지고 있었다면, 그들은 무엇을 만들었을까? 생각에 생각을 하며 오르다 보니 어느새 구릉 꼭대기였다. 저 아래로 보이는 방문자 센터와 카페, 선물 가게, 지상 열차, 거대한 주차장을 보다가 문득 내가 보고 있는 것들이 그 대답일지도 모른다는 생각이 들었다.

노퍽(Norfolk)으로 가기 전에 런던의 자연사 박물관(Natural History Museum)에서 그동안 무척이나 기다렸던 특별 전시회가 열리고 있었다. 이스트앵글리아와 깊은 관련이 있는 전시회였다. 나는 전시회에 들르기로 했다. 자연사 박물관 외관은 화려했고 다소 과할 정도로 꾸며져 있었다. 커다란 중앙 홀은 티라노사우루스 렉스의 뼈대가 점령하고 있었는데 마치 입구로 들어오는 입장객들을 당장이라도 게걸스럽게 삼킬 듯한 자세였다. 요즘 같으면 솔직히 그것도 그리 나쁜 생각은 아닌 듯싶다.

한때 이곳 박물관에 거의 무한대에 가까울 정도로 많은 전시품들이 가득했다. 조명은 은은했고 분위기는 차분했다. 아래층 복도에는 커다란 유리 진열장이 있었는데 그 안에는 상상 속에서나 보던 온갖 다양한 동물들이 박제돼 있었다. 동물들은 마치 얼음 속에 갇힌 듯 보였다. 가까이에서 우리를 빤히 바라보는 그들의 눈동자며 털, 근육 등을 자세히 관찰하면서 그들의 힘과 달리기 속도 등을 가늠할 수 있었고 새삼 생명의 다양함에 놀라곤 했었다. 박물관 체험은 매우 매력적이고 짜릿한 경험이었고 무엇보다도 내 기억 속 자연사 박물관은 찾는 이가 많지 않아 늘 한적했고 도서관처럼 조용했다.

그런데 요즘은 결코 조용하지도 한적하지도 않다. 항상 지나치게 밝고 시끄러우며 끔찍하다. 박제 동물들과 유리 진열장이 있던 긴 복도에는 이제 선물 가게들이 들어와 방문객을 유혹하고 있다. 말이 선물 가게이지 실제로는 선물 가게도 아니다. 그냥 장난감 가게다. 아이들에게 연필 한 자루와 지우개를 쥐어주며 얼렁뚱땅 넘어갈 수 있던 시절은 이제 다 끝났다. 선물 가게는 아예 영국의 장난감 전문 업체 햄리스(Hamley's) 못지않았다.

관람객들은 시끄럽고 야단스러웠으며 대부분 외국인이었다. 박물관 분위기는 마치 중동의 야외 시장이나 중요한 결승전 경기를 앞둔 풋볼 경기장 주변 도로와 비슷했다. 어느 곳 하나 마음에 드는 구석이 없었다. '100만 년 전의 인류 이야기' 특별전이 열리고 있는 박물관 앞은 사람들로 매우 혼잡했고 전시장 안으로 들어가려면 그 혼잡한 틈을 간신히 비집고 들어야 했다. 영국 사람은 나뿐인 듯했다. 나는 이스트앵글리아로 가기 전에 이 전시회를 보고 싶어서 몇 주를 기다렸다. 이스트앵글리아는 영국에서 인간의 역사가 시작된 곳이기 때문이다.

무수히 많은 인류가 영국 대륙에 오기도 했고 이곳을 떠나기도 했다. 최소한 일곱 번 정도는 사람들이 이곳을 점령했다가 버렸다. 이렇게 이곳에 사람들이 오갔다는 사실이 썩 잘 이해가 되지는 않는다. 약 50만 년 전 영국에는 꽤 많은 사람들이 살았다. 하지만 그 이후 10만 년 동안은 아무도 이곳에 살지 않았다. 하지만 알려진 바에 의하면 그 시기는 기후가 가장 온난하고 식량도 가장 풍부했던 시기였다. 두께가 수십 미터에 달하는 거대한 얼음이 이 대륙을 뒤덮자 사람들은 얼음을 피해 높은 곳으로 올라갔다. 길고 지난했던 구석기 시대에 사람들은 자연에 순응하며 살기가 영 심기가 뒤틀렸는지 이곳을 떠나기도 했고 이곳으로 들어오기도 했다. 그런 일은 예나 지금이나 꽤 빈번하게 일어나는 듯하다.

2000년, 아마추어 고고학자 마이크 체임버스(Mike Chambers)는 노퍽에 있는 헤이즈버러 해변을 걷다가 연약한 지반으로 돼 있는 절벽에 부싯돌 조각이 툭 튀어나와 있는 것을 발견했다. 그런데 그곳은 부싯돌이 발견될 수 없는 지역이었다. 고고학자들로 구성된 탐사 팀이 헤이즈버러로 왔고 5년 동안 발굴 작업을 한 결과 인간이 만든 부싯돌 조각 32점이 추가로 발견됐다. 이는 그리 멀지 않은 곳에서 이주해온 인간들이 남긴 부싯돌이지만 그들이 누구인지는 전혀 알려지지 않았다. 헤이즈버러에 온 인류는 현생 인류가 아니었다.

그렇다고 해서 정치인 존 프레스콧(John Prescott)같은 사람도 아니었다. 주로 그들을 '최초의 인류'를 뜻하는 '호모 안티세서(Homo antecessor)'로 분류하기도 하지만 어디까지나 추측일 뿐이다. 그들은 자신들의 존재를 입증하는 직접적인 증거는 남기지 않았다. 유일하게 남은 것이라고는 부싯돌 조각뿐이다. 그들이 누구든 간에 그들은 영국에서 발견된 가장 먼 인류로 약 100만 년 전에 출현했을 것으로 추정된다(특별전 제목이 '100만 년 전의 인류 이야기'였던 것도 이 때문이다).

영국에 호모 사피엔스가 나타나기 전 최소한 두 종류의 인류가 있었다. 하나는 '호모 하이델베르겐시스(Homo heidelbergensis)'이고 또 다른 인류는 '호모 네안데르탈렌시스(Homo neanderthalensis, 네안데르탈인이라고도 한다)'다. 지금까지 유일하게 완전히 이곳에 정착한 인류는 고작해야 1만 2,000년 전 즈음의 인류다. 즉 영국은 현생 인류가 거주하기 시작한 지 얼마 되지 않은 곳이라는 의미다. 이러한 관점에서 보면 영국은 아메리카 대륙이나 호주보다 훨씬 더 젊은 나라다.

전시회는 여느 전시회라면 갖춰야 할 모든 것을 다 갖추고 있었다. 사려 깊고, 정보가 풍부하며, 주제와 관련이 깊고, 조명은 은은했고, 다행히도 조용했다. 관람객은 고작 3명이었고 그중 하나가 나였다. 당연히 관람료가 9파운드로 비쌌기 때문이다. 전시 해설자는 이전에는 한 번도 소개되지 않았던 이야기들을 많이 들려줬다. 영국에 나타난 최초의 네안데르탈인 해골, 세계에서 가장 오래된 창, 손도끼, 헤이즈버러에서 발견된 유물을 포함해 다양한 형태와 크기의 긁개 등을 보여주고 설명해주어서 거의 100만년 동안 인류의 흐름을 가늠해볼 수 있었다. 하지만 가장 놀라웠던 것은 정말 살아 있는 사람처럼 느껴졌던 실물 크기의 네안데르탈인 모형이었다. 모형은 네덜란드의 두 형제 아드리에(Adrie)와 알폰스 캐니스(Alfons Kennis)가 만들었는데 이 형제는 인간 모형을 만드는 데 천부적인 재능을 가졌다고 해도 과언이 아니다. 모형들은 전형적인 마네킹이 아니라 실제 살아서 움직이는 듯한 자세를 취하고 있어서 꽤 오싹했다.

네안데르탈인은 키가 약 162센티미터로 작았지만 다부진 체격에 험상궂은 얼굴을 하고 있었다. 네안데르탈인은 정말 신비하다. 그들의 뇌는 지금의 인류보다 더 크다. 그들은 빙하 시대를 살았기에 옷이 필요했지만 그들이 바느질을 공부했다는 증거는 어디에도 남아 있지 않다. 오랫동안 네안데르탈인은 별개의 종으로 여겨져 호모 사피엔스와는 다른 종이라고 여겨졌지만 지금은 오늘날의 인류에게 네안데르탈인의 유전자가 2퍼센트 있다는 사실이 알려지게 됐다. 왜 과학자들이 네안데르탈인과 현재 인류가 이종 교배 종이라는 개념에 그토록 반대하는지는 모르겠다. 많은 사람들과 잠자리를 하는 현대 인류를 생각해보면 그 시절 모닥불 곁에서 두 눈을 반짝이던 네안데르탈인 소녀와 사랑에 빠졌다고 해도 전혀 놀랄 일이 아니지 않은가. 네안데르탈인이 우리에게 물려준 유전적 선물 중 하나는 연한 적갈색 머리카락이 아닌가 싶다. 이렇게 고마울 데가. 네안데르탈인 옆에 나란히 있는 초기 현대 인류는 좀 더 섬세하고 호리호리한 외모였다. 초기 현대 인류는 몇 센티미터가량 더 커보였지만 네안데르탈인보다는 약해 보였다. 둘이 싸우면 네안데르탈인이 쉽게 이겼을 것이다. 여자 네안데르탈인 역시 비슷한 생김이었는데 우리에게 그들의 유전자가 왜 50퍼센트가 아니라 2퍼센트만 전승됐는지 짐작이 가는 생김새였다. 초기 현대 인류에게 네안데르탈인 여성들은 너무도 무서웠을 테니까.

가까이에 호모 안티세서 머리 모형도 있었는데 어떤 이유에서인지 드물게 행복해 보였다. 호모 안티세서는 1994년 스페인 북부에서 발견된 완전히 새로운 종이다. 그 이전에는 그 어디에서도 발견되지 않았었다. 노퍽 사람들이 호모 안티세서 인류였다는 사실은 정말 아무도 몰랐다. 노퍽 사람들이 호모 안티세서였다고 추정되는 이유는 그들이 이곳에 정착한 시기 때문이다. 하지만 다른 종이거나 전혀 새로운 인종이었을 가능성도 있다. 자연사 박물관에 전시된 모형들로 미루어봐 그들 역시 지금의 인류처럼 온순한 기질이었지만 썩 밝은 성격은 아니었던 듯싶다. 물론 어디까지나 추측일 뿐이다.

전시장을 다 돌고 나니 피할 도리 없이 선물 가게와 맞닥뜨려야 했다. 꼭 박물관을 비난하는 것은 아니다. 공짜 입장권을 제공한다는 곳에 가보면 입장료는 공짜이지만 어떤 방식으로든 비용을 지불하게 하는 경우가 늘 있으니까. 다음에 이곳을 찾았을 때 선물 가게가 있던 자리에 테스코익스프레스 마트가 들어와 있다고 해도 그다지 놀랄 것 같지 않다.

나는 선물 가게를 지나쳐 다른 전시실로 향했다. 다른 전시장의 전시품들은 모두 오래되고 낡아 있었다. 1980년대, 내가 아이들을 데리고 왔을 때와 전혀 달라지지 않은 '징그러운 벌레들' 전시실은 어찌나 집요하게 웃기려고 하는지 내가 다 부끄러워 어디 쥐구멍에라도 숨고 싶을 정도였다. 안내문이나 문구들도 다 닳아서 서서히 '자 사 ㅂ물관'이 돼가고 있었다. 전시품 아래에는 조금의 열의나 고민의 흔적도 느껴지지 않는 제목과 설명이 무기력하게 붙어 있었다. 생태 전시관에는 물 밖으로 고개를 내민 채 호기심 어린 표정을 짓고 있는 행복해 보이는 돌고래 사진이 있었는데 그 아래는 이런 문구가 적혀 있었다.

2004년, 매년 저인망 어선 그물에 걸려 죽는 돌고래 수가 늘어나자 이를 막기 위한 환경 운동가들의 압력에 하원 의원들은 잉글랜드 남서 해역에서 바다 농어 어업을 중지할 것을 요구했다.

미안하다. 하지만 이곳을 찾은 사람들은 부득이 이 웃긴 문구를 보고 있어야 한다. 우선, 2004년이 도대체 언제 이야기인가? 그 이후에는 아무런 일도 일어나지 않았단 말인가? 2004년 이후 이 사진 아래 글만 보면 아무 일도 일어나지 않았던 것은 확실하다. 그리고 도대체 몇 명의 하원 의원들이 대책을 요구했단 말인가? 3명? 500명? 그래서 어쨌단 말인가? 법안을 도입했단 말인가? 조치는 취했나? 잉글랜드 남서부 해역 바다 농어 어업에 국한한 특별한 이유라도 있는가? 왜 영국 전역에서 모든 어업을 금지하지 않는 걸까? 아예 전 세계 모든 어업을 금지하는 건 왜 안 되는가? 설령 이 정보가 새로운 정보라고 해도 불완전하고 불충분하기 짝이 없다. 불완전하고 불충분하다는 말은 이 문구를 만든 사람들에게도 해당된다. 모든 박물관이 다 이런 식이다. 한때 내 아이들의 마음을 사로잡았던 유리 진열장 속 박제 동물들은 창고에 처박혀 있을 것이다. 아마 21세기에 진열하기에는 지나치게 구식이라고 생각했는지도 모른다.

예전에 커다란 홀이 내려다보이는 중이층(다른 층들보다 작게 두 층 사이에 지은 층 - 옮긴이) 한쪽에는 훌륭한 인류학 전시가, 또 다른 한쪽에는 많은 박제 동물들이 전시돼 있었다. 지금 인류학 전시관은 그냥 아무것도 없는 복도로 바뀌었고 박제 동물이 있던 자리에는 카페가 들어서 있으며 이 카페가 이 건물에서 차지하는 비중은 적어도 오분의 일은 된다. 도대체 이 박물관에 무슨 일이 일어나고 있는가? 자연사 박물관은 더 이상 박물관으로써의 기능을 하지 못하고 있으며 기획자들도 전시관을 슬쩍 간이음식점으로 바꾸고 있다. 이젠 내 손주들을 데리고 이곳에 온다면 어딘가에 앉아서 예전에 이곳이 어땠는지 말해줄지도 모른다. '저 쪽에 아이스크림 기계가 있던 자리에는 유리 진열장이 있었고 그 안에 북극곰이 있었단다. 음료수 다 마시면 아래층으로 내려

가서 흰긴수염고래가 있던 자리를 보여주마. 아마 동그란 감자튀김을 파는 곳 어디일 거다.' 이제 박물관은 정보나 교육을 제공하는 기관이 아니라 이윤을 창출하는 곳이 될 것이다.

새로 생긴 카페 바로 뒤에 긴 유리 진열장이 있었다. 잠시 나는 이 박물관이 가슴 설레고 재미있는 곳이었을 때 그 많던 유물들을 제대로 보지 않고 지나쳤던 것을 떠올렸지만 부질없는 후회였다. 진열장에는 켄트에 있는 찰스 다윈의 생가, 다운 하우스를 홍보하는 광고 문구가 붙어 있었다. 그 어디에도 찰스 다윈의 생애와 업적에 관한 정보가 없었으며 《비글호 항해기》라든가 《진화론》처럼 아주 조금이라도 교육적인 그 어떤 내용도 적혀 있지 않았다. 그저 가서 보라는 말뿐이었다.

식당의 시설에 대해서도 일절 언급돼 있지 않았다. 그래서 나도 그 식당들을 평가할 기회를 갖지 않기로 했다.

이스트앵글리아

I

어느 눈부시게 화창한 여름날 아침, 홀컴과 블레이크니 사이의 노퍽 해안을 따라 난 길을 산책하다가 길모퉁이를 막 돌아서는데 개를 데리고 산책 중인 한 여인과 마주쳤다. 그리고 여인과 나는 그 개가 몰캉한 어떤 것 세 덩어리를 길바닥에 떨어뜨리는 광경을 함께 지켜봤다.

"개똥을 길에 그냥 두다니 좀 더럽다고 생각하지 않으세요?"

나는 진짜 궁금해서 물었다.

"전 이 지역 주민이에요."

그녀는 마치 그 대답이 모든 것을 다 설명한다는 듯 단호하게 대답했다.

"이 지역 주민이면 당신 개가 길바닥에 똥을 눠도 괜찮다는 말인가요?"

"덮을 거예요."

그녀는 마치 내가 공연히 잔소리나 늘어놓는 사람인 양 짜증 섞인 말투로 대꾸했다. 그러고는 발로 옆의 나뭇가지들을 질질 끌어다가 개똥을 덮었다. 눈에 잘 띄던 오물은 이제 눈에 잘 보이지 않는 똥 지뢰가 돼버렸다.

"봤죠?"

여인은 마치 모든 문제를 해결했다는 듯 만족스러운 표정으로 나를 봤다.

어이가 없어진 나는 한동안 그녀를 빤히 쳐다봤다. 그러고는 지팡이를 높이 치켜들어 조용히 그 여성을 내리쳐 죽였다. 그녀는 길바닥에 쓰러져 미동도 없었다. 그 여성이 입고 있던 큼직한 방수 코트를 벗겨다가 시체를 둘둘 말아 길옆 갈대가 무성한 늪에 던지니 만족스럽게도 꼬로록 소리를 내며 가라앉았다. 나는 다시 지도를 확인하고 이 시간에 블레이크니에서 차 한 잔 마실 수 있을까 생각하며 가던 길을 계속 갔다.

나는 노퍽을 좋아한다. 2013년까지 노퍽에서 10년을 살았다. 그리고 노퍽의 언덕들은 아무 잘못이 없으며 이곳 사람들이 호모 안티세서였던 그들의 유전적 변이성에서 크게 벗어나지 않았음을 점점 확신하게 됐다. 내 아들 샘은 늘 이렇게 말하곤 했다.

"노퍽은 사람은 많은데 거의 다 성(姓)이 같아."

이 지역에 딱히 화려한 볼거리는 없어도 그래도 꽤 괜찮은 곳은 더러 있으며 그 괜찮은 곳들 중 북쪽 노퍽 해변은 단연 으뜸이다. 웰스넥스트더씨(Wells-next-the-Sea, 바다 옆 샘물이라니 이 얼마나 예쁜 이름인가?)와 클레이(Cley) 사이에는 거대한 염습지(바닷물이 드나들어 염분 변화가 큰 습지로 염생 식물이 서식하는 습지 - 옮긴이)가 16킬로미터가량 바다와 나란히 펼쳐져 있다. 이 염습지 중간중간에는 꽤 깊은 수로가 있는데 밀물이 들어오면 수로의 물살이 급격하게 빨라진다. 이곳을 거닐다가 북해를 쓸고 내려온 차갑고 뿌연 안개라도 끼면 길을 잃기 딱 좋다. 자기도 모르게 늪지대 작은 섬 같은 땅에 옴짝달싹 못하고 갇히게 되는 것이다.

노스노퍽은 런던에 사는 사람들이 별장을 많이 지어서 '바다 위의 첼시 (Chelsea-on-Sea)'로 불리기도 한다. 하지만 천만다행으로 웨스트컨트리 다음으로 조용하다. 이곳 해안에는 가장 훌륭하고 가장 똑똑한 마을버스가 다닌다. 몇 년 전, 코스트호퍼(Coasthopper) 운수 회사에서 느리고 덩치만 큰 버스들을 모두 없애고 호퍼스라고 하는 작은 버스들을 사들여 이곳 해안에 최소한 30분마다 버스가 한 대씩은 다니도록 했다. 이 버스는 대단히 유용해서 지역 주민과 관광객 모두에게 큰 인기를 누렸다. 한 마을버스 운전기사는 이 버스가 영국에서 가장 애용되는 버스라고 자랑스레 말하기도 했다. 해안 길을 따라 걷다가 피곤해지거나 갑자기 비가 억수 같이 퍼부으면 잠시 걷기를 중단하고 버스를 이용할 수 있다. 또한 홀컴이나 웰스 같은 곳에 주차를 해두고 셰링엄(Sheringham) 쪽으로 난 해안 길을 걷다가 이 버스를 타고 차를 세워둔 곳으로 돌아올 수도 있다. 이는 내가 택한 방법이다.

길옆으로 벽돌이며 돌로 지은 집들이 있는 예쁜 마을들이 있었는데 특히 블레이크니와 클레이 마을은 유독 예뻤다. 하지만 나는 솔트하우스 (Salthouse)에 있는 쿠키스(Cookie's)에서 점심을 먹기로 했다. 쿠키스는 미국에서는 크랩섁(crab shack)으로 불리는 해산물 음식 전문점으로, 오래전부터 솔트하우스에 있었다. 예전 쿠키스에는 분노에 찬 손 글씨로 손님들에게 마음대로 아무 곳에나 앉지 말고, 식당 측에서 별도의 지시가 있을 때까지는 자리를 달라고 요구하지 말며, 메뉴에 있는 메뉴 외에는 별도의 요구를 하지 말

것이며, 게다가 내 기억이 정확하다면 산소나 바다 전망 등을 포함해 식당 내에서 돈 주고 산 것이 아니면 아무것도 사용하지 말라고 적혀 있었다. 당시 나는 이 경고문을 유심히 읽다가 직원들에게 이렇게 물었다.

"차라리 '다 꺼져. 좀 쉬게'라고 쓰는 건 어때요?"

그때 식당 사람들은 화를 꾹 참으려고 무지 애를 쓰는 표정이었다. 다시 가 보니 경고 문구는 많이 줄었고 보다 절제된 표현을 사용하고 있었다. 어쩐지 좀 아쉬웠다. 나는 나름대로 자기만의 철학이 있는 곳을 좋아한다. 아무튼 음식은 훌륭했고 가격도 아주 합리적이었다. 가격이 마음에 들지 않는다면 나를 나무라도 좋다. 어쨌든 나는 큰 접시로 해산물을 가득 먹었고 정말 대단히 훌륭했다.

솔트하우스 뒤편 바다 가까이에 산책로가 나 있었다. 이 산책로를 따라 모래밭을 건너고, 자갈밭도 건너고, 커다란 모래 언덕까지 몇 개 넘어 수 킬로미터를 가다 보면 바다에서 약 20미터 높이로 융기한 광활한 초원이 나온다. 지천이 온통 아름답다. 나는 홀컴에서 셰링엄까지 약 29킬로미터나 되는 꽤 긴 거리를 걸었지만 대부분 평지여서 그리 힘들지는 않았다. 셰링엄에 도착하기 바로 직전이었는데, 갑자기 날카로운 기적 소리가 허공을 갈랐다. 소리가 어찌나 큰지 흠칫 놀라서 보니 내 오른쪽으로 증기 기관차가 증기를 뿜으며 지나가고 있었다. 기관차가 지나간 자리에는 새하얀 연기가 길게 남아 있었다. 노스노퍽 철도였다. 멀리서 보기에도 열차는 만원이었다. 즐거운 표정을 한 수백 명의 사람들이 홀트에서 셰링엄까지 18분의 짧은 여행을 즐기고 있었다. 노퍽에서 타던 열차보다 속도도 훨씬 느리고 이래저래 훨씬 더 불편한 열차인데도 탑승객들의 얼굴은 마치 천국에 있는 듯한 표정이었다.

영국인들이 뭔가를 즐길 때 이보다 더 놀라운 일은 거의 없을 것처럼 기뻐하며 나는 진지한 마음으로 이 부분을 존경한다. 그들은 정말 아무것도 아닌 일에 깊고도 지속적으로 기뻐할 수 있는 능력을 지녔다. 영국인들에게 클레멘트 애틀리(1883~1967, 전 영국 총리) 시절에나 사용되던 낡은 운송 수단 하나만 주면 정말 사람들이 구름 떼처럼 몰려든다. 영국에는 증기 철도가 108개 있다. 어쩌면 106개일 수도 있고 정확한 수는 확실치 않지만 한 가지 분명한 점은 한 국가에서 필요로 하는 수보다는 월등히 많은 것은 확실하다. 그런데 그 증기 기관차들이 1만 8,500명의 자원봉사자들에 의해 운영된다는 사실을 알고 있는가? 영국에는 제대로 작동하는 증기 기관차만 있다면 비아그라 따위는 절대 필요치 않은 남자들이 수천 명에 이른다는 점은 정말 이상하게 들리지만 사실이다.

증기 기관차는 '그 누구도 원하지 않을 오락거리' 목록 중 극히 일부다. 영국에는 '급수탑 감상 단체', '사기로 된 파이프 연구 단체', '사격 진지 연구 모임', '유령의 흔적 단체(건물 벽에 있는 오래된 광고나 희미해진 얼룩이나 그림을 연구하는 단체다)', '회전 로터리 감상 단체' 등이 있다. 지금 내 말 잘 이해하고 있는가? 총구 앞에서 위협을 당한 것도 아닌데 여가 시간에 매력적이고 보기 좋은 회전 로터리를 찾아 여행을 다니는 사람들이 있다(그런 로터리를 찾았을 때 그것이 매력적인 로터리임은 어떻게 아는 걸까?).

얼마 전 나는 우연히 '분기선로 단체' 웹사이트에 들어가게 됐다. 분기선로 단체는 거의 사용되지 않는 분기선 철도를 찾고 이를 기리기 위해 존재하는 단체다. 다음은 160명이 참가했던 어느 날 정기 모임에 관한 공지사항을 요약한 것이다. 잘못 읽은 것이 아니다. 160명이다!

2013년, 우리는 '파슨스트리트(Parson Street) 기차역에서 구호 외치기'를 하고 최초의 전철 선로에서 편안하게 열차에 탑승해 브리스톨템플미드(Bristol Temple

Meads) 역을 통과했으며, 브리스톨이스트(Bristol East Jn) 교차로에서 되돌아와서 9번 승강장에서 1분간 앉아 있다가 해산했습니다. 우리는 486킬로미터하고도 1.2킬로미터의 철로와 함께했으며 열차 기관사, 승무원, 승객들에게 손을 흔들어 줬습니다. 그리고 11월 3일 '열차 끌기 대회'가 있던 날 걸었던 산더미처럼 쌓인 기차표들을 세기 시작했습니다!

내 가슴마저 설레게 하는 느낌표다. 이는 분기선로 단체에서 하는 일들 중 지극히 일부에 지나지 않는다. '트로웰 교차로', '트럼프턴웨스트 교차로에서 레트퍼드웨스트 교차로까지(위층에 있는 2번 승강장)', '딘팅 서부 교차로에서 딘팅 동부 교차로까지, 글로솝 지역은 피해서' 등도 모두 이들이 벌이는 활동이다. 누가 이들을 비난할 수 있단 말인가. 가장 마음에 쏙 드는 것은 '어크밸리 교차로에서 올덤멈프스까지'였다.

왜 이들의 활동을 보노라면 내 마음까지 편안해지는지는 딱히 설명하기 어렵다. 인생이 무의미하고 공허하게 느껴질 때마다 나는 이들 단체 웹 사이트를 방문해 최근 활동 내역을 읽는다. 그러면 내 삶이 얼마나 풍요로운지 새삼 깨닫게 된다.

나는 셰링엄에서 보기만 해도 기분 좋은 호퍼 버스를 타고 내 차가 있는 홀컴으로 왔다. 정확히 말하자면 '내 차'는 아니고 노리치에서 빌린 차다. 원래는 정말 차를 빌리기 싫었지만 차 없이 이스트앵글리아에 갈 수 있는 방법은 없었다. 나는 차를 가지고 다시 셰링엄으로 가서 어렵사리 주차를 하고는 피곤에 지친 다리를 이끌고 간단히 마을을 둘러봤다.

셰링엄은 대단히 매력적이지는 않은 마을 중 가장 멋진 마을이다. 폭발적인 매력이 넘치지도 않고, 괜찮은 술집도 하나 없으며, 식당들도 변변치 않다. 하지만 이곳에는 작은 극장이 하나 있고 무엇보다도 과일 가게, 생선 장수, 정육점, 개인이 운영하는 서점, 문방구, 모든 것을 다 파는 블리스와 와이트 철물상 등과 같이 세상에서 거의 사라져가지만 정말 추천할만한 상점들이 있다. 셰링엄에 이들 상점이 아직 남아 있는 이유는 이 마을이 14년 동안 대형 마트 테스코(Tesco)가 마을 중심에 들어서는 것을 막으려고 필사적으로 싸웠기 때문이다. 하지만 무자비한 집요함과 엄청난 인내심이 가장 큰 무기인 테스코는 갖은 책략을 발휘했고 결국 이 싸움에서 이겼다. 나는 새로 들어선 테스코를 둘러봤다. 사람들이 많긴 했지만 전통 상가들이 있는 하이스트리트 역시 사람들이 많았다. 나는 개인이 운영하는 한 상점에 들렀다.

그곳에서 물 한 병을 사면서 가게 주인에게 테스코가 새로 들어오고 나서 상황이 많이 달라졌는지 물어봤다. 그러자 주인은 무거운 표정으로 고개를 끄덕였다.

"벌써 힘들어지고 있지요. 장사도 더럽게 안 되고요. 아마 몇 달 뒤에 다시 오시면 내 장담하는데 문 닫은 가게들이 수두룩할 것이오."

"거참, 씁쓸하네요."

"더럽게도 슬픈 일이지요."

"하지만 사장님, 이 가게 분위기도 너무 우울해요. 제가 이 가게에 들어왔을 때 인사도 안하셨죠? 사장님은 어떤 모습인 줄 아세요? 청승맞고 쓸모없는 퇴물 같은 분위기만 풍긴다고요."

"맞는 말이외다. 더 노력해야죠. 그래야겠죠?"

"훨씬 더 많이 노력하셔야 해요. 하지만 안타깝게도 사장님은 그렇게 안 하실 거잖아요. 사장님은 마치 이 가게가 망하는 것이 사장님을 제외한 다른 모든 사람의 잘못이기라도 한 것처럼 그냥 앉아서 투덜거리기만 할 거잖아요."

"참 잘 아시네요. 고맙소. 나를 더 나은 가게 주인으로 만들어주셔서. 아니

나를 더 나은 인간으로 만들어주셨구려. 언젠가 다시 우리 가게에 와주셨으면 합니다."

실제로 이런 대화를 나누지는 않았다. 가게 주인은 고맙다는 말도 한 마디 없이 무뚝뚝하게 거스름돈을 거슬러줬고 내가 그 가게를 다시 찾을만한 최소한의 명분도 주지 않았다. 정말 우울하기 짝이 없는 멍청이였다.

그날 밤 나는 벌링턴 호텔에 묵었다. 해안 산책로에 위치한 크고 어두운 그 호텔은 늘 내게 묘한 느낌을 준다. 호텔에 올 때마다 늘 내가 이 호텔의 유일한 손님인지 아닌지 궁금해지곤 하는데도 그에 비하면 용케 버티고 있기 때문이다. 어쩌면 내가 반년에 한 번씩 오는 것이 이 호텔 운영에 필요한 전부인지도 모른다. 저녁 식사 전 몸단장을 하며 텔레비전을 틀었더니 마침 지역 뉴스가 나왔다. 이쪽 세상에서는 로스토프트(Lowestoft) 지역의 어느 공장이 문을 닫게 됐다는 소식이 의미 있는 뉴스거리가 된다. 나는 로스토프트에 문을 닫을 공장들이 아직도 남아 있나 싶어 늘 놀라곤 하지만 뉴스에서는 그런 공장들을 항상 잘 찾아낸다. 보통은 영국에서 마지막 남은 희소한 업종이 그 대상이다.

"영국에서 마지막 남은 켈프(다시마 과에 속하는 해초의 일종 - 옮긴이) 회사가 160년 만에 문을 닫게 됐습니다." 아나운서는 엄숙한 목소리로 뉴스를 전한다. "18세기부터 이 회사와 함께 한 직원들도 있는 가운데 250명의 직원들이 일자리를 잃었습니다."

내일 저녁 뉴스에는 영국에서 마지막 남은 새조개 껍질을 벗기는 회사, 철관 이음매 다듬는 회사, 굴과 풍뎅이 회사 또는 이 세상에 존재하지 않을 성싶은 다른 회사가 등장할 것이다. 나는 그날 저녁 새로 제안된 일자리가 무슨 업종인지는 미처 파악하지 못했다. 드라이어로 머리를 말리느라 시끄러워서 소리가 제대로 들리지 않아 다음과 같은 말만 듣고는 텔레비전을 휙 꺼버렸기 때문이다. "직원들에게는 호치민 시티에 있는 이 회사의 생산 공장에 일자리를 제안하고 있습니다."

나는 온몸이 분홍색이 될 때까지 북북 문지르고 깨끗한 옷을 차려입고는 호텔의 텅 빈 바에서 술을 한 잔 하고 바로 옆 텅 빈 식당에서 식사를 마치고 방으로 돌아와 침대에 누워 아기처럼 곤하게 잠이 들었다.

II

햇살이 물기를 머금어 촉촉하게 빛나는 아침 나는 커다랗지만 텅 빈 식당에서 아침 식사를 하고는 차를 몰고 32킬로미터 떨어진 헤이즈버러(Happisburgh) 해안으로 갔다. 헤이즈버러 해안은 꽤 외딴 곳에 위치한 쓸쓸하고도 예쁜 어촌 마을로 셰링엄과 그레이트야머스(Great Yarmouth)의 중간 정도에 있다. 헤이즈버러에는 빨간색 줄이 세 줄 쳐진 아름답고 커다란 등대가 있다. 주차장 바로 옆에 있는 안내문에는 'Uk에서 유일하게 독립적으로 운영되는 등대'라고 적혀 있었다. 정말, 심히 유감이다. 도대체 어떻게 'Uk'라는 표기가 옳다고 생각할 수 있는가? 학교는 귀찮게 왜 다녔는가? 보람도 없을 텐데 교사들은 뭘 수고스럽게 가르쳤는가? 이 사소한 문맹의 흔적만 제외하면 헤이즈버러는 아주 근사한 곳이다. 말이 난 김에 덧붙이자면 이곳의 지명은 'Happisburgh'인데 발음은 '헤이즈-버러'로 하기도 하고 그냥 '헤이즈-부르르르르르'라고 하기도 한다. 노퍽은 이상한 발음에 특화된 지역이다. 'Hautbois'라는 곳은 '호비스'라고 발음하고, 'Wymondham'는 '윈덤'으로, 'Costessey'는 '코지'로, 'Postwick'는 '포지크'로 발음한다. 왜 그렇게 발음하냐고 묻는 사람들도 있다. 나도 잘은 모르지만 내 생각에는 가까운 친척과 잠자리를 하면 이런 일이 벌어지지 않나 싶다.

헤이즈버러는 외부 관광객의 눈길을 끌지 못하던, 매력이 거의 없던 도시였다. 그러다가 2000년 이곳에서 고고학자들이 약 90만 년 전의 것으로 추정되는 부싯돌들을 발견하면서부터 주목을 받게 됐다. 이 부싯돌들은 알프스산맥 이쪽 지역에서 가장 오래된 인류가 만든 인공물이다. 이 발견의 의외성은 정말 아무리 강조해도 지나치지 않다.

당시에는 그 어떤 인류도 이렇게 먼 북쪽에서 살지 않았다. 당시 인류는 대부분 아프리카에서 이동을 해 왔는데 이는 정말 대단히 특별한 사건이다. 그들은 전 세계가 다 주어졌는데 헤이즈버러를 택했다. 이 이야기는 코로네이션홀 필름 클럽(Coronation Hall Film Club)에서 매달 두 번째 화요일에 개최하는 영화에도 소개된 적이 있다. 사람들은 헤이즈버러가 시간이 더디게 흘러가는 도시라고 생각한다.

아프리카에서 이주해온 인류가 정착할 당시 헤이즈버러는 당연히 지금과 매우 달랐다. 영국은 다른 유럽 국가들과 붙어 있었고 헤이즈버러는 템스 강(Thames)이 바다와 만나던 지점에 있었다. 오늘날에는 템스 강이 남쪽으로 153킬로미터 떨어진 북해로 흘러 들어가지만 100만 년 전 이곳은 강과 바다가 만나는 광활하고 비옥한 강어귀였다.

이 영국의 해안은 수 세기 동안 바다와 승산 없는 싸움을 해오고 있다. 바다를 마주 보고 서 있는 약 3미터 높이의 절벽은 대부분 조직이 느슨한 모래와 다른 약간의 흙들로 돼 있다. 절벽 여기저기에 '지반 무너짐 주의' 경고문이 있다. 몇 년 전 많은 집들이 바다로 추락했고 지금은 추락할 가능성이 더욱 커 보인다. 몇몇 곳의 집들은 절벽 맨 끝에 바짝 서 있다. 바로 주차장 옆으로 바다로 이어지는 가파른 내리막길이 있다. 하지만 밀물이 들어오면 해안은 물에 잠긴다. 나는 갈 수 있는 만큼 최대한 아래로 내려갔다가 아무것도 볼 것이 없어서 다시 절벽 꼭대기로 올라와 북쪽으로 난 길을 따라 카라반 주차장으로 갔다.

카라반 주차장 바로 아래에는 몇 년 전 발견된 고대인 발자국 유적지가 있다. 겹겹이 쌓여 있던 모래층을 비바람이 씻어내면서 바위에 찍힌 고대인의 발자국 대여섯 개가 그 모습을 드러낸 것이다. 바위에 영구히 남은 그 발자국들은 100만 년 전 부드러운 진흙에 찍힌 이후 처음으로 해 아래 모습을 드러낸 것인지도 모른다. 이 발자국은 아프리카를 제외한 지역에서 발견된 가장 오래된 인간의 발자국이다. 고고학자들은 발자국 사진을 찍고 조사를 마친 후에는 다시 자연이 그 발자국을 덮도록 자연 상태로 내버려두었다. 절벽 가장자리까지 가려니 불안하고 위태로웠지만 나는 엉금엉금 기어서 볼 수 있는 풍경을 최대한 봤다. 내 바로 아래 파도가 부딪치는 바로 그 지점이 오래된 인류의 발자국이 발견된 곳이었다. 가늠하기조차 어려운 먼 과거에 현대 인류 이전의 인류가 쿵쾅대며 걸었던 그곳에 서 있자니 어쩐지 오싹하면서도 근사한 기분이 들었다.

한편 헤이즈버러는 영국 최악의 비극적 해양 사고가 일어난 곳이기도 하다. 1801년 당시 최고의 군함이었던 HMS 인빈서블(Invincible) 군함이 폭풍우를 만나 모래톱까지 밀려와서는 난파됐다. 군함에 타고 있던 400여 명이 얼음장 같은 바닷물에 빠져 죽었다. 120여 구의 시신이 해안으로 떠밀려와서 세인트메리성당에 묻혔다. 지금 내가 걸어가고 있는 곳이 바로 그 성당이다. 세인트메리성당은 30미터 높이의 사각 타워가 눈길을 끈다. 높이 자체도 꽤 높은 편이지만 노퍽의 광활하고 텅 빈 하늘에 우뚝 솟아 있어서 그런지 더욱 높게 보인다. 성당은 해안에서 안전한 지대에 위치해 있는 듯 보이지만 현재의 해안 침식 속도라면 아마 약 70년 안에 바다가 이곳도 내놓으라고 할 것이다. 비극적인 상황을 앞두고 영국 정부는 지금 당장 해결책이 필요하지 않은 문제에 대처하던 방식을 취할 것이다. 바로 아무것도 하지 않는 것이다.

구불구불한 도로를 따라 셰링엄으로 다시 운전을 해서 돌아오는 길에 오버스트랜드 어촌 마을의 싱그럽고 햇살 가득한 농지들이 보였다. 믿기 어렵지만 이곳은 한때 유럽에서 가장 세련된 휴양 도시였다. 20세기 초 여름날 오후에 오버스트랜드에 왔던 사람이라면 이곳에서 윈스턴 처칠이나 엘렌 테리(Ellen Terry), 헨리 어빙(Henry Irving), 시드니(Sidney) 또는 베아트리체 웹(Beatrice Webb) 등을 마주쳤을지도 모른다. 한때 이곳은 '백만장자 마을'로 통했다. 오버스트랜드 홀의 소유주인 로드 힐링던(Lord Hillingdon)은 이곳에 있는 별장에 1년에 단 2주일만 머물렀는데 그 2주를 위해 늘 거주하는 집사 3명과 자신이 아무 때나 불쑥 별장을 찾았을 때를 대비한 상시 경비 인력을 대기시켜 두었던 것으로 유명하다. 물론 그가 이 별장에 불쑥 들른 적은 없다.

나의 관심은 시마지(Sea Marge) 호텔과 그 호텔의 설립자이자 지금은 잊힌 애드거 슈파이어 경(Sir Edgar Speyer)이다. 슈파이어는 독일 사람이지만 삶의 대부분을 독일이 아닌 다른 나라에서 보냈다. 1862년 뉴욕에서 태어난 그는 부유한 독일인 부모와 함께 살다가 20대에 가족 사업을 돌보기 위해 영국으로 건너갔다. 금융업으로 돈을 번 그는 다수의 지하철역을 세웠고 나중에는 인심 좋은 예술 후원가가 됐다. 영국의 대표적인 음악 축제 더 프롬스(The Proms)가 재정적 어려움에 처하자 그는 직접 관여해 문제를 해결해줬다. 그는 우리의 보그너 친구, 조지 5세와 친구가 돼서 영국 시민권을 획득하고 예술에 공헌한 공로로 기사 작위를 받아 추밀원(영국 국왕을 위한 정치 문제 자문단-옮긴이)에 임명되기도 했다. 그는 병원에도 지원을 아끼지 않았고 로버트 팔콘 스콧(Robert Falcon Scott)의 남극 탐사도 후원했다. 스콧이 죽었을 때 그의 주머니에는 슈파이어에게 쓴 편지가 들어 있었다.

간단히 말하면 슈파이어는 거의 이상적인 인간에 가깝다. 딱 한 가지, 그가 독일이 모든 전쟁에서 이겨 전 세계를 점령하기를 바랐다는 점만 빼면 말이다. 물론 이는 독일인에게서 가끔 발견되는 문제이긴 하다. 슈파이어의 집은 엘리자베스 여왕 시대 영주의 저택 풍으로 지은 웅장하고 거대한 대저택이며 바다가 한눈에 내려다보이는 절벽 위에 있다. 제1차 세계대전 당시 슈파이어가 자신의 집 테라스에서 독일군 배에 신호를 보냈다는 소문이 돌았다. 언뜻 꽤 그럴싸하게 들리지만 가만히 생각해보면 얼토당토않다. 그가 거기에 서서 독일군에게 무슨 말을 했겠는가? '어이, 여긴 비가 좀 내리네. 잘들 지내지?' 뭐 이랬겠는가? 그는 전시에 독일군에게 특별한 가치가 있을만한 정보는 알지도 못했으며 사방에서 훤히 보이는 테라스에서 누군가에게 노출될 위험이 명백한데도 굳이 무리한 방법을 사용했을 것 같지도 않다.

슈파이어의 진짜 문제는 그가 유대인이었다는 점이다. 당시는 제아무리 계몽된 사람이라 해도 아주 약간은 반유대주의 정서를 가지고 있던 시기다. 일간지 〈데일리메일〉의 소유주 노스클리프 경(Lord Northcliffe)은 영국에서 유대인 사업가들이 급증하는 현상에 주목하며 자신의 세대를 대변해 지극히 건조한 말투로 이렇게 말했다.

"조만간 우리 신문에 이디시 어(유대인이 사용하던 언어 - 옮긴이)로 쓴 사회 칼럼이 실리게 될 것이다."

노스클리프 경은 슈파이어를 몹시 싫어했고 그를 무자비하게 괴롭혔다. 결국 슈파이어는 자신을 둘러싼 의혹이 뭉게구름처럼 커지자 미국으로 달아났다. 의회위원회는 그의 모든 명예를 박탈하고 사실 그가 전쟁에서 영국이 지기를 바랐다고까지 몰아가며 그에게 반역자의 낙인을 찍었다.

아무튼 그가 살았던 시마지는 지금은 호텔이다. 나는 호텔 정원에 슬쩍 들어가 바다 쪽으로 나 있는 정원 담장을 둘러본 후 여기저기 돌아봤다. 혹여 누가 나를 제지하지는 않을까 조마조마했지만 아무도 그런 사람은 없었다. 그곳에는 독일 신사 슈파이어를 떠올리게 하는 그 어떤 흔적도 남아 있지 않아서 호텔 밖으로 나와 다시 마을을 둘러봤다. 단정하고 평범하면서도 어딘지 모르게 매력적인 마을이었다.

어떻게 보면 이 마을이 지금까지 용케 살아남은 것은 작은 기적이다. 노픽은 거의 영국 정부의 지원이 미치지 않는 곳이다. 고속도로도 없으며 하다못해 중앙 분리대가 있는 도로도 없고 철도편도 형편없다. 우리가 처음 이곳으로 이사를 왔을 때에는 WAGN이라고 하는 회사에서 철도를 운영하고 있었는데 나는 늘 그 회사 이름이 'We Are Going Nowhere(우리는 아무데도 가지 않습니다)'의 약자가 아닐까 생각했었다. 아무튼 지금은 어느 네덜란드 회사에서 철도를 운영하고 있는데 조금이라도 나아진 점이 있을까 기대했지만 그런 점은 발견하지 못했다. 결론은 노픽의 동쪽 해안으로 가려면 어마어마하게 굳건한 체력과 시간을 비축해야 하며 목적지에 대한 비정상적인 열망까지 겸비해야 한다는 점이다.

오버스트랜드를 지나면 바로 크로머다. 크로머(Cromer) 역시 오래된 해변 휴양지로 크고 오래된 호텔인 호텔 드 파리(Hotel de Paris)가 있다. 이름만 봐서는 어느 나라의 수익 사업인지 모르겠다. 내가 이곳에 온 이유는 방파제를 보기 위해서다. 크로머에는 영국에서 가장 멋지고 근사한 방파제가 있다. 한때 영국에는 약 100개의 방파제들이 있었지만 현재는 거의 절반 정도만 남아 있으며 나머지 절반은 철거됐거나 방파제라 불릴 만한 가치가 없을 정도로 망가진 곳이 대부분이다(문득 보그너가 떠오른다. 어쩌면 보그너를 떠올릴 만한 그 무언가가 크로머에 있었는지도 모르겠다). 크로머에 있는 방파제는 2013년 겨울 폭풍우에 심하게 손상되면서 아예 방파제를 없애버리자는 논의가 있었다고 한다. 그랬다면 비극이었을 테지만 다행히도 방파제는 복구됐고 지금은 새 방파제처럼 상태가 좋아 보인다.

몇 년 전이었다. 내 친구 다니엘, 앤드루와 함께 이곳 바닷가를 거닐었던 적이 있는데 느닷없이 다니엘이 흥분하기 시작했다. 부둣가 극장에서 제2차 세계대전 당시에 나왔던 노래들로 공연을 하는데 공연을 하는 사람 중 한 명이 자신과 함께 일했던 사람이라는 것이다. 다니엘은 우리도 그 공연을 같이 보러 가야 한다며 우겼다. 솔직히 썩 내키지는 않았지만 막상 가 보니 공연은 아주 흥겨웠다. 관중도 꽤 많았는데 대부분은 마차를 타고 온 노인들이었다. 아마 그 관중들 중 요실금 기저귀를 착용하지 않은 사람은 다니엘과 앤드루와 나뿐이었을 것이다. 3명이 공연을 진행했으며 3명 모두 대단히 훌륭했다. 어여쁜 여자 가수의 훌륭한 노래도 좋았고 무엇보다도 공연이 1시간 남짓이어서 더욱 좋았다. 그날 부둣가 공연은 영국 여왕에게 헌정하는 그 어떤 공연보다도 신선하고 유쾌했다.

크로머는 활기 넘치는 옛 마을이다. 나는 마을을 기분 좋게 둘러보고는 셰링엄으로 되돌아와 뭔가 신나는 일이 있지 않을까 하는 마음에 마을을 다시 둘러봤다. 그리고 벌링턴 호텔로 돌아와 바에 가서 술 한 잔 하기 딱 좋은 시간이 될 때까지 조용히 앉아서 기다렸다.

III

서턴후(Sutton Hoo)에 들르지 않고서는 이스트앵글리아에 갈 수 없다. 정확히 말하자면 갈 수야 있지만 그러지 말아야 한다. 서턴후 이야기는 콜(Col)이라는 이름의 어느 남자 이야기로 시작된다. 예전에 프랭크 프리티(Frank Pretty)라는 사람이 있었는데 그는 태어나서 50년가량을 거의 별다른 일을 하지 않고 살다가 그 이후 아주 짧은 기간 동안 이전보다 훨씬 더 많은 일을 했다. 이디스 메이(Edith May)라고 하는 중년 여성과 결혼을 하고, 그녀와 함께 서포크(Suffolk)의 우드브리지(Woodbridge) 인근 서턴후에 큰 집으로 이사를 와서 한 아이의 아버지가 됐다가 56번째 생일에 돌연 사망한 것이다.

어린 아들과 크고 쓸쓸한 집에 덩그러니 남겨진 프리티 부인은 심령술에 빠졌다가 집에서 약 500미터 떨어진 황무지에 있는 20여 개의 언덕들에 관심을 갖게 됐다. 프리티 부인은 그 언덕들을 발굴하기로 마음먹고 입스위치 박물관(Ipswich Museum)측에 연락을 했다. 평소 입스위치 박물관에 있는 바질 브라운(Basil Brown)이라고 하는 호기심 많은 사람과 알고 지내던 사이였기 때문이다.

브라운은 원래 농장 일을 하던 사람으로 정식으로 고고학 공부를 한 적은 없었으며 박물관에서 임시직으로 일하고 있었다. 열두 살에 학교를 그만둔 브라운은 독학으로 계속 공부를 해서 지리, 지질학, 천문학, 미술 분야에서 학업 수료증을 땄다. 나는 노퍽에서 직장에 다닐 때부터 그에게 흥미를 느끼기 시작했다. 브라운은 노퍽 출신의 한 여자와 결혼을 해서 처치 팜 인근에서 몇 년간 살았다. 그는 평생 소박한 노퍽 사투리를 썼으며 외모나 하는 행동은 종종 흰 족제비에 비유되곤 했다. 하지만 사실 그는 고고학에 천부적인 재능이 있었다. 그는 남는 시간에는 항상 노퍽 주위를 돌아다니며 유물이 있을 만한 지역을 찾아다녔고 대단히 놀라운 확률로 그러한 장소들을 찾아내곤 했다.

브라운은 프리티 여사의 집 주위를 둘러보는 일을 승낙하긴 했지만 사실 그곳에서 뭔가를 발견하리라고 하는 기대는 크게 하지 않았다. 그 언덕들은 과거에 광범위하게 탐사가 이뤄진 적이 있으며 이 사실은 누구나 알고 있었다. 프리티 여사가 발굴 작업을 보다 권위 있는 사람이 아닌 브라운에게 의뢰한 것도 이 때문인지도 모른다. 프리티 여사는 브라운에게 약간의 수고비를 지불하고 운전기사가 거주하는 집에 잘 곳을 마련해줬으며 보조로 일할 2명의 일꾼을 보내줬다. 브라운과 발굴 팀에게는 변변한 작업 도구도 없었다. 그들이 사용한 도구는 물 주전자, 대야, 주방에서 사용하던 채, 서재에서 가져온 풀무가 전부였다. 1938년 여름, 브라운은 언덕 3개를 팠지만 아무것도 발견하지 못했다. 그는 낙담하지 않고 이듬해 여름 다른 언덕을 팠다.

이 언덕은 현재 '언덕 1호'로 불리고 있다. 언덕을 파던 그는 금속 조각을 발견했고 이를 발견하자마자 그는 그 금속 조각이 배에서 사용되던 리벳이라는 사실을 정확히 추론해내서 이곳에 배가 묻혀 있음을 알아냈다. 영국 역사에 배가 땅에 묻혀 있다가 발견된 사실은 없었으므로 실로 어마어마한 통찰력이라할 수 있다. 하지만 이 배는 그가 발견한 두 가지 중 하나였다. 아무튼 그곳에서약 1.6킬로미터 떨어진 곳에 물가가 있었다. 그때까지 물에서 이렇게 멀리 떨어진 내륙에 배가 묻혀 있다는 사실을 발견한 사람은 아무도 없었다. 브라운이유일하게 참고할 수 있었던 자료는 1904년 발간된 두툼한 노르웨이 책으로노르웨이 서쪽의 바이킹 선 오세베르그(Oseberg)의 발굴 작업에 관한 책뿐이었다.

브라운은 자신이 배를 발견한 것이 아니라는 점을 늘 명심해야 했다. 그가발견한 것은 오래전 사라진 배로 '짐작'되는 구조물이었기 때문이다. 이는 그림자를 발굴하는 것처럼 고도의 섬세함이 요구되는 작업이었다. 하지만 그는영국 역사상 가장 많은 보물들을 발견하면서 노력의 결실을 맺었다. 온갖 진귀한 보석이며 오래된 동전들, 금과 은으로 된 식기들, 갑옷, 무기, 온갖 종류의 장신구 등을 발견한 것이다. 보물들은 주로 이집트와 비잔틴 물건들이었다. 아무런 단서가 남아 있지 않았기에 누가 이곳에 배를 묻었는지, 정말로 이곳에 배를 묻은 사람이 있기는 한 것인지조차 알 수 없었다. 배 파편마다 산성토양이 스몄을 수도 있고, 아니면 배에 타고 있던 사람들이 모두 화장돼서 유골이 뿌려져 있을 수도 있었다. 이 배의 가장 유력한 소유주로 이스트앵글리아의 래드월드(Raedwald) 왕이 가장 많이 언급됐지만 이 역시 추측일 뿐이다.

이 발견이 얼마나 엄청난 발견인지를 직감한 영국 정부의 고고학자들이 이곳으로 달려왔고 바질 브라운은 발굴 작업에서 배제되다시피 했다. 수 년 동안 이 작업에서 그의 역할은 제외되거나 고분고분한 태도로 고고학자들과 토론을 하는 것뿐이었다. 고고학자 리처드 덤브렉(Richard Dumbreck)은 브라운을 이렇게 평가했다. "그는 흰 족제비와 매우 닮았다." 또한 그의 발굴 작업에 대해서는 이렇게 말했다.

그가 발굴 작업을 하는 모습은 마치 쥐를 쫓는 흰 족제비 같다. 작업을 할 때 그는 미친 듯이 땅을 파서 양다리 사이로 흙을 던지곤 했고 일정 간격을 두고 진행 상황을 보기 위해 허리를 펴고 파낸 흙들을 발로 꾹꾹 밟아 다지곤 했다. 슬픈 사실은 그가 교육을 받았더라면 매우 뛰어난 고고학자가 됐을지도 모른다는 점이다.

나 역시도 리처드의 방식대로 리처드를 평가하자면, 그가 좀 더 교육을 잘 받았더라면 좀 더 품위 있는 사람이 되지 않았을까 생각해본다.

서턴후 보물의 발견은 시기가 정말 나빴다. 막 전쟁이 발발했기 때문이다. 전쟁 기간 동안 모든 발굴 작업이 중단됐다. 군부대가 프리티 부인의 땅에 주둔했는데 놀랍게도 그 땅 위에서 탱크 훈련을 했다. 전쟁이 끝나고 고고학자들이 다시 그곳에 돌아왔을 때 탱크 바퀴 자국이 유물 발굴지 위로 선명하게 나 있었다. 어쨌든 프리티 부인은 발굴한 보물들을 대영박물관에 기증했다. 영국 역사상 살아 있는 사람이 박물관에 기증한 규모로는 가장 막대하고도 귀중한 가치가 있는 기증이었다. 큐레이터들이 이 발굴된 보물들을 깨끗하게 닦는 데만 해도 몇 년이 걸렸을 정도다. 가장 어려움이 컸던 품목은 500조각 이상으로 산산조각이 난 황금 투구였다. 이 투구 조각들을 맞추기 위해 각 분야 전문가들이 모여 1951년까지 작업을 했으며 거의 다 작업을 했을 무렵 다른 전문가들이 재건된 투구가 착용할 수 없는 상태라고 지적하고 나섰다. 또한 조각들을 제대로 맞추지 못해 몇몇 조각들이 남는 상태가 발생했다. 이후 20년간 사람들을 대영박물관으로 오게 만든 것은 바로 이 불완전하게 조립된 투구였다. 그러다가 1971년 마침내 모든 조각들을 사용해 완전하게 맞춰지면서 투구가 제 모습을 찾게 됐고 오늘날 우리가 박물관에서 보는 투구도 이 투구다.

바질 브라운은 이후 20년 동안 자전거를 타고 이스트앵글리아를 누비고 다녔으며 이따금 이스트앵글리아에서 멀리 떨어진 들판에서 색슨 족 유물과 로마 유물을 찾기도 했고 심지어는 농장터나 주거지터 전체를 통째로 발견하는 일도 있었다. 그는 1961년 은퇴했지만 1977년까지 살다가 89세의 나이로 세상을 떠났다. 그는 이따금 서턴후의 보물을 보기 위해 대영박물관을 들렀다. 그는 그 발견에 대해 공식적으로 어떠한 명예도 얻지 못했다.

나는 유물이 발견된 장소를 거닐었다. 방문자 센터에서 언덕까지는 꽤 걸어야 했다. 약 20개의 언덕들이 있었는데 파내고 꺼내고 하는 과정을 몇 번씩 반복하다 보니 모두 예전보다는 훨씬 더 낮아졌다고 한다. 프리티 여사의 집도 방문할 수 있도록 개방돼 있었고 실내는 프리티 여사가 살던 때를 그대로 재현해놓았다. 각 방마다 프리티 여사가 그 방에서 어떤 생활을 했는지가 적힌 안내문이 있었다. 안내문에는 철자가 틀린 단어들이 수두룩했고 구두점이 잘못 찍힌 곳도 매우 많았다. 다소 유감이었지만 뭐 어쨌든 최소한 유용한 정보를 주려는 시도는 한 듯했다. 2009년에 이곳에 왔을 때에도 이 집이 개방됐었는지 잘 기억나지 않지만 2주 전의 일도 잘 기억하지 못하기는 매한가지다.

방문자 센터는 세련되고 밝은 분위기였으며 전시품도 보기 좋게 진열돼 있었고 정보도 충분했다. 또한 묻혀 있던 보물들이 발견됐을 당시 모습을 보여준 부분, 그리고 처음에 어떤 모습이었을지 추정해 보여준 부분은 매우 인상 깊었다. 보물들은 모두 대영박물관이 소장하고 있었고 전시품은 모조품이었는데 그중에는 정교한 모조품들도 더러 있었다. 나는 카페에 들러 샌드위치를 먹고 차도 한 잔 마셨다. 그러고는 내 자신이 대단히 자비로웠다는 생각에 으쓱한 기분이 들었다. 샌드위치 빵은 메말라 있었고 가격도 합리적인 세상의 샌드위치보다 2배는 더 비쌌지만 성질 더럽게 굴지 않았으며 심지어 몰래 고약한 심보도 품지 않았다. 뭐, 속으로 아주 조금은 고약한 심보를 품었을 수도 있지만 누구에게도 투덜거리지 않았다. 정말 놀라운 발전이었다.

차를 몰고 서퍽 해안에 있는 올드버러(Aldeburgh)로 향했다. 올드버러는 깔끔하고 보기 좋은 마을이었으며 멋진 상점들도 많이 들어서 있었다. 의류 상점 팻페이스(Fat Face)와 쥴스(Joules)도 있었고 애드넘스(Adnams) 양조장도 있었으며, 지역 주민들이 운영하는 옷 가게며 카페들은 물론 훌륭한 서점도 있었다. 어째서 다른 휴양 도시들과 달리 올드버러와 사우스올드는 이토록 활기차고 우아한지 누군가 설명 좀 해줬으면 좋겠다. 이 두 곳이 유독 접근성이 편리하다거나 두드러지게 아름다운 풍광이 있어서가 아니다. 올드버러와 사우스올드는 다른 곳에 비해 접근성도 떨어지고 보그너나 마게이트에 비하면 덜 아름다운 편인데다가 펜잰스에 비하면 자연 경관도 한참 못 미친다. 그런데도 이들 도시가 매력적인 이유는 무엇일까? 진심으로 나도 잘 모르겠다.

한때 내가 더 야심에 찼던 시절, 나는 영국의 쓰레기 문제에 관한 텔레비전 프로그램 〈파노라마(Panorama)〉를 제작했던 적이 있다. 아주 많은 사람들이 그 문제에 관심이 있을 거라는 순진하고도 애잔한 믿음을 가지고 있었기 때문이다. 당시 나는 마린컨서베이션트러스트(Marine Conservation Trust)라는 단체에서 실행하고 있는 올드버러 해안 청소를 취재하러 갔고 그곳에서 그 일을 하고 있는 훌륭한 사람들을 인터뷰했다. 취재를 하는 동안 나는 영국의 해변 1킬로미터당 평균 4만 6,000조각의 쓰레기들이 있다는 사실을 알게 됐다. 쓰레기는 대부분 작은 플라스틱 조각들이었으며 새들이 이 플라스틱 조각을 먹이로 착각해 먹는 일이 허다했다. 어느 연구에 의하면 북해 해안에 떠밀려온 풀머갈매기 95퍼센트의 위에서 플라스틱 조각이 발견됐으며 그것도 한 마리당 한 두 조각이 아니라 평균 44조각이라는 엄청난 양이 검출됐다고 한다. 뿐만 아니라 버려진 비닐봉지에 질식해 죽는 거북이들도 무수히 많다. 거북이들이 비닐봉지를 해파리로 착각해 먹기 때문이다.

취재를 하면서 화물 선박에서 매년 평균 1만 개의 화물이 바다로 떨어진다는 사실도 알게 됐다. 때론 배에서 화물이 떨어지고 몇 년 후 그 안에 들어 있던 내용물이 바다 위를 둥둥 떠다닐 때도 있다. 자원봉사자들 중 예술가인 프란 크로(Fran Crowe)는 인터뷰를 하며 내게 올드버러 해안에 떠밀려온 수천 개의 쓰레기 중 하나를 집어서 보여줬다. 내용물이 든 봉지 같은 것이었는데 열어 보니 안에 내용물은 모두 용해돼 사라지고 없었다. 하지만 포장지는 원래의 형태를 그대로 유지하고 있었다. 프란 크로가 내게 보여줬던 포장지에는 3펜스짜리 가격표가 붙어 있었고 유통 기한이 1974년 12월 31일로 돼 있었다. 서편의 잡동사니 쓰레기 축제에 참가하기 전까지 바닷속에서 무려 40년이나 있었던 것이다.

내가 실리 섬에 살 때도 트레스코 해변에서 반짝거리는 플라스틱 조각들을 무수히 많이 본 적이 있었다. 알고 보니 그 조각들은 식염수가 들어 있던 수천 개의 링거 비닐 주머니였다. 내용물은 없었고 랭커셔에 있는 영국 회사에서 제조한 것이었는데 전부 스페인 어로 돼 있었다. 나는 이 이야기를 프란에게 했다.

"그런 일은 늘 있지요."

프란이 말했다. 프란도 어느 해변에서 수만 개의 자전거 안장이 버려져 있는 광경을 목격한 적이 있다고 했다. 또한 컴퓨터, 냉장고, 진공청소기 등도 봤다고 했다. 상상하는 것보다 훨씬 더 많은 것들이 바다를 떠다니는 듯했다.

나는 던위치(Dunwich)에 있는 흥겹고 근사한 술집 쉽(Ship)에서 저녁 시간을 보냈다. 던위치는 특이하게도 원래 모습이 거의 남아 있지 않다. 12세기 던위치는 영국에서 가장 중요한 항구 중 한 곳으로 브리스톨 항구보다 3배 정도 더 컸고 런던의 항구보다는 작았다. 던위치는 4천 명 주민들의 보금자리였으며 18개의 성당과 수도원이 있었다. 하지만 1286년 위력적인 폭풍우가 마을을 강타하면서 400여 채의 집들이 무너졌고 이후 1347년과 1560년에도 각각 어마어마한 폭풍우가 닥치면서 마을의 상당 부분이 파괴됐다. 예전의 던위치는 수몰돼서 물속에 있다. 해변에서 약 4킬로미터 정도 떨어진 곳에 세인트피터성당이 있는데 청력에 아무 이상이 없는데도 한밤중에 가만히 있으면 성당에서 종소리가 들린다고 주장하는 사람들이 가끔 있다. 오늘날 던위치에 남겨진 것이라고는 바닷가 카페 하나, 집 몇 채, 무너진 수도원과 유쾌한 술집 하나가 전부다.

나는 지나치게 이른 시간부터 술을 마시지 않으려고 필사적으로 노력했으며 그 노력의 일환으로 저녁에 기나긴 산책을 마치고 바닷가로 갔다. 배들이 그림처럼 반짝이며 수평선 너머로 미끄러지고 있었다. 서쪽의 바로 남쪽 모퉁이에 있는 펠릭스토에서 오는 배이거나 그곳으로 가는 배인 듯싶었다.

얼마 전 〈이코노미스트〉에서 펠릭스토 항구가 포장용 상자 수출 분야에서 세계적으로 선두적인 위치에 있다는 기사를 읽었다. 다른 나라에서 영국으로 물건을 수출하면 영국은 그 물건이 포장돼 있던 상자를 들어왔던 배편으로 다시 수출한다는 것이다. 이는 영국이 다른 나라보다 폐지 활용에 유달리 기민해서가 아니다. 다른 나라들은 그 상자들을 수출하지 않는다. 자국 내에서 재활용한다. 하지만 우리의 영국은 버려진 상자를 다른 나라에 보내 먼 나라 외딴 곳에서 저임금을 받아가며 일하는 노동자들의 손에서 다시 새 상자로 탄생시키는 방법을 선호한다. 2013년 영국은 100만 톤 이상의 상자를 수출했는데 영국의 인구를 고려했을 때 이는 다른 그 어떤 나라보다도 기이할 정도로 높은 비중이다.

나는 나를 지탱해주는 자긍심을 안고 나만의 방식으로 제2의 조국에 축배라도 들어주기 위해 술집 쉽으로 향했다.

15

케임브리지

　케임브리지 역 승강장에 방송인 제러미 클라크슨(Jeremy Clarkson)의 책을 홍보하는 포스터가 붙어 있었다. 포스터에는 사랑스럽게도 서글픈 표정을 한 클라크슨의 사진이 있고 그 아래 '아빠, 그들이 말하는 모든 것, 그들이 하는 모든 것, 그들이 입는 모든 것이(Its all) 다 잘못 됐어요'라는 문구가 쓰여 있었다. 참 재치 있기도 하지. 하지만 '모든 것(Its all)'에서 아포스트로피(＇)가 빠져 있었다. 물론 제러미 클라크슨에게 포스터 문구의 문법에도 관심을 가져 달라고 부탁하는 것이 무리라는 사실은 잘 알고 있다. 하지만 그의 책을 출판한 펭귄 출판사의 그 누군가는 관심을 가졌어야 한다.

이제 세상은 대부분 사람들이 기본적인 구두점 사용법도 숙지하지 않는 것은 물론이고 기본적인 규칙이 있다는 사실조차 인지하지 못하는 단계까지 이르렀다. 유명 출판사에서 홍보용 포스터를 제작하는 사람들, BBC 방송 자막을 만드는 사람들, 연설문 등을 쓰는 사람들, 주요 기관에서 광고를 제작하는 사람들 등 대다수 사람들이 대문자와 구두점을 단어들이 모인 곳에 마구 뿌려대는 양념 정도로 여기는 것 같다. 다음은 요크 지역에 있는 어느 사립학교 잡지 광고 문구를 그대로 발췌한 것이다.

Ranked by the daily Telegraph the top Northern Co-Educational day and Boarding School for Academic results (〈데일리텔레그래프지〉가 학업 성과로 평가한 북부 지역 최우수 남녀공학 기숙학교).

이 제목에서 대문자는 닥치는 대로 무작위로 사용됐다. 그 누구도 'the daily Telegraph'를 'the Daily Telegraph'로 수정해야 한다는 생각을 정말 하지 못한 걸까? 아니면 그저 부주의한 실수였을까?

사실은, 얼마 전에 영국의 아동학교가족부(Department for Children, Schools and Families)에서 일하는 어떤 사람에게 e메일 한 통을 받았다. 영국 학교 교육의 질을 평가하고자 하는 캠페인에 참가해달라고 부탁하는 편지였다. 그들이 보낸 편지의 첫 문장을 그대로 옮겨보겠다.

'Hi Bill. Hope alls well. Here at the Department of Children Schools and Families…(안녕하세요, 빌. 두루 평안하시길. 이번에 아동 학교 가족 부에서는…)'

담당자는 이 단 한 줄에서 고작 14단어를 사용하면서 기본적인 구두점을 세 군데나 틀렸다(쉼표 두 개와 아포스트로피 한 개가 빠졌다. 더 이상은 말하지 않겠다). 그리고 자신이 근무하는 부서 이름도 잘못 썼다. 이 편지는 교육 발전을 위한 업무 담당자가 작성한 편지다.

이와 비슷한 일이 또 있었다. 얼마 전에 어느 소아외과 의사가 내게 한 컨퍼런스에서 강의를 해달라는 편지를 보내왔다. 편지를 쓴 사람은 'children's'라는 표현을 두 곳에서 썼는데 두 곳에서 각각 다르게 썼으며 두 번 다 틀리게 사용했다. 이 아동(children's) 전문가는 소아과(children's hospital)에서 일을 하는 사람이다. 얼마나 오랜 시간 그 단어를 보았겠는가? 그리고 그 단어가 그 사람의 직장 생활에서 얼마나 중요한 말인가? 최소한 제대로 된 표기법 정도는 알아두어야 하지 않을까?

요즘 들어 거의 대부분의 사람들이 영어 문법을 통째로 무시하는 경우가 허다하다. 나는 그런 상황이 선뜻 이해가 가질 않는다. 언젠가 물리학자 브라이언 콕스(Brian Cox)가 진행하는 다큐멘터리를 본 적이 있다. 방송에서 그는 멕시코의 어느 들판에 서서 가는목먼지벌레에 대해 이야기를 하고 있었다.

이 가는목먼지벌레와 나를 여러분도 보시다시피 둘 다 살아 있는 생명체이며 둘 다 같은 위협에 직면해 있습니다… 나를 그리고 내 친구 가는목먼지벌레는 둘 다 같은 해결책에 도달했습니다.

내 말을 오해하지 않길 바란다. 나는 브라이언 콕스를 존경한다. 그는 시공간을 공부할 정도로 똑똑한 사람이며 보통 그의 언어에는 결점이 없다. 그런데 도대체 왜, '가는목먼지벌레와 나를'이라고 말했을까? '가는목먼지벌레와 나는'이라고 말하는 것이 훨씬 더 자연스럽고 좋은 표현임이 명확한데도 말이다. 이 프로그램이 끝나자마자 이어서 유명한 젊은 과학자 애덤 러더퍼드(Adam Rutherford)가 진행하는 다큐멘터리가 이어졌다.

제 척추에는 척추가 33개 있지만 이 봐뱀 벨르는 척추 뼈가 304개나 있습니다. 놀랍게도 나를 그리고 이 봐뱀이 얼마나 많은 척추 뼈를 가질지를 결정하는 유전자는 동일한 유전자입니다.

이 다큐를 보고 나서 나는 영국 드라마 〈아웃넘버드(Outnumbered)〉 재방송을 봤다. 다음은 드라마 대사다.

아웃넘버드 아이: 왜 내가 카렌을 돌봐야 하는데?
휴 데니스: 나를 그리고 엄마랑 벤은 벤의 부모님 집에 저녁 초대를 받아서 가야하니까.

휴 데니스는 실제 케임브리지 대학교에서 공부를 한 사람이며 극중에서도 교사 역할을 하고 있으니 제대로 된 어법에 더욱 신경을 써야 하는 입장이다.
한번은 총리의 아내 서맨사 캐머런(Samantha Cameron)이 텔레비전 인터뷰에서 이렇게 말하는 것도 들었다.
"나를 그리고 아이들은 남편이 교만해지지 않도록 도와줬어요."
내가 말하고 싶은 것은 한 가지다. 제발 그러지 말자.

일요일 오전의 케임브리지는 조용할 거라고 생각했는데 예상과 달리 거리는 관광객과 쇼핑객으로 우글거렸다. 마치 축제가 한창 열리고 있는 도시처럼 보였지만 그저 평범한 일요일일 뿐이었다. 사람들은 별 목적 없이 상점들을 어슬렁거리며 점심을 먹거나 따뜻한 차에 페이스트리를 적셔 먹으며 남은 휴일을 보내고 있었다. 한때 이곳의 일요일 오전은 적막했다. 사람이라고는 상가 밀집 지역의 쓰레기통을 뒤지는 노숙자들뿐이었다. 그때는 일요일에 살 수 있는 품목이 담배, 사탕, 우유, 신문 정도가 전부였다. 토요일에 깜박 잊고 시장을 봐두지 않으면 일요일 저녁 식사는 스마티스 초콜릿 과자와 우유 한 잔으로 만족해야 했다.

하지만 지금은 달라졌다. 요즘은 케임브리지에 거주하는 사람보다 이곳을 오가는 사람들이 훨씬 더 많다. 지역 주민들로 붐비는 거리도 있고 관광객들로 북새통인 거리도 있다. 몇 걸음만 가도 매번 씩씩한 젊은이들이 관광 홍보 전단지를 내 코앞에 뿌려댔다. 마차 관광, 도보 관광, 유령 관광, 버스 관광 등 관광 상품을 홍보하는 전단이었다. 상점마다 문간에 엽서가 빼곡히 걸려 있었고, 눈길 닿는 곳마다 역사적인 건물들이 있었으며, 어디에나 배낭을 짊어진 젊은 외국인 관광객들이 왁자지껄하게 북적이고 있었다.

커피 한 잔을 마시고 싶었지만 카페마다 손님들로 꽉 차 있어서 어쩔 수 없이 존 루이스(John Lewis) 백화점으로 갔다. 백화점 내에 카페가 있지 않을까 하는 생각에서였다. 보통 존 루이스 백화점 옥상에는 시내 전경이 내려다보이는 카페가 있곤 했다. 하지만 내가 간 존 루이스 백화점 카페 역시 사람들로 이미 만원이었고 '침착하게 하던 일을 계속 하라' 선물 가게에 사람들이 줄을 길게 늘어서 있었다. 축축한 플라스틱 쟁반조차 받지 못한 사람들이 최소한 12명은 있었다(왜 존 루이스 백화점 쟁반은 늘 축축한 걸까? 그렇게 하는 것이 영업에 도움이 된다고 생각하는 걸까?).

건포도가 든 빵과 과일 조각이 들어간 과일 주스 사이에서 무얼 먹을지 결정하지 못하고 우물쭈물하는 사람이나 빵 한쪽 면에 디종 소스를 듬뿍 발라 줄 수 있냐고 물어봐서 종업원이 새 디종 소스를 가지러 가는 바람에 대기 줄 행렬이 줄어들지 않고 멈춰 있게 하는 사람 또는 주문 마지막 단계까지 다 쳐놓고 돈을 제대로 챙겨 오지 않아서 종업원이 지배인을 부르러 가는 상황을 만드는 사람들 뒤에서 한없이 기다려야 한다고 생각하니 아무래도 견디기 어려울 성싶었다.

결국 나는 커피를 포기하고 텔레비전을 보러 갔다. 평범한 남자라면 으레 존 루이스 백화점 텔레비전 코너에서 텔레비전을 구경하기 때문이다. 텔레비전 매장에 진열된 텔레비전들은 본질적으로 다 똑같았고 그곳에 있는 사람 중 정말로 텔레비전이 필요한 사람은 아무도 없어 보였지만 진열된 텔레비전 앞에는 300명의 사람들이 진지한 표정으로 한 대 한 대 심사숙고하며 살피고 있었다. 다음은 노트북을 보러 갔다. 키보드도 두드려보고 덮개도 여닫아보고, 마치 채소 재배 경기의 심판이라도 되는 양 진지하게 고개도 끄덕이고 하다가 이번에는 헤드폰 매장으로 갔다. 보스(Bose) 헤드폰을 들어보기 위해 대기 줄을 서서 기다렸고 마침내 내 차례가 돼서 귀에 헤드폰을 썼다.

헤드폰을 쓰자마자 나는 열대 정글 한복판에 와 있었다. 물론 청각적으로 정글에 있었다는 의미다. 새들이 지저귀는 소리며 나뭇잎들이 스치는 소리가 상쾌하게 귓전을 울렸다. 그 다음은 아침 출근 시간의 맨해튼 소리가 흘러나왔다. 중얼거리는 사람들 목소리와 경적 소리가 들렸다. 그리고 청량한 봄의 소나비 소리와 천둥소리가 들렸다. 소리는 상상을 초월하게 섬세하고 훌륭했다. 눈을 떠 보니 나는 다시 일요일 케임브리지의 존 루이스 백화점에 서 있었다. 이 헤드폰 성능을 시험하려고 내 뒤로 6명이나 줄을 서서 기다리고 있는 상황이 충분히 이해가 갔다.

백화점에서 나와 트럼펑턴 거리를 걸어 피츠윌리엄 박물관으로 갔다. 내게 이 박물관은 케임브리지의 보석 같은 장소다. 내가 피츠윌리엄 박물관을 발견한 것은 최근이었다. 그 전에는 피츠윌리엄 박물관이 그저 런던의 존 손 경 박물관(Sir John Soane's Museum)처럼 매력적인 전시품들을 잘 갖춘 아담한 박물관인 줄로만 알았다. 하지만 막상 가보니 피츠윌리엄 박물관은 매우 크고 웅장하고 높은 건물로 대영박물관에 더 가까웠다. 박물관은 케임브리지의 작은 도로가에 위치해 있는데 특이하게도 피츠윌리엄 박물관에 가는 길은 케임브리지에서 유일하게 많이 붐비지 않는 거리였다. 거리뿐 아니라 길가의 카페들도 한산했다. 기쁜 마음에 고함을 지르고 싶은 충동을 억누르며 아메리카노 한 잔과 월넛 케이크 한 조각을 시켰다. 케이크는 여느 영국의 케이크들과 마찬가지로 작고 메말라 있었으며 몹시 비쌌다. 덕분에 카페에 들어간 지 불과 20분 만에 내 목소리가 메아리처럼 울리는 피츠 박물관에 입장할 수 있었다.

피츠윌리엄이 누군지 잘 몰라서 나중에 자료를 찾아 보니 그의 정식 이름은 리처드 피츠윌리엄(Richard Fitzwilliam)이고 비스카운트 피츠윌리엄(Viscount Fitzwilliam)의 일곱 번째 아들로 인생 대부분을 프랑스에서 딱히 하는 일 없이 보내다가 한 발레리나와 결혼도 하지 않고 자녀만 3명 낳았다. 그의 사생활은 〈옥스퍼드 인명사전〉에 의하면 '매우 불분명'해서 알려진 사실은 한두 가지 뿐이었다. 피츠윌리엄은 1819년 세상을 떠났으며, 결혼은 하지 않았고 막대한 유산과 예술품을 케임브리지 대학에 자신의 이름으로 된 박물관을 세워달라는 조건으로 기증했고 대학 측은 그의 조건을 충실히 이행했다.

피츠윌리엄 박물관은 큰 주목을 끌만큼 매력적이지는 않지만 2006년 어처구니 없는 사건으로 뉴스에 오르내렸던 적이 있다. 닉 플린(Nick Flynn)이라는 사람이 느슨해진 신발 끈을 고쳐 매다가 중심을 잃고 넘어지는 바람에 귀중한 유물인 청나라 도자기 3점이 산산조각나 대략 10만~50만 파운드의 피해를 입은 사건이었다. 정확한 피해 액수를 알고 싶다면 인내심을 가지고 구글에 검색해보면 된다. 이 사건의 여파는 인터넷에서 사진으로 확인할 수 있다. 인터넷에서는 이 일을 두고 신발 끈을 고쳐 매다 역사상 가장 크게 넘어진 사건으로 이야기하고 있다. 플린이 균형을 잃고 넘어지면서 길이 약 4.5미터의 진열장이 와르르 무너졌고 청나라 도자기가 마룻바닥에 수천 조각으로 산산조각 났기 때문이다. 경찰은 고의적으로 유물을 파손했다는 혐의로 플린을 체포했지만 기소가 기각됐다. 플린은 〈가디언〉과의 인터뷰에서 이렇게 말했다.

"실제로는 내가 박물관 측에 큰 도움을 줬다고 생각한다. 많은 사람들이 그 사고가 일어난 곳을 보기 위해 박물관을 찾는다. 나는 박물관 방문객 수를 늘리는 데 명백한 도움을 줬다. 박물관 측은 나를 이사로 고용해야 한다."

당연히 박물관 측은 그렇게 하지 않았다. 그 대신 플린에게 다시는 박물관에 오지 말 것을 당부하는 정중한 편지를 보냈다. 그것이 박물관에서 할 수 있는 최선이었다.

내가 읽은 기사에 의하면 도자기는 복구돼서 강화 유리로 된 진열장 안에서 안전하게 다시 전시되고 있다고 한다. 박물관 직원에게 도자기가 어디 있는지 묻자 직원은 한 유리 진열장을 가리켰다. 알고 보니 내가 이미 보았던 진열장이었다. 복원이 워낙 잘 돼서 육안으로는 깨졌던 흔적이 보이지 않았다. 나는 아주 가느다란 금이라도 찾아보려고 몇 초간 도자기를 뚫어져라 들여다봤다. 풀칠을 했다 하면 의도치 않게 손이 엇나가 최소한 세 군데 이상 다시 작업하게 만드는 사람 입장에서 말하자면 정말 인상적이었다.

식사 시간을 빼고 내가 피츠 윌리엄 박물관에 머문 시간은 한 시간 반 정도였다. 박물관에서 나온 나는 길모퉁이를 돌아 영국에서 가장 작은 박물관 중 한 곳인 스콧남극연구협회 박물관(Scott Polar Research Institute Museum)으로 향했다. 하지만 박물관 문이 닫혀 있었다. 맙소사. 결국 나는 휘플 과학역사박물관(Whipple Museum of the History of Science)에 갔는데 그 박물관도 닫혀 있었다. 고고학 박물관(Classical Archaeology)에도 갔지만 역시 문을 닫았고 동물학 박물관(Museum of Zoology)도 재단장을 이유로 문을 닫았다. 마침내 기쁘게도 고고학과 인류학 박물관(Museum of Archaeology and

Anthropology)은 일요일에도 문을 연다는 사실을 알고 갔지만 내가 도착한 그 시각에 딱 문을 닫았다.

"내일 다시 오죠 뭐."

내가 말했다.

"월요일은 휴관일입니다."

매표소 직원이 말했다.

결국 나는 그냥 정처 없이 어슬렁어슬렁 걸었다. 그러다가 우연히 '프리스쿨 도로'라고 하는 뒷골목으로 가게 됐고 그곳에서 1874년부터 1974년까지, 유명한 캐번디시 연구소(Cavendish Laboratory)가 있던 건물을 보게 됐다. 지구상 그 어느 땅덩어리에서도 몇 백 미터 남짓한 케임브리지대학교 교정보다 혁신적인 사고를 한 위인들을 더 많이 배출한 곳은 없다. 일단 아이작 뉴턴, 찰스 다윈, 윌리엄 하비(William Harvey), 찰스 배비지(Charles Babbage), 앨런 튜링(Alan Turing), 존 메이너드 케인스(John Maynard Keynes), 루이스 리키(Louis Leakey), 버트런드 러셀(Bertrand Russell)이 모두 케임브리지 출신이며 그 밖에 훨씬 더 많은 사람들이 있다. 케임브리지 출신 중 90명이 노벨상을 받았다. 그리고 이들 중 거의 삼분의 일은 이 프리스쿨 도로에 있는 무명의 건물 출신이다.

건물 벽에는 조셉 존 톰슨(J. J. Thomson)이 1897년 전자를 발견했던 곳이라는 명패가 붙어 있었지만 이는 DNA의 구조를 발견한 프랜시스 크릭(Francis Crick), 제임스 왓슨(James Watson)이나 중성자를 발견한 제임스 채드윅(James Chadwick), 단백질의 신비를 밝혀낸 맥스 퍼루츠(Max Perutz)에 비하면 미미한 업적이라 할 수 있다. 캐번디시 연구소 출신의 사람들 중 29명이 노벨상을 받았는데 이는 한 국가의 노벨상 수상자보다도 많다. 1962년 한 해에만 이곳에서 나온 노벨상 수상자는 생리의학상 분야의 제임스 왓슨, 프랜시스 크릭, 그리고 화학 분야의 맥스 퍼루츠와 존 켄드루 경(Sir John Kendrew)으로 총 4명이다.

1953년 크릭과 왓슨이 마치 조립식 완구에서 부품을 조달해 만든 듯한 DNA 구조 모형을 들고 함께 사진을 찍은 장소가 바로 이곳 캐번디시 연구소다. 언젠가 누군가에게 왜 캐번디시 연구소에 DNA 모형이 전시돼 있지 않은지 물은 적이 있었다. DNA는 분명 20세기 가장 유명한 과학 모델이었기 때문이다. 그러자 그 사람은 내게 사진 속 그 모형은 그들이 사용했던 실제 모형이 전혀 아니라고 했다. 그들이 실제 만들었던 모형은 분해됐고, 크릭과 왓슨은 사진을 찍기 위해 새로 모형을 조립했다고 한다. 게다가 사람들이 그 모형의 조각들을 기념품으로 하나 둘 가져가기 시작했고 수집가들에게 팔리게 됐다고 한다. 이 과정에서 모형은 마치 DNA처럼 자기 복제를 했고 그 결과 1953년의 모형보다 훨씬 더 많은 모형 조각들이 세상을 떠돌게 됐다고 한다. 그래서 박물관에는 전시를 하지 않는다는 것이 그의 설명이었다.

캐번디시 연구소에서 내가 가장 좋아하는 인물은 맥스 퍼루츠다. 그는 단일 단백질인 헤모글로빈의 구조를 밝히는 데 40년을 헌신했다. 연구 방법을 고안하는 데만 15년이 걸렸으니 실로 어마어마한 계획이었다. 아마 현대사에서 퍼루츠보다 더 중증의 건강 염려증 환자는 없었을 것 같다. 그는 5개 국어로 된 식사 지침 카드를 늘 가지고 다니며 어디서 식사를 하든 그 카드를 주방에 보여줬다. 그는 촛불이 켜져 있거나 조금 전까지 촛불이 켜져 있었던 곳은 절대 들어가지 않았으며 일반 세정제와 살균제로 청소한 곳도 들어가지 않았다. 그러면서도 자신의 주변은 늘 멸균 상태이기를 바랐다. 심포지엄 등에서 자주 강연을 하던 그는 만성적인 허리 통증 때문에 강단 앞에 누워서 강연을 하곤 했다. 때론 반듯하게 드러누워 강의를 하다 보면 강의실에서 혼자 강의를 하고 있을 때도 있었다.

내가 흠모하는 또 다른 인물은 로런스 브래그 경(Sir Lawrence Bragg)이다. 그는 1915년 〈X선에 의한 결정의 정량적 구조 해석 방법〉에 관한 연구로 노벨상을 받았다. 훗날 브래그는 런던에 있는 영국왕립과학연구소(Royal Institution) 소장이 됐다. 그는 자신의 일을 사랑했지만 정원 일이 못 견디게 그리웠다. 그래서 사우스켄싱턴에 있는 어느 집에서 일주일에 하루는 정원사로 일을 했다. 그를 고용한 여성은 자신이 고용한 정원사가 영국에서 가장 저명한 과학자라는 사실을 전혀 몰랐다. 그러던 어느 날 친구와 차를 마시던 중 우연히 창밖을 보던 친구가 이렇게 말했다고 한다.

"맙소사. 어째서 노벨상 수상자인 로런스 브래그 경이 너희 집 정원에서 가지치기를 하고 있는 거니?"

나는 오후 늦게 기차역으로 갔다. 옥스퍼드행 기차를 타고 싶었지만 기차를 타기에는 50년이나 늦어버렸다. '명문대 선' 또는 '두뇌 선'이라는 애칭까지 붙은 케임브리지발 옥스퍼드행 기차는 1967년 없어졌다. 오늘날 이 두 도시를 가장 빠르게 가는 데 걸리는 시간은 2시간 30분이며 그나마도 기차를 두 번 갈아타야 한다. 참고로 이 두 도시 간 거리는 고작 128킬로미터이다.

나는 런던 여행을 잠시 중단하기로 하고 다음 날 아침 옥스퍼드행 기차를 탔다. 기차역에서 런던으로 가는 편도 기차표를 사고 1번 플랫폼으로 갔다. 1번 플랫폼은 런던행 플랫폼이었다. 내가 노퍽에 살 때는 노퍽과 런던 사이를 정기적으로 다녔는데 그때마다 케임브리지에서 기차를 환승해야 했다. 이 말은 보통 한 기차에서 제 시간에 내리면 다른 기차가 떠나는 것을 지켜봐야 한다는 의미였다. 그래서 나는 케임브리지 역을 아주 잘 알고 있으며 그 역 직원들은 누군가에게 지나치게 많은 정보를 주는 것을 달가워하지 않는다는 사실도 매우 잘 숙지하고 있다.

케임브리지 역에 방문할 때면 항상 텔레비전 쇼 〈내가 거짓말을 하겠어?(Would I Lie to You?)〉〈영국 BBC 방송으로 두 팀의 출연자들이 나와 상대 팀이 들려주는 이야기가 진실인지 거짓말인지 맞추는 게임 형식의 프로그램 - 옮긴이)의 초대 손님이 된 기분이 들곤 한다. 이번에는 1번 플랫폼에 런던행 기차와 매우 흡사하게 생긴 기차가 멈춰 섰다. 하지만 안내 화면에 "이 열차는 종점 행 열차입니다"라고 나오면서 이 열차는 언제든 종점인 로이스턴 역이나 그에 버금갈 정도로 알려지지 않은 절망적인 역으로 가서 우리를 폭삭 망하게 할 수 있으므로 이 열차에 탑승하는 일은 무모한 짓임을 암시해줬다.

승강장에 있던 500여 명의 승객들은 가만히 서서 텅 빈 기차를 10분 정도 멍하니 바라보기만 했다. 마침내 몇몇 용감한 승객들이 기차에 오르기 시작했다. 그리고 나머지 사람들이 기차로 돌진했다. 마치 개척자들이 오클라호마 준주(Oklahoma Territory)를 개척했을 때와 비슷한 광경이었다. 모두가 자리를 차지하려고 엎치락뒤치락 하며 서둘렀다. 하지만 만약 이 기차가 정말 종착지인 로이스턴에 들어가는 기차이거나 영원히 은퇴하는 기차임이 밝혀져 안내문이 진실로 판명될 경우 우리는 언제든 다시 기차에서 뛰어내려야 했고 모두들 그럴 각오를 하고 있었다. 이번 경우에는 승객들이 전원 정답을 맞혔음이 판명됐다. 이런 일은 런던 기차에서 실제로 늘 있는 일이다. 결국 승객들이 이겼다. 정답을 맞힌 승객에게는 런던행 기차에 앉아서 가는 혜택이 상으로 주어졌다. 안내 화면을 믿었기에 승강장에 그대로 서 있었던 30~40명의 사람들은 '런던으로 가는 내내 연결 통로에 서서 가기'라고 하는 새로운 게임에 참가해야 했다.

어쩌하다 보니 나는 제러미 클라크슨의 포스터가 훤히 잘 보이는 창가 자리에 앉아 있었다. 아까 보았던 포스터인데 그냥 보편적인 관점에서 다시 봐도 역시 멍청함이란 무엇인가를 다시금 생각하게 해주는 포스터였다. 얼마 전 더닝 크루거 효과(Dunning - Kruger Effect)에 대해 읽은 적이 있다. 이 이름은 최초로 이 말을 사용했던 미국 코넬대학교(Cornell University)의 두 학자 이름을 딴 것이다. 더닝 크루거 효과는 쉽게 말하자면 무식하면 용감하다는 내용의 이론이다. 능력이 없는 사람은 잘못된 결정을 내리고도 능력 부족으로 자신의 실수를 알아차리지 못한다는 것이 이 이론의 골자다. 지금의 세상을 꽤 잘 묘사하고 있는 이론처럼 들린다. 문득 나는 이런 생각이 들었다. 만약 인간들이 거의 비슷한 수준으로 다 멍청해서 모두 같이 퇴보하고 있어도 그 사실을 깨닫지 못한다면? 인간의 IQ가 하락하는 수준을 보고 퇴보를 판단할 수 있지 않느냐고 주장하는 이도 있을 것이다. 하지만 IQ 테스트에서 파악할 수 있는 퇴보가 아니라면? 가령 형편없는 판단력이나 수준 떨어지는 취향 같은 것이라면? 그런 것이라면 BBC 방송사의 드라마 〈브라운 여사의 아들들(Mrs Brown's Boys)〉의 성공이 충분히 설명이 된다.

우리는 우리에게 심각한 뇌 손상을 줄지도 모르는 유해한 물질에 정기적으로 노출되고 있다는 사실을 잘 알고 있지만 과학자들이 그 사실을 밝혀내기까지는 수십 년이 걸렸다. 우리의 일상생활에서 또 다른 무언가가 우리의 뇌에 보다 은밀하고 교묘하게 자리 잡게 된다면? 최근 집계에 따르면 선진국에서 사용하는 화학 물질의 종류는 8만 2,000가지다. 한 조사 기관에 의하면 그중 86퍼센트는 인간의 뇌에 미치는 영향을 검증해본 적 없는 것들이라고 한다. 쉽게 생각해보면, 누구나 비스페놀이나 프탈레이트와 같이 음식물 포장지 등에 사용되는 합성수지의 원료를 일상적으로 접하고 있다. 이러한 것들이 당장은 무해해 보여도 어쩌면 익은 콩을 전자레인지에 넣고 돌릴 때처럼 우리의 뇌도 비슷한 영향을 받고 있는지도 모른다. 그건 아무도 모를 일이다. 하지만 평범한 주말 저녁에 텔레비전을 보면 사실이 아닐까 매우 의심된다. 바로 이것이 내가 하고 싶은 말이다.

16

옥스퍼드와
이곳저곳

I

  나는 영국의 훈장 체계를 깊게 성찰한 끝에 그것이 좋은 것이 아니라고 결론 내렸다. 이런 나를 위선자라고 비난하는 이도 있을 것이다. 나 역시 몇 년 전 훈장을 받았기 때문이다. 하지만 나는 늘 원칙보다는 허영심을 더 잘 지키고 살았다.

  내가 받은 훈장은 명예 OBE(Officer of Order of the British Empire)훈장이다(영국의 훈장은 총 5등급이 있으며 이중 OBE는 4등급에 해당한다. 1, 2 등급 훈장 수

훈자에게는 작위가 부여된다. 그리고 영국 국적이 아닌 사람에게는 명예 훈장이 부여되며 빌 브라이슨이 받은 것도 이 명예 훈장 4등급 훈장이다 – 옮긴이). 이 훈장은 말 그대로 명예 훈장이지 진정한 의미의 훈장은 아니어서 여왕이 아닌 장관이 수여를 한다. 내가 수훈자였을 때에는 문화부 장관이자 대단히 멋진 여성인 테사 조웰(Tessa Jowell) 장관의 사무실에서 조촐한 기념행사와 함께 훈장을 수여받았다. 감사장에는 문학 활동에 대한 공로에 이 훈장을 준다고 대단히 친절하고도 관대하게 쓰여 있었지만 사실 그 훈장의 의미는 어차피 하지 않았을 일을 하지 않은 공로에 수여된 것뿐이다. 보다시피 바로 이것이 명예 훈장의 문제다. 대체로 수훈자들은 단지 그 사람이라는 이유만으로 훈장을 받으며 그 상이 넘치도록 과분한 경우가 대부분이다.

미국에서 공식적으로 큰 칭찬을 받는 방법은 딱 두 가지뿐이다. 첫 번째는 홀로 적진인 독일 기관총 진지에 들어가 부상을 입은 전우를 들쳐 업고 포크 힐(Porkchop Hill)이나 세메터리리지(Cemetery Ridge) 같은 곳으로 가는 것이다. 그러면 최고의 무공 훈장인 명예 훈장을 받을 수 있다. 두 번째는 병원이나 대학 아니면 그 비슷한 기관에 기부를 하고 사회적 신망을 얻는 것이다. 미국에서는 훈장을 받는다고 해서 영국처럼 이름에 직위 같은 것이 더해지진 않지만 기부금을 받은 단체나 기관에 그 사람의 이름이 더해지는 경우는 있다. 불필요한 명예에 따스한 온기를 부여하는 것은 영국이나 미국 모두 마찬가지다. 다른 점이 있다면 미국 체계는 신설 병동을 증축하고 영국 체계는 돼지 목에 진주를 걸어준다는 점이다.

내가 이 이야기를 꺼낸 이유는 지금 내가 가는 곳이 최고의 특권 수혜자의 저택인 블레넘 궁전(Blenheim Palace)이기 때문이다. 블레넘 궁전은 말버러 대공(Dukes of Marlborough)의 집으로, 11대에 걸친 가문의 업적이 유성 매직 펜 옆에 깨알같이 기록돼 있다. 친절하게도 누군가 내게 그 펜과 차 한 잔을 마실 수 있는 쿠폰, 궁전 입장권을 줬고 마침 유효 기간이 임박했기에 나는 허둥지둥 예약을 하고는 이웃집인 블레넘 궁전으로 향했다.

블레넘 궁전은 대단히 훌륭한 곳이다. 이 사실에는 의심의 여지가 없기에 나는 그 궁전을 직접 본다는 생각에 몹시 설렜다. 그런데 뭐가 잘못됐는지는 모르겠다. 내가 잘못된 문을 열고 들어간 것인지, 잘못된 줄에 서 있던 것인지, 내 표가 평범한 표가 아니었는지, 도대체 정확히 무엇이 잘못된 것인지는 모르겠지만 나는 14명의 단체 관람객 무리에 끼어 있었다. 살짝 당혹스러워하는 그들과 함께 우르르 〈블레넘: 밝혀지지 않은 이야기〉를 보러 갔다. 알고 보니 그것은 위층 7개의 방들을 거쳐야 하는 시청각 자료였다. 한 여성이 우리에게 간단히 체험 소개를 했고 이어 우리는 작은 방에 앉아 그 시청각 자료를 봤다. 보는 동안 으스스하게 뒤에서 문이 자동으로 닫혔다. 이곳에서는 모든 것이 다 자동이었다. 각 방에서는 녹음된 해설이 흘러나오고 있었고 자동으로 움직이는 모형이 한두 개씩 있었다. 가령 말버러 대공 모형이 책상에 앉아 채 종이에 닿지도 않은 깃대 펜으로 뭔가를 쓰고 있고 하는 식이었다. 우리는 각 방에서 약 2분씩 머물렀고 다음 방문이 자동으로 열리면 그 방으로 이동을 했는데 관람객이라기보다는 흡사 죄수가 된 기분이었다.

각 방마다 시대별로 다른 분위기로 장식돼 있었다. 내가 이해하기로는 모두 블레넘 궁전의 역사적 역할과 국가의 구심점으로서의 역할을 생생하게 보여주기 위한 장치 같았다. 하지만 각 방에서 보여주는 자료들은 대부분 맥락이 없었다. 방 두 곳에서는 도대체 뭘 보여주려는 건지 전혀 파악할 수 없었다. 한 방에서는 19세기를 배경으로 하는 연극을 상연하고 있었는데 도무지 연극 내용과 이 궁이 무슨 관계가 있다는 건지 알 수 없었다. 그리고 또 다른 방에서는 더더욱 혼란스럽게도 18세기에 이 궁의 하인이었던 사람과 이곳의 안주인이었던 콘수엘로 밴더빌트(Consuelo Vanderbilt)와의 만남이 1939년에 있었다고 설명하고 있었다. 의미 있는 정보나 정말 재미있는 오락거리를 제공하는 곳은 없었다. 모든 방들은 작고 답답했으며 비좁았다. 설상가상 우리 그룹에 있던 누군가가 정말 무참하게도 소리 없는 방귀를 끼었다. 다행히 그게 나여서 다른 사람들처럼 심하게 괴롭지는 않았다. 20여 분 뒤에 이 휘황찬란한 시청각 쇼가 끝나자 우리는 선물 가게를 비롯해 차와 스콘이 나오는 찻집, 1년생 화초와 디자이너가 만든 모종삽을 파는 정원, 관광객용 미니 기차 등 온통 돈을 써야 하는 곳들로 이리저리 끌려다녔다. 정말 개똥 같았다.

'인디언 룸'인지 그 비슷한 이름의 찻집도 예약이 돼 있기에 가서 홍차를 마셨는데 차는 대단히 훌륭했다. 하지만 무엇보다도 기뻤던 건 35파운드나 하는 찻값을 내지 않아도 된다는 점이었다.

궁에서 나와 아름다운 궁 주위를 이리저리 둘러본 후 우드스톡(Woodstock)으로 갔다. 예전에 《빌 브라이슨 발칙한 영국산책》을 쓰기 위해 우드스톡에 왔을 때에는 장갑 장수, 이발소, 가족이 운영하는 정육점, 헌책방, 무수히 많은 골동품 상점 등을 포함해 온갖 종류의 상점들이 있었다. 안타깝게도 이번에 가니 대부분의 상점들이 없어진 상태였고 예전에는 없었던 좋은 서점 하나와 조제 식품을 파는 상점이 하나 들어와 있었다. 하지만 뭐니 뭐니 해도 요즘 우드스톡에서 가장 압도적인 것은 단연 자동차들이다. 우드스톡 어느 곳에나 차들이 꽉꽉 들어차 있었고 조금이라도 여지가 있는 공간에는 어김없이 주차가 돼 있었으며 중심가도 온통 차들이 꽉 차 있어서 걸어서 지나기조차 힘들었다. 사실 그 도로는 어디로 연결된 도로가 아니라 그냥 궁전 입구에서 끝나는 도로다. 아무튼 마을의 대부분 집들 유리창에는 마을 외곽에 1,500가구의 집을 더 짓는다는 제안서에 우려를 표하는 문구들이 걸려 있었다. 현재 우드스톡에는 1,300가구뿐이지만 가구 수가 적은 것이 그다지 비합리적이라는 생각은 들지 않았다. 특히 이곳이 옥스퍼드의 그린벨트 부지라는 점을 고려하면 더욱 그렇다. 우드스톡은 블레넘 궁전 소유인데, 궁전을 보수하는 데 들어가는 비용 4,000만 파운드를 조달하려면 부지를 팔아야 한다.

이렇게 큰 부지에 건축물이 들어오게 되면 단순히 트인 공간만 없어지는 것이 아니라 새로 들어선 건축물이 기존의 건물을 압도한다는 것이 문제다. 우드스톡 외곽에 번쩍거리는 대형 마트와 상업용 공원을 갖춘 신도시가 들어서면 예전의 우드스톡의 모습은 이제 그 모습을 잃어버릴 것이다. 물론 옥스퍼드에 더 많은 집을 지어서 생기는 효율적인 측면도 분명 있을 것이고 이 부분을 의심치는 않으나 광활한 평원에 새 집 1,500채를 떡하니 짓는 것보다 더 세심하고도 현명한 해결책이 분명 있으리라 생각한다. 또한 1,500채의 집에 새 가구들이 들어온다고 생각해보라. 이 지역의 도로며 병원 시설, 교육 시설 등 모든 것들에 관한 지역 주민들의 고민은 즉각 2배로 늘어날 것이다. 어쩌면 개발업자들에게 자신이 지은 주거지에 의무적으로 최소한 5년 이상 살도록 해서 그곳이 최적의 주거지임을 입증하도록 하는 것도 하나의 방법일 수 있겠다. 그냥 그런 생각을 해봤다.

우드스톡에서 잠을 자고 다음 날 아침 깔끔하고 세련된 버스를 타고 옥스퍼드로 향했다. 버스는 안팎이 모두 새파란 색이었으며 매우 청결했다. 이런 버스야말로 내가 보그너에서 호브로 갈 때 기대했던 버스다. 진한 파란색 인조가죽이 씌워진 좌석은 더할 나위 없이 안락했다. 나는 2층으로 올라가 경치를 감상했다. 물론 자가용을 선호하는 사람들이 훨씬 더 많지만 그래도 이 버스는 꽤 인기가 좋은 편이었다. 옥스퍼드의 모든 도로는 차들로 꽉 막혀 있었다. 회전 교차로들마다 차들이 줄지어 밀려 있었고, 주유소에도 대기 줄이 길게 늘어서 있었으며, 마을로 들어가는 차들은 거북이처럼 느릿느릿 움직였다. 계속 지껄일 작정은 아니지만 그냥 궁금해진다. 이 문제에 대한 최고의 해결책이 과연 교외 지역을 더 많이 만드는 것인가?

옥스퍼드는 도시 자체가 지닌 매력의 희생양이다. 옥스퍼드가 쾌적하게 수용할 수 있는 인원보다 살고 싶어 하는 사람 수가 훨씬 더 많기 때문이다. 물론 그런 그들을 나무랄 수는 없다. 교통 문제만 빼면 옥스퍼드는 영국에서 가장 나아진 도시라고 생각한다.《빌 브라이슨 발칙한 영국산책》에서는 이 사랑스럽고 오래된 도시에 꽤 엄격한 잣대를 들이댔지만 그것은 이 도시가 유독 좋지 않아서라기보다는 충분히 좋지 않아서였다. 내가 생각하는 아름답고 역사적인 몇몇 도시들이 있으며 그 도시는 바로 옥스퍼드, 케임브리지, 배스, 에든버러다. 그러기에 이 도시들은 특히 아름다움을 간직한 채 역사적으로 남아야 할 의무가 있다고 생각한다. 그리고 옥스퍼드는 꽤 오랫동안 그 사실을 인지하지 못하는 듯 보였다.

그렇다면 옥스퍼드는 얼마나 변했을까? 도시 전체에 새로운 건물들이 높이 들어서 있었고 그중 몇몇 건물은 눈에 띌 정도로 높게 솟아 있었다. 중심가는 교통 정체로 꽉 막혀 있어서 차로 다니는 것보다는 차라리 걷는 편이 더 수월해 보였다. 근사해 보이는 상점들과 식당들도 더러 있었고 세련된 호텔도 있었다. 옥스퍼드대학교에 있는 훌륭한 박물관들에도 수백만 파운드가 아낌없이 투자됐으며 특히 애슈몰린(Ashmolean) 박물관에는 대대적인 투자가 이뤄졌다. 기차역 바깥쪽으로는 원대하고도 새로운 계획이 수립됐다. 그 근처를 지나가면서 보니 멀쩡하고 싱싱한 나무들을 없애고 교통 체증을 분산하는 일에 집중하고 있는 듯 보였는데 두 가지 정책 모두 개선될 필요가 있는 듯했다. 어쨌든 기차역 주변 정비 사업의 주요 골자는 기차역에 마련된 커다란 자전거 거치대에서 자전거를 끌고 오는 사람들을 위한 거대한 중앙 광장을 설치하는 것이었는데 참으로 좋은 계획이라는 생각이 들었다. 1995년 책을 쓰기 위해 이곳에 왔을 때만 해도 워든스로징스(Warden's Lodgings)에 있는 머턴칼리지(Merton College) 건물은 마치 변전소 같은 느낌을 줬으며 나는 여기에 몹시

회의적이었다. 그런데 몇 년 전 새로 단장을 한 머턴칼리지 건물은 보다 눈에 덜 띄고 섬세한 분위기로 바뀌어 있었다. 그리고 지금은 꽤 근사하고 세련된 느낌을 풍기고 있으며 주위의 중세 시대 도로와도 완벽하게 잘 어울려서 매우 보기 좋다. 이 건물의 상냥한 관리인이자 이 대학교 학장인 마틴 테일러 경 (Sir Martin Taylor)은 건물 재단장을 기념하는 조촐한 기념식에서 리본 커팅을 함께 하자며 나를 초대해줬다. 어쩌면 그때가 내 인생에서 가장 생산적인 순간이었는지도 모른다.

머튼스트리트를 걷다 보니 기숙사 건물이 나왔다. 나는 감탄하며 기숙사 건물을 바라봤다. 감탄에는 기숙사에 거주하는 학생들에 대한 애정도 담겨 있었다. 머튼스트리트를 벗어난 나는 도시 주변을 즐거이 산책했다. 근사한 집들과 초라한 집들을 지나쳤고 이따금 상점 유리창으로 안을 들여다보기도 했다. 브로드 가에 있는 사랑스럽고 훌륭한 서점 블랙웰스 서점을 보고 단숨에 뛰어가기도 했지만 주로 천천히 걸어 다녔다.

늦은 아침에 옥스퍼드대학교 공원 주위를 돌았는데 공원은 한 개뿐이었지만 대단히 훌륭해서 하나만으로도 여러 개의 역할을 톡톡히 하고 있었다. 공원을 걷다 보니 과학대가 나오는가 싶더니 어느새 자연사 박물관과 피트리버스 박물관까지 오게 됐다. 두 박물관은 한 건물에 있었다.

두 곳 모두 이미 훌륭한 박물관이었는데 최근 몇 년 아낌없는 솜씨와 훌륭한 기술로 복원 작업을 하면서 이제는 거의 완벽에 가까운 상태로 복원돼 있었다. 한눈에 보기에도 위압적인 분위기를 물씬 풍기는 이 빅토리아 시대의 고딕 건축물은 최근 14개월 동안 총 점검을 마친 후 재개관됐다. 이 기간 동안 8,500장에 달하는 지붕 유리를 떼어내서 다 깨끗하게 닦은 후 다시 끼워 넣었고 깨끗해진 유리 천정 덕분에 채광이 좋아져서 실내에는 신선하고 반짝이는 생기가 감돌았다. 살아 있는 인간의 삶에는 좀처럼 없는 생기였다. 오래전

이 건물이 새 건물이었을 때도 꼭 이런 모습이었을 것이다. 박물관은 흥미로운 볼거리도 많고 정보도 풍부했으며 창의적이었고 사람들도 친절했으며 모든 것이 다 재미있었다. 으레 박물관이라면 갖춰야 할 모든 것을 갖추고 있었다. 전시품들도 믿어지지 않을 정도로 훌륭했다. 유리 진열장 하나하나마다 놀라움으로 가득한 작은 섬이었다.

이 박물관의 정식 명칭은 '옥스퍼드대학교 자연사 박물관(Oxford University Museum of Natural History)'으로 1860년에 세워졌다. 동화 작가 찰스 도지슨이 즐겨 찾던 박물관으로 그의 앨리스 이야기에 나오는 수많은 등장인물들이 이 박물관의 전시품들을 토대로 탄생했으며, 특히 네덜란드의 화가 얀 사베리(Jan Savery)의 도도새 그림은 그에게 큰 영향을 미쳤다. 도지슨은 이중적인 사람이다. 오늘날 우리는 그를 사랑받는 어린이 동화 작가인 루이스 캐럴로 기억하고 있지만 옥스퍼드에서 그와 같은 학교를 다녔던 동년배 사람들에게 그는 수줍음을 많이 타고 말을 더듬는 수학자이자,《평면 삼각법 행렬식 원론(An Elementary Treatise on Determinants in the Formulae of Plane Trigonometry)》의 저자이며, 어린아이들과 사귀는 그런 사람으로 알려져 있었다. 몇 안 되는 그의 동료들 가운데는 그가 남는 시간에는 다음과 같은 인상적인 글을 썼다고 기억하는 이도 있었다.

나는 하얀 대리석 홀에 있는 꿈을 꾸네.
축축한 것이 슬금슬금 느릿느릿
벽 위를 흔들흔들하며 기어가고 있네.

도지슨과 앨리스 리들에 관한 유리 진열장에는 마치 살아 있는 듯 시선을 사로잡는 도도새 한 마리가 있다. 하지만 이 도도새는 박제가 아닌 모형 도도

새다. 이제 지구상에는 도도새가 한 마리도 남아 있지 않으며 박제조차 남아 있지 않기 때문이다. 1755년, 지구상에 남은 마지막 도도새는 박제가 됐는데, 당시 애슈몰린 박물관 관장이었던 사람이 쾌쾌한 곰팡이 냄새가 난다고 판단해 박제를 횃불 옆에 기대어 놓았다. 그렇다. 멍청이들은 비단 우리 시대의 산물만은 아니다. 또 다른 박물관 직원이 그걸 보고는 기겁하며 횃불 옆에 있던 도도새를 꺼내려고 했지만 그가 간신히 건진 것은 불에 그슬린 새 대가리와 발 일부뿐이었다. 이것이 오늘날 박물관에 진열돼 있는 도도새의 모습이며 지구상에 마지막 남은 도도새의 자취다.

자연사 박물관은 피트리버스 박물관으로 이어졌는데 피트리버스 박물관은 인류학 전문 박물관으로 아름답게 꾸며져 있었으며 정말 놀라운 민족학 전시품들이 거의 천장까지 가득했다. 조명은 은은했고 전시품들은 예술적으로 진열돼 있었다. 이 박물관은 자연사 박물관보다 조금 나중인 1884년에 지어졌으며 자연사 박물관과 마찬가지로 최근에 다시 보수를 했다. 이 박물관 이름은 아우구스투스 헨리 레인 폭스 피트 리버스(Augustus Henry Lane Fox Pitt Rivers)의 이름을 딴 것이다. 피트리버스는 역사상 가장 비열하고 쓰레기 같은 인간 중 한 명이다. 그는 다 큰 딸들을 포함해 어린아이들을 때렸으며 일하는 사람들을 학대했다. 한 번은 자신의 땅에서 살고 있는 80대 부부를 쫓아낸 적도 있었다. 그는 그 노부부가 갈 곳이 없다는 사실을 뻔히 알고도 내쫓았으며 노부부가 살던 오두막은 그 이후 영원히 비워두었다. 자신의 아내가 마을 사람들을 위해 크리스마스 파티를 준비한다는 사실을 알게 된 그는 맹꽁이자물쇠로 집 안의 문이란 문은 죄다 잠가서 아무도 들어오지 못하게 했다. 하지만 꽤 인정받는 학자이자 상당히 많은 양의 보물들도 소장하고 있던 그는 죽을 때 보물들을 옥스퍼드대학교에 기증했다. 그 결과 오늘날 전 세계에서 가장 훌륭한 인류학 박물관이 생기게 됐다.

　나는 원래 두 박물관 모두 가볍게 한 바퀴 훑어볼 작정이었는데 정신없이 둘러보다 보니 어느새 3시간이 훌쩍 지나 있었다. 하지만 두 곳 모두 흥미롭고 유용한 것들이 무궁무진해서 보고 싶은 것을 채 절반도 보지 못했다. 자연사 박물관 2층에는 벽을 따라 유리 진열장이 길게 있었고 그 안에는 거의 모든 영국 새의 박제가 가득했는데 그냥 진열만 한 것이 아니라 각 진열장마다 목초지며 숲, 해변, 농장 등 각 새의 주거 환경을 그대로 구현해놓아서 새들을 자세히 관찰할 수 있고 자신이 사는 곳 주변에서 어떤 새들을 볼 수 있는지도 알 수 있도록 꾸며놓았다. 각 새들 옆에는 그 종이 얼마나 있는지도 자세히 나와 있어서 영국에서 그 새 종이 늘고 있는지 줄고 있는지, 현상 유지 되고 있는지도 알 수 있도록 돼 있었다. 대다수 종이 개체 수가 감소하고 있었다. 새에 대해 그토록 많은 정보를 그토록 빠르게 그리고 그토록 고통 없이 배우기는 처음이었다. 나는 늘 당까마귀, 까마귀, 갈가마귀 등 검은 새들을 정확히 구분하는 방법이 궁금했는데 박물관에는 나 같은 사람을 위해 그런 정보가 완벽하게 갖춰져 있었다. 물론 지금은 어떻게 구분하는지 전혀 기억나지 않는다. 내 나이가 60세지 않은가. 하지만 나는 내 인생에서 잠시나마 검은 새들을 구분하는 방법을 완벽하게 알았고 새들에게 매료됐었다. 덤으로 박물관 내의 작은 카페까지 훌륭했다.

　박물관 밖으로 나오니 날씨가 화창했다. 나는 이플리(Iffley)로 가기로 했다. 지금은 고인이 된 훌륭한 작가 캔디다 라이셋 그린(Candida Lycett Green)이 쓴 《망가지지 않은 영국 (Unwrecked Britain)》을 불과 얼마 전에 읽었는데 책에서 라이셋 그린이 영국에서 가장 좋아하는 장소로 이플리를 꼽았기에 꼭 가볼 만한 가치가 있다고 생각됐다. 이플리로 가면 좋은 점이 또 있었다. 지난 몇 년간 이플리로드를 지나칠 때마다 확인해보고 싶던 것이 있었다. 바로 1954년 봄, 1마일 달리기 경기의 우승자였던 로저 배니스터(Roger Bannister)가 달렸던 트랙이 그곳이었던 것이다.

배니스터 이야기는 정말 놀랍다. 배니스터는 원래 런던에 사는 젊은 의사였다. 그는 전문 코치나 매니저 없이 그냥 하루에 30분씩 혼자 달리기를 연습했다. 경기가 열리던 달, 그는 평소와 다름없이 병원에 출근을 했다가 런던에서 기차를 타고 옥스퍼드 역에서 내려 친구 집까지 걸어갔는데 이 거리만도 3킬로미터가 넘는다. 아무튼 그는 오후 늦게 열리는 대회에 참가하기 위해 차를 타기 전에 친구 집에서 점심으로 햄샐러드를 먹었다. 세계 최고 기록을 내기에는 지나치게 소박한 식사라고 생각된다. 달리기 트랙은 탄 재가 깔려 있어서 달리기용 도로로 사용하기에는 표면이 매우 울퉁불퉁했다. 이 경기는 배니스터가 8개월 만에 처음 출전한 경기였다. 꽤 최근까지도 세계 신기록에 도전하는 주자들에게는 기록 단축에 도움이 되는 것들이 꽤 너그럽게 허용되는 편이었다. 가령 몇 년 전 영국의 육상 선수 시드니 우더슨(Sydney Wooderson)이 4분 6초의 기록을 세웠을 때, 다른 사람들이 약 200미터 전방에서 함께 출발해서 일종의 페이스메이커 역할을 해주는 일도 허용됐다. 하지만 그 이후 그러한 도움은 더 이상 묵인되지 않는다. 아무튼 배니스터는 그러한 도움이 허용됐던 시기에도 아무 특별한 도움을 받지 않고 홀로 달리는 것을 좋아했다.

그는 자신을 한계 상황까지 밀어붙이며 세계 신기록을 성취했다. 결승선을 통과하는 그의 모습이 담긴 사진은 어린 시절 나에게 하나의 상징과도 같았다. 하지만 그 사진을 찍은 사진가와 몇몇 관계자들을 제외하면 그를 아는 이들이 거의 없다. 당시 그의 기록은 3분 59.4초였다. 그는 결승선에서 시간을 많이 지체했는데 훗날 자서전에서 그 이유를 당시 '거의 무아지경'이었기 때문이라고 말했다.

로저 배니스터 경의 이름을 딴 트랙은 꽤 현대식으로 단장됐으며 풍경 감상에 거추장스러운 울타리가 쳐져 있긴 하지만 여전히 그 자리에 있다. 그러고보니 내가 서 있는 이 자리에서 배니스터가 위대한 경주를 한 것이 딱 60년 전이었다. 뭐, 정확히 60년이 아니라도 햇수로 60년이라는 의미다. 지금은 그의 기록을 기억하는 이는 거의 없다. 한 달 후 존 랜디(John Landy)라고 하는 호주 청년이 핀란드에서 그의 기록을 경신하면서 배니스터의 세계 최고 기록은 고작 몇 주 동안만 지속됐기 때문이다.

이플리로드는 차량들이 많아 붐비는 곳이어서 딱히 걷기 좋은 길은 아니었다. 길을 따라 걷다 보니 이곳을 탐사하기로 한 것이 실수였나 하는 생각이 들정도로 상황은 점점 나빠졌다. 그런데 이플리턴(Iffley Turn)에 이르자 마치 마법을 부린 듯, 마법과 대단히 비슷한 일이 일어난 듯, 갑자기 내가 코츠월드 마을로 이동해 있었다. 이플리는 주로 외길을 따라 펼쳐져 있었고 길옆으로 농가들과 술집 한두 개가 있었다. 길은 네모난 탑이 있는 석조 건축 성당으로 나있었다. 이 성당은 세인트메리스성당으로 12세기 후반에 세워졌으며 1232~1241년 까지는 어느 유명한 여성 은자의 집이었다. 홀로 은둔하며 살던 그 여성의 이름은 아노라(Annora)로 성당 한 편에 작은 방을 만들고 성당 벽에 창문만 하나 낸 채 살았다. 예배는 창을 통해 볼 수 있었다. 말하자면 그 은자는 자발적으로 갇혀 살았던 것이다. 아노라는 방 바깥으로 나가지는 못했지만 창을 통해 방문객과 대화를 나눌 수는 있었고 그녀를 보살피는 하인도 있어서 고행을 하는 사람들 관점에서 보자면 그나마 편한 고행을 하고 있었다. 이 방은 이미 오래전 없어져서 지금은 남아 있지 않다.

고맙게도 캔디다 라이셋 그린 덕분에 나는 키스 더글라스(Keith Douglas)라는 시인을 알게 됐다. 키스 더글라스는 이플리 마을을 아주 잘 알던 시인이었다. 이플리에 그가 사랑하던 여인이 살고 있었기 때문이다. 제2차 세계대전이 벌어지는 동안 군 복무를 하고 있던 더글라스는 사랑하는 여인에게 다음과 같은 절절한 글을 썼다.

휘파람을 불어주오. 내가 들으리니.

또 다른 밤이 오고, 이 배가

당신을 홀로 태우고 이플리로 갈 때

당신이 천둥을 기다리며 누워 있을 때

그 서늘한 감촉은 비 내리기 전 공기가 아니라

당신 입술에 설핏 키스하는 내 영혼이라오.

더글라스는 1944년 노르망디 상륙 작전이 있은 지 며칠 후 바이외 인근에서 생피에르(Saint-Pierre)의 손에 죽었으며 국립묘지에 안장됐다. 그때 그의 나이 스물넷이었다.

강을 따라 옥스퍼드까지 걷는 동안 길에는 단 한 사람도 없었다.

다음 날 아침 나는 애슈몰린 박물관이 문을 여는 시간에 맞춰 박물관으로 갔다. 애슈몰린 박물관은 최근 대대적인 정비를 마친 최고의 박물관이었다. 이번 보수에 6,100만 파운드가 투자됐다고 한다. 외관은 대영박물관처럼 근엄하고 위풍당당한 모습이었는데 재기 넘치게도 이 험상궂은 건물에 깔끔하고 온화한 분위기의 새 건물을 증축해서 이전보다 전시 공간을 두 배로 넓혔다. 모든 전시관마다 조명은 은은했고 아름답기 그지없는 전시품들이 진열돼 있었다.

애슈몰린은 1683년 세워진 박물관으로 유럽에서 가장 오래된 국립박물관이다. 박물관 이름은 엘리아스 애슈몰(Elias Ashmole)의 이름을 따서 지은 것이다. 박물관 소장품 대부분은 트라데스칸트 가문의 것이고 애슈몰은 트라데스칸트 가문의 유산을 대부분 물려받은 상속자였다. 다행히 그는 품성이 좋은 사람이어서 옥스퍼드대학 측이 유지비를 부담하고 박물관 이름을 자신의 이름으로 하는 것을 조건으로 유물들을 기증했다. 자연사 박물관은 19세기에 분리됐는데 바로 이 박물관이 어제 내가 갔던 그 박물관이다. 자연사 박물관에서 분리된 애슈몰린 박물관은 예술과 고고학에만 집중했고 덕분에 이 박물관만의 묘한 매력을 지니게 됐다. 나는 아룬델 성의 조각상들이 있는 미술 전시관에서 거의 1시간을 머물렀다. 조각상에 특별한 관심이 있는 것은 아니었지만 거의 소실될 뻔했던 조각상들을 다시 모아 놓게 된 사연들이 여러 편으로 나뉘어 적혀 있었는데 그 이야기가 하도 재미있어서 푹 빠져서 읽다가 또 조각상에 관련된 글들을 읽다가 하다 보니 어느덧 1시간이 훌쩍 지나 있었다.

현대사에서 애슈몰린과 가장 가까운 관련이 있는 사람은 아서 애반스(Sir Arthur Evans)다. 그는 1884년 박물관 관장으로 임명됐고 방치돼온 박물관을 헌신적으로 다시 보수하고 단장했다. 1900년에 그는 크레타(Crete)로 장기 여행을 떠났다가 그곳에서 크노소스 궁전과 그 궁전에 깃들어 있던 미노아 문명을 발견했다. 에반스는 크노소스 궁전에서 수백 개의 점토판을 발견했는데 그 점토판에는 추상적인 선 모양의 문자들이 새겨져 있었고 그는 그 문자를 선형문자A(Linear A), 선형문자B(Linear B)라고 이름 붙였다. 많은 이들이 그 문자를 해독하려고 시도했지만 점토판의 문자를 해독할 수 있는 사람은 아무도 없었다. 그러던 중 1932년, 에반스는 영국 학자 마이클 벤트리스(Michael Ventris)에게 점토판 일부를 보여줬고 벤트리스는 이 미해독 문자 판독에 골몰하기 시작했다. 당시에 젊은 건축가이자 학생이었던 그는 공부와 일을 하고 남는 시간에는 문자 해독을 했다. 마침내 1952년, 20년 만에 그는 선형문자B 를 해독해냈다. 벤트리스가 암호학이나 고대 문자도 제대로 공부한 적 없고, 거의 대부분 시간을 다른 직업에 투자해야 했던 점을 고려한다면 이는 실로 놀라운 성과다. 이 문자를 해독한 지 얼마 되지 않아 그는 늦은 밤에 차를 몰 고 런던 시내를 고속으로 운전하다가 바넷 우회도로에 주차돼 있던 화물차를 들이받았다. 당시 그의 나이 서른네 살이었고 자살 동기 같은 것은 알려지지 않았다. 선형문자A는 여전히 미해독 상태다.

선형문자B가 새겨진 점토판들은 애슈몰린 박물관에 전시돼 있으며 벤트 리스가 얼마나 완벽하고 훌륭하게 문자를 해독했는지에 대한 설명도 함께 있 었다. 물론 이 박물관에는 점토판 외에도 크노소스 문명 관련 전시품들이 상 당히 많이 전시돼 있다. 나는 미노스 문명 전시물들이 전시된 곳에서만 한 시 간 이상을 머물렀다. 그러다가 퍼뜩 이 속도로 감상을 하다가는 늙어 죽을 때 가 돼도 맨 꼭대기 층에 못 가겠구나 싶은 마음에 속도를 높였다. 하지만 아무 리 속도에 박차를 가해도 또 다시 3시간 이상이 소요됐다. 정말 발을 뗄 수 없 게 만드는 훌륭한 박물관이었다.

박물관을 둘러본 후 나는 간신히 신선한 공기가 있는 밖으로 나와 와이텀 숲까지 걸어가기로 했다. 와이텀 숲은 옥스퍼드 서쪽 외곽에서 조금 떨어진 곳, 언덕 많은 지역에 위치해 있다. 와이텀 숲은 전 세계에서 가장 꼼꼼하게 계 획된 숲이다. 이곳은 1942년 옥스퍼드대학에 기증된 이후 식물학, 동물학, 환 경학 등 온갖 유형의 연구 장소로 활용되고 있다. 1947년부터 시작된 이곳의 조류 생태 연구는 지구상에서 가장 오래된 생물학적 연구다. 그리고 그 외에 도 박쥐, 사슴, 곤충, 나무, 모기, 설치류 등 이 기후에 서식하는 거의 모든 식 물과 포유류에 관한 연구가 이뤄지고 있다.

와이텀 숲은 옥스퍼드 중심부에서 5~6킬로미터 정도밖에 떨어져 있지 않지만 걸어서 가려면 시간이 조금 걸린다. 일단 템스 강을 건너야 하고 막히는 A34 간선 도로를 지나야 하는 데다 건널목 등도 충분히 없기 때문이다. 와이 텀으로 가는 가장 기분 좋은 길은 포트메도(Port Meadow)를 건너는 길인 듯 하다. 포트메도는 강이 범람하면 잠기는 거대한 범람원인데 이상하게도 나는 이곳을 잘 찾지 못했다. 그래서 어떤 때는 포트메도에서 가까운 주거 지역 길 로 가기도 했다가, 또 어떤 때는 포트메도에서 전혀 가깝지 않은 주거 지역 길 로도 갔다가, 주변을 봐서는 포트메도와 그다지 멀리 떨어지지 않은 곳처럼 보이지만 실제로는 대단히 멀리 떨어져 있는 곳도 갔다가, 여기저기 늪지대가 곳곳에 있는 곳도 갔다가, 마침내 의심할 나위 없이 이곳이 바로 포트메도로 구나 하는 확신이 드는 곳에 도착했는데 알고 보니 포트메도에서 가장 사람 발길이 뜸하고 외딴 곳이었던 적도 있다. 내가 걸어왔던 길에는 탁 트인 드넓 은 초원에 말들이 점점이 흩어져 있었는데 개중에는 썩 우호적이지 않은 태 도로 길길이 날뛰는 녀석들도 더러 있었다. 동물이 돌진해와 내 머리를 짓밟 을지도 모른다고 생각하니 나도 모르게 걸음이 씩씩하게 빨라졌다. 하지만 다행스럽게도 말들은 내게 전혀 관심이 없었다.

어떻게 하다 보니 울버코트였다. 원래 내가 가고자 했던 곳과는 상당히 많 이 떨어진 곳이었다. 나는 와이텀 숲 아래 위치한 와이텀 마을로 가는 길을 따 라 다시 걸었다. 기분 좋은 길이었다. 지나는 길에 트라우트 술집도 있었는데 드라마 〈모어스 경감(Inspector Morse)〉 에피소드에 천 번도 더 등장했던 것 같은 술집이었다. 그곳에는 고스토수도원의 흔적도 남아 있었다. 지도를 보 니 내가 있는 곳은 여전히 와이텀에서 꽤 많이 떨어져 있었으며 그 거리는 내 가 생각했던 것보다도 훨씬 더 멀었다.

와이텀은 예쁜 마을이다. 마을에는 술집 한 곳과 마을 주민이 운영하는 작 은 가게 하나, 성당 하나가 전부였으며 다른 것들은 없었다. 없는 것들 중에는 와이텀 숲으로 가는 안내문도 포함돼 있었다. 무턱대고 길을 따라 내려가보니 '사유지 출입 금지. 개인 소유. 통행 금지. 허가 받은 차량만 운행 가능'이라고 적힌 표지판이 엄중하게 다시 되돌아가라고 말해주고 있었다. 내가 가진 육지 측량부 지도에는 숲으로 난 다른 길들이 나와 있었지만 그 길들을 어떻게 가야 하는지는 나와 있지 않았다. 주위에 숲길 이정표도 없었고 물어볼 사람도 한 명 없었다.

길가에 이정표가 있긴 했는데 이정표에는 '야전부'라고만 돼 있었다. 일단 뭔가 있어 보여서 길을 따라 1킬로미터쯤 걸었지만 야전부도, 오솔길도, 숲도 나오지 않았고 인근에 보이던 언덕은 어째 점점 더 멀어지고 있었다. 이미 한참을 걸은 데다 다시 옥스퍼드로 되돌아가야 하는 상황에서 오르막길 2~3킬로미터를 더 올라가야 한다고 생각하니 와이텀 숲이 2~3시간 전처럼 그렇게 매력적으로 느껴지지 않았다. 바로 이것이 도보 여행의 문제다. 이렇게 걷다 보면 목적지에 도달하기도 전에 목적지에서 써야 할 시간과 에너지를 거의 다 소진하는 경우가 종종 생기곤 한다.

어느덧 내 발길은 마을로 되돌아가고 있었다. 오후여서 그런지 상점들은 문을 닫았고 길을 물어보고 싶어도 주위에 개미 한 마리 없었다. 근처 안내 표지판을 보니 이 마을 대부분은 옥스퍼드대학교 소유고 마을 주민은 대부분 세입자이거나 소작농이라고 설명돼 있었다. 그러고 보니 마을 모든 것들이 지나칠 정도로 비우호적인 듯싶었다. 나중에 옥스퍼드에 사는 지인에게 물어보니 와이텀 숲은 대중에게 공개가 되지 않는다고 했다. 그 말인즉슨 캘리포니아와는 다르게 숲에 들어간다고 해서 총으로 쏘지는 않겠지만, 오는 것을 두 팔 활짝 벌려 환영하지도 않는다는 의미다. 생각해보니 만약 그곳에서 연구를 하느라 새 둥지 상자나 덫 같은 것을 곳곳에 두었는데 일반인이 개를 데리고 그곳을 산책하거나 산악자전거를 타고 지나다니면 연구에 방해가 될 수도 있겠다는 생각이 들었다. 그래서 나는 과학의 이름으로 그들을 용서하기로 했다.

어느덧 시간은 5시 30분, 가볍게 술 한 잔 하기 좋은 시간이었다. 나는 울버코트로 가서 아까 봐두었던 투르트 술집에서 술을 한잔 마셨다. 드라마에서 모어스 경감과 그의 듬직한 동료 루이스가 술 한잔 하면서 옥스퍼드에서 일어난 살인 사건을 해결할 실마리를 얻곤 했던, 바로 그 술집에서 말이다. 언젠가 〈모어스 경감〉의 원작자인 추리 소설가 콜린 덱스터(Colin Dexter)를 실제로 만난 적이 있었다. 그때 나는 그에게 실제 일어난 살인 사건 중 개인적으로 얼마나 많은 사건에 책임이 있는지 즉 얼마나 많은 모방 범죄가 일어났었는지 물었다.

"86건이요!"

그는 자랑스레 대답했다. 그는 자신이 추리 소설을 쓰기 위해 고안해낸 살인 사건들이 드라마가 상영되는 동안 옥스퍼드에서 실제 벌어진 살인 사건 수보다 몇 갑절은 더 많다고도 했다. 다행스럽게도 영국인들은 소설에서만 탁월할 뿐 실제로는 폭력적인 범죄에 그다지 소질이 없다. 물론 당연히 그래야 하지만 말이다. 내가 파악한 바로는 통계적 영국인들은 살인 범죄보다는 벽에 부딪힌다든지 아니면 다른 이유로 사망하는 경우가 훨씬 더 많았다.

이것이 다행이 아니라면 뭐가 다행이겠는가.

17

미들랜즈

I

얼마 전 노트북을 새로 샀다. '마이크로소프트 게슈타포'인지 뭔지 하는 소프트웨어가 장착된 모델이었는데, 이 소프트웨어들이 낮이고 밤이고 아무 때나 불쑥불쑥 내 컴퓨터에 들어와 안에 있는 모든 것들을 벽에 기대 일렬로 주르륵 줄을 서게 하고는 새 소프트웨어를 설치해대곤 한다. 새로 설치된 소프트웨어가 무슨 일을 하는지, 왜 애초에 노트북을 만들 때 공장에서 넣지 않았는지는 모르겠으나 어쨌든 그 소프트웨어들이 내 컴퓨터에 어떻게든 설치가 되는 것은 대단히 중요한 일처럼 보인다. 컴퓨터를 켤 때마다 매번 나는 다음과 같은 메시지를 받는다. '업데이트 설치가 준비됐습니다. 지금 설치하시겠습니까(권장) 아니면 이 메시지를 15초마다 한 번씩 앞으로 영원히 받으시겠습니까?'

처음엔 시키는 대로 했다. 하지만 업데이트는 영겁의 세월이 걸렸고 업데이트로 인해 내 삶의 질이 조금이라도 나아졌다는 증거를 찾을 수 없었다. 그래서 나는 업데이트 과정을 파멸시켜버리기 위해 컴퓨터를 확 껐다가 다시 켰다. 독자 여러분은 나를 본보기 삼아 절대 그러지 말길 바란다. 다음에 나는 이런 메시지를 받았다. '업데이트 설치를 다시 시작합니다. 다시는 그런 짓 하지 마십시오. 명심하십시오. 우리는 당신이 3월 10일 오후 내내 패리스 힐튼 동영상을 봤다는 사실을 알고 있습니다. 우리는 이 사실을 당신 아내에게 알릴 것입니다. 우리는 마이크로소프트입니다. 우리에게 개수작 부리지 마십시오. 다운로드는 14시간이면 끝날 겁니다.'

런던발 버밍엄행 열차 안에서 이 업데이트 통지를 받은 나는 최대한 침착하게 이 사실을 받아들이고 업데이트가 진행되는 동안 다른 컴퓨터 작업을 할 수 있으리라는 희망도 내려놓았다. 그러고는 나와 작고 아담한 테이블을 공유하고 있는 다른 3명의 열차 승객들을 관찰했다. 모두들 회사원처럼 잘 차려 입었지만 내가 보기에 일을 하고 있는 사람은 없었다. 내 옆자리에 앉은 남자는 영화를 보고 있었는데 그의 상사는 분명 이 사실을 모를 것이다. 그다지 좋은 영화도 아니었다. 좋지 않은 영화라고 판단한 이유는 폭발 장면이 무지 많았고 주인공이 리암 니슨(Liam Neeson)이었기 때문이다. 내 맞은편에 앉은 두 명은 스마트폰을 마치 기도서처럼 들여다보고 있었다. 둘 다 스마트폰 화면에 시선이 고정돼 있었다. 주위를 둘러보니 다른 사람들도 거의 대부분 휴대폰을 들여다보며 엄지손가락을 분주히 놀리고 있었다. 엄지손가락 사용법을 다 숙지하지 못한 듯 보이던 앞자리 두 젊은이는 이어폰을 귀에 꽂은 채 잠이 들었다. 오직 한 사람만이 노트북을 열고 서류를 들여다보고 있었는데 언뜻 보기에는 노동 급여와 관련된 서류 같았다.

나는 이 열차 안 풍경이 무척 흥미로웠다. 그도 그럴 것이 내가 타고 있는 열차는 지금 영국 정부가 경기에 활력을 불어넣기 위한 노력의 일환으로 더 빠른 속도의 열차 HS2로 교체하고 싶어 하는 바로 그 열차이기 때문이다. 정부의 생각은 승객들을 버밍엄에 20분 더 빨리 도착하게 해서 더 많은 일을 할 수 있도록 해주겠다는 것이다. 또한 정부는 열차 덕분에 절약한 20분을 모두 합하면 어마어마한 가치의 파운드로 환산할 수 있다는 입장이다. 글쎄, 과연 그럴까? 보통 누군가에게 20분이 더 주어진다면 그 시간에 그저 커피나 한 잔 더 하는 것이 더 일반적이라고 생각한다. 나도 여러분도 아마 그럴 것이다. 20분이 더 생기면 보통 그렇게 할 것이다.

HS2에 반대하는 사람들은 버밍엄에 굳이 더 빨리 도착해야 할 이유는 없으며 업무야 열차 안에서도 할 수 있다고 주장한다. 하지만 내 주변의 승객들이 보여줬다시피 사람들은 보통 기차에서 일을 하지 않는다. 어쩌면 다른 곳에서도 일을 하지 않을 수도 있다.

얼마 전 아내와 나는 런던의 풀럼로드에 있는 상점에서 소파를 하나 주문했다. 그리고 5월의 어느 토요일, 은행이 쉬는 노동절 바로 전에 소파 계약서를 쓰기 위해 햄프셔에서 런던으로 왔다. 그런데 상점에 도착해보니 커플 3쌍이 그 상점 앞을 서성이고 있었다. 문은 잠겨 있었고 실내는 어두웠다. 그때가 토요일 오전 10시였는데 상점 개점 시간보다 30분이 지난 시각이었다. 아내와 나를 포함해 그곳에 있던 사람들 모두 유리 창문을 들여다봤다. 마치 다른 사람들이 발견하지 못한 무언가를 찾을 수 있기라도 한 것처럼 말이다. 창문에는 왜 상점 문이 닫혀 있는지에 대한 안내문이 전혀 붙어 있지 않았다. 사람들은 일제히 엄지손가락으로 스마트폰을 활성화시키고는 상점 웹사이트에 접속했고 웹사이트에도 아무런 공지가 없다는 사실을 공유했다. 한 사람이 상점에 전화를 걸었다. 전화벨 소리가 밖에서도 들렸지만 안에서는 아무도 전화를 받지 않았다. 그렇게 20여 분 정도 지나자 사람들은 포기하고 상점 앞을 떠났다. 3일 후, 상점 문이 왜 닫혀 있었는지 궁금했던 나는 대답을 듣기 위해 상점으로 전화를 걸었다.

한 여성이 친절하게 전화를 받았다.

"아, 네. 저희는 은행이 쉬는 날에는 영업을 하지 않습니다."

"하지만 토요일은 은행 휴무일이 아니잖소. 은행 휴무일은 월요일이잖아요."

"네. 우리는 주말에는 문을 닫습니다."

"하지만 당신네 가게 유리창이나 어디에도 주말에 문을 닫는다는 말도 없고, 웹사이트에도 전혀 그런 말이 없잖소. 당신네 상점 앞에서 사람들이 바보같이 그냥 서서 기다리기만 했다고요."

"아, 네."

대답을 하는 그녀의 목소리는 별 내용은 없지만 흥미로운 뭔가에 정신이 팔린 목소리 같았다. 추측건대 손톱 손질을 하거나 e메일을 읽고 있는 듯했다.

"이거 하나는 알아 두쇼. 당신네가 계약을 망쳤소. 이 뇌라고는 없는 바보들아."

나는 버럭 고함을 질렀다. 물론 정말 그렇게 말하지는 않았다. 그냥 속으로 생각만 했을 뿐이다. 정작 나는 지극히 영국식으로 비탄에 찬 목소리로 작게 중얼거리고는 전화를 끊었다. 이런 상황을 겪다 보면 종국에는 그냥 포기하고 살거나 다른 나라로 이민을 가게 된다.

나는 진심으로 영국이라는 나라를 이해하지 못하겠다. 영국은 세계 6위의 경제 대국이지만 내가 보기에는 그만한 경제력을 유지하기 위한 일을 더 이상 하지 않는다. 휘트브래드(Whitbread)는 이제 맥주를 만들지 않는다. 테이트앤 라일(Tate & Lyle)은 더 이상 설탕을 제조하지 않는다. 이제 영국에서 뭔가를 생산하는 제조업체는 고작 5개뿐이다. 남은 기업이 거의 없다 보니〈파이낸 셜타임즈〉는 기업의 주가 지수를 측정하는 '파이낸셜 타임스 평균 산업 지수 (Financial Times Industrial Average)'에서 '산업'이라는 단어를 빼야 했다. 내가 어렸을 때 영국은 전 세계 모든 생산품의 사분의 일을 생산하는 나라였다. 공정하게 말하자면 내가 어렸던 것과 이 수치는 거의 관련이 없다. 그랬던 영국이 지금 전 세계에서 차지하는 생산량은 2.9퍼센트에 불과하며 그나마도 계속 하락하는 추세다. 요즘도 영국에서는 롤스로이스(Rolls-Royce) 제트 엔진과 병에 든 마멀레이드를 만들고는 있지만 그게 내가 아는 전부다.

영국의 거의 모든 기업들은 외국인 소유다. 프랑스 기업이 햄리(Hamley) 장난감 가게와 글렌모렌지(Glenmorangie) 위스키, 오렌지(Orange) 휴대폰, 피손스(Fisons) 제약회사, 전력회사 EDF 등을 소유하고 있다. 에너지 업체 이온 (E.ON)과 엔파워(Npower)는 독일 기업이, 스코티시파워(Scottish Power)는 스페인이 소유하고 있다. 맥바이티스다이제스티브스(McVitie's Digestives), 자파케이크(Jaffa Cakes), 훌라훕스(Hula Hoops) 등을 만드는 유나이티드 비스킷(United Biscuits)은 터키 기업 일디츠(Yildiz) 소유다. 재규어(Jaguar), 블루서클시멘트(Blue Circle Cement), 브리티시철강, 해로즈(Harrods), 바스 (Bass)양조장, 대다수 공항, 몇몇 주요 풋볼 팀, 독자들에게 이 책을 선사한 회사 모두 외국 기업 소유다. 영국에서 가장 큰 대기업 가운데 영국인이 운영하는 기업은 절반이 채 안 된다.

HP와 데디스(Daddies)의 내용물은 네덜란드에서 만들어진다. 스마티스 (Smarties) 초콜릿은 독일에서 만든다. 롤리(Raleigh) 자전거는 덴마크에서 만든다. 2010년, 영국 정부 소유의 실패한 은행, 스코틀랜드 왕립은행(RBS)은 미국의 거대 식품 기업 크래프트(Kraft) 사가 영국에서 가장 유서 깊은 초콜릿 제조업체 캐드버리즈(Cadbury's)를 인수하는 데 필요한 자금을 대출해줬다. 하지만 어리석은 판단이었다. 계약이 체결되자마자 크래프트 사는 초콜릿 공장 문을 닫아버렸고 공장의 모든 기계들을 폴란드로 보냈다.

나는 영국의 제조업이 매우 중요하다고 생각한다. 예전에는 사람들이 영국 제 제품에 자부심을 느꼈지만 지금은 영국에서 무엇을 생산하고 있는지도 잘 모르는 상황이다. 이렇게 제조업을 외국에 다 팔아버린다면 이제 영국에서 무슨 빵을 먹을지, 빵에 바르는 소스는 어디서 제조할지, 은행에 '브리타니아 (Britannia)'나 '핼리팩스(Halifax)'처럼 영국이나 영국의 도시 이름을 붙일지 아니면 듣도 보도 못한 스페인의 어느 도시 이름을 붙일지, 은행 직원의 40퍼센트를 실직자로 만들지 여부를 결정하는 것은 영국이 아닌 다른 나라라는 사실을 받아들여야 한다.

하지만 여전히 영국은 잘살고 있다. 이건 기적이다. 도대체 어떻게 그럴 수가 있는 걸까? 나도 잘 모르겠다. 내가 아는 것이라고는 어쨌거나 영국인들은 기차에서 열심히 일하지 않는다는 사실이다.

HS2를 좀 더 살펴보도록 하자. 전체적인 아이디어는 당연히 미친 짓처럼 보이지만, 한 걸음 물러서서 이 계획을 수용하는 데 필요한 모든 가능성을 한번 생각해볼 수는 있다. 우선 소요 비용을 생각해보자. 처음에 거론된 예상 소요 비용은 170억 파운드에서 시작했다. 그리고 지난번 내가 확인했을 때에는 그 비용이 420억 파운드로 증가해 있었다. 물론 지금은 이보다 훨씬 더 늘어났을 것이다. 본디 이런 거대 프로젝트의 비용이라는 것이 컴퓨터로 그 숫자를 치는 것보다 훨씬 더 빠른 속도로 부풀게 마련이지 않은가. 이렇게 거대한 프로젝트에서 유일하게 확실한 것은 그 누구도 아무것도 장담하지 못한다는 사실뿐이다. 영·불 해협을 잇는 유로터널의 경우 소요 비용은 처음 예상한 비용보다 두 배가 소요됐지만 이용객 수는 예상 수치의 절반뿐이다. HS2의 형뻘인 HS1을 추진할 때도 2006년도까지 승객 2,500만 명을 수송하리라고 호언장담했지만 단 한 번도 그 절반에조차 미치지 못했다. 또한 그 열차가 애슈퍼드(Ashford)나 앱스플리트(Ebbsfleet)에 경제적 활력을 불어넣었다고 말하는 사람은 단 한 명도 보지 못했다.

HS2에 궁극적으로 들어가는 비용이 얼마든지 간에 그 수백 억 파운드의 돈이면 사람들을 버밍엄에 더 빨리 데려다주는 것보다 훨씬 더 광범위하고 유용하게 사용될 분야가 무수히 많을 것이다. 또 자연 파괴 문제도 고민하지 않을 수 없다. 열차가 빠르게 달리는 것은 전혀 매력적이지 않다. 철도는 열차들의 고속도로다. 영국의 시골 마을들은 만성적인 소음에 시달리게 될 것이고, 아름다운 자연에는 자연을 가로지르는 눈에 잘 띄는 흉터가 생길 것이며, 철도가 건설되는 몇 년 동안 무수히 많은 주민들의 삶은 피폐해질 것이다. 만약 이 철도가 들어서서 그 결과가 정말로 눈부시게 좋다고 하면 그 대가가 정당화될 수도 있겠지만, 버밍엄으로 빨리 가는 열차는 그 정도 대가를 치러야 할 만큼 눈부신 결과는 아니다. 제 아무리 최고의 결과가 나온다 한들 기껏해야 버밍엄으로 빨리 가는 열차 이상은 되지 않을 테니까.

희한하게도 새로 들어서는 철도는 사람들이 당연히 가고 싶어 하는 지역들로는 대부분 연결되지 않는다. 북쪽 지역에서 히드로 공항에 가야하는 승객들은 짐들을 바리바리 들고 올드오크커먼 역에서 열차를 갈아타야 하며 왔던 길 약 19킬로미터가량을 거슬러 가야 한다. 개트윅 공항으로 가는 길은 더욱 험난하다. 유럽으로 가는 기차를 타려면 유스턴 역에서 내려서 유스턴로드를 따라 세인트팽크라스까지 약 800미터를 더 가야 한다. 이 길에 무빙워크를 설치하자는 의견이 제안되기도 했다. 무빙워크를 타고 800미터를 가는 여행을 상상해보시라. 나를 그런 제안을 하는 사람으로 보는 사람도 있다. 내가 채찍을 어디에 뒀더라.

내 생각은 이렇다. 그냥 특정 지역까지 가는 데 걸리는 시간은 그대로 두고 대신 사람들이 내리고 싶지 않을 정도로 기차를 아늑하고 편안하게 만들면 어떨까? 승객들은 수백 억 파운드를 아낀 대가로 창밖에 지나가는 병원이며 학교, 운동장 등도 보고 훌륭하게 유지되고 있는 시골 마을들을 감상할 수 있을 것이다. 아니면 열차 맨 앞 칸에 증기 기관차를 달고 모든 좌석을 나무로 만든 다음 전적으로 자원봉사자들의 힘으로 모든 것을 운영할 수도 있을 것이다. 아마 전국 각지에서 사람들이 이 열차를 타러 몰려들 것이다.

만약 새 열차를 들이는 데 들어가는 비용을 사용하지 않고 놔둔다면 그 예산의 지극히 일부만 가지고도 열차를 고칠 수 있다. 가령 배설물이 곧장 선로로 떨어지지 않는 화장실만 갖춰도 케임브리지나 옥스퍼드 역 승강장에 앉아 우울하게 WH 스미스 샌드위치를 먹으면서 까마귀들이 휴지와 인간의 배설물 조각들을 서로 차지하겠다며 싸우는 광경을 볼 일은 없을 것이다. 솔직히 말해서, 그런 광경을 보면서 WH 스미스 샌드위치를 먹기란 여간 고약스럽지 않다.

2008년, 지난번 버밍엄에 왔을 때 영국의 농촌살리기운동본부에서는 '쓰레기는 이제 그만'이라는 구호를 외치며 쓰레기 줄이기 운동을 막 시작하고 있었다. 그때 나는 다른 3명의 협회 회원들과 함께 이 운동을 응원하러 버밍엄에 왔었다. 나는 가장 먼저 본머스에 가서 자유민주당 당원들 몇몇과 회담을 나누었다. 사실 회담이라고 해봤자 워낙 규모가 작아서 호텔 엘리베이터 안에서 회담을 한다 해도 샌드위치 수레를 실을 정도로 자리가 남을 정도였다. 하지만 2008년 자유민주당은 절망적이게도 이 문제를 하찮게 여겼고(사람들은 이것이 자유민주당의 원래 모습이라는 사실을 잊었다) 크게 중요시하지 않았다.

그 다음 날은 노동당 하원 의원들과 조찬을 하러 맨체스터로 갔다. 하지만 아무도 그 자리에 나타나지 않았다. 정말이다. 단 한 사람도 나오지 않았다. 덕분에 준비해간 도넛을 그대로 잔뜩 싸가지고 집으로 돌아오는 소득은 있었지만 회담은 처참히 실패했다.

그 다음에는 버밍엄의 보수당과의 만남만 남았다. 그들은 우리에게 정당 컨퍼런스 자리에서 발언을 할 기회를 줬는데 이전에 비하면 훨씬 더 고무적인 상황이었다. 이 문제를 토리 당원들에게뿐 아니라 텔레비전을 보는 전 국민에게 알릴 기회였기에 나는 정성껏 연설문을 썼다. 드디어 그날이 왔고 나는 버밍엄에 있는 회의장으로 갔다. 회의장은 발언을 준비하는 사람과 발언을 기다리는 사람 등으로 매우 혼잡했다. 내가 소개되고 발언대로 나가자 공공장소에서 나올 수 있는 가장 미약한 박수가 나왔다. 관중도 30명 남짓이었다. 그중 6명은 자고 있었고 나머지도 거의 시체나 다름없었다. 나는 이렇게 말하고 싶은 충동이 들었다. "지금 시작할까요? 아니면 시체 운반 부대가 올 때까지 기다릴까요?" 아무튼 나는 그 자리에서 숨 쉬고 있는 자들 중 그 누구도 방해하지 않고 연설을 마쳤다. 나중에야 정당 컨퍼런스라는 것이 늘 그런 식으로 진행된다는 사실을 알게 됐다. 관중석이 유일하게 가득 찰 때는 정당 대표가 연설을 할 때뿐이었다.

연설을 마친 후 나는 빅토리아 광장과 뉴스트리트를 걸으며 역까지 걸어왔다. 아기자기하게 걷기 좋은 길이었다. 이 도시가 얼마나 나아질지 알 수 없었다. 그때 나는 생각했다. 언젠가 이곳에 다시 와서 봐야겠다고. 그리고 오늘이 바로 그날이다.

처음 내가 버밍엄에 왔을 때 느낀 점은 일부러 흉측하게 만든 도시라는 것이다. 정말 추한 것들 투성이였으며 대부분 일부러 그렇게 만든 것들이었다. 버밍엄은 추하게 보이려고 만들어졌다. 정말이다. 그 범인은 허버트 만조니 경(Sir Herbert Manzoni)으로 그는 1935년부터 1963년까지 도시 계획을 담당했던 사람이다. 그는 오래된 건물들은 '가치가 있다기보다는 감상적일 뿐'이라는 생각으로 도시의 모든 건물을 아예 싹 바꿔서 새 버밍엄을 만들고 싶어 했다. 그는 내부 순환 도로들과, 축축한 지하의 인도, 덩치 큰 교차로들과 거대한 콘크리트나 철제로 만든 건물들로 이 도시를 가득 채운 장본인이다. 그는 버밍엄을 끔찍한 도시로 만들어버렸다.

버밍엄 박물관과 미술관(Birmingham Museum and Art Gallery)에는 만조니의 환상을 착실하게 구현한 재미있는 전시실이 있다. 전시실 안에는 '캔버라(Canberra)가 나치 뉘른베르크를 만났을 때'라고 불릴법한 거대한 도시 모형이 공간의 사분의 일을 차지하고 있다. 벽에는 도시의 비전을 보여주는 그림들이 걸려 있었다. 그림에서 마치 공원처럼 묘사된 고속도로는 도시 한가운데를 가로지르고 있었고 고속도로를 기준으로 양쪽으로 고층 건물들이 높게 솟아 있었으며 도시의 상당 부분은 녹지처럼 그려져 있었다. 그림으로만 보면 꽤 멋져 보였다. 문제는 이 그림 속에 있는 것들 대부분이 그대로 건설되지 않았으며 건설된 것들도 그리 오래 빛나지 않았다는 점이다. 25년 사이에 200개가 넘는 고층 의회 건물들에서 심각한 구조적 문제가 발견됐고 문제가 있는 건물 대부분이 철거됐다.

만조니는 버밍엄의 훌륭한 건물들을 많이 무너뜨렸지만 자비롭게도 박물관은 남겨두었다. 라파엘 전파의 최고의 예술 작품들을 포함해 진귀한 보물들이 진열돼 있는 가장 아름다운 기관은 남은 것이다. 이 박물관에는 최근 발견된 스태퍼드셔 지역의 보물들도 전시돼 있다. 이 보물들은 2009년 어느 앵

글로색슨 인이 리치필드 근처의 농장의 대지에서 불과 몇 센티미터 아래 얕은 곳에 묻혀 있던 것을 발견하면서 세상에 나온 것들이다. 또한 박물관에는 이 세상에서 가장 세련되고 근사한 카페도 있다. 나는 미술관들을 구경하며 박물관에서 몇 시간을 보냈다. 그러고는 유쾌하게 도시를 둘러봤다. 도시의 발전상이 대단히 인상적이었다.

버밍엄은 좋은 도시로 발전하고자 위대한 걸음을 성큼성큼 내딛고 있는 중이다. 혹여 그 걸음이 멈추는 날이 올까 봐 걱정이다. 내가 버밍엄에 다녀가고 얼마 되지 않아 의회에서는 '긴축 시대' 정책안을 제안했고 버밍엄에 어마어마한 예산 삭감이 있을 거라고 발표했다. 이 정책대로라면 도시 근로자의 삼분의 이가 해고당할 것이다. 1억 8,900만 파운드를 들여 2013년에 개관한 중앙 도서관의 직원들은 절반 정도로 줄어들고 도서관 운영 시간도 일주일에 73시간에서 40시간으로 줄어들 것이다. 의회에 의하면 풋볼 연습장들은 모두 폐쇄될 것이다. CCTV 카메라는 더 이상 상시로 운영되지 않을 것이다. 버밍엄은 더 푸르고, 깨끗하고, 기분 좋은 도시가 아닌 더 볼품없고, 더럽고, 불편한 도시가 될 것이다. 나는 비전이 있는 도시를 사랑한다.

이 모든 정책을 다 실행에 옮길 경우 4년 동안 3억 3,800만 파운드를 절감할 수 있다. 어마어마하고도 긴박한 액수처럼 들리지만 사실은 시민 한 명당 일주일에 1.4파운드를 줄여주는 꼴이다. 나는 버밍엄에서 앞으로 매주 1.4파운드를 덤으로 얻게 될 행운의 주인공들이 그 돈으로 무엇을 할지 몹시 궁금하다. 어쩌면 그 돈을 20분 더 빠른 열차를 타는 데 사용할 수도 있겠다.

우리를 이토록 풍요롭게 해주다니 영국 정부에 황공해서 몸 둘 바를 모르겠다.

이번에는 아이언브리지로 갔다. 아이언브리지는 슈롭셔에 있는 마을로 '철교(Ironbridge)'라는 마을 이름에서도 느껴지듯 마을에 그 이름을 제공해준 눈길을 사로잡는 아름다운 구조물이 있으며 마을 주민들은 이 구조물에 대한 자부심이 대단하다. 그 철교는 정말 훌륭한 다리로, 철로 만든 세계 최초의 다리다. 또한 철로 만든 최초의 거대한 구조물이기도 하다.

이 다리와 철강 산업은 아브라함 다비(Abraham Darby)라는 사람에게 3대까지 대대로 영향을 미쳤다. 최초의 아브라함 다비는 퀘이커 교도 사업가로 1706년경 더 좋은 냄비를 만들고자 당시 '아이언브리지'로 알려진 콜브룩데일(Coalbrookdale)에 왔다. 그는 철을 제련하는 데 기존에 사용되던 목탄 대신 석탄을 사용하는 법을 고안했다. 목탄 제련법에 비해 석탄 제련은 온도가 훨씬 더 높아 월등히 좋은 품질의 철을 생산할 수 있다. 그의 아들과 손자인 아브라함 2세와 3세는 이 사업을 확장해서 더욱 폭발적인 성능의 용광로를 개발하는 데 성공해 어마어마한 양의 철을 생산할 수 있게 됐고 영국 산업 혁명의 아버지가 됐다. 철교를 세운 사람은 아브라함 3세다. 아브라함 3세는 회사의 능력과 가능성을 입증하기 위해 이 철교를 만들었다. 아브라함 다비 가문의 사람들은 이 세상에 철과 강철의 시대를 선사했을 뿐 아니라 현대적인 마케팅의 선구를 보여주기도 했다.

아브라함 3세는 다리를 설계하기 위해 지역 주민 토머스 프리처드(Thomas Pritchard)를 찾았는데 이는 매우 뜻밖의 선택이었다. 프리처드는 공학이나 건축을 제대로 공부를 한 사람이 아니었기 때문이다. 그는 디자인 관련 일을 하긴 했지만 그의 원래 직업은 가구나 작은 물건 등을 만드는 소목장이었다. 아무튼 그는 그때까지 비교적 작은 건축물이긴 하지만 목조 성당 몇 채와 다리

하나를 설계하고 지은 경험이 있었다. 하지만 거대한 철을 가지고 기념비적인 것을 만든 적은 없었다. 물론 당시에는 누구도 그런 경험이 없었다. 프리처드는 아브라함의 직관이 옳았음을 입증해보였다. 아니, 그 이상이었다. 그가 만든 다리는 당시로서는 가장 위대한 건축 구조물 중 하나였기 때문이다. 철저히 실리적이기는 하지만 그래도 대단히 우아하고 품위 있는 구조물이었다. 철교의 모든 부분 하나하나가 다 목적이 있으며 한없이 들여다봐도 감탄이 절로 나올 정도로 근사한 구조물이다. 실제로 그 다리를 본 사람들은 다리에서 눈을 떼지 못한다. 그 다리 위를 걸어도 보고 마치 자신이 직접 만든 다리이기라도 한 것처럼 최대한 다양한 각도에서 그 다리를 감상하고 싶은 충동을 억누르기란 거의 불가능에 가깝다. 단언하자면 그 철교는 압도적이고 독창적으로 사람의 마음을 끄는 구조물이다. 하지만 가엾은 프리처드는 생전에 이 다리를 보지 못했다. 그는 1777년, 크리스마스를 이틀 앞두고 밝혀지지 않은 이유로 돌연 세상을 떠났다. 다리 공사에 착수한 지 불과 한 달 만의 일이었으며 그의 사망 이후 약 4년 뒤에야 다리가 완공됐다. 그는 54세의 나이로 세상을 떠났다.

아이언브리지는 외외로 고요하고 어여쁜 마을이었다. 마을은 가파른 비탈과 숲이 울창한 골짜기에 자리 잡고 있었으며 마을에서는 세번 강 위의 다리가 마주 보였다. 요즘은 철교가 관광객을 위해서만 존재하지만 단순히 다리역할만 하기에는 아까울 정도로 세련된 자태를 뽐내고 있다. 마을에는 재미있고 마음을 끄는 상점들이 많았으며 카페와 게스트 하우스들도 꽤 괜찮게 보였다. 나는 맛있는 커피에다가 늘 감사하게 생각하는 공짜 비스킷을 곁들여 먹었다. 그러고는 이런저런 상점들도 둘러보고 상점 유리창으로 가게 안을 들여다보기도 했다. 소파에 놓을 쿠션이나 무릎 덮개를 하나 살까도 생각했지만 브라이슨 부인께서 워낙 좋은 쿠션과 무릎 덮개들을 잔뜩 소장하고 계시기에 사지 않았다. 이따금 나는 우리 집 소파나 침대 밑에서 정말 뚫고 헤쳐 나가야 할 만큼의 쿠션 무더기와 담요 무더기들을 발견하고는 깜짝 깜짝 놀라기도 한다.

마을 아래쪽에는 화이트 하트 술집이 있었는데 술집 입구에 '아무것도 사지 않으셔도 들어오셔서 화장실을 이용하실 수 있습니다'라고 적힌 안내문이 있었다. 그 친절하고 우호적인 문구에 나는 즉석에서 그 술집과 아이언브리지 마을을 슈롭셔 지역에서 가장 좋아하는 곳으로 정했다.

다리를 지나 골짜기를 따라 약 1킬로미터를 걷다 보니 아브라함 다비 용광로가 있던 자리가 나왔다. 산업 혁명이 시작된 바로 그 자리였다. 한때는 영원히 타오르는 지옥 구덩이 같던 이곳은 시설들이 생생하게 보존되고 있었고 커다란 벽돌 공장이 있던 자리는 현재 박물관이 돼 있었다. 입장료는 9.25파운드였지만 기분 좋게도 나는 할인을 받았다. 할인을 받는 노인 연령 조건을 충족했기 때문이다. 그리고 더욱 기분 좋게도 입장권에는 '아브라함 다비 집' 입장권도 포함돼 있었다. 그 집이 어디 있는지는 모르겠지만 아무튼 기분 좋았다. 매표소 직원은 내게 다비의 집부터 보고 오는 게 좋겠다고 권했다. 이제 막 학교 버스 3대에서 학생들이 내렸는데 지친 교사들이 그 학생들을 인솔해서 도시락을 먹을 장소로 데리고 가기 전까지 최소한 20~30분 정도는 아이들이 박물관 이곳저곳을 뛰어다닐 거라며 귀띔해줬다.

나는 직원의 세심한 배려에 감사의 인사를 하고 몇 백 미터 떨어진 다비의 집으로 향했다. 아브라함 다비 가문의 집은 18세기에 지어졌으며 다비 가문이 창문 밖으로 공장을 바로 내다볼 수 있도록 직접 이 위치에 지었다고 한다. 집에는 가구들이 많이 있어서 당시 이곳에 살던 사람들이 어떤 삶을 살았을지 가늠할 수 있었다. 공장이 있었을 때 이곳에 살던 사람들은 온 땅을 뒤흔드는 진동과 매연을 감수하며 살았을 것이다. 응접실에 있는 탁자에는 방문객도 훑어볼 수 있는 책이 한 권 놓여 있었다. 아서 레이스트릭(Arthur Raistrick)가 쓴《과학과 산업 시대의 퀘이커 교도들(Quakers in Science and Industry)》이었는데 나는 몇 분간 책을 훑어보다가 아예 옆에 놓인 의자에 앉아 약 30분 정도 나도 모르게 정신없이 재미있게 읽었다. 미처 알지 못했는데 아브라함 다비가 살던 시절 퀘이커 교도들이 이 마을을 약탈하고 짓밟았다고 한다. 퀘이커 교도들은 정계나 학계 등과 같은 전통적인 분야를 제외하고 산업과 상업 분야에서 큰손이 됐으며 특히 어떤 이유에서인지 금융과 초콜릿 제조업을 장악했다. 바클리 가(Barclays, 영국의 금융기업, 1690년 존 프림과 토마스 굴드가 시작한 금융업을 시초로 존 프림의 사위였던 제임스 바클리가 동업하면서 1736년부터 바클리라는 이름을 사용했다 – 옮긴이)와 로이즈 뱅크 가문 사람들(Lloyds, 1765년 설립된 영국 은행 – 옮긴이) 그리고 초콜릿 업계에서 유명한 캐드버리 가문, 프라이(Fry) 가문, 론트리(Rowntree) 가문 사람들 모두 퀘이커 교도들이다. 그들을 비롯한 많은 퀘이커 교도들이 부당한 대접을 받았고 결과적으로 그것이 자극제가 돼서 그들은 영국을 더욱 역동적이고 부유한 나라로 만들었다. 퀘이커 교도들에게 불친절하게 굴어야겠다는 생각을 한 번도 해본 적이 없지만, 그 방법이 영국을 다시 예전의 모습으로 일어서게 하는 방법이라면 한 번 고려해봐야겠다는 생각이 들었다.

다비 가문의 저택과 박물관 사이에는 '오래된 용광로'라고 불리는 곳이 있다. 산업 혁명의 불꽃이 처음으로 튀었던 곳이다. 1950년대 들어서면서 다비 가문이 일군 업적의 중요성이 거의 잊혔다. 이후 오래된 용광로는 수십 년 동안 흙과 돌에 파묻혀 보이지 않게 됐으며 다시 발굴하기 위해서 로마 시대 저택을 발굴하듯 솔과 모종삽을 동원해야 했다. 지금은 사정이 완전히 달라졌다. 용광로는 앞면이 유리로 된 깔끔한 구조물 안에 제대로 보호되고 있다. 안내자가 몇 명의 사람들을 내부로 데리고 들어가 설명해주고 있었다. 내 눈에는 여느 오래된 용광로와 별로 달라 보이지 않았지만 어쨌든 이곳은 귀중한 유적지가 됐다. 나는 안내자의 설명을 안 듣는 척하면서 최대한 설명을 듣는 무리 가까이에서 설명을 들었다. 안 듣는 척하려고 안내자 바로 뒤 돌과 돌 사이에 있는 모르타르에 온 정신이 팔린 척하고 있었다. 하지만 그의 설명은 내가 알아듣기에는 전문 용어가 너무 많았다.

철강 산업을 이해하려면 관련 지식이 더 많아야겠다는 생각이 든 나는 건너편 박물관으로 갔다. 그리고 그곳에서 습식 퍼들링(puddling, 흙을 이겨 곤죽 상태로 만드는 것 - 옮긴이), 건식 퍼들링, 제련, 베세머 제강법 등과 같은 것들을 익힐 수 있었다. 물론 이 모든 것들이 마치 배수관에서 물이 빠져나가듯 내 머리로 들어와 곧장 빠져나가기는 했다. 그 바람에 나는 이상하게 공부를 하면 할수록 머리가 깨끗하게 씻기는 느낌만 받았다. 박물관에는 식탁 의자, 정원 용품, 장식이 들어간 식탁, 난로, 주방 도구 심지어는 큼지막한 그릇에 이르기까지 철로 만든 물건들도 전시돼 있었다. 모두들 대단히 근사하고 아름다웠다.

박물관을 만족스럽게 둘러본 후 나는 나만의 작은 퍼들링을 하러 남자 화장실로 갔다. 그러고는 버스 정류장으로 가서 나를 21세기로 데려다줄 버스를 기다렸다.

18

스케그네스

I

누구나 스케그네스(Skegness)에 공감하는 한 가지가 있다. 바로 그곳의 날씨가 상쾌하다는 사실이다. 사람들이 이렇게 생각하게 된 것은 1908년 삽화가 존 하살(John Hassall)이 유쾌하고 풍채 좋은 어부가 해변을 뛰어다니는 모습을 그리고 그 아래에 '스케그네스는 참 상쾌하다'라는 문구를 써넣은 그림에서 비롯됐다. 〈즐거운 어부(Jolly Fisherman)〉라는 제목의 이 그림은 굉장히 훌륭한 그림이기도 하지만 특히 재미있는 것은 눈부신 햇살이나 즐겁게 수영을 하는 사람들, 당나귀를 타는 사람들, 해변에서 사용하는 의자 등 흔히 해변의 즐거운 풍경을 연상시키는 요소가 전혀 없다는 점이다. 그림 속 어부는 악천후에나 어울릴 법한 옷차림을 하고 있으며 혼자다. 하지만 이 어부의 모습과 단순한 문구는 스케그네스를 유명하게 만들었다. 실제로 이 그림 덕분에 수십만 명의 사람들이 스케그네스를 찾았다. 하살은 이 그림을 그리고 12기니를 받았다. 원본은 스케그네스 시청에 걸려있다. 나는 직접 시청에 가서 원본을 보고 싶었지만 주말에는 시청이 문을 닫는 바람에 보지 못했다.

그날은 지독히도 비가 많이 내리던 여름날이었고 주말이었다. 나는 햄프셔에서 스케그네스까지 차를 운전해서 갔는데 길에 물웅덩이들이 간간이 있어서 웅덩이를 지날 때마다 바퀴에서는 물을 가르는 소리가 요란하게 났고, 앞유리창의 와이퍼는 메트로놈처럼 규칙적으로 움직였다. 나는 너무 지루한 나머지 길 옆 도랑에 차를 확 처박고 나서 감자밭에서 내가 두 발로 제대로 설수 있는지 확인하는 상상을 했다. 상상할 수 있는 최악의 결과는 죽음이었는데 스케그네스로 가는 길과 비교하면 썩 나쁘지도 않았다. 링컨셔는 어디에서 가기에도 먼 곳이었는데 스케그네스는 링컨셔에서도 그만큼 더 한참 들어가야 했다.

지난번에 이곳에 왔을 때 나는 비앤비(B&B는 Bed와 Breakfast의 약자로 조식과 잠자리가 제공되는 일종의 숙박 시설이다 - 옮긴이)에 짐을 풀고는 밖으로 나왔다. 밖에는 장대비가 세차게 퍼붓고 있었고 나는 잔뜩 몸을 웅크린 채 주위를 둘러봤다. 장대비 속에 시야가 닿는 곳까지 바라보니 이 북쪽 끝자락에 있는 스케그네스가 남쪽으로 1,300킬로미터만 옮겨가 주기만 한다면 이 도시에 더 바랄 것이 없겠다는 생각을 했다. 어쨌든 스케그네스는 영국에서 내가 본 가장 전형적인 해안 마을이었다. 번쩍이는 네온사인과 시끄러운 전자음 소리를 내는 오락 기계들 그리고 비 오는 날에도 사그라지지 않는 솜사탕의 불량

한 냄새 등이 마을에 가득했다. 바닷가에는 멋진 시계탑과 타워가든(Tower Gardens)이라는 이름의 근사한 공원이 있었다. 사람들은 모두 처마 밑이나 차양 아래 서 있었다. 몇몇 사람들은 피시 앤 칩스를 먹고 있었지만 대부분 사람들은 멍하니 서서 황량하고 축축한 세상을 바라보고 있었다. 정말이지 조금도 상쾌하지 않은 날이었다.

나는 중심가인 룸리로드까지 걸었다. 길 끝에는 알리슨이라는 오래된 상점이 하나 있었는데 그곳에서는 우리네 할머니 할아버지가 입을 법한 옷을 팔고 있었다. 그 가게 뒤에는 우리네 할머니나 할아버지가 정말로 입던 옷을 파는 중고 옷가게들이 있었다.

더 걸어가니 스텀블 술집이 나왔다. 술집 밖에는 마치 25년 동안 아무 일도 하지 않은 듯 보이는 한 남자가 서 있었다. 이 술집 뒤로 나 있는 시내 거리에는 천냥 가게, 휴대폰 대리점, 마권 판매소, 카페 등이 있었다. 히드로 헬스 앤 뷰티(Hydro Health and Beauty)라는 이름의 상점에서는 약처럼 생긴 것들을 단정하게 정렬해놓고 광고를 하고 있었는데 대부분 내가 모르는 것들이었다. 더러는 매우 그럴싸해 보이기도 했고 몇몇 제품은 법적인 제제가 필요해 보이기도 했다. 글리콜 필링, 실핏줄 제거, 보톡스 주사, 필러, 결장 물 치료 등이 광고되고 있었다. 스케그네스는 모든 것을 완벽하게 할 수 있는 곳임이 분명했다. 나를 보고 유난히 까탈이라고 말하는 이도 있겠지만 만에 하나 내가 누군가에게 내 결장을 내보이고 그 수문을 열어 물을 관통시켜야 한다면 그 사람이 스케그네스의 미용사는 아닐 거라고 생각한다. 하지만 이 가게를 보니, 지금껏 그랬듯 이번에도 내가 비주류에 속하는 듯했다. 주변 다른 가게들과 달리 가게가 매우 성업 중이었기 때문이다.

스케그네스 시내를 돌아다니다보니 진이 다 빠졌다. 첫 정찰을 완수한 나는 북쪽의 해안으로 가서 그곳에서 버틀린 캠프장 이정표를 따라갔다. 버틀린 캠프장은 백만 년 전 영국에서 첫 여름을 보낸 이후 정말 오랜만이었다. 내가 버틀린 캠프장을 알게 된 것은 모두 커다란 〈우먼스 오운〉 잡지 상자들 때문이었다.

앞서 말했듯 홀러웨이 요양소에서 일을 시작했을 때 나는 요양소 건물 꼭대기에 있는 튜크 와드 병동에 배당됐다. 앞에서도 말했듯 나는 그 병동에서 창밖을 내다보며 크리켓 경기를 감상하곤 했다. 튜크 와드 병동의 환자들은 밝고 유순한 편이었으며 저마다 특정한 것에만 광기가 있었다. 그들은 약물 치료로 언제나 고요했기에 딱히 계속 주시를 해야 한다든지 하지 않아도 괜찮았다. 그들은 스스로 옷을 입었고 전반적으로 제대로 잘 입었으며 모두 예의 바르고 순종적이었고 식사 시간에 절대 늦는 법이 없었다. 심지어는 자기 침대도 그럭저럭 아쉬운 대로 정리를 하곤 했다.

매일 아침 식사를 마친 후에는 담당 간호사 졸리(Jolly)가 마치 북풍이 몰아치듯 병동에 들어와서는 식당 의자며 화장실에 앉아 있는 환자들을 일어나게 해서 각자 맡은 정원 일을 하게 하거나 가벼운 치료를 받게 했다. 그러고는 홀연히 사라져서 차 마시는 시간 전까지 나타나지 않았다. 그는 병동을 나서면서 나를 불러 "환자들의 손이 닿는 곳에는 아무것도 두지 마세요"하고 당부하곤 했다. 그렇게 그가 가고 나면 그 다음 6～7시간은 내가 그곳의 유일한 책임자였다.

이전에는 어른들 세계에서 뭔가 책임을 지는 일을 한 적이 없던 나로서는 그 책임이 대단히 막중하게 느껴져서 아침 시간에는 마치 바운티(Bounty) 호에서 갑판을 순찰하는 블라이(Bligh) 선장처럼 병동을 돌아다니곤 했다. 하지만 시간이 흐르면서 점차 40개의 빈 침상과 공용 목욕실을 맡고 있는 것이 그리 대단한 명예가 아니라는 사실을 깨닫게 됐고 그때부터 뭔가 기분 전환할 것들을 찾기 시작했다. 헌데 튜크 병동에서는 그럴 만한 것이 거의 없었다. 휴게실에는 자잘한 오락거리들과 직소 퍼즐들이 있었지만 퍼즐 조각들이 뒤죽박죽 섞여 있거나 개수가 턱없이 모자라기 일쑤였고 게임을 하자니 상대가 없었다. 병동에는 식기장이 굉장히 많았는데 딱히 수납할 식기들이 없어서 청소도구며 사다리, 가지가 몇 개 빠진 인조 크리스마스트리 등이 수납돼 있었다. 그런데 우연히 그 식기장 구석에서 〈우먼스 오운〉 잡지 여섯 상자를 발견했다. 가사를 꾸리는 사람을 위한 격려의 말과 지침들로 가득한 주간지였는데 1950년대 것부터 거의 최근 것까지 모두 모아져 있었다. 나는 그중 한 상자를 꺼내서 병동 사무실로 가지고 갔다.

그렇게 해서 대영제국의 생활상과 문화에 대한 나의 공부가 시작됐다. 늦여름에서 초가을로 넘어가던 시절, 지루하고 고요했던 시간에 나는 졸리 간호사의 책상에 앉아 서랍을 열어 거기에 발을 올린 채 수시로 상자에서 잡지를 꺼냈다. 그 상자에는 영국 삶의 방식을 알려주는 잡지들이 있었고 상자에 손을 넣을 때마다 마치 아주 특별한 초콜릿 상자에 손을 넣는 기분이었다. 나는 헤이티 자크(Hattie Jacques, 영화배우), 아담 페이스(Adam Faith, 가수 겸 영화배우), 더글러스 바더(Douglas Bader, 비행기 사고로 두 다리를 잃고 의족을 한 채 다시 전투기를 몰아 브리튼 전투에서 혁혁한 공을 세운 영웅적 전투기 조종사), 토미 스틸(Tommy Steele, 영화배우), 알마 코간(Alma Cogan) 등 이전에는 전혀 들어보지 못한 수많은 사람들을 접할 수 있었다. 마거릿 공주의 미소 뒤에 감춰진 눈물을 알게 됐고, 어떻게 하면 새로 도입된 성가신 십진제 통화를 부지런히 익히고 이해할 수 있는지도 배웠다. 어떻게 체더 치즈를 사각형으로 자르고 이쑤시개를 이용해 이어 붙여 감동적인 상차림을 할 수 있는지도 배웠다(이후 연재물에서 이쑤시개로 거의 모든 음식들을 이어 붙여 훌륭한 상차림을 하는 법도 배웠다). 그리고 수영복을 직접 만드는 법과 정원 연못 만드는 법 또한 배웠다. 영국에서는 껍질째 삶은 감자를 넣지 않으면 먹을 수 있는 음식이 전혀 없다는 사실도 알게 됐다. 세계를 정복하고도 집에는 샐러드드레싱만 달랑 하나 가져오는 일도 가능하다는 사실도 깨달았다.

내게는 모든 정보가 하나하나 새로웠으며 한 페이지 한 페이지가 계시록이 었다. 휠이 3개 달린 자동차도 있었다. 어찌나 굉장하던지! 또 어찌나 놀랍도록 무분별하던지! 블라망제(럼주 등의 향료를 첨가한 푸딩 - 옮긴이)라고 하는 음식도, 한때 모리스 댄싱이라고 불렸던 춤도, 거의 물에 가까운 술도 접할 수 있었다. 그해 여름, 나는 내 평생의 여름날들을 다 합한 것보다도 더 많은 것들을 배웠다.

이 무한한 매혹의 바다에 풍덩 빠져 있는 동안 나는 처음으로 스케그네스라는 지명과 빌리 버틀린(Billy Butlin)이라는 이름을 들었으며 빌리 버틀린 휴가용 캠프장이 영국에 생겼다는 사실도 알게 됐다. 버틀린은 캐나다에서 나고 자라다가 어린 시절 영국으로 와 더젬(Dodgem, 놀이 시설에 있는 아이들 전용 전기 자동차) 자동차 대리점을 운영하는 부유한 유럽인 집안에서 유복하게 자랐다. 그는 더젬 사업을 하면서 퇴역한 군인인 해리 워너(Harry Warner)를 만났다. 당시 해리 워너는 보그너레지스에서 그리 멀지 않은 햄프셔 해안에 있는 해일링 아일랜드에서 놀이공원과 식당을 운영하고 있었다. 1928년 해리에게 놀이공원을 인수한 버틀린은 그곳에 휴가용 캠프를 운영하면 좋겠다는 생각을 하게 됐다. 사람들이 적당한 가격에 바다 가까운 곳에서 주말을 보낼만한 곳을 만들어야겠다고 생각하게 된 것이다. 그리고 1936년, 스케그네스 외곽 순무 밭이었던 곳에 제1호 버틀린 휴가용 캠프장을 개장했다. 600채의 작은 방갈로를 갖춘 캠프장은 출발부터 순조로웠다. 머지않아 버틀린은 영국의 다른 지역에도 캠프장을 열었고 다른 단체들도 버틀린식 캠프장을 따라 열기 시작했다. 성당이며 각종 단체, 무역 조합 등에서도 비슷한 캠프장을 열었다. 영국 파시스트 연합에서는 두 군데에 캠프장을 열었다. 버틀린의 오랜 동업자인 해리 워너도 사업가 프레드 폰틴(Fred Pontin)이 그러했듯 독자적으로 캠프장을 여러 곳에 차렸다.

이 이야기가 왜 그토록 나를 사로잡았는지 뭐라 딱히 설명할 수는 없다. 당시 내게는 사람들이 그런 곳에 돈을 내고 간다는 사실이 대단히 특별하게 느껴졌다. 캠프장에 온 야영객은 방에 달린 확성기 소리에 잠을 깨야 하며 그 확성기 소리는 임의로 끄거나 켤 수 없다. 식사 시간에 소집돼 공동 식당에 가야 하고, 굴욕적인 일상의 경쟁에 괴롭게도 참가해야 하고, 밤 11시까지는 의무적으로 자신의 방으로 돌아가야 한다. 버틀린은 휴가를 위한 전쟁 포로 캠프를 고안했고 사람들은 그것을 매우 좋아했다.

방갈로 내부는 작았지만 카펫도 깔려 있고 전기도 들어왔으며 물도 나오고 종업원이 시중을 드는 서비스까지 있었다. 이는 대부분 사람들이 이전에는 누려보지 못한 사치였으며 심지어 자기 집에서조차 누리지 못하는 호사였다. 집 밖에는 야영객 4명이 공동으로 사용하는 욕실이 하나 있었다. 이 모든 것을 포함한 가격은 일주일에 3파운드였는데 단골들은 하루 세 끼 식사와 무도회장에서 춤추기부터 시작해 셰익스피어 연극에 이르기까지 저녁 시간의 다양한 오락을 누릴 수 있었으며 수영, 활쏘기, 볼링, 승마 등도 체험할 수 있었다. 대단히 즐겁게 보이지만 그래도 나는 휴가 캠프의 매력을 이해하지 못했다.

그러다가 이 여행을 하면서 산드라 트러젠 도슨(Sandra Trudgen Dawson)이 쓴 《21세기 영국의 휴가 캠프(Holiday Camps in Twentieth-Century Britain)》을 읽게 됐다. 산드라 트러젠은 노던일리노이대학교의 역사학자인데 그 책을 통해 나는 휴가 캠프의 단골들이 얻는 것이 대부분 섹스라는 사실을 알게 됐다. 산드라 트루젠은 책에서 '캠프장에 있는 대다수 여종업원들이 매춘부'라고 했다. 버틀린이 말하는 캠프장의 슬로건인 '당신이 좋아할 만한 다양한 사람들을 만날 수 있는 곳'에 새로운 의미가 부여된 셈이다. 신의와 성실에 위배

되는 섹스가 만연했다. 종업원들은 다른 종업원들과 섹스를 했으며 가능한 많은 손님들과도 섹스를 했다. 도슨에 의하면 어떤 캠프장에서는 종업원들끼리 은밀한 점수 체계를 공유했다고 한다. 여성 고객과 자면 5점, 미인대회 수상자와 자면 10점, 캠프장 지배인의 아내와 자면 15점 이런 식으로 말이다. 시중 드는 사람이 없는 10대는 시중 드는 사람이 없는 다른 10대들과 섹스를 하러 캠프장을 찾았다.

전쟁 이후는 캠프장의 황금기였다. 당시 스케그네스는 버틀린의 자랑거리인 모노레일과 작은 전용 공항까지 갖추고 있었다. 1960년대 초까지 연간 250만 명의 사람들이 이 휴가용 캠프장을 찾았다. 해변에 있던 기존의 호텔들과 게스트 하우스들은 사업이 몰락하는 것을 속수무책으로 지켜보기만 해야 했다. 그러던 중 한 호텔 운영자인 J. E. 크래크넬(J. E. Cracknell)이 '셀-텔스(Sel-Tels)' 아이디어를 제안했다. 간단히 말하자면 셀프 서비스 호텔이다. 말 그대로 서비스를 제공하는 직원 없이 손님이 마음대로 시설을 이용하고 음식도 개인적으로 준비하는 개념의 호텔이었다. 가족 중 누군가가 호텔 주방에서 저녁 식사를 요리해서 그 음식을 식당에 있는 가족들에게 가져다주고 식사를 마치면 설거지까지 직접 해야 했지만 별도의 비용은 없었다. 당연히 전혀 인기를 끌지 못했고 이제 호텔 경영자들이 할 수 있는 것은 없었다.

휴가 캠프의 인기는 영원할 듯 보였다. 하지만 정상에 오르면 언젠가는 내려와야 하는 법, 저렴한 패키지 형태의 휴가가 도래하면서 이제 버틀린의 캠프장에서 주말 내내 덜덜 떨며 보내는 데 지불하는 비용이면 햇살 가득한 지중해 연안에서 휴가를 만끽할 수 있는 시대가 열린 것이다. 그러다보니 캠프장 주요 이용 고객은 노인과 십대들이 됐는데 이들은 캠프장 영업에 큰 도움이 되지 못했다. 걸핏하면 싸움을 벌이거나 밤새 술을 마시며 고성방가를 하고 여기저기 토해놓기 일쑤였기 때문이다. 비용을 절감해야 한다는 압박에 시달리던 휴가 캠프장들은 운영에 경비를 아끼게 됐고 시설들은 점점 낡아갔다. 버틀린의 캠프장이 아닌, 아일어브와이트에 있던 한 캠프장은 시설이 지독하게도 형편없어서 400명의 행락객들이 시설 이용료 내기를 거부하며 시위를 벌이는 일도 있었다. 다른 캠프장들도 시설이 많이 낙후됐다. 오래전, 내가 출장을 가 있는 동안 아내가 아이들을 데리고 웨일스의 프블헬리(Pwllheli)에 있는 버틀린 캠프장을 간 적이 있다. 아내는 4박 5일을 예약했는데 캠프장에 도착한 바로 다음 날부터 아이들이 시트가 끈적거리지 않고, 나선형 미끄럼틀을 차지하고 앉아서 사탕을 뺏어 먹는 아이들이 없는 다른 곳으로 가자고 졸라댔다. 아이들 중 한 녀석은 욕실에 가만히 앉아 있으면 곰팡이균이 자라는 소리가 들린다고 확신하기도 했다.

70년대와 80년대를 지나면서 버틀린 캠프장, 워너 캠프장, 폰틴 캠프장 이렇게 주요 캠프장 셋이 매각됐다. 이들 캠프장을 인수한 회사들은 좀 더 신중했어야 했다. 랭크오거나이제이션(The Rank Organisation), 스코티시앤드뉴캐슬(Scottish and Newcastle Breweries), 코랄레저(Coral Leisure), 그랜드메트로폴리탄호텔(Grand Metropolitan Hotels) 등의 기업은 캠프장을 다시 부활시킬 수 있다고 믿고 이들 캠프장을 인수했고 이들의 예상은 완전히 어긋났다. 대부분 캠프장이 문을 닫았다. 모든 캠프장들이 다 사라질 듯 보였던 그때, 헤멜헴프스테드지역에 있던 가족 기업 본레저(Bourne Leisure)에서 남은 캠프장을 사들여서 깨끗하고 현대적으로 단장해 스케그네스, 보그너레지스, 마인헤드 이 세 곳에 다시 문을 열었으며 꽤 잘 운영하고 있는 듯했다.

책에서 읽은 바로는 스케그네스에 있던 1,936개의 방갈로 중 한 개는 없애지 않고 그대로 두었다고 한다. 사람들에게 캠프장이 어떻게 흘러왔는지를 보여주기 위해서라고 했다. 나는 그 방갈로가 몹시 보고 싶었다. 그래서 나는 버틀린 캠프장 방향으로 질척거리는 길을 따라 꽤 한참을 걸었다. 하지만 엄청난 폭우를 만나고 광활한 모래밭이 펼쳐지는 동안 캠프장은 나타나지 않았다. 마침 자전거를 타고 지나가는 젊은이가 있기에 버틀린 캠프장까지 가려면 얼마나 더 가야하는지 물었다.

"아, 몇 킬로미터는 가셔야 해요."

그는 이렇게 대답하고는 가버렸다. 알고 보니 스케그네스 버틀린 캠프장은 스케그네스에 있는 것이 아니라 잉골드멜스(Ingoldmells)에 있었다. A52도로를 타고 6.5킬로미터쯤 가야 했다. 차로 돌아온 나는 차창 밖의 음침하고 우울한 날씨를 한참 바라봤다. 차 안은 습기가 차서 마치 사우나처럼 뿌옇게 돼 있었다. 나는 내일 아침에 가기로 했다.

나는 온 몸이 흠뻑 젖은 채 마른 옷을 입으러 호텔 방으로 들어왔다. 그러다가 문득 한가한 호기심이 발동해 비지트잉글랜드(VisitEngland) 웹사이트에 들어가봤다. 영국관광위원회(English Tourist Board)는 그저 두 단어만 합쳐놓으면 뭔가 더 세련되고 발전적으로 보인다고 굳게 믿는 듯했다. 혹시 경영진 교체가 필요하다는 느낌을 준다고는 생각하지 못한 걸까? 아무튼 웹사이트에서 보니 스케그네스를 찾는 방문객은 연간 53만 7,000명으로, 스케그네스는 영국에서 아홉 번째로 관광객이 많은 도시라고 한다. 해변 휴양지에서서 스케그네스보다 더 인기가 많은 곳은 스카버러와 블랙풀 두 곳 뿐이다. 관광 수입 측면에서 보자면 관광객이 스케그네스에서 사용하는 돈이 배스, 버밍엄, 타인 강 위쪽의 뉴캐슬보다 많았다. 어쩌면 결장 물 치료가 그 많은 돈을 벌어들이고 있는지도 모른다는 생각이 들었다. 그렇지 않다고 누가 장담하겠는가?

감사하게도 남아돌던 시간이 흘러 어느덧 저녁 무렵이 됐고 나는 식사를 하기 전 커다랗고, 인기 많고, 특징이라고는 없는 술집에 들러 술 한잔을 한 후 간디(Gandhi)라는 이름의 인도 식당에서 저녁을 먹었다. 음식은 괜찮았지만 식당과 간디는 별 상관없어 보였다. 식사를 마치고 쓸쓸한 방으로 일찌감치 돌아가자니 어쩐지 허전한 마음이 들어 최대한 꾸물거리며 잘프레지(익힌 고기와 양파, 토마토, 피망 등을 센 불에 빨리 볶은 음식 - 옮긴이)와 코브라 맥주를 먹었다. 맥주를 여러 병 마시다 보니 본의 아니게 명상을 하긴 했지만 정신은 멀쩡했다. 술을 마시고 일어서서 식당 문을 나서려는데 재킷에 오른팔이 제대로 들어가지 않아 팔을 끼워넣는 데 한참을 낑낑거렸다. 다행히 젊은 종업원이 친절하게도 문제를 해결해줬다.

"고맙습니다."

그에게 인사를 하고 나니 갑자기 그 식당을 더 잘되게 해줘야겠다는 생각이 불끈 들었다.

"그러니까, 엘비스를 테마로 한 식당으로 해야 해요. 식당 이름도 '러브 미 탄두르(탄두르는 흙 가마에서 구운 인도식 음식 - 옮긴이)'로 짓고 말이요."

그에게 생각해보라는 말을 남긴 채 나는 비틀비틀 밤 속으로 걸어들어갔다.

II

다음 날 아침, 차를 몰고 잉골드멜스에 있는 버틀러 캠프장으로 갔다. 마치 포로수용소를 연상시키는 거대한 복합 시설이어서 찾기는 그리 어렵지 않았다. 매우 위협적으로 보이는 뾰족한 울타리가 캠프장 전체에 둘러져 있었는데 외관만 보면 사람들을 오게 하려는 노력은 최소한만 하고 되도록 사람들을 오지 못하게 막으려고 노력하고 있는 듯 보였다. 입구에는 차단막과 경비실이 있었다. 경비에게 예전의 방갈로만 둘러보고 싶다고 말하자 그는 진심으로 유감이라는 표정을 지으며 안 된다고 했다. 2시간만 둘러보는 표는 없으며 이따 사무실 문을 열면 그곳에서 1일 캠프 이용권을 구매해야 한다는 것이다. 1일 캠프 이용권은 20파운드였다. 경비와 나는 8년 된 방갈로 하나 보는 데 20파운드면 지나치게 비싸다는 데 합의하고 그 자리에서 헤어졌다.

캠프장을 예약하고 둘러볼까도 생각했지만 남자 혼자 버틀린 캠프장을 어슬렁거리면 사람들이 보기에 약간 섬뜩하지 않을까 싶은 생각이 들었다. 아마 나라도 그렇게 생각할 테니. 혹시 무슨 문제가 생기거나 누가 나를 알아보면 어쩌지? 놀이터에 있는 아이들에게 사탕을 빼앗기면 어쩌지? 그 결과는 상상도 하기 싫다. '빌 브라이슨, 나선형 미끄럼틀에 있는 아이들에게 사탕을 주는 장면이 목격돼 구금당하다.' 뭐 이런 제목이 떠올랐다. 결국 나는 실망감을 잔뜩 안고 차로 돌아와 북쪽의 그림즈비(Girmsby)로 향했다.

20세기 초, 그림즈비는 세계에서 가장 큰 어항이었다. 영국에서도 아니고, 북유럽에서도 아니고 전 세계에서 말이다. 한때 영국 바다에 풍부했던 수염대구며 대구처럼 생긴 커다란 생선들이 항구에 거대한 무더기들을 이루며 쌓여 있는 사진을 나도 본 적이 있다. 생선 무더기는 그림즈비 부둣가에 서 있던 성인 남자의 키보다 높았다. 수염 대구 무더기 높이는 대략 180센티미터였는데 오늘날 현존하는 어부 중에 그만큼 거대한 수염 대구 무더기를 본 이는 없다. 1950년 그림즈비의 어선들이 싣고 온 수염 대구의 무게는 대략 1,100톤이었다. 오늘날 연간 수염 대구 어획량은 8톤이다. 수염 대구는 전체 어종 중 극히 일부일 뿐이었다. 대구, 넙치, 볼락, 홍어, 베도라치, 기타 듣도 보도 못한 어종들이 그림즈비 부둣가에 다 쌓을 수도 없을 정도로 잡혔다. 그러나 그 시절 저인망 어선이 해저 바닥까지 싹싹 훑으면서 조업을 한 바람에 오늘날 북해는 해저 사막이 되고 말았다.

1950년 그림즈비에서는 10만 톤의 대구를 휩쓸었다. 오늘날 대구 어획량은

300톤 이하다. 그림즈비의 연간 어획량은 20만 톤에서 658톤까지 떨어졌다. 요크대학교 해양학자 칼럼 로버츠(Callum Roberts)에 의하면 그나마 얼마 안 되는 그 수치도 북해의 상황을 고려하면 상당히 많은 양이라고 한다. 칼럼 로버츠의 훌륭한 저서 《해양 생물 (Ocean of Life)》에 의하면 해마다 유럽의 수산부 장관들이 자국의 과학자들이 권장하는 수준의 삼분의 일만 어업 활동을 하는 데 동의하고 있다고 한다.

하지만 다른 곳들과 비교하면 유럽은 계몽의 선두주자다. 로버트의 책에는 놀랍고도 절망적인 사실들이 많이 나와 있는데 그중 태평양 연안에서 식용 돌고래 마히마히를 합법적으로 잡는 어선들이 돌고래를 잡는 과정에서 같이 딸려오거나 해서 부수적으로 죽이는 해양 생물들의 목록도 있다. 배에 딸려 올라왔다가 죽은 채 다시 바다로 던져지는 해양 생물들 목록은 다음과 같다.

- 거북이 488
- 가오리 및 쥐가오리 455
- 상어 460
- 돛새치 68
- 녹새치 34
- 참치 32
- 꼬치삼치 11
- 황새치 8
- 거대 개복치 4

이는 국제 규약하에 합법적으로 일어난 일이다. 낚싯줄에 여러 개의 낚시 바늘을 달아 사용하는 주낙 낚시 방식은 '거북이에게 친화적인 방법'으로 승

339

인을 받았다. 이 모든 죽음은 211명의 인간들의 저녁 식탁에 마히마히를 올려주기 위한 것이다.

그림즈비는 내 기대와는 완전히 다른 모습이었다. 내가 생각한 그림즈비는 마을 중심부에 좁은 길들이 얼기설기 나 있고 돌로 쌓아 만든 항구가 있는, 콘월의 어촌 분위기를 물씬 풍기는 작고 아담한 마을이었다. 하지만 그림즈비는 그보다 훨씬 더 컸다. 정확히 말하자면 그림즈비 항구는 거대했으며 마을에서 아주 멀리 떨어져 있었다. 중심가는 아담하고, 매력적이고, 어촌 마을 같은 분위기가 아니라 지저분한 도시 분위기가 물씬 풍겼으며 도로들은 꽉 막혀 있어서 길을 건너기조차 어려웠다. 마을과 항구 사이에는 영혼 없는 박스 스토어(식품 잡화류를 상자 째 파는 소매점 - 옮긴이)들이 즐비했으며 어느 곳 하나 활기를 띤 곳은 없었다. 홈베이스마트의 굵은 철사를 마름모꼴로 엮은 울타리에는 폐업을 알리는 현수막이 이상하리만치 축제 광고 같은 분위기를 풍기며 나부끼고 있었다. 몇몇 다른 업종들도 폐업한 곳들이 더러 있었는데 그 주위로 바람에 날아온 쓰레기며 불법 투척한 쓰레기들이 발목 높이까지 혹은 그 이상 높이로 쌓여 있었다. 경찰서 앞을 지나면서 보니 앞마당 잔디 위로 맥주 캔이며 온갖 잡동사니 쓰레기들이 지저분하게 뒹굴고 있었다. 도대체 사람들이 경찰서 앞마당 잔디에 쓰레기를 함부로 버리고도 처벌을 받지 않는 도시는 어떤 도시란 말인가? 도대체 어떤 경찰들이기에 자신들이 일하는 경찰서 앞마당조차 치우지 않는단 말인가?

군데군데 꽤 멋진 곳도 있긴 했다. 베들레헴 가에 있는 오래된 정육점 '존 프티와 아들들' 간판에는 1892년부터 그 자리에 있었다고 돼 있었는데 과연 오래된 집답게 오랜 단골들로 가게 안이 북적였다. 근사한 광경이었다. 부디 그곳이 길이길이 잘되길 바란다. '파마와 염색'이라는 상호의 미용실도 눈길을 끌었다. 한편으로는 그런 상점들이 그림즈비의 중요한 점들을 잘 요약해주고 있었다.

　바로 근처에 넓게 펼쳐진 프레슈니 강과 부두 지구가 있었는데 부두 지구에는 낚시 유산 센터(Fishing Heritage Centre)라는 꽤 세련된 건물이 하나 있었다. 알고 보니 그 건물은 박물관으로, 단순히 낚시 이외에도 재미있고 마음을 끄는 것들이 다양하게 전시돼 있었다. 박물관 1층은 군데군데 실내를 새로 단장한 곳도 있었고 지역 술집도 있었으며 1920~1930년대부터 영업을 해왔음 직한 피시 앤 칩스 가게도 있었다. 특히 흥미로운 사실을 알게 됐는데, 이곳 그림즈비에서는 사람들이 직접 고기를 잡아 가게로 가지고 와서 1페니를 내면 생선을 튀겨 줬다고 한다. 최고의 전시물은 배 안의 조리실 내부였는데 어찌나 생생하게 구현해놓았는지 마치 거친 바다 한가운데 있는 기분이었다. 가파르게 경사진 배 위로 모든 것들이 미끄러지는 찰나가 생생히 느껴지는 전시물이었다. 모름지기 박물관이란 이래야 한다는 것을 몸소 보여주는 듯했다. 재미있고, 기발하고, 사람 마음을 완전히 빼앗고, 더할 나위 없이 교육적이었다.

　박물관 구석구석마다 물고기 및 낚시와 관련해 흥미로운 전시물이 가득했다. 넙치 한 마리가 1,400만 개의 알을 낳는다는 점도 대단히 흥미로웠다. 나도 이런 이야기가 글 맥락에서 벗어나는 다소 따분한 이야기라는 사실을 알고 있다. 하지만 우리 중 3명 정도는 박물관 설명을 읽자마자 조금 과장되게 '아~!' 하는 감탄사를 내뱉는 그런 부류의 사람이라 생각한다. 마치 영화 〈캐리 온(Carry On)〉에서 케네스 윌리엄스(Kenneth Williams)처럼 말이다. 물론 이는 대단히 진정성 있는 감탄이다. 모든 전시물들은 대단히 지적이고, 사려 깊었으며, 철자법과 구두점 표기도 정확했다. 누군가 런던에 있는 자연사 박물관에 가서 그곳 관계자들을 이리로 좀 데려와야 한다. 그 관계자들은 이곳에서 좀 보고 배운 후 그림즈비 박물관 관계자들을 모시고 자연사 박물관으로 같이 가야 할 것이다.

박물관 안에 있는 기념품 상점에서 무척 재미있어 보이는 책《그림즈비: 세상에서 가장 큰 어항 이야기(Grimsby: The Story of the World's Greatest Fishing Port)》를 집어 들고 한참을 읽었다. 한때 가장 큰 어업 항구였던 이곳의 흥망성쇠에 관한 책이었다. 책에서 보니 그림즈비의 문제는 대부분 자초한 것들이었다. 어부들이 바다에서 헤엄치는 고기들과 해저 모래 밑 생명체들까지 싹쓸이 하는 동안 육지에 있던 주민들은 그림즈비의 가장 훌륭하고 아름다운 건축물과 유물들을 파괴하고 있었다.

다우티 공원 공동묘지는 완전히 사라졌고, 마을의 극장이며 훌륭한 호텔, 가장 아름다웠던 집들도 모두 사라졌다. 19세기의 시장이자 로켓포를 갖춘 배처럼 생긴 콘 익스체인지(Corn Exchange)는 처음에는 공중화장실로 써서 일차로 모욕을 줬다가 그 다음에는 완전히 없애버렸다. 마치 한때 영광스러웠던 그림즈비의 자취들을 모두 없애버리기로 작정한 것 같았다. 그러므로 오늘날의 그림즈비의 모습은 당연한 결과라고 결론지어야 할 것이다.

이런저런 침울한 생각들을 하다가 나는 차를 운전해서 훨씬 더 근사한 곳으로 출발했다. 이곳이 아닌 다른 곳으로.

19

피크디스트릭트

I

학창시절 나는 일요일 오후면 디모인에 있는 우리 집에서 약 1.6킬로미터 정도 떨어져 있는 잉거솔 극장까지 걸어가서 영화를 보곤 했다. 당시 대부분 극장들이 그러했듯 상영관이 한 개밖에 없는 극장이어서 아무 영화나 상영 중인 영화를 보곤 했다. 상영하는 영화 대부분이 주목을 거의 받지 못한 저예산 유럽 영화였던 점으로 미루어봐 잉거솔 극장이 가장 먼저 영화를 골라오는 상영관은 아니었던 듯싶다. 주로 관중은 나를 포함해 2~3명 정도였다. 내가 본 영화들과 아직도 가슴 깊이 남아 있는 영화들 중에는 유명한 스타 배우들이 출연했지만 거의 잊힌 영화도 꽤 많다. 숀 코너리(Sean Connery)와 지나 롤로브리지다(Gina Lollobrigida)가 나오는 1964년 작 〈갈대(Woman of Straw)〉, 데이빗 헤밍스(David Hemmings)가 나오는 1971년 작 〈언맨, 위터링 앤 지고(Unman, Wittering and Zigo)〉, 니콜 윌리엄슨(Nicol Williamson)과 관능적인 안나 카리나(Anna Karina) 주연의 1969년 작 〈어둠 속의 웃음소리(Laughter in the Dark)〉 같은 영화들이 주로 그렇다. 늘 나는 내가 다니던 루즈벨트고등학교에도 안나 카리나 같은 사람이 있으면 좋겠다고 생각하곤 했다.

나는 영화도 영화지만 영화의 배경이 된 장소들에 무척 관심이 많았다. 나는 런던의 잿빛 건물들, 로마의 미친 교통 정체, 지중해 연안의 햇살 가득한 집들과 아찔한 절벽 등에 온통 마음을 빼앗기곤 했다. D.H 로렌스(D. H. Lawrence)의 소설을 영화화한 1970년 작 〈처녀와 집시(The Virgin and the Gypsy)〉는 그중에서도 단연 최고의 영화로 조애나 심커스(Joanna Shimkus)와 프랑코 네로(Franco Nero)를 스타로 만들었다. 영화는 다소 지루하며 황무지를 배경으로 한 침울한 장면들이 많다. 한 장면에서는 카메라가 나무가 우거진 고요한 언덕들과 황무지 가운데 있는 거대한 돌 댐과 저수지를 파노라마식으로 담았다. 그 댐은 아주 큰 돌을 쌓아 만들었는데 마치 녹색 물 위에 산이 우뚝 솟은 것 같았다. 댐의 양 끝에는 탑이 있어서 댐이 마치 성처럼 보였다. 이 장면은 정말이지 대단히 강렬했다. 나는 왜 이 영화가 더 유명해지지 않았는지 이해할 수 없었다. 그래도 아이오와 주에서는 꽤 유명한 영화였다. 정말이다. 영화가 끝나면 집으로 다시 걸어왔는데 걷는 것 외에 다른 방법은 한 번도 생각해본 적이 없었다.

30년 후, 나는 친구 앤드루, 존과 함께 피크디스트릭트를 걸으며 하우덴무어(Howden Moor)라고 불리는 나무 많은 산비탈을 내려오고 있었다. 그런데 내 앞에 불쑥 무언가가 나타나 단숨에 내 시선을 압도했다. 그 영화에 나왔던 성 모양의 댐이었다. 나는 그 댐을 단박에 알아봤다. 생각했던 것보다는 조금 작았지만 내 기억 속 모습 그대로 당당하고 아름다운 자태였다. 그곳은 더웬트(Derwent) 저수지로 20세기 초, 셰필드와 더비, 체스터필드 그리고 피크디스트릭트 외곽에 있는 오래된 산업 도시들에 물을 공급하기 위해 만들어졌다. 영국에 오랜 세월 살다 보니 이제야 왜 이곳이 유명해지지 않았는지 이해가 갔다.

원래 영국이라는 나라는 이 정도로 좋은 것들이 가득한 곳이다. 훌륭한 성이며 견고한 집들, 언덕 위의 성채, 원형 거석, 중세 시대의 성당, 산비탈에 새겨진 거대한 조각 등 사라지고 있는 것들이 정말 많다. 찬란한 영국의 면모를 보여주는 것들이 아무렇지도 않게 이곳저곳에 흩어져 있는 광경은 언제 봐도 놀랍다. 만약 더웬트 댐이 미국 아이오와 주에 있었다면 아이오와 주의 자동차 번호판에 들어간 상징물이 됐을 것이다. 주변에 캠핑장이나 야영지도 들어왔을 것이고 아마 아울렛도 생겼을지도 모른다. 하지만 이곳에서는 그저 익명의 댐일 뿐이며 시골 어느 마을을 느릿느릿 걷다 보면 순간 스쳐지나가는 그런 풍경으로 조용히 망각되고 있다.

이 부분에 대해 몇 가지만 더 이야기하겠다. 영국에는 문화재로 지정된 건축물 45만 개와 국가가 관리하는 유적 2만 개, 세계문화유산 26개, 역사적으로 중요한 의미가 있는 곳으로 등재된 공원과 정원 1,624개, 고고학 유적지로 밝혀진 곳이 60만 곳(매일 더 많은 곳들이 발견되고 있으며 그만큼 많은 곳들이 유실되기도 한다), 역사적으로 의미가 있는 무덤 3,500기, 7만 개의 전쟁 기념비, 2,500개의 박물관과 그 박물관이 소장하고 있는 1억 7,000만 개의 유물들이 있다. 이렇게 역사적으로 중요한 것들이 풍부하다는 말은 때론 그것들이 화들짝 놀랄 정도로 경시되기도 한다는 의미이자 무심결에 눈부시게 아름다운 것들을 마주치게 되기도 한다는 의미다. 지금 내 눈앞의 더웬트 저수지처럼 말이다.

이 저수지는 수자원 기업 서번트렌트워터(Severn Trent Water)에서 관리하고 있으며 차를 제공해주는 아담한 방문자 센터도 있고 주차장도 있다. 하지만 내가 갈 때마다 주차장은 거의 텅 비어 있었다. 호수를 따라 호젓하게 걷다 보면 호수는 인근에 있는 하우든 저수지와 레이디바워 저수지로 연결되는데 두 곳 역시 대단히 매력적이다.

더웬트 저수지에는 주목할 만한 점이 한 가지 더 있다. 영국의 공학자 반즈 월리스(Barnes Wallis)가 튀어오르는 폭탄을 발명하고서 제2차 세계대전에서 유명했던 '댐 폭파 습격 작전(독일 루르 지역의 댐을 폭파시켜 공업지대를 수몰시키기 위한 작전 – 옮긴이)'을 훈련했던 곳이 바로 이 저수지다. 반즈 월리스가 발명한 폭탄들은 마치 돌로 물수제비를 뜨듯 물 표면을 튕기면서 댐까지 가서 댐을 폭파시키는 폭탄이다. 이 폭탄이 제대로 폭발을 하면 어마어마한 재앙이 뒤따른다. 그러나 실전에서 이 계획은 실행되지 못했다. 전투기들이 저공비행을 하다 보니 독일의 사수들에게 쉽게 발각됐고 소함대의 40퍼센트가 첫 임무에서 돌아오지 못했기 때문이다. 그리고 상당수 폭탄들은 아무 피해도 입히지 못하고 물속에서 폭발하거나 댐 벽을 훌쩍 넘어 인근 평야에서 폭발했다. 유일하게 한 댐만이 심각한 피해를 입었다. 댐이 터져 물이 범람하면서 약 1,700명의 사람들이 사망하는 참사가 일어났다. 하지만 사망한 사람들 대부분이 연합군 포로들이다보니 반즈 월리스는 사실상 적군인 독일군보다는 아군을 더 많이 죽인 셈이다. 하지만 놀랄 것 없다. 이는 레이더나 암호 해독기와 더불어 영국의 불굴의 정신과 똑똑함을 증명하는 전쟁 발명품 중 하나에 불과하니까.

1995년 이 폭탄 이야기가 영화 〈댐 버스터즈(Dam Busters)〉로 제작되면서 BBC 2 채널의 낮 시간대 프로그램을 좋아하는 사람들의 사랑을 듬뿍 받았다. 그리고 믿기 힘들겠지만 언젠가부터 나는 그 영화만 보면 꼭 감기에 걸리게 됐다.

나는 더웬트와 하우든 저수지 주변을 한껏 만끽하며 걸었다. 저수지에 반영된 나무 그림자와 수면에서 반짝이는 햇살이 어우러진 풍경은 혼자 독차지하기에는 아까울 정도로 장관이었다. 주차장으로 돌아가는 길에 인상적인 돌 기념비가 눈에 띄었다. '팁'이라는 이름의 양치기 개를 기리는 비석이었는데 비석에는 이런 문구가 쓰여 있었다. '하우든무어스에서 세상을 떠난 주인 조셉 태그 곁을 팁은 15주 동안 지켰다.' 15주면 굉장히 긴 시간이다. 그러니까 조셉 태그는 개의 인도하에 영면에 들었다는 말이다. 사실 이 이야기가 무슨 의미인지 나도 잘 모르겠다. 하지만 개인적으로는 비석이 이런 문구가 있었더라면 더 마음에 들었으리라는 생각을 해본다. '내가 필요로 할 때 기꺼이 도움을 줬던 팁을 기리며.'

팁 버스터즈 작전에 참가했던 군인들 기념비보다 팁의 기념비가 더 크다는 점이 내게는 무척 흥미로웠다. 하지만 이내 이곳이 영국이며 팁이 개라는 사실을 새삼 상기했다.

더웬트 골짜기 서쪽 방향으로 몇 킬로미터만 가면 피크디스트릭트에서 가장 높은 고지인 킨더스카우트(Kinder Scout)가 나온다. 해발 약 640미터에 위치한 킨더스카우트는 1932년 노동자들이 인근 공업 지대부터 데번셔 공작(Duke of Devonshire)의 새 사냥터를 도전적으로 가로질러 걸으면서 시민 불복종 시위를 벌인 곳으로 유명하다. 그날 노동자들의 행위는 이 지역 보행자들에게 새 길을 열어줬다. 나도 가까운 곳에 온 김에 경의를 표해야겠다는 생각이 들었다. 그래서 예쁜 헤이필드 마을에 주차를 하고 1.6킬로미터가량을 걸어서 바우덴 다리에 '불법 침입'했다. 그렇게 하니 몹시 즐거웠다. 길을 따라 걷다 보니 테라스가 있는 농가 주택이 눈에 들어왔다. 문 앞 파란 명패에는 이 집이 영화 〈아버지의 부대(Dad's Army)〉에서 맨워링 사령관 역할을 맡았던 배우 아서 로(Arthur Lowe)의 생가라고 적혀 있었다. 만약 내가 차를 타고 지나 갔더라면 이 명패를 보지 못했을 것이다. 이런 걸 보면 도보 여행이 자동차로 하는 여행보다 훨씬 더 장점이 많다는 생각이 든다. 뿐만 아니라 도보 여행을 하면 건강함과 풍요로운 삶도 덤으로 얻을 수 있다.

킨더스카우트는 산봉우리가 아닌 그저 푸른 고원인데도 종종 맨체스터나 셰필드에서도 보이곤 한다. 이곳이 문제의 근원이 있던 장소는 아니었던 것 같다. 맨체스터와 셰필드에 있던 노동자들은 자신들이 사는 모래투성이 마을에서 이 고원을 꿈처럼 올려다보면서 자신들의 언덕이라고 생각했다. 주말이면 이곳에 올라 신선한 공기도 마시며 고단한 심신을 달랬다. 그렇게 몇 년이 흘렀다. 하지만 1920년대 데본셔 공작이 새 사냥을 한다는 이유로 킨더스카우트를 폐쇄해서 사람들이 들어가지 못하게 했다. 이러한 처사는 당연히 노동자들의 분노를 샀고 1932년 4월, 500명의 공장 노동자들이 공작의 땅을 가로질러 걸으며 시위를 하기 위해 바우덴 다리에 모였다.

시위대의 소식을 알게 된 공작 측 사냥터지기들은 미리 입구에서 대기하고 있다가 시위대에게 돌아갈 것을 명령했다. 결과는 뻔했다. 옥신각신하는 사랑 싸움은 아니었다. 이 과정에서 사냥터지기 한 명이 의식을 잃고 쓰러졌는데 아마 사고였을 것이다. 더 이상의 부상자 없이 시위대는 정상까지 올랐다. 정부는 시위대 주동자를 체포하고 시위대에게 불법 침입 죄를 적용하며 과잉 대응했다. 5명이 5개월 형을 선고받고 교도소에 갔다. 지나친 형벌이었다. 결과는 거센 분노를 불러일으켰으며 이 분노의 물결은 더비셔 건너까지 널리 퍼졌다. 대규모의 '불법 침입'이 일어났고 이는 영국 역사에서 계층 간의 대립과 영국의 시골 지역을 상징하는 사건이 됐다. 다른 국가에서는 정치적 투쟁이며 종교적 분쟁이 일어나지만 영국에서는 산들바람 불어오는 언덕을 걷기 위한 투쟁이 벌어진다. 아무리 생각해도 정말 굉장하다.

불법 침입자들의 노력은 헛되지 않았다. 그 일이 있고 4년 뒤, 고등 법원에서 영국 전역에 국립공원을 만들자는 사안을 검토하기 위해 위원회가 조성됐다. 중간에 제2차 세계대전이 있긴 했지만 1951년 피크디스트릭트는 영국 최초의 국립공원이 됐다. 불법 침입 운동의 상징적 중요성에 비해 이를 기리는 기념물은 거의 눈에 띄지도 않을 만큼 겸손했다. 기념패가 주차장 뒤편에 작은 액자 형태로 제작돼 돌벽에 걸려 있었는데 그나마도 절반 정도는 무성하게 자란 수풀에 가려져 있었다. 그곳에 그 기념패가 있다는 사실을 알지 못했다면 아마 절대 우연히 발견하지는 못했을 것이다. 기념패에는 간단히 이렇게 적혀 있었다.

'킨더스카우트에 대한 군중의 불법 침입이 이곳에서 시작되다. 1932년 4월 24일'

길을 건너자 좁은 길이 킨더스카우트로 가는 작은 길의 시작점으로 이어져 있었다. 맑고 화창한 날이었으며 아름답기 그지없는 시골 마을이었지만 내가 읽은 바에 의하면 이곳에서 킨더스카우트까지 걸어 올라가는 데 6시간이 걸린다. 피크디스트릭트의 또 다른 끝인 벅스턴(Buxton)에 숙소를 예약해두었기에 거기에서 가던 길을 멈춰야 했다. 결국 나는 킨더스카우트로 가는 길을 2킬로미터가량 걷다가 주위를 둘러보고는 다시 내려와서 차로 갔다. 이번에도 역시, 사람은 단 한 명도 없었다.

벅스턴은 오래된 온천 마을로 18세기에 지어진 석조 건축물이 무척 많다. 마을 한복판에 9만 3,000제곱미터 부지로 조성된 파빌리온가든스(Pavilion Gardens)는 영국에서 가장 사랑스러운 공원이다. 벅스턴에는 매우 아름다운 오페라 하우스도 있고 커다란 호텔들도 몇 개 있으며, 눈길을 사로잡는 돔 형태의 웅장한 건물도 있다. 이 건물은 한때 병원이었다가 현재는 더비대학교 부지로 사용되고 있다. 마을 중심가에는 베스의 유명한 '로열 크레센트(Royal Crescent)'를 연상시키는 초승달 모양으로 된 건축물이 있는데 구조적 결함이 발견되면서 몇 년째 그냥 방치되고 있다. 그 건물을 호텔로 활용하려는 계획이 있었지만 내가 방문했을 때에는 여전히 판자들이 쌓여 있었고 공사장 울타리만 둘러져 있었다. 나는 등급 때문에 슬픈 운명에 처한 건축물 목록에 이 건물을 올렸다. 문제는 이스트미들랜즈 개발기관(East Midlands Development Agency)이다. 이 기관에서는 500만 파운드의 투자를 약속했는데 2012년 돈이 투자되기 전에 영국 정부에서 이 기관을 없애버렸다. 그런데 왜 나는 이 사실이 전혀 놀랍지 않은 걸까?

나는 마을을 둘러보며 뭔가 할 일이 없을까 싶어서 상점 진열장들을 들여다봤다. 그중 '포터(Potter)'라는 옷 가게가 유독 마음에 쏙 들었다. 이 양복점은 1860년부터 벅스턴에서 성업 중인 노신사들을 위한 옷을 파는 곳으로 앞으로도 여전히 건재할 듯 보였다. 요즘은 이렇게 오래된 상점이 건재한 것 자체가 기적처럼 느껴질 정도다. 나는 그곳에서 세일 중인 셔츠 몇 벌에 마음을 빼앗겼다. 전적으로 셔츠 상표 때문이었다. 상표는 '비단자수 멋쟁이로세'였다. 나도 안다. 앞서 이 책에서 내가 공식적으로 내겐 더 이상 아무것도 필요하지 않다고 장담했던 것을. 하지만 저 이름을 어찌 거부할 수 있단 말인가? 나는 '멋쟁이로세'라고 불리는 셔츠라면 눈에 보이지 않는 셔츠라도 입을 준비가 돼 있다. 마땅히 고유의 권리를 누려도 좋은 그런 이름이다. 그냥 '멋쟁이'

보다 훨씬 더 높은 차원의 멋을 명시하고 있지 않은가. 심지어 이 브랜드를 위한 홍보 문구도 생각해봤다. '멋쟁이로 충분하지 않을 땐 멋쟁이로세'

나는 사람들이 좋은 이름에 가치를 부여하던 시절에 자랐다. 당시에는 세탁기에도 '최고급 자동 탈수 사이클'이란 명칭이 붙었었고, 잔디 깎는 기계에는 '회전력 촉발' 시동 버튼들이 달려 있었으며, 녹음기에는 '진동 음파' 스피커가 달려 있었다. 옷 이름은 더 가슴 설렜다. 내 아버지는 한때 '맥그리거 글랜 격자무늬 양면 재킷'을 가지고 계셨고 사람들에게 그 옷을 자랑하곤 하셨다. 심지어는 전혀 모르는 이들에게도 옷을 자랑하며 어떻게 옷을 뒤집어 입는지, 어떻게 한 벌로 두벌 효과를 내는지를 몸소 보여주곤 하셨다. "그래서 이 재킷 이름이 바로 양면 재킷이라오" 아버지는 마치 천기를 누설하기라도 하듯 사람들에게 이렇게 설명하곤 하셨다. 아버지는 그 재킷을 단 한 번도 그냥 '재킷'이라든지 '내 재킷'이라고 지칭하지 않으셨다. 항상 '내 양면 재킷'이라고 지칭하셨다. 그 이름을 부르는 것만으로도 아버지에겐 기쁨이었으리라.

지금은 그런 것들이 모두 사라졌다. 요즘은 모든 것들에 아무 의미도 없는 이름들이 붙어 있다. 스타벅스나 스타벅스의 컵 크기를 지칭하는 명칭을 보라. 벤티, 트렌타, 그란데 뭐 이런 식의 이름이 붙어 있지 않은가. 주류업체 디아지오(Diageo), 통신장비 업체 루슨트(Lucent), 컨설팅 기업 액센츄어(Accenture), 보험회사 아비바(Aviva) 등 아무 의미도 없는 이름을 사용하는 대기업투성이다. 예전에 윈저라이프(Windsor Life) 보험 회사의 보험 상품에 가입한 적이 있었는데 지금 그 보험 회사는 이름이 '리어슈어(ReAssure, 안심시킨다는 의미도 있지만 프랑스어로 보험을 재가입한다는 의미도 있다 – 옮긴이)'로 바뀌었다. 요실금이 고민인 노인들이 보험 회사를 고를 때에는 더할 나위 없이 좋은 이름이지만 보험을 판매하는 업자에게는 참으로 끔찍한 이름이다.

이따금 나는 그 가슴 설레던 이름들이 그리워질 때가 있다. 그리고 포터의 옷 가게 앞에 서서 그 상점에 들어가 그토록 아름답게 내려오고 있는 물건들을 사는 사람들이 진심으로 몹시 부러웠다. 나는 가던 길을 걸으면서 이따금 내가 포터의 옷 가게에 들르는 상상을 해봤다. 최대한 그 가게만의 언어들이 주는 즐거움을 만끽하기 위해서 말이다. 상상 속의 내가 상점 주인에게 이렇게 말한다.

"안녕하세요. 몇 주 전에 멋쟁이로세 맞춤 셔츠를 주문했는데 다 됐는지 확인해보려고 들렀습니다. 한 2주 전에 주문했습니다."

"잠시 주문 확인해보겠습니다, 브라이슨 씨."

매니저는 대답을 하고는 가죽 표지로 된 두툼한 주문 장부를 한 장 한 장 넘기면서 확인한다.

"여기 있군요. 이번 주 수요일이면 완성됩니다."

"그러면 팔꿈치에 인조 스웨이드를 덧댄 로이드 애트리 앤 스미스 브랜드의 도니골 지역산 모직 트위드 스포츠 코트는요?"

"확인해 보겠습니다. 음, 아, 그 코트 역시 수요일이면 다 됩니다."

"좋습니다. 수요일에 다시 들르죠. 오늘 온 이유는 크랜베리 색 테두리가 들어간 민트 그린 색 슬로기 슈어핏 사각팬티 좀 주문하려고요."

"아, 물론이지요. 선물용으로 포장해 드릴까요?"

"아뇨. 오늘 입을 겁니다."

그날 저녁, 나는 바지 겉으로 입고 싶을 정도로 세련되고 편안한 슬로기 슈어핏 사각팬티를 입고 식전 반주를 한 잔 하러 동네 술집에 갔다가 아담하고 편안한 분위기의 작은 식당에서 식사를 했다. 이 부분은 상상이 아니고 지금 내가 실제 하고 있는 일이다. 유감스럽게도 슬로기 슈어핏 팬티를 바지 밖으로 입지는 않았지만 말이다.

나는 아주 만족스러운 저녁을 보냈다. 식사를 마치자 종업원이 내 식기를 거두어 가며 식사가 어땠는지 물었다.

"아주 맛집이로세."

나는 진심을 담아 대답했다.

다음 날 아침 눈을 뜨자마자 내 마음은 간절함과 열망으로 타올랐다. 햇살이 눈부시게 빛나기도 했고 몬살트레일(Monsal Trail)을 걷는 날이기도 했기 때문이다. 몬살트레일은 벅스턴과 베이크웰 사이에 있는 약 14킬로미터의 숲길로, 터널이며 골짜기들을 통과하는 경치가 대단히 아름다운 곳이다. 원래는 맨체스터에서 더비로 가는 미들랜드 철도의 일부였지만 미들랜드 철도는 1968년 문을 닫았다. 이 구간은 인구가 매우 적은 시골들로만 운행을 해서 제대로 수익을 내지 못했다. 이 구간에 있던 하숍 역은 거의 채츠워스(Chatsworth) 저택만 사용해서 전용 기차역이나 다름없었다. 현재는 이 구간이 널찍하게 복원되면서 순환 도로며 오솔길 등도 만들어 기차가 다녔던 때보다 훨씬 더 많은 사람들에게 기쁨을 주고 있다. 길은 매우 훌륭하게 조성돼 있었다.

이 길에서 가장 눈부시게 아름다운 구간은 장엄한 헤드스톤 고가교(Headstone Viaduct)를 지나 몬살데일(Monsal Dale)을 가로지르는 구간이다. 몬살데일은 자연 경관만으로도 이미 대단히 아름답지만 푸른 초원과 웨이 강 위로 우뚝 솟아 있는 약 90미터 길이의 고가교가 아름다움을 한층 더 끌어올린다. 이 고가교는 1863년 세워졌으며 세워질 당시 예술 비평가 존 러스킨(John Ruskin)이 격노하며 반대했던 것으로 유명하다. 그는 이 고가교 건설이 계곡을 잔인하게 쪼개는 짓이며 고가교가 '벅스턴에 있는 모든 바보들이 베이크웰로 30분 안에 갈 수 있도록 해주고 베이크웰의 모든 바보들이 벅스턴으로 같은 시간 내에 갈 수 있도록 해주는 다리'라고 혹평했다. 존 러스킨의 이 혹평은 한때 혐오의 대상이었던 것들이 훗날 어떻게 귀중한 보물이 되는지를 보여주는 사례로 종종 인용되곤 하지만 헤드스톤 고가교는 실제로 대단히 아름답고 정교한 구조물이어서 오늘날 영국의 다른 구조물과는 다르다. 여러분은 오늘날 영국 철도가 얼마나 아름답다고 평가하는가? 전혀 아름답지 않다고 생각하는가? 그렇다.

몬살데일에서 그리 멀지 않은 곳에 러스킨의 말을 빌면 몬산데일만큼이나 아름답고 훨씬 더 역사적으로 의미가 있는 곳이 있다. 그곳에서 기차는 기나긴 터널을 벗어나 그림 같은 골짜기로 접어든다. 골짜기 앞부분에 계곡 전체를 진두지휘하는 것 같은 자리에 조지 왕조 시대의 흰색 건축물이 나온다. 첫눈에 보면 대저택 같은 모습이다. 하지만 사실 그 건축물은 크레스브룩 공장으로 1779년 리처드 아크라이트(Richard Arkwright)가 실을 잣기 위해 지은 건축물이다(이후 화재가 있었고 8년 후 다시 지어졌다).

이 건축물은 내가 지금까지 봐왔던 공장들 중에 가장 멋진 공장이자 가장 중요한 공장이다. 이 공장이 세상을 바꿨기 때문이다. 이곳에서 몇 킬로미터 떨어진 곳에 있는 매틀록 지역에 있는 크롬퍼드 공장과 더불어서 이 크레스브룩 공장은 대량 생산 체제가 시작된 발원지이다. 지금이야 모든 것들이 기계로 대량 생산되고 있지만 그 기원을 더듬어 올라가면 이곳 시골 더비셔의 고요한 계곡 골짜기까지 오게 된다. 아크라이트가 좁은 골짜기에 이 제분소를 지은 이유는 기계의 전원을 공급하는 데 필요한 물이 풍부한데다가 그가 만든 기계 때문에 일자리를 잃게 된 성난 방적공들이 공장을 에워싸고 분풀이를 하는 일이 잦았던지라 호젓한 외딴 장소가 더 제격이었기 때문이다. 또한 계곡에 있다 보니 노동자들을 착취하기도 더 쉬웠다. 크레스브룩 공장 노동자들은 참담하고 끔찍한 대우를 받던 고아 출신 노동자들이 대부분이었다.

50년 동안 면직 제조업에 종사하던 노동자는 4만 명이 넘었다. 영국을 위대한 나라로 만들어준 거의 모든 것들, 즉 조선, 금융, 운하 및 철도 건설, 제국의 성장 등이 모두 이곳이 기초가 됐다. 영국의 힘이 면직 제조업 위에 세워졌다는 사실과, 면직 제조업이 아니면 영국은 성장할 수 없었으며 영국의 힘이 한때 제국이 잃어버리고 통제하지 못했던 것에서 비롯됐다는 사실 등은 곱씹어볼수록 매우 흥미롭다. 이 모든 것들의 중심에 있던 더비셔의 매력은 그렇게 엄청나게 오래 지속되지는 않았다. 면직 사업이 성장하면서 공장들의 규모도 더욱 커졌고, 더 큰 강이 필요하게 됐다. 그리하여 공장은 맨체스터나 브래드퍼드 같은 도시로 옮겨갔다. 더비셔는 다시 그림 같은 시골로 잊혀져갔다. 오늘날 크레스브룩 공장은 고급 아파트로 활용되고 있다.

나는 또 다른 근사한 마을 애쉬본(Ashbourne)에서 하루 일과를 마무리했다. 애쉬본은 요즘은 보기 힘든 치즈 가게, 사탕 가게, 신발 수선 집, 2개 이상의 정육점, 청과상, 오래된 장난감 가게, 술집 몇 개와 고풍스러운 골동품 가게 등이 있는 마을이다. 마을 끝에는 기념 공원이 하나 있는데 벅스턴에 있는 파빌리온가든 정도는 아니지만 꽤 예쁜 공원이었다. 마을 또 다른 한쪽 끝으로는 웅장한 성오스왈드(St Oswald)성당이 있다. 우아하고도 높이 솟은 탑을 보니 언뜻 솔즈베리대성당이 떠올랐다.

나는 아늑해 보이는 술집에 들어갔다. 그런데 술집에 있던 손님 중 한 명이 내가 사는 곳에 있는 링우드 양조장 출신이었다.

"링우드 맥주도 아주 훌륭하지요."

나는 그저 말이나 섞을 요량으로 바텐더에게 말을 걸었다.

"우리는 아주 훌륭한 맥주를 직접 만들어 팝니다."

그는 마치 내가 그의 아내가 못생겼다고 말하기라도 한 것처럼 단호하게 대꾸했다.

나는 흠칫 놀랐다.

"당신네 맥주랑 비교해서 말다툼 하자는 게 아니요. 아마 못 들어보셨겠지만 링우드 맥주도 아주 좋은 맥주라고 말하는 것뿐이에요."

"말씀드렸다시피, 우리에겐 이미 아주 좋은 맥주가 있습니다."

그는 이번에도 얼음장처럼 싸늘하게 대꾸하며 내게 거스름돈을 내밀었다.

"네. 그리고 당신은 정말 바보 멍텅구리구려."

마지막 말은 머릿속으로 생각만 했다. 그러고는 맥주를 받아들고 구석진 곳에 있는 내 테이블로 갔다. 테이블 위에는 신문 기사를 오려 넣은 액자가 걸려 있었는데 대형 트럭이 브레이크가 망가져 이 술집 앞 벽을 들이받은 사진이 실린 기사였다. 그 장면을 놓친 것이 다소 아쉬웠다.

집을 나서기 바로 직전 나는 출판사에서 내 앞으로 보낸 우편물 한 뭉치를 뜯어보지도 않은 채 배낭에 넣고 나왔는데 그 우편물을 이 술집에서 열었다. 전업 작가로 글을 쓰다 보면 저자에게 편지를 쓰는 사람들이 모두 이상한 사람들이 아니라 이상한 사람들만 저자에게 편지를 쓴다는 사실을 깨닫게 된다. 얼마 전 허더즈필드에 사는 한 남자가 내게 편지를 보내왔다. 내 책을 상당히 좋아하는 사람이라고 자신을 소개한 그는 자신과 내가 2주일 동안 집을 바꾸어 살면 어떻겠냐고 제안했다. 그렇게 하면 그는 내 소유물들을 보면서 나에 대해 알 수 있고 나는 그의 열대어들에게 먹이를 줄 수 있다는 것이다. 그러고는 이렇게 덧붙였다.

'아직 제 아내에게는 말하지 않았습니다. 그럼 긍정적인 답변 기대하겠습니다.'

또 어떤 사람은 자신이 '영국의 아침 식사'라는 책을 쓰고 싶은데 자신은 글쓰기에 소질이 없으니 나와 함께 영국을 여행하고 싶다고 제안했다. 자신이 아침을 먹으며 그 느낌을 내게 설명하면 내가 그의 느낌을 글로 쓰면 되지 않겠냐는 거였다. 그리고 수익은 7 대 3으로 하되 자신이 아이디어를 제공했고 나는 이미 꽤 부자일 테니 자신이 7을 가져가겠다고 했다.

또 어떤 남자는 자신이 1974년에 캐나다 북부 삼림 지대를 비행하는 비행사였는데 자신이 구스 베이와 뉴펀들랜드에서부터 핼리팩스, 노바스코샤로 가는 구간에 턱수염이 긴 한 젊은 남자를 태웠다고 한다. 그런데 그 젊은 남자가 킬트(스코틀랜드 고지인 등이 입는 세로 주름이 있는 짧은 치마 – 옮긴이)를 입고 있었던 사실이 유독 기억에 남는다면서 나보고 혹시 뉴펀들랜드를 여행하는 동안 킬트를 입은 적이 있느냐고 물었다.

이따금 뜻밖의 우편물을 받기도 하는데 지금 내가 소개하는 것도 바로 그런 우편물이다. 두툼한 소포였는데 봉투를 여니 켄 제닝스(Ken Jennings)의 책 《맵헤드》가 들어 있었다. 지리학에 대한 한 남자의 열정이 담긴 책이었다. 전혀 내 취향의 책은 아닌 듯 보여 대충 훑어보거나 할 심산으로 책장을 몇 장 넘기던 나는 책에 완전히 빠져들었다. 겉으로 보기에는 지리학의 즐거움처럼 보이지만 자세히 들여다보면 미국인들이 이 세상에 대해 얼마나 무지한가 하는 내용이다.

제닝스는 마이애미대학교의 조교수 데이비드 헬그렌(David Helgren)이라는 사람의 이야기를 소개했다. 데이비드 헬그렌은 신입생들에게 국가 이름이 표시되지 않은 빈 지도를 주고 유명한 곳 서른 곳을 가리키며 그곳이 어디인지 물었다. 그는 절반 정도는 정답을 맞힐 것이라고 기대했으나 대부분의 학생들은 전혀 대답을 하지 못했다. 마이애미 출신의 학생들 11명은 심지어 마이애미의 위치도 몰랐다. 이에 일간지 〈마이애미헤럴드〉에서는 이 이야기를 기사로 실었고 이 일화는 전국으로 퍼져나갔다. 수많은 일간지 기자들과 영화 제작진들이 헬그렌을 인터뷰했다. 과연 마이애미대학교 측은 여기에 어떻게 대응했을까? 그들은 헬그렌 조교수를 해고했다. 헬그렌의 편을 들었던 다른 동료 한 명도 역시 해고됐다.

다른 실험에서는 대학생의 10퍼센트가 캘리포니아나 텍사스를 지도에서 찾지 못한다는 결과도 나왔으며 전체 미국인의 5퍼센트는 심지어 지도에서 미국조차 찾지 못하는 것으로 밝혀졌다. 어떻게 지도에서 자신의 조국도 못 찾는단 말인가? 제닝스는 '어째서 대다수 미국인들이 지도상에서 미국이 어디 있는지 찾지 못하는가'라는 질문에 대한 어느 10대 미인 선발 대회 참가자의 대답을 인용한다.

저는 개인적으로 미국인들이 지도상에서 미국이 어디 있는지를 찾는다는 것은 불가능하다고 생각합니다. 미국에 사는 누군가는 지도를 가지고 있지 않으니까요. 또한 저는 우리나라의 교육이 남아프리카나 음, 그러니까, 이라크, 뭐 그런 나라들과, 그러니까 그런 나라들은 이곳 미국에서 행해지는 교육을 도와주어야 한다고 생각합니다. 아, 음, 남아프리카와 이라크, 아시아 국가들을 도와주어야 한다고 생각합니다. 그렇게 해서 우리의 미래를 만들어 나가야 한다고 생각합니다. 우리들의 아이들을 위해서요.

음, 그래도 참 다행인 것이 자신의 생각을 표현하는 법은 잊어버리지 않은 듯하다. 원래는 술을 더 마실 생각은 없었지만, 그 책 덕분에 아주 좋은 시간을 보냈기에 책을 더 읽고 싶어서 술을 한 잔 더 주문했다. 이번에는 바텐더가 개인적으로 앙심을 품을까 봐 이전에 마셨던 다른 맥주들 이야기는 입도 뻥긋하지 않았다.

다시 책 이야기로 돌아와서, 나는 세라 페일린(Sarah Palin, 미국 정치인)이 아프리카를 한 국가로 생각한다는 사실을 알게 됐다. 참으로 아름다운 밤이었다.

가끔 영국이라는 나라의 합리성에 감탄이 절로 나올 때가 있다. 1980년, 영국 정부는 사라질 위험이 있는 것들을 살리는데 필요한 자금을 지원해주기 위해 국가문화유산기금(National Heritage Memorial Fund)을 조성했는데 그 어느 곳도 국가 문화유산으로 지정되지 않았다. 그래서 이 기금을 위탁받아 운영하는 이사회는 자금 허용 범위 내에서는 그 무엇이든 기금 대상으로 자유롭게 선택할 수 있게 됐고 그 대상을 일반적인 유산들로까지 넓히는 방안을 생각했다. 제도를 이보다 더 어리석게 남용할 수는 없지만 결과적으로 효과는 꽤 훌륭했다. 덕분에 예술 작품들에서부터 멸종 위기에 처한 새들에 이르기까지 구제를 받을 수 있게 됐으니 말이다. 그중에서도 뭐니 뭐니 해도 그 기금이 가장 제대로 쓰인 곳은 내가 다음에 가게 될 칼크 수도원(Calke Abbey)에 사용된 것이라고 생각한다.

칼크 수도원은 수도원이었던 적이 없다. 이 수도원을 소유했던 가문에서 단순히 더 흥미로운 곳으로 보이려고 수도원이라는 이름을 붙였다. 하지만 한때 이 건축물은 더비셔 남쪽으로 121제곱킬로미터에 달하는 대지 면적을 차지했을 정도로 대단히 웅장했다. 400년 동안 이 건물은 하퍼 크루(Harpur Crewe) 가문의 집이었다. 수도원에 비치된 안내 책자에는 하퍼 크루 집안사람들의 특징을 '선천적으로 비사교적인' 사람들로 규정하고 있다. 지난 150년간 그 집에 사는 가족 구성원 대부분이 집 밖으로 나오지 않았으며 외부인의 출입 또한 금지했다. 19세기 방명록에는 이 집에 출입한 사람이 단 한 명도 없는 것으로 돼 있다. 1949년이 돼서야 이 집안에 첫 자동차가 생겼고 전기는 1962년이 돼서야 들어왔다.

제1차 세계대전 전까지 칼크 저택에는 60명의 고용인들이 있었지만 가문이 점차 쇠락하면서 마지막에는 단 한 명의 고용인도 남지 않게 됐다. 1981년 찰스 하퍼 크루가 죽을 때에는 정말 바보 천치처럼 유언장을 남기지 않는 바람에 그의 형제 헨리(Henry)가 어마어마한 상속세를 부담하게 됐는데, 상속세에 부과되는 이자만 해도 매일 1,500파운드씩 늘어났다고 한다. 세금을 낼 능력이 되지 않았던 헨리는 집을 내셔널트러스트에 넘겼다. 그리고 내셔널트러스트는 현명하게도 그 집을 발견할 당시 그대로 보존하기로 했다. 그리고 그 집의 이름은 '위풍당당하지 않은 집'이라고 붙였다. 그 이상 매혹적일 수는 없는 이름이다.

하퍼 집안은 1840년대 초반부터 가세가 기울면서 집 안을 제대로 꾸미지 못하게 됐다. 1924년 10대 준남작 바운시 하퍼 크루가 죽자 하퍼 가족은 저택 구석에 있는 작은 집으로 옮겨가 살았다. 1985년 내셔널트러스트가 이 저택에 왔을 때에는 집 안의 모든 방문들이 열려 있었고 50년간 사람이 드나든 흔적이 전혀 없었다. 저택 전체가 케케묵은 시간의 먼지 속에 묻혀 있었다.

나는 17명의 다른 사람들과 함께 저택을 둘러보는 프로그램에 참가했는데 프로그램은 정말 최고였다. 관광 프로그램으로써는 대단히 이례적으로 90분이나 진행됐으며, 말솜씨가 유려하고, 마음씨도 아주 좋고, 박식한 여성 가이드가 진행해줬다. 내셔널트러스트가 태만과 쇠퇴의 분위기는 그대로 유지하면서도 더 악화되는 사태를 막고 훌륭한 일을 해낸 듯하다.

집 안 곳곳에는 페인트칠이 벗겨져 있거나 회반죽이 거칠게 드러나 있었다. 설명을 듣다가 무심결에 벽에 기댔는데 그때 무리 중 한 사람이 대단히 기쁘다는 듯 열렬히 고개를 끄덕이며 내게 속삭였다. 내 재킷 등판이 더러워졌다는 것이다. 재킷을 벗어서 보니 그의 말이 옳았다. 그리고 우리는 서로를 마주 보며 열정적으로 고개를 끄덕였다. 집 안에는 가구뿐 아니라 박제들도 매우 많았으며 고고학 관점에서 보았을 때 굉장한 보물들도 매우 많았는데 대부분의 보물들은 서턴후에서 만났던 우리의 반가운 친구, 바질 브라운이 발견한 것들이다. 그 생각을 하니 나도 모르게 흐뭇했다.

나는 내셔널트러스트와 화해하기로 결심하고 그 길로 곧장 매표소로 가서 회원으로 가입했다. 이 일련의 과정이 더없이 기뻤다. 하지만 그 일이 양손 손가락 지문을 찍고, 가슴 X레이를 촬영하고, 볼보와 방수 재킷을 구매할 것을 엄숙히 맹세해야 할 만큼 어마어마하게 큰 일인 줄은 미처 몰랐다. 하지만 나는 칼크 수도원 입장권에서 세금을 공제받았고, 여러분도 짐작하시겠지만 나는 단지 그 점이 매우 흡족했다.

오컴 근처에 사는 아들네 가족을 만나러 러틀랜드로 가는 길이었다. 그날은 손주의 생일이었는데 나는 케이크가 등장하는 가족 행사는 좀처럼 놓치지 않는 편이다. 하지만 차를 마시는 시간 전까지 그 자리에 얼씬거리는 것이 금지되는 바람에 기쁘게도 영국에서 가장 유쾌한 모퉁이 마을을 느긋하게 둘러볼 수 있게 됐다. 레스터셔, 노샘프턴셔, 노팅엄셔 사이에 푸르고 완만하게 구릉이 드리운 이 시골 마을은 눈에 띌 정도로 아름다웠고 외부인 중에 이 아름다움을 아는 이는 거의 없었다.

칼크 수도원에서 그리 멀지 않은 곳에 코통인디엘름스(Coton in the Elms)라고 하는 작은 마을이 있는데 이 마을은 영국의 마을들 중 바다에서 가장 멀리 있는 마을이다. 그중 처치플래츠팜(Church Flatts Farm)은 바다에서 가장 멀리 떨어진 곳으로, 공식적으로 해안에서 가장 가까운 곳까지의 거리가 113킬로미터다. 이곳을 지나던 사람들이 둘둘 말린 낡은 카펫으로 울타리를 만들어 그 지점을 표시해놓았다. 나는 플래츠팜 한쪽으로 차를 몰고 가다가 그 지점에 멈춰 서서는 '영국에서 가장 바다 소금기를 조금 풍기는 사람'이라는 자부심을 느껴봤다. 그렇게 약 15~20초쯤 그 기분을 만끽하다가 그곳에 아무리 오래 서 있은들 더 나아질 것이 전혀 없음을 깨닫고는 다시 차로 돌아와 운전을 했다. 가족과 생일 파티 차를 마실 준비가 됐다는 생각에 흐뭇함과 설렘이 좀처럼 가시질 않았다.

20
—

웨일스

　강연회 일정이 몇 개 잡히는 바람에 미국에 잠시 다녀와야 했다. 미국으로 가는 길은 늘 설렌다. 어쨌거나 미국은 나의 고국이니까. 그곳에는 텔레비전에서 야구 중계가 흘러나오고, 사람들은 친절하고 낙천적이며, 신경 써야 할 날씨가 아니면 날씨 때문에 강박적으로 괴로워하지 않는다. 얼음도 원하는 대로 먹을 수 있다. 무엇보다도 미국에 가면 미국이라는 나라를 좀 더 객관적으로 생각하게 된다.

　텍사스 주 오스틴 시내에 있는 호텔에 도착한 나는 소소한 두 가지 일을 겪었다. 호텔에 도착해서 체크인을 하자 호텔 직원은 내 정보를 기록했다. 당연한 일이다. 그러고는 우리 집 주소를 물었다. 미국의 우리 집에는 도로 번호가 없다. 그냥 이름뿐이다. 그런데 미국의 컴퓨터가 이 문제에 오류를 일으킨다는 사실을 예전에 이미 겪은 터라 이번에는 런던 집 주소를 댔다. 그러자 건물 번호와 도로명을 입력하던 직원이 이렇게 물었다.

"도시는요?"

"런던이요."

내가 대답했다.

"철자 좀 알려주시겠어요?"

나는 그 직원의 얼굴을 쳐다보았지만 농담이 아니라는 사실을 알아차렸다.

"L-O-N-D-O-N입니다."

"나라는요?"

"잉글랜드요."

"철자 좀 알려주시겠어요?"

나는 철자를 알려줬다.

그 직원은 내가 불러준 대로 컴퓨터에 입력하더니 이렇게 말했다.

"컴퓨터에 잉글랜드는 입력되지 않는데요. 잉글랜드가 실제 국가 이름인가요?"

나는 그 직원에게 재차 확인시켜주며 이렇게 말했다.

"브리튼으로 해보세요."

이번에도 역시 철자를 알려줬다. 그것도 두 번이나(처음에는 철자에서 T의 개수를 잘못 입력했다). 그리고 이번에도 역시 컴퓨터가 인식을 하지 못했다. 그래서 나는 그레이트브리튼, 유나이티드 킹덤, UK, GB 다 불러줬지만 모두 거부당했다. 이제 내가 할 수 있는 일은 없었다.

잠시 후 직원이 이렇게 말했다.

"프랑스로 할게요."

"죄송합니다만, 뭐라고요?"

"런던, 프랑스는 가능해요."

"진심이요?"

그 직원은 고개를 끄덕이며 말했다.

"안 될 게 뭐 있어요?"

그리하여 그 직원은 내 주소를 "런던, 프랑스"로 입력했고 컴퓨터 시스템도 그 주소에 흡족해했다. 체크인을 마치고 짐과 플라스틱으로 된 방 열쇠를 가지고 엘리베이터로 갔다. 엘리베이터가 도착하고 문이 열렸다. 안에는 한 젊은 여성이 이미 타고 있었다. 뭔가 좀 이상하다는 생각이 들었다. 그 엘리베이터는 위층에서 내려왔는데 안에 있던 여성이 내리지 않고 그냥 타고 있었기 때문이다. 한 5초 정도 흘렀을까, 그 여성이 화들짝 놀란 목소리로 내게 물었다.

"죄송하지만, 아까 그곳이 로비였나요?"

"체크인 데스크가 있고 바깥으로 통하는 회전문이 있던 그 큰 방 말이요? 맞아요. 로비였어요."

"제기랄" 하고 여성은 억울하다는 듯 내뱉었다.

이런 일들이 텍사스 오스틴이나 미국을 상징하는 일이라는 말은 절대 아니다. 하지만 이 일들을 겪으면서 미국의 문제들이 알고 있던 것보다 더 심각해지고 있다고 생각하게 됐다.

사회에서 제 구실을 하는 성인이 런던이나 영국을 제대로 알지 못한다거나 호텔 로비를 분간하지 못하는 것은 이제 고민을 해봐야 할 문제가 아닌가 싶다. 이는 명백히 전 세계적인 문제이며 날로 확산되고 있다. 우리가 이러한 위기를 어떻게 대처해야 할지 그 해답을 명확히 아는 것은 아니지만 지금까지 파악한 내용들을 토대로 우선 텍사스를 고립시키는 방법을 조심스레 제안해본다.

나는 이 모든 것을 영국 브리스톨 근처에 있는 M4고속도로 휴게소에서 생각하게 됐다. 나는 웨일스에서도 한참 서쪽에 있는 마을에 가는 길이었으며 그 마을을 볼 생각에 몹시 설렜다. 하지만 내 상황을 말하자면 나는 아주 장거리를 운전했고 몹시 배가 고팠다. 그래서 내게 아침을 좀 주어야겠다고 생각하게 됐다. 나는 감상적이게도 조명이 밝게 빛나는 그래너리 식당에서 쟁반을 들고 천천히 음식들을 감상하며 고르는 내 모습을 상상했다. 칸막이 좌석과 반짝거리는 식기들이 있고 엄청나게 구미가 당기는 훌륭한 요리까지는 아니더라도 요리사의 정성이 담긴 음식을 먹게 될 줄 알았다. 하지만 그래너리를 비롯한 모든 고속도로 휴게소 음식점들이 다 없어졌다. 지금은 패스트푸드 체인점에서 운영하는 푸드 코트만 있을 뿐이다. 결국 나는 그들이 음식 비스름한 것으로 여기는 밝은 노란색 무언가로 속을 채운 비스킷을 먹었다. 그 식사의 이름은 무슨 쓰레기 조식 같은 것이었는데, 기름 범벅의 감자튀김과 종이컵에 담긴 거의 물에 가까운 커피도 딸려 나왔다.

앉아서 쓰레기 같은 음식을 조금씩 먹으며 현대 인간 지성의 퇴보를 걱정했다. 나는 배낭에서 논문집 〈무능력과 무지: 자신의 무능함을 깨닫지 못하는 현상이 어떻게 자신에 대한 과대평가로 이어지는가〉를 꺼냈다. 이 논문은 뉴욕에 있는 코넬대학교의 데이비드 더닝(David Dunning)과 저스틴 크루거(Justin Kruger)의 유명한 논문으로 앞서도 '멍청학'이라고 불러도 좋을 새로운 과학 분야를 이야기하며 잠시 언급했었다.

논문이다 보니 '초인지 기술'이니 '퇴보 효과'니 '상호 관계 분석' 등과 같은 전문 용어들이 다소 나오긴 하지만 기본 전제는 '만약 당신이 진정으로 멍청하다면, 일을 멍청하게 할 뿐 아니라 자신이 그 일을 얼마나 멍청하게 하는지 알지 못할 정도로 멍청한 경향이 있다'는 내용 같았다. 내가 이 논문을 다 이해했다고는 말할 수 없다. 하지만 논문의 몇몇 구절은 지나치게 전문적이다. 다음 문장을 한번 살펴보자.

'상위 사분의 일 참가자들은 시험에서 자신들의 점수가 낮다는 점을 과소평가하지 않는다. M=16.9(인지한 점수) vs 16.4(실제 점수), t(18)=1.37, ns'

나는 이 문장을 10번 가까이 읽었고 내 눈앞에 있는 모든 문장을 다 읽었지만 읽고 나서 여전히 그 문장이 함축하는 의미를 이해할 수 없었다. 그래도 최소한 나는 내가 그 문장을 이해하지 못하고 있다는 사실은 인지했으니 여러 지표들에 의하면 나는 위험스러운 단계의 멍청이가 아니라 평균적인 멍청이인 셈이다.

더닝과 크루거가 획기적인 연구를 했다는 사실에는 의심의 여지가 없다. 하지만 그들의 논문은 1999년에 발표됐으며 세상의 멍청함은 그 이후 더 빠른 속도로 커지고 있다. 조금 전 텍사스에서 본 사례처럼 말이다. 더닝-크루거 연구에 있어서 한 가지 결점은 사람마다 정신적으로 조금씩 예민한 정도가 다른데 그 예민함을 평가하는 지침을 주지 않았다는 점이다. 나는 이 문제가 꽤 크게 와 닿았다. 그래서 웨일스로 가는 길에 들어서서 웨일스 주의 서쪽 방향으로 향하다가 불현듯 공익적인 일을 해야겠다는 생각이 들어 여러분이 위험한 수준의 멍청이가 되고 있는지 여부를 확인할 수 있는 목록을 만들어봤다. 아래 점검 목록은 절대로 전체적인 기준이 될 수는 없지만 그래도 여러분이 처한 상황이 걱정되는 상황인지 아닌지 판단하는 데 도움이 될 것이다. 다음은 몇 가지 질문이다. 스스로 대답해보길 바란다.

1. 태국 음식점에서 당근을 깎아 만든 장식용 꽃이 음식에 장식돼 나왔을 때 이번 주에 그 당근 꽃을 받은 사람은 유일하게 자신뿐이라고 진지하게 생각한 적 있

는가?

2. 충분히 시간을 두고 주머니를 뒤지다 보면 언젠가는 잃어버린 물건을 찾을 거라 생각하는가?

3. 누군가 오븐용 장갑을 끼고 음식을 가져다주며 '조심해. 접시가 아주 뜨거워' 하고 말하면 정말 뜨거운지 아닌지 확인해보려고 굳이 접시에 손을 대보는가?

4. 태닝을 해주는 곳에 가서 눈에 뭔가를 쓰고 있어서 아무도 안 보이니까 다른 사람에게도 자신이 안 보일 거라고 생각하는가?

5. 만약 여러분이 남성이고, 주말에 바지를 사러 갔는데 반바지라고 부르기엔 너무 길고, 그냥 일반 바지라고 부르기엔 너무 짧았지만 그럼에도 불구하고 조금의 부끄러움 없이 그 바지를 입고 공공장소에 나간 적이 있는가?

6. 엘리베이터를 기다리는데 엘리베이터가 너무 늦게 올라오는 것 같아서 버튼을 다다다다 누르면서 그렇게 하면 엘리베이터가 더 빨리 올 거라고 생각한 적 있는가?

7. 호텔 방에 있는 커피 잔들이 식기 세척기나 수도꼭지 또는 욕실의 찬물 수도꼭지 비슷한 곳 근처에라도 갔던 적이 있다고 믿는가?

8. 작은 폴로 로고가 들어간 셔츠를 입으면 그 셔츠가 보다 나은 성생활로 보답해 주리라는 믿음으로 70파운드씩 척척 쓸 때도 있는가? (그 셔츠를 70파운드에 당신에게 파는 사람은 보다 나은 성생활로 보답을 받고 있다.)

9. 자판기에 동전 7~8개를 거부당하지 않고 다 넣을 수 있다고 생각하는가? 자판기가 뱉어낸 동전을 다시 계속 넣고 있는가? 왜 그런가?

10. 고속도로에서 위험천만하게 한 차선 또는 두 차선을 비스듬히 가로지르면서도 노트북을 허벅지에 제대로 균형 잡히게 올려놓고 질문 목록을 작성할 수 있다고 생각하는가?

11. 영국 도로에서 운전자들이 자신의 차 옆을 지나치면서 활기차게 삿대질을 하

는데 그게 무슨 의미인지 아는가?

여기까지가 내가 생각해본 질문 목록이다. 부디 이 질문들이 도움이 되길 바란다. 자, 주제를 텐비(Tenby)로 바꿔보자. 분노하고 흥분한 자동차 운전자들은 잠시 내버려두고 구불구불한 A4066도로를 따라 타프(Taf) 강 유역과 어여쁜 마을 란(Laugharne)으로 가보자.

시인 딜런 토마스(Dylan Thomas)는 이곳 란에서 1949년부터 1953년까지 살았다(발음에 유의하자. 철자는 'Laugharne'이지만 발음은 '란'이다). 그는 보트하우스(Boathouse)로 불리던 한 농가 주택에 살면서 피땀 어린 노력으로 마침내 궁극의 작품을 썼다. 나는 폐허가 된 란 성 아래쪽에 주차를 하고 이정표가 가리키는 대로 포장된 도로를 따라 걸었다. 길은 드넓은 타프 강어귀를 지나 숲이 우거진 언덕까지 나 있었다. 그리고 절벽 끝자락에 토마스의 유명한 오두막 작업실이 있다. 오두막 작업실 문은 폐쇄돼 있어서 안으로 들어갈 수는 없었지만 유리창으로 들여다볼 수 있도록 돼 있었다. 오두막은 마치 토마스가 방금 점심 식사를 마치고 기분 전환도 할 겸 마을에 있는 브라운스 호텔에라도 갔다가 금방 돌아올 것처럼 꾸며져 있었다. 나무로 된 의자 몇 개와 글을 쓰던 책상이 대충 놓여 있었고, 책장에는 책들이 있었으며 마루에는 구겨서 버린 종이 뭉치들이 나뒹굴고 있었다. 아늑하다기보다는 대단히 숭고한 분위기였다. 보트 하우스 웹사이트에 의하면 이곳에서 토마스는 시 '밀크 우드 아래서(Under Milk Wood)'와 '순순히 그 멋진 밤을 받아들이지 마오(Do Not Go Gentle into That Good Night)'를 집필했다(나는 그가 좀 더 일찍 이 시들을 지은 줄 알았다).

오두막에서 조금 뒤쪽에는 역시 대단히 아름다운 곳에 자리 잡은 보트 하우스가 있다. 이곳은 친구이자 후원자인 마가렛 테일러(Margaret Taylor, 역사가 A. J. P. 테일러의 아내)가 엄청난 관대함으로 토마스에게 사준 집으로, 이곳에서 토마스는 아내 케이틀린(Caitlin Thomas), 그리고 자녀들과 함께 살았다. 오늘날에는 토마스의 유품들이 전시된 박물관으로 활용되고 있다. 작지만 아늑하고 기분 좋은 박물관이었다. 2014년이 딜런 토마스의 탄생 100주년이었기에 꽤 붐빌 거라고 생각했지만 그곳을 찾은 방문객은 나를 포함해 3명뿐이었다.

2층 벽에는 1953년 11월 10일자 〈사우스웨일스아구스〉지 1면이 걸려 있었다. 1면에는 뉴욕에 있던 토마스가 술에 진탕 취해 사망했다는 기사가 실려 있었다(그는 일생을 진탕 취해 있었다). 하지만 그 일간지 1면의 주요 기사는 농장에서 의문스럽게 사라진 부부, 존 해리스(John Harries)와 포이베 해리스(Phoebe Harries)에 관한 것이었다. 농장은 페다인(Pendine)의 도로와 인접한 약 4만 4,000제곱미터 크기의 농장이었다. 1주일이 지난 뒤에 이들 부부의 시신이 땅에 얕게 묻힌 채 발견됐다. 몽둥이 같은 흉기로 맞은 것이 사인이었다. 훗날 먼 친척인 로널드 해리스(Ronald Harries)라는 젊은 사람이 재판을 받고 유죄 판결을 받아 이듬해 봄 교수형을 당했다. 웨일스 주에서 마지막으로 사형이 집행된 범죄자였다. 〈사우스웨일스아구스〉가 술에 취해 죽은 시인보다 이 사건을 훨씬 더 비중 있게 다루는 점이 내게는 몹시도 흥미로웠다.

란에서 27킬로미터 떨어진 곳에 있는 카마던 만(Carmarthen Bay)은 텐비(Tenby)의 오래된 휴양지다. 이 매력적인 마을은 예전부터 알고 있었는데 실제로 보니 파스텔 색조의 집들이며 예쁜 외관의 호텔과 게스트 하우스들, 흥겨워 보이는 술집과 생기 넘치는 카페, 근사한 해변과 지극히 조화로운 자연 경관 등 정말 대단히 아름다웠다. 이곳은 해안 휴양지에 필요한 모든 것을 다 갖춘 궁극의 휴양지였다. 이렇게 좋은 곳이 어떻게 그토록 오랫동안 내 눈을 피해 숨어 있었을까?

텐비는 도시가 아주 가파른 언덕 위에서 해변을 내려다보고 있는 구조로, 지그재그로 구불거리는 매력적인 길이 해변까지 이어진다. 텐비 주위는 온통 바다였다. 해안은 길고 드넓은데 내가 갔을 때는 매우 한적했다. 독자 여러분과 이미 이야기가 됐다시피 나는 바다 사람은 아니지만, 이 바다는 내게 어서 오라고 손짓을 하고 있었다.

화가 오거스터스 존(Augustus John)이 바로 이곳 텐비에서 태어났다. 절벽 꼭대기 옆쪽으로 나 있는 빅토리아 거리에서 태어난 그는 매우 비참한 어린 시절을 보냈다. 존의 어머니는 그가 여섯 살 때 류마티스 관절염으로 죽었다(나도 관절염이 있는데 아무도 내게 이 병이 치명적이라는 말을 해주지 않았다). 어머니가 죽고 난 뒤 그는 우울하고 조용한 집에서, 아내의 죽음을 벗어나지 못하는 무정한 아버지 밑에서 자랐다. 어린 시절 오거스터스는 그림에 전혀 소질을 보이지 않다가 17세 때 텐비에 있는 바위에서 다이빙을 하다가 머리를 부딪힌 후 엄청난 천재가 돼서 물 밖으로 나왔다고 한다. 나도 무수히 여러 번 머리를 부딪혀봤지만 아무것도 더 나아지지 않았던 점을 보면 일어날 성싶지 않은 일 같지만, 어찌됐건 그는 그때부터 상당한 수준의 그림을 그렸으며 미국의 화가 존 싱어 사전트(John Singer Sargent)가 르네상스 이후 최고의 화가라고 공언할 만큼 뛰어난 기량을 보였다.

나는 텐비에 있는 모든 길들을 다 걸어봤지만 막상 살고 싶은 집이나 농가 주택은 눈에 띄지 않았다. 해안을 걸으며 항구에 정박해 있는 근사한 배들을 감상하다 보니 해안에서 바다로 3킬로미터 정도 떨어진 곳에 있는 칼디 섬이 눈에 들어왔다.

내가 막 칼디 섬에서 나오자마자 지역 신문에서는 내 사랑하는 고국 출신의 두 관광객이 차를 빌려 텐비에서 칼디 섬으로 가기 위해 차에 위성 항법 장치 즉 내비게이션을 장착했다는 기사가 실렸다. 내비게이션은 그들을 보트 선착장으로 안내한 후 선착장 뒤로 펼쳐진 드넓고 푸른 바다로 안내했다. 그리고 그들은 착실하게도 내비게이션이 알려주는 대로 갔던 것 같다. 나는 그들이 섬으로 가는 바닷길을 가면서 차 안에서 무슨 대화를 나누었을지 무척이나 궁금하다. 그들이 탔던 차는 바다 밑 모래에 절반쯤 처박혔고 역사상 칼디 섬을 바다 밑으로 운전해서 간 최초의 운전자가 될 수 있는 기회도 사라졌다. 그들은 자신들이 일리노이 출신이라고만 밝혔을 뿐 이름을 밝히기를 거부해 지역 신문에 이름은 실리지 않았다.

이제 여러분도 내 말이 무슨 말인지 분명하게 이해했으리라 생각한다. 상황은 점점 악화되고 있으며 점점 널리 확산되고 있다.

이른 아침 나는 웨일스 본토 최서단에 위치한 세인트데이비스(St Davids)로 차를 몰고 갔다. 굽이치며 밀려온 파도가 세인트브라이드 만의 파도와 맞부딪히고 있었다. 세인트데이비스의 자랑거리는 영국에서 가장 작은 도시라는 점이다. 이 말을 다르게 표현하자면 대성당이 있는, 가장 작은 마을이라는 의미다. 또 다른 면에서 보자면 이 마을은 바다에서 약간 내륙으로 들어온 언덕 위에 자리 잡은 아주 사랑스러운 마을이다. 마을은 활기차고, 정육점과 내셔널트러스트 상점, 작은 서점, 심지어 의류점 팻페이스까지 있다.

마을과 대성당은 아주 오래 전 이곳에 살았던 웨일스의 성자 이름을 딴 것이다. 그에 대해 전혀 알지 못했던 나는 집으로 가기 전에 〈옥스퍼드 인명 대사전〉을 찾아봤다. 그리고 당부하건데 그 사전에서 '세인트 데이비드'로 시작되는 인명을 찾으려고 하는 사람이 있다면 제발 그러지 말기를 바란다. 세인트 데이비드들 삼분의 일 지점쯤에서 집중력이 흐트러질 수 있기 때문이다. 세인트 데이비드를 설명하는 문구는 퍽도 평범했다.

데이비드는 팔라기우스 이단 종교에 맞선 설교를 함으로써 더욱 거룩한 존재로 입지가 다져졌고, 성인 리기파치(Rhigyfarch)의 오거스틴 교리를 더욱 공고히 하게 됐으며 란데위비레피(Llanddewibrefi) 성당 회의(서열7위)에서 지금껏 지내온 자리 중 최고의 자리에 오르게 됐다.

내가 얻을 수 있는 정보라고는 데이비드가 6세기 사람이며, 유일하게 그에게 흥미가 가는 점이라고는 그가 차가운 물에 목까지 몸을 담그고 서 있기를 좋아했던 사람이라는 점과 147세까지 살았다고 전해진다는 사실뿐이다.

대성당은 소름이 끼칠 정도로 아름답고 볼거리가 풍부했다. 그날 나는 2명의 방문객 중 하나였다. 가장 놀라웠던 점은 눈에 띌 정도로 경사져 있는 바닥이었다. 만약 재단 앞에 구슬을 놓으면 북서쪽 모서리까지 꽤 빠르게 굴러 내려갈 듯 보였다. 그곳에 있던 관리인에게 물어봤다. 관리인의 이름은 필립 브래넌(Philip Brenan)으로 매우 박식했으며 기운 바닥에 대해서도 잘 알고 있었다. 그는 내 말에 맞장구쳤다.

"맞습니다. 경사가 꽤 심하지요. 그런데 재미있는 점은 분명 의도적으로 그렇게 지어졌을 거라는 점이에요. 상인방과 창틀, 기타 모든 부분들을 보면 완벽하게 수평이거든요. 만약 지반 침하 등으로 경사가 생겼다면 다른 것들도 모두 기울었겠죠. 다행스럽게도 바닥 경사가 구조적 문제는 아닙니다. 하지만 정말 이상하지요."

그는 내게 또 다른 이상한 점들을 보여줬다. 성당의 신도 자리 양 끝이 모두 아치형으로 굽어 있었는데 양쪽 끝까지 로마네스크 양식으로 완벽하고 깔끔하게 대칭을 이루다가 맨 가장자리 끝에서 느닷없이 비대칭적인 고딕 양식으로 바뀐다. 관리인은 외벽도 이상하다고 했다. 가까이서 보면 외벽이 바깥쪽으로 기울어 있는 듯 보인다.

"이 모든 것이 의도임은 분명한데 그 의도를 아는 사람은 아무도 없죠."

관리인이 말했다.

그중 가장 불가사의한 부분은 성당의 위치였다. 성당은 가파른 언덕 꼭대기에 움푹 팬 지대에 지어졌다. 그래서 언덕 끝까지 올라오기 전까지는 성당이 보이질 않는다. 마을 역시 같은 언덕에 자리 잡고 있다. 성당과 마을은 마치 아무도 찾지 못하길 바라는 듯 보였다.

나는 아침나절에 세인트데이비스와 그 주위 반도를 대단히 만족스럽게 둘러보았다. 가까이 있는 펨브로크셔(Pembrokeshire)의 거의 모든 땅끝은 마치 고래 등처럼 위로 둥글게 솟은 절벽이었는데 덕분에 그 경치가 대단히 인상적이고 근사했다. 이곳은 해안에서 누릴 수 있는 모든 아름다움을 다 갖추고 있었다.

오후에는 차를 몰고 피시가드(Fishguard)로 갔다. 내가 가장 가고 싶던 곳이었다. 나는 피시가드에 아주 가슴 따뜻한 기억이 있다. 40년 전, 8~9시간 정도 이 마을에 머문 적이 있는데 그나마 8~9시간도 대부분 자면서 보낸 시간이다. 그런데도 그렇게 가슴이 따뜻해진다니 나조차도 조금 이상하게 느껴진다. 때는 1973년 여름, 내가 히치하이킹을 하며 유럽을 여행할 때였다. 당시 나는 아일랜드로 가는 길이었고 아주 늦은 밤 마침 어느 친절한 화물 자동차 운전수가 나를 마을 중심가까지 태워다줬다. 그때 나는 일제히 차양이 드리운 상가들이 나란히 있는 길 건너편 공원 옆에 서 있었다. 마을을 대충 훑어보았지만 아무리 봐도 공원보다 더 나은 숙소는 눈에 띄질 않아서 나는 다시 작은 공원으로 돌아와 침낭을 펴고 축축한 잔디 위에서 잠을 청했다. 다음날 아침 매우 일찍 눈을 떴지만 피시가드는 여전히 잠에서 깨지 않았다. 나는 조용한 마을의 가파르게 굽은 길을 따라 항구까지 걸어가서 로슬레어(Rosslare)로 가는 첫 배를 탔다.

그것이 피시가드에 대한 내 기억의 전부다. 하지만 나는 그 마을에 꼭 다시 가보고 싶었다. 일단 시내 중심가 근처에 주차를 하고 게스트 하우스를 확인하기 전에 마을을 둘러봤다. 먼저 피시가드는 괴상한 곳이라는 말을 해야겠다. 중심 광장에 있는 애버그와운 호텔, 파머스 암스, 로열 오크 등 3개의 대형 술집들이 모두 폐업을 했고, 위쪽에 있던 쉽스 앤 앵커 술집도 폐업을 했다. 몇몇 가게들은 텅 비어 보였지만 여전히 서점과 꽃 가게, 상점과 카페가 함께 있는 가게 등 가난한 마을에 흔히 있는 그런 가게들은 그대로 남아 있었다. 내가 침낭을 펴고 잤던 곳이 어디인지 가물가물했다. 내 기억 속 작은 공원은 다시 보니 그냥 작은 잔디 화단이었다. 건너편에 있던 상점들은 그대로였지만 그다지 특색이 있지는 않았다. 차양은 사라진 지 오래였다.

나는 메이너 타운 하우스에서 숙박했다. 뒤쪽 창문으로 황홀한 바다 전망이 펼쳐지는 세련된 게스트 하우스였는데 내가 여행 중 머물렀던 게스트 하우스 중 가장 멋진 곳이었다. 그곳은 친절한 부부 크리스 셸던(Chris Sheldon)과 헬렌 셸던(Helen Sheldon)이 꽤 오래전부터 운영해오고 있었다. 나는 크리스와 피시가드를 비롯한 웨일스 서쪽 지역에 대해 꽤 한참 수다를 떨었다. 웨일스 서쪽 지역은 경제적으로 많은 문제를 안고 있다. 그곳의 GDP는 EU 평균의 삼분의 이 수준밖에 되지 않는다. 하지만 불가리아나 루마니아도 비슷한 수준이기 때문에 이 GDP 자체가 대단히 큰 문제는 아니며 아름다운 펨브로크셔 해변 덕분에 관광 명소로 인기도 많다. 텐비나 세인트데이비스 같은 곳들은 꽤 잘사는 마을이고 밀퍼드헤븐과 해비퍼드웨스트 같은 곳은 악전고투 하고 있으며 피시가드 같은 몇몇 지역은 아직 어떤 운명에 처해질지 불확실한 상태다.

게스트 하우스 주인 크리스는 마을 중앙 광장에 있던 세 곳의 술집이 문을 닫은 건 최근 일이며 대여섯 군데 다른 상점들 역시 비슷한 절차를 밟고 있다고 말해줬다. 불행 중 다행으로 길 건너편에 있던 아담하고 매우 훌륭한 술집 피시가드 암스는 살아남았다고 한다. 오후 6시 반쯤 그 술집을 찾았을 때 편안한 옷차림을 한 지역 주민 5명이 바 앞에 있었다. 자신들 구역에 불쑥 낯선 사람이 나타나자 처음엔 몹시 당황한 듯 보였으나 이내 나를 향해 친절하게 고개를 끄덕여줬다.

나는 주문한 맥주를 받아들고는 구석진 곳에 있는 테이블로 갔다. 식탁에 앉아 내 맥주잔에 황금빛 행복의 거품이 올라오는 광경을 지켜보며 매우 흡족해하고 있는데 나를 뚫어져라 바라보는 한 남자의 시선이 느껴졌다. 그다지 불쾌한 시선은 아니었다.

"빌 브라이슨처럼 생겼구려."

그가 불쑥 말했다. 나는 어떻게 대답해야 할지 망설여졌다.

"그런가요?"

내가 멍청하게 물었다.

"2년 전 헤이 페스티발에서 빌 브라이슨을 본 적이 있는데 그 사람하고 굉장히 닮았구려."

보시다시피 나란 존재는 이렇게 사람들의 의식에 강렬하게 각인된다. 그 남자는 나와 거의 90분 가까이 이야기를 나누고서도 나를 알아보지 못했다.

결과를 이야기하자면, 결국 내가 자백을 했다. 그리고 그들에게 내가 왜 이 작은 마을에 찾아왔는지 설명했고 사람들은 내 이야기에 대단히 큰 관심을 보였다. 그렇게 해서 새로 사귄 친구들은 더없이 나를 환대해줬다. 그리고 그들에게 나는 피시가드에 얽힌 모든 이야기를 들을 수 있었다. 왜 그런지는 모르겠지만 술집에 있는 사람들은 언제나 모든 것을 다 잘 알고 있다. 그들이 들려준 이야기에는 피시가드의 역사며 피시가드가 외국의 침략을 당했을 때 영국에 남은 마지막 마을이었다는 이야기도 포함돼 있었다.

때는 1797년, 일흔 살 난 미국인 지휘관 윌리엄 테이트(William Tate)가 이끄는 대규모 프랑스 군대가 다리 아래 해안으로 침입해 왔다. 목적은 웨일스에 반란을 일으켜 자신들 편에 가담시키기 위해서였다. 그런데 웨일스 사람들은 침략을 당했다는 사실도, 자신들에게 누군가가 총부리를 겨눈다는 사실도 매우 불쾌해했다. 그러나 몇몇 사람들은 가담을 했는데, 테이트가 이끄는 군대가 대부분 범죄자들로 구성돼 있는 데다가 거의 강압적으로 군대에 갈 것을 종용해 억지로 군대에 몸을 맡긴 사람들이 대부분이었다. 그리고 솔직히 말하자면 주로 즉시 항복한 사람들은 모두 프랑스 인이었다. 어느 농부의 아내가 이 군대를 향해 머스켓 총을 겨누었을 때 12명의 군인이 무기를 버리고 손을 머리 위로 올리며 항복했다. 테이트를 포함한 군대는 다시 프랑스로 철수했고 다시는 전쟁에 참가하지 말라는 명령이 떨어졌다. 그리고 그들은 그렇게 했다.

　마음속에는 피시가드와 피시가드 암스 술집에 대한 따스한 기억을, 위장에는 출렁이는 맥주 1파인트를 품은 채 새로 사귄 친구들과 작별 인사를 나누고는 저녁 식사를 할 곳을 찾으러 술집을 나왔다.

　다음 날 아침, 나는 여객선 터미널까지 차를 가지고 가서 주위를 둘러봤다. 쓸쓸한 분위기가 물씬 풍기고 있었다. 1970년대 내가 아일랜드에 갔을 때만 해도 연간 거의 100만 명에 가까운 사람들이 이곳 피시가드 여객선 터미널을 이용했었다. 지금은 이용객 수가 35만 명으로 줄어들었으며 이마저도 계속 감소 추세다. 이곳에서 아일랜드로 가는 배는 하루에 단 두 척 뿐이었고 그중 한 대는 이미 새벽 2시 30분에 떠났다. 다음 배는 오후 2시 30분에 있었다. 배가 출발하는 시간 전까지 이곳은 죽은 듯 고요했다.

　나는 해안을 따라 북쪽으로 가면 나오는 중심 도시 에버리스트위스

(Aberystwyth)로 향했다. 에버리스트위스는 바다와 프리셀리 산 사이의 길가에 자리 잡은 도시다. 커다란 언덕들은 매우 황량한 분위기였는데 갑자기 광풍이 불며 비바람이 몰아쳐 분위기를 더욱 황량하게 만들었다. 비는 맨흙이 드러난 언덕 비탈면 위로 세차게 쏟아졌다. 지금은 잿빛 비바람에 가려 보이지 않지만 우뚝 솟은 바위들 어딘가에 스톤헨지에 사용된 청석을 가져왔던 노두가 있다. 아무리 생각해도 솔즈베리 평원에 살던 사람이 이렇게 멀리 떨어진 곳 꼭대기에 있는 돌의 존재를 알고 그 돌들 중 80여 개의 거석을 운반해갔다는 사실은 정말 풀리지 않는 수수께끼다. 옛날 옛적의 일들 중 놀랍지 않은 일은 없다.

에버리스트위스는 초승달 모양의 만 주위로 세차게 내리치는 비를 맞으며 암울한 잿빛으로 웅크리고 있었다. 에버리스트위스는 오래된 바닷가 휴양지이자 웨일스대학교 건물들 중 하나가 있는 대학가 마을이다. 대학가이니 날씨가 좋을 때면 무척 활기찬 곳일 거라는 생각이 들었다. 하지만 이렇게 폭우가 쏟아지는 날에 본 마을은 암울하기만 했다. 거리엔 학생들이 한 명도 없었고 사람도 거의 없었다. 나는 마을 어귀에 차를 대고 길고 구불거리는 길을 따라 걸었다. 곳곳에 물웅덩이들이 큼지막하게 패여 있었다. 해안의 산책로는 작년 겨울 폭풍우에 완전히 망가져 대대적으로 보수 공사를 하고 있었는데, 일꾼들은 한 명도 눈에 띄지 않았고 기계만 덩그러니 쉬고 있었다. 산책로 끝에는 충격적으로 흉측한 방파제가 있다. 사진으로 보면 과거에는 꽤 아름다운 곳이었는데 현재는 물감을 칠한 베니어합판 같은 것들이 방파제를 둘러싸고 있다. 어떻게 이런 일이 허가를 받을 수 있었단 말인가? 방파제 뒤에는 커다란 전쟁 기념비가 있었는데 어딘지 모르게 묘하게 성적인 분위기를 풍기고 있었다. 나는 한동안 서서 그 기념비를 바라봤다. 굵은 빗줄기가 내 목을 타고 내리는 가운데 커피를 홀짝였다. 그러고는 마을 중심가 상점 유리창으로 뭔가 대단히 흥미로운 것을 보는 척 연기 했다. 그러다 문득 이 모든 짓이 부질없이 우습다는 생각이 들어서 철벅철벅 차로 걸어와 차를 타고 도로로 나왔다.

이번에는 데빌스 브리지를 지나 내륙으로 왔다. 데빌스 브리지는 매우 아름 다운 다리로 고풍스럽고 근사한 두 온천 마을 랜드린도드웰스와 빌스웰스를 잇고 있었다. 다리를 건너면서 몇 번이나 차를 세우고 내려서 주위 풍경을 감 상하느라 계속해서 온몸을 흠뻑 비로 적셨다. 그렇게 한참을 보내다가 마침 내 정오가 돼서야 브레콘비콘스(Brecon Beacons)로 향했다. 브레콘비콘스 는 거대한 언덕들과 싱그럽고 푸른 골짜기가 펼쳐진, 축복받은 아름다운 땅 이다. 안타깝게도 내가 간 날은 한 치 앞도 안 보이는 짙은 안개와 휘몰아치는 비 때문에 그 아름다움이 거의 가려져 있었다. 정말 지독히도 야속한 날씨 였다.

라디오에서는 온통 앞으로 다가올 스코틀랜드 국민 투표 이야기뿐이었다. 나는 하릴없이 그저 왜 웨일스 사람들은 더 반항적이지 않았을까 하는 생각 을 해봤다. 웨일스 사람들은 자신들의 사촌 격인 스코틀랜드는 거의 잊은 듯 보였으며 곳곳에 걸린 표지판 때문에 아예 스코틀랜드와는 무관한 지역처럼 보였다. 만약 내가 웨일스 사람이었다면 조금은 분개했을 거라는 생각이 들었 다. 한때 일부 웨일스 인들은 그랬었다. 1979년에서 1993년 사이, 200명의 사 람들이 영국인이 웨일스에 소유하고 있는 별장들을 공격했다고 기록돼 있다. 그중 단 한 명만이 그 공격에 책임을 졌는데, 그의 이름은 사이언 로버츠(Sion Roberts)로 7년 형을 선고받고 1993년 교도소로 보내졌다. 하지만 그가 시위 주동자라고 보기는 힘든 것이 공격을 시작했을 때 그의 나이는 불과 7살이었 다. 어쨌든 로버트가 교도소에 간 뒤 영국인 별장에 대한 공격은 시작할 때 그 러했듯이 홀연히 중단됐고 웨일스는 다시 차분하게 아름답고 완전히 평화로 운 예전의 일상으로 돌아갔다.

나는 웅장한 골짜기들을 지나 최종 목적지인 크릭호웰(Crickhowell)로 향했다. 안개도 엷어지는가 싶더니 어느새 사라지고 하늘에는 푹신한 뭉게구름이 떠 있었다. 태양이 언덕 비탈에 황금색으로 빛을 드리우고 있었다. 서쪽 언덕 너머 완벽한 모양을 한 무지개가 반짝이고 있었다. 웨일스는 아름다웠다.

크릭호웰은 완벽한 마을이다. 매력적이고 활기를 띤 좋은 상점들이 있고 길가에는 예쁜 농가 주택들이 늘어서 있다. 나는 일단 숙소인 비어 호텔에 체크인을 했다. 비어 호텔은 과거 마차들이 머물던 여관이었다. 방에 들어간 나는 다리를 쭉 펴고 모처럼 누리는 건조한 보송함을 만끽했다. 크릭호웰의 한 가지 문제점은 교통이다. 마을의 모든 도로들은 한창 붐비는 시간대의 고속도로처럼 막혔다. 하지만 나는 어스크 강으로 가는 다른 길을 찾았고 그 길을 따라 계곡을 지나 북쪽의 둑을 따라 나 있는 길로 갔다. 형언하기 어려울 정도로 아름다운 길이었다.

나는 듬직한 영국왕립지도를 펼쳐 들어 보다가 내 앞에 있는 언덕이 론다밸리(Rhond)라는 사실을 깨닫고는 약간 충격을 받았다. 그리 멀지 않은 과거 어느 시점에 세상에서 탄광이 가장 많이 밀집해 있던 곳이 자연 속에 푹 파묻혀 있었다. 광산촌들 중에 애버판(Aberfan)은 비극적인 사건이 일어났던 곳이다. 1966년 이곳에서 탄광이 무너지면서 끔찍한 참사가 일어났다. 나도 그날을 똑똑히 기억한다. 당시 나는 애버판에서 4,800킬로미터 떨어진 곳 식탁 앞에서 교사와 학생들이 산사태로 끔찍하게 사망했다는 기사를 읽었었다. 그때 나는 열네 살이었는데 아마도 그때가 내 유년 시절에서 오직 나에게만 지대한 관심이 있다가 처음으로 타인에 대해 생각하게 된 순간이 아니었나 싶다.

자세한 내용이 기억나질 않아 방으로 돌아와 인터넷으로 당시 사고를 검색해봤다. 기사는 지극히 간단했다. 1966년 10월, 애버판 주민들은 우르릉 쾅하는 소리를 들었고 소리가 나는 곳을 보니 수만 톤의 탄광 찌꺼기들이 쏟아져 내려왔다. 수년 동안 쌓여 있던 광산 폐기물이 산비탈에 있는 마을을 덮쳤다. 마을의 학교와 주변 집들이 광산 폐기물에 휩쓸려 내리고 묻혔다. 이 사고로 116명의 아이들과 28명의 성인이 세상을 떠났다. 만약 탄광 폐기물이 30분 전에 무너졌더라면, 학생들이 등교 전이라 학교가 텅 비어 있었을 것이고 대부분의 사람들이 목숨을 건질 수 있었을 것이다. 만약 그 다음 날 그런 일이 일어났더라면 학생들은 학기 중 짧은 방학을 맞아 집에 있었을 것이고 아무도 다치지 않았을 것이다. 이보다 불행한 참극은 없을 것이다.

전국석탄청(National Coal Board)의 청장인 로드 로벤스(Lord Robens)는 곧장 애버판으로 가지 않고 참사가 일어난 날 오후에 장관 취임식차 서리대학교에 갔다. 참으로 냉담하고도 무정한 처사가 아닐 수 없다. 그는 사적으로든 공적으로든 그 재앙과 관련한 일체의 비난을 수용하지 않았다. 세계 각지에서 애버판을 재건하도록 원조를 해줬지만 전국석탄청은 자녀를 잃은 가정에 고작 500파운드씩만 지급했으며 그나마도 그 아이들이 실제로 가까운 사이였음을 입증해야만 그 기금을 제공했다. 동시에 전국석탄청은 기금 중 15만 파운드를 탄광 폐기물을 치우는 데 은밀하게 사용했다. 이 사건을 조사하는 과정에서 석탄청이 산사태에 전적으로 책임이 있다는 사실이 밝혀지면서 석탄청은 15만파운드를 다시 물어냈다. 하지만 참혹한 죽음들에 대한 책임은 누구도 지지 않았으며 아무도 처벌받지 않았다.

머릿속에 우울한 상념들이 떠돌았다. 나는 호텔 바로 내려가 저녁 식사를 하기 전 조용히 맥주 한 잔을 마셨다.

21

리버풀과
맨체스터

　내가 처음 영국에 오자마자 느낀 점은 영국이 대단히 조용한 나라라는 사실이다. 이 시점에서 꽤 잔인한 비교처럼 들릴 수 있겠지만 미국은 온갖 종류의 무분별한 소음이 존재한다. 미국은 시끄러운 나라다. 우리나라 국민은 시끄러운 국민이다. 미국인이 목소리는 사방팔방 시끄럽게 울려 퍼진다. 미국의 아무 식당이건 사람 많은 식당에 들어가 앉아 있으면 그 식당에서 오가는 모든 대화를 다 들을 수 있다. 15미터쯤 떨어진 곳에 있는 남자가 치질을 앓고 있다면 여러분도 이내 그 사실을 알게 된다. 어쩌면 현재 그가 무슨 연고를 사용하고 있는지 그 연고를 두 손가락으로 바르는지 세 손가락으로 바르는지 그것까지 알게 될지도 모른다(미국인들은 의학적으로 대단히 솔직하다).

미국 어디를 가도 시끄럽다. 종업원들은 주방장에게 고래고래 소리를 지르며 주문 내역을 통보한다. 버스 운전기사는 승객들에게 소리를 지른다. 호텔 직원도 "다음 분이요!" 하고 소리를 지른다. 스타벅스의 바리스타들도 고함을 친다. "콘치타 씨, 주문하신 음료 나왔습니다!" (나는 스타벅스에 내 진짜 이름을 알려주지 않는다.) 대형 상점에 가면 실체가 없는 목소리들이 끊임없이 공기 중에 떠돌아다닌다. 누군가의 주문 내역이 쉴 새 없이 귓가를 울리기도 하고 가전 용품 매장에서 누군가 심장 마비를 일으켰다는 내용을 암호화한 메시지들이 떠돌기도 한다. 가령 '주목: 7번 복도에서 수평 사건' 뭐 이런 식으로 말이다. 무빙워크를 타면 정말 집요할 정도로 끊임없이 이 무빙워크의 마지막 지점이 다가오고 있으니 직접 보행할 준비를 하라는 메시지가 흘러나온다.

영국은 이와 극명하게 대조적이었다. 온 나라가 마치 거대한 도서관 같았다. 심지어 공항 안내 방송을 할 때조차도 그 자체로 마음을 달래주는 '딩동' 소리가 부드럽게 나오고 그다음에 온화한 여성의 목소리로 15시 34분에 출발하는 쿠알라룸푸르행 비행기가 이제 막 탑승을 시작했다는 방송이 나오곤 했다. 말투 역시 정중하기 이를 데 없다. 영국인의 목소리는 누군가에게 뭔가를 명령하지 않는다. 그저 누군가가 제 갈 길을 갈 수 있도록 해줄 뿐이다.

하지만 다 옛날이야기다. 오늘날의 영국은 시끄럽다. 주로 휴대폰 때문이다. 그런데 참 이상하게도 영국인들은 직접 얼굴을 맞대고 대화를 나눌 때에는 여전히 속삭이는데 휴대폰으로 통화할 때는 전혀 딴판이 된다. 그들은 열차 안에서 자신이 성병에 걸렸다는 사실을 객차 안 모든 승객들과 공유한다. 하루는 스윈던에서 런던으로 가는 열차를 탔는데 출근 시간이라 열차는 사람들로 꽉 차 있었다. 그런데 웬 얼간이 녀석 하나가 열차 안에서 스피커폰으로 통화를 하고 있었다. 열차 안 모든 승객들이 통화 내용을 한 단어도 놓치지 않고 선명하게 들을 수 있었다. 솔직히 말하자면 꽤 흥미진진했다. 보통 통화를 하는 사람의 목소리만 듣지 양쪽의 목소리를 다 듣는 일은 흔하지 않은 데다 양쪽 모두 백치인 경우는 매우 드물기 때문이다. 우리 객차에 타고 있던 백치는 직장 동료와 함께 열차에 타고 있었다. 보아하니 무슨 종교 모임에 참가했다가 돌아오는 길인 듯싶었다. 그리고 통화 상대방은 사무실이었다. 두 사람이 주고받는 농담은 흡사 고문에 가까웠다. 둘 사이의 대화 내용은 기억나지 않으나 사무실에 있던 남자가 매우 다정한 목소리로 이렇게 말했던 것만은 똑똑히 기억이 난다.

"그래, 그 통통한 예쁜이는 어땠어?"

그러자 돌연 스피커폰이 꺼지더니 대화가 훨씬 더 조용해졌다. 사무실에 있던 남자는 스피커폰으로 통화 중인 상황을 몰랐던 것 같았다. 객차 안 모든 승객들은 흐뭇한 미소를 지으며 각자 보던 것에 다시 집중했다. 누군가 창피를 당하는 광경을 함께 목격하는 것보다 영국인을 더 똘똘 뭉치게 하는 일은 없다.

지금 런던에서 리버풀로 가는 기차 안에 있자니 그때 일이 떠올랐다. 그리고 지금 내 주위는 온통 휴대폰 통화를 하는 사람들이다. 내 뒤쪽 아주 가까운 곳 한 젊은 여성은 친구와 열정적인 대화를 끝도 없이 나누고 있었는데 특이하게도 모든 말을 세 번씩 반복하는 버릇이 있었다.

"걘 쪼다야. 완전 쪼다. 앰버, 내가 정말 백만 번도 더 말하는데, 걘 정말 쪼다야…. 나도 그 여자한테 말했는데 내 말을 안 듣더라고. 정말 내 말은 귓등으로도 안 듣더라니까. 아주 내 말은 전혀 안 들어…. 하지만 그게 데릭인걸 뭐. 그렇지 않니? 데릭은 원래 그런 애야. 데릭은 절대 변하지 않을 거야. 걘 쪼다야…."

열차 통로 건너편에 있던 다른 여성도 완전히 똑같은 대화를 하고 있었는데 그 사람은 슬라브 어를 하고 있었다. 난 꼼짝없이 이들의 대화에 갇혀버렸다. 하지만 뭔가 내가 할 수 있는 일이 있다. 나는 배낭을 열어 지퍼가 달린 작은 상자를 꺼냈다. 소음을 감소시켜주는 헤드폰이 들어 있는 상자다. 기억할지 모르겠지만 얼마 전 케임브리지에 있는 존 루이스 백화점에서 만지작거렸던 바로 그 헤드폰이다. 나는 아내에게 이 헤드폰 이야기를 했고 아내는 결혼기념일에 깜짝 선물을 해줬다. 내가 진심으로 원했던 것은 빨간 스포츠카였지만 뭐 괜찮다. 이 헤드폰은 기적과도 같은 물건이니까. 헤드폰을 쓰자 원래 내가 알던 예전의 영국으로 다시 돌아간 것 같았다. 나는 헤드폰으로 음악이나 다른 어떤 것을 듣지 않는다. 그냥 고요함을 즐길 뿐이다. 정말 기분 좋은 일이다. 마치 우주에 둥둥 떠 있는 기분이랄까.

통로 건너편에 있는 여성은 여전히 통화 중이었지만 지금은 오직 고요함 속에 입술만 분주히 움직이고 있다. 주위를 둘러보니 거의 모든 사람들이 귀에 이어폰이나 헤드폰을 꽂고 있었다. 온갖 놀라운 일들을 가능하게 해주고 이론상으로 소리를 더욱 증폭해 들을 수 있도록 해주는 이 최첨단 기술 장비를 무념무상의 자기만의 사적인 공간으로 탈출하기 위해 사용한다니 정말 재미나지 않는가?

나는 노트북을 켰다. '19,267개의 업데이트 목록 중 911번째 업데이트가 진행 중입니다'라는 메시지가 나왔다. 그래서 나는 눈을 감고 영화 〈그래비티(Gravity)〉에 나왔던 산드라 블록처럼, 하지만 더 조용하게 그냥 우주를 유영하기로 했다. 분명한 건 다음 순간에 여러분과 나는 리버풀에 있을 것이고 내 업데이트도 거의 끝나리라는 사실이다.

내가 리버풀에 온 이유는 축구 시합 때문이다. 에버턴(Everton) 대 맨체스터

시티(Manchester City)의 시합이었다. 이 시합이 내게 어마어마한 의미가 있는 시합이라거나 내가 워낙 축구 팬이라 당연히 이 정도 시합은 와줘야 하기 때문이라고는 말하지 못하겠다. 하지만 이 시합은 내 사위 크리스에게는 대단히 의미 있는 시합이다. 크리스는 에버턴을 위해서라면 목숨도 바칠 정도다. 크리스가 에버턴 서포터가 된 이유는 단순히 텔레비전에서 처음 본 축구 시합에서 이긴 팀이 에버턴이며 파란색 유니폼이 꽤 마음에 들어서였다. 당시 크리스는 열 살이었다. 참으로 사랑스럽고 감상적인 이유라고 생각한다. 어쨌든 크리스는 에버턴 서포터였지만 한 번도 에버턴 홈경기를 보지 못했다. 그래서 크리스의 생일에 그의 사랑스러운 아내이자 내 사랑스러운 딸이 이 시합 입장권 네 장을 선물했다. 한 장은 크리스를 위해, 두 장은 그의 아들들을 위해, 그리고 마지막 한 장은 나를 위해. 바야흐로 남자들만의 날이었다. 가슴이 몹시 두근거렸다.

크리스와 그의 두 아들 핀(아홉 살), 제시(여섯 살)는 경기가 열리기 하루 전날 런던에서 왔다. 우리는 시내에서 만나 점심을 먹기로 했는데 미리 도착해 있던 나는 채플스트리트에서 내 쪽으로 걸어오는 세 부자를 요모조모 살펴봤다. 셋 다 조금의 부끄러운 기색도 없이, 마치 '에버턴이라고 써진 것들 얼마나 많이 걸쳐봤니?' 시합에 나갈 것만 같은 차림이었다.

그리고 그런 시합이 열린다면 그들은 이 리버풀에서 '에버턴' 문구가 새겨진 것들을 걸친 유일한 세 사람이므로 쉽게 이길 것이다. 아는지 모르겠지만 에버턴 축구 클럽은 연고지에서조차 매우 비밀스럽게 운영된다.

우리는 점심을 먹은 다음 택시를 타고 2.4킬로미터 떨어진 경기장으로 갔다. 결전의 날을 놓치지 않을 만한 거리였다. 경기장에 도착하자 에버턴 셔츠, 에버턴 스카프, 에버턴 모자, 그리고 에버턴 상징 무늬로 도배를 한 사람들이 수만 명 밀집해 있었다. 두 손자는 그 광경에 무척 얼떨떨한 표정이었다. 이 녀석들은 런던 외곽에 살고 있다. 주위에 온통 첼시나 아스날을 응원하는 친구들뿐이다 보니 다른 에버턴 지지자들은 만나지 못했었다. 그러다가 이곳에 와서 4만 명의 동지들을 만난 것이다. 마치 천국에 온 기분이리라. 비록 거대하게 불룩 나온 배와 목에 문신을 한 사람들로 바글거리는 천국이긴 하지만 말이다.

에버턴 축구 클럽은 실제로 에버턴이 아니라 월턴에 있다. 월턴은 에버턴 이웃 마을로 온통 판자로 막힌 술집들로 가득한 곳이다. 테라스 하우스(18~19세기 영국의 전형적인 주택으로 연립 주택처럼 같은 모양의 주택들이 줄지어 있는 형태의 집을 말한다 - 옮긴이)들과 건물이 무너진 잔해가 잔뜩 쌓인 공터들이 많은 도시라는 의미다. 구글에 '월튼, 리버풀'로 검색을 해 보면 '자동차로 밀고 들어와 부서진 월튼의 주류 판매점', '월튼의 강도 일당 감옥행', '월튼에서 흉기를 휘두른 두 남성 체포' 등과 같은 기사들이 줄줄이 나온다. 드물게 거친 도시다. 나는 크리스 옆에 바짝 붙었다. 크리스는 런던의 경찰이며 더 듬직하게도 런던 경찰국 복싱 미들급 챔피언이었다. 아이들과 나는 크리스의 재킷을 꽉 움켜잡았다.

에버턴 경기장은 구디슨 파크라고 불리며 영국의 축구 경기장들 중 가장 유서 깊은 곳일 뿐 아니라 세계적으로도 매우 유서 깊은 곳이다. 이 경기장은 1892년 지어졌으며 전 세계에서 축구를 위해 지어진 건축물로는 가장 오래됐다. 꽤 근사하게 들리겠지만 실상은 아프리카의 라이베리아나 부르키나파소 같은 곳의 경기장이 훨씬 더 현대적이라는 의미다. 그 소중한 역사 때문에 여전히 우리는 짐짓 경건한 표정을 지으며 들어가서 비좁은 통로를 지나 의자라고 불리는 협소하고 사람들로 꽉 들어찬 곳에 틀어박혀 있어야 한다. 좌석은 정말 믿을 수 없이 불편한 데다가 한쪽 엉덩이밖에 걸쳐지지 않을 정도로 좁았다. 하지만 내 양쪽 엉덩이가 모두 무감각해지는 통에 불편함을 그다지 느끼지 못한 채 그럭저럭 견딜 수 있었다.

어찌됐건 경기가 시작됐다. 나는 실제 경기를 관람하는 것을 매우 좋아해서 작은 쌍안경도 준비해 왔다. 하지만 전반전이 끝나가도록 텔레비전을 볼 때는 보이지 않던 온갖 주변 잡다한 것들 때문에 도무지 집중이 되질 않았다. 가령 시합 중 골키퍼는 운동장 맨 끝에서 양손을 옆구리에 걸치고 서 있거나 이따금 폴짝폴짝 뛰기도 하고, 목을 빙글빙글 돌리기도 하고, 조금 더 서 있기도 한다. 공이 근처에 없을 때 선수들도 마찬가지다. 특히 선심들의 모습이 유독 재미있었는데 측선을 따라 껑충껑충 뛰는 모습이 흡사 기린 같았다.

영국의 축구 경기를 보다 보면 그곳에서 혼자 놀고 있는 사람은 오직 나 한 사람뿐이라는 사실을 종종 깨닫곤 한다. 나를 제외한 모든 관중들은 끊임없이 스트레스와 실망을 무한히 반복하며 느끼고 있었다. 내 뒤에 앉은 남성은 절망의 도가니에 빠져 있었다.

그는 "도대체 왜 저렇게 하는 거야?"라고도 했다가 "도대체 무슨 생각이야? 왜 패스를 안 하는 건데?"라고도 했다가 한꺼번에 저 두 말을 모두 하면서 쉴 새 없이 탄식했다.

그와 함께 온 사람은 18세기 독일의 형이상학과 연관이 있는 사람 같았다. 정말 쉴 새 없이 '우라질 칸트(kant)'(kant와 발음은 비슷하지만 심한 욕설로 cunt가 있다 – 옮긴이)를 반복하고 있었기 때문이다. 나는 그가 내뱉는 말이 눈앞에 펼쳐지고 있는 경기와 도통 무슨 관계가 있는지 알 수 없었지만 에버턴이 득점에 실패할 때마다 그는 에버턴 선수들을 '우라질 칸트 새끼들'이라고 비난했다.

"아, 도대체 왜 저렇게 하는 거야?" 하고 절망에 찬 사내가 말하면, "쟤들은 다 우라질 칸트 자식들이니까" 하고 그의 친구가 비통하게 대답했다.

전반전이 양팀 모두 득점 없이 끝났다. 나는 순진하게도 크리스에게 이렇게 말했다.

"0 대 0이어서 아주 기분이 좋겠구먼."

에버턴이 승산이 더 적었기 때문이다. 그러나 크리스의 생각은 달랐다.

"지금 농담하시는 거죠? 우리 팀이 지금 얼마나 많은 기회들을 놓쳤는데요. 다 헛짓거리 한 거라고요."

그러고는 시계를 들여다봤다.

후반전이 시작됐다. 맨체스터 시티가 1골을 득점하며 우리 측 응원석은 자멸적인 침묵에 빠졌다. 그런데 그때 에버턴이 득점을 하면서 양 팀은 다시 대등해졌고 응원석 분위기는 마치 '참회의 화요일(사순절 하루 전날로 마르디 그라스라고도 하며, 사순절에 식욕 등을 절제해야 하기에 전날 마음껏 먹고 마시는 관행이 있다 - 옮긴이)' 같았다. 주심이 경기 종료를 알리는 휘슬을 불었고 점수는 1 대 1이었다. 나는 그럭저럭 체면치레는 했다고 생각했지만 막상 경기가 끝나자 응원석은 다시 한 번 우울한 분위기에 빠졌다.

나는 긍정적으로 생각하기로 했다.

"그래 봤자 그냥 시합인걸 뭐."

나는 짐짓 철학적으로 말했다.

"우라질 칸트" 내 뒤에 앉은 남자도 여전히 철학적인 말을 했다.

그날 저녁, 크리스와 손주들과 나는 시내 중심가를 걸었다. 리버풀에 온 여느 관광객들과 마찬가지로 우리 역시 실용적으로 다시 지어진 도시의 모습에 정신이 나갈 지경이었다. 시내 중심부에는 리버풀 원 쇼핑센터가 들어섰는데 17만 제곱미터에 달하는 부지에 세련된 아파트들과 식당들, 극장, 호텔, 백화점, 상점 등이 있었다. 마치 새로 지은 도시 같았다. 우리는 피자 익스프레스에서 저녁을 먹고 도시에서 4명의 남자들이 으레 그렇게 하듯 과감하게 헤어졌다가 8시 30분에 다시 호텔에서 만났다. 8시 30분이었지만 우리는 그 시간을 밤이라고 지칭했다.

다음 날 아침, 아침 식사를 마친 후 나는 크리스와 손주들과 함께 라임스트리트 기차역으로 갔다. 그곳에서 크리스와 손주들은 런던으로 돌아가는 기차를 탔다. 나는 리버풀을 좀 더 보고 싶었다. 그래서 앵글리칸대성당(Anglican cathedral)을 지나 웰시스트리트까지 걸었다.

지난번 노동당 의원이었던 존 프레스콧(John Prescott)이 미친 계획을 세웠던 적이 있다. 이른바 '탐험가 계획'이라고 하는 계획이었는데 계획의 골자는 무려 40만여 채의 집을 허무는 것이었다. 그 집들 대부분이 영국 북쪽에 있는 빅토리아 시대의 집이거나 에드워드 시대의 테라스 하우스였다. 프로스콧은 아무 근거도 없이 그런 집들의 공급 과잉으로 주택 가격이 지나치게 낮다고 주장했다. 다행히 프레스콧에게는 그러한 계획을 완수할 만한 두뇌나 집중력이 없었지만 어쨌든 그는 국민의 세금을 거의 22억 파운드나 썼고 3만여 채의 집들을 불도저로 없애고 나서야 저지당했다. 그 시점에 한 정당은 새 주택을 수십만 채 새로 지어야 한다고 주장하고 있었고 또 다른 정당은 집들을 최대한 많이 철거해야 한다고 주장하고 있었으니 이보다 더 부아가 치미는 광경이 또 있을까 싶다.

프레스콧의 미친 야망이 가장 맹렬하게 뻗쳤던 곳이 바로 머지사이드(Merseyside) 주다. 그곳에서 아무에게도 해를 끼치지 않고 안온하게 살아가던 주민들의 집 4,500여 채가 정부에 강제 매입돼 허물어졌다. 놀랍게도 머지사이드 주 지방 의회는 여전히 집들을 허물려고 노력 중이다. 그들이 무너뜨리려고 하는 집들은 대부분 프린스파크 근처에 있는 웰시스트리트의 집들이다. 주로 아늑하고 안정된 테라스 하우스들로 풀럼이나 클래펌 지역에 세금을 내는 사람들이 살고 있다. 하지만 집들은 텅 비어 있고, 문과 창문은 금

빌 브라이슨 발칙한 영국산책 2

속 널빤지로 막혀 있다. 불필요한 파괴를 기다리고 있기 때문이다. 참으로 마음이 무거워지는 우울한 광경이다. 나는 무거운 마음으로 마을로 돌아와 대학가까지 걸었다. 다행히 리버풀의 집들은 근사하고 그 진가를 인정받고 있었다. 아마 멍청이들이 행정을 맡은 도시는 아닌 것 같았다.

나는 머지 강 건너편에 있는 버컨헤드 공원으로 가는 기차를 타기 위해 라임스트리트 역으로 돌아갔다. 출발 안내 전광판에는 버컨헤드 공원에 가는 방법이 나와 있지 않아서 안내 데스크에 물어봤는데 담당자가 뜻밖에도 미국인이었다. 우리의 대화는 시카고 화이트 삭스 야구팀 이야기로 끝났다. 아마도 영국 기차역 안내실에서 나누는 최초의 미국 야구팀 이야기가 아닌가 싶다. 그는 내게 오른쪽 방향을 가리키며 곧장 가면 된다고 했고 그의 말대로 20여 분 정도 걸으니 버컨헤드 공원 입구가 나왔다.

버컨헤드 공원은 전형적인 빅토리아 시대의 커다란 도시 공원이었다. 공원에는 놀이터며 운동장도 있었고, 녹지도 군데군데 있었으며, 보트 창고가 있는 그림 같은 호수와 소박한 다리도 있었다. 연인이나 부부들이 공원을 산책하고 있었고, 개와 아이들은 뛰어다니고 있었으며, 반바지를 입은 남자들이 굴러가는 공을 뒤쫓고 있었다. 일요일 아침, 도시의 공원에서 볼 수 있는 전형적이고도 보기 좋은 광경이었다. 하지만 버컨헤드 공원은 평범한 공원이 아니다. 이 공원은 전 세계에서 가장 오래된 공원이다.

이 공원은 위대한 건축가이자 채츠워스(Chatsworth) 대온실의 수석 정원사였던 조셉 팩스턴(Joseph Paxton)이 설계했으며 웅장한 저택의 정원을 본떠 디자인했다. 이 공원은 이전에 불모지였던 50만 제곱미터의 땅에 만들어졌으며 1847년 문을 열었다. 당시에 이런 공원이 얼마나 진귀한 것이었을지 지금으로서는 짐작하기조차 어렵다. 당시 런던에는 주로 왕족의 땅에 켄싱턴가든(Kensington Gardens)이나 리젠트 공원(Regent's Park) 등과 같은 종류의 공원들이 있기는 했었다. 하지만 암묵적으로든 노골적으로든 출입에 제한이 있어서 높은 지위의 사람들만 드나들 수 있었다. 버컨헤드는 모든 사람의 휴식 공간으로 아예 목적을 가지고 지어진 공원이었으며 만들어지자마자 크게 성공했다.

버컨헤드 공원이 문을 열고 4년 후에 미국인 저널리스트였던 프레드릭 로 옴스테드(Frederich Law Olmsted)가 영국 북부 지방을 도보로 여행하다가 버컨헤드 제과점 앞에 걸음을 멈추자, 제과점 주인이 그에게 새로 생긴 버컨헤드 공원에 꼭 들어가 둘러보라고 강하게 권했다고 한다. 옴스테드는 그의 권유대로 버컨헤드 공원을 둘러보고는 미국으로 돌아가 조경사가 됐다. 그는 뉴욕에 있는 센트럴파크(Central Park)를 설계했으며 그 후 북미 대륙 전역에 100개가 넘는 공원들을 더 지었다. 그러니 버컨헤드 공원이 현재 모든 공원들의 본보기가 됐으며, 이는 매우 주목할 만한 점이다.

라인스트리트 역으로 돌아온 나는 이번에는 맨체스터행 열차에 탔다. 덜컹거리는 차창 밖으로 마치 늪처럼 생긴 농장들과 흔해 빠진 교외 풍경이 아무 감흥도 없이 밋밋하게 스쳐갔다. 독자 여러분은 한 번도 생각 안 해봤겠지만(나는 '독자 여러분은 아마 한 번도 생각해보지 않았겠지만' 하는 생각으로 하루를 보내는 중이었다) 아마 이 구간은 지구상에서 가장 역사적인 철로일 것이다. 최초로 승객을 실은 열차가 리버풀에서 맨체스터를 잇는 53킬로미터 구간을 달렸기 때문이다.

내 관심사는 지금은 잊힌 19세기 정치인 윌리엄 허스키슨(William Huskisson)이었다. 한때 수상이 될 사람이라고 여겨지기도 했으나 지금은 그저 최초로 열차에 치여 죽은 사람으로만 기억될 뿐이다. 이 충격적이고도 역사에 길이 남을 사건은 리버풀과 맨체스터를 오가는 열차, 그러니까 내가 지금 타고 있는 열차가 공식적으로 개통한 날인 1830년 9월 15일에 벌어졌다. 그때 영국 수상이었던 웰링턴(Wellington) 공작을 필두로 영국에서 가장 유명한 인사들 800여 명이 인류가 만든 가장 빠른 운송 수단을 경탄하며 리버풀에서 열차에 탔다. 승객들은 8개의 열차에 각각 나누어 타고는 저마다 즐거운 수다를 떨었다.

이 구간의 절반 정도 되는 지점인 뉴턴러윌로스(Newton-le-Willows)에서 허스키슨이 탄 열차가 강 위에 멈춰 섰다. 대부분 승객들은 다리도 쭉 펴고 잡담을 나누며 정차 시간을 보냈다. 선로에 멈춰 서 있는 열차 옆 선로 맞은편으로 당시 가장 빠르고 가장 유명한 증기 기관차였던 조지 스티븐슨(George Stephenson)의 화물 열차 '로켓 호'가 시속 32킬로미터의 속도로 돌진해 오고 있었다. 당시 열차 안 승객들의 마음을 이해하려면 조금 상상력을 발휘해 시속 32킬로미터로 달리는 열차 옆으로 비행기가 바짝 붙어 날고 있다고 생각하면 된다. 당시 승객들은 평생 살면서 그렇게 빠른 속도로 움직이는 물체는 처음 보았고 열차 안은 순식간에 혼란의 도가니에 빠졌다. 그중 가장 크게 동요한 사람이 바로 허스키슨이었다. 그는 내려야 할 방향의 반대 방향으로 내렸고 두 열차 사이에 몸이 끼여 끔찍한 최후를 맞고 말았다.

참혹하게 망가진 허스키슨의 몸은 자신을 친 로켓 호에 실려 가장 가까운 에클레스로 향했다. 로켓 호는 전속력으로 달렸고 만약 허스키슨이 그때 의식이 있었다면 자신을 비롯해 자신과 함께 탄 몇몇 동료들이 인류 역사상 가장 빠른 속도로 가고 있다는 사실에 흐뭇했을 것이다. 당시 로켓 호의 속도는 시속 56킬로미터였다. 허스키슨은 에클레스에 있는 사제관으로 옮겨졌고 마을 의사가 그곳으로 왔지만 가혹할 정도로 부상이 심해서 그날 저녁 죽고 말았다.

뉴턴러윌로스 역 뒤로 몇 백 미터가량 가면, 맨체스터 방향에서 오른쪽으로 작은 발전소 건물 벽에 허스키슨의 추모비가 있다. 그가 비극적인 최후를 맞이했던 그 자리다. 추모비는 지나가는 기차에서만, 그것도 바짝 신경 써서 봐야 지나치지 않고 볼 수 있다. 나는 창가에 바짝 붙어 앉아 전광석화처럼 지나가는 추모비를 봤다. 추모 문구를 읽기에는 기차가 너무 순식간에 지나갔다. 아마 이 열차에서 그 역사를 아는 사람은 단 한 명일지도 모른다. 더군다나 그 사실에 매우 관심이 지대한 사람은 정말 단 한 명일 것이다. 그리고 음악을 듣고 있지 않거나 아이들에게 고함을 치지 않는 사람은 단언컨대 단 한 명이었다.

리버풀에서 열린 허스키슨의 장례식에는 5만 명의 추모객이 줄을 이었고 리버풀 시내의 상점과 공장들은 며칠 동안 그의 죽음을 추모하는 의미로 문을 닫았다. 그가 사망한 지 17년 후, 그의 아내는 허스키슨의 동상을 제작했다. 그리고 어울리지 않게 로마 인들이 입던 긴 토가를 입은 모습으로 제작된 그 동상을 보험 인수업자 단체인 '런던 로이즈(Lloyd's of London)'에 기증했다. 런던 로이즈는 사실 그 동상을 별로 원하지 않았기에 허스키슨 부인이 죽자 마음 놓고 그 동상을 런던 시 의회에 기증했으나 런던 시 의회도 그 동상을 썩 내켜하지 않았다. 그러다가 핌리코가든(Pimlico Gardens)에 그 동상을 놓기에 좋은 장소를 발견했다. 핌리코가든은 런던에서 가장 작은 공원이자 방문객 수도 가장 적어 지난 100년간 비둘기들의 화장실로 애용됐던 공원이었기에 그의 동상을 놓을 일이 아니면 아예 주목조차 받지 못할 그런 공원이었다. 내 생각에는 꽤 괜찮은 처사 같았다.

맨체스터 피커딜리에서 나는 잠시 소변을 보러 남자 화장실로 들어갔다. 요즘 들어 부쩍 어딜 가나 화장실을 찾는 것이 내가 가장 먼저 하는 일이다. 그런데 맨체스터에서는 쉬를 하려면 30펜스를 내야 한단다. 더 짜증 나는 사실은 남자 화장실 입구의 회전식 개찰구는 거스름돈을 주지 않고 오직 10펜스와 20펜스짜리 동전만 수납하고 있었다. 아니, 50펜스를 넣으면 20펜스를 거슬러 주는 기계를 만들기가 그렇게 어렵단 말인가? 도대체 얼마나 어려운 일이기에 이렇게 한단 말인가?

나는 한숨을 내쉬며 푸드 코트로 갔다. 차나 한 잔 사고 거스름돈 동전 구색을 맞추기 위해서였다. 그런데 막상 출출하기도 해서 샌드위치도 하나 샀다. 그러고는 불과 10여 미터 떨어진 곳에서 먹을 것이지만 테이크아웃용 가격을 지불했다. 이는 내가 종종 저녁을 먹으러 가는 거리보다 짧은 거리다. 밖에서 먹느냐 안에서 먹느냐를 기준으로 세금을 부과한다는 사실이 내게는 좀 이상하게 느껴졌다. 이 자리에서 내가 부가가치세의 개념을 절대 이해하지 못한다는 점도 밝히고 싶다. 내가 산 샌드위치를 생각해보자. 도대체 어디에 가치가 부가됐단 말인가? 나는 이 샌드위치 어느 구석에서도 부가된 가치를 찾지 못하겠다. 한 입 먹고 나니 오히려 가치를 감소시켜야겠다는 생각이 들었고, 마침내 샌드위치가 모두 사라지고 나니 가치도 모두 사라져버렸다. 물론, 부가된 가치는 샌드위치 판매업자에게서 나온 것이다. 그런데 도대체 왜 내가 그들의 세금을 내줘야 하는가? 이제 내가 왜 이 부분을 이해하지 못하는지 알겠는가?

식당에서 먹는 음식에는 세금을 부과하고 그 음식을 가지고 가는 경우에는 부과하지 말자는 개념은 완전히 후진적인 발상이다. 이 방식은 더 넓은 세상 밖으로 음식을 싸 가지고 나가서 밖에다가 더 많은 쓰레기를 양산하는 사람에게 보상을 해주는 방식이며, 음식점 안에서 씻어서 재사용이 가능한 식기와 수저로 음식을 먹는 사람들에게 그 책임을 억지로 떠넘기는 방식이다. 내가 보기에는 한참 잘못된 방식이다.

경험상 스타벅스나 패스트푸드점 프레타망제(Pret A Manger) 같은 곳에서는 먹고 갈 건지 가지고 나갈 건지를 항상 물어보지도 않을 뿐더러 고객이 솔직하게 말했는지 아닌지를 꼼꼼하게 감시하지도 않는다. 그리고 솔직하게 말했을 때 얻을 수 있는 것이라고는 금속 쟁반이 전부이기에 굳이 솔직하게 말할 필요도 느끼지 못한다. 영국인이 테이크아웃 음식에 사용하는 비용은 연간 120억 파운드다. 거기에 부과되는 부가가치세만 해도 24억 파운드일 것이다. 그 돈이면 학교나 병원을 훨씬 더 많이 지을 수도 있고 거리를 훨씬 더 효과적으로 청소할 수도 있다. 아니면 그 돈을 쓰레기통 사는 데 사용할 수도 있다. 선진국 중에서 영국만큼 거리에 쓰레기통이 적은 나라는 없다. 단 한 곳도. 그리고 선진국 중에 영국만큼 거리에 쓰레기가 넘치는 나라도 없다. 다시 말하지만 결단코 단 한 곳도 없다. 이 두 가지 사실 사이에 혹시 상관관계가 보이는가?

내가 제안하고 싶은 새로운 세금들 중 음식에 부과하는 부가가치세는 단연 일순위다. 또한 남성 보석에 부과하는 세금, 멍청해 보이는 포니테일 머리에 부과하는 세금, 비가 그쳤는데도 우산을 펴고 다니는 사람에게 부과하는 세금, 걸으면서 문자 보내는 사람에게 부과하는 세금, 이어폰으로 소리가 새어나올 경우 부과하는 세금, 인도에 페인트를 뚝뚝 흘리는 데 부과하는 세금, '그걸 누가 알겠니?'라는 말에 대답하는 사람에게 부과하는 세금, 짜증스러운 작은 개 소유주에게 부과하는 세금, 거스름돈을 주지 않는 자판기에 부과하는 세금 등도 새로운 세금으로 제안하고 싶다. 이 모든 것들에 세금을 부과하면 영국의 나쁜 점들이 몇 달 만에 다 사라질 것이다.

나는 앉아서 샌드위치를 먹으면서 30펜스짜리 화장실 회전문을 드나드는 사람들을 관찰했다. 세 군데의 회전문이 모두 문전성시였다. 거의 10초당 한 명꼴로 그 문에 들어가고 있었다. 그러면 1분에 5.4파운드, 하루에는 3,000

파운드다. 아주 보수적으로 계산을 해도 그 회전문이 하루에 10시간씩 주6일을 돌아간다고 하면 1년이면 대략 100만 파운드의 수익이 발생한다. 단지 사람들이 오줌을 눴다는 이유만으로 말이다. 이쯤 되면 '수입 흐름'이라는 말에 새로운 의미를 부여해야 하지 않을까 싶다. 나라면 그 돈에는 세금을 부과하지 않을 것이다. 다 횡령할 것이다.

나는 맨체스터에 머물지 않기로 결심했다. 그날은 일요일이었고 나는 일요일 저녁을 죽은 도심을 구경하는 데 보내야 하는 상황을 받아들일 수 없었다. 《빌 브라이슨 발칙한 영국산책》에서 나는 맨체스터에 대해 꽤 길게 썼고 그 이후에도 수차례 이곳을 찾았다. 그리고 이제 맨체스터가 예전의 그 맨체스터가 아니며 장족의 발전을 이루었다는 사실을 기쁜 마음으로 그리고 공식적으로 선언한다.

사실 내가 가고 싶은 곳은 따로 있다. 바로 앨더리에지(Alderley Edge)다. 잡지 〈이코노미스트〉에서 앨더리에지를 다룬 기사를 읽었는데 기사에 의하면 앨더리에지는 영국의 부자 도시 10위 안에 드는 곳이다. 또한 주민 4,600명 중 700명이 고액 순자산 보유자(쉽게 말하자면 백만장자)라고 한다. 앨더리에지는 맨체스터에서 남쪽으로 24킬로미터 떨어진 곳에 자리한 예쁜 시골 마을이며 영국 북부 지방 최고의 축구 선수들과 감독들이 사는 곳으로도 유명하다. 이곳에 살았거나 현재 살고 있는 사람들을 꼽자면, 크리스티아누 호날두(Cristiano Ronaldo), 리오 퍼디낸드(Rio Ferdinand), 카를로스 테베즈(Carlos Tevez), 데이비드 베컴(David Beckham), 웨인 루니(Wayne Rooney), 알렉스 퍼거슨(Alex Ferguson), 마크 휴즈(Mark Hughes) 등과 그 밖에도 많은 유명 축구 인사들이 살고 있다. 영국 드라마 〈코로네이션 스트리트(Coronation Street)〉에 나왔던 스타들도 아마 이곳에 몇 명 살 것이다. 구글 뉴스 검색창에서 검색을 해보면 이곳의 주민들은 대부분 페라리 자동차로 한껏 속도를 내며 달리고, 속도위반 벌금을 내고, 집에서 이웃 주민들이 싫어할 만한 짓을 하면서 시간을 보내는 이들이 많은 것 같다. 나도 앨더리에지에 살던 사람을 만난 적이 있는데 그 사람 말로는 식료품점 웨이트로즈나 시내 중심가에서 베컴 부부를 자주 본다고 한다. 베컴 부부는 그저 자신들이 하는 일에만 열중하는 모습이었다고 한다. 세상 다른 곳에서는 데이비드 베컴이 리무진에서 내릴 때 엄청나게 많은 사람들이 떼 지어 몰려들어 차에서 한 발자국도 내리지 못하지만, 이곳 앨더리에지에서는 그저 평범한 사람처럼 마음대로 돌아다닐 수 있다는 점에서 그에게 참 괜찮을 것 같다는 생각이 들었다.

기쁘게도 앨더리에지의 중심가는 보기 좋게 잘 꾸며져 있었고 마을은 전체적으로 아주 매력적이었다. 서점도 없고, 철물점이나 정육점처럼 실용적인 상업 시설이 어마어마하게 많이 있지도 않았지만 카페며 술집, 와인 바 등이 휘황찬란하게 잘 갖춰져 있었다. 나는 그곳이 담장과 자동문이 달린 거대한 집들로 가득한 미국의 베벌리힐스(Beverly Hills)와 비슷할 거라고 예상했으나 전혀 그렇지 않았다. 집들은 대부분 컸지만 과시하려고 과하게 꾸미지는 않아 전반적으로 합리적으로 절제됐으며 제각기 개성 있게 잘 꾸며져 있었다. 그리고 이 사실이 이상하게 실망스러우면서도 동시에 위안이 됐다.

저녁에는 데 트라퍼드(De Trafford)라는 이름의 술집에 갔는데 반갑게도 구석진 자리가 비어 있었다. 테이블에는 주말 신문들이 놓여 있었다. 평소에는 신문을 잘 읽지 않지만 기왕 놓여 있으니 펼쳐 들었다.

나는 몇 년 전 〈타임스〉에서 길고도 새로운 기사를 읽고는 신문 읽기를 포기했다. 기사는 캠번(Camborne)에 있는 콘월칼리지에서 저널리즘을 전공하는 어느 학생에 관한 내용이었다. 그 학생은 미국에 가서 모든 엉뚱한 법들에 도전하겠다는 아이디어를 제안했다. 우리가 익히 알고 있는 그런 법들에 말이다. 그리고 기사에서는 재미난 법들 열세 가지를 예로 들어줬다. '사우스다코타에서는 치즈 공장에서 꾸벅꾸벅 조는 것이 불법이다. 조지아 주 요하네스버그에서 '오, 보이(Oh, Boy)'하고 말하는 것은 불법이다. 뉴욕 카멜에서는 재킷과 바지를 어울리지 않게 입고 밖에 나가는 것이 불법이다. 메릴랜드의 볼티모어에서는 영화관에 사자를 데리고 가는 것이 불법이다. 기타 등등' 뭐 이런 기사였는데, 〈타임스〉 기사에 의하면 그 학생은 미국을 돌아다니면서 이러한 법들을 어겨서 몇 번이고 체포를 당한 뒤 영국으로 돌아와 그 이야기를 책으로 쓰겠다고 했다.

그 무렵 마침 내 친구가 런던에 있는 시립대학교에서 실전 저널리즘에 관한 강의를 해달라는 부탁을 해왔다. 나는 학생들과 영국 언론의 정확성을 주제로 토론하기로 하고 일단 이 기사를 분석해보기로 했다. 나는 〈타임스〉에 언급된 도시 열세 곳 중 열두 곳에 연락을 취해 이 이상한 법들에 대해 물었다. 딱 한 곳, 조지아 주의 요하네스버그에는 연락할 만한 사람을 찾지 못했다. 조지아 주에는 요하네스버그가 없기 때문이다. 다른 곳들에는 경찰청이나 시장 또는 관공서 등 이 질문에 대답을 들려줄 만한 곳에 전화를 하거나 e메일을 보냈다. 두 곳에서는 답장을 받지 못했고 다른 곳에서는 모두 답장을 받았다. 답장을 해준 지역 관공서에서는 그런 법이 존재하지 않으며 과거에도 없었다는 답변을 들려줬다. 볼티모어 시장 사무실에 있던 담당자는 극장에 사자를 데리고 가면 체포될 수도 있겠지만 위반에 대한 체포가 불필요할 정도로 자명하기에 한 번도 성문화한 적이 없다고 한다. 결국 기사에 언급된 내용 전부가 거짓으로 판명됐다.

그러니 우리가 그 기사에 대해 다시 생각해보면, 미국에 가지도 않았고, 책을 쓰지도 않았으며, 미국에서 체포된 적도 없고, 말한 내용 중 단 한 가지도 사실이 아닌, 저널리즘을 공부한 한 학생이 술수를 부려 〈타임스〉 지면 한 바

399

닥을 꽉 채운 꼴이 된다. 나라면 학생에게 A를 줄 것이다. 누군가는 〈타임스〉 뉴스 기자와 함께 앉아서 이야기를 좀 나눠야 하지 않을까 싶다.

내가 고작 한심한 기사 하나 때문에 신문 구독을 중단할 만큼 속 좁은 사람은 아니다. 내가 정기 구독을 중단한 이유는 신문을 보지 않는 동안 신문이 전혀 그립지 않았기 때문이다. 한때 내 일주일 일과 중에서 하이라이트는 〈선데이타임스〉와 〈옵저버〉를 들고 집으로 돌아와 클라이브 제임스(Clive James)가 전해주는 오지 소식이나 줄리언 반스(Julian Barnes)의 텔레비전 프로그램 리뷰, 마틴 에이미스(Martin Amis)의 장문의 에세이 등을 재미있게 읽는 거였다. 모든 언론지의 노고를 싸잡아 무시하고 싶지는 않지만, 한번 주말 신문들을 들여다보시라. 다음은 기사들 중 발췌한 것이다.

'노란색이 아말 클루니(Amal Clooney, 영화배우 조지 클루니의 배우자 - 옮긴이)에게 잘 어울린다면 안나 머피(Anna Murphy, 스위스 출신 가수)에게도 잘 어울린다.'

이 소제목을 한번 보시라. 나는 이 두 사람에게 전혀 나쁜 감정이 없다. 나는 이 두사람에 대해 아는 바가 전혀 없으며 그들이 그저 행복하게 살기를 바랄 뿐이다. 하지만 그들이 올여름에 무슨 색깔의 옷을 입을지에 관해서는 정말 쥐똥만큼도 관심이 없다.

'저는 노란색 옷은 절대 입지 말라고 배웠어요.' 기사의 첫 문장은 안나가 털어놓은 이야기로 시작된다. 그리고 솔직한 진술이 이어진다. '(노란 옷을 입으면) 내가 예전에 얼마나 똑똑했는지를 과시하는 것일 뿐이라고 배웠죠.' 이 문장은 정말 압도적이어서 이해하는 데 상당한 노력이 필요했다. 결국 나는 다른 기사를 읽었다. 이번 기사에서는 샐러드를 '화려하게' 장식하는 열여섯 가지 방법을 제안하고 있었다. 만약 내가 아내에게 샐러드를 좀 더 화려하게 장식해서 먹어야겠다고 말하면 아내가 뭐라고 할지 잠시 생각해봤다. 어디를 펼쳐도 온통 내게 맞는 페이셜 세럼 찾는 법(그것도 어마어마한 가격의)이랄지 섹시하게 입을 삐죽거리는 법에 관한 기사 또는 기사 내용은 트랜스젠더 문제를 진지하게 다루고 있는 것 같지만 실상은 마약에 취한 브루스 제너(Bruce Jenner)의 사진 몇 장을 싣기 위한 구실에 불과한 기사, 그리고 그 외 다수의 공허한 기사들뿐이었다. 늙어가는 사람은 오직 나뿐이고 정말 30대 이하의 사람들은 모두 정신 연령이 10대란 말인가? 몇 주 전 다른 신문들도 몇 개 보았지만 다 비슷비슷해서 신문을 접어 한쪽으로 밀어놓고 가방에서 책을 꺼내 읽었었다.

그러고 보니 내 책에도 데이비드 베컴 이야기가 조금 나오기는 한다. 이 이야기에는 내 출판사 담당자이자 친구인 래리 핀레이도 등장한다. 프롤로그에서 동공에 지진을 일으켰던 그 친구 말이다. 얼마 전, 래리는 런던북페어(London Book Fair) 방문을 비롯해서 볼일을 보고 집으로 돌아가는 길에 리틀베니스에 있는 한 술집에 들렀다. 래리가 테이블에 앉아 원고를 읽고 있는데 누군가 이렇게 말했다.

"실례가 되지 않는다면, 여기 좀 앉아도 괜찮을까요? 래리?"

래리가 고개를 들어 보니 데이비드 베컴과 다른 남자가 있었다.

"물론이지요."

깜짝 놀란 래리는 황급히 읽던 원고를 한쪽으로 치우며 그들이 앉을 자리를 마련해줬다.

"고맙습니다, 래리."

데이비드 베컴이 감사의 인사를 했다.

"그런데 제 이름은 어떻게 아세요?"

래리는 어리둥절하면서도 내심 뿌듯한 마음에 물었다.

"명찰에 '래리'라고 돼 있네요, 래리."

데이비드 베컴이 환하게 웃으며 대답했다.

이후 그들은 즐거운 대화를 나누었다고 한다. 래리의 말에 의하면 데이비드 베컴은 아주 괜찮은 사람이라고 했다. 그런 말을 듣게 돼서 나는 진심으로 매우 기뻤다.

만약 내가 내 책과 맥주를 들고 앉아 있는데 어떤 유명 인사가 내 옆자리에 와서 앉는 행복한 장면을 상상했다. 하지만 이제 내가 더 이상 신문을 읽지 않기에 설령 그런 일이 일어난다 해도 아마 그들을 알아보지 못할 가능성이 크다.

22

랭커셔

I

나는 기차를 타고 프레스턴(Preston)까지 가서 그곳에서 다른 기차로 갈아 탔다. 갈아탄 열차가 어찌나 덜컹거리고 낡아 있던지 마치 석탄을 캐던 시절로 되돌아간 기분이었다.

창밖으로 공장 지대와 조명들이 불쾌하게 번쩍이는 풍경이 끝도 없이 펼쳐 지더니 갑자기 단아한 자태의 오아시스가 나타났다. 그곳은 리섬(Lytham)이 었다. 나는 눈에 띄게 멋진 기차역에 이끌려 기차에서 내렸다. 정확히 말하자면 리섬 역 한 정거장 전 역이자 지금은 술집으로 바뀌었지만 이상하게도 여전히 기차역 기능을 하는 역에서 내렸다. 기차 역 뒤로 마을로 통하는 작은 공원이 있었다.

리섬은 장밋빛 벽돌집들이 소담하게 있는 작은 마을이다. 활기차고, 아주 깔끔하며, 빅토리아 시대의 분위기가 편안하게 배어 있다. 마을과 리블 강 사이에 드넓은 잔디가 펼쳐져 있으며, 그 잔디밭에는 검은색 날개를 단 하얀 풍차가 그림처럼 서 있다. 햇살을 받아 반짝이는 개펄 뒤로는 남쪽으로 약 15킬로미터가량 떨어진 곳에 있는 사우스포트가 희미하게 보인다.

나는 클리프턴 파크 호텔에 짐을 풀고 리섬그린을 내려다봤다. 그러고는 곧장 해안을 따라 약 13킬로미터 떨어져 있는 블랙풀(Blackpool)로 향했다. 가는 길은 다소 험했지만 매우 근사했다. 해안과 나란히 포장된 산책로가 나 있었는데 이 산책로는 북부 지방 초입에 우아하게 있는 세인트앤성당까지 이어진다. 하늘은 젖은 수건 무더기처럼 잿빛으로 음울했지만 공기는 건조했고 바닷바람도 상쾌하기 그지없었다. 몹시도 행복했다.

블랙풀은 도착하기 한참 전 멀리서도 보인다. 랭커셔에서 파리의 에펠 탑을 본떠 만든 블랙풀 타워 때문이다. 높이는 에펠 탑의 절반 정도이지만 매우 견고하고 웅장하게 지어서 에펠 탑만큼이나 커 보이며 에펠 탑 못지않게 유서 깊은 탑이다. 이 탑은 에펠 탑이 세워지고 5년 뒤 세워졌다.

블랙풀에는 기막히게 멋진 새 산책로가 있다. 블랙풀에서는 이 산책로를 새로 단장하는 데 1억 파운드를 투자했다. 주로 해안 방어 시설을 개선하기 위한 공사였지만 어쨌든 보행자들을 위해 솜씨 좋게 구불구불하게 만든 기분 좋은 산책로가 3.2킬로미터 길이로 펼쳐져 있다. 조각처럼 잘 꾸며놓은 산책로는 아니다. 길은 구불거리다가 움푹 들어가기도 했다가, 여러 갈래로 나뉘기도 했다가, 스케이드 보드를 타는 사람들이라면 굉장히 좋아할 경사로들이 나오기도 했다가, 앉아 쉴 수 있는 계단도 나오다가 한다. 시선을 오직 확고하게 바다에만 고정시키고 절대 눈을 떼지 않는다면 그리고 어깨 너머 보이는 마을을 쳐다보지 않는다면 이 산책로는 세상에서 가장 멋진 산책로다. 저 멀리 보이는 초라하고 오래된 블랙풀 마을은 더 이상 예전의 그 모습이 아니다.

내가 영국에 왔을 때만 해도 해마다 영국 인구의 삼분의 일에 해당하는 2,000만 명의 사람들이 블랙풀을 찾았다. 지금은 관광객 수가 그 절반에도 미치지 못한다. 블랙풀은 싸구려 물건을 파는 상점들이 북적거리는 도시이긴 했어도 그래도 인정이 있고 재미있는 마을이었다. 요즘은 분위기가 매우 침체돼 있으며 상점들도 절반쯤은 폐업 상태이다. 거리는 대낮에는 텅 비어 있고 밤에는 위협적이다.

지역 일간지 〈블랙풀가제트〉에 의하면 중심 상가의 상점들 100곳 이상이 텅 비어 있다고 한다. 150여 개에 달하는 호텔들은 모두 할인 행사를 하고 있다. 2014년 6월, 〈가디언〉은 가장 독보적인 바다 전망 위치를 확보하고 있는 뉴 킴벌리 호텔이 소유주가 피터 멧커프(Peter Metcalf)로 바뀐 후 영국에서 가장 형편없는 호텔이 됐다고 독설했다. 멧커프는 호텔 운영에 있어서 중대한 안전 규범들 15개를 위반해서 구속됐다. 그가 위반한 안전 규범은 화재 경보 시스템을 갖추지 않은 것, 화재 시 비상 탈출 통로를 못질해 막아놓은 것, 90개의 방에 물을 절반만 공급한 것 등이다. 이는 스무 가지의 식품 위생법 위반으로 적발되고 호텔 주류 판매 면허 취소로 유죄 판결이 내려진 후 추가로 밝혀진 위반 내역이다.

블랙풀의 모든 통계 수치는 우울하기 짝이 없다. 2004~2013년 사이에 실업률이 11퍼센트에 달하면서 글로스터와 로치데일에 이어 영국 내에서 세 번째로 높은 실업률을 보이고 있다. 2013년에는 영국에서 가장 건강이 나쁜 도시로 꼽히기도 했다. 또한 알코올로 인한 사망률이 가장 높은 곳이기도 하다.

블랙풀의 임산부 40퍼센트가 흡연을 한다. 이곳 남성들은 영국 다른 곳의 남성들보다 5년 일찍 사망한다. 대다수 바닷가 마을들이 그러하듯 이곳 역시 가난한 사람들이 점점 몰락하고 있다. 뉴 킴벌리 호텔의 단골들은 휴일을 즐기러 온 사람들이 아니다. 이미 휴가를 즐기는 이들의 발길은 끊긴 지 오래다. 이 호텔을 찾는 이들은 형편이 되지 않아 불결하고, 위험하고, 지저분한 방에 머물 수밖에 없는 궁핍한 반노숙자 같은 이들이다. 이런 추세라면 앞으로 블랙풀의 모든 것들이 다 우울한 수준으로 전락할 것이다. 참으로 안타까운 일이다. 블랙풀은 본래 쾌활한 곳이어야 하기 때문이다. 이곳에는 상쾌한 공기와 아름다운 풍경, 드넓은 바다가 있다. 블랙풀 타워는 영국에서 가장 의기양양한 구조물이다. 마을에는 방파제도 두 개 있고 세상에서 가장 훌륭한 무도회장도 있으며 유서 깊은 공원도 있고 좋은 극장들도 있고 빅토리아 시대의 근사한 건축물들도 매우 많다.

블랙풀은 예전의 안전하고 건강한 모습을 되찾아서 사람들이 돈을 쓸 가치가 있는 곳이 돼야 한다. 품위 있는 상점들, 재미난 볼거리, 깨끗하고 들어가고 싶은 마음이 저절로 드는 식당 등이 있어야 한다. 개인적으로 이 모든 일을 레스토랑 겸 펍인 웨더스푼(Wetherspoon)에 맡기고 싶다. 그들은 하루 일과를 마치고 들른 사람들을 행복하게 해주는 방법을 잘 알고 있으며 쾌적한 환경을 제공하고 합리적인 가격을 보여주고 있다. 웨더스푼이 블랙풀을 아예 맡아서 운영하는 건 어떨까?

좀 더 엉뚱한 아이디어도 있다. 정부가 개입하는 건 어떨까? 블랙풀은 보다 깔끔하게 단장을 하고, 양질의 일자리를 늘리고, 호텔과 식당, 놀이 시설 등을 개선하고, 관광객에게 보다 매력적인 곳으로 보이게끔 변화해야 하는데 이 모든 것들은 각종 승인과 장려 정책들, 집중 투자 계획 등을 포함하는 원대하고도 잘 만들어진 종합 계획이 있을 때 가장 잘 이뤄질 수 있다. 그렇다면 실제로는 어떤 일이 벌어지고 있는가? 〈가디언〉에 의하면 블랙풀의 재건을 위한 최근 계획의 주요 골자는 주차 환승 시설을 개선하고 자동차 주차장에 전기 자동차 충전소를 제공하는 것이라고 한다. 이 정책들이 현재 블랙풀이 처한 상황을 전환시킬 수 있을 거라고는 생각하지 않는다.

만약 나에게 블랙풀의 상황을 개선시키라는 책임이 주어지면 (그렇다고 해서 내가 블랙풀을 바꾸는 책임자가 되고 싶다는 의미는 아니다. 나야 기껏해야 블랙풀에서 가장 좋아하는 일이 맥주를 잔뜩 마시는 일이고, 두 번째로 좋아하는 일이 그 마을에 대해 투덜거리는 것인 사람일 뿐이니까) 가장 먼저 전통적인 휴양지 마을로 되돌려놓을 것이다. 요즘은 예전의 휴양지 마을다운 모습에서 가장 실망스러운 모습으로 바뀌고 있다. 예전에는 해변에 엘비스 프레슬리나 퀸을 흉내 낸 공연이나 듣도 보도 못했던 사람을 유명 스타로 소개하는 '박장대소 서커스' 같은 공연을 소개하는 광고지들이 잔뜩 붙어 있었다. 요즘은 뭔가 중요한 것이 사라졌다.

몇 년 전, 〈내셔널지오그래픽〉에서 맡은 일이 있어서 블랙풀에서 한 달간 머물면서 각종 쇼에 다니며 일을 했던 적이 있다. 유독 기억에 남는 쇼는 〈홀쭉이와 뚱뚱이〉였는데 정말 어찌나 재밌던지 입이 떡 벌어질 정도였다. 그들은 대단히 재치가 있었고 재미있었으며 관중들을 능수능란하게 다루는 데 전문가였다. 그들은 이야기를 나누거나 놀릴 사람들을 골라서 각 사람의 직업이나 고향 아니면 배우자나 옷 입은 스타일 등을 가지고 재치 번뜩이는 농담을 했다. 공연장에서 그렇게 재미있는 시간을 보낸 적은 없었던 것 같다.

공연이 끝난 뒤 나는 무대 뒤에서 그들을 인터뷰했는데 완전히 녹초가 된 모습을 보고 몹시 놀랐었다. 실제 관중 앞에서 공연을 한다는 것은 매우 고된 일이다. '뚱뚱이 에디(Eddie)' 역을 맡았던 사람은 알고 보니 심장 이식을 받은 지 얼마 되지 않았다. 그토록 녹초가 된 것도 당연했다. 에디는 자신들의 뒤를 이을 후배들이 아무도 없다고 거듭 강조하며 안타까워했다. 사실상 자신들이 그런 극장에서 공연을 하는 마지막 희극인이라는 것이다. 인터뷰 당시에는 이 부분을 깊게 생각하지 않았었는데 그의 말이 옳다는 생각이 들었다.

이후 나는 아이들을 데리고 이따금 해변의 공연을 봤고 어떤 공연이든 공연들은 대단히 훌륭했다. 본머스에 갔을 때는 파빌리온 극장에서 또 다른 듀오 코미디 〈크랜키스(Krankies)〉를 봤는데 이 역시 무척 재밌었다. 나는 이런 쇼를 볼 때는 점잖은 신사인 척하지 않는다. 음악은 크고 흥겨웠고, 농담은 외설적이었지만 재미있었으며, 연기는 재치 있었고 노련했다. 모든 것들이 시끄럽고 활기찬 움직임들로 이어졌고 상당히 세련됐다. 이런 공연이야말로 영국이 가장 잘하는 것인데 이제는 모두 사라지고 없다. 참으로 안타까운 일이다.

바닷가를 따라 한참 걷다 보니 망해가는 한 호텔이 보였다. 이곳은 한때 조명이 화려하고 찬란해서 조명을 보러 북부 지역 각지에서 사람들이 몰려들어 그 휘황찬란함을 감상하곤 했던 곳이다. 하지만 옛날 옛적의 이 순진했던 놀이는 새로운 블랙풀의 음주 문화, 각종 위협적인 문화와 점점 크게 부딪쳤다. 내가 블랙풀에 다녀간 뒤 3일이 지났을 때 이곳 500명의 학생들이 마을 중심가에 모여 닥치는 대로 마을을 부수는 사건이 발생했다. 그들은 흙 같은 것을 닥치는 대로 집어 경찰서에 투척했다. 젊은이들이 무엇 때문에 이렇게 흥분했는지는 언론에서 구체적으로 밝혀지지 않았지만 추측건대 센 맥주와 작은 뇌가 결합할 때 일어나는 일종의 불안정한 화학 반응이 아닌가싶다. 경찰관 3명이 부상을 당했고 13~22세 사이의 젊은이들 12명이 구속됐다. 그리고 블랙풀은 자멸로 향하는 계단을 한 걸음 더 올라갔다.

나는 리섬으로 가는 길을 다시 되짚어 봤다. 산책길 끝에 도착해서는 다시 뒤를 돌아 마지막으로 그곳의 풍경을 바라봤다. 해안 놀이 시설 조명들이 하나둘 켜지기 시작했고 블랙풀 타워는 웅장한 자태로 서 있었다. 멀리서 본 블랙풀은 근사했다.

리섬으로 돌아왔을 때는 이미 시간이 꽤 흘러서 해가 뉘엿뉘엿 지고 있었고 몸도 꽤 고단했다. 하지만 반갑게도 내가 묵는 호텔 바로 뒤에 나만의 훌륭한 강장제인 술집, 그리고 인도 음식점 모쉬나스(Moshina's)가 보였다. 모쉬나스는 위생 점수가 별점 5점이었다. 훌륭한 친구들 같으니. 술집과 식당 두 곳의 모습은 내게 리섬에 대한 따스한 인상을 남겨줬고 한 걸음 물러서서 초연하게 세상을 바라보게 해줬다. 저녁 식사를 마친 후 마을을 슬슬 산책하면서 꼼꼼하게 살펴보니 심지어 조금 전 높이 평가했던 점수보다 더 높은 점수를 주어도 될 것 같았다.

마을에는 굉장히 오래된 상점들이 더러 있었으며 그중에서도 조지 리플리스(George Ripley's) 남성복 상점은 유독 눈길을 끌었다. 상점에 들어서자 다른 시대로 들어선 느낌이었다. 그곳에는 줄무늬며 V자 무늬의 카디건과, 지퍼 달린 주머니가 있는 점퍼, 샴페인의 몽롱한 거품 같은 무늬가 들어간 넥타이, 길거리에서 싸움이 일어나면 무기로도 사용할 수 있을 정도로 빳빳하고 컬러풀한 칼라가 달린 재킷 등이 있었다. 내가 입고 싶은 옷은 없었다. 여러분도 아시다시피 나는 '멋쟁이로세' 사나이니까. 하지만 이 세상 어딘가에 아직도 그런 옷을 원하는 사람들이 있다는 사실을 안 것이 무척 반가웠다. 리플리 사장님, 부디 장수하고 번영하길.

근처에 '톰 타워스(Tom Towers), 맛있는 치즈 가게, 1949년부터'라고 간판을 단 상점도 있었다. 대단히 오래된 곳이라고 감탄하고 있었는데 얼마 지나지 않아 '피시 앤 칩스 1937년부터' 간판이 눈에 들어왔다. 두 곳 모두 아주 근사했다. 마을에는 아주 오래돼 보이는 스트링어 백화점과 멋진 외관을 한 플랙킷 앤 부스(Plackitt and Booth) 서점 등이 위풍당당하게 있었다. 서점 유리창에는 '빅토리아 히슬롭(Victoria Hislop) 신간 출시 임박'이라는 문구가 붙어 있었다. 히슬롭이 잘되길 진심으로 바라 본다.

이 모든 것들을 토대로 나는 리섬을 영국 북부 최고의 아담한 마을로 임명했다. 그리고 이를 축하하기 위해 잠자리에 들기 전 간단히 축하 의식을 갖기로 하고 흥겨워 보이는 술집, 쉽 앤 로열(Ship and Royal)로 들어갔다.

II

벨기에를 방문했을 때 대단히 인상 깊었던 것들의 목록은 그리 길지 않은데, 그래도 그것들 중 하나를 말한다면 칼같이 정확한 기차 시간표를 꼽겠다. 14시 2분에 출발하는 겐트(Ghent)행 열차가 정확히 그 시간에 오리라는 사실은 물론이고 늘 2번 승강장에서 그 열차를 타고 내린다는 사실 역시 굳건히 믿을 수 있었다. 실제로 열차 시간표에는 아예 승강장 번호가 인쇄돼 있었다. 아, 이 얼마나 믿음직스러운가!

영국 철도 운영자들은 사람들이 이곳저곳을 헤매는 것에 느긋한 입장이다. 2003년 우리 부부가 노퍽으로 이사 온 지 얼마 되지 않았을 때, 런던에 있는 킹스크로스 역에서 열차 표 발매기가 와이몬덤행 표를 발급해주지 않아서 기나긴 줄을 서서 기다린 끝에 담당자에게 문제를 설명했다. 영국 철도청 광고에 '지명 수배: 승객을 우울하게 대하는 멍청이'로 등장할 법한 사람이 이렇게 말했다.

"와이에문덤으로 가는 열차는 리버풀에서 타셔야 합니다."

그는 무미건조하게, 그마저 발음도 와이몬덤으로 발음해야 하는데 와이에몬덤으로 틀리게 발음하며 대꾸했다.

"여기에서는 와이에문덤으로 가는 열차가 없습니다."

"지난 한 달 동안 여기서 케임브리지를 거처 와이몬덤까지 다녔는데요."

"그건 불가능합니다."

그가 대꾸했다.

"물리적으로 불가능하다는 말인가요, 아니면 역에서 허용이 되지 않는다는 말인가요?"

"둘 다요."

"하지만 제가 그렇게 다녔다니까요."

나는 참다못해 가방을 뒤져 예전 기차표를 그의 눈앞에 똑똑히 보여줬다.

"와이몬덤발 런던행, 케임브리지 경유라고 돼 있잖아요."

그는 내 표를 보더니 이를 증거로 채택하지 않았다.

"그래서 어쩌실 건데요. 뒤에 사람들 기다리잖아요."

"그냥 케임브리지행 표 하나만 주세요."

나는 한숨을 내쉬며 말했다.

"거기에도 와이에문덤으로 가는 열차는 없습니다."

그는 우울하게 말했다.

"내 운에 맡기겠소."

그는 내 대답에 어깨를 으쓱해 보이더니 케임브리지행 열차 표 한 장을 줬다. 그리고 나는 케임브리지 역에서 와이몬덤으로 가는 열차 표를 샀다. 하지만 표를 사려고 줄을 서 있는 사이에 열차가 출발하는 바람에 열차를 놓치고 말았다. 나는 내가 겪은 일을 불만 사항으로 접수했고 이후 킹스크로스 역 표 자판기에서 와이몬덤으로 가는 표를 살 수 있었다. 그러니 혹시 킹스크로스 역에서 와이몬덤으로 가는 사람들은 내게 감사해야 한다. 하지만 그곳에는 온통 골치 아픈 일투성이니 별로 권하고 싶진 않다. 이 점은 벨기에와 매우 비숫하다.

리섬에서 하룻밤을 자고 다음 날 아침 씩씩하게 프레스턴으로 가는 열차를 타려고 리섬 역으로 갔을 때, 이 모든 일들이 불시에 떠오른 데는 그만한 이유가 있었다. 프레스턴행 열차는 10시 45분 출발 예정이었다. 나는 내게 프레스턴행 열차가 그 시간에 출발하리라는 믿음을 심어준 열차 시간표 안내문을 꼭 움켜쥐었다. 하지만 안내 화면에도, 안내문에도, 벽에도, 그 어디에도 캔들이건 다른 곳이건 10시 45분에 출발하는 열차가 없었다. 결국 나는 안내소에 가서 그곳에 있던 남자 직원에게 물어봤다.

"아" 하고 그는 마치 내가 대단히 흥미로운 점을 지적했다는 듯 입을 열었다.

"10시 45분 캔들행 열차가 10시 35분 블랙풀 북부로 가는 열차로 잘못 나와 있는 거예요."

나는 한동안 그를 빤히 바라봤다. 내 머릿속에는 이런 말이 맴돌고 있었다.

'10시 45분에 캔들로 가는 열차를 생각하고 있는데, 그게 사실은 10시 35분에 블랙풀 북부로 가는 열차로 돼 있다면 당신은 뇌졸중에 걸릴지도 모릅니다.'

"왜죠?"

"아시다시피 여기가 분기점이라서요. 열차 절반은 블랙풀 북부로 가고 그게 10시 35분 열차예요. 남은 열차들은 10시 45분에 윈더미어(Windermere)로 가는데 캔들 역에서 정차를 하죠. 하지만 이 내용을 다 입력할 만한 공간이 없어요. 그래서 승객들에게 혼란을 주지 않기 위해 아무것도 입력하지 않은 겁니다."

"하지만 저는 혼란스러운데요."

그러자 그는 내 말에 격하게 공감했다.

"그게 문제예요! 혼란을 주지 않으려고 노력할수록 더 큰 혼란을 야기한다니까요. 사람들이 매일 제게 와서 10시 45분 열차는 어떻게 됐냐고 묻거든요. 승강장 알려드릴까요?"

"그래 주시면 감사하겠습니다."

그는 나와 함께 3번 승강장까지 걸어갔다. 그러고는 내게 단호한 어조로 이렇게 말했다.

"열차는 10시 28분에 도착할 겁니다. 무슨 일이 있어도 꼭 앞에서 네 번째 칸 이전 객차에 타셔야 합니다. 그렇지 않으면 블랙풀로 가게 되니까요."

"전 지금 막 블랙풀에서 왔는데요."

그러자 그는 의미심장한 표정으로 고개를 끄덕였다.

"그러셨겠죠. 잊지 마세요. 꼭 앞쪽 네 번째 칸 안쪽으로 타셔야 합니다."

"그러니까 지금 제가 서 있는 이 자리에서 타면 되는 거죠?"

나는 마치 옆으로 몇 센티미터만 움직여도 끔찍한 대참사가 일어나기라도 하는 양 바짝 긴장한 자세로 내 발끝을 야무지게 가리키며 물었다.

"바로 그 자리입니다. 그리고 다음 열차와 그 다음 열차, 그 다음 다음 열차는 절대 타시면 안 됩니다."

그는 진심으로 나를 걱정해주고 있었다.

"아시겠어요?"

나는 자신감 없이 고개를 끄덕였다. 그리고 그 자리에 서서 열차를 기다렸다. 맞은편 승강장에는 기차를 관찰하면서 기차 번호나 모델명 등을 기록하고 다니는 사람들 한 무리가 종이와 공책을 들고 서 있었다. 그들은 모두 인간과는 한 번도 섹스를 해본 적 없으며, 오직 섹스 후 장롱에 넣어둘 수 있는 그 무엇과만 섹스를 하고 살 것 같은 생김새였다. 나는 열차 번호를 적는 것처럼 따분한 일이 그들 인생에서 무척 즐거운 부분이라면 나머지 삶은 어떨까 상상해보려고 했지만 잘 되지 않았다.

이윽고 2대의 열차가 들어왔다. 안내 전광판 화면에 다음 열차는 10시 35분에 블랙풀 북부로 가는 열차이며 운행이 지연돼 10시 37분에 도착할 예정이라는 안내문이 나왔다. 사람들은 점점 더 많아졌는데 대다수가 철도 직원과 동행하고 있었으며 대부분 한자리에 꼼짝 않고 서서 자기 발끝을 가리키고 있었다. 그때였다. 10시 29분에 예기치 않게 열차 한 대가 들어왔다. 자, 여러분은 이 상황이 얼마나 당혹스럽고도 스릴 넘칠지 상상이나 가는가? 이 열차는 10시 35분 열차가 일찍 도착한 것일까 아니면 전혀 다른 열차일까? 누가 장담할 수 있단 말인가? 주위를 살펴보았지만 철도청 직원은 한 명도 눈에 보이지 않았다. 자리에서 꼼짝하지 말라는 말을 들었기에 섣불리 움직이기 두려워 머뭇거리고 있는데 내 옆에 있던 한 남자가 총대를 메고 가서 알아보고 오겠노라고 했다. 그리고 그는 다시는 돌아오지 않았다. 그렇게 몇 분이 흘렀고 결국 나는 주저하다가 열차에 올랐다. 내 맞은편에 앉은 나이 든 부부가 근심 어린 표정으로 내게 이 열차가 윈더미어(Windermere)행 열차가 맞느냐고 물었다.

"그런 것 같기는 합니다만," 나는 그들 쪽으로 몸을 바짝 갖다 대고 "만일의 경우 그 순간이 오면 우린 다 이 열차에서 즉시 뛰어내려야합니다"라고 말했다.

그들은 손에 쥐고 있던 책을 꽉 움켜쥐며 고개를 끄덕였다.

잠시 후 열차에서 안내 방송이 나왔다. 이 열차는 정말 윈더미어로 가는 열차이며 블랙풀 북부로 갈 승객은 내려서 다음 열차를 타라는 방송이었다. 그러자 내 뒤에 있던 남자가 허둥지둥 가방을 챙기더니 후다닥 열차에서 내렸다.

열차에서 새로 사귄 노부부는 위드너스 사람으로 윈더미어에 여행을 가는 길이라고 했다. 그들은 소풍용 도시락도 준비해 왔는데 뚜껑이 없는 작은 병,

반드시 특정한 순서대로 열어야 하는 터퍼웨어 밀폐 용기, 뚜껑 밖으로 잼이 고름처럼 흘러내리는 작은 병 등 하나같이 매우 조심스럽게 다뤄야 하는 것들이었다. 부부는 소풍 꾸러미에서 삶은 달걀 2개를 꺼내더니 아주 조심조심 다루고는 부서진 달걀 껍데기는 냅킨에 소중하게 모아두었다. 마치 훗날 자신들의 모습과 닮았다고 여기는 듯했다. 그들의 일상생활은 늘 이러하리라는 생각이 들었다.

우리는 꽤 잘 통했다. 노부부는 내게 초콜릿 다이제스티브 비스킷을 줬고 나는 그들에게 와이몬덤에서 윈더미어까지 여행하면서 레이크디스트릭트(Lake District) 국립공원에 갔던 이야기를 해줬다. 와이몬덤에서 윈더미어까지 가면 열차 표에 출발지와 목적지가 약어로 찍히기 때문에 'WMD'발 'WDM'행으로 찍힌다. 아마 기차표에 이렇게 약어가 찍힌 사람은 내가 처음이지 않을까 싶다.

"그렇게 찍힌 최초의 사람이라 해도 놀랍지 않겠어요."

부인이 감탄했다.

"그리고 얼마 안 있어 디스(Diss)에서 리스(Liss)까지 갔지요."

나는 내친김에 덧붙였다.

"오!" 부인이 크게 감탄했다.

"디스발 리스행 기차표를 가진 사람도 많지 않을 거예요."

"암요. 없다마다요."

"그럼, 정말 즐거운 대화였습니다."

그리고 우리는 꿈처럼 달콤한 침묵 속으로 빠져들었다.

나는 캔들 역에서 새로 사귄 친구들에게 작별을 고했다. 레이크디스트릭트 국립공원까지는 대중교통으로 갈 수 없었기에 미리 이곳에서 렌터카를 예약해두었다. 철도 시대가 도래하면서 낭만파 시인 윌리엄 워즈워스(William Wordsworth)와 다른 낭만주의 시인들은 철도 소음이며 매연의 확산과 하층민들이 당일치기로 자신들의 소중한 전원 마을을 침범할 것을 걱정하며 철로가 들어오는 것을 거세게 반대했다. 그리하여 철로는 레이크디스트릭트 외곽까지만 가고 그 이상은 들어가지 못하게 됐다. 이 말은 호수 마을에 거대한 공장과 교외 주택들이 확산되지 못했다는 의미이자 오늘날 여행객들은 개인적으로 차를 가지고 오는 방법 외에는 선택의 여지가 없음을 의미한다.

나는 일단 레이크디스트릭트 외곽까지 가서 서쪽 바닷가 쪽으로 둘러보기로 했다. 그 길이 윈더미어와 앰블사이드(Ambleside)를 관통하는 길보다 훨씬 조용했기 때문이다. 그리고 약 20여분 후에 모어캠(Morecambe) 만의 북쪽에 위치한 아름답고 오래된 휴양지 그레인지오버샌즈(Grange-over-Sands)로 향했다. 아이들이 어렸을 때는 그레인지에 무척 자주 갔었다. 놀기 좋은 곳이었다. 골프장이며 사랑스럽고 작은 공원, 호숫가에 노니는 오리들, 우리가 유달리 편애했던 깨끗한 공중화장실 등이 모두 있었기 때문이다. 몇 년 동안 그레인지에 가지 못하다가 아직도 그렇게 근사한지 보러 간다고 생각하니 몹시 설렜다. 막상 도착해 보니 공원은 내 기억보다 훨씬 더 고요했고 텅 빈 상점들도 부쩍 늘어났다. 그래도 좋은 쪽을 보자면, 어디에서나 찾을 수 있는 최고의 정육점이자 파이 가게인 히긴슨스(Higginson's)가 여전히 그 자리에 있었고 손님들도 많았다. 나는 작은 돼지고기 파이를 하나 사서 미리 봐두었던 공원 모어캠 만이 보이는 벤치로 갔다. 파이는 맛있었다. 아마 이 세상에서 물컹이고 끈적이는 것을 삶은 요리가 특징인 나라는 영국이 유일할 것이다.

모어캠 만은 영국에서 가장 아름다운 만일지도 모른다. 조수 때문에 하루에 두 번 물이 완전히 빠지는데 물이 빠지면 수심 10미터 아래에 있던 모래에 잠시나마 발을 디딜 수 있다. 그러나 곧 반대 상황이 벌어진다. 이때는 썰물이

꿩장히 빨리 들어오기 때문에 매우 조심해야 한다. 비유하자면 사람이 한 명 한 명 줄을 서서 들어온다기보다는 군대가 진격해오는 격이다. 순식간에 작은 물길과 큰 물길이 갯벌을 에워싼다. 이따금 물이 빠졌을 때 물이 꾸준하게 차는 것을 감지하지 못하고 갯벌에 걸어 나갔다가 자신이 거대한 모래톱 위에 갇혔다는 사실을 뒤늦게 알아차리기도 한다. 최악의 사고는 2004년 2월에 새조개 줍는 일을 하던 사람들에게 일어난 사고였다. 모두 정식 체류 허가증이 없는 중국의 불법 이민자들이었기 때문에 정확히 파악되지 못했지만, 추정 21명의 사람들이 밀물과 썰물을 잘못 계산하는 바람에 이곳에서 익사했다. 그들이 새조개 1파운드를 주워서 받는 품삯은 9펜스였다.

몇 년 전,《빌 브라이슨 발칙한 영국산책》을 기반으로 텔레비전 시리즈를 제작한 적이 있는데 프로그램을 제작하기 위해 제작진 한 명과 함께 몇 달 동안 영국 각지를 다닌 적이 있다. 그런데 하루는 전혀 내가 알지 못하는 곳에 와 있었다.

"여기가 어디야?"

당황한 내가 물었다.

"배로인퍼니스(Barrow-in-Furness)."

내 친구이자 그 프로그램 프로듀서인 앨런 셔윈(Allan Sherwin)이 밝은 목소리로 대답했다. 몇 주간 그와 함께 여행을 하면서 나는 프로듀서의 마음은 일반인의 마음과 사뭇 다르다는 사실을 깨달았었다.

"왜 우리가 배로인퍼니스에 있는 건데?"

내가 다시 물었다.

"볼턴에 못 가게 됐거든, 친구."

"미안하지만 뭐라고?"

"볼턴에서 프로그램 촬영 허가를 못 받았어."

"그래서 볼턴 대신 배로인퍼니스를 골랐단 말이야?"

앨런 셔윈은 미간을 찌푸리며 골똘히 생각하더니 한 손가락을 하나하나 접어가며 그 이유를 설명했다.

"일단 여긴 북부 지방이야. 그리고 공업 지대지. 우울한 곳이고, 볼턴과 똑같이 'B'로 시작해. 이 정도면 모든 요소를 다 갖춘 것 같은데. 그렇지 않아?"

"자네도 알다시피 난 여긴 한 번도 와 본적이 없어. 내 책에서 이곳은 언급조차 하지 않았다고."

"알아. 하지만 이곳에서는 영상 촬영을 허락해줄 거야."

앨런은 참을성 있게 설명하며 내 팔을 끌어당겨서 다정하게 손을 꽉 잡았다.

"자넨 뭔가 할 말을 생각하게 될 거야. 정말 굉장할걸."

그리하여 우리는 배로인퍼니스에서 하루 동안 촬영을 했는데 도무지 그때 봤던 이곳에 대해 전혀 기억이 나질 않는다. 배로인퍼니스 바로 옆 동네에 있을 때만 해도 한 번 휙 둘러보면 뭔가 생각이 날 줄 알았다.

배로인퍼니스는 잉글랜드 지역의 맨 끝에 뚝 떨어져 있는 도시다. 반도이며 어느 곳에서 와도 막히는 도로를 수 킬로미터는 지나야 한다. 한때 이곳은 공업의 중심지였으며 지금은 오래전에 사라지고 없는 제강 공장이 있었다. 하지만 요즘은 잊힌 도시이자 침체된 도시일 뿐이다. 그러나 햇살 눈부신 아침에 보면 이 도시도 그다지 나빠 보이지 않는다. 나는 상업 지구 가장자리에 주차를 하고 마을 주위를 걸었다. 거리는 넓고 깨끗했으며 길가에는 인상적인 붉은 사암석 건물들이 줄지어 있어서 한때 영광스러웠던 날들의 흔적을 보여주고 있었다. 길모퉁이에는 화단으로 된 회전 교차로와 아무도 기억하지 않는 이의 동상이 하나 있었다. 하지만 동상은 길 건너편에 있어서 뭐라고 쓰여 있는지 읽을 수가 없었다. 조사이어 거빈스(Josiah Gubbins)의 동상 문구를 보겠다고 차들이 전속력으로 달리는 도로를 목숨 걸고 무모하게 건널 수도 없는 노릇이었다. 조사이어 거빈스는 고양이가 드나드는 문이었는지 납작한 모자였는지를 발명한 사람이다. 좌우간 땅끝 도시 배로인퍼니스는 괜찮아 보였다. 깨끗하고, 적당히 활기도 있고, 훌륭했던 과거도 있는 도시였다. 하지만 도심 깊숙이 더 들어가자 도시는 점점 황량해졌다.

상업 지구 중심가의 길고 구불구불한 인도에는 사람들이 꽤 많았다. 대부분 쇼핑을 하는 사람들인 듯싶었다. 몸에 문신을 잔뜩 하고, 한눈에 보기에도 위협적으로 보이는 남성들이 네댓 명씩 무리를 지어 돌아다니고 있었는데 그들이 어슬렁거리는 거리는 흡사 교도소 운동장 같은 분위기가 물씬 풍겼다. 두세 건물 건너 한 건물 꼴로 '임대' 간판이 걸려 있었다. 화장품 할인 매장 체인점인 세이버스 유리창에는 가까운 분점인 모어캠으로 가라는 안내문이 걸려 있었다. 더 나은 쇼핑을 하려면 모어캠으로 가야 한다는 문구를 보니 이 도시가 정말 최악의 상황이라는 생각이 들었다.

나는 코스타 커피점에 들렀다. 그리고 그곳에서 나는 돌연 이 세상에서 가장 옷을 잘 입은 사람이자 어디에든 고용이 됨직한 부류의 사람이 됐다. 커피 한 잔으로 기분을 전환한 후 다시 교도소 마당 같은 거리로 와서, '임대' 간판들의 숲과 사나운 개들의 목줄을 잡고 어슬렁대는 남자들이 있는 곳을 좀 걷다가 그만 고단해져서 배로인퍼니스 중심가에서 뭔가 산뜻하게 기분 전환을 하는 것을 그만두기로 했다. 차로 돌아온 나는 보다 친숙한 컴브리아(Cumbria)로 향했다. 푸른 초원과 양 떼, 손을 먹힐 염려 없이 마음 놓고 토닥일 수 있는 개들이 있는 곳으로.

23

레이크디스트릭트

1957년 영국은 아주 많은 일들을 믿기지 않을 정도로 잘 해냈었다. 당시만 해도 영국은 제조업 분야에서 세계 5위였다. 지상과 바다, 공중에서 세계 최고의 속도를 자랑했었고, 육상 경기 1마일 달리기(Mile run, 육상 중거리 종목 중 하나로, 1마일 즉 1.6킬로미터를 달리는 경기)에서도 세계 최고 기록을 보유했었다. 기록 보유자는 데릭 이봇슨(Derek Ibbotson)으로 그는 7월에 3분 37.2초 기록을 내며 호주 선수 존 랜디(John Landy)에게서 승기를 되찾아왔다.

영국의 항공 산업은 미국을 제외하면 세계 최고 수준이었다. 전기 공학자 서배스천 페란티(Sebastian Ziani de Ferranti)의 아틀라스 컴퓨터는 IBM보다도 더욱 강력한 세계 최강의 컴퓨터 본체였다. 또한 영국은 수소 폭탄을 제조했는데 이 폭탄은 미국과 구소련을 제외한 다른 모든 나라의 악마 같은 지식을 초월하는 무기였다. 또한 컴브리아 해안의 셀라필드(Sellafield)에 있는 원자력 발전소 콜더 홀(Calder Hall)은 세계 최초로 상업용 원자력 발전 시설을 갖춘 발전소였다.

나는 영국의 원자력 수준이 얼마나 대단했는지 알지 못하다가 이 여행길에 오르기 전에 관련 책을 읽고서야 알게 됐다. 1944년, 제2차 세계대전이 서서히 종전을 향해 가고 있을 때, 윈스턴 처칠과 프랭클린 루즈벨트는 전쟁 후 핵무기와 원자력 개발에 관한 정보를 공유할 것을 약속하는 합의문에 서명 했다. 하지만 루즈벨트가 사망한 지 2년 뒤, 미국 의회에서 맥마흔 법(McMahon Act)이 통과되면서 영국을 포함해 제3자에게 평화적인 목적이건 어떤 목적이건 핵반응 관련 정보를 누설하는 것은 사형에 처해야 할 중범죄로 취급됐다. 따라서 영국은 철저히 단독으로 원자력을 개발하고 수소 폭탄을 제조해야 했다. 그리고 영국은 매우 단기간 내에 이들 분야에서 성공을 거두며 꽤 큰 성취를 이루게 됐다.

그리고 1957년 영국은 원자력 분야에서 세계 최고가 됐다. 하지만 이후 영국은 추락하기 시작했는데, 이 시기에 셀라필드(Sellafield, 당시에는 윈드스케일(Windscale)이었던 지역)에서 방사능이 유출됐다. 1957년 10월, 평소와 다름없이 유지되던 원자력 발전소에서 원자로 한 대가 과열되면서 불이 붙었지만 어떤 조치를 취해야 할지 아무도 몰랐다. 셀라필드에 있던 원자로 심들은 공기로 냉각시키는 공랭 방식으로 운영되고 있었는데 원래대로라면 이 방식은 절대 원자로가 과열될 일이 없는 방식이었다. 그런데 예기치 못하게 원자로가 과열되는 사고가 일어났고 사전에 이러한 우발적 사고에 대한 대처 방안은 미처 마련되지 못한 상황이었다. 원자로를 공기로 냉각시킬 경우 팬에 불이 붙을 수 있다. 유일하게 가능한 대안은 원자로 중심부에 물을 붓는 것이다. 하지만 당시에는 뜨거운 원자로 중심부에 물을 부으면 어떤 상황이 벌어질지 아무도 장담하지 못했다. 물을 부었을 때 거대한 폭발, 즉 사실상 핵폭발이 일어나서 방사성 물질이 성층권까지 올라가게 되면 유럽 전역과 북대서양 지역에 대혼란이 야기될지도 모른다는 것이 가장 큰 두려움이었다. 최소한 레이크디스트릭트에서는 철수해야 했고, 컴브리아에서 수백 제곱킬로미터, 수십 년까지는 아니더라도 최소한 몇 년간은 인간의 출입을 금해야 할지도 몰랐다. 지구상에서 가장 사랑스러운 곳 중 한 곳을 최소 수십 년 동안 잃어버릴 위험도 감수해야 했다. 게다가 영국의 명성이 추락하는 것은 물론이고 이로 인한 배상과 보상에 천문학적인 액수가 들어갈지도 모르는 상황이었다.

하지만 막상 물을 부은 결과 효과가 있었고 우려했던 대재앙은 일어나지 않았다. 몇 년 동안 주변 목장에 있던 우유를 폐기하고 양들을 폐사시켜야 했지만 그래도 불행 중 큰 다행이 아닐 수 없다. 하지만 이 사건은 원자력 홍보에는 대재앙이었다. 원자력 에너지가 절대 신뢰할 만한 것이 못 되며 영국에서 환영받지 못할 에너지라는 인식이 확산됐고 프랑스에도 그러한 인식이 퍼졌다.

나는 개인적으로 원자력 에너지를 단 1퍼센트도 신뢰하지 않지만 몇 년 전 〈뉴요커〉에서 워싱턴 주 동남부에 위치한 핸퍼드(Hanford)의 거대 플루토늄 제조 단지에 대해 다룬 기사를 읽은 적이 있다. 이 시설은 현대 인간이 만든 가장 무책임한 시설물이다. 1943년부터 1980년까지 핸퍼드에서는 수백만 리터의 스트론튬, 플루토늄, 세슘과 기타 유독한 화학 물질 63가지 등이 포함된 오염된 액체 수백만 리터가 컬럼비아 강 분지의 지하수로 흘러들어 갔다. 이런 사고들은 부주의한 실수로 일어나는 경우도 더러 있지만 대부분은 고의적으로 벌어진다. 핸퍼드의 엔지니어들은 이런 짓을 저질러놓고도 조금의 부끄러움도 없이 지하수는 깨끗하고 안전하다고 주장했으며, 연어를 대상으로 한 실험을 근거로 수질은 안전한 수준이라고 해명했다. 그들은 사람이 한 번에 연어 수십 킬로그램을 섭취해도 방사능 수치가 감지될까 말까 한 정도로 충분히 안전한 수준이라고 했다. 하지만 그들이 알고도 말하지 않는 사실이 있었다. 당시 컬럼비아 강에 있던 연어들은 아무것도 먹지 않았다는 사실이다. 연어들은 컬럼비아 강에 산란을 하러 왔고 산란을 할 시기에 연어들은 통상 아무것도 먹지 않으며 유의미한 수치의 방사능을 흡수할 정도로 오래 머물지도 않는다. 과학자들도 이 사실을 잘 알고 있었지만 갑각류나 플랑크톤, 조류, 기타 몸집이 큰 모든 물고기 등 다른 종류의 해양 생물들의 오염 사실에 대해서는 언급하지 않았다. 참 대단한 사람들이다.

기사를 읽는 내내 놀랍고도 가슴이 아팠다. 솔직히 미국인들이 다른 미국인을 얼마나 기만할 수 있는지는 잘 모르지만, 영국인은 그보다 낫기를 바랐다. 하지만 실상은 그렇지 않았다. 영국의 원자력 관련 기관들은 미국보다 덜 무감각할지는 몰라도 위선적이기는 매한가지였다. 1972년 영국은 세계 원자력 보유 국가들 간의 이른바 '런던 협약(London Convention)'에 합의했다. 이 협약은 고준위 방사성 폐기물을 배에서 바다로 투척하는 행위를 금지하는 법을 골자로 하고 있다. 하지만 이 협약에서는 다른 위험 물질에 대해서는 언급을 하고 있지 않아서 영국은 위험 폐기물을 알려지지도 않은 규모로 아일랜드 해에 투척했으며 이 행위가 야기할 수 있는 결과에 대해서는 최소한의 우려나 관심도 보이지 않았다.

오리건주립대학교의 환경 과학자 제이콥 D. 험블린(Jacob D. Hamblin)은 1980년대까지 셀라필드의 시설을 운영하던 기업이 '다른 원자력 발전소나 무기 실험장, 체르노빌 원전 사고보다 더 높은 수준의 방사능을 유럽 전역에 퍼트렸고 토양에 폐기물을 유기해놓고도 자신들은 런던 협약을 성실히 준수했다는 입장만 고수하고 있다고 밝혔다.

지금도 세라필드에는 유독한 물질들이 매우 많으며 세계에서 가장 큰 규모의 플루토늄이 비축돼 있지만(약 28톤) 관리가 지독히도 형편없어서 그 아래 어떤 것이 얼마만큼 더 있는지는 아무도 정확히 모른다. 〈옵저버〉지에 의하면 셀라필드에 있는 B30 건물은 유럽에서 가장 위험한 건물이라고 한다. 그리고 이 건물 옆 건물은 두 번째로 위험한 건물이라고 한다. 두 건물 모두 서서히 낡고 부식해가는 연료봉과 방사능에 오염된 금속이며 기계들로 가득하기 때문이다.

2004년 6월, 썩 유쾌하지 않은 이름의 기관인 영국원자력해체청(UK Nuclear Decommissioning Authority)에서는 셀라필드의 핵폐기물을 청소하는 데 791억 파운드의 비용이 소요될 것이라고 발표했다. 해체청의 최고 책임자인 존 클라크(John Clarke)는 〈파이낸셜 타임스〉에서 이렇게 말했다. '이제 우리는 그 시설 안에 무엇이 있는지, 어떻게 없애야 하는지를 알아내야 한다.'

'클라크 씨, 저 빌 브라이슨도 당신을 도울 수 있습니다!' 방사능에 오염된 물질은 그냥 버려질 경우 최소 50년간 치명적인 독성을 내뿜는다고 한다. 클라크는 자신이 처한 상황을 '알아가는 여정'이라고 묘사했다. 핵 물질을 청소할 임무를 맡은 사람에게 딱히 듣고 싶은 표현은 아니라고 여겨진다.

결론적으로 말하자면 상대적으로 짧은 시간 안에 셀라필드가 영국에 이익을 줬는지는 모르겠으나 이제 영국은 막대한 경제적 비용은 물론 어쩌면 수백만 년 동안 치명적인 해악을 끼칠지도 모르는 오염 물질에 대한 걱정까지 안게 됐다. 내가 핵 전문가는 아니지만 척 봐도 핵연료를 믿고 맡길 만큼 인류가 성숙한 것 같지는 않다.

1990년대 《빌 브라이슨 발칙한 영국산책》을 텔레비전 시리즈로 제작하면서 제작진과 나는 셀라필드 방문자 센터를 찾았다. 최첨단 설비를 갖춘 깔끔한 박물관에서는 원자력의 안전성과 신뢰성을 한껏 들뜬 어조로 칭찬하고 있었다. 선전이 다소 과하다 싶어 오히려 좀 우스꽝스럽다는 생각을 했던 것으로 기억한다. 아마 지구상에서 플루토늄을 가장 사랑스러운 물질로 묘사하고 있는 곳은 그 박물관뿐일 것이다. 내가 갔을 때 셀라필드를 찾는 방문객 수는 연간 20만 명이었지만 해가 거듭될수록 방문객은 눈에 띄게 줄고 있다. 나는 셀라필드 방문자 센터 정문을 향해 운전을 하고 가면서 내 자신이 원자력 에너지의 놀라움에 새로 눈을 뜨게 되길 바랐지만 안내소에 있던 남자가 방문자 센터는 2012년에 문을 닫았다는 말을 들려줬다.

세인트비스(St Bees)는 마을 이름이기도 하고 널따란 운동장이 있는 근사한 사립학교 이름이기도 하다. 세인트비스 학교가 좋은 학교인지 아닌지는 모르겠지만 이 학교의 유명한 졸업생으로 로완 앳킨슨(Rowan Atkinson, 국내에도 '미스터 빈' 영화로 널리 알려진 배우─옮긴이)이 있다는 사실은 알고 있다. 나는 항상 세인트비스가 양봉 망사를 뒤집어쓴 아주 순박하고 좋은 사람일 것이라고 상상하곤 했다. 나는 비스를 꿀벌들의 사랑을 받는 꿀의 성자쯤으로 여겼었다. 그런데 알고 보니 비스 성인은 여성이었고, 바이킹 족과의 정략결혼 압박에 컴브리아 외곽으로 도망친 아일랜드의 공주였다. 그녀는 꿀벌과는 아무 상관이 없었다. 그녀의 실제 이름은 베가(Bega)였는데 세월이 흐르면서 점차 이름이 바뀌게 된 것뿐이다. 그녀가 실제로 존재하지 않았다고 주장하는 전문가들도 있다.

세인트비스 마을에는 아일랜드 해에서 북해로 가는 그 유명한 코스트투코스트워크(Coast-to-Coast Walk, 영국횡단 길)가 있는데 늘 최소한 몇 명 정도는 이 구간을 횡단하는 사람들이 있다. 횡단을 막 시작한 사람과 마쳐가는 사람은 외관부터 확연히 다른데 이제 막 시작한 사람은 산뜻하고 신선한 분위기를 풍기지만 마쳐가는 사람은 지칠 대로 지쳐 온몸의 맥이 다 풀린 느낌이다. 2010년에 세인트비스에 왔을 때에는 나는 친구 존 데이비슨이 짠 계획대로 레이크디스트릭트를 가로지르는 자선 도보 행사에 참가했었다. 존은 더럼 대학교의 지질학 교수지만 지질에 대해 전혀 지루하지 않게 이야기한다(음, 솔직히 말하자면 존이 새로운 종류의 편암이나 그 비슷한 이야기할 때는 가끔 지루할 때도 있다).

2006년 존의 아들이자 내가 지구상에서 가장 좋아하는 영웅 맥스(Max)가 네 살의 나이로 백혈병에 걸렸다. 그리고 얼마 지나지 않아 존 역시 백혈병에 걸렸다. 존이 백혈병에 걸린 것은 맥스와는 아무 상관이 없으며 전혀 다른 종류의 백혈병이었다. 그저 믿을 수 없는 불운이 겹친 것뿐이었다. 도대체 어떻게 이런 불행이 한꺼번에 닥칠 수 있는지 모르겠다. 하지만 정말 다행스럽고 기쁘게도 두 사람 모두 병을 극복했고 2010년 존은 '맥스 워크(Max Walk)'라는 재단을 만들어 백혈병과 림프종 연구를 위한 기금을 조성했다. 먼저 존과 그의 오랜 친구 크레이그 윌슨이 영국 횡단에 나서 약 300킬로미터를 걷고, 다른 친구들도 참여하자는 아이디어가 나왔다. 나는 일정이 첫 3일밖에 맞질 않았지만 우리는 세인트비스 해안에서 시작해 페터데일까지, 레이크디스트릭트를 가로질러 68.2킬로미터를 걸었다. 거의 죽음의 강행군이었지만 다행히 날씨가 매우 좋았다. 가슴을 움켜잡고 제발 자비를 베풀어달라고 신에게 비는 동안 그렇게 아름다운 풍경이 끝도 없이 펼쳐지리라고는 정말 생각지도 못했었다.

그리고 지금 나는 그때 그 출발점에 다시 가보려고 바다로 와서 산들바람이 부는 곳을 따라 걷고 있다. 저만치 오래된 등대가 보였다. 하지만 지금부터 걸어가기에는 시간도 너무 늦었고 무엇보다도 배가 고팠기에 다시 게스트 하우스로 돌아갔다. 그리고 샤워를 한 후 원기 회복도 할 겸 퀸즈에 있는 술집으로 갔다. 퀸즈는 평일 밤이어서 그런지 여유롭고 한적했다. 세팅이 된 테이블에 부부로 보이는 이들이 앉아 있었는데 식사가 나오길 기다리고 있는 듯했다. 바에는 남자 두 명이 있었고 손님은 이들이 전부였다. 나는 맥주 한 잔을 주문하고는 음식도 주문할 수 있는지 물었다. 그러자 바에 있던 종업원이 무거운 표정을 지었다.

"최소한 1시간은 걸릴 텐데요. 오늘 밤은 조금 바빠서요."

"하지만 여기엔 아무도 없는데요."

나는 당황해서 물었다.

그러자 종업원은 주방을 바라보며 무겁게 고개를 끄덕였다.

"주방장이 지금 자리에 없어서요."

나지막한 그의 목소리는 마치 적진의 포화를 뚫고 포복을 하고 있는 듯했다. 다른 몇몇 손님들도 들어와 식사를 주문했지만 모두 거절당했다. 도대체 요즘 술집 안주에 무슨 일이 일어난 걸까? 나는 맥주를 마시고는 길 건너편에 있는 메이너 하우스 호텔로 갔지만 호텔 바에 사람들이 너무 많아 앉을 자리가 없었다. 결국 나는 또 다른 선택을 하러 마을로 갔다. 마을에는 루루라는 술집이 있었고 그곳에서 식사도 했다. 메뉴판에 음식이 매우 먹음직스럽게 설명돼 있었다는 말 외에는 딱히 무슨 말을 해야 할지 모르겠다.

식사를 마친 후 곧장 숙소로 돌아오자니 어쩐지 좀 허전한 마음이 들어 조금 더 걸었다. 걷다 보니 세인트비스는 낮보다는 역시 밤이었다. 테라스가 딸린 작은 시골집들 커튼 사이로 따스한 불빛이 은은하게 새어나오고 있었다. 하지만 상점 창문과 문에 육중하게 내려진 견고한 철문은 내내 거슬렸다. 마치 롬멜의 탱크 부대 습격에 방어 태세를 갖춘 모양새였다. 육중한 철문 뒤에 있는 상점들은 불신의 분위기만 짙게 풍기고 있었다. 대도시인 런던의 헤크니

거리나 리버풀의 톡스테스 거리에서 이런 광경을 보는 것도 충분히 불쾌한데 이렇게 작은 시골 마을에서는 이런 광경이 아예 허용되지 말아야 한다고 생각한다. 그냥 있어서는 안 되는 것들이다.

아침에 아일랜드 해가 한참 아래로 내려다보이는 해안 길로 돌아왔다. 해안을 가기 위해 군이 번거롭게 레이크디스트릭트까지 오는 이들은 거의 없지만 한 번쯤 가봄직한 길이다. 한쪽으로는 저 아래로 바다가 길게 누워 있고 또 다른 한쪽으로는 호숫가 근처에 가파른 둔덕들이 장엄하고도 위압적인 아름다움을 뽐내며 서 있다. 그 사이를 걷다 보면 지금껏 보았던 마을들 중 가장 볼품없고 우울한 마을을 만나게 된다. 어떻게 보면 베로인퍼니스의 한 귀퉁이가 깜박 잠이 들었다가 이곳까지 떠밀려 온 것 같은 분위기다. 문제는 고립이다. 문을 닫은 셀라필드는 논외로 하더라도 이곳에서는 제대로 운영되는 것이 거의 없다. 하지만 긍정적인 면을 찾자면 황량하고 암울한 풍경을 좋아하는 사람이라면 이곳에서 정말 굉장한 풍경들을 만날 수 있다.

코커머스(Cockermouth)를 거쳐 케스윅(Keswick)으로 가는 길에 로스워터 (Loweswater) 호수 이정표를 봤다. 나는 내가 레이크디스트릭트를 꽤 잘 안다고 생각했는데 아무리 기억을 더듬어도 로스워터 호수가 떠오르지 않았다. 결국 나는 호기심을 참지 못하고 호수 쪽으로 방향을 틀었다. 길이 좁아서 한참 걸렸지만 눈앞에 나타난 풍경은 숨이 멎을 만큼 아름다웠다. 날씨가 좋을 때 또는 날씨가 최소한 보통만 됐어도 레이크디스트릭트는 지구상에서 가장 아름다운 곳이다. 그리고 이 로스워터 호수는 지금껏 우연히 발견한 곳들 중 가장 아름다웠다. 나는 오롯이 홀로 그 풍경을 독차지했다. 멀찍이 농가가 한두 채 보였는데 마치 몇 년간 사람이 전혀 살지 않은 듯 보였다. 길은 무척 좁았다. 너무 좁아서 옆 돌담에 차가 긁히지 않도록 바짝 신경을 써야 했다. 그 와중에 풍경은 숨이 막힐 정도로 아름다워서 몇 번이나 길가에 차를 세워놓고 뛰어내려야 했다. 오직 그 풍경을 감상하기 위해서 말이다. 결국 나는 차를 세울만한 곳에 아예 차를 세워두고 로스워터와 인접한 크럼목워터(Crummock Water) 사이로 난 약 800미터의 길을 걸었다. 길옆으로는 호수가, 주위로는 유려하게 아름다운 골짜기와 높은 언덕들이 있었으며 모두 햇빛을 흠뻑 받아 눈부시게 반짝이고 있었다. 사람이 단 한 명도 없었기에 중간에 세워둔 차도 별로 신경 쓰이지 않았다.

지금 내가 있는 곳은 레이크디스트릭트 국립공원의 중심부다. 미국인에게 영국의 공원은 참으로 기이한 풍경이다. 전혀 공원처럼 생기지 않았기 때문이다. 비범할 정도로 아름다워서 단숨에 눈길을 사로잡는 대지가 툭 하니 펼쳐져 있고 영국인들이 즐겨 하는 세 가지 야외 활동인 걷기와 자전거 타기, 그리고 길가에 차를 세워두고 낮잠 즐기기에 특화된 시설들이 대단히 쾌적하게 갖춰져 있다. 미국의 국립공원들은 정찰 대원을 제외하고는 아무도 그 안에 주거할 수 없는 반면 영국의 공원 내에는 아무렇지도 않게 농장과 마을, 상가들이 들어서 있으며 관광객이 대단히 많다. 그중 레이크디스트릭트를 찾는 관광객 수는 정말 어마어마하다.

1994년, 〈내셔널 지오그래픽〉 잡지에 레이크디스트릭트에 관한 기사를 쓴 적이 있다. 당시 레이크디스트릭트의 방문객 수는 연간 약 1,200만 명이었는데 지금은 1,600만 명이다. 당시 이 지역의 주요 마을인 앰블사이드(Ambleside)의 경우 하루에 1만 1,000대의 자동차들을 수용했었다. 지금은 1만 9,000대로 늘었다. 이 어마어마한 인파가 지나치게 좁은 공간에 꽉 들어차 있다. 레이크디스트릭트 국립공원은 맨 위에서 아래까지 약 67킬로미터밖에 되지 않으며 가장 넓은 가로 길이는 53킬로미터다. 바꿔 말하면 레이크디스트릭트는 미국의 옐로스톤 국립공원 면적의 사분의 일밖에 되지 않는데 방문객 수는 4배나 많다는 의미다.

하지만 전체적으로 운영과 관리는 훌륭하게 잘 되고 있다. 대부분 방문객들이 찾는 곳은 앰블사이드, 그래스미어 호수, 보니스 등 몇 군데로 제한돼 있다. 아무 길이건 몇 백 미터만 걸어 올라가면 산허리 전체를 감상할 수 있다. 지금 내가 바로 그렇게 하고 있다. 나는 버터미어 바로 뒤, 차가 단 두 대 주차된 흙바닥으로 된 주차장에(그나마도 차 한 대 운전자는 낮잠을 자고 있었다) 주차를 하고 조금 더 걷기로 했다. 걸으면서 보다보니 이상하리만치 풍경이 낯익었다. 지도를 펼쳐보니 내가 있는 곳은 헤이스택스의 비탈 아래쪽이었는데 2010년 존 데이브슨을 비롯한 다른 친구들과 함께 온 적이 있었다. 아래에서 본 헤이스택스 언덕은 거대하게 높아 보였다. 사실 레이크디스트릭트에 있는 언덕들은 그리 엄청나게 높지는 않다. 가장 높은 곳이 내가 지금 서 있는 스카펠파이크(Scafell Pike)인데 해발 975미터밖에 되지 않는다. 하지만 높지 않은 대신 매우 험하고 가파르다. 레이크디스트릭트에 있는 언덕을 올라보면 내 말이 무슨 말인지 알게 될 것이다.

오래된 수수께끼 중에 '레이크디스트릭트에는 호수가 몇 개나 있을까?' 하는 문제가 있다. 답은 하나다. 제대로 '호수'라는 이름이 붙은 호수는 배슨스웨이트 호(Bassenthwaite Lake) 하나뿐이기 때문이다. 다른 곳에는 윈더미어나 버터미어처럼 '미어(mere)'라는 호칭이나 '탄(tarn)'이라는 호칭이 붙는다. 탄은 일반적으로 연못이나 작은 호수를 지칭하는 말인데 레이크디스트릭트에는 이 탄이 수만 개 있으며 어떤 탄은 작은 웅덩이보다 약간 더 큰 수준인 곳도 있다. 따라서 이 질문의 정확한 답은 16개의 호수와, 연못이라는 수식어가 더 잘 어울리는 '호수 수백 개'다. 어느 곳이 가장 아름다운지 우열을 가릴 수는 없지만 스키도 산비탈에서 바라본 더웬트(Derwent Water)호의 자태는 아직도 선명하게 기억난다. 천국이 있다면 꼭 그런 모습일 것이다. 하지만 그 호숫가에 가까이 직접 가보지는 않았다. 나는 이 부족한 점을 바로 채우기로 결심했다.

케스윅은 더웬트 호의 주요 마을이며 레이크디스트릭트에서 가장 활기찬 마을처럼 보인다. 지난번에 다녀간 이후 중심가에는 인도가 새로 깔려서 길이 훨씬 더 좋아졌다. 반갑게도 브라이슨의 찻집(Bryson's Tea Room)도 여전히 건재했다. 브라이슨의 찻집은 1947년부터 그곳에 있었다. 나는 호숫가 근처까지 걸어 내려갔다. 울퉁불퉁한 바위산과 양들이 노니는 푸른 초원을 배경으로 펼쳐진 청명한 호수는 말문이 막힐 정도로 절경이었다. 호수에서 몇백 미터 떨어진 곳에는 숲으로 된 섬, 더웬트아일랜드가 있었고 섬에는 웅장한 저택이 한 채 있었다. 내셔널트러스트가 제공한 안내문에 의하면, 18세기에 조셉 포클링턴(Joseph Pocklington)이라고 하는 괴짜가 살았는데 '그는 자신이 소유한 대포를 더웬트에 쏴서 케스윅 사람들을 위협했다'고 돼 있었다. 그들은 분명 레이크디스트릭트에서 어떻게 즐거운 시간을 보낼 수 있는지 잘 알고 있었던 것 같다. 나도 그 섬에 가보고 싶었지만, 대포도 없고, 일반인에게는 개방돼 있지 않아서 그저 1시간 가량 호숫가를 거니는 데 만족해야 했다.

내가 케스윅을 좋아하는 이유는 아웃도어 용품점이 많아서다. 이곳은 고어텍스 정도로는 인생에 만족하지 못하는 사람들을 위한 마을이다. 나는 대형 상점 조지피셔에 갔다가 다양한 종류의 배낭과 물병, 방수복 등에 홀려 어느새 나도 모르게 지갑을 열고 있었다. 나는 두 가지 물건을 한 번에 잡는 데 사용할 수 있는 금속 클립을 집어 들었다. 배낭에 물병을 매달거나 할 때 요긴할 것이다. 물론 이 클립을 사용할 수 있는 두 가지 물건이 내게 없다는 사실 따위는 조금도 신경 쓰이지 않았다. 언젠가, 그 날이 오면, 두 물건이 내 수중에 들어오는 날이 오면 나는 준비가 돼 있으리라. 계산대에 있던 남자가 나를 향해 존중의 의미로 고개를 끄덕여줬다. 비록 이 바닥에서 비척비척 걷는 사람에 불과할지언정 나 역시 이 바닥의 일원임을 인정해주는 끄덕임이었다.

"걷고 계신가요?"

"케이프래스로 가고 있지요."

나는 결연하게 대답했다.

"먼 길이로군요."

"그렇지요."

나는 여전히 결연하게 대답하면서 한편으로는 그가 나를 알아봐주고 가게 안 다른 사람들에게 '우리 가게에 빌 브라이슨이 왔어요. 케이프래스까지 원정을 가시는 중이래요' 하고 말하면 사람들은 '세상에, 용감하기도 하지. 당장 가서 저 사람 책을 사야겠군' 하고 말해주지 않을까 기대했다. 하지만 그는 나를 알아보지 못했고 내 상상도 거기서 끝났다.

계산대 옆에는 피터 리브시(Peter Livesey)의 〈암벽 등반의 전설(Stories of a Rock-Climbing Legend)〉이라는 책이 진열돼 있었다. 나도 리브시 그 친구를 안다. 그는 우리 부부가 노스요크셔의 맬럼데일에 살았을 때, 그러니까 1980년대와 1990년대에 우리 집에서 1킬로미터 남짓 떨어진 곳에 살았었다. 내가 알기로 그는 정말 존경스러울 정도로 겸손한 친구였다. 나는 그 책을 사서 상점 뒤편에 있는 카페 2층으로 올라갔다. 그곳에서 나는 샌드위치를 먹으며 책을 읽었다. 읽는 내내 리브시의 능력과 용기에 감탄이 절로 나왔다. 미처 몰랐는데 그는 우리가 맬럼데일을 떠난 뒤 일 년 뒤 췌장암으로 세상을 떠났다. 그의 나이는 고작 54세였다.

카페에는 한 무리의 손님들이 있었는데 일찍 은퇴한 부부 두 쌍이 함께 휴일을 보내는 듯 보였다. 4명 모두 잘 차려입었고 남부 지방의 말투를 사용하고 있었으며 매우 교양이 있었다. 그리고 한 사람당 커피 한 잔과 케이크 한 접시를 각자 놓고 먹고 있었다. 언뜻 봐도 20파운드는 더 나올 것 같았다. 커피를 다 마시고 계산을 하러 갔더니 내 앞에 그 일행 중 한 명이 계산을 하고 있었다. 그 사람은 계산을 마치고 거스름돈을 받아서 '팁'이라고 적혀 있는 그릇에 넣었다. 그릇은 그리 깊지 않았다. 만약 그 안에 동전이 수북하게 쌓여 있었다면 그 사람이 넣은 동전이 다른 동전에 묻혀 분간할 수 없었을 것이다. 하지만 내 차례가 됐을 때 그릇 안을 보니 그릇 안에는 딸랑 10펜스짜리 동전 하나가 들어 있었다.

내가 뭔가 잘못된 사람인걸까 아니면 이것이 영국인다운 삶인 걸까? 아무도 보고 있지 않다고 생각해서 그런 거라면 수치스러운 행동 아닌가? 이것이 영국만의 특징이라거나 영국인의 보편적인 정서라는 말은 아니다. 단지 이것이 아주 생경한 풍경이 아니며 오히려 꽤 자주 보는 광경이라는 말을 하는 것이다. 처음 영국에 왔을 때만 해도 내가 하는 일을 누가 보고 있건 그렇지 않건 간에 적절한 때에 옳은 일을 해야 한다는 개념이 있었다. 그래서 쓰레기나 빈 깡통을 길가에 버리거나, 개가 인도에 싼 똥을 치우지 않는다거나, 일부러 주차 구획 두 칸을 차지하며 주차를 한다거나 하는 등의 행동을 하지 않았다. 팁을 주지 않을 수는 있지만 후하게 팁을 주는 척하면서 달랑 동전 한 닢을 넣지는 않았다. 교활함은 문화의 일부가 아니다. 한심한 사람이 돼도 좋은 상황은 없다. 이제 많은 사람들이 옳고 그름이 아니라 누가 보고 있느냐 아니냐에 따라 행동한다. 양심은 목격자가 있을 때만 발동한다. 왜 이렇게 됐는가? 고급 아웃도어 브랜드 재킷을 입은 밝은 표정의 사람마저도 교활함에 물든 이 시점에서 여러분은 어떻게 행동하고 있는가?

나는 레이크디스트릭트의 중심가이자 관광 센터가 있는 보니스온윈더미어(Bowness-on-Windermere)로 차를 몰고 갔다. 보니스는 늘 부산스러운 곳으로 묘사되곤 하는데 막상 가 보니 정말 발 디딜 틈 없이 방문객들로 꽉 차 있었다. 그곳은 늘 붐빈다. 관광객들은 대부분 창밖을 내다보며 차를 마시고 집에 갈 시간을 기다리는 백발의 노인들이었다. 20년 전 〈내셔널지오그래픽〉 기사를 쓰기 위해 이곳에 다녀간 이후 레이크디스트릭트를 찾는 방문객 수는 매일 평균 1만 1,000명씩 늘어났으며 대부분은 딱히 뚜렷한 이유도 없이 보니스에서 도보를 마친다고 한다.

보니스 호반은 매우 아름답다. 윈더미어는 레이크디스트릭트에 있는 호수 중 가장 큰 호수이지만 이곳처럼 아름답지는 않다. 보니스는 16킬로미터 남짓한 길이고, 가장 넓은 곳의 폭도 800미터 정도밖에 되지 않으며, 수심도 몇 미터 정도로 그리 깊지 않다. 그럼에도 불구하고 이 호수는 세계에서 가장 집중적인 연구가 진행되고 있는 호수에 속하는데 이는 거의 민물생물협회(Freshwater Biological Association) 덕분이다. 이 협회는 윈더미어에 본사를 두고 있으며 1929년부터 그물과 비커를 호수에 넣어가며 세계에서 가장 광범위하게 민물을 연구하고 있는 기관이다.

지금쯤이면 여러분도 눈치채셨겠지만, 영국은 지구상에서 자연 연구를 가장 열심히 하는 나라다. 숨을 쉬거나 씰룩거리는 것은 무엇이든지 다 연구하며 심지어 아무것도 하지 않고 그저 존재하기만 하는 이끼 같은 것들도 모두 연구 대상이다. 영국에는 선태학협회, 다족류와등각류연구단체, 조류학협회, 먹파리연구단체, 런던연체동물협회, 패류협회, 깔따구연구단체 등이 있다. 아, 물론 이끼협회도 있다. 그 밖에도 우리들은 거의 인지하지도 못하고 심지어 전혀 알지도 못하는 작고 살아 있는 것들을 수집하고, 보존하고, 연구하는 단체들이 수십 곳이 더 있다.

내가 연구 단체라고 표현한 곳은 정말 연구를 하는 곳이다. 1976년~2012년 사이, 영국나비감시기구(United Kingdom Butterfly Monitoring Scheme)의 자원봉사자들은 '나비 활동구역' 53만 6,000킬로미터를 걸었다.

나비 활동 구역은 나비의 생태를 기록하기 위해 임의로 정해놓은 사각형의 구역을 의미한다. 다른 연구 단체들 역시 모기, 박쥐, 개구리, 날도래, 잠자리, 버섯 파리, 민물 편형동물 그리고 그 밖에 모든 것들 연구에 헌신적이다.

변형균류기록기구도 있다. 이 말을 하려니 벌써부터 신이 나는데, 그 기구의 운영자는 '몰드(Mold, 영국의 지명으로 곰팡이라는 의미도 있다-옮긴이)'에 산다. 이들 중 누군가는 우리가 생각하는 것보다 훨씬 더 흥미로운 사실들을 발견한다. 절지동물인 노래기의 한 종류는 지구상 그 어디에도 존재하지 않고 오직 노퍽의 자급 농원에서만 발견된다. 캘리포니아의 스탠퍼드대학교 교정에서만 발견된다고 알려진 어느 모기 종이 콘월의 어느 오솔길가에서 발견되기도 했다. 이렇게 멀리 떨어진 곳에 어떻게 그 모기가 살게 됐으며 왜 다른 곳에는 전혀 살지 않는지는 아무도 모른다. 이런 이야기는 모기 컨퍼런스를 마치고 술을 마시는 시간에 신나게 논의하다 보면 어떤 확신이 생기기도 하지만 어쨌든 정확한 이유는 아무도 모른다.

〈내셔널지오그래픽〉 기사를 쓰기 위해 나는 민물생태협회에서 나온 젊은 과학자 한 명과 호숫가를 걸으며 이야기를 나누었는데 정말 단 한 순간도 그 젊은 과학자가 하는 말을 이해할 수 없었다. 당시의 파일에서 내가 메모를 해놓은 종이를 발견했는데 메모에는 그가 이런 말을 했다고 적혀 있었다.

'생태 평가 - 이분법? 담륜충. 씨앗새우. 무갑류 새우. V. 측정 어려움. 전망 안 좋음. 쌍시류 번데기. V. 위험!'

결국 나는 과학자의 말 받아쓰기를 멈추고 그의 말을 듣는 것도 중단했다. 그리고 그 과학자가 쉴 새 없이 뭐라 뭐라 말하며 물에 용기를 담그는 동안 나는 그저 호수의 풍경을 감상했다. 우리가 탄 보트를 향해 공원 경비원이 다가오고 있었다. 경비원의 이름은 스티브 태틀록(Steve Tatlock)이었는데 그는 내게 윈더미어에 모터보트가 1,600대가 다니고 있어서 매우 붐빌 거라고 말했다. 호수의 규모를 감안할 때 실로 어마어마한 수의 보트였다. 모두 거칠게 속도를 내며 달리는데, 돛을 달고 항해 중인 요트며 노 젓는 배, 카누, 공기를 넣어 부풀리는 뗏목, 심지어 단련된 수영 선수들 사이를 요리조리 가르며 수상 스키를 탄다. 호수는 시끄럽고, 위험하고, 성가시고, 정신 사나운 것들로 가득하다. 영국에는 호수가 많지 않고 그나마 대부분 모터보트의 출입을 금지하고 있다. 그러다 보니 윈더미어는 사람들이 보트를 가지고 와서 항해를 즐길 수 있는 몇 안 되는 곳이다.

태틀록은 내게 스피드 수상 스키를 타보고 싶지 않은지 물었고 나는 당연히 타보고 싶다고 대답했다. 그러자 그는 나와 함께 있던 과학자에게 장비를 안전한 곳에 집어넣게 한 다음 속도 조절 레버를 한껏 올렸다. 그러자 우리는 보통 만화에서나 볼 법한 속도로 허공에 붕 떴다. 우리는 물살을 가르며 수면을 튕겨 올라갔고 배는 거의 수면에 닿지도 않았다. 난폭하고 무모해보이지만 고요한 아침이었고 텅 빈 호숫가에는 우리밖에 없었다.

"보트 1,600대가 다 이러고 있다고 생각해봐요. 전속력으로 사방을 휘젓고들 다니지요. 정말 미친 짓이야."

태틀록이 소리쳤다.

이를 둘러싼 30년간의 논쟁 끝에 2005년, 윈더미어의 모터보트 속도를 시속 10마일 이하로 제한하는 법안이 도입됐고 호수는 고요함을 원하는 이들에게 훨씬 더 나은 방향으로 개선됐다. 하지만 호수와 그 인근에 사는 모든 생물들에게 썩 좋은 소식은 아니었다. 해조류가 대증식을 하고, 물고기 개체 수는 몇 년 동안 계속 감소했다. 더 넓은 자연 생태계에 미치는 영향도 그리 좋지 않았다. 2013년, 야생동물 기관들이 모인 협회에서 '자연 생태 보고서'가 발표됐는데 보고서에는 영국의 모든 동식물종 중 삼분의 이가 감소하고 있으며 이 중 일부 개체는 멸종 위기에 있다는 내용이 보고됐다. 번식 조류 개체 수는 1960년대 후반 이후 4,400만 마리까지 줄어들었다. 오랜 기간에 걸쳐 14종의 모기와 우산이끼가 영국 땅에서 사라졌고, 22종의 꿀벌과 말벌도 사라졌다. 영국은 다양한 동식물들이 거주하는 나라이지만 그것들을 유지하는 데는 별로 소질이 없다.

내가 호수에 갔을 때에는 그래도 여전히 모든 것들이 아름답고 건강해 보였다. 물은 깨끗했고 호수 위를 날아다니는 곤충들도 즐거워 보였다. 신통치 않은 내 능력으로 판단하기에는 그렇게 보였다. 소우레이의 선착장이 있는 곳까지 걷다가 선착장 근처 물속을 들여다봤다. 물속에 빈 담뱃갑이 버려져 있었다. 담뱃갑을 꺼내 흔들어 물을 빼고는 근처 쓰레기통에 버리려고 주위를 둘러봤지만 쓰레기통은 하나도 보이지 않았다. 결국 나는 한숨을 내쉬고는 축축한 담뱃갑을 꾹 짜서 주머니에 넣었다. 윈더미어의 자연을 위해서 할 수 있는 행동에 있어서도, 또 이 지구에 문제를 일으키는 대부분의 것들을 제재하는 데 있어서도 내가 실질적으로 할 수 있는 일이 그다지 많지 않다는 생각이 들었다. 나는 다시 차로 돌아와 다음 장소로 향했다.

24

요크셔

그날 밤은 룬벨리의 비공식적 수도인 커크비론스데일(Kirkby Lonsdale)에서 하룻밤을 묵었다. 커크비론스데일은 매우 아름다운 곳이지만 아는 이가 드물다. 하지만 이런 곳은 론스데일만은 아니다. 이 근방 거의 대부분 지역이 많이 알려지지 않았다. 레이크디스트릭트나 요크셔데일스 국립공원 같은 곳이 사람들의 머릿속에 워낙 강하게 각인되다 보니 영국 북서부 지방의 다른 곳들은 다행스럽게도 간과되고 있다. 보랜드 숲이나 에덴벨리에 한번 가보라. 오롯이 홀로 그 숲과 풍광을 누릴 수 있을 것이다. 룬벨리는 호수가 없어도 레이크디스트릭트나 요크셔데일 못지않게 경관이 빼어나다. 하지만 룬벨리라는 지명을 들어본 적 있는가?

커크비론스데일은 아담하면서도 활기에 넘치는 작고 근사한 마을이다. 한때 론스데일에는 그 지역에서 생산된 울로 만든 점퍼를 파는 상점들이며 공예품을 파는 상점들이 있었지만 지금은 모두 사라지고 없다. 하지만 현대인들이 원하는 분위기의 레스토랑과 카페들은 남아 있다.

이른 아침 나는 차를 몰고 세드버그(Sedbergh)까지 갔다. 세드버그는 아주 매력적인 마을로 지금은 컴브리아에 속하지만 과거에는 요크셔의 웨스트라이딩(West Riding)으로 알려졌었다. 세드버그는 15세기에 세워진, 마을 이름과 똑같은 세드버그공립학교로 유명하지만 최근에는 '영국의 책 마을'로 거듭나려고 노력하고 있다. 마을에 중고 책을 주로 판매하는 근사한 대형 서점 하나와 작은 서점들 몇 개가 모여 있기 때문이다. 도보 여행 용품을 파는 좋은 상점도 있고, 철물점도 있으며 카페와 식당들도 있다. 즉 작고 외진 마을에서 기대할 수 있는 것보다는 더 많은 상점들이 있다. 하지만 이 마을에는 추한 건물이 딱 하나 있다. 바로 브리티시텔레콤(British Telecom) 건물이다. 이따금 나는 브리티시텔레콤보다 이 세상의 흉측함과 세상에 대한 불만에 더 많이 기여한 기업이 또 있을까 궁금해지곤 한다. 도대체 왜 브리티시텔레콤은 햄프셔의 가정집 이 방에서 저 방으로 광대역 회선을 끌어다 주지 못하는지, 그래서 불만을 제기하면 어째서 즉시 인도 방갈로르에 있는 퉁명스러운 친구에게 연결해주는지 제발 누군가 설명을 좀 해줬으면 좋겠다.

커피 한 잔을 마시러 시내 중심가에 있는 카페에 갔다. 카페는 책 마을답게 중앙에 손님들이 마음대로 읽을 수 있는 책들을 진열해놓았다. 내 눈길을 끄는 책도 있었다.

딱딱한 표지로 제본된 《한 번뿐인 인생이라면(You Only Live Once)》으로 저자는 영국 최고의 여신, 케이티 프라이스(Kaite Price, 영국의 모델 - 옮긴이)였다.

프라이스 양의 대단한 통찰력대로 인생은 한 번뿐일지 몰라도 그에 관한 이야기는 쓰고 또 쓴 것 같다(읽어보니 이 책에서 케이티 양은 존재론적인 문제는 거의 다루지 않았다). 놀랍게도 이 책은 그녀의 다섯 번째 자서전이었으며 그녀의 나이가 25세임을 생각하면 자서전을 아주 많이 낸 편이다. 그녀는 매혹적인 자서전뿐 아니라 소설도 다섯 권이나 썼다. 그녀가 낸 이 모든 책들은 그녀의 국제 비즈니스 왕국 운영과 최소한 한 개당 30킬로그램은 나갈 것 같은 무거운 가슴을 달고 살아가는 삶을 지탱해준다.

《한 번뿐인 인생이라면》은 프라이스의 부유함과 화려한 삶의 단편들뿐 아니라 두 번의 결혼과 자녀들, 무수히 많은 인간관계도 보여주고 있다. 1장의 제목은 "사랑에 푹 빠졌어"인데 이미 제목만으로도 그 장을 다 읽은 것 같았다. 6장 제목은 더욱 흥미롭다. "내 애마는 분홍색으로"이다(무슨 말인지 모르겠다. 이제 막 아침 식사를 마쳐서인지 아직 멍하다). 책은 주로 알렉스 레이드(Alex Reid)와의 결혼 생활을 다루고 있었다. 내가 알기로 두 사람은 채널 5에서 방영하는 프로그램 〈돈 때문이라면 벌레도 먹을 거야(I'll Eat Bugs for Money)〉에 출연하면서 영국의 대척지인 호주나 뉴질랜드의 어느 정글에서 만났다. 두 사람은 2010년 2월에 결혼했고 11개월 후 이혼했다. 내 얼굴에 난 여드름도 그들의 결혼 생활보다는 길게 갔다.

상류층의 호화로운 기억을 출판한 곳이 어디인가 보니 랜덤하우스였다. 다름 아닌 내 책을 내는 출판사였다. 나도 케이티 프라이스와 한솥밥을 먹고 있었으며 우리는 법적으로 한 식구였다. 아니, 그런데도 나를 출간 기념회에 한 번도 초대 안 했단 말이야? 잘 먹고 잘 살아라!

요크셔로 갔다. 나는 요크셔와 요크셔 사람들을 사랑한다. 나는 그들의 둔감함을 존경한다. 《빌 브라이슨 발칙한 영국산책》에서도 말했듯 자신의 결점을 알고 싶으면 요크셔만한 곳은 없다. 내가 8년간 살았던 맬럼데일은 지금 내가 와 있는 요크셔에서 그리 멀지 않다. 그리고 나는 무뚝뚝한 골짜기 주민들이 내 결점을 찾는 일에 협조를 해주지 않는 통에 무척이나 힘든 하루를 보내고 있었다.

나는 맬럼데일을 사랑하고 지금도 그곳이 그립다. 하지만 새로움을 추구하기 위해 나는 요크셔데일스의 다른 지역들을 가보기로 했다. 내게 덜 친숙한 곳을 찾다 보니 덴트데일(Dentdale)로 향하게 됐다. 덴트데일은 많이 알려지지 않은 곳이다. 유명한 '새틀 투 칼라일' 철로가 지나가는 주요 거점 중 한 곳이라는 사실 정도만 알려져 있다. 사실 이 노선은 영국의 모든 철로 중 가장 그림 같은 풍광을 지닌 동시에 놀라울 정도로 불필요한 철로다.

이 철로를 구상한 사람은 1860년대, 미들랜드 철도청의 총 책임자였던 제임스 올포트(James Allport)다. 그는 스코틀랜드로 통하는 노선을 내고 싶어 했다. 동쪽 해안에서 서쪽 해안으로 가는 노선은 이미 있었기에 그는 가운데로 올라가는 노선을 내기로 했다. 그런데 그렇게 하려면 유일하게 가능한 방법이 가장 음산하고, 가장 외지고, 가장 텅 비어 있는 페나인 구릉지를 관통하는 방법뿐이었고 그러려면 불규칙하고 깊은 골짜기들이 있는 곳을 116킬로미터나 지나야 했다. 기관사들에게는 악몽 같은 구간이다. 이 프로젝트를 진행하려면 거의 2.4킬로미터에 달하는 블리무어(Blea Moor)구간을 포함한 14개의 터널과 21개의 고가교를 설치해야 했고 그중 몇몇 고가교는 상당히 크게 지어야 했다. 경제적 이득은 조금도 없는 계획이었다. 올포트와 그의 동료는 슬슬 이것이 미친 계획임을 깨닫고 프로젝트에서 손을 떼기 위해 프로젝트 포기 청구서를 제출했다. 하지만 가학적인 의회는 단칼에 포기 청구서를 거절했다.

올포트는 철도 건설 책임자로 젊은 건축 공학가 찰스 셜랜드(Charles Sharland)를 지명했다. 셜랜드는 태즈메이니아 출신이고 임명됐을 당시 나이가 20대 초반이었다는 사실 외에는 거의 알려진 바가 없다. 셜랜드가 맡게 된 업무는 가히 상상조차 하기 힘들 정도로 어마어마한 규모였다. 게다가 아무 것도 없는 척박한 자연 속 열악한 시설에서 일해야 했기에 상황은 더욱 어려 웠다. 셜랜드는 마차에서 잠을 잤고, 폭풍우나 눈보라가 휘몰아칠 때도 몇 시 간씩 중노동을 했다. 게다가 이 어마어마한 일을 할 당시 그는 놀랍게도 결핵 투병 중이었다. 결국 결핵이 그의 발목을 잡았다. 그는 거의 다 마무리 돼가던 일에서 손을 놓아야 했고 토키로 가서 병상에 누웠다. 그의 나이 스물다섯이 었다. 오래지 않아 셜랜드는 자신이 만든 철로 위에 열차가 달리는 광경도 보 지 못한 채 눈을 감았다. 토키에 갔을 때 나는 그가 살던 집을 보고 싶었지만 그에 대한 기록이 워낙 불분명해서 그가 살던 집은 찾을 수 없었다. 하지만 최 소한 그가 만든 철도는 볼 수 있었다.

이 철도는 1876년 5월 1일 개통했고 첫 출발부터 정말 아주 멍청했다. 철도 는 마을 주민들의 편의성이라고 하는 본래 목적과는 달리 실용성을 이유로 대다수 마을에서 멀리 떨어진 곳에 정차했다. 커크비스티븐 역은 커크비스티 븐 마을에서 2.4킬로미터나 떨어져 있으며 덴트 마을로 가려면 가파른 경사 로를 180미터나 올라가야 한다.

나는 이 열차를 몇 번 타봤는데 데일스 끝에서 바라보는 근엄한 철도의 모 습은 대단히 멋지다. 하지만 열차 안에서는 철도를 감상할 수 없다. 철도를 감 상하려면 반드시 철로 옆에 서서 봐야 한다. 나는 이 철로를 감상하기 위해 덴 트헤드 고가교에서 차를 세우고 내렸다. 고가교는 180미터 길이에 10개의 아 치를 두르고 있으며 골짜기 바닥에서부터 30미터 높이에 세워졌다. 이렇게 글로만 보면 대단하지 않게 느껴질 수도 있지만 실제 3차원으로 그 모습을 보 면 입이 다물어지지 않을 정도다. 나는 머리를 뒤로 한껏 젖히며 철도를 감상 하다가 균형을 잃어 하마터면 넘어질 뻔했다.

영국 철도청은 이 철로를 폐쇄하기 위해 몇 년간 노력했고 마침내 정차하는 역이 거의 없어지자 폐쇄하는 데 성공했다. 덴트 역은 16년간 문을 닫았고 다른 다수의 기차역들은 거의 관심을 끌지 못했다. 하지만 요즘 들어 이 철도는 형편없는 계획과 운영, 마케팅의 본보기로 다시 활기를 띄고 있다. 요즘은 양방향 모두 하루에 7대의 기차가 다니는데 승객 수는 1983년 9만 명에서 2013년에는 120만 명으로 어마어마하게 늘었다.

새틀 투 칼라일 철도에서 가장 상징적인 구조물은 리블헤드 고가교다. 이 다리는 리블 강 골짜기를 400미터가량 가로지르고 있다. 24개의 아치가 있으며 가장 높은 지점은 지면으로부터 32미터 높이다. 영국 철도청은 유지 관리 비용 때문에 수년 동안 이 다리를 폐쇄하고 싶어 했고 이 다리 바로 옆에 철로된 현대식 다리를 지었다. 두말할 나위 없이 이 현대식 다리는 요크셔의 고풍스러운 풍경을 망쳐버렸다. 다행히 옛 다리를 지키자는 개념이 확산되며 기금이 조성됐고 고가교는 그대로 남아 있게 됐다. 물론 이것이 핵심이다. 오래된 훌륭한 유물이 많이 있고 그 유물을 지키고 싶다면 대가를 치러야 한다. 대가를 치르지 않으면 지킬 수 없다. 나는 이것이 현대 영국을 설명하는 말이라고 생각한다.

한참을 조용하고 아름다운 시골길로 달렸다. 그러다가 길이 점점 더 높은 곳으로 올라가는가 싶더니 점차 바위들이 많아지고 풍경도 황량해졌다. 풍경은 황량했지만 그래도 아름다웠다. 이 길은 양쪽의 푸른 언덕과 대조를 이루고 있었다. 푸른 언덕에서는 젖소 떼가 그림처럼 풀을 뜯고 있었고, 외로이 두런두런 솟은 고지들이 이 풍경을 영원히 매혹적으로 만들고 있었다.

어느 곳에서 가도 몇 킬로미터는 가야 하는, 외로이 뚝 떨어져 있는 가스데일헤드에서 나는 유명한 무어콕(Moorcock) 술집(나는 이 술집 이름을 들을 때마다 늘 색정증 환자의 신음소리가 떠오른다)(술집이름을 발음하면 'moor'이 모어(more)처럼 발음되며 'cock'는 수탉이라는 의미 외에도 남성의 성기라는 의미도 있다. 따라서 남성의 성기를 더 원한다는 뉘앙스를 풍기는 발음이 된다 – 옮긴이)을 지나, 관광객들로 꽉 들어차 붐비는 호즈 마을을 지나쳤다. 이 마을 상점들을 1시간 동안 기웃거리지 않고 곧장 차로 지나친 사람은 아마 역사상 내가 최초일 것이다. 어째서 사람들은 딱 한 곳만 빼고는 세상 어디를 가도 다 괜찮을 때 딱 그곳에 가는지 정말 알다가도 모를 일이다. 나는 호즈 마을 대신 스웨일데일(Swaledale)과 웬슬리데일(Wensleydale)로 갔다. 데일(dale) 중에 가장 아름다운 두 곳이다. 나는 스웨이트에 차를 세우고 근처의 머커 마을까지 걸어갔다가 되돌아왔다. 가는 길 양쪽 옆 초원에 젖소들이 풀을 뜯어 먹고 있었는데 감사하게도 내게 못된 짓을 하지는 않았다. 나는 다시 차를 몰고 애스크리그로 갔다. 애스크리그(Askrigg)는 한때 텔레비전 드라마 〈올 크리쳐스 그레이트 앤 스몰(All Creatures Great and Small)〉에서 다로우비 마을로 나오면서 관광객과 관광버스들로 늘 북적이던 곳이다. 하지만 내가 찾았을 때는 꽤 한적했다. 각종 기념품이며 찻잔, 간지러운 문구가 들어간 나무판자만 팔지 않았더라면 더욱 근사한 마을이었을 것이다.

애스크리그에서 약 8킬로미터 뒤쪽으로 축복받은 아름다운 곳, 에이스가스 폭포가 있다. 이 폭포는 나이아가라 폭포 같지는 않지만 작은 폭포들이 여러 층으로 돼 있다. 유리 강에서 흘러나온 물이 계단처럼 된 석회암 층을 타고 흘러내리는데, 드라마에서 아쉬웠던 점을 채워주는 예쁜 장면이자 늘 보는 이들을 즐겁게 해주는 장면이 이곳에서 자주 연출되곤 한다. 바로 물 위로 드러난 돌들을 디뎌가며 물을 건너려다가 풍덩 빠지는 바보들의 모습이다. 내가 갔을 때에도 몇몇 시끄럽고 멍청한 젊은이들이 사방팔방 물을 튀기며 넘어지면서 주위에 있는 모든 이들에게 큰 웃음을 선사하고 있었다.

시장이 있어서 늘 분주한 마을 레이번(Lay burn)에 도착했을 때에는 자동차들이 꽉 차 있었다. 나는 펜리 광장에 있는 한 식당 앞에 주차를 하고 그 식당에서 매콤한 케이준 랩을 먹었다. 그러고는 만약 30년 전의 윌리엄힐(William Hill, 스포츠 배당업체)이라면 요크셔 시골 마을 사람들이 매운 케이준 랩을 먹는다는 데 어떤 승부수를 걸었을까 하는 생각이 들었다.

레이번은 가장 아름다운 마을은 아니지만 호젓하고 조용하게 도보를 시작하기 아주 좋은 곳이다. 마을 서쪽 끝에 있는 시장의 상점들 뒤로는 '레이번 숄(Leyburn Shawl)'이라고 불리는, 수목이 우거진 절벽이 있다. 이 절벽은 웬슬리데일 위쪽으로 3.2킬로미터 가까이 이어져 있는데 실로 절경이다. 전설에 의하면 '레이번 숄'이라는 이름은 스코틀랜드의 여왕 메리가 1568년 볼튼성에 6개월 동안 포로로 갇혀 있다가 달아나면서 그 자리에 숄을 떨어뜨려서 생긴 이름이라고 한다. 이 이야기에서 문제는 '숄(shawl)'이 메리 여왕(1543~1567)이 목에 뭔가를 두르기 시작하고도 한참 후인 1662년에 처음 등장했다는 점이다. 〈옥스퍼드 영어사전〉에는 아예 지명으로 사용되는 '숄' 표제어 자체가 없다. 뭐 이런 일이야 늘 있지 않던가. 사노라면 이따금 쓰디쓴 실망도 맛보는 법이다.

숄 한참 뒤쪽으로는 프레스톤언더스카 마을이 있었고 그곳에는 단숨에 눈길을 사로잡는 볼턴 캐슬(Bolton Castle)이 우뚝 솟아 있었다. 마치 산허리에 거대한 체스 말이 놓인 것 같은 자태였다. 나는 잘 알지 못하는 몇 가지 이유로 그 성은 '볼턴 캐슬'이라고 불리며 그 옆에 있는 마을은 '캐슬볼턴(Castle Bolton)'이라고 불린다. 볼턴 캐슬은 14세기 후반에 세워졌으며 어떤 면에서 보면 소박하고 근엄한 자태가 매우 인상적이다. 성을 둘러보려면 입장료 8.5파운드를 내야 하는데 내가 자발적으로 내고 싶은 금액의 4배가 넘는데다가 시간도 꽤 늦었다. 레이번에서 거의 2시간 가까이 걸려 이곳에 왔기 때문에 성을 둘러보고 나면 5시까지 내 차로 돌아가지 못할 것 같았다. 게다가 차를 타고 1시간은 더 운전을 해야 했다. 비록 짧은 방문이었지만 오게 돼서 무척 영광이었으며 이 마을을 들른 대가로 나는 해피 아워(술집에서 원래 가격보다 싼 값에 술을 파는 이른 저녁 시간대 – 옮긴이)를 고스란히 포기해야 했다. 그리하여 나는 서둘러 볼턴캐슬과 캐슬볼턴에 작별을 고하고는 성큼성큼 걸어서 내 듬직한 렌터카가 주차돼 있는 레이번으로 돌아왔다.

이날 저녁은 바너드캐슬(Barnard Castle)에서 묵었다. 바너드캐슬은 더럼 카운티의 티스 강(River Tees)유역에 있는 활기찬 상업 마을이다. 이 마을에 있는 유명한 보스 박물관(Bowes Museum)에 가고 싶었지만 아쉽게도 너무 늦은 시간이어서 박물관은 이미 문을 닫은 후였다. 결국 저녁 어스름이 내리는 마을을 슬슬 걷기로 했다. 참으로 어여쁜 마을이었다. 걷다 보니 어느 집 명패가 눈에 띄었다. 그리고 노스코트 파킨슨(C. Northcote Parkinson)이 갈게이트 45번지에서 태어났다는 사실을 알게 됐다. 파킨슨보다 더 열정적이고 성공적으로 한 가지 생각을 쥐어짜낸 이는 없다. 그는 '일은 그 일을 완수하는 데 주어진 시간만큼 늘어난다'는 개념의 그 유명한 '파킨슨의 법칙'을 생각해 냈다.

이 개념을 최초로 명확히 밝힌 것은 1955년 〈이코노미스트〉에 쓴 재밌는 에세이에서였다. 당시 그는 싱가포르에 있는 말라야대학교의 교수였다. 이후 파킨슨은 이 에세이를 얇은 책으로 출간했다. 책 제목은 《파킨슨의 법칙(Parkinson's Law)》이었는데 이 책이 세계적인 베스트셀러가 되면서 그는 단 하나의 개념을 창안한 사람치고는 엄청난 부와 명예를 누리게 됐다. 그는 하버드대학교와 버클리에 있는 캘리포니아대학교에서 객원 교수로 강의를 했고, 상당히 오랜 기간 수익성이 좋은 강연회를 무수히 많이 다녔다. 이후 그는 몇 권의 책을 더 냈는데 그중에는 소설도 몇 권 있었다. 이후의 책들은 《파킨슨의 법칙》의 성공을 즐기는 수준일 뿐 별다른 의미는 없었다. 그럼에도 불구하고 그는 엄청난 돈을 벌었고 탈세를 목적으로 채널 제도에 있는 건지 (Guernsey) 섬으로 가서 국외 이주자가 됐다. 그는 1993년, 83세의 나이로 사망했다. 사망할 때까지 35년 동안 그는 별다른 재미난 일은 전혀 하지 않았다. 그렇긴 해도 그는 〈옥스퍼드 인명대사전〉에 1,500단어로 설명이 돼 있다. 새틀 투 카일리 철도의 잊힌 아버지이자 가련한 우리의 친구 찰스 셜랜드는 단 한 단어도 없는데 말이다. 궁금하면 확인해보시라.

바너드 캐슬에는 술집이 많았고 대부분 성업 중이었다. 나는 저녁 식사 전 한잔을 가장 흥겨워 보이는 올드 웰 술집에서 하기로 했다. 내 테이블 옆에는 이쪽 업계 잡지 〈펍앤바〉 최신호가 있었다. 처음에는 무심결에 잡지를 집어 들고 읽었는데 읽다보니 처음에는 무척 재미있었고 나중에는 감탄이 절로 나왔다. 내용도 내용이거니와 글도 매우 훌륭했기 때문이다. 요즘 이렇게 칭찬할 일이 얼마나 있단 말인가? 특히 도싯 – 서머싯 경계에 있는 림턴 힐의 술집 '화이트 포스트'에 관한 기사가 매우 흥미로웠다. 기사에 의하면 양쪽 주를 가르는 경계선이 술집의 정중앙을 가르고 있다고 한다. 그런데 예전에는 도싯과 서머싯의 주류 관련법이 달라서 사람들은 술을 마시다가 밤 10시가 되면 10시 30분까지 합법적으로 술을 마실 수 있는 옆쪽으로 자리를 옮겨서 마셨다고 한다. 왜인지는 모르겠으나 이 기사를 읽으며 예전의 것들에 대한 향수로 가슴 한 켠에 아련한 통증을 느꼈다.

술 한 잔을 마신 후 밖으로 나와 인도 식당에 가서 카레를 먹었다. 그리고 이후 10시간 동안 아까와는 전혀 다른 종류의 아픔을 느꼈다. 하도 아파서 헛소리까지 했다는 말은 하지 않겠다. 그저 나쁜 꿈을 꾸었노라고 해두자. 새벽 1시에 문득 잠이 깬 나는 정말 굉장한 아이디어가 떠올랐다고 생각했고 그 생각을 잊기 전에 침대 옆 테이블에 놓아둔 공책에 황급히 적었다.

다음 날 아침 짐을 꾸리며 공책을 보니 이렇게 적혀 있었다. '한 가지 좋은 점은, 지미 새빌(Jimmy Savile, 2011년 사망한 영국의 디스크자키로 사망 후 다수의 성범죄 스캔들이 났다 – 옮긴이)이 영원히 죽었다는 사실이다.'

한 가지 안 좋은 점은 내가 잘못 적었을지도 모른다는 사실이다.

25

더럼과
북서부 지방

I

런던의 글로스터로드 지하철역 밖에는 탁 트인 곳이 있는데 한때 그곳 한복판에 커다란 화단이 있었다. 화단 안에는 단단한 관목들이 심어져 있었고 가장자리로 얕은 담장이 둘러져 있어서 사람들은 그 담장에 앉아 샌드위치를 먹기도 하고 친구를 기다리기도 했다. 대단치는 않지만 기분 좋은 화단이었다.

그러던 어느 날 이 지역 의회에서 그 화분을 치워버리고 그 자리에 아무 감흥도 없는 광장 비슷한 것을 만들었다. 얼마 후 그곳을 지나면서 보니 밝은 노란색 조끼를 입은 의회 공무원 몇 명이 새로 만든 텅 빈 공간에 서서 뭔가를 적으며 일을 하고 있었다. 나는 그들에게 왜 화단을 치웠는지 물어봤다. 그러자 지자체에서 그 화단을 관리하고 운영할 자금이 충분하지 않다는 답변이 돌아왔다. 문득 이런 생각이 들었다.

'결국 다 이렇게 되는 건가? 이제 형편없는 이 싸구려 시대가 우리가 영원히 살아야 할 시대인가? 관목 몇 그루 있는 화단 하나 건사하지 못할 정도로 열악한 시대에 살아야 하는 건가?'

이런 생각들이 머릿속을 스치는 동안 우리가 탄 차는 더럼(Durham)의 오래된 도시를 향해 북쪽으로 달리고 있었다. 창밖으로 더럼대성당의 장엄한 돌탑이 보였다. 예전에 언젠가 이 성당의 보수를 맡은 건축가 크리스토퍼 다운스(Christopher Downs)가 직접 이 성당을 안내해줘서 무척 즐거운 아침 시간을 보냈던 적이 있다. 웅장하고 오래된 성당이긴 하지만 성당 해설가로 전문 건축가까지 고용했다는 사실에 내심 무척 놀랐었다. 오래된 건축물들은 자연히 붕괴되기 쉬워서 특별히 세심한 주의가 필요하다. 건축에 자주 사용되는 돌이라는 소재도 흔히들 생각하는 것처럼 영구적이지 않다. 아무리 단단한 돌이라도 몇 백 년 동안 비바람을 맞게 되면 자연히 쪼개지고 부서지는 것이 이치다. 크리스토퍼가 해준 이야기에 의하면 석공들은 그렇게 부서지고 쪼개진 오래된 돌들을 조심스럽게 깎아내고 돌이 깎인 자리에 새 돌 조각을 밀어 넣는다고 했다. 나는 이 말이 무척 혼란스러웠다. 나는 어째서 그냥 있던 돌을 빼내고 그 자리에 새 돌을 넣지 않느냐고 물었다.

그러자 크리스토퍼는 나의 순진한 발상이 놀랍다는 듯 잠시 내 얼굴을 보더니 이렇게 대답했다.

"돌 두께가 기껏해야 15~22센티미터 정도밖에 되지 않으니까요."

알고 보니 더럼대성당 벽은 내가 생각했던 것처럼 하나의 돌로 된 것이 아니라 외벽에 15~22센티미터 두께의 돌로 이뤄져 있고 내벽도 비슷한 두께의 돌로 돼 있으며 외벽과 내벽 사이에 약 1.6미터의 공간이 있는데, 이 공간을 거친 돌이나 단단한 돌들을 시멘트와 비슷한 모르타르와 섞어 채워 단단히 고정시켰다고 한다.

그래서 다른 위대한 문화유산과 마찬가지로 더럼대성당도 얇은 두 돌 벽 사이에 돌 파편들이 엄청나게 쌓여 있다. 게다가 놀랍게도 이 돌벽이 수분이나 다른 이물질은 물론 공기조차 통하지 않는 불침투성 재료이다 보니 그 사이에 들어간 끈적거리는 모르타르가 완전히 마르는 데 무려 40년이나 걸린다고 한다. 양 벽 사이를 채운 모르타르가 마르고 나면 전체적으로 건축물이 서서히 자리를 잡게 되는데 이때 대성당 석공들은 비로소 문설주와 상인방, 그리고 기타 수평 구조물을 만든다고 하며 애초에 살짝 예각으로 만들어야 시간이 흐른 뒤 정확하게 각도를 맞추기가 수월하다고 한다. 40년 동안 아주 서서히 자리를 잡은 건축물은 한 치의 오차도 없는 완벽한 수평 상태를 유지하게 된다. 이것이 대성당을 짓는 과정이다. 내게는 그저 놀라운 이야기였다. 자신들이 살아서는 보지 못할 완벽한 상태의 건축물을 위해 미리 앞을 내다보고 그 일에 헌신하는 이들을 생각하니 입이 다물어지지 않았다.

내가 이 분야에 전문가는 아니지만 우리가 11세기 사람들보다 훨씬 더 풍요롭게 살고 있다는 점만은 부인할 수 없다. 하지만 그 시절 사람들은 더럼대성당처럼 장엄하고 영원한 건축물을 짓기 위한 재료를 찾을 수 있었는데 현대를 살아가는 우리들은 화단 하나에 심어진 관목 여섯 그루조차 지키지 못한다니 정말 뭔가 심각하게 잘못된 건 아닐까?

내가 편향된 사람이긴 하지만 그래도 나는 더럼이 지구상에서 가장 근사한 작은 마을이라고 생각한다. 더럼은 인심 좋고, 슬기로우며, 잘 보존되고 있는, 매우 아름다운 곳이다. 《빌 브라이슨 발칙한 영국산책》에서도 더럼을 칭찬했더니 이에 더럼대학교에서 내게 명예 학위를 주며 감사의 표시를 했다. 명예 학위를 받았을 때 더럼을 더 칭찬하자 이번에는 학교 측에서 아예 내게 총장직을 줬다. 이제 더럼은 나의 도시가 됐다.

대학교 총장 자리는 영국의 상아탑 세상 외부에 있는 사람들은 아무도 이해하지 못하는 자리다. 2005년 총장 임명식에서 나의 영웅이자 친구이며 더럼대학교 부총장이었던 케네스 칼만 경(Sir Kenneth Calman)을 보자마자 나는 대뜸 이렇게 물었다.

"도대체 총장이 뭘 하는 사람이야?"

그러자 그는 온화하고 지혜로운 말투로 이렇게 대답했다.

"아, 총장은 비데 같은 거라고 생각하면 돼. 가지고 있으면 좋지만 그게 정확히 어디에 쓰이는지는 아무도 모르는 그런 자리지."

총장은 명목상 대학교의 수장이지만 실질적으로는 아무 역할이나 권한도 없으며 뚜렷한 존재 목적도 없다. 대학교는 실질적으로 부총장에 의해 운영된다. 케네스는 내게 이렇게 말했다.

"자네가 할 일은 무해하고 상냥하게 자리를 지키는 거야. 그리고 1년에 두 번 있는 졸업식에서 사회를 보는 거지."

그리하여 나는 6년 동안 정말 그렇게 했다. 나는 그 직업이 마음에 쏙 들었다. 마치 여왕마마이자 동시에 산타클로스가 된 기분이었다.

영국은 종종 많은 일들을 깜짝 놀랄 정도로 잘 해내고도 그 사실을 인지하지 못하는 경우가 많다. 그리고 교육만큼 이 경우가 딱 들어맞는 분야도 없다. 영국의 대학교와 미국의 대학교를 비교해보면 그 차이가 확연히 드러난다. 모두 알다시피 미국의 대학교들이 마음대로 사용할 수 있는 돈의 규모는 정말 머리가 멍해질 정도다. 하버드대학교로 들어오는 기부금은 320억 달러로 여느 나라의 GDP보다 많다. 예일대학교의 기부금은 200억 달러, 프린스턴과 스탠퍼드 대학교는 180억 달러이며 그 밖에도 열거하자면 끝도 없다.

내가 살던 아이오와 주의 그리넬칼리지는 훌륭한 인문과학 대학이지만 미드웨스트를 벗어나면 사람들은 이 학교를 거의 알지 못한다. 이 학교의 학생 수는 1,680명이며 기부금은 15억 달러다. 이 액수는 영국의 옥스퍼드대학교와 케임브리지대학교의 기부금 액수를 합한 것보다 많다. 미국에 있는 81개의 대학교 모두가 최소한 10억 달러 이상의 기부금을 받고 있다.

이는 기부금에만 국한되는 이야기다. 등록금이나 각종 스포츠 프로그램, 수익성 높은 사업으로 벌어들이는 어마어마한 돈은 아예 건드리지도 않았다. 여러분도 아시다시피 오하이오주립대학교는 매년 스포츠 프로그램으로 1억 1,500만 달러를 벌어들이며, 내 입으로 이런 말을 하긴 부끄럽지만 그중 4,000만 달러는 기부금 형태로 들어온다. 그렇다. 오하이오주립대학교 풋볼 팀에 더 매력적이고 능력 좋은 선수들을 채용하라는 이유만으로 사람들은 그 학교에 연간 4,000만 달러를 그냥 준다. 4,000만 달러는 영국의 엑세터대학교의 총 기부금 액수다. 오하이오주립대학교 풋볼 팀이 연간 벌어들이는 돈보다 더 많은 기부금을 받는 영국의 대학교는 고작 스물여섯 곳뿐이다.

내가 이 문제에 처음 관심을 가지게 된 것은 버지니아대학교의 모금 행사가 열렸던 저녁 식사 자리에서였다. 바로 내 옆에 앉은 사람이 마치 버지니아대학교에 기부를 하는 행위가 이 세상에서 가장 할 만한 일이라는 말투로 5년간 모금 행사로 30억 달러를 조성했다고 말하고 있었다. 이 액수를 달성하기 위해 버지니아대학교는 열성적인 기금 조성 직원을 250명 고용했다. 이 부서에 나가는 돈만 해도 매년 50만 달러다. 이 대학교에서 풋볼 코치를 제외하고는 이보다 더 높은 연봉을 받는 이는 없다. 간단히 말하면 버지니아대학교는 스스로를 거대한 현금 제조기로 만들었다.

대학은 목표 금액을 달성했고 그것도 어마어마하게 초과 달성했지만 실상을 들여다보면 이야기가 조금 달라진다. 2014년 〈타임스하이어에듀케이션〉 잡지사에서 선정한 대학 순위에 의하면 버지니아대학교는 전 세계 대학교들 중 130위였다. 미국의 대학들보다 훨씬 더 기부금이 적은 영국의 대학들 열여덟 곳은 전부 이보다 높은 순위였다. 이 잡지에 의하면 버지니아대학교는 영국의 랭커셔대학교와 비슷한 순위인데 랭커셔대학교에 들어오는 기부금은 버지니아대학교의 천분의 일 정도다. 참 대단하지 않은가.

더 대단한 점은 늘 초라하기 짝이 없는 수준의 기부금을 받는 영국의 대학 중 세계 10위 안에 드는 대학이 3개이며 100위 안에 드는 곳은 11개라는 사실이다. 다른 시각으로 보자면, 영국의 인구는 전 세계 인구의 1퍼센트고, 11퍼센트의 최고 대학을 보유하고 있으며, 학문적으로 인용되는 인용문은 12퍼센트고, 가장 자주 인용되는 논문은 16퍼센트를 차지한다.

영국에서 고등 교육 분야 말고도 이토록 적은 비용을 들여 세계적인 수준의 성과를 낼 수 있는 다른 분야가 또 있는지 무척 궁금하다. 오늘날 영국에서 가장 눈에 띄게 두드러지는 것이 하나 있기는 하다. 내가 영국에서 겪은 가장 이상한 경험은 더럼에 있는 유물이자 매우 고귀한 교각인 엘벳 브리지(Elvet Bridge)에서 있었던 일이다. 거의 잊고 지내다가 이번에 대성당 가는 길에 그 다리를 건너면서 그 기억이 떠올랐다. 일단 엘벳 브리지의 역사는 12세기로 거슬러 올라간다. 워낙 오래된 데다 다리 폭이 좁아서 오토바이나 자동차처럼 엔진이 달린 차량의 통행은 금지돼 있다. 나는 이 다리를 자주 이용하곤 했다. 당시 나는 각종 졸업식이 열리는 주간에 졸업식들에 참여하기 위해 더럼에 있는 한 호텔에 머물렀는데 주로 졸업식이나 각종 축하연은 대성당에서 많이 열렸고 내가 묵던 호텔과 대성당 사이에 이 다리가 있었기 때문이다.

어느 날 아침 대성당에서 열리는 첫 번째 졸업식을 참가하기 위해 막 서두르는데 다리 가장자리에서 뭔가 심상치 않은 기운이 느껴졌다. 왜 그런 기분이 들었는지는 지금도 모르겠다. 내가 건너고 있는 다리 바로 아래 10여 미터 정도 밑으로 두 젊은 아기 엄마들이 유모차를 밀며 빗물로 물이 불어난 위어 강 옆 길가에서 대화를 나누고 있었다. 유모차에 있던 두 아이 중 한 명은 아장아장 걷는 아기였다. 무심코 아래를 내려다보는데 그 아기가 보트 선착장으로 발을 내딛고 있었고 아기 엄마는 이 상황을 전혀 눈치채지 못하고 있었다. 그런데 보트 선착장으로 내려가는 계단이 아기에게는 버겁게 높았다. 아기는 뒤뚱거리며 내려가다가 균형을 잃고 비틀거리더니 물에 풍덩 빠졌다. 아기는 물에 완전히 잠겼다가 이내 수면 위로 누운 채 둥실 떠올랐지만 몸은 여전히 살짝 잠긴 상태였다. 아기는 크게 놀란 표정이었다. 아기의 시선을 곧장 따라가다가 아기와 눈이 딱 마주쳤다. 정말 뜻밖의 순간에 시선이 맞은 것이다. 아기는 선착장 기둥 옆에 떠 있었는데 바로 그 자리에서 소용돌이가 일고 있었고 이내 아기의 몸은 소용돌이를 따라 빙글빙글 돌기 시작했다. 그러더니 몸이 서서히 강 쪽으로 쓸려가고 있었다. 마치 물살이 아기를 끌어당기는 것 같았다.

이 모든 일은 순식간에 벌어졌다. 그리고 내게는 아니 어쩌면 아기에게도 그랬는지 모르겠지만 그 순간은 완전한 고요 속에서 거의 정지되다시피 한 아주 느린 동작으로 진행되고 있었다. 나는 한 아기가 죽을 위험에 처하는 과정을 보고 있었고, 어쩌면 내 얼굴이 그 아기가 살아서 보는 마지막 얼굴이 될 수도 있는 상황이었다. 그런 장면을 마음에 담고 어떻게 남은 인생을 살아가겠는가?

그때 갑자기 기적적으로 현실적인 시간이 돌아와 세상의 소음이 다시 들리기 시작했다. 나는 그 아기 엄마에게 고래고래 소리를 지르며 동시에 아기가 있는 곳으로 달려가 아기가 물에 완전히 휩쓸리기 전에 확 낚아챘다. 아기 엄마와 그 친구는 아기를 보며 놀라서 소란을 피웠지만 나는 아기가 무사하다는 사실을 알 수 있었다. 잠시 후 그 아기 엄마 친구는 나를 보며 이제 다 괜찮다는 신호와 함께 감사하다는 신호를 보냈다. 이제 내가 더 이상 할 일은 없었기에 그들에게 손을 흔들어주며 이미 늦어버린 졸업식장을 향해 갔다.

나는 종교적인 사람은 아니지만 그날 아침에 일어났던 모든 일들이 정말 신기하게만 느껴진다. 어떻게 딱 그 일이 벌어지는 그 순간에 다리를 보았단 말인가. 그날 점심 시간에 이 이야기를 대성당에 모인 사람들 중 한 명에게 했더니 그는 현자처럼 고개를 끄덕이더니 손가락을 들어 하늘을 가리켰다. 마치 '물론 다 하늘의 뜻 아니겠소' 하고 말하기라도 하듯이.

나는 고개를 끄덕였지만 아무 말도 하지 않았다. 대신 속으로 이렇게 생각했다.

'그렇다면 애초에 왜 그분은 그 아이를 물속에 집어넣은 거요?'

엘벳 브리지 너머에는 베일리(Bailey)라는 이름의 자갈길이 있는데 이 길은 그린 궁전(Palace Green)까지 뻗어 있었다. 어마어마하게 넓은 잔디 광장 한쪽으로는 돌로 된 산처럼 생긴 대성당이 우뚝 솟아 있고 다른 한쪽에는 지금은 대학교의 일부가 된 더럼 성(Durham Castle)이 마치 보초를 서듯 솟아 있다. 나는 육중한 오크 나무 문을 지나 성당 안으로 들어가면서 한 250번 정도 그 웅장함에 놀라고 감탄했다. 이 세상에서 가장 미천한 곳에 자리한 가장 훌륭한 성당이었다.

대성당 동쪽 끝에는 '아홉 제단의 예배당(Chapel of the Nine Altars)'이 있었는데 그곳에는 숨이 멎을 정도로 거대한 창이 우뚝 솟아 있었다. 둘레가 약 27미터나 되는 창은 유려하고도 강렬한 거대한 스테인드글라스로 돼 있었고 그 위쪽으로는 이루 말로 다 형용할 수 없이 섬세한 '트레이서리(tracery, 성당 창 윗부분의 돌에 새긴 나뭇잎 등의 무늬)'가 있었다. 수년 전 이 성당 직원이었던 사람에게 들은 바에 의하면 이 성당을 유지하고 관리하는 프로그램을 짜면서 담당 팀이 스테인드글라스의 모든 면의 길이를 꼼꼼히 측정해서 설계 전문 업체로 보내 슈퍼컴퓨터로 철저하게 분석했다고 한다. 3주 후 업체로부터 긴급한 연락이 왔다.

"뭘 하시든 간에 그 창문은 절대 만들지 마세요!"

이 이야기를 건축가 크리스토퍼 다운스를 만났을 때 들려줬더니 그는 온화하게 미소 지었다. 그 이야기는 가짜지만 본질적인 내용은 진짜라고 했다. 지금은 아무도 그런 창문을 감히 만들지 못한다는 것이다. 그런 창문을 만드는 일은 공학의 한계를 실험하는 일이라고 했다. 그러고는 이렇게 덧붙였다.

"12세기에 그들은 어떻게 컴퓨터나 정교한 도구도 없이, 그렇게 한 치의 오차도 없이 정확하게 유리 조각들을 끼워넣었을까요? 그것이야말로 기적이지요."

나는 성당을 감상하고는 정교하고 아름다운 성당 경내를 걸었다. 그러고는 외벽을 따라 숲까지 내려와서는 더럼의 또 다른 상징물인 프리밴즈 브리지(Prebends' Bridge)까지 걸었다. 프리밴즈 브리지는 영국에서 가장 아름다운 구조물 중 하나다. 위로는 대성당이 굽어보고 있고 아래로는 고요한 녹색 강물이 유유히 흘러간다. 1817년, 조지프 말로드 윌리엄 터너(Joseph Mallord William Turner)의 유명한 작품 속에 나왔던 그 풍경과 거의 다르지 않다.

더럼을 찾는 많은 이들이 대성당을 보러 와서 이러한 풍경들을 즐거이 감상하지만 정작 저절로 아름답게 보존되는 것은 하나도 없다는 사실은 잘 알지 못하는 경우가 많다. 프리밴즈 브리지는 대성당 소유다. 몇 년 전 이 다리는 구조적으로 많이 낡았다는 평가를 받았다. 더럼 대성당의 마이클 새드그로

브(Michael Sadgrove) 주임 사제는 다리의 발판 하나만 보수하는 데만도 10만 파운드는 들어갈 거라고 했다. 나는 그에게 성당을 찾는 방문객들이 얼마나 기부를 하는지 물었다. 그러자 마이클 사제는 한 방문객당 평균 기부금이 약 40펜스 정도라고 대답했다. 그나마도 성당을 찾는 이들 중 절반 이상은 한 푼도 기부를 하지 않는다고 했다.

나는 서둘러 뉴캐슬로 향했다. 일단 저녁 식사 약속이 있고, 식사 후에는 내 친구 존 데이비슨을 통해 처음 알게 된 매우 훌륭한 단체인 '암연구를위한북부협회(Northern Institute for Cancer Research, NICR)'의 자선 걷기 대회에 참가해야 하기 때문이다. 2010년 내 오랜 친구 존 데이비슨은 이 자선 횡단 걷기 대회의 일환으로 나에게 레이크디스트릭트 구간을 걷게 한 적이 있다. 협회를 이끌고 있는 사람은 뉴캐슬대학교에서 아동 건강 전문의로 일하는 제임스 스펜스 교수(Sir James Spence Professor)와 영국 최고의 소아암 전문가 중 한 명인 요세프 보무어(Josef Vormoor) 교수다.

나는 뉴캐슬로 가는 동안 요세프를 생각했다. 가는 동안 자동차 안에서 라디오 채널4를 듣는데 데이비드 캐머런(David Cameron) 총리가 영국으로 오는 이민자 수를 줄이겠다는 공약을 다시 했다는 이야기가 나왔기 때문이다. 이런 뉴스가 들리면 항상 귀가 번쩍 뜨인다. 일단 내 자신이 이민자이기 때문이다. 요세프도 이민자다. 그는 독일인이다. 그의 아내 브리타도 독일인인데 브리타는 심지어 요세프보다도 더 매력적인 사람으로 지역 보건의다. 워낙 지혜롭고 다정한 사람이라 브리타가 우리 지역 보건의였으면 하는 생각이 들 정도다. 그런데 지금 이 뉴스는 나를 몹시 화나게 만든다.

만약 요세프와 브리타가 당장 내일 고국으로 돌아간다면 독일 정부는 이들의 귀향을 큰 수확으로 여길 것이다. 영국의 이민자 수는 두 명이 감소할 테니

아마 그들이 생각하는 완벽한 국가의 모습에 아주 근소하게 더 다가갈 수 있을 것이다. 내 주위에서 가장 똑똑한 사람은 더럼대학교의 카를로스 프랭크(Carlos Frenk)로 그는 세계적인 우주 학자다. 그는 자신의 분야에서 발휘할 수 있는 최고의 재능을 발휘하고 있다. 그는 멕시코 인이다. 그리고 그는 어마어마한 갑부이기도 하다. 하지만 그는 영국인이 아니다. 영국인이 아니어야만 더 부유해질 수 있기 때문이다. 그는 하버드대학교나 캘리포니아공과대학 그 어느 곳이든 갈 수 있지만 더럼대학교를 좋아해서 더럼에 있다. 만약 그가 다른 곳으로 간다면, 그 나라에서는 또 다른 귀중한 수확으로 평가될 것이다. 이 정책이 얼마나 어리석은 정책인지 굳이 일일이 말해야 하는가?

영국이 이민자 수를 제한하지 말아야 한다는 말이 아니다. 내 말은, 단순히 이민자 수를 제한하는 것 그 이상의 것이 고려돼야 한다는 의미다. 내 친구 존 데이비슨의 아내 도나 역시 미국인이다. 그녀 역시 대단히 사랑스럽고 재능이 많은 사람이다. 그녀는 미국 회사에서 전 세계 각지의 방문자 센터를 디자인하는 일을 하고 있다. 즉 영국에 달러를 벌어주고 있으며 남는 시간을 활용해 '암연구를위한북부협회'의 모금 활동에서 상당한 액수의 기금을 조성하는 데 공헌하고 있다. 우리 같은 이민자들은 무수히 많다. 우리가 영국에 온 이유는 영국이 좋아서 또는 영국인과 결혼을 해서 아니면 둘 다 해당돼서다. 굳이 말하자면 영국인들이 보다 세계적인 국민이 되고, 어쩌면 보다 역동적이고 생산적인 국민이 되고, 이따금 보다 사랑스럽고 매력적인 국민이 되는 건 이민자들이 함께 있기 때문이다. 영국에 오직 영국인 자손의 영국인들만 살아야 한다고 생각하는 사람은 정말 멍청이다.

그리고, 이민자들은 모두 대성당 모금함에 40펜스 이상은 넣는다.

그날 저녁 NICR을 위한 즐거운 자선 모금 저녁 파티가 열렸고 나도 참석했다. 그 자리에서 의류업체 바버를 운영하는 유쾌한 한 여성이 막대한 액수의 기부를 했다. 그래서 나도 사람들에게 다 나가서 바버에서 옷을 사자고 농담 섞인 제안을 했다. 다음날 우리는 자선 걷기 대회가 열리는 블랙돈 홀(Blagdon Hall)에 다시 모였다.

블랙돈 홀은 비스카운트 리들리(Viscounts Ridley) 자작 가문 대대로 내려온 집이다. 지금의 비스카운티는 작가이자 세상에는 매트 리들리(Matt Ridley)로 알려진 따뜻한 사람이다. 나는 몇 년 동안 매트를 알고 지냈지만 그가 귀족 가문 출신이라는 사실은 전혀 몰랐었다. 그러다가 그의 집을 처음 방문하던 날, 내가 다니던 고등학교 건물만한 대저택 앞에 서 있는 그의 모습을 보고서야 그가 특권 계층에 속한 사람이라는 사실을 알게 됐다.

젊은 시절 매트는 〈이코노미스트〉에서 기자로 일했으며 한동안 미국에서 살았다. 한 번은 정치적인 모임 자리에 참석하기 위해 아이오와 주에 간 적이 있는데 숙박을 하려고 어느 호텔에서 체크인을 하다가 호텔 접수대에 18세기 영국의 그림을 복제한 그림이 붙어 있는 것을 봤다고 한다. 그런데 그 그림이 이상하리만치 매우 낯이 익었다. 그의 집인 블랙돈을 그린 그림이었기 때문이다. 그림의 원본도 그의 집에 걸려 있었다. 그는 접수대에 있던 젊은 직원에게 이렇게 말했다.

"믿지 않으시겠지만, 저 그림에 있는 집이 우리 집입니다."

그러자 그 직원은 그림을 한 번 홀끗 보더니 그의 얼굴을 바라봤다. 마치 그가 디즈니랜드에 있는 팅커벨 요정의 집에 산다고 말하기라도 한 것처럼. 그리고 체크인을 진행하는 동안 그가 했던 말에 대해서는 일절 언급하지 않았다고 한다.

매트의 아내는 앤야(Anya)다. 앤야는 참 좋은 사람이며 컴퓨터처럼 머리가 명석하다. 그녀는 뉴캐슬대학교에서 선두적인 신경과학자로 일하고 있다. 앤야 역시 미국인이다. 그들의 아들 매튜는 케임브리지대학교에 다니고 있는데 대학생 퀴즈 프로그램인 〈유니버시티 챌린지(University Challenge)〉의 지난해 우승팀 구성원이었다. 그리고 또한 대단히 똑똑하며 사랑스러운 딸 아이리스도 있다. 이 아이들은 영국인이지만 그들 뇌의 절반은 아니 더 솔직히 말하자면 사분의 삼은 미국이다.

이것이 바로 내가 정말 하고 싶은 말이다.

늘 그랬듯 걷기 대회는 더할 나위 없이 좋았다. 재미도 재미지만 대회 참가자들이 모두 소아암을 앓고 있는 어린이의 부모거나, 형제자매거나, 희생자였기에 더욱 의미가 깊었다. 이 걷기 대회가 어땠는지 굳이 자세히 설명하지 않아도 될 것 같다. 영국인이라면 누구나 이런 걷기 대회 한두 번 정도는 참가해봤을 테니까. 영국인치고 이런 대회에 참가하지 않는 사람이 있던가?

이런 행사가 무척 익숙한 영국인은 잘 이해하기 어려울지도 모르겠지만 더 넓은 세상에서는 이런 행사가 매우 이례적이다. 1995년 우리가 미국 뉴햄프셔로 이사를 왔을 때 이웃 주민 중 한 명이 보스턴 마라톤 대회에 참가하고 있었고 나는 그녀에게 "아, 제가 후원해드릴게요"하고 말했다. 그러자 그녀는 굉장히 놀란 표정을 지었다. 내가 나이키나 아디다스 같은 대기업처럼 어마어마한 액수의 돈을 후원하고는 그 대가로 앞뒤에 '빌 브라이슨 책 좀 사주세요' 같은 문구를 달고 다닐 것을 요구하리라고 생각했던 모양이다. 기금 모금을 위한 자선 달리기 행사에 대한 개념이 전혀 없었기에 벌어진 일이다.

영국을 보다 특별한 나라로 만드는 소소한 점이 또 하나 있다. 바로 유쾌하고 품위 있는 이민자들이 꽤 많다는 점이다.

아, 하나 더 있다. 노섬버랜디아(Northumberlandia)라고 하는 거대한 언덕 조형물이다. 이 조형물은 예술가 찰스 젠크스(Charles Jencks)가 디자인했으

461

며 매트가 기부한 땅 위에 만들었다. 매트는 이 프로젝트에도 기부를 하고 있다. 걷기 대회가 끝나자 매트는 내게 노섬버랜디아에 가보자로 권했다. 그는 여러 가지 이유에서 그곳에 자부심을 가지고 있었다. 노섬버랜디아는 정말 대단히 아름다운 작품이다. 누워 있는 여성의 모습을 형상화 한 거대한 조형물로 길이는 400미터, 높이는 30미터이며, 예전에 탄광이었던 터에 흙을 쌓아 둔덕들을 만들고 형상에 맞게 길을 낸 뒤 길을 제외한 나머지 공간에 모두 잔디를 심었다.

일단 그 규모에 입이 떡 벌어진다.

"이 작품은 전 세계에서 여성을 가장 크게 형상화한 조형물이지요."

매트가 말했다.

눈길을 뗄 수 없을 정도로 아름답기도 했지만 걷기에도 아주 좋았다. 길은 여인의 머리 꼭대기까지 이어져 있었다. 여인의 팔 안쪽으로 가슴 봉우리가 두 개 있었고 아래쪽으로는 두 다리가 있었다. 지금까지 봐온 것들 중 단연 최고로 꼽을 만한 대단한 작품이었다.

몇 시간 정도 시간을 들여 천천히 노섬버랜디아를 걷고 싶었지만 다음 일정이 있었기에 아쉽게도 그렇게 하지 못했다. 이제 스코틀랜드로 가야 할 시간이었다. 이제 나의 모험도 거의 끝나가고 있었다.

II

그날은 노스버윅(North Berwick)에서 묵었다. 뉴캐슬에서 북쪽으로 145킬로미터가량 떨어진 곳으로 스코틀랜드 안쪽에 아늑하게 자리한 마을이다. 내 계획은 아침에 에든버러까지 차를 운전해 간 다음 더 북쪽으로 올라가 케언곰스국립공원을 지나 인버네스까지 갔다가 울라풀과 케이프래스까지 가는 것이다. 케이프래스를 감상할 수 있는 계절이 거의 막바지에 이르렀기에 꾸물거릴 시간은 없었지만 하이랜즈(Highlands)를 운전해서 지나갈 생각을 하니 가슴이 두근거렸다. 스코틀랜드의 하이랜즈가 어디에서 시작해 어디에서 끝나는지 정확히 아는 사람이 아무도 없다. 이 사실이 무척 이상하게 느껴지지만 어느 순간 깨끗하고 투명한 공기와 자줏빛 옷으로 갈아입은 산들로 둘러싸인 곳에 도달하면 '아, 이곳이 그 고원이구나' 하고 알게 된다. 내가 가슴 설레는 것도 그래서이다.

노스버윅은 버윅어폰트위드(Berwick-upon-Tweed)와 혼동이 될 때도 가끔 있지만, 버윅어폰트위드는 포스 만에서 약 65킬로미터 더 떨어진 곳에 있는 전혀 다른 장소다. 버윅어폰트위드는 전혀 모르는 곳이었지만 에든버러로 가는 길에 편하게 들를 수 있는 위치여서 가보기로 했다. 노스버윅은 근사한 마을이다. 활기차고 매력적인 바닷가 마을로 바다 전망의 근사한 골프장을 갖춘 것이 세인트앤드류스와 깜짝 놀랄 만큼 비슷했다. 나는 노스버윅이 무척 마음에 들었다.

일단 짐을 호텔에 풀어 놓고는 마을로 걸어 나왔다. 그러고는 분위기 좋아 보이는 술집 쉽에 들어갔다. 테이블 위에 날짜 지난 신문이 있기에 집어 들고 〈이스트로디언통신〉 기사를 읽기 시작했다. 기사는 '먼바다쓰레기줍기캠페인(Forth Coastal Litter Campaign)'이라는 단체에서 바닷가 쓰레기를 주우며 기록한 흥미로운 보고서였다. 이 축복받을 단체는 줍기 까다로운 쓰레기만 줍는 것이 아니라 쓰레기들을 일일이 다 세고 있었다. 기사에 의하면 최근 그들은 5만 조각의 쓰레기를 주웠으며 여기에는 각종 파티 용품 55개, 원뿔형 도로 표지 23개, 칫솔 12개, 수술용 외과 장갑 43개, 인공 항문 봉투 15개도 포함돼 있다고 했다. 나는 인공 항문 봉투에서 흠칫했다. 도대체 이것을 어떻게 이해해야 할까? 한 사람이 15개의 인공 항문 봉투를 이곳에 버린 것일까 아니면 인공 항문 봉투를 단 사람들이 바닷가에서 연말 파티라도 벌인 걸까? 안타깝게도 기사에는 그 부분까지는 나와 있지 않았다.

사건 사고 소식란에는 술집에서 벌어진 싸움 소식이 꽤 많았다. 한 지면에 5건의 기사가 모두 이 지역 술집에서 벌어진 싸움 이야기였다. 그 외 다른 기사는 꽃 전시회며 자선기금 모금을 위한 달리기 대회, 자선기금 모금을 위해 스스로 삭발한 사람들 이야기 등이었다. 이토록 격렬함과 따뜻함이 공존하는 지역은 처음 보는 듯했다. 두 잔째 맥주를 주문하며 주위를 둘러보니 내 바로 뒤에 한 남자가 주문을 하려고 기다리고 있었다. 바텐더에게 술을 받아 들고 돌아서는데 본의 아니게 그 사람과 계속 이동 방향이 겹치는 바람에 서로 마주 보고 옆으로 스텝을 밟으며 춤을 추듯 서로의 길을 막는 꼴이 돼버렸다. 마침내 나는 포기하고 그에게 먼저 가라는 의미로 미소를 지어 보였다. 그러자 그는 마치 벽에 내 머리를 밀어버리기라도 할 것 같은 표정으로 나를 바라봤다. 스코틀랜드 인은 바로 이게 문제다. 스코틀랜드에서는 다음번에 마주친 사람이 당신에게 골수를 기증할지 이마로 박치기를 할지 전혀 예측할 수 없다.

태국 식당에서 식사를 마친 후 어슬렁어슬렁 시내 중심가를 걸었다. 그러고는 해변으로 가서 저 멀리 점점이 흩뿌려진 섬들을 봤다. 그 섬들 중 하나가 피드라 섬인데 이 섬은 로버트 루이스 스티븐슨(Robert Louis Stevenson)의 《보물섬》에 영감을 준 섬이라고 전해진다. 스티븐슨은 어린 시절 이 마을에서 많은 시간을 보냈다고 하니 꽤 설득력이 있는 이야기다. 풍경은 아름다웠다. 인공 항문 주머니는 없었다.

넋 놓고 풍경을 감상하고 서 있는데 갑자기 휴대폰 벨이 울리는 바람에 화들짝 놀랐다. 집에 문제가 생겼다는 아내의 전화였다. 무슨 문제인지는 밝힐 수 없다. 미국에서 소송 문제가 좀 있는데 내가 누군가를 고소한 상태다. 일단 법적 합의문에 의하면 그 문제에 대해 일절 언급할 수 없다. 하지만 뭔가 일이 생겼고 나는 집으로 가야 했다. 하이랜즈가 나를 기다리고 있을 텐데.

26

케이프래스
그리고 그 너머

I

    영국 남부 지방에서 케이프래스까지 가려면 두 가지 문제가 있다. 첫 번째는 영국 남쪽 지역에서 케이프래스로 가는 길이 문제다. 너무 멀다. 구글 지도로 보니 우리 집 뒷문에서부터 케이프래스까지는 1,126킬로미터이며 기차와 자동차는 물론, 더니스 해협을 건너야 하므로 배도 타야 하고, 사람이 살지 않는 자연 보호 구역을 갈 때면 그 지역 미니 버스도 타야 한다. 많은 장비와 시간이 소요되는 실행 계획인 것이다.

두 번째 문제는 더욱 마음을 심란하게 하는 문제인데 바로 그곳까지 갈지 말지를 정해야 한다는 점이다. 케이프래스 웹사이트에는 케이프래스로 가는 여객선이 예측할 수 없는 조수와 날씨의 영향을 받는다고 강조하고 있는데, 이 부분에서 스코틀랜드 사람들은 파괴적이고 극단적이 될 수도 있다. 또한 케이프래스는 이따금 아무런 명확한 통보도 없이 그냥 문을 닫아버릴 때가 있다. 국방부가 그곳에 100제곱킬로미터의 부지를 소유하고 있는데 가끔 그곳에서 총포 훈련을 하기 때문이다. 무엇보다도 페리와 미니 버스가 일 년에 절반은 운행하지 않는다. 만약 지난해 가을 배를 놓쳤다면 다음 배를 타기 위해 이듬해 봄까지 6개월을 기다려야 한다.

이 험난한 과정에 조금이나마 확실한 장치를 해두고자 아내가 나를 위해 예약을 해주려고 케이프래스 여객선 선착장에 전화를 걸었다.

"우리는 예약은 받지 않습니다."

전화를 받은 남자가 대답했다.

"하지만 제 남편이 워낙 먼 곳에서 출발해서요."

아내도 물러서지 않았다.

"이곳에 오는 사람은 누구나 먼 곳에서 옵니다."

남자는 꿈쩍도 않고 거절했다.

"그러면 제 남편이 그곳에 갔을 때 배를 탈 수 있는 확률이 얼마나 될까요?"

"아, 괜찮을 겁니다. 그때가 성수기는 아니니까요. 사실 사람이 많을 때는 거의 없습니다. 이따금 많기도 하고요."

"무슨 말씀이신지 잘 모르겠네요."

"일찍 오시면 괜찮을 겁니다."

"얼마나 일찍이요?"

"최대한 일찍 오실수록 더 괜찮습니다. 그럼 이만."

26. 케이프래스 그리고 그 너머

남자는 전화를 끊었다.

그리하여 비가 추적추적 내리는 일요일 저녁 궁극적으로 원하는 곳에 갈 수 있으리라는 확신도 없이, 막연한 불안감을 안은 채 나는 긴 구간으로 유명한 칼레도니안 슬리퍼(Caledonian Sleeper, 런던에서 스코틀랜드 사이를 운영하는 야간열차로 침대칸이 있다 - 옮긴이)를 타기 위해 런던의 유스턴 역으로 갔다. 그러고는 스코틀랜드 북부까지 나를 데려다주고 재워주며 잠시 나의 집이 될 K 객차의 작은 침대칸으로 들어갔다.

기차는 오래된 것치고는 거의 최상의 상태였다. 솔직히 말하자면, 정말 툭 터놓고 말하자면, 오래된 것치고는 최상의 상태인 상태보다는 조금 더 오래됐다. 하지만 깨끗했고 적당히 편안했으며 직원들은 친절했다. 침대에 꽂혀 있는 광고지를 보니 이 열차 회사는 2018년까지 새 침대 열차 75대를 더 확보할 계획이었고 그 밖에 다른 소소한 부분들도 발전시켜나가겠다는 의욕을 갖고 있었다. 그리고 특별히 모든 이부자리들이 '쾌적한' 침구라는 것에 큰 자부심을 내비치고 있었다. 나는 이 의미를 정확히 이해하지 못하겠다. 내가 보기에 '쾌적한'이라는 말은 세탁보다는 아래 단계인 것 같긴 하지만 뭐, 내가 맥락을 잘못 이해한 것일 수도 있다.

나는 술이나 한잔 하려고 식당 칸으로 갔다. 이미 대여섯 명의 사람들이 자리를 잡고 있었다. 나는 내 테이블에 있는 작은 메뉴판을 봤다. 메뉴들은 전부 완전 스코틀랜드식 음식이었고 아이오와 주에서 온 사람의 마음을 끄는 메뉴라고는 전혀 없었다(아마 어디에서 온 사람이라 해도 이 메뉴에는 끌리지 않으리라 생각한다). 저녁 메뉴로는 양의 내장을 채워 만든 해기스, 순무와 감자를 삶아 버터에 으깬 요리, 스코틀랜드 회사 턴녹 사에서 나온 빵과 과자, 해기스 향이 나는 얇은 튀김, 미세스 틸리스 스코티쉬 테블릿(Mrs Tilly's Scottish Tablet 수제로 만든 전통 스코틀랜드 과자의 일종 - 옮긴이) 등이었다. 미세

스틸리스 스코티쉬 테블릿은 뭔가 식사로 먹을 만한 음식이라기보다는 따뜻한 욕조에 넣고 고단한 발을 담그면 딱 좋을 것 같았다. 물에 넣으면 쏴하면서 탄산 기포 소리가 나고 뭔가 간질간질한 거품들이 보글보글 생길 것만 같았다. 음료 역시 전부 스코틀랜드 음료 일색이었다. 심지어 물조차도. 나는 스코틀랜드산 맥주인 테넌츠 맥주를 주문했다.

열차의 식당 칸 음식 메뉴에 근거해 한 나라의 특징과 속성에 대해 지나치게 많은 결론을 내리는 것은 섣부른 짓일 수도 있다. 하지만 스코틀랜드의 민족주의가 너무 멀리 가지는 않았나 하는 생각이 드는 건 어쩔 수 없었다. 내 말은, 이 식당 칸 안에 있는 불쌍한 사람들은 애국심에 기반을 둔 순무와 감자를 으깬 요리나 무좀약 같은 음식보다는 그저 초코 과자 킷캣이나 콘월의 페이스트리 정도면 소박하게 만족하지 않았을까 싶다는 의미다. 내겐 다소 불필요한 음식이었다.

1980년대 초반 정도로 기억하는데 영국이 이탈리아와 축구 결승전을 할 때 나는 스코틀랜드 퍼스셔 애버펠디의 어느 호텔 바에서 경기를 보게 됐다. 경기 초반 영국이 거의 득점 찬스가 있던 순간, 그 바에서 양 손을 번쩍 든 사람은 오직 나 한 사람뿐이었다. 몇 분 후 이탈리아가 득점하자 바에 있던 모든 사람들이 모두 소리치며 기뻐했고 축배를 들었다. 그때 나는 생각했다. '이 사람들은 영국 팀의 일원이 아니구나.' 그리고 이때 겪은 일은 내 마음속에 매우 강하게 각인됐다. 나는 모두가 사촌의 승리를 응원할 줄 알았다. 나는 늘 스코틀랜드와 웨일스를 응원했고 심지어는 아일랜드 공화국도 응원했다. 근본적으로는 모두 한 핏줄이라는 생각에서였다. 심지어 지금도 이 문제에 대해 관대해지려고 노력하고 있고 다른 나라와 스코틀랜드가 시합을 하면 스코틀랜드를 응원한다. 하지만 내 마음 한구석에는 은근히 이런 생각도 조금 든다. '개고생하면서 힘들게 이겼으면 좋겠다.' 그리고 놀랍도록 자주 내 바람이 이

469

26. 케이프래스 그리고 그 너머

뤄지곤 한다.

어쨌든 스코틀랜드가 투표에서 영국 연방에 남게 돼서 매우 기쁘다. 나는 스코틀랜드를 좋아한다. 특히 내 머리를 벽에 밀쳐서 분지를 기세로 나를 노려보지 않는 스코틀랜드 인을 좋아한다. 나는 아기처럼 일찍 잠자리에 들었다가 승무원이 객실 문을 두드리는 소리에 잠에서 깼다. 승무원은 내게 아침 식사를 내밀었다. 정말 생각지도 않았는데 매우 고마웠다.

"도착 예정 시간보다 2시간 늦게 도착하게 됐습니다."

승무원이 아침 식사를 들고 온 이유를 설명했다.

"아."

빠끔히 커튼 밖을 봤다. 밖은 하이랜즈였다. 산과 골짜기와 좁고 검은 길이 열차 곁을 스치고 있었다. 다른 나라에서 잠을 깨니 어찌나 설레던지. 열차는 킹구시 역에 멈추더니 그곳에서 한참을 정차해 있었다. 어찌나 오래 정차해 있는지 마치 영원히 그 역을 떠나지 않을 것만 같았다. 열차 안은 쥐죽은 듯 고요했고 다른 칸에서 나는 말소리며 창문에서 고통스럽게 죽어가는 파리 소리까지 또렷하게 들렸다. 흘끗 밖을 보니 바에서 보았던 사람 3명이 승강장에 서서 담배를 피우고 있었다. 나도 내려가서 보니 이미 많은 사람들이 승강장에 서 있었다. 지나가던 승무원이 말해주기를, 저 아래에서 화물 열차가 고장 나서 선로에 서 있는데 우리 열차가 도와주러 갔다는 것이다. 마치 '토마스와 친구들' 동화 속 나라에 와 있는 기분이었다.

킹구시 역에 얼마나 오래 있었는지조차 잊어버릴 지경이었다. 마침내 최종 종착역인 인버네스 역에 도착했을 때에는 열차를 탄 지 15시간이 훌쩍 지나 있었다. 나는 경공업 단지까지 약 1.6킬로미터를 걸어갔다가 그곳에서 다시 시내로 갔다. 그리고 예약해둔 렌터카를 받아서 가벼운 마음으로 즐거운 기분으로 울라풀(Ullapool) 북서쪽을 향했다.

울라풀은 인버네스에서 약 97킬로미터 떨어진 천혜의 환경 속 록브룸 해변에 위치한 단정한 마을이다. 일단 나는 호텔에 체크인을 하고 곧장 나와서 즐거운 마음으로 두 다리에 슬슬 시동을 걸었다. 울라풀 중심가는 관광객으로 매우 붐볐다. 관광객들은 한결같이 편안하고 즐거워보였다. 울라풀은 전반적으로 아주 근사했다. 활기차고, 인심 좋고, 청결했다. 항구에는 루이스 섬의 스토노웨이로 가는 여객선 터미널이 크게 자리 잡고 있어서 효율적이고도 진취적인 분위기를 풍기고 있었다. 그리고 아기자기한 상점들과 호기심을 자극하는 미술관도 있었다. 모두 마음에 들었다.

문득 영국의 다른 모든 지역들도 이런 식으로 만들면 어떨까 하는 생각이 들었다. 가령 블랙풀이나 그림스비의 편안함과 정돈된 모습에 현란하지 않은 활기를 더한다면 거의 완벽한 나라가 되지 않을까? 지금 당장 내가 보고 싶은 광경을 말해도 되겠는가? 바로 영국 정부가 이렇게 말하는 모습이다.

"우리는 어떤 대가를 치르고서라도 경제적 성장이라고 하는 터무니없는 강박 관념을 벗어버릴 겁니다. 위대한 경제적 성장은 국가에 행복을 가져다주지 않습니다. 공화당과 스위스 같은 나라를 양산하지요. 그러니 우리는 강력한 국가가 되기를 멈추고 그 대신 아름답고 유쾌하며 문명화된 국가를 만드는 데만 집중하겠습니다. 우리는 최고의 학교와 병원을 만들 것이며, 가장 편안한 대중교통 체계를 갖출 것이고, 가장 활기 넘치는 예술, 가장 유용하면서도 양질의 책이 가장 많은 도서관, 커다란 공원, 깨끗한 거리, 가장 계몽된 사회적 정책들을 만드는 데 전념하겠습니다. 간단히 말하면 우리는 스웨덴 같은 나라가 될 것입니다. 하지만 스웨덴보다 청어는 더 적고 농담은 더 풍부한 나라가 될 것입니다."

정말 상상만 해도 즐겁지 않은가? 하지만 물론 이런 일은 절대 일어나지 않을 것이다.

나는 일찌감치 잠자리에 들어 다음 날 아침 5시에 일어났다. 케이프래스까지 2시간 운전을 해서 가야 했기 때문이다. 정말 아름다운 아침이었고 내 가슴도 한껏 부풀었다. 공기는 청명했고 날씨는 더없이 화창하고 맑았다. A835 도로를 타고 북쪽으로 향해 가는 동안 세상은 아직 잠에서 깨어나지 않은 채였다. 저만치 산봉우리에서 태양이 마치 전기 히터처럼 불그스름하게 달아오르기 시작했다. 풍경은 순수하고 웅장했다. 수 킬로미터 이어진 언덕과 호수, 탁 트인 바다, 데굴데굴 흐르는 실개천과 거대한 산골짜기들이 끊임없이 새로운 조합을 만들어내며 상상을 초월하게 장엄한 풍경을 펼쳐내고 있었다. 생각처럼 그렇게 외딴 느낌을 주는 풍경은 아니었다. 풍경을 따라서 소작농이 사는 농가들이 있었고 호숫가에는 호텔들이 산만하게 흩어져 있었으며 이따금 작은 촌락들도 있었다. 소쉬르 마을을 지나면서 보니 '소쉬르 해변과 묘지'라고 적힌 이정표가 있었다. 참으로 매혹적인 조합처럼 보였다. '내일 할머니 장례식이니 수영복 잊지 말고 챙기렴.' 이런 말이 오가는 상상을 하니 나도 모르게 웃음이 나왔다.

오전 7시 30분, 여객선 선착장에 도착해서 보니 사람은 나 하나뿐이었다. 나는 물가에 서서 주위를 둘러봤다. 기가 막히게 아름다운 풍경이었다. 선착장 뒤로 병풍처럼 둘러진 산들이 피오르처럼 생긴 더니스 해협을 굽어보고 있었다. 케이프래스는 해협에서 약 800미터 정도 떨어진 가장자리에서 조금은 쓸쓸한 자태로 내게 손짓하고 있었다. 새들은 수면 위를 낮게 날아다니고 있었고, 저 멀리 떨어진 모래톱에서는 통나무가 살아서 돌아다니고 있었다. 바다표범이었다! 바다표범들이 잔물결을 일으키며 바다로 들어가고 있었다.

약 8시 20분이 되자 호수 건너편에서 어떤 사람이 미니 버스 두 대를 차례로 가교에 정차시키기 위해 수신호를 하고 있었다. 호수 건너 버스를 보고 있는데 갑자기 한 무리의 사람들이 내가 있는 곳에 나타났다. 잠시 후 책임자로 보이는 사람이 나타나 배를 만들고 수리하는 조선대 위로 올라갔고 사람들은 그 사람을 빙 둘러싸고 모였다. 내게서 약 6미터 정도 떨어져 있었다. 사람들은 그에게 돈을 지불했고 그는 사람들에게 배표를 나눠주고 있었다. 아무도 내게 관심을 보이지 않았다. 나는 뒤뚱거리며 사람들이 있는 경사진 곳으로 올라갔다.

"저기요, 실례합니다만, 제가 여기에 가장 먼저 왔는데요."

나는 책임자로 보이는 사람에게 항의를 했다.

"저 사람들은 예약을 한 사람들이요."

그가 대꾸했다.

자, 이 시점에서 독자 여러분과 나는 잠시 호흡을 가다듬어야 한다. 나는 새벽 5시에 일어나서 2시간을 운전해 이곳에 왔다. 그리고 이곳에서 1시간을 서서 기다렸다. 그동안 마음의 평화를 위해 큰 컵으로 커피를 3잔이나 마셨고 의학적으로 위험한 순간인 카페인 중독성 흥분 상태 일보 직전이었다. 평정심을 유지하기에는 썩 좋은 타이밍이 아니었다.

"저도 예약을 하려고 했었습니다. 제 아내가 전화를 걸어 확인해봤는데 당신네는 예약을 받지 않는다고 하더군요."

"예약을 하셨어야 합니다."

그는 대꾸를 하더니 고개를 돌려 다른 승객과 하던 일을 계속 했다. 나는 그의 뒤통수를 노려보며 다시 말했다.

'나도 예약하려고 했다고, 이 미련퉁이 스코틀랜드 촌놈아!'

내 머릿속 작은 방에서 나는 울부짖으며 고래고래 소리를 질렀지만 겉으로 표현되는 언어들은 침착했다.

"저도 예약을 하려고 했습니다만, 전화를 받은 분이 예약은 안 된다고 하더

473

군요."

"아, 앵거스하고 이야기를 하셨어야죠."

그가 말했다. 솔직히 그가 무슨 이름을 댔는지는 기억나지 않는다. 하지만 그는 그 설명이 햄프셔에서 지독히도 멀리 떨어진 스코틀랜드까지 아무런 보람도 없이 헛되이 온 꼴이 된 내게 충분하다고 생각하는 것 같았다. 나는 그가 사람들을 이끌고 보트 선착장으로 내려가 배에 승선시키는 광경을 당황스러운 심정으로 지켜봤다.

"저는 1,120킬로미터나 떨어진 곳에서 왔다고요."

나는 애절하게 말했다.

"나는 캐나다 캘거리에서 왔수다."

노란 재킷을 입은 통통한 여인이 불쑥 끼어들며 자신의 승리에 의기양양해하고 있었다.

'지랄 말고 꺼져!'

내 머릿속 작은 방에서 나는 여인에게 외쳤다.

"남는 자리가 있어요."

여객선 직원이 내게 말했다.

"죄송합니다만, 뭐라고요?"

"자리가 있으니 원하시면 타시라고요."

그는 고갯짓으로 빈자리를 가리켰다.

당황스럽고도 떨 듯이 기쁜 마음으로 나는 배에 올랐다. 지나가면서 의도적으로 캘거리 여인의 뒤통수를 내 배낭으로 슬쩍 치고는 내 자리에 앉았다. 배삯 6.5파운드를 지불하고 배표를 받자 배는 항구를 떠났다.

배가 호수를 건너는 데는 불과 5분밖에 걸리지 않았다. 저편 선착장에는 미니 버스가 기다리고 있었다. 버스 운전기사에게 12파운드를 지불하고 몇 분

기다리자 버스가 출발했다. 버스는 가파르고 울퉁불퉁한 길을 달렸다. 케이프래스는 황량한 반도로부터 약 18킬로미터 떨어져 있었다. 마침내 그곳에 간다고 생각하니 다시 한 번 가슴이 벅차올랐다.

케이프래스는 거친 자연의 모습을 본떠 붙인 이름은 아니다(케이프래스의 Wrath는 격노, 분노라는 뜻이 있다 – 옮긴이). 래스는 고대 스칸디나비아 어로 '돌리는 자리'라는 의미가 있다. 바이킹의 배가 이곳에서 뱃머리를 돌려 고향으로 돌아간 데서 유래한 말이지만 어쨌든 상당히 거친 곳이다. 한겨울에는 바람이 시간당 225킬로미터의 속도로 불어닥친다고 한다. 북해와 대서양이 만나는 스코틀랜드 북쪽의 바다는 전 세계 바다 중 가장 거친 곳이다. 19세기에 폭풍이 해안 동쪽보다 조금 더 먼 곳까지 불자, 거의 60미터가 넘는 등대 꼭대기까지 파도가 덮쳤고 등대 문도 모두 부숴버렸다. 자기주장이 꽤나 강한 날씨라는 생각이 들었다.

우리 버스 운전기사는 매우 유쾌한 사람으로 이름은 레그(Reg)였는데 운전을 하며 가다가 도로에 깊게 팬 구덩이들이 나올 때마다 속사포처럼 말을 쏟아냈다. 케이프래스로 가는 길은 U70도로로 원래 공공 도로지만 1956년 포장 공사가 마지막 포장 공사였고 지금은 평탄한 구간보다 구덩이가 팬 구간이 훨씬 더 많다. 도로는 광활한 황무지를 통과하고 있었는데 황무지에는 군용 트럭과 군용 반궤도 차량들이 뭔가를 조준하듯 드문드문 흩어져 있었다.

케이프래스까지 약 18킬로미터를 가는 데 대략 1시간 정도가 걸렸다. 마침내 도착하니 가장 먼저 검은색과 흰색으로 된 커다란 등대가 우리를 맞아줬다. 등대는 벼랑 끝에 우뚝 서서 바다를 내려다보고 있었다. 이 등대는 1828년, 《보물섬》을 쓴 로버트 루이스 스티븐슨의 할아버지인 로버트 스티븐슨이 지은 것이다. 지금은 자동 장치가 있어서 사람이 수고를 할 필요가 없다. 이곳은 존 유어(John Ure)라는 사람이 관리하고 있었다. 그는 방문자 센터에서 카페도 운영하고 있었는데 나로서는 당연히 그 카페가 반가웠다. 존 유어는 그 반도에 유일하게 상시 거주하는 거주민으로 삶의 대부분을 영국에서 가장 외딴곳에서 홀로 살아야 한다.

케이프래스에서 할 일은 딱히 많지 않다. 등대는 관광객에게 개방되지 않는다. 그래서 할 수 있는 일이라고는 등대 주위를 어슬렁어슬렁 걷고, 경치를 감상하고, 카페에 들르는 정도가 전부다. 나는 푸른 잔디가 돋아 있는 둔덕에 서서 저 멀리 더넷헤드(Dunnet Head)까지 뻗어 있는 울퉁불퉁하고 대단히 아름다운 해안 절벽을 바라봤다.

동쪽으로는 저 멀리 앞바다에 커다란 섬이 보였다. 오크니 섬(Orkney Islands)들 중 가장 남쪽에 있는 호이 섬이 분명했다. 나중에 찾아보니 호이는 내가 있던 곳으로부터 약 129킬로미터 정도 떨어져 있었다. 그렇게 멀리까지 육안으로 보는 것이 정말 가능하단 말인가?

나는 등대를 둘러보고는 바위 절벽 위에 서서 조심스럽게 벼랑 아래를 내려다봤다. 약 90미터 높이의 낭떠러지 아래로 바위들이 날카롭게 솟아 있었고 파도가 부서지고 있었다. 정말 영국의 땅끝이었다. 내 앞으로 만년설이 덮인 극지방까지는 온통 넘실거리는 바다뿐이었다. 왼쪽으로도 역시 뉴펀들랜드까지 텅 빈 바다뿐이었다. 나는 그곳에 잠시 서서 지금 내가 영국에서 가장 북서쪽에 서 있는 사람이라고 하는 자부심을 남몰래 만끽했다. 이렇게 말할 수 있는 사람이 얼마나 되겠는가?

케이프래스까지 오면 뭔가를 완수했다는 성취감이 들 거라고 생각했었다. 물론 내가 육체의 한계를 극복해가며 이곳까지 온 것은 아니며 이 사실은 나도 잘 알고 있다. 그리고 지금까지 스코틀랜드를 여행하면서 대부분의 여행 시간을 곤히 깊은 잠을 자는 데 썼다는 사실도 알고 있다. 그렇다 하더라도 내게는 중대한 순간이었다. 어쩌면 내가 역사상 '브라이언의 길'의 양쪽 끝 지점에 도달한 최초의 사람이 아닐지도 모른다. 하지만 나로서는 이 일을 최초로 해냈고 나보다 먼저 도달한 그 사람도 자신에게는 최초의 일이었을 것이다.

나는 뒷짐을 지고 끈기 있게 기다리며 바람을 응시했다. 하지만 특별한 감정은 들지 않았다. 마침내 나는 뭔가 특별한 감정을 느껴야 한다는 관념을 버렸다. 그리고 절벽 주위를 조금 더 슬슬 걷다가 카페로 갔다. 카페인이 절박하게 필요한 나를 위해 유어 씨가 뭔가 해줄 수 있기를 간절히 바라면서. 그리고 행복하게도 그는 그렇게 해줬다.

II

나는 하이랜즈 주위를 둘러보며 며칠을 더 보냈다. 먼저 인버네스로 가서 컬로든(Culloden) 전투지에 갔다. 이곳에서 2천 명의 병사들이 잉글랜드에 맞서 싸우다가 목숨을 잃었다. 그러고는 글렌코로 갔다. 이곳에서도 캠벨이 이끄는 군인들의 손에 맥도널드(Macdonalds) 가문 사람들이 잔인하게 목숨을 잃었다. 나는 무거운 마음으로 500년 전 하이랜즈의 잔인했던 역사와 그로부터 200년 후 스코틀랜드 병사들의 파이프 소리가 울리는 가운데 일어났던 피비린내 나는 전쟁을 떠올렸다. 그러고는 배를 타고 애핀 항구에서 출발해 리니 만 한복판에 있는 리즈모어 섬으로 가서 섬을 둘러봤다. 폭우가 쏟아지긴 했지만 섬은 아름다웠다. 가장 좋았던 건 글레넬그(Glenelg)였다. 글레넬그 바다 건너로 보이는 스카이 섬 풍광에 흠뻑 취해 한참을 감상했다. 오랜만에 느끼는 고요하고 차분한 기분으로 주위를 둘러보면 두 개의 비범한 구조물을 만나게 된다. 이 구조물은 '브로흐(brochs)'라고 불리며, 스코틀랜드에만 있는 것이다.

브로흐는 선사 시대의 돌탑으로 보통 아래쪽 지름이 9~18미터가량이며, 핵발전소에 있는 냉각기처럼 둥근 기둥 모양이다. 이 탑은 돌을 쌓아 만들었으며, 내벽과 외벽 두 개의 벽으로 돼 있고 두 벽 사이는 비어 있는 구조로 대단히 정교하게 지은 탑이다. 이 빈 공간에는 모르타르가 없다. 하지만 지어진 지 2,500년이 지난 지금까지도 매우 건재하게 서 있으며 거의 원래의 모습을 유지하고 있다. 글레넬그에 있는 이 두 개의 브로흐는 스코틀랜드 본토에 있는 가장 아름다운 구조물로 인정받고 있다. 이 브로흐는 실제로 단순하고 차분하며 우아하고 아름답다. 하지만 내가 유독 브로흐를 좋아하는 이유는 이 구조물이 완전히 미스터리이기 때문이다. 브로흐가 무슨 목적으로 그 자리에 있는지는 아무도 모른다.

창문이 없어서 내부가 칠흑처럼 어둡기 때문에 주거지나 모임 장소로는 적합하지 않았을 것이다. 안에 사람이 매장됐던 흔적도 없다. 방어를 위한 성채였을지도 모른다는 의견도 있긴 하지만 침략자들이 곡식과 가축을 약탈해 달아나는 동안 창문도 없이 깜깜한 공간에 스스로 옹기종기 갇혀서 효율적으로 방어를 했을 것 같지는 않으므로 그다지 설득력 없는 가설이다. 망을 보는 탑으로 활용했을 가능성도 있지만 대부분 브로흐들은 딱히 올라가서 밖을 내다보며 경계하는 데 효율적인 위치에 있지 않다. 보통 브로흐들은 한 개씩 따로 있는데 이따금 글레넬그처럼 한 쌍으로 있는 경우도 있다. 브로흐들을 보면 여러 층으로 나눌 요량으로 설계한 흔적이 보이지만 대부분 브로흐들이 바닥을 만들 때 꼭 필요한 나무가 매우 드문 곳에 위치해 있다. 즉 브로흐를 둘러싼 모든 것들이 풀리지 않는 수수께끼다.

한자리에 서서 브로흐를 바라보다가 문득 이것이야말로 내가 영국을 진심으로 좋아하는 이유라는 생각이 머리를 스쳤다. 바로 알 수 없다는 것. 영국에는 인간이 알 수 없는 것, 파헤칠 수도 없고 어렴풋이 실마리조차 잡을 수 없는 것들이 매우 많다. 아무도 정확히 그것이 무엇인지 딱 부러지게 말할 수 없는 것들이 너무도 많다. 정말 굉장하지 않은가? 언젠가 수의사인 올라프 스워브릭(Olaf Swarbrick)이 쓴 《현대 고고학(Current Archaeology)》이라는 책을 읽었다. 올라프 스워브릭은 영국에 있는 고대 모든 거석의 자취를 추적하는 데 인생을 보낸 사람이다. 아마 그 이전에는 아무도 이런 일을 하지 않았던 것으로 보인다. 스워브릭은 1,068개 지역에서 1,502개의 거석들을 발견했다. 이는 생각보다 어마어마한 양이다. 일주일에 거석 하나씩 보기로 결심했다면 다 보는 데 20년이 걸린다.

영국의 모든 역사적 유물들이 이런 식이다. 만약 영국에서 중세 시대의 성당들을 다 둘러보고 싶다면, 그것도 잉글랜드에만 국한해서 보려고 하면, 1주일에 한 곳씩만 찾아 다녀도 308년이 걸린다. 역사적인 무덤이나 유명인의 생가, 성, 청동기 시대의 언덕 요새, 산비탈에 새겨진 거대한 조각, 온갖 다양한 형태의 구조물 등을 모두 보려면 현재 생으로는 모자라며 어마어마하게 아득한 시간이 필요하다. 브로흐들을 다 보는 데만 해도 족히 10년은 걸릴 것이다. 영국에 있는 모든 유적지들을 다 둘러보려면 아마 최소한 1만 1,500년은 필요할 것이다.

독자 여러분도 내 말이 무슨 의미인지 짐작하리라 생각한다. 영국은 무한하다. 이 세상 그 어느 곳에도 이토록 작은 공간 안에 볼 것이 많은 나라는 없으며, 이토록 높은 수준으로 오랜 세월에 걸쳐 흥미롭고 생산적인 가치가 있는 기록을 지닌 나라는 없을 것이다. 내 여행이 끝났다는 느낌이 들지 않은 것도 당연했다. 아마도 내 평생에는 절대 다 보지 못할 테니까.

나는 이런 생각들을 품고 집으로 왔다가 다시 일을 하러 미국으로 갔다. 케이프래스를 다녀온 지 얼마 지나지 않은 어느 날, 나는 시간이나 죽일 겸 인디 애나폴리스에 있는 어느 조용한 백화점을 둘러보고 있었다. 그때 어느 판매 사원이 나의 새 친구이자 멘토가 돼주기로 결심한 듯 나를 졸졸 쫓아다녔다. 그 직원은 내가 뭔가를 만질 때마다 그 물건의 유용성을 설명해줬다.

"저희 넥타이입니다. 이쪽으로 오시면 더 많은 넥타이들이 있습니다."

주로 이런 식이었다.

내가 고맙다고 말하면 그녀는 알겠다는 듯 '으음'하며 대답을 했다. 그리고 그런 대답을 98번 했다. 마침내 그녀는 내 억양에 관심을 보였다. 나는 그녀에 게 아이오와에서 자랐지만 영국에서 몇 년간 살았다고 말했다.

그러자 그녀는 놀라움을 전혀 숨기지 않고 물었다.

"영국이요? 왜요?"

'인디애나폴리스와는 다르거든요.'

이것이 가장 먼저 든 생각이자 가장 솔직한 생각이었지만 물론 이렇게 말하 지는 않았다. 난 그냥 영국 여자를 만났고 그곳이 좋았다는 정도로만 모호하 게 대답했다.

"으음. 이쪽은 저희 신발입니다."

그 매장에서 나와서 근처 푸드 코트에서 쉬면서 생각해보니 (나는 인디애 나폴리스에서 충실한 삶을 살고 있었기 때문에) 그녀의 질문이 매우 타당하 다는 생각이 들었다. 왜 우리는 전 세계에서 가장 성공한 나라를 떠나기로 결 심하는 것일까? 세금도 더 적게 내고, 집도 더 따뜻하고, 내 몫의 음식도 더 많 고, 바로바로 만족감을 주는 것들도 많은데 왜 차가운 잿빛 바다 위를 표류하 는 비 내리는 섬나라에 살기로 한 것일까?

인생에서 우리가 당연하게 여겼던 대부분의 것들이 그러하듯, 그 질문에 대 한 답 역시 나는 알지 못한다. 전혀 고민할 거리도 아니었다. 만약 누군가 나에게 "영국에서 가장 좋았던 것 다섯 가지만 꼽으라면 무엇입니까?" 하고 묻는 다면 나는 그 질문에 대해 대답할 시간이 필요하다. 그래서 나는 영국에서 살기로 결심한 다섯 가지 이유를 작성해보기로 했다. 가족이나 친구들은 그 이유에서 제외하기로 했다. 글레넬그의 브로흐들을 보았기 때문에 첫 번째 이유는 생각이 났다. 영국은 즐겁게 그리고 무궁무진하게 마음을 설레게 한다. 이것이 첫 번째 이유다. 하지만 다른 네 가지는 정확히 딱 생각나질 않는다.

나는 푸드 코트에서 공책을 꺼내 영국의 좋은 점들 목록을 생각나는 대로 작성해나가기 시작했다. 순서는 무작위이다.

- 복싱데이(크리스마스 다음 날인 12월 26일을 공휴일로 지정해 쉰다. 이 날은 가족이나 친구 등에게 선물을 하는 전통이 있으며 백화점에서도 대규모의 세일을 한다 - 옮긴이)
- 시골의 술집들
- "넌 개불알 같은 놈이야"라는 말이 친근감이나 감탄의 표현으로 사용되는 것
- 커스터드가 들어간 잼 롤리폴리
- 육지 측량부 지도
- 퀴즈 프로그램 〈미안하지만 감이 안 오네요(I'm Sorry I Haven't a Clue)〉
- 크림 티(홍차와 함께 스콘에 잼과 진한 크림을 곁들인 영국의 전통적인 오후 간식)
- 해상 기상 통보
- 20펜스짜리 동전
- 6월의 저녁 8시경
- 눈앞에 펼쳐진 바다 냄새
- 재미난 이름의 마을들, 가령 '쉘로우 보웰스(Shellow Bowells, 강이 창자처럼 굽은 곳)'랄지 '네더 왈러프(Nether Wallop, 아랫도리 강타)' 같은 이름들

26. 케이프래스 그리고 그 너머

이렇게 목록을 작성해나가다가 문득 만약 내가 영국에 오지 않았더라면 이 모든 것들을 영원히 알지 못했을 거라는 생각이 들었다. 외국인으로 산다는 것은 정말 근사한 경험이다. 이는 태어날 때부터 내 몸에 익숙해진 문화 대신 전혀 새롭고 낯선 문화와 더불어 산다는 의미다. 개인적으로 제2의 조국이 있는 사람은 큰 특혜를 받은 삶이라고 생각한다. 그런데 그 제2의 조국이 특히 재미있고 활기차며 문화가 다양한 나라라면, 가령 크림 티가 있다든지 고결한 역사가 있다든지 크리스마스 다음 날도 쉰다든지 하는 등의 문화가 있는 나라라면, 정말 "개불알 같다"고 말할 수밖에 없을 것이다. 이것이 내 두 번째 이유가 될 것 같다. 영국은 내게 이 나라에 오지 않았더라면 절대 알지 못했을 수백만 가지의 좋은 것들을 줬다.

세 번째 이유는 영국이 근본적으로 사리분별이 있는 나라라는 점이다. 나는 이 사실을 어느 시골 마을에서 제대로 이해하게 됐다. 유감스럽게도 이 사실은 내 원래 조국을 여행하다가 떠올랐다. 다시 한 번 말하지만 미국은 정말 좋은 나라다. 미국이 제2차 세계대전에 끼어들지 않았다면 그리고 전쟁 후 재건에 간섭하지 않았다면 지금 이 세계는 어떻게 됐을지 생각해보라. 어쨌든 미국은 오늘날 꽤 살 만한 세계를 만드는 데 공을 세웠고 그 공에 대해 늘 고마움의 찬사를 듣는 것은 아니다. 하지만 아무리 이해하려 해도 이해가 되지 않는 점은 미국이라는 나라가 놀라울 정도로 멍청함을 수용하고 있다는 점이다.

최근 이런 생각이 든 것은 볼티모어에 있는 어느 호텔 커피숍에서였다. 커피숍에서 지역 신문 〈썬〉을 읽던 중 기사 하나가 눈에 들어왔다. 미 의회에서 보건사회복지부가 총기 규제 도입에 관한 연구에 직간접적으로 재정 지원하는 것을 금지하는 법안을 통과시켰다는 내용이었다.

다시 한 번 조금 다른 말로 설명하자면, 학계에서 총기로 인한 폭력 사고를 줄일 수 있는 방안을 연구하는 데 정부 자금을 사용하는 것을 미국 정부가 거부했다는 말이다. 폭스 뉴스에 나오는 논평가들을 다 한자리에 모아놓고 이보다 더 무의미하고 바보 같은 아이디어를 제안해보라고 하면 아마 아무도 제안하지 못할 것이다.

영국은 이 점에서 미국과 다르며 이 부분은 정말 다행스럽게 생각한다. 총기 규제, 낙태, 사형, 학교에서 진화론을 가르치는 것, 연구를 위해 줄기세포를 이용하는 것, 진정으로 애국자로 인정받으려면 국기를 얼마나 많이 흔들어야 하는가 등과 같이 민감하고 정서적인 문제들에 있어서 영국은 냉정하고 정확하고 성숙하며 내 생각에는 매우 훌륭히 대처하고 있다.

내가 영국을 좋아하는 네 번째 이유는 삶의 질이다. 영국의 삶에는 여유가 있다. 소소한 즐거움에 감사하고 탐욕을 절제하는 태도가 온 나라에 배어 있는데 이상하게도 이 부분이 영국에서의 삶을 재미나게 해준다. 영국은 아무것도 들어가지 않은 밋밋한 빵에 따뜻한 음료 한 잔이면 진정으로 분위기가 유쾌해지는 유일한 나라다.

국제적으로 삶의 질을 다른 나라와 비교할 때에도 영국은 늘 아주 높은 점수를 받는다. 물론 영국보다 더 행복 지수가 높은 나라들도 있고 더 부유한 나라들도 있지만 영국보다 더 행복하면서도 더 부유한 나라는 없다. 또한 영국은 '삶의 만족도' 분야에서도 세계 최고 수준이다. 나도 이 부분에서는 매우 놀랐다. 40년 동안 이 나라를 꽤 잘 안다고 생각했지만 자신의 삶을 만족스럽다고 표현한 사람은 한 명도 떠오르지 않는다. 하지만, 그것은 이 나라에서는 비밀이라는 사실이 생각났다.

여러분도 아시다시피, 영국은 행복해야 할 일에 늘 행복하다. 햇살이 눈부시게 반짝일 때, 손에 맥주 한 잔 또는 그 비슷한 무언가를 들고 있을 때 그들은 늘 행복하다. 또한 영국인들은 다른 나라 사람들이라면 머뭇거릴 순간에도 행복을 유지하는 기술이 매우 뛰어나다. 가령 시골길을 걷다가 갑자기 비가 내리면 그들은 방수 제품을 뒤집어쓰고는 그냥 그런가보다 하고 그 순간을 받아들인다. 영국의 기후를 겪으며 살다 보면 인내와 극기를 배운다. 나는 그 점을 존경한다.

하지만 영국이 정말 차별화되는 점이 있다. 그들은 상황이 아주 안 좋아질 때 그리고 가슴 깊이 지독하게 쓰라리게 치밀어 오르는 울화를 느낄 타당한 이유가 있을 때, 그 어느 때보다도 가장 행복해한다. 지뢰밭에서 다리 한 쪽이 날아가도 이렇게 말할 수 있는 것이 영국인이다. '내 뭐랬어. 이럴 거라고 했잖아.' 영국인은 정말 행복한 사람이다. 나는 그런 사람들이 좋다.

다섯 번째 이유는 외적인 이유다. 이 이유를 가장 마지막에 넣은 이유는 이것이 내겐 가장 중요한 이유이기 때문이다. 아마 여러분도 내가 영국의 아름다운 시골 마을을 꼽았다는 사실에 별로 놀라지 않으리라 생각한다. 감격스럽게도 드디어 다섯 개 목록을 다 썼다!

미국에서 돌아온 직후 나는 이 책을 쓰기 위해 꼭 가보고 싶었지만 어쩌다 보니 가지 못했던 곳에 갔다. 어핑턴(Uffington)의 유적지 화이트호스(White Horse)였다. 화이트호스는 옥스퍼드 주에 있는 산비탈에 약 122미터가량의 길이로 거대하게 새겨진 말의 형상을 말한다. 믿어지지 않을 정도로 세련되고 아름다운 자태가 어떻게 보면 피카소의 작품 같기도 하다. 이 말은 심지어 더 오래 전에 그려진, 리지웨이 형상 바로 아래에 있다.

이곳에서는 영국이라는 나라의 나이가 실감난다. 리지웨이는 최소한 1만

년 전의 작품일 것으로 추정된다. 그 오랜 세월 동안 그 누구도, 이 백마의 나이가 몇 살인지는 알지 못했다. 하지만 지금은 '광여기 루미네센스 연대 측정' 기술을 이용해 추정할 수 있게 됐다. 산비탈에 달리는 백마의 형상은 약 3천 년 전의 것으로 추정된다. 그 무수한 세월 동안 말의 형상은 한결같이 유지되고 있다. 만약 사람들이 그곳에 올라가서 관리를 하지 않는다면 풀이 무성하게 자라 그 흰 부분을 덮어버릴 것이고 그렇게 되면 백마도 사라질 것이다. 이 '화이트 호스' 형상 자체도 놀랍지만 그 형상이 3천 년 동안 지속적으로 유지되고 있다는 점은 어쩌면 더 놀라운 일일지도 모른다.

리지웨이에서는 사실 그 말이 보이지 않는다. 말을 보려면 말의 형상이 완전히 다 보일 때 까지 어느 정도 언덕을 내려와야 한다. 그 지점에 와서도 그 형체를 온전히 인식하기는 힘들다. 그 크기가 어마어마하기 때문이다. 하지만 몇 킬로미터 떨어진 곳에서 봐도 보이며, 그곳에서 봐도 대단히 아름답다. 이전에도 여러 번 말했지만 아무리 여러 번 말해도 지나치지 않다. 이 세상에서 이보다 더 정교한 작품들이, 더 아름답게 눈길을 사로잡으면서도, 더 편안하게 자연 속에 자리 잡고 있는 나라는 없다. 영국은 그 자체로 세상에서 가장 큰 정원이자 가장 완벽한 유적지다. 나는 이런 모습이야말로 영국이라는 나라의 가장 빛나는 업적이라고 생각한다.

영국인들은 모두 이 유산을 보살펴야 한다. 이것이 지나친 요구는 아니기를 바란다.

■에필로그

　이 책에 나온 이야기들이 일어났을 당시와 이 책이 출간될 당시 사이, 영국
에서는 꽤 많은 일들이 있었다. 2014년 9월 18일 스코틀랜드 분리 투표가 있
었고 반대 55.3퍼센트, 찬성 44.7퍼센트로 스코틀랜드는 영국 연방에 남게
됐다. 하지만 투표가 끝나자마자 거의 동시에 다시 분리 이야기가 거론되기
시작하고 있다. 2014년 11월, 빌 브라이슨이 윈체스터에서 조촐한 의식을 거
쳐 영국 시민권자가 됐다. 2015년 5월 7일, 데이비드 캐머론이 이끄는 보수당
이 총선거에서 이겼다. 이는 끊임없는 긴축 경제 전략을 받아들이겠다는 의
미로 해석된다. 2015년 6월 초, 하워드 데이비스 경(Sir Howard Davies)이 지
휘하는 공항위원회(Airports Commission)에서는 개트윅이 아닌 히드로 공항
에 새 활주로 도입을 제안했다. 이 문제에 대한 정부의 최종 결정은 이 책이 출
간된 후 나올 것이다. 하지만 만약 적어도 스테인스무어와 레이스버리의 아름
다운 자갈 연못은 일단 개발로부터 안전한 듯 보인다. 이 모든 일들의 중심, 가
장 중요한 위치에 내 딸 펠리서티(Felicity)와 손녀 다프네가 있었다(4장에서
임신했다던 그 딸이다. 손녀 다프네에게는 특히 고맙게 생각한다).
　이 책의 첫 부분은 프랑스에서 자동 차단기에 머리를 부딪친 이야기로 시

작한다(노파심에 말하지만 그 이야기는 완전히 실화다). 이 이야기는 런던에 있는 그레이트 오몬드 스트리트 아동 병원(Great Ormond Street Hospital for Children)의 심장병 환자를 돕기 위한 단체 러브하츠(Love Hearts)를 위해 audible.co.uk에서 친절하게 구성해줘서 자선 모금 활동의 일환으로 처음 선보였다. 오디블(Audible)과 이렇게 대단히 귀중한 가치가 있는 대의명분에 아낌없는 후원을 해 준 샐리 페이지(Sally Page) 대표에게 큰 신세를 졌다.

그리고 변함없이 이 책을 준비하는 데 있어서 많은 도움과 지지를 보내준 많은 이들에게 이루 말로 다 하지 못할 고마움을 전한다. 우선 성자 같은 인내심을 보여준 출판사 편집자들과 출판사 관계자인 래리 핀레이, 마리안느 벨만스(Marianne Velmans), 개리 하워드(Gerry Howard), 크리스틴 코크런(Kristin Cochrane)에게 감사하며 그들의 동료인 조 윌리스(Zoe Willis), 카트리나 혼(Katrina Whone), 수잔 브리드슨(Suzanne Bridson), 데보라 애덤스(Deborah Adams)에게도 고마움을 전한다. 또한 표지 디자인과 지도를 그려준 다재다능한 닐 고워(Neil Gower)에게도 감사한다.

함께 운동을 즐기는 내 따뜻한 친구들, 아오사프 아프잘, 존 플린, 앤드루 옴, 다니엘 와일스, 매트 리들리와 앤야 리들리, 요세프 보무어와 브리타 보무어, 존, 도나, 맥스, 데이지 등에게도 큰 빚을 졌다.

사우스다운스국립공원의 관장 마가렛 파렌(Margaret Paren)의 도움에도 매우 감사하며 그녀의 동료 닉 히스먼(Nick Heasman), 크리스 매닝(Chris Manning), 니나 윌리엄스(Nina Williams)에게도 고마움의 인사를 전한다. 또한 잉글리쉬 헤리타지(English Heritage)의 베스 맥해티(Beth McHattie), 스톤헨지의 케이트 데이비스(Kate Davies)와 루시 바커(Lucy Barker), 뉴욕에 있는 데이비스 라이트 트리메인 로펌(Davis Wright Tremaine LLP)의 에드워드 데이비스도 내게 대단히 큰 도움을 줬으며 고맙다고 말하고 싶다.

가족에게도 고맙다. 특히 비서 역할을 해 준 딸 캐서린과 프로필 사진을 찍어준 아들 샘에게 고맙다. 무엇보다도, 언제나 가장 특별한 고마움을 늘 사랑스럽고 인내심이 무한한 나의 아내 신시아에게 전한다.

■ 옮긴이의 말

그는 늘 투덜댄다.

그는 늘 당황하고 쩔쩔매다가 투덜대기 시작한다.

그는 늘 마뜩잖은 표정을 짓고 입 꼬리를 씰룩거리다가 기어이 투덜거린다.

작고 오래된 어촌 마을에서, 소들이 한가로이 풀을 뜯고 있는 그림 같은 초원에서, 수십 년을 살고 시민권까지 취득하고도 익숙해지지 않는 '영국'이라는 나라에서 말이다.

그의 이야기는 그 투덜거림에서 시작한다. 굳이 외딴 시골 마을 후미진 곳을 가지 않았더라면, 굳이 인상 고약한 사람에게 말을 걸지 않았더라면, 굳이 길가에 흩날리는 쓰레기를 유심히 보지 않았더라면, 기분 상할 일도 없었을 텐데 그는 기어이 투덜거리며 이야기를 시작한다. 그렇게 시작된 이야기는 대상에 얽힌 역사며 온갖 사연으로 굽이굽이 이어지다가 마침내 정신이 번쩍 드는 이야기로 끝이 나곤 한다. 그것이 그가 길을 걷는 방식이자 세상을 마주하는 방식이다. 그의 '투덜 여행'에 한 번 발을 들인 사람은 절대로 헤어나지 못한다. 그의 투덜거림은 매력적이고 유쾌하며 날카롭고 속 시원하다. 무엇보다도 뼛속까지 공감이 간다. 그가 난생 처음 본 사람에게 느낀 살인 충동에조 차 깊숙이 공감하고 키득거리게 된다.

그는 투덜거리기 위해 늘 쉴 새 없이 관찰하고 구석구석 훑어내고 골똘히 생각한다. 작은 시골마을, 허름한 술집, 그 술집에서 파는 맛없는 음식 이름 조차 세세하게 관찰하고 기록한다. 성당의 비스듬한 마룻바닥과 오래된 벽돌 하나하나도 모두 세심히 관찰하고 쓰다듬는다. 그리고 거기에 얽힌 이야기들 을 찾아내 우리에게 천일야화처럼 술술 들려준다. 작은 시골마을이라고 해서 그냥 '작고 아담한 마을'정도로 눙치는 법이 없다. 마을의 이름과 마을에 깔 린 오솔길의 이름, 마을 어귀에 자리한 오래된 술집의 이름 모두 그의 사소한 여행이 되고 일상이 된다. 그래서 그의 여행에 동참하려면 그 사소함에 공감 하고 길들 준비가 되어 있어야 한다. 가시 금작화며 파보로소 카페, 배낭 밑바 닥을 뒹구는 오래된 소라고등 같은 언어들에 익숙해져야 한다.

번역을 하면서 힘들었던 부분도 쉴 새 없이 등장하는 듣도 보도 못한 지명 과 인명, 그리고 방대한 그의 지식이었다. 그런 언어로 원고지 2,000매가 훌쩍 넘게 이어지는 그의 기나긴 여행에 동참하기 위해 나는 유튜브에서 그가 나오 는 거의 모든 동영상들을 찾아보았다. 그가 어떤 말투와 목소리로 투덜거리 는지 듣고 싶었다. 그런데 직접 들은 그의 목소리는 작고 섬세했으며 부드러웠 다. 늘 가지고 다니는 3단 지팡이 이야기를 할 때는 아이처럼 즐거워했고, 소 떼의 위협을 이야기할 때는 통찰력 있었으며, 영국 지도를 이야기할 때는 유 쾌했다. 그는 조곤조곤한 말투로 자신이 겪은 세상을 깊고도 섬세하게 보여주 었다. 그의 투덜거림에 여과된 세상은 더 예민하고 풍성했다.

그는 허술하다. 늘 낯선 곳에서 어리둥절해 하고 헤맨다. 비싸고 맛없는 음 식을 먹으며 후회하기 일쑤고, 인심 고약한 사람들을 만나고는 뒤돌아서 몰래 저주를 퍼붓는다. 근사한 명분의 마라톤대회에 참가해 대회의 명분을 지지하고 응원하지만 마라톤은 하지 않는다. 술에 취하기도 하고 끔찍하게 불편한 의자나 버스에 앉아 그것을 만든 이들을 혐오하기도 한다.

그리고 그의 허술함은 점잖게 포장되어 있던 우리의 속내도 화들짝 들추어낸다. 얄미운 사람이 확 넘어졌으면 좋겠고, 정말 그런 일이 일어나면 쌤통을 외치며 고소한 쾌감을 느끼는 속마음을 감추지 않아도 된다. 그가 먼저 툭 하고 보여주기 때문이다. 애써 고결함으로 똘똘 감싸고 소외되지 않아도 된다. 그냥 똑같이 허술하고, 비겁하고, 옹졸한 인간이 되어 마음껏 깔깔거리면 그만이다. 하지만 그가 빛나는 부분은 솔직한 허술함이 아니라 그 허술함을 곱씹는 방법이다.

그가 허술해서 생긴 일들은 그냥 해프닝으로 끝나지 않는다. 그의 눈과 귀로 들어온 세상은 자신만의 '회로'에서 검증되고 반증되고 뒤집어지고 꼬인후 정교하고 재치 있는 빌 브라이슨만의 언어들로 반짝반짝 빛을 내며 옮겨진다. 언뜻 옹졸하고 과장된 듯 보일 때도 있지만 곰곰이 뜯어보면 터무니없는 것은 그가 아니라 세상일 때도 많다. 그는 작은 눈을 반짝이며 자신이 억울한 일을 겪었던 이유를, 누군가의 묘비명이 쓸쓸한 이유를, 영국 버스 정류장의 의자들이 불편한 이유를 묻고 또 묻는다. 자신도 모르게 키득거리고 고개를 끄덕이고 있다면 이미 빌 브라이슨과의 여행에 동참하고 있는 것이다. 이 여행은 도중에 멈출 수 없다. 엄밀히 말하면 할 수야 있지만 쉽지 않다. 그의 유쾌한 투덜거림과 엉뚱한 허술함은 중독성이 강하기 때문이다.

운 좋게도 빌 브라이슨 번역 의뢰를 받은 것은 개인적으로 여행기를 쓰느라 매주 주말마다 방방곡곡을 누비고 다니던 어느 봄날이었다. 주중에 번역 작업을 하고 주말에 여행을 다니다보니 내내 빌 브라이슨과 함께 하는 기분이었다. 그는 우리 부부의 여행에 툭 끼어들어 쉴 새 없이 투덜거렸다.

'저기 저 쓰레기를 버리고 간 멍청이 봤어? 슬쩍 밀쳐버려!', '도대체 천 년 된 고찰을 저렇게 흉측한 현수막으로 덕지덕지 가려놓는 발상은 누가 한 거야?', '한국의 비둘기들은 좋겠어. 훌륭한 향교와 서원들을 모조리 전용 화장실로 쓸 수 있으니.'

덕분에 우리 부부는 횡성의 어느 호숫가를, 남해의 작은 항구 마을을, 강원도의 오래된 폐탄광을 더 오래, 더 깊숙하게 들여다봤다. 그렇게 한참을 서성이다 보면 그는 더 들여다보라고, 더 관심을 가지라고 속삭였고 덕분에 평소 같으면 지나쳤을 수령 오래된 나무와 버려진 건물, 하다못해 어부가 쓰고 버린 그물까지 보듬어보고 들여다보고 책을 뒤적였다. 그렇게 그와 함께한 우리의 여행은 더 깊고 풍성해졌다.

한 번은 고인돌에 새겨진 한자들을 본 적이 있다. 평소 같으면 무심히 지나쳤을 텐데 주중이고 주말이고 빌 브라이슨과 함께 하던 때여서 그에게 푹 빠져 있던 나는 나도 모르게 걸음을 멈추고 한참을 서서 한자 문구를 들여다보았다. '민씨'라는 글자 외에는 단 한 글자도 알아볼 수 없었다. 가만히 생각해보니 수천 년 된 고인돌에 기껏해야 수백 년 된 조선의 글씨가 새겨진 사연이 궁금했다. 문화재 해설사가 퇴근한 시간이어서 다음 날 다시 그곳을 찾아 해설사에게 그 사연을 물었다. 평소 같았으면 굳이 그런 수고를 들이지 않았을 것이다.

사연은 시시했다. 어마어마한 가치가 있는 고인돌을 몰라본 어느 가문에서 자신 가문의 영역을 표시하기 위해 새긴 의미 없는 문구라는 것이다. 그래도 듣고 보니 그 가문 이야기도 궁금했고 그 고인돌이 왜 그렇게 가치가 있는 돌인지도 더욱 궁금해졌다. 그래서 해설사와 고인돌에 얽힌 이런 저런 이야기를 한참 나누었다. 평일 오전이라 사람이 없어서 적적해 하던 해설사도 신이 나서 친절하게 설명을 해주었다. 이제 내게 그 돌은 그냥 고인돌이 아니었다. 여흥 민씨 가문 표시가 어처구니없는 실수로 들어간 평매바위였으며 전 세계에서 단일 규모 고인돌로는 가장 무거운 돌이자 마고 할머니의 전설이 어린 고인돌이었다. 왜 빌 브라이슨이 그렇게 집요하게 자료를 찾고 역사를 뒤적이며 단서와 사연들을 캐냈는지 이해가 갔다. 그가 무심히 지나칠 수 있었던 세상은 없었을 것이다. 귀찮고 짜증나서 투덜거리게 되더라도 꼼꼼히 들여다보고 골똘히 생각해야 했을 것이다. 그렇게 툴툴대며 지팡이에 배낭 하나 메고 걸어 들어가는 그에게 길은 더 깊고도 진한 속살을 보여주었을 것이다.

빌 브라이슨이 우리나라를 여행한다면 어떤 여행기를 쓸지 몹시 궁금하다. 국토의 70퍼센트가 산이고 삼면이 바다이며 사계절이 존재하는 이 나라에서 그는 어떻게 쩔쩔매고 어떻게 투덜거릴까? 고샅고샅 수천 년에 얽힌 사연들을 품고 있는 이 나라의 길들은 그에게 어떤 이야기를 들려줄까?

박여진

KI신서 6263

빌 브라이슨 발칙한 영국산책 2

초판 1쇄 발행 2016년 7월 10일
초판 2쇄 발행 2016년 7월 15일

지은이 빌 브라이슨 **옮긴이** 박여진
펴낸이 김영곤
해외사업본부장 간자와 타카히로
정보개발팀 이남경 김은찬
디자인 엔드디자인
제작 이영민
출판사업본부장 안형태
출판영업팀 이경희 정병철 이은혜 유선화
출판팀마케팅 김홍선 최성환 백세희 조윤정
홍보팀 이혜연

펴낸곳 (주) 북이십일 21세기북스
출판등록 2000년 5월 6일 제406-2003-061호
주소 (10881) 경기도 파주시 회동길 201(문발동)
대표번호 031-955-2100 **팩스** 031-955-2151 **이메일** book21@book21.co.kr
홈페이지 www.book21.com **블로그** b.book21.com
트위터 @21cbook **페이스북** facebook.com/21cbook

ISBN 978-89-509-6210-4 03840